ACHAR
Iskruel-Ozean
Eisbärküste
Land der Skrälinge
Gorkenpaß
Gletscher
Krallenturm/
Kummerkrak
Gletscher
Eisdachalpen
Andakilsa
Feste und Stadt Gorken
Eisdach-Ödnis
Schattenland
(Awarinheim)
Ichtar
Grenzberge
Wildhundebene
Ichtar
Urqharthügel
Nordra
Sigholt
Felsschlund
Jervois
Azle
Azle
Tailem-Knie
Nordra
Smyrdon
Verbotenes Tal
Aldeni
Witwenmachermeer
Seegrasebene
Fluriat
Skarabost
Nordra
Kastaleon
Farnberge
Bracken
Farnbruchsee
Rhätien
Arken
Arkness
Moor
Wald der Schweigenden Frau
Alte Grabhügel
Kesselsee
Karlon
Turm des Seneschalls
Ebene von Tare
Tare
Nordmuth
Tarantaise
Karreninseln
Weitwallbucht
Isbadd
Nor
Korcleas-Sund
Koroleas
S. Douglass © 1995

Sara Douglass
Sternenströmers Lied

Sara Douglass

Sternenströmers Lied

Zweiter Roman des Zyklus
Unter dem Weltenbaum

Aus dem australischen Englisch
von Marcel Bieger

Piper
München Zürich

Die australische Originalausgabe erschien 1995
unter dem Titel »Battleaxe. Book One of The Axis Trilogy«
bei HarperCollins*Publishers* in Sydney.

Der vorliegende Roman ist der 2. Teil
von »Battleaxe. Book One«.

Redaktion: Angela Herrmann

ISBN 3-492-70002-0

Gesetzt aus der Aldus
Satz: Satz für Satz. Barbara Reischmann, Leutkirch
Druck und Bindung: Pustet, Regensburg
Printed in Germany

www.piper.de

Die Bände dieses Zyklus sind bedeutenden Historikern gewidmet – A. Lynn Martin, Tim Stretton und Frances Gladwin –, welche die ersten Schrittfolgen ihrer Kollegin in den Sternentanz mit freundlicher Toleranz begleitet haben. Möge Fran dereinst ihre eigene Schlacht mit der Prophezeiung gewinnen, und mögen die Menschen von Achar Lynn und Timm dabei helfen, sich an die Tage der zwölf Monate zu erinnern.
Wenn mein Schicksal mich quält, sollen meine Hoffnungen mir Trost sein.

When will the hundred summers die,
And thought and time be born again,
And newer knowledge, drawing nigh
Bring Truth that sways the soul of men?
Here all things in their place remain
As were all order'd, ages since.
Comme, Care and Pleasure, Hope and Pain,
And bring the fated fairy Prince.

Alfred Lord Tennyson,
The Sleeping Palace

Was bisher geschah

In einem fernen Land lebten einst vier Völker friedlich nebeneinander, bis die Bruderschaft vom Seneschall den Alleinanspruch ihres Gottes durchsetzte und die drei nichtmenschlichen Völker nahezu ausrottete. Danach waren die Menschen endlich die alleinigen Herren der Welt.

Eine uralte Weissagung lebt jedoch fort. Sie besagt, daß eines Tages zwei Knaben geboren werden, Söhne des gleichen Vaters, aber verschiedener Mütter. Der eine ein dämonischer Zerstörer, der andere der Erlöser der Welt – sofern es ihm gelingen sollte, die verfeindeten Völker zu vereinen.

Axis, ein ungestümer junger Adliger, verfemt und verachtet als königlicher Bastard, hat seine Eltern nie gekannt. Trotzig verteidigt er seinen Platz in der höfischen Gesellschaft Achars. Auf der Flucht vor seinen Alpträumen stößt er auf den Wortlaut einer uralten Prophezeiung, den seltsamerweise nur er entziffern kann. Noch weiß er nichts damit anzufangen, vermag die Hinweise nicht zu deuten und ahnt noch längst nicht, daß er zum Werkzeug einer göttlichen Macht ausersehen ist.

In unversöhnlichem Haß stehen er und sein Halbbruder Bornheld sich gegenüber: Bornheld, Thronerbe von Achar und rücksichtsloser Krieger – Axis, gesellschaftlicher Außenseiter und zugleich Anführer der legendären Axtschwinger. Da erhält Axis den Auftrag, Bornhelds Verlobte Faraday auf einer gefahrvollen Reise zu begleiten. Die junge Frau, die den Eltern zuliebe in diese Ehe eingewilligt hat, fühlt sich magisch zu Axis hingezogen, und bald wissen beide, daß sie füreinander bestimmt sind. Doch die übermächtige Prophezeiung zwingt die Liebenden zum Verzicht auf persönliches Glück und drängt sie zur Erfüllung eines schicksalhaften Auftrags …

Die Prophezeiung des Zerstörers

Es werden erblicken das Licht der Welt
Zwei Knaben, blutsverbunden.
Der eine, im Zeichen von Flügel und Horn,
Wird hassen den Sternenmann.
Im Norden erhebt der Zerstörer sich,
Treibt südwärts die Geisterschar.
Ohnmächtig liegen Mensch und Flur
In Gorgraels eisigem Griff.
Um der Bedrohung zu widersteh'n,
Löst das Lügengespinst um den Sternenmann,
Erweckt Tencendor und laßt endlich ab
Von dem alten, unseligen Krieg.
Denn wenn es Pflug, Flügel und Horn nicht gelingt,
Die Brücke zum Verstehen zu finden,
Wird Gorgrael, folgend seinem Ruf,
Zerstörung über euch bringen.

Sternenmann, hör mir gut zu!
Deine Macht wird dich töten,
Solltest du sie im Kampf einsetzen,
Eh' sich erfüllt, was geweissagt ist:
Die Wächter werden auf Erden wandeln,
Bis Macht ihre Herzen verdirbt.
Abwenden wird sich ein Mädchen voll Gram
Und entdecken die Alten Künste.
Ein Weib wird selig umfangen des Nachts
Den Mann, der den Gatten erschlug.

Uralte Seelen, längst schlummernd im Grab,
Im Land der Sterblichen werden sie singen.
Die erweckten Toten gehen schwanger
Und werden das Grauen gebären.
Eine dunklere Macht wird sich erweisen
Als Bringer des Heils.
Und strahlende Augen von jenseits des Wassers
Erschaffen das Zepter des Regenbogens.

Sternenmann, hör zu, denn ich weiß,
Mit diesem Zepter vermagst du
Gorgrael in die Knie zu zwingen,
Sein Eis zu zerbrechen.
Aber selbst mit der Macht in Händen
Wird dein Weg niemals gefahrlos sein.
Ein Verräter des eigenen Lagers
Wird sich wider dich verschwören.
Verdränge den Schmerz der Liebsten,
Nur so entgehst du dem Tod.
Haß heißt die Waffe des Zerstörers.
Doch hüte dich, es ihm gleichzutun.
Denn Vergebung ist der einzige Weg,
Tencendors Seele zu retten.

1

Der Geistbaum-Klan

Kaum zehn Schritte tief im Awarinheim-Wald fühlte Aschure sich wie in einer anderen Welt. Ihr Leben lang war ihr erzählt und beigebracht worden, daß Wälder ein Ort der Angst seien, voller Finsternis und Undurchdringlichkeit. Geisterwesen hausten dort, die einem das Blut bis auf den letzten Tropfen aussaugten. Doch Aschures erster Eindruck von diesem Wald bestand darin, in ein fremdes Land voller Raum, Licht und Musik gelangt zu sein. Sie verlangsamte ihre Schritte, um alles besser betrachten zu können. Zu allen Seiten ragten Nadelbäume und Laubbäume hoch in den Himmel. Ihre geraden Stämme erhoben sich über die ersten fünfzehn oder zwanzig Ellen kahl, bis sie ihre Äste ausstreckten. Die Augen wurden dazu verführt, hoch hinauf zum grünen Baldachin zu schauen, durch den an vielerlei kleinen Stellen zwischen den Ranken, Nadeln und Blättern Licht drang. Den Waldboden bedeckten niedrige und bunte Büsche und Sträucher. Gerade dadurch, daß es keine tiefhängenden Äste oder hohes Unterholz gab, erweckte der Awarinheimwald den Eindruck von Weite und Raum. Ein besonderer Duft, kühles Licht und beruhigende Musik erfüllten die Luft, der nichts von der widernatürlichen und teuflischen Atmosphäre anhaftete, so wie sie der Seneschall immer wieder erzeugte. Aschure hielt Schra etwas weniger fest an sich gepreßt, als sie tiefer in den Wald hineinlief. Sie konnte sich an seiner Schönheit nicht sattsehen. Es verging einige Zeit, bis sie erkannte, woher die Musik kam. Wie aus weiter Ferne hörte die junge Frau das Rauschen des Nordra, der über die Felsen stürzte, und dazu gesellte sich der Gesang von Dutzenden verschiedener Vögel. Aschure lächelte und riß die Augen auf wie ein staunendes Kind. Sie hatte noch nie Vogelgesang vernommen, denn die meisten Waldtiere waren vor den Äxten geflohen. Das Gekrächz der Spatzen und Raben, die man noch in Achar antraf, war nicht zu vergleichen mit soviel Schönheit.

Aschure rief sich zur Ordnung. Hinter ihr kämpfte ein verletzter Aware immer noch um sein Leben, und sie mußte Schra zu ihrem Vater bringen. Vielleicht konnte sie danach zurückkehren, um Ramu und Goldfeder beizustehen.

Nun schritt sie rascher aus. Doch plötzlich sprang ein Mann hinter Winterbeerensträuchern hervor. So kräftig und dunkelhäutig wie Ramu, aber mit grauen Strähnen im dunkelbraunen Haar. Er riß ihr das Kind aus den Armen.

Aschure war so überrascht, daß sie einen Schritt zurücktrat. Der Fremde hatte offenbar im Unterholz gelauert. Jetzt drückte er Schra an sich und sah sich mit grimmigen Blicken um. Er hatte alle Muskeln angespannt, so als rechne er mit einem Kampf. Der Mann trug einen ähnlichen Wollumhang wie der Zaubererpriester, jedoch dunkelrot gefärbt, und der Saum war mit einem Muster von ineinander verwobenen Ästen versehen. Darunter zeigte sich eine braune Lederhose, die mit Lederriemen zusammengehalten wurde. Seine Füße steckten in knöchelhohen Lederstiefeln. Die Kleine stieß einen Freudenschrei aus, als sie den Mann erkannte, und schmiegte sich dann an seine Brust.

Aschure machte ihm durch eine beruhigende Geste klar, daß sie keine Bedrohung darstelle. Das schien der Mann aber nicht zu begreifen. Wieso auch, für ihn gehörte sie zu den verhaßten Achariten. Daß sie mit seiner Tochter in den Wald gekommen war, erschien ihm ganz und gar nicht geheuer. Er betrachtete die junge Frau mißtrauisch.

»Ich will Euch nichts tun«, versicherte Aschure ihm so ruhig, wie sie konnte, obwohl der Mann ihr eine ziemliche Angst einjagte. Ob er sich auf sie stürzen und sie umbringen wollte?

Der Aware kniff die Augen zusammen und trat einen Schritt zurück. Aschure sah nach links und nahm dort eine Bewegung wahr. Eine schlanke, dunkelhaarige Frau trat zwischen den Bäumen hervor. Sie reichte Aschure gerade bis an die Schulter und trug ein langes blaßgelbes Gewand, dessen Saum kunstvoll und wie bei Ramu mit springenden Hirschen versehen war. Die Fremde strahlte Macht und Selbstvertrauen aus und trat zu dem Mann, ohne einen Blick auf die Acharitin zu werfen.

»Grindel«, sagte sie sanft und legte ihm ihre zierliche, kleine Hand auf die Schulter, »ich glaube, uns droht keine Gefahr. Schra scheint nichts zu fehlen, und sie hat keine Angst vor der Frau.« Damit wandte sie sich zum ersten Mal an Aschure. »Ich heiße Barsarbe und bin eine der Zaubererpriesterinnen der Awaren.« Sie nickte höflich, aber ihre ganze Haltung schien eine Erklärung von der Menschenfrau zu verlangen, was sie hier in Awarinheim und mit einem Awarenmädchen auf dem Arm zu suchen habe.

Aschure flößte diese kleine Frau mehr Furcht ein als der muskulöse Krieger Grindel. Dennoch hob sie den Blick und versuchte, der Awarin genauso selbstbewußt gegenüberzutreten. »Ich grüße Euch, Zaubererpriesterin Barsarbe. Ich heiße Aschure und stamme aus dem Dorf Smyrdon.«

Wieder nickte die kleine Frau. »Goldfeder hat Euch einige Male erwähnt.«

Aschure entspannte sich ein wenig. »Ja, ich habe Goldfeder in den vergangenen Jahren mehrfach getroffen. Nun hört mich bitte an, Zaubererpriesterin«, fügte sie eindringlich hinzu, denn sie würden kaum Zeit haben, hier im Wald Höflichkeiten auszutauschen, »Schra und Ramu wurden vor einigen Tagen von den Bewohnern Smyrdons gefangengenommen. Ich konnte die beiden erst vor wenigen Stunden befreien. Doch der Axtherr, der gestern mit seiner Streitmacht in dem Dorf eintraf, ist uns gefolgt und hat uns kurz vor dem Wald gestellt. Der Zaubererpriester …«

»Ramu«, nickte Barsarbe und wartete mit betroffener Miene auf das, was die Acharitin noch zu verkünden hatte.

»Ja, gewiß, Ramu befahl mir, das Mädchen zu nehmen und mit ihm im Wald unterzutauchen, während er selbst sich dem Krieger stellen wollte.«

»Dann ist Ramu sicher tot«, knurrte Grindel und wollte sofort loslaufen.

»Wartet«, hielt die Zaubererpriesterin ihn zurück. »Hören wir erst, was Aschure noch zu sagen hat.«

Aschure betrachtete die beiden mit gemischten Gefühlen. Ob sie gegen den Axtherrn ankamen? »Ramu stürzte schwer und brach sich den Knöchel. So konnte er seinem Gegner nicht entkommen. Aber unerwartet tauchte Goldfeder dort auf und redete mit dem Axtherrn.«

»Dann sind Ramu und Goldfeder inzwischen erschlagen«, grollte Grindel.

»Aber der Krieger hat den Priester und das Mädchen immer gut behandelt«, wandte Aschure ein und wußte selbst nicht so genau, warum sie Axis verteidigte. »Und ich bin fest davon überzeugt, daß er die beiden gerettet hätte, wenn ihm das nur irgendwie möglich gewesen wäre. Der Axtherr hat sogar Schra aus der Zelle geholt, in die die Dörfler sie gesperrt hatten. Vielleicht läßt er sich ja von guten Argumenten überzeugen.«

»Die Acharitin könnte recht haben«, meinte Barsarbe. »Und Goldfeder weiß sicher, wie sie mit dem Axtherrn reden muß. Im Augenblick können wir nichts für die beiden tun.«

»Wir sollten alles unternehmen, um Ramu zu retten!« rief der Mann. »Einen weiteren Zaubererpriester dürfen wir nicht verlieren, und Ramu ist immerhin mein Bruder!«

Barsarbes Hand verstärkte ihren Griff an seiner Schulter. »Ich dulde keine Gewalt, Grindel, nicht einmal um Ramu zu retten. So etwas ist nicht Art der Awaren. Wenn Ihr jetzt hingeht und mit grimmiger Miene auf den Axtherrn zustürzt, wird Euer Bruder schon tot sein, noch bevor Ihr ihn erreicht habt. Eure Anwesenheit dort draußen nutzt niemandem, Grindel. Wir sollten unser ganzes Vertrauen in Goldfeder setzen.«

Plötzlich blickte die Priesterin auf und starrte an Aschure vorbei auf den Weg, der ins Verbotene Tal führte. Die Acharitin lauschte, konnte aber nichts Ungewöhnliches hören.

»Goldfeder und Ramu«, erklärte ihr Grindel, reichte Schra an Barsarbe weiter und lief los. Die Priesterin überließ das Mädchen Aschure und folgte dem Mann, wobei sie ihr Gewand bis zu den Knien hochzog, um schneller laufen zu können.

Etwas später tauchten alle vier an der ersten Wegbiegung auf. Grindel erschien als erster und trug seinen Bruder. Ramus Gesicht war schmerzverzerrt, Blut klebte an seinem Hals, und seine Hände rutschten immer wieder von Grindels Schultern ab. Der verletzte Fuß hing seltsam kraftlos herab, und Aschure konnte einen weißen Knochen erkennen, der durch die dunkle Haut gedrungen war. Die junge Frau trat beiseite, als der Aware an ihr vorbeieilte. Aschure konnte nun die Verletzung genauer erkennen, und ihr wurde schwer ums Herz. Eine solche Wunde konnte sich leicht infizieren und zum Tode führen.

Barsarbe stützte die erschöpft wirkende Goldfeder und schleppte sich ebenfalls an Aschure vorbei. »Folgt uns«, sagte sie nur. Die Acharitin trat rasch an die andere Seite Goldfeders und legte ihr einen Arm um die Hüfte, damit die Priesterin nicht so schwer an der größeren Frau zu tragen hatte.

Die Gruppe zog ungefähr eine Stunde lang durch den Wald und drang immer tiefer in Awarinheim ein. Grindel eilte ihnen voraus und war bald nicht mehr zu sehen. Aschure konnte sich nur darüber wundern, wie er mit der Last seines Bruders so schnell zu laufen vermochte. Nach einer Weile hatte sich Goldfeder wieder so weit erholt, daß sie die Hilfe der beiden Frauen nicht mehr brauchte. Sie lief zwar etwas unsicher, wehrte Barsarbe und Aschure aber ab, als sie sie wieder stützen wollten. Als Goldfeder wieder etwas erholter aussah, wagte Aschure es, sie zu fragen, wie es ihr gelungen sei, den Axtherrn davon zu überzeugen, sie beide gehen zu lassen.

Goldfeder zuckte die Achseln. »So ganz genau habe ich das auch nicht verstanden, Aschure.« Sie schüttelte sich bei der Erinnerung an die gefährliche Situation. »Seine Hand schloß sich fester um den Schwertgriff, und ich war schon davon überzeugt, daß es gleich um Ramu geschehen sein würde. Aber dann … dann fragte mich der Krieger, ob die Ikarier Lieder kennen würden.« Goldfeder schüttelte den Kopf. »Ich bejahte, und das löste bei ihm etwas, nun ja, etwas Ungewöhnliches aus. Der Axtherr schien Angst zu haben ... Wie dem auch sei, einen Moment später ließ er Ramu und mich frei. Der Krieger hat sich wirklich sehr merkwürdig benommen. Ich muß unbedingt mit Ramu über ihn reden, sobald er sich etwas besser fühlt. Vielleicht kann der Priester sich einen Reim darauf machen.«

»Für einen Axtherrn besitzt er eine Menge Mitgefühl«, bemerkte Aschure leise. »Als er gestern in Smyrdon eintraf, regte er sich furchtbar darüber auf, wie man die beiden Gefangenen behandelt hatte. Er griff sogar meinen Vater, den Pflughüter, an, übergab Schra meiner Pflege und befahl seinem Leutnant Belial, von zwei Soldaten Ramus Zelle reinigen zu lassen, damit der Gefangene nicht gar so unwürdig untergebracht sei.«

»Sprecht Ihr von dem Belial, den Ihr niedergeschlagen habt?«

»Ja, Goldfeder«, antwortete Aschure zerknirscht.

Die beiden Frauen sahen die Acharitin nun eigentümlich an, sagten aber nichts.

Aschure fühlte sich jetzt noch elender, als alle Schuldgefühle wieder in ihr erwachten. Doch da wandte sich Goldfeder an Barsarbe. »Wir haben eine Menge zu bereden. Vielleicht sollten wir damit aber warten, bis wir das Lager erreicht und Ramu versorgt haben. Doch was immer die Menschenfrau auch angestellt haben mag, vergeßt darüber nicht, daß sie auch den Priester und Schra rettete.«

Barsarbe runzelte immer noch die Stirn, sah Aschure aber nicht mehr so streng an. Die junge Frau erinnerte sich daran, was die Priesterin zuvor zu Grindel gesagt hatte. Offenbar verabscheuten die Awaren jede Art von Gewalt. Was werden sie erst denken, dachte Aschure entsetzt, wenn sie herausfinden, daß in der letzten Nacht durch meine Schuld mein Vater ums Leben gekommen ist? Werden sie mich unverzüglich aus Awarinheim verbannen?

Schweigend gingen die drei Frauen weiter. Goldfeder beobachtete Aschures zunehmende Seelenpein. Schließlich faßte sie die Acharitin sanft am Arm. »Die Awaren sind ein friedliebendes Volk, aber sie werden sich auch dankbar für das erweisen, was Ihr für Ramu und Schra getan habt. Wenn Euch tatsächlich nichts anderes übrigblieb, als Gewalt anzuwenden, werden sie dafür sicher Verständnis aufbringen.«

Aschure fühlte sich schon etwas wohler. »Das hoffe ich, Goldfeder. Ich wollte doch nur helfen, und nie wäre mir eingefallen, daß ich ... daß ich ...«

Goldfeder lächelte ihr freundlich zu. »Jetzt aber genug, Aschure. Ich weiß doch, daß Ihr nur das Beste wolltet.«

Die junge Frau schwieg nun, aber nur für einen Augenblick. »Goldfeder, ich kann nicht mehr nach Hause. Meint Ihr, die Awaren nehmen mich für eine Weile bei sich auf?«

Goldfeder sah die Priesterin fragend an. »Das müssen wir den Klan entscheiden lassen«, antwortete Barsarbe schließlich mit beherrschter Stimme.

Wenig später erreichten sie einen kleinen Lagerplatz auf einer Lichtung am Ufer des Nordra. Das Lager setzte sich aus zwei runden Lederzelten zusammen, die über leichte, gebogene Holzstangen gespannt waren. In einem Steinofen brannte ein leichtes Feuer, und in glimmenden Kohlen stand ein Topf, aus dem es dampfte. Grindel hatte seinen Bruder vor der Feuerstelle abgelegt, und jetzt drängten sich zwei Frauen und eine Schar Kinder um den Verletzten. Alle wirkten erleichtert, als Barsarbe und Goldfeder nun im Dorf eintrafen. Die Kinder wichen aber ängstlich zurück, als sie in ihrer Gesellschaft eine Acharitin erblickten. Nur die beiden Awarinnen blieben neben Ramu knien. Grindel stand daneben und wirkte immer noch so wütend wie zuvor, als Aschure ihm von der Verletzung seines Bruders berichtet hatte.

Die Priesterin schob eine der Frauen beiseite und nahm ihren Platz ein, um Ramus Hals und Fußgelenk zu untersuchen. Besorgt sah sie dann die andere Frau an. »Ich muß ihn rasch behandeln, Fleat. Könnt Ihr mir ein paar Späne besorgen?« Die Awarin nickte und eilte sogleich davon. Barsarbe wandte sich nun an eines der Kinder, einen Knaben, der etwa vierzehn Sommer zählte. »Helm, ich brauche einen Topf frisches Wasser. Hol ihn mir bitte.« Nun sah sie ein Mädchen an, das ein Jahr jünger als Helm zu sein schien. »Skali, du bringst mir bitte meinen Korb mit den Kräutern.« Die Kinder nickten eifrig und liefen los. Die Priesterin wischte Ramu das getrocknete Blut vom Hals und betrachtete den Schnitt genauer, den Axis' Schwertspitze an der Kehle hinterlassen hatte. Der Verletzte schien kaum noch bei Bewußtsein zu sein. Barsarbe sah seinen Bruder an: »Grindel, Ihr müßt Ramu festhalten, wenn ich ihm das Fußgelenk reinige und richte. Jetzt bitte!«

Der Mann kniete sich hinter Ramus Schultern hin. »Könnt Ihr ihn retten, Zaubererpriesterin?«

Sie lächelte ihn zuversichtlich an. »Grindel, ich werde mein Bestes tun. Wenigstens ist seine Wunde noch frisch und hatte noch keine Zeit zu eitern. Ich habe mich schon um schlimmerere Verletzungen gekümmert.«

Goldfeder winkte eine junge Awarin heran. Sie trug ein ähnliches Wollhemd und eine ebensolche Lederhose wie Grindel, und ein Säugling hing in einem Tuch an ihrer Brust. Rasch trat sie zu Goldfeder und Aschure und strahlte, als sie das Mädchen in den Armen der Acharitin erkannte.

»Schra!« rief die Awarin, und tiefe Erleichterung malte sich auf ihrem Gesicht. Die Kleine streckte sofort die Arme nach der Frau aus. »Es geht ihr gut«, versicherte Aschure der Awarin.

Goldfeder lächelte. »Pease ist Schras Mutter und Grindel ihr Vater. Darf ich Euch einander vorstellen?« Die Awarin hob den Kopf und wirkte viel zu klein und zu zerbrechlich, um ein Kleinkind und einen Säugling halten zu können. Doch allem Anschein nach konnte sie das sehr wohl. Aschure sagte sich, daß, obwohl die awarischen Frauen viel kleiner und feingliedriger als ihre Männer erschienen, sie sich nicht über ihre wahre Stärke täuschen lassen sollte. »Pease«, erklärte Goldfeder, »dies ist Aschure, die dabei geholfen hat, daß Ramu und Eure Tochter zu Eurem Klan zurückkehren konnten. Ein langer Weg liegt hinter ihr, und sie fühlt sich ebenso erschöpft wie ich. Wir wären Euch dankbar, wenn Ihr uns irgendwo hinführtet, wo wir uns ausruhen und etwas Tee trinken könnten.«

»Aber natürlich«, entgegnete die junge Mutter entschuldigend. Sie warf einen besorgten Blick auf Grindel, der seinen

Bruder gerade in eines der Zelte trug. Barsarbe und Fleat folgten ihm. »Laßt euch doch gleich hier am Feuer nieder.«

Goldfeder und Aschure ließen sich dankbar nieder. Pease setzte Schra ab und goß den beiden Frauen etwas dampfenden Tee aus dem Topf ein. Aschure lächelte erfreut, als sie einen Holzbecher erhielt, in dessen Rand ein Blattmuster geschnitzt war. Die Awarin setzte sich im Schneidersitz vor sie hin und hob den Säugling auf ihren Schoß. Schra drängte sich ganz eng an sie. Das letzte aus der Kinderschar, das keine Aufgabe übertragen bekommen hatte, hielt sich schüchtern zurück, bis Pease es heranwinkte und aufforderte, zu ihnen ans Feuer zu kommen.

Die junge Mutter drehte sich nun anmutig zu Aschure um. »Bitte verzeiht meine Unhöflichkeit, Euch nicht gleich richtig begrüßt zu haben. Das will ich nun gern nachholen. Fühlt Euch bitte im Lager des Geistbaum-Klans willkommen. Möget Ihr stets eine schattige Raststelle finden, und mögen Eure Füße allzeit auf den Pfaden des Heiligen Hains wandeln.«

Aschure wußte nicht so recht, was sie darauf entgegnen sollte. »Vielen Dank, Pease. Ich freue mich sehr, hier sein zu dürfen, und bin Euch überaus dankbar, mich so herzlich aufgenommen zu haben.«

»Ihr seid sicher recht verwirrt von meinem Volk und unserem Treiben, Aschure. Grindel ist der Häuptling des Geistbaum-Klans und Fleat seine erste Frau. Ihrer beider Kinder habt Ihr bereits kennengelernt – Helm, Skali und Hogni hier. Vor fünf Sommern erwies Grindel mir die Ehre, mich zu bitten, seine Zweitfrau zu werden. Schra und dieser Säugling hier sind unser beider Kinder. Unser Klan ist stolz darauf, daß die Zaubererpriester Ramu und Barsarbe gelegentlich mit uns reisen.«

Aschure mußte erst die Mitteilung verarbeiten, daß sowohl Fleat als auch Pease mit dem Häuptling verheiratet waren. »Grindel hat zwei Frauen?«

Die junge Mutter sah sie fragend an. »Hält man es denn bei Eurem Volk nicht so?«

Goldfeder lächelte und erklärte, bevor Aschure etwas sagen konnte und die Awarin vielleicht mit einer unbedachten Entgegnung beleidigte: »Nein, Pease. Wie bei den Ikariern pflegt man bei den Ebenenbewohnern die Einehe.« Sie wandte sich an Aschure: »Die Awaren lieben Kinder über alles. Wenn eine Frau nicht die erste Gemahlin eines Mannes werden kann, läßt sie sich gern von ihm zur Zweitfrau nehmen. Und Grindel darf sich geehrt fühlen, daß Pease einwilligte, in seinen Klan zu kommen, nachdem er sie darum gebeten hatte.«

Der Säugling fing an zu schreien. Die Mutter knöpfte ihr Langhemd auf und gab ihm die Brust. Eine Weile war sie nur für das Baby da, dann schaute sie die Acharitin neugierig an: »Wie viele Kinder habt Ihr denn, Aschure?«

»Ich? Keins. Schließlich bin ich nicht verheiratet.«

»Was, in Eurem Alter?« fragte Pease fassungslos.

Aschure fühlte sich mit einem Mal steinalt.

»Fleat hat alle ihre Kinder vor ihrem dreiundzwanzigsten Sommer zur Welt gebracht. Und ich zähle erst neunzehn.«

Ein Schrei ertönte aus dem Zelt, in dem Barsarbe Ramus Bein versorgte. Die Frauen am Feuer erbleichten, als sie Knochen knirschen hörten. Goldfeder klopfte dann Aschure sanft aufs Knie. »Die Zaubererpriesterin ist eine erfahrene Heilerin. Wenn jemand Ramu retten kann, dann sie.«

Aschure nickte.

2

STERNENMANN

Axis stolperte mit ausdrucksloser Miene und das Schwert noch in der Rechten aus dem Verbotenen Tal. Die unterschiedlichsten Worte und Bilder wirbelten durch seinen Kopf. Der Aware hatte behauptet, er habe die Seele eines Zauberers, eines ikarischen Zauberers. Goldfeder hatte gesagt, alle Ikarier würden singen, und die Musik stecke ihnen im Blut. Axis selbst hatte Weisen gesungen und Melodien gespielt, die ihm niemals jemand beigebracht hatte. Und jetzt drangen ihm immer neue Lieder mit merkwürdigen Texten aus den tiefsten und geheimsten Stellen seines Inneren in seinen Geist. Er hatte sich mit einem uralten Zauber gegen die Erscheinung des Gorgrael geschützt, gestern dem Awarenmädchen ein Lied vorgesungen und damit etwas bewirkt, das Ramu die Fassung geraubt hatte. Und mindestens ebenso heftig, hatte ihn beim Anblick des gefangenen Awaren Mitleid und nicht Haß erfaßt.

Wer war sein Vater?

Der Krieger wollte die Verbindung nicht herstellen, die sich immer deutlicher aufdrängte. Er weigerte sich strikt, die offensichtliche Schlußfolgerung zu ziehen, weil er sonst unweigerlich den Verstand verloren hätte. Axis wollte jetzt nur noch einen Fuß vor den anderen setzen und irgendwie ins Feldlager seiner Axtschwinger zurückkehren – zurück in eine Welt, die er kannte und die ihn kannte.

Wie könnte er der Sohn eines Unaussprechlichen sein, da er doch sein ganzes Leben im Dienst der Kirche verbracht und ihr sein Leben geweiht hatte? Wie könnte er da vom Erzfeind des Seneschalls abstammen? Wie könnte das giftige Blut dieser Kreaturen in seinen Adern fließen, da er doch seit allerfrühester Kindheit die Unaussprechlichen gehaßt und gefürchtet hatte.

Mußte er sich selbst als den Unaussprechlichen zugehörig ansehen? Und hatte dieser Umstand das Mitgefühl mit diesen Wesen in ihm ausgelöst?

»Niemals!« rief er. »Das kann nicht sein!«

Ramu hatte ihm zugerufen, Faraday lebe noch. Wie sollte das denn möglich sein? Und woher wollte der Aware das wissen? Wenn er sich der Hoffnung hingab, die Edle sei nicht zu Tode gekommen und dann später feststellen mußte, daß sie doch nicht mehr unter den Lebenden weilte, wäre das wahrlich zu unerträglich.

»Niemals!« schwor Axis sich grimmig. »Das kann nicht sein.«

»Axtherr!«

Der Krieger hob unwillig den Kopf. Arne preschte auf seinem großen Rotschimmelwallach heran, und die Erleichterung war seinem Gesicht überdeutlich anzusehen. Einige Axtschwinger folgten ihm. Axis blieb stehen und straffte seine Gestalt.

»Axtherr, wir haben Belial verletzt gefunden und Hagen ermordet. Und die Gefangenen sind fort! Ist denn Euch etwas geschehen?«

Der Krieger verzog das Gesicht. »Die Awaren konnten entfliehen, mit Aschures Hilfe.« Er schob sein Schwert in die Scheide.

Arnes Miene zeigte tiefen Zorn. »Dieses artorverdammte Luder. Sie hat ihren Vater ermordet und Belial hinterrücks niedergeschlagen!«

Axis wischte sich mit einer müden Geste über die Augen, und schon diese kleine Anstrengung ließ ihn taumeln. »Wie geht es meinem Leutnant?«

Der Offizier sah ihn besorgt an. »Er wird durchkommen. Ogden und Veremund kümmern sich um ihn. Sie meinen, sie könnten ihm helfen.«

»Die beiden Mönche ...« Neuer Glanz trat in Axis' Augen. »Ja, mit denen muß ich dringend sprechen«, murmelte er vor sich hin.

»Und was ist aus den Gefangenen und der Mörderin geworden? Habt Ihr sie verfolgt?«

Der Krieger seufzte und warf einen Blick zurück ins Verbotene Tal. »Sie hatten bereits einen zu großen Vorsprung und verschwanden irgendwo im Schattenland.«

»Verwünschte, elende Kreaturen!« fluchte Arne so laut, daß Axis zusammenzuckte und sein Gesicht noch grauer wurde. Er schwankte jetzt deutlicher, und der Offizier hielt ihm die Rechte hin. »Schwingt Euch hinter mir aufs Pferd, General.«

Die braven Bürger von Smyrdon standen in Gruppen auf den Straßen und auf dem Marktplatz zusammen. Die Nachricht von der Ermordung des Pflughüters und der Flucht der Unaussprechlichen hatte sich in Windeseile im Ort herumgesprochen. Kein Dorfbewohner zeigte sich besonders erstaunt darüber, als er erfuhr, daß Aschure ihren Vater ums Leben gebracht und einen Axtschwinger heimtückisch angegriffen habe – ausgerechnet den Stellvertreter des Axtherrn – und dann gemeinsam mit dem Mann und dem Kind davongelaufen sei. Solche Schandtaten paßten zu einer Frau ihrer Art. Man habe ja immer schon gewußt, daß es mit so einer einmal böse enden werde, versicherten sich die Bürger gegenseitig, und niemand habe sie wirklich gemocht. Die Dorfbewohner gaben sich zutiefst betroffen und ließen sich ihren Kummer über dieses verdorbene Mädchen deutlich anmerken. Aschure habe nie zu ihnen gepaßt, beteuerten sie sich immer wieder, und ihre Mutter habe ja auch schon ein schlechtes Beispiel gegeben. Aber diese Elende habe ihre Mutter in allem Schlimmen übertroffen. Ja, bei weitem übertroffen. Man dürfe eben nie einer Frau aus Nor trauen. Hagens absonderliche Liebe zu dieser Südländerin sei sein einziger Fehler gewesen, der ihm am Ende sogar den Tod eingetragen habe.

Man hatte die Leiche des Priesters ins Haus des Bürgers Hordley gebracht, wo sich auch die Klageweiber eingefunden hatten. Sie wuschen den Toten, nähten seine Bauchwunde zusammen und zogen ihm sein schönstes Amtsgewand an. Später würde das ganze Dorf an Hagen vorbeiziehen, um ihm die letzte Ehre zu erweisen. Andere Frauen wischten und schrubbten im Haus des Pflughüters den Boden und bereiteten das Bett für den schwerverletzten Offizier vor.

So kamen die braven Bürger, nachdem sie zuvor um einen Scheiterhaufen geprellt worden waren, doch nicht ganz um ihr Vergnügen. Welch glücklicher Umstand, daß ausgerechnet jetzt zwei Mönche ins Dorf gekommen waren. So konnten sie die Begräbnisriten für Hagen durchführen.

Axis glitt vor dem Haus des Pflughüters vom Pferd. »Arne«, fragte er, während er sich an das Roß lehnte, »wer ist da drinnen?«

»Als ich losritt, waren da nur Ogden, Veremund und Belial.«

Der Krieger nickte. »Gut. Ihr haltet hier vor der Tür Wache. Niemand darf hinein. Ich möchte für eine Weile nicht gestört werden.«

Der Offizier nickte. Für ihn galt ein Wort seines Axtherrn mindestens soviel wie ein ganzes Edikt von König Priam.

Axis ging zur Tür. Würde Arne immer noch ein solch unerschütterliches Vertrauen in ihn haben, wenn er erführe, wer er Wirklichkeit war? Der Krieger atmete tief durch. Höchste Zeit, ein paar Antworten von den beiden merkwürdigen Mönchen zu erhalten. Axis war es leid, sich mit vagen Andeutungen abspeisen zu lassen. Nun sollten diese beiden … Brüder … ihm endlich alles sagen, was sie wußten.

Für einen Moment blieb er auf der Schwelle stehen, um Mut zu fassen. Dann gab Axis sich einen Ruck, trat ein und schloß die Tür fest hinter sich.

Ogden und Veremund bemerkten sein Erscheinen nicht sofort. Sie beugten sich gerade am anderen Ende der Stube über Belial, der ausgestreckt und still auf dem Bett lag. Der kleine Dicke hatte dem Leutnant eine Hand aufs Gesicht gelegt, aus deren Fingerspitzen goldfarbenes Licht strömte. Der Hagere stand neben dem Mönch, hatte ihm die Rechte auf die Schulter gelegt und murmelte Unverständliches vor sich hin.

Axis lehnte sich gegen die Tür und betrachtete die beiden. Belial schien sich nicht in Gefahr zu befinden und brauchte deswegen keinen Beistand von seinem General. Der Krieger spürte, wie er plötzlich ärgerlich wurde. Die beiden Mönche waren ganz und gar nicht das, was sie vorgaben. Aber den Spaß wollte er ihnen nun verderben. Die Zeit für Spielchen war endgültig vorüber.

Dann bemerkte Veremund plötzlich, daß sie nicht mehr allein waren. Der Hagere nahm gerade ein Tuch von einem Beistelltisch, um dem Verwundeten damit über das Gesicht zu wischen, als er aus dem Winkel eines seiner goldenen Augen den Axtherrn wahrnahm. Sofort erstarb das fremdartige Leuchten in seinen Augen. »Axis«, entfuhr es ihm schwer atmend, und Ogden nahm seine Hand von Belials Gesicht. Beide drehten sich zu dem Krieger um, schienen dann aber nicht zu wissen, was sie tun oder sagen sollten. Eigentlich hatten sie noch etwas warten wollen, ehe sie sich ihm offenbarten.

Axis stieß sich von der Tür ab und schlenderte aufreizend langsam durch den Raum, ohne die Mönche aus den Augen zu lassen. Mit einem Mal war er an ihnen vorbei und an Belials Seite. Der Leutnant lag ganz still da und atmete leicht. Man hatte ihm kalte Kompressen auf die Stirn und unter den Nacken gelegt. Noch während Axis auf ihn hinuntersah, öffnete Belial die Augen und verzog gleich voller Reue das Gesicht.

»Axtherr, ich habe mich töricht benommen. Niemals hätte ich ihr den Rücken zukehren dürfen.«

Der Krieger schnaubte unwillig. »Ihr könnt noch von Glück sagen, daß sie nicht auch auf Euch mit dem Messer losgegangen ist. Aschure scheint nämlich sehr genau zu wissen, wie man mit einer Klinge umgeht.«

»Ich hätte so etwas niemals von ihr erwartet«, murmelte der Leutnant und betastete mit zitternden Fingern vorsichtig seinen Hinterkopf.

»Nun, wenn es Euch ein Trost sein sollte, die Priestertochter wirkte ziemlich zerknirscht bei dem Gedanken, Euch beinahe ebenfalls ermordet zu haben. Sie bat mich, Euch ihre Entschuldigung zu übermitteln. Offensichtlich muß Euer Charme sie so verzaubert haben, daß sie im entscheidenden Moment davor zurückschreckte, fester zuzuschlagen.«

»Frauen sind bei mir immer schon schwach geworden«, entgegnete der junge Mann mit einem schiefen Lächeln und schloß dann die Augen. Seiner Miene war anzusehen, daß er wieder Schmerzen litt.

»Ihr habt mit ihnen gesprochen?« fragte Ogden nervös. Er war neben Axis getreten.

Der Krieger fuhr so rasch herum, daß der Mönch nicht im mindesten auf das vorbereitet war, was nun passierte. Ehe er sich versah, hatte Axis ihn am Schopf gepackt, so daß der Kopf nach hinten flog und ihm mit der anderen Hand einen kurzen Dolch an die Kehle gedrückt.

»Steckt Aschure mit dir unter einer Decke, Alter?« fragte der Krieger ihn gefährlich leise. Sein Gesicht befand sich nur wenige Zoll von dem Ogdens entfernt. »Hast du sie dafür bezahlt? Die Geschichte stinkt bis zum Himmel nach dir und deinem feinen Mitbruder.«

»Axis!« krächzte Belial matt. »Tut ihm nichts zuleide! Sie haben meinen Kopf gut versorgt.«

»Dazu hatten sie auch allen Grund«, knurrte der Krieger und sah Ogden immer noch streng an. »Ich wette, daß diese beiden die ganze Flucht geplant haben.«

»Axis!« Veremund flatterte hilflos um seinen Mitbruder und den Axtherrn herum. Er wußte nicht, was er tun sollte, und wenn ihm etwas eingefallen wäre, hätte es Axis wahrscheinlich nur dazu veranlaßt, die Dolchspitze entschieden zu tief in Ogdens Hals zu bohren.

»Werdet ihr zwei mir jetzt offen und ehrlich meine Fragen beantworten?«

»Ja! Ja!« rief der Hagere und seine Arme ruderten auf und ab, als wolle er in die Lüfte steigen. »Aber bitte, laßt Bruder Ogden wieder los!«

Axis löste so abrupt beide Hände von dem Mönch, daß er auf den Boden plumpste. Der Krieger setzte sich auf das Fußende des Bettes und schob das Messer in seinen Stiefel zurück. Belial, der sich ein wenig aufgerichtet hatte, um den Ereignissen besser folgen zu können, sank wieder in seine Kissen zurück.

Ogden sah den Krieger besorgt an. »Ich weiß nicht, ob das hier der rechte Ort ist, Axtherr.«

Axis holte tief Atem und warf einen Blick auf seinen Leutnant. »Oh doch, hier und jetzt, einen besseren Ort oder Zeitpunkt gibt es nicht. Ich möchte, daß Belial alles hört, denn an seinem Rat ist mir sehr gelegen.«

»Also gut. Veremund, würde es dir etwas ausmachen, mich auf dem Weg zu einem Stuhl zu stützen?«

Veremund half Ogden und besorgte sich dann selbst eine Sitzgelegenheit, ehe er sich an den Axtherrn wandte: »Was wollt Ihr wissen, Teuerster.«

Axis' Ärger war längst verpufft, und er wirkte jetzt nur noch erschöpft. »Erinnert Ihr Euch noch, wie wir uns in der Nacht nach dem Angriff an den Grabhügeln unterhalten haben?«

Beide Mönche nickten.

»Ich sagte Euch damals, daß die Lektüre der Prophezeiung ein dunkles Verlies in mir geöffnet habe, das mein ganzes Leben lang fest verschlossen gewesen sei. Ich teilte Euch auch mit, daß mir das nicht gefalle, was ich dort zu sehen bekäme. Nun, meine Herren, es ist ein wenig zuviel aus dieser finsteren Kammer herausgekrochen, um es weiterhin überspielen zu können. Und wenn ich nicht bald eine Erklärung für alles von Euch erhalte ... verliere ich noch den Verstand.«

Seine Seelenpein trat so deutlich zutage, daß Belial tröstend eine Hand nach ihm ausstreckte. Axis ergriff sie, richtete den Blick aber weiterhin fest auf die Mönche. »Wer immer Ihr auch sein mögt, Ogden und Veremund, ich glaube Euch keine Sekunde länger diese Scharade von den einfachen Brüdern des Seneschalls, die sich ganz dem Studium und der Kontemplation verschrieben haben und in dreiundneunzigjähriger Isolation der Geistestrübung verfallen sind. Also, was verbirgt sich hinter dieser Maskerade?«

Ogden und Veremund sahen sich an und faßten sich unsicher an den Händen. »Mein Lieber«, flüsterte Ogden, »ist der Augenblick nun gekommen?«

»Euch bleibt keine verdammte Wahl mehr«, drängte Axis mit

lauter Stimme. »Denn wenn Ihr Euch weiter ziert – ich habe meinen Dolch schnell wieder zur Hand.«

Die Mönche nickten einander zu und schienen zu einem Entschluß gekommen zu sein. Ihre Augen, sonst hellgrau das eine Paar und schwarz wie die Nacht das andere, glühten unvermittelt golden wie die Sonne. »Wir sind Wächter«, antworteten sie wie aus einem Mund, und dann fuhr Ogden allein fort: »Wir sind Geschöpfe der …«

»Und dienen der …« fügte Veremund hinzu.

»Prophezeiung des Zerstörers«, vereinten sie sich wieder zum Chor.

Danach herrschte für kurze Zeit Ruhe. Das goldene Licht erstarb so abrupt, wie es gekommen war, und die beiden Wächter saßen wieder wie biedere ältliche Mönche vor dem Axtherrn und seinem Leutnant. Sie schienen darauf zu warten, wie diese Mitteilung aufgenommen würde.

»Aha«, sagte der Krieger nur. Er ahnte ja schon seit längerem, daß sich hinter den beiden mehr verbarg, als sie bereit waren zuzugeben, und deswegen hatte er auf eine Erklärung gedrängt.

Belial lachte plötzlich, und das Geräusch zerriß die Stille des Raums. »Kein Wunder, daß Ihr beim Totenritual kaum einen Satz richtig herausbekommen habt. Woher solltet Ihr den Text auch kennen?« Aber der junge Soldat machte sich nicht über die beiden lustig, sondern betrachtete sie vielmehr mit Ehrfurcht.

»Ich darf ein paar Schlußfolgerungen ziehen«, bemerkte Axis. »Wir wissen, daß Gorgrael sich im Norden erhoben hat. Und jetzt wandern Wächter durch das Land, richtig?« Er senkte den Kopf, schien mit sich zu ringen und sich dann entschieden zu haben. »Schön, Ihr beiden, soll ich Euch nun einmal sagen, wer ich bin?«

Beide Mönche hielten gleichzeitig den Atem an.

Der Krieger sah ihre erwartungsvollen Mienen und lachte bitter. »Ich bin der Sohn von Rivkah«, zwang er sich zum Weiterreden, »einer Fürstin von Achar … und eines ikarischen Zauberers.« Axis fühlte sich sehr erleichtert, als er es endlich ausgesprochen hatte, und ließ die Schultern hängen, als sei er von einer großen Last befreit. Belial sah ihn belustigt an.

Veremund nickte langsam und schwer. »Ja, das glauben wir auch. Aber mehr wissen wir leider auch nicht über Eure Herkunft, Axis. Euer Vater muß tatsächlich ein ikarischer Zauberer gewesen sein.«

»Wie seid Ihr darauf gekommen, Axtherr?« fragte Ogden.

Doch der Krieger ignorierte ihn und wandte sich mit bebenden Schultern an seinen Leutnant. »Nun, Belial, was haltet Ihr davon? Da stehen wir nun, zwei Axtschwinger, die den Auftrag haben, jeden Unaussprechlichen niederzumachen, den wir aufspüren können, und jetzt müßt Ihr erfahren, daß Euer General selbst zu diesen Kreaturen gehört. Was sagt Ihr dazu?«

Der junge Mann hielt sich an Axis' Hand fest, um sich hochzuziehen. Das eben Gehörte hatte ihn sehr verwirrt, die letzten Minuten waren sehr anstrengend für ihn gewesen, und sein Geist war noch zu sehr erfüllt davon, was er gerade hatte hören müssen. Doch obwohl er seit frühester Jugend dazu erzogen worden war, die Unaussprechlichen zu fürchten, war ihm der awarische Gefangene doch als ein Mann erschienen, dem man eher mit Achtung als mit Haß begegnen sollte. Und der Mann, der hier an seinem Bett saß, kam ihm nicht wie eine verdammenswerte Kreatur vor, sondern war sein Freund und brauchte jetzt seinen Beistand mehr als je zuvor.

»Ich sage dazu, daß Ihr mein Axtherr seid«, erklärte der Leutnant mit wildem Blick, bereit, jeden zu durchbohren, der etwas dagegen sagen wollte. »Ich sage dazu, daß Ihr der beste Befehlshaber seid, unter dem ich je dienen durfte. Und ich sage auch, daß Ihr mein Freund seid. Bei der Auswahl meiner Freunde habe ich nie danach gefragt, wer ihr Vater sein möge.«

Tränen traten dem Krieger in die Augen, und er beugte sich vor und umarmte den Freund. Veremund war so erleichtert, daß ihm ganz schwach wurde. Belial hatte gerade ganz allein das geschafft, wozu die beiden Wächter sonst noch Monate benötigt hätten.

»Wie seid Ihr darauf gekommen?« fragte Ogden noch einmal.

Axis wandte sich endlich wieder an ihn: »Durch die Musik, an die ich mich sonderbarerweise erinnerte. Das Lied, das ich dem Gorgrael sang … und die Weise, mit der ich das Mädchen heilen konnte …« Der Krieger betrachtete nachdenklich die Deckenbalken. »Dann meinte Ramu, ich hätte die Seele eines ikarischen Zauberers …« Er lachte kurz. »Der Aware fragte mich auch, warum ich die schwarze Uniform mit den gekreuzten Äxten als Abzeichen trage.« Axis tippte sich gedankenverloren an die Brust, »denn die Ikarier haßten die Axtschwinger doch ebenso sehr, wie es die Awaren täten. Und als ich Ramu vor dem Schattenland unter meinem Schwert hatte, trat eine ältere Frau aus dem Wald auf mich zu.«

Ogden und Veremund rückten gleichzeitig vor. Sie hatten ja noch nicht erfahren, was sich am frühen Morgen ereignet hatte. »Welche Frau?« wollte der Hagere gleich wissen. »Und was ist geschehen?«

Axis berichtete ihnen kurz von Aschures Flucht und wie er sie und die entflohenen Gefangenen durch das Verbotene Tal verfolgt hatte. »Was nun diese Frau angeht, so kann ich nicht viel über sie sagen. Sie erschien mir jedoch eindeutig zu uns … eindeutig acharitischer Abstammung und keine Awarin zu sein. Ich fragte sie, ob sie die Ikarier kenne und ob diese zu singen pflegten. Sie bejahte und erklärte, daß den Ikariern ein magieerfüllter Gesang eigen sei und ihnen die Musik im Blut liege … Und da erinnerte ich mich meines eigenen musikalischen Talents. Seit ich die Ehre eurer Gesellschaft habe, ist es ja auf ganz ungewöhnliche Weise aufgeblüht.«

Ogden lehnte sich schweratmend zurück. »Als Ihr in der Prophezeiung gelesen habt, wußten wir, daß Ihr ikarischen Blutes sein mußtet. Der Prophet verfaßte seine Weissagungen nämlich in der Geheimsprache der Ikarier und nicht in der Sprache Tencendors. Niemand außer einem Ikarier kann sie deshalb lesen.«

Axis erhob sich, stellte sich vor das Feuer und starrte lange in die Flammen. »Warum habt Ihr gerade mich in der Schrift lesen lassen, meine Herren?« fragte er sie ehrerbietig. »Warum nicht einen der anderen, Timozel, Arne oder Gilbert? Und warum seid

Ihr den ganzen Weg durch Arken und Skarabost mit mir gezogen? Sagt es mir.«

Veremund zögerte. »Weil wir glauben, daß Ihr derjenige seid, auf den wir alle gewartet haben, Axis' Sohn, der Rivkah.«

»Auf wen haben denn alle gewartet?«

»Auf den Sternenmann«, antwortete Belial an ihrer Stelle. »Derjenige, der die drei Völker Tencendors wiedervereinen wird. Der einzige, der den Zerstörer aufhalten und besiegen kann.«

Die Mönche nickten. Wieder hatte Belial sie verblüfft. Er würde sich in den kommenden Monaten für Axis als wertvoller Verbündeter erweisen. Veremund dachte an die tieferen Rätsel der Weissagung und fragte sich, ob eines davon vielleicht mit dem jungen Leutnant zu tun habe.

»Ich will das aber nicht!« grollte der Krieger und drehte sich zu den dreien um. Sein Blick flog zwischen seinem Stellvertreter und den beiden Wächtern hin und her. »Ich will nicht der Sternenmann sein.«

»Axis …« begann Ogden, aber Axis ließ ihn nicht ausreden, schlug vor Wut und Verwirrung mit der Faust gegen die Steinwand und rief: »Wie könnte ich derjenige sein, der dieses angebliche Reich Tencendor wiedervereint? Ich bin der Axtherr. Der General des Seneschalls! Ich diene der Kirche, und die Kirche …«

»Stellt sich gegen alles, was Ihr seid, Axis!« Ogden sprang mit gerötetem Gesicht und leuchtenden Augen auf. »Der Seneschall hat, um seinen Artorglauben zu verbreiten und zu festigen, Lügen unter den Achariten verbreitet, um Haß auf die Ikarier und die Awaren hervorzurufen. Die Kirche hat diese beiden Völker aus dem Land vertrieben und es damit gegen die Angriffe Gorgraels verwundbar gemacht! Verdammt, Axis, Ihr kennt doch jetzt die Prophezeiung. Nur wenn die drei Völker vereint sind, kann der Zerstörer zurückgeschlagen werden!« Der Wächter hatte sich so in Rage geredet, daß er erst einmal Luft holen mußte. »Und Ihr seid der Mann, der das bewirken kann! Ihr seid Feldherr und General, und deswegen könnt Ihr auch Tencendor gegen alle Kräfte zusammenführen, die Gorgrael gegen uns aufbietet! Auch seid Ihr von königlich acharitischem Blut, und

Priam sollte endlich öffentlich anerkennen, daß er zwei Thronerben hat und nicht nur einen! Außerdem besitzt Ihr Mitgefühl, wie Ihr wieder und wieder bewiesen habt, und das benötigt Ihr vor allem anderen, wenn Ihr die Völker vereinen und Gorgrael vernichten wollt. Und schließlich tragt Ihr in Euch das Erbgut eines der mächtigsten ikarischen Zauberer, der je gelebt hat ... Ach, wenn Ihr diese Anlagen doch nur umarmen statt bekämpfen wolltet!«

Auf Axis' Miene wechselten die unterschiedlichsten Gefühle einander ab. »Ihr lügt. Ich kann die Zauberkräfte des Zerstörers nicht bekämpfen. Mir ist es ja nicht einmal gelungen, den Sturm aufzuhalten, der so viele meiner Männer getötet hat.«

»Nein!« rief der kleine dicke Wächter und reckte die rundliche Faust in die Luft. »Zur Zeit könnt Ihr das gewiß noch nicht. Dazu müßt Ihr erst Euren Vater finden, denn ohne seine Unterweisung werdet Ihr nie stark genug sein, Gorgrael zu besiegen. Und nur er kann Euch das Nötige beibringen. Wir müssen Euren Vater auch noch aus einem anderen Grund finden, denn er hat auch den Zerstörer gezeugt. Ohne ihn werden wir Gorgrael nie aufspüren oder mehr über ihn erfahren.«

Alle schwiegen. Ogdens leidenschaftlicher Ausbruch war verraucht, und er setzte sich langsam auf seinen Stuhl zurück. Belial schob unter großen Anstrengungen die Beine aus dem Bett und verharrte erst einmal in dieser Stellung, weil ihn Schwindelgefühle plagten. Axis starrte wieder in die Flammen, und Veremund schaute ein wenig hilflos von einem zum anderen und öffnete mehrmals den Mund, als wolle er etwas sagen.

»Was habe ich eigentlich mit dem Awarenmädchen angestellt?« fragte der Krieger, als er sich schließlich wieder zu den Wächtern umdrehte.

»Ihr habt ihr, wie die Ikarier es nennen, das Genesungslied gesungen«, antwortete Veremund. »Die Kleine lebte kaum noch. Aber als Ihr sie dann in den Armen hieltet, fiel Euch das Lied in der Not unversehens wieder ein. Es muß irgendwo in Eurem Gedächtnis vergraben gewesen sein, denn sonst hättet Ihr es ja nicht singen können. Also hat Euch irgendwann einmal jemand diese Weise beigebracht. Vielleicht war es Euer Vater, obwohl es mir unwahrscheinlich erscheinen will, daß er Euch gerade ein solches Lied sang, als Ihr noch im Mutterleib stecktet … Das Genesungslied ist sehr schön und ergreifend, denn es schafft das Leben neu. Seine Musik setzt sich aus dem Atem des Sterbenden und dem des Sängers zusammen, verwebt beide und bedient sich der Kraft der Sterne, um dem Kranken neues Leben einzuhauchen. Seit dreitausend Jahren vermochte kein ikarischer Zauberer mehr, dieses Lied so vollkommen zu singen wie Ihr. Niemand außer Euch hätte das Kind heute noch retten können. Ogden und ich haben geweint, als Ihr die Weise vortrugt«, er warf einen Blick auf seinen Mitwächter, »wir konnten einfach nicht anders. Ramu war dagegen vollkommen fassungslos. Denn schließlich ist er einer der Zaubererpriester der Awaren und versteht sich daher auf Magie und ihre Anwendung. So spürte er genau, was Ihr bei Schra bewirktet. Ihm war sicher auch bewußt, welcher Macht es bedarf, ein solches Lied zu singen. Kein Wunder, mein Lieber, daß er Euch danach fragte, warum Ihr eigentlich diese Uniform trügt.«

»Aber wenn Axis …« begann Belial mit brüchiger Stimme und mußte sich räuspern, »wenn er das Mädchen retten konnte und das in dieser Zeit niemand anderer vermag, warum ist er dann noch nicht stark genug, gegen den Zerstörer anzutreten?«

Der Krieger übernahm es selbst, ihm darauf zu antworten, und seine Stimme klang voller Bedauern: »Weil ich nicht weiß, wie ich das anfangen soll. Ich verfüge über gewisse Kräfte, verstehe mich aber noch nicht darauf, sie hervorzurufen. Mir gelingt es einfach noch nicht, mich meiner Zauberfähigkeiten zu bedienen und sie bei Bedarf einzusetzen. Auch habe ich keine Ahnung, wo meine Kräfte herkommen. Deshalb kann ich mich nicht einfach vor Gorgrael hinstellen und darauf bauen, daß mir schon rechtzeitig das richtige Lied einfällt, ehe er zuschlägt und mich zermalmt. So wie es jetzt um mich steht, könnte ich mit meinen Fähigkeiten nicht einmal eine dreibeinige Maus besiegen …« Er zögerte. »›Belle, geliebtes Weib‹ mag ja meine Truppe aus einer mißlichen Lage befreien, aber der Zerstörer wird bei diesem Lied wohl kaum schreiend die Flucht ergreifen. Es sei denn«, fügte er mit einem schiefen Grinsen hinzu, »Belial begleitet mich auf seiner Harfe. Eure Künste auf diesem Instrument sind nämlich so entsetzlich, mein Freund, daß selbst der Zerstörer das Grausen bekäme.«

Der Leutnant grinste ebenfalls, aber Ogden ließ sich von dem Geplänkel nicht ablenken. »Ihr müßt zu Eurem Vater, Axtherr, damit er Euch alles beibringen kann. Die ikarischen Zauberer geben ihre Fähigkeiten an ihre Kinder weiter. Niemand kann einen Zauberer ausbilden, es sei denn ein naher Blutsverwandter, der sich selbst darauf versteht, am ehesten der Vater oder die Mutter.«

Axis war das Singen vergangen, und er fragte gereizt: »Und wo, Wächter, soll ich meinen Vater finden, damit er mir all das beibringt, was ich wissen muß?«

Der kleine dicke Mann breitete die Arme aus und setzte eine Miene engelhafter Unschuld auf. »Wer weiß schon, wie die Prophezeiung es einrichten wird, in Erfüllung zu gehen.«

»Und was soll ich jetzt also tun, edle Geschöpfe der Weissagung?« fragte der Krieger wütend.

Veremund zuckte die Achseln. »Ihr setzt Euren Marsch fort, Axis. Reist nach Sigholt und dann zur Feste Gorken. An beiden Orten könntet Ihr Hinweise auf Euren Vater finden. In einer der Städte wurdet Ihr nämlich gezeugt und in der anderen geboren. Wer mag schon wissen, was Euer Vater dort sonst noch hinterlassen hat?«

Der Krieger wandte sich an Belial: »Mein Freund, wie könnte ich so weitermachen wie bisher? Wie soll ich nach all dem, was ich jetzt weiß, weiterhin der General der Axtschwinger sein.«

Der junge Leutnant zögerte keinen Moment mit der Anwort: »Ihr befehligt mehr als dreitausend Elitesoldaten und sollt die Verteidigung von Stadt und Feste Gorken verstärken. Das steht weder im Widerspruch zu Eurem Amt als Axtherr noch zu dem Umstand, einen ikarischen Zauberer zum Vater zu haben. Ihr folgt erst einmal weiter Euren Befehlen. Und so wie ich es sehe, verfügt Ihr mittlerweile über mehr Wissen als vorher – und damit vielleicht auch über neue Waffen und Zauber.«

»Das nenne ich wohl gesprochen«, rief Veremund.

»Ja«, stimmte Axis seufzend zu. »Wächter«, sagte er dann, »es gibt da noch etwas, das ich Euch erzählen muß. Als ich Ramu freiließ, erklärte er, daß er mir nun zwei Leben schulde und eines davon gleich zurückgeben wolle. Der Aware teilte mir mit, daß Faraday noch lebt. Woher will er das wissen?«

Die beiden Mönche sahen sich betroffen an. Sie konnten sich ausrechnen, daß es Jack und Yr irgendwie gelungen war, Faraday und Timozel heil aus dem Erdrutsch hinauszuführen. Aber wie sollte Ramu davon erfahren haben? Auf der anderen Seite durfte Axis nicht wissen, daß die junge Edle auf dem Weg nach Gorken war, um dort Bornheld zu heiraten. Schließlich konnte noch nicht ausgeschlossen werden, daß der Axtherr mit seiner Truppe vor dem Mädchen dort eintraf und damit all ihre Pläne zunichte machte. Doch sie hatten dem Krieger ja versprochen, ihm nicht die Unwahrheit zu sagen. Wie sollten sie nur einen Ausweg aus diesem Dilemma finden?

Veremund ergriff Axis' Hand. »Faraday könnte durchaus den Erdrutsch bei den alten Grabhügeln überlebt haben, das läßt sich nicht ausschließen. Viele Gänge und Gräber durchziehen dort den Boden.«

Der Axtherr wirkte entsetzt: »Dann irrt sie dort vielleicht noch herum, findet vermutlich allein nicht mehr hinaus.«

»Nein, nein«, widersprach Veremund hastig und suchte fieberhaft nach einer Erklärung: »Wenn Ramu sie gesehen hat, dann muß sie wieder nach oben gelangt sein. Vielleicht wollte sie ja von dort zurück in ihre Heimat in Skarabost. Wahrscheinlich hat Faraday ihn getroffen und ihm unter anderem von Euch berichtet. Warum hätte der Priester Euch das sonst erzählen sollen? Sorgt Euch nicht, Axis, wahrscheinlich ist sie längst auf dem Weg nach Hause, und mit Timozel an ihrer Seite kann ihr doch kaum etwas passieren, oder?«

Die Züge des Kriegers lösten sich ein wenig. »Ja, vermutlich habt Ihr recht. Nun denn, Brüder, Ihr mögt zwar nicht dem

Seneschall angehören, aber den armen Bürgern von Smyrdon steht zur Zeit nichts Besseres zur Verfügung. Ihr müßt das Totenritual durchführen. Wenigstens habt Ihr ja in der letzten Zeit ein wenig Übung darin bekommen.«

Belial lachte laut, zuckte jedoch gleich darauf zusammen und hielt sich stöhnend den Kopf.

Axis lächelte ebenfalls, weil seine Gedanken wieder bei Faraday waren. Er glaubte, wenigstens ein bißchen hoffen zu dürfen.

3

Im Geistbaumlager

Nach zwei Tagen zeigte sich Barsarbe mit Ramus Zustand so weit zufrieden, daß sie ihm gestattete, das Zelt zu verlassen. Grindel und seine Familie warteten schon ungeduldig darauf, von seinen Abenteuern auf der Seegrasebene zu hören und auch davon, wie Schra vor die Mutter getreten war. Aber die Priesterin blieb hart und erklärte, der Verletzte bedürfe noch dringend der Erholung, ehe er einen ausführlichen Bericht geben könne.

Goldfeder fand in dieser Zeit keine Ruhe. Ständig ging ihr das Gespräch mit dem Axtherrn durch den Kopf. Sie rief sich auch seinen Gesichtsausdruck ins Gedächtnis zurück ... Etwas an seinen Zügen löste eine Erinnerung in ihr aus ... irgend etwas ... was war es nur? Und dann durchfuhr die Erkenntnis sie wie ein glühender Speer. Er sah Priam in gewisser Weise ähnlich. Ein neuer Gedanke kam Goldfeder, so furchtbar, daß sich ihr der Magen umzudrehen drohte: Bornheld! Hatte man Bornheld zum Axtherrn ernannt? Der Fremde und der Herzog hatten das gleiche Alter, und bei den Sternen, er konnte die Liebe zu Artor und seine militärischen Fähigkeiten durchaus von seinem Vater Searlas geerbt haben ... Aber nein und nochmals nein.

Goldfeder wurde sichtlich ruhiger, als sie den Gedanken noch einmal gründlich durchging. Kaum denkbar, daß eine hochgestellte Persönlichkeit wie der Herzog von Ichtar ein Amt des Seneschalls annehmen würde. Und hatte Aschure nicht irgendwann den Namen dieses Mannes genannt ... Axis? Ja, genau, sie hatte Axis gesagt. Sie atmete erleichtert auf. Den Sternen sei Dank, nicht Bornheld. Das wäre wirklich zu furchtbar gewesen. Man stelle sich nur einmal vor, Bornheld nach so vielen Jahren wiederzubegegnen. Nein, zuviel Schuld hatte der Herzog auf sich geladen, um ein solches Treffen zu wünschen.

Außerdem hatte Axis Searlas überhaupt nicht ähnlich gesehen. Kein bißchen. Doch die Begegnung mit ihm ließ Goldfeder nicht mehr los und überschattete all ihre Gedanken. An seinem Gesicht waren ihr mehrere Dinge aufgefallen. Vor allem seine Augen. Wie die von … Nein, Schluß damit! befahl Goldfeder sich streng. Hör auf! Du hast mit deiner Vergangenheit gebrochen und sie hinter dir gelassen. Warum sich jetzt also wieder damit befassen wie mit einem kranken Zahn? Bei dem Axtherrn handelte es sich wahrscheinlich um einen Vetter soundsovielten Grades der königlichen Familie. Ja, das erklärte die Ähnlichkeit mit Priam. Sie überzeugte sich immer mehr davon und konnte sich schließlich zu einem Lächeln durchringen. Die Sterne allein mochten wissen, wo überall die früheren Könige ihren Samen hinterlassen hatten.

Während Barsarbe Ramu die meiste Zeit im Zelt festhielt und ihm jede Äußerungen verbot, außer solchen, die sich um seine körperlichen Bedürfnisse drehten, lief Goldfeder immer öfter durch Awarinheim. Sie versuchte, auf andere Gedanken zu kommen und konzentrierte sich auf ihren Mann und ihre Tochter, die in den Eisdachbergen auf ihre Rückkehr warteten. Goldfeder half den Awaren, wo immer sie konnte und verbrachte stets mehrere Monate im Jahr weit fort von der Heimat. Und oft genug fragte sie sich, ob sie sich nicht nur äußerlich, sondern auch innerlich von ihrer Familie entfernte. Doch jetzt waren auch noch die Skrälinge aufgetaucht und plagten die Awaren mit ihren Überfällen. Goldfeder spürte, daß damit noch mehr Arbeit auf sie zukommen würde. Mehr denn je zuvor in den vergangenen zwanzig Jahren bedurften die Awaren jetzt ihrer und der Ikarier Hilfe.

Aschure verbrachte die zwei Tage hauptsächlich damit, sich unnütz zu fühlen. Der Klan hatte noch nicht darüber entschieden, ob sie bleiben durfte, und so nutzte sie gern jede Gelegenheit, sich mit Fleat und Pease zu unterhalten. Grindels erste Frau bedauerte die Ebenenbewohner und berichtete Aschure, was

Ramu, Schra und all den anderen Kindern in den letzten fünf Jahren während ihrer Reisen widerfahren war, die sie an Smyrdon vorbeigeführt hatten.

»Wir verehren die Mutter als Lebensspenderin«, erklärte Fleat an einem Abend, als sie und Pease vor dem Feuer Knollen zwischen flachen Steinen zu Mehl zermahlten. »Diejenigen Kinder, die zu Zaubererpriestern und -priesterinnen ausgebildet werden sollen, führen wir zur Mutter, damit sie ein enges Band miteinander knüpfen können. Auf diese Weise können sie nicht nur den Heiligen Hain berühren, sondern auch die Rhythmen des Lebens, die uns umgeben, dazu nutzen, Lebewesen zu heilen und Wachstum zu fördern. Sowohl wir Awaren als auch Awarinheim« – sie hielt kurz in der Arbeit inne und warf einen Blick auf den allgegenwärtigen Wald –, »verlassen uns darauf, daß die Zaubererpriester das Land und die Jahreszeiten gesund halten. Denn andernfalls müßten wir alle sterben.«

Grindels zweite Frau fügte getrocknete Beeren und Schmalz zum Mehl, rollte den Teig aus und formte daraus kleine Laibe. Diese wickelte sie in große, wächserne Odinforblätter und schob sie zum Backen zwischen die glühenden Kohlen. »Unser Klan ist sehr stolz darauf, daß die Zaubererpriester Schra dazu auserkoren haben, der Mutter vorgestellt zu werden«, erklärte Pease und lächelte dem Mädchen liebevoll zu, das ihr seit seiner Rückkehr nicht von der Seite gewichen war. »Der Geistbaum-Klan hatte vorher schon einen Zaubererpriester, nämlich Ramu, Grindels jüngeren Bruder, und jetzt bekommen wir sicher bald einen zweiten.«

»Gehört Barsarbe denn nicht zu Eurer Sippe?« fragte Aschure, die die verwickelten Verwandtschaftsverhältnisse im Klan noch immer nicht so recht durchschaute.

»Nein«, entgegnete Fleat. »Sie stammt vom Flachstein-Klan und ist nur mit uns zum Rand von Awarinheim gezogen, um bei Ramus Rückkehr mit Schra dabei zu sein.« Sie atmete hörbar auf. »Der Mutter sei Dank, daß sie das getan hat. Ohne ihre Heilkünste stünde es sonst wohl schlecht um den Zaubererpriester.«

Aschure half den beiden Awarinnen dabei, eine fette Forelle auszunehmen, die im Nordra geangelt worden war. Die älteren Kinder halfen ihren Müttern für gewöhnlich bei der zeitaufwendigen Nahrungssuche. Zum Spielen kamen sie in der Regel erst in den frühen Abendstunden. Die Menschenfrau hatte bisher nicht feststellen können, ob die Awaren Getreide anbauten oder Gemüse anpflanzten. Offenbar gaben sie sich mit dem zufrieden, was der große Wald ihnen bot. »Leben alle Awaren in einem solchen Klan zusammen wie Ihr?« fragte Aschure und saugte an ihrem Finger, weil sie sich mit dem scharfen Fischmesser geschnitten hatte.

»Ja«, antwortete Fleat und reichte ihr ein Odinforblatt, um sich damit die Wunde zu verbinden. »Wir alle hier sind kleinen Familiensippen zugehörig. Die Awaren leben ausschließlich von dem, was der Awarinheimwald ihnen bietet. Größere Gemeinschaften wie die Städte oder Dörfer, in denen Ihr lebt, wären bei uns nicht überlebensfähig. Das ganze Jahr hindurch ziehen wir durch den großen Wald und lassen uns mal da und mal dort nieder. Für unseren Geschmack halten wir uns hier viel zu nahe an der Reichsgrenze auf. Aber wir sind ja auch nur hierher gewandert, um auf Ramus und Schras Rückkehr zu warten.«

»Und bald ziehen wir zum großen Jultidenfest weiter!« fügte Pease hinzu, und ihre dunkelbraunen Augen leuchteten vor großer Vorfreude.

Aschure sah die beiden fragend an. »Was ist denn das?«

Goldfeder trat nun zu ihnen und setzte sich neben die Acharitin ans Feuer. »Jedes Jahr kommen die Awaren und die Ikarier an zwei bedeutenden Festtagen zusammen. Obwohl erstere sich dem Boden und zweitere sich mehr dem Himmel verbunden fühlen, stehen bei beiden Jultide und Beltide hoch im Kurs. Sie ziehen an diesen Tagen zu den Hainen im nördlichen Awarinheim, wo die Wälder an die Berge stoßen. Jultide ist das wichtigste Fest beider Völker und wird in der längsten Nacht des Jahres begangen, der Wintersonnenwende, die in wenigen Wochen gefeiert wird. Die awarischen Zaubererpriester und die ikarischen Zauberer vereinigen dort ihre Kräfte, durch die die Sonne aus ihrem Tod geweckt und wiedergeboren wird. Beltide ist das fröhlichere Fest von beiden und wird im Frühjahr begangen, um das Wiedererwachen der Erde nach dem winterlichen Todesschlaf zu feiern.«

Pease grinste. »Viele Ehen werden zu Beltide geschlossen. Zu diesem Festtag wurde auch ich als Grindels Frau in den Geistbaum-Klan aufgenommen. Auch andere Dinge sind bei dieser Gelegenheit von Wichtigkeit. Beltide ist nämlich die einzige Nacht des Jahres, in der Ikarier wie Awaren den Versuchungen und Verlockungen nachgeben dürfen, die ihnen sonst untersagt sind. Bei diesem Fest werden nämlich alle Träume und Wünsche wahr. Sagt uns doch, Aschure, wovon Ihr träumt? Und von wem?«

Die Acharitin errötete, und die anderen Frauen lachten.

»Aschure wird wohl kaum die Möglichkeit haben, an den Beltiden-Exzessen teilzunehmen, Pease, wenn sie nicht beim Klan bleiben darf.« Barsarbe war vor ihr Zelt getreten und sah die Menschenfrau kühl an. Die beiden Awarinnen hörten sofort auf zu lachen und wandten den Blick ab. Goldfeder aber lächelte Aschure voller Zuversicht zu. Die Zaubererpriesterin wandte sich nun an die erste Ehefrau: »Fleat, wollt Ihr mir bitte helfen? Ramu weigert sich, noch eine Minute länger im Bett liegenzubleiben, und will unbedingt mit uns zu Abend essen. Na ja, vielleicht ist es wirklich an der Zeit, seine Geschichte zu hören.«

Wenig später führten die beiden Frauen einen bleichen Ramu aus dem Zelt. Sein Bein war geschient und verbunden worden, und er konnte sich nur humpelnd fortbewegen. Als der Zaubererpriester das Feuer erreichte, ließ er sich erleichtert daran nieder. Obwohl er immer noch Schmerzen zu haben schien, lächelte Ramu den Frauen und Kindern gutgelaunt zu, die sich nun mit erwartungsvoller Miene hier versammelten. Eben kehrte auch Grindel ins Lager zurück und warf Ramu sofort einen besorgten Blick zu.

»Bruder, geht es Euch wieder besser?«

»Dank Barsarbes Künsten und der guten Pflege von Fleat und Pease fühle ich mich wie neugeboren, Grindel.« Die tiefen Falten in seinem Gesicht und die wächserne Farbe seiner Haut straften diese Worte Lügen. Doch aus seinen Augen leuchtete wieder die Lebensfreude, und sein lachender Mund zeigte an, daß er seinen Humor wiedergefunden hatte.

Grindel wirkte erleichtert und gesellte sich zu den anderen an der Feuerstelle. »Mir wäre es wohl nie passiert, Bruder, mich von einem Axtschwinger erwischen zu lassen.«

»Er ist zurückgeblieben, damit Schra und ich uns in Sicherheit bringen konnten«, widersprach Aschure sofort heftig, weil es sie empörte, daß jemand über Ramus Heldentat spottete.

Aber sowohl Grindel als auch sein Bruder sahen sie sofort vorwurfsvoll an, weil sie so dazwischengeplatzt war. Aschure senkte sofort den Blick und bereute ihr vorlautes Benehmen. Selbst die drei älteren Kinder bedachten sie, gleich ihrem Vater, mit vorwurfsvoller Miene. Nur Goldfeder klopfte der jungen Frau mitfühlend auf den Arm. Von allen, die sich hier am Lagerfeuer eingefunden hatte, wußte sie am besten, was es hieß, als Fremde bei einem Volk zu sitzen, das nichts von der Kultur wußte, aus der man kam. Sie erinnerte sich noch sehr gut an die Schwierigkeiten ihrer ersten fünf Jahre bei den Ikariern.

Fleat reichte Ramu einen Becher mit dem Kräutertee, den die Awaren bei jeder Gelegenheit aufbrühten und tranken. Der Zaubererpriester nahm ihn dankbar entgegen. Nach dem ersten Schluck starrte er lange ins Feuer, seufzte und wandte sich dann an den Klan.

»So vieles habe ich Euch zu berichten, und einiges davon wird Eure Ohren nicht erfreuen. Und das wenige Gute stellt sich uns meist, vorsichtig ausgedrückt, als Rätsel dar.« Die Heilerin ließ sich neben ihm nieder, und er ergriff ihre Hand. »Barsarbe, all das, was wir befürchtet haben, ist eingetreten. Die Zeit der Prophezeiung ist gekommen. Gorgrael wurde geboren und bereitet sich bereits darauf vor, seine Horden in den Süden einfallen zu lassen und alles zu zerstören, was ihm in die Quere kommt. Die Furcht zieht über das Land.«

Alle am Feuer hielten den Atem an. Nur Aschure nicht, denn sie hatte keine Ahnung, wovon der Zaubererpriester sprach. Die Awaren kannten natürlich die Weissagung vom Zerstörer. Schon beim letzten Beltidefest hatten alle nur ihrer Furcht darüber Ausdruck verliehen, daß die Zeit der Prophezeiung angebrochen sein könnte, sich bereits erfülle.

»Wie könnt Ihr Euch da so sicher sein?« fragte Barsarbe nach einem besorgten Blick auf den Klanhäuptling.

Ramu holte tief Luft. »Die Wächter wandeln schon über das Land. Schra und ich sind zweien von ihnen bei der Mutter begegnet.« Hatten seine Worte eben Fassungslosigkeit ausgelöst, so spiegelte sich nun Erschrecken auf den Gesichtern seiner Zuhörer.

Der Verletzte schilderte, wie sie am Farnbruchsee mit Jack und Yr zusammengetroffen waren, wie diese ihm versichert hatten, daß die Weissagung sich erfülle und daß der Sternenmann sich bereits rüste, Gorgrael gegenüberzutreten.

»Wo hält sich der Sternenmann denn auf?« wollte die Zaubererpriesterin sofort wissen.

Ramu zuckte die Achseln. »Keine Ahnung. Jack und Yr verhielten sich sehr zurückhaltend, als ich mehr über den Sternenmann erfahren wollte. Er hat sich wohl auch schon auf den Weg gemacht, aber aus den Worten der Wächter gewann ich den Eindruck, daß die Zeit für eine Begegnung mit ihm noch nicht reif ist. Vermutlich muß der Sternenmann erst noch die Mauern durchbrechen, die die Lügen um ihn errichtet haben.«

»Und was haben Euch die Wächter noch mitgeteilt, Bruder?«

Der Zaubererpriester sammelte seine Gedanken. »Sie sprachen von ihren beiden Gefährten, die mit dem Axtherrn der Axtschwinger ziehen, und über einiges andere. Doch dürften ihre weiteren Worte nicht so wichtig sein wie die junge Frau, die sie mitführten.« Ramu legte eine Kunstpause ein und blickte in die erwartungsvollen Gesichter. »Jack und Yr waren nicht ohne Grund zur Mutter gezogen. Nein, sie wollten ihr eine Ebenenbewohnerin, die junge Faraday, vorführen.«

»Was für ein Sakrileg!« zischte Barsarbe.

Aber Ramu hob eine Hand. »Das dachte ich im ersten Moment auch. Doch dann forderten die Mächte mich auf, die junge Frau einer Probe zu unterziehen, und das habe ich getan.«

»Ihr habt die Prüfung an ihr durchgeführt?« fragte Pease ungläubig.

Der Priester nickte. »Faraday erwies sich als ungeheuer stark. Meine Freunde, die Wächter glauben, wie inzwischen auch ich, daß es sich bei der jungen Frau um die Baumfreundin handelt. Der Wald hat für sie gesungen. So etwas hat sich seit Awarengedenken nicht mehr ereignet.«

Alle schwiegen ergriffen, weil sie diese Neuigkeit erst einmal aufnehmen mußten. Seit den Axtkriegen, in dessen Verlauf die Awaren hinter die Grenzberge abgedrängt wurden und der südliche Awarinheimwald den Äxten zum Opfer fiel, lebte in diesem Volk die Sage vom Baumfreund, der eines Tages erscheinen sollte. Ein Wesen, das die Awaren über die Grenzberge zurückführen und in die Lage versetzen sollte, sich selbst und den Wald auf den öden Ebenen bis hin zur Breitwallbucht wieder anzusiedeln. Aber daß es sich bei dem Baumfreund um eine Acharitin handeln sollte, um eine Nachfahrin der Soldaten also, die einst Awaren und Awarinheim fast ausgemerzt hatten, wollte den Mitgliedern des Geistbaum-Klans nicht in den Sinn.

Ramu erkannte in den Mienen seiner Klangenossen, welche Gefühle in ihnen aufwallten und welche Gedanken sie beherrschten.

»Nachdem ich Faraday der Probe unterzogen hatte«, fuhr er leise fort, obwohl er genau wußte, daß seine Gefährten gar nichts mehr darüber hören wollten, »zeigte ich sie der Mutter und verband sie dann mit ihr. Genau so, wie ich es danach mit Schra getan habe. Wir schritten über die Pfade des Heiligen Hains. Die Gehörnten erschienen, grüßten die junge Frau und nannten sie Baumfreundin.«

Hier hielt der Zaubererpriester inne, damit die Awaren erst einmal Zeit zum Überlegen hatten. Goldfeder hatte mit diesen Neuigkeiten nicht so große Schwierigkeiten wie die anderen. Die Awaren warteten schon seit langem auf die Ankunft des Baumfreundes und hatten stets alle Hoffnung auf ihn gesetzt. Aber nun traf es sie wie ein harter Schlag, als sie erfahren mußten, daß dieser Baumfreund aus den Reihen ihrer größten Feinde stammte. Goldfeder runzelte nachdenklich die Stirn, als sie den Namen Faraday hörte. Was hatte Ramu dem Axtherrn über diese Frau zugerufen? Aschure verstand erst recht kein Wort mehr und wirkte völlig verwirrt. Goldfeder gab ihr zu verstehen, daß sie ihr später alles erklären werde, und wandte sich wieder dem zu, was Ramu zu sagen hatte. Fürwahr, merkwürdige Zeiten schienen ihnen bevorzustehen.

»Wo steckt die Baumfreundin denn jetzt?« wollte Barsarbe schließlich, wenn auch zögernd, wissen.

»Sie reist in den Norden, zur Feste Gorken.«

Goldfeder hob jäh den Kopf und starrte den Priester an.

»Um dort ihren Verlobten zu heiraten, den Herzog Bornheld von Ichtar«, fuhr er gerade fort.

Goldfeder stöhnte erstickt und schlug die Hände vor den Mund. Sie wirkte so verstört, daß alle sie besorgt ansahen. »Was ist mit Euch, Goldfeder?« fragte Aschure erschrocken. Sie hatte die andere immer nur als gefaßt erlebt.

Goldfeder packte die Hand der Acharitin so fest, daß sie schon glaubte, die Knochen würden brechen. Sie verzog vor Schmerz das Gesicht, sagte aber nichts.

Grindel beugte sich nun vor: »So sprecht, Goldfeder, was ist mit Euch?«

Sie brauchte eine Weile, um sich wieder etwas zu beruhigen. Einige Awaren, vor allem Zaubererpriester, wußten, daß Goldfeder aus einer hochgeborenen acharitischen Familie stammte, aber niemand hatte Kenntnis von ihrer Vergangenheit oder ihrem früheren Namen. Sie hatte vollständig mit ihrem Vorleben gebrochen, als sie zu den Ikariern gegangen war, um bei ihnen zu bleiben ... Und nun Bornheld. Ausgerechnet. Bis zu diesem Tag hatte sie seit fast dreißig Jahren kaum noch an ihn gedacht. Aber dann hatte Goldfeder zuerst den Axtherrn gesehen und schon geglaubt, Bornheld stecke in der Uniform. Zwar hatte sie ihren Irrtum erkannt, aber jetzt wurde sie schon wieder an diesen Namen erinnert. Das konnte nicht nur Zufall sein. Wollte die Prophezeiung sie ebenfalls in ihre furchteinflößenden Verwicklungen einbeziehen?

»Ich kannte einmal Bornhelds Vater«, brachte Goldfeder schließlich mühsam hervor und setzte gleichzeitig ein mattes Lächeln auf, um die Anwesenden davon zu überzeugen, daß es ihr gut ging. »Ein harter und humorloser Mann, der sich in seiner Rüstung, mit einer Waffe in der Hand und vor Feinden am wohlsten fühlte. Höflichkeiten, Nettigkeiten, Komplimente und dergleichen hielt er für pure Zeitverschwendung. Ich kann mir gut vorstellen, daß Bornheld nach seinem Vater geraten ist. Die Weissagung bewegt sich wirklich auf verschlungenen Pfaden.« Und schon wieder wird die Herzogin von Ichtar zu einer wahren Freundin der Unaussprechlichen, fügte sie in Gedanken hinzu.

Ramu sorgte sich, weil sie aschgrau im Gesicht geworden war. Dabei hatte er seinen Gefährten doch noch einiges mehr mitzuteilen. Neuigkeiten, die bei ihnen noch mehr Verwirrung und Furcht hervorrufen würden.

»Meine Freunde, die Nachricht von der Baumfreundin ist nicht einmal die absonderlichste Sache, von der ich Euch berichten will. Ihr wißt bereits, daß Schra und ich von den Dorfbewohnern Smyrdons gefangengenommen wurden. Wir verbrachten vier Tage unter unwürdigsten Bedingungen in einer Zelle. Schra war bald dem Tode nahe.« Pease erschrak zutiefst und drückte das kleine Mädchen an sich, das mittlerweile erwacht war und den Erzählungen des Priesters lauschte. »Am Nachmittag des vierten Tages führten die Bürger den Axtherrn des Seneschalls zu uns. Schra hätte zu dieser Zeit kaum noch eine Stunde zu leben gehabt.«

Die Zaubererpriesterin wirkte so unruhig, als wolle sie etwas sagen und Ramu mit Fragen überschütten, aber er brachte sie mit einer erhobenen Hand zum Schweigen. »Nein, Barsarbe, laßt mich erst beenden, was ich Euch zu sagen habe. Ich hielt das Mädchen in den Armen und sah, wie der Axtherr in die Zelle trat und auf uns zukam. In diesem Moment fürchtete ich, unser letztes Stündlein habe geschlagen … Aber statt dessen bat er darum, Schra halten zu dürfen.«

»Und das habt Ihr zugelassen?« schrie Pease voller Empörung.

»Bitte, Ihr wart nicht dabei. In den Augen des Axtherrn entdeckte ich keinen Haß, sondern Mitgefühl. Also habe ich ihm das Mädchen gegeben. Er hielt sie für einen Moment, und dann … dann fing der Axtherr des Seneschalls an, der Mann, den wir mehr als alles andere zu hassen gelernt haben, ihr das Genesungslied zu singen. Vor meinen Augen hat er Schra geheilt.«

Damit hatte nun wirklich keiner gerechnet. Niemand wußte etwa dazu zu sagen, und alle betrachteten unsicher den Priester und das Mädchen.

»Meine Freunde, er sang dieses Lied mit solch inniger Kraft, wie ich es noch von keinem ikarischen Zauberer vernommen habe. Nicht einmal von ihrem stärksten, Sternenströmer. Im Körper des Axtherrn des Seneschalls wohnt die Seele eines ikarischen Zauberers!«

Goldfeder riß ungläubig ihre Augen auf und mußte an sich halten, um sich nicht von dem überwältigen zu lassen, was ihr nun bewußt wurde. Sie begriff jetzt, warum Axis ihr so bekannt vorgekommen war. Das lag nicht allein an seiner Ähnlichkeit mit König Priam. Der Axtherr besaß vielmehr die Knochenstruktur und die Augen eines Ikariers. Und was sie zunächst für Überheblichkeit, geboren aus der Verbohrtheit des Seneschalls, gehalten hatte, entpuppte sich nun als das übliche Gebaren eines ikarischen Zauberers. Ein verrückter Gedanke entstand in ihr, eine so abwegige Vorstellung, daß sie sie um den Verstand zu bringen drohte. Goldfeder unternahm alle Anstrengungen, diesen Gedanken in den verhüllten Teil ihres Geistes zurückzuschicken. Nein, dachte sie, ich will mich nicht mit ihm befassen, niemals. Er ist gestorben … tot …

»Was hat das zu bedeuten?« fragte Barsarbe, blickte unglücklich drein und bewegte ziellos die Hände in ihrem Schoß. »Das ist doch vollkommen unmöglich, oder?«

Ramu nahm ihre Hände zwischen die seinen. »Wir müssen dies unbedingt auf dem Jultidentreffen berichten. Je eher die Awaren und Ikarier darüber beraten können, desto besser.«

Grindel nickte, wirkte aber keineswegs beruhigt. »Ramu, wir müssen innerhalb der nächsten Tage ins nördliche Awarinheim aufbrechen. Fühlst du dich bereits in der Lage, mit uns zu reisen?«

Der Zaubererpriester setzte eine entschlossene Miene auf. »Irgendwie werde ich es schon schaffen. Mit einem Paar Krükken ausgerüstet, komme ich sicher leidlich vorwärts.«

»Wir könnten für Euch einen Schlitten bauen«, meldete sich Helm zum ersten Mal zu Wort. »Uns macht es nichts aus, Euch zu ziehen. Die Wege zum Norden sind offen und stellen uns vor keine großen Schwierigkeiten.«

Der Klanhäuptling sah seinen Erstgeborenen voller Stolz an. »Gut gesprochen, Helm. Eines Tages wird aus dir ein hervorragender Führer deiner Sippe werden.«

Stolz schwellte die Brust des Jünglings, und seine Schwestern warfen ihm bewundernde Blicke zu. Auch seine Mutter konnte nicht verhehlen, wie gut geraten er ihr erschien.

»Äh ...« begann Aschure zögernd. Sie wollte nicht schon wieder übel auffallen, weil sie ungebeten das Wort ergriff, aber schließlich brauchte sie Klarheit, was aus ihr werden würde. »Was ist mit mir? Darf ich mit Euch reisen? Ich kann unmöglich nach Smyrdon zurück.« Grindel hatte ihr erlaubt, so lange beim Klan zu bleiben, bis Ramu seine Geschichte erzählt hatte. Das war nun geschehen, und nun stellte sich erneut die Frage nach Aschures Zukunft.

Barsarbe sah die Menschenfrau nachdenklich an: »Vielleicht solltet Ihr uns besser mitteilen, warum die braven Bürger Smyrdons Euch nicht eben mit offenen Armen willkommen heißen würden.«

Aschure fuhr sich über die Lippen und befürchtete, die Awaren könnten die genauen Umstände nicht so recht verstehen, die zum Tod ihres Vaters geführt hatten. Gerade die Zaubererpriesterin hatte nicht sehr verständnisvoll gewirkt, als Goldfeder ihr berichtete, die junge Frau habe zu Gewaltmaßnahmen gegriffen, um Ramu zu befreien. Aschures Blick wanderte unruhig über die Gesichter des Klans. Sie sah ihre erwartungsvollen Mienen und fühlte sich sehr allein. Die Acharitin wandte sich nun an Goldfeder, aber sie schien so sehr mit ihren eigenen Gedanken beschäftigt zu sein, daß von ihr weder Trost noch Hilfe zu erwarten war.

»Nun, ich habe Ramu und Schra zum Entkommen verholfen. Allein schon aus diesem Grund würden sie mir mit einigem Groll begegnen. Aber …« Sie starrte auf ihre Hände und reinigte unbewußt die Fingernägel von eingebildeten Blutflecken. In diesem Moment hätte sie niemandem in der Runde in die Augen schauen können. »Aber viel schwerer dürfte für die Bürger wohl wiegen, daß ich bei den Fluchtvorbereitungen durch einen dummen Zufall den Tod meines Vaters mitverschuldet und den Axtschwinger bewußtlos geschlagen habe, der Ramus Zelle bewachte.« Sie riß den Kopf hoch und hoffte inständig, wenigstens etwas Verständnis zu begegnen. »Ich wollte den beiden doch unbedingt zur Flucht verhelfen und war ganz verzweifelt. Bitte versteht mich doch!«

Aber ihr schlechtes Gewissen in bezug auf die Ermordung Hagens und die schwere Verwundung Belials malte sich zu deutlich auf ihrem Gesicht. Barsarbes Herz verhärtete sich.

»Gewaltanwendung führt stets zu Kummer und Leid, Aschure«, erklärte die Zaubererpriesterin mit kalter Stimme. »Eure Tat hat den Tod Eures Vaters hervorgerufen. Auch wenn Ihr nicht vorsätzlich gehandelt haben mögt, so bleibt doch ein Toter zurück.« Die Awaren mochten zwar ein wildes Leben führen, verabscheuten jedoch jede Form von Gewalt, und erst recht einen Mord. Man traf bei diesem Volk überhaupt selten brutales Verhalten an.

Die junge Frau senkte das Haupt und wagte vor Scham nicht, Barsarbe anzusehen. »Hagen war ein gewalttätiger Mensch«, versuchte sie sich zu verteidigen. »Seit meine Mutter davongelaufen ist, hat er mich mißhandelt und war auch sonst schlecht zu mir. Ich wollte ihn nicht umbringen … aber … ich hatte doch solche Angst, er könne Schra etwas antun. Hagen hat …« Sie hielt inne, weil sie den Awaren nichts zeigen wollte, was sie noch nie jemandem gezeigt, nicht über etwas sprechen, worüber sie noch nie zu jemandem gesprochen hatte. Aber wie sonst hätte Aschure diesen Leuten begreiflich machen können, daß sie sich sicher töricht verhalten hatte, ihr aber keine andere Wahl geblieben war? »Schaut her!« bat sie schließlich. Wenn ihr nichts anderes übrigblieb, dann mußte es eben sein. Umständlich löste sie die Haken am Rücken ihres Gewands, bis Goldfeder ihre Finger beiseite schob und sich selbst an die Arbeit machte. Sie öffnete Aschures Kleid bis zu den Hüften, erschrak über den Anblick, der sich ihr bot, und schlug den Stoff über die Schultern, damit alle den Rücken der jungen Frau betrachten konnten.

»Schaut nur hin«, gebot Goldfeder und drehte Aschure herum.

Alle hielten erschrocken den Atem an. Auf dem Rücken zeigten sich unzählige rote Narben, offenbar die Folge jahrelanger Prügelstrafen. Sie verliefen links und rechts von ihrem Rückgrat und verunstalteten die helle Haut der jungen Frau. Mit diesen Narben war Aschure fürs Leben gezeichnet. Langsam bedeckte Goldfeder den Rücken wieder mit dem Wollstoff und drückte die erstarrte Aschure an sich. So lange kannte sie die junge Frau nun schon und hatte nie auch nur eine Silbe darüber erfahren. Sie sah Barsarbe herausfordernd an. »Nun, was sagt Ihr jetzt?«

Die Zaubererpriesterin zeigte sich entsetzt. In ihrer ganzen Laufbahn als Heilerin war ihr so etwas noch nie zu Gesicht gekommen. Kindesmißhandlung war bei den Awaren fast gleichbedeutend mit Mord. Aber rechtfertigten selbst grausame Schläge eine Mordtat?

Schra kletterte vom Schoß ihrer Mutter und trat auf ihren wackligen Beinen zu Aschure. Sie berührte die Acharitin an der Stirn, warf einen Blick auf Ramu und verkündete mit lauter, klarer Stimme: »Angenommen.«

Der Zaubererpriester runzelte fragend die Stirn. »Was soll das heißen, Schra?«

»Angenommen«, wiederholte das Kind fast schon wütend.

Aschure hob den Kopf, und in ihren Augen stand immer noch die Scham darüber zu lesen, den Awaren ihren nackten Rücken gezeigt zu haben. »Nachdem mein Vater ... gestorben war ... hat Schra etwas sehr Sonderbares getan ...«

»Was denn?« fragten Ramu und Barsarbe wie aus einem Mund.

»Sie tauchte ihre Finger in Hagens Blut, strich mir schließlich damit über die Stirn und sagte: ›Angenommen.‹«

Goldfeder wandte sich gespannt an die beiden Priester. »Was bedeutet das?«

»Das weiß ich nicht so genau«, meinte Ramu. »Vielleicht nahm sie Hagens Tod als Opfer an die Mutter an. Wirklich eigenartig. Ich habe keine Ahnung, was das Kind uns damit sagen will.«

Die Kleine stellte sich neben Aschure und betrachtete ihre Sippe mit großen dunklen Augen. Ramu fuhr langsam fort: »Ich weiß nur eines: Wenn diese Menschenfrau nicht gewesen wäre, säßen Schra und ich jetzt nicht hier. Aschure hat großen Mut bewiesen, zuerst als sie versuchte, unsere Haft etwas erträglicher zu machen, und dann, als sie uns aus der erbärmlichen Zelle befreite. Ich sage, laßt diese Frau für eine Weile bei uns bleiben. Sie kann wirklich nicht mehr zurück. Wenn der Klan damit einverstanden ist, tragen wir den Fall der Jultidenversammlung vor. Soll sie entscheiden, wie schwer die von ihr begangenen Gewalttaten wiegen.«

Barsarbe holte tief Luft, dachte kurz nach und nickte dann. »Ich beuge mich Schras Urteil, die keine Bedenken gegen Aschures eingesetzte Mittel zu haben scheint. Ich anerkenne auch, daß sie Ramu und ihr das Leben gerettet hat. Aber ich kann mich nicht so einfach damit abfinden, daß dabei zu Gewalt gegriffen wurde. Allerdings unterstütze ich Ramus Vorschlag. Soll Aschure eine Weile bei uns bleiben. Dann lassen wir die Jultidenversammlung entscheiden, wie der Mord an ihrem Vater und der Anschlag auf den Axtschwinger zu bewerten sind.«

Grindel nickte. »Einverstanden. Ihr dürft vorerst bei uns bleiben, Aschure. Seid in unserem Klan willkommen.« Zum ersten Mal lächelte der Häuptling sie an, und dabei verlor seine Miene all ihre übliche Strenge. Schra hatte die junge Frau aufgenommen, und wenn er ihre Gründe dafür auch nicht kannte, so würde er sich doch ihrem Urteil nicht entgegenstellen.

Aschure lächelte erleichtert. Zumindest konnte sie eine Weile bei diesem Klan bleiben. »Vielen Dank«, flüsterte sie leise. »Habt vielen Dank.«

4

Die Anlegestelle bei Jervois

Nach fast zwei Wochen sahen Jack, Yr, Faraday und Timozel nebst diversen Schweinen Jervois am Fluß Nordra vor sich liegen. Allen taten die Beine weh, ein jeder fühlte sich am Ende seiner Kräfte, und immer öfter kochten die Gemüter über und wurde um Nichtigkeiten gestritten.

Die Gruppe hatte sich so unauffällig wie möglich über das Land bewegt, die meisten Dörfer umgangen und die Städte nur im Schutz der Dunkelheit durchquert. Tagsüber schliefen die Reisenden, wo immer sie einen geschützten Ort fanden. Einige Male schlich die Katzenfrau in ein Dorf und kehrte mit Nahrungsmitteln zurück, um ihre schwindenden Vorräte zu ergänzen. Faraday fragte gar nicht erst, wie Yr daran geraten war, sondern schlang alles, gleich in welchem Zustand, in sich hinein. Der Schweinehirt erlaubte ihnen nicht immer ein Feuer, und wenn, dann oft nur ein kleines.

Das Wetter verschlechterte sich während der Reise, und es wurde bitterkalt. Während der letzten Tage hatte es geschneit, und seit einer knappen Woche kämpften sie sich immer öfter durch Schneewehen, wogegen ihre Beine regelmäßig aufbegehrten. Manchmal setzte Timozel Faraday auf das Maultier, aber das arme Tier hatte es auch so schon schwer genug, durch den Schnee zu kommen, und die Edle befreite es rasch wieder von seiner Last. Alle vier trugen mittlerweile Decken über ihren Mänteln, und wenn Jack es für zu gefährlich hielt, ein Feuer anzuzünden, drängten sie sich wärmesuchend im Windschatten eines Hügels oder hinter einer Felsgruppe aneinander und bibberten um die Wette. Faraday behielt die Holzschale immer dicht am Körper, hatte bislang aber noch keine Gelegenheit gefunden, sie genauer zu betrachten oder irgendeinem Zweck zuzuführen. Als der Jüngling die Edle fragte, wo sie das Stück herhabe, zuckte sie die Achseln und entgegnete, die Bauersfrau habe es ihr überlassen. Während der anstrengenden vierzehntägigen Reise war ihr alles Gefühl der Stärke von der Verbindung mit der Mutter abhanden gekommen. Nur wenn Faraday ihren Geist sammelte, konnte sie es tief in sich noch spüren. Wenn sie es nur stark genug versuchte, so hoffte die junge Frau, würde sie durch den Beistand der Mutter irgendwie den Weg zurück in den Heiligen Hain finden. Die Erinnerung an diesen verzauberten und mächtigen Ort blieb ihr erhalten, und Faraday hielt sie wie einen Talismann gegen die Kälte und die Erschöpfung fest. Wenn die Edle sich schlafen legte, dachte sie an die Wärme und Freude zurück, die sie im Heiligen Hain erlebt hatte. Das bescherte ihr soviel Geborgenheit, daß sie regelmäßig rasch einschlief.

Timozel wurde während der Reise immer einsilbiger und verbreitete zunehmend Düsternis. Er rasierte sich kaum noch, und ein hellbrauner Bart bedeckte mittlerweile seine Wangen. Seine Augen lagen tief in den Höhlen. Manchmal blickten sie so traurig drein, daß Faraday ihn fragte, was ihm denn fehle und ob sie ihm helfen könne. Dann lächelte der Jüngling sie an, und durch ihre bloße Aufmerksamkeit kehrte das Leuchten in seinem Blick zurück. Aber nur so lange, bis sie sich von ihm abwandte. Dann wurde es wieder finster in ihm. In der ersten Woche, nachdem sie den Farnbruchsee verlassen hatten, hatte die Katzenfrau zwei- oder dreimal das Lager mit ihm geteilt. Aber Timozel schien zu sehr mit sich und seinen Gedanken beschäftigt zu sein, um mehr Zeit und Zuwendung für Yr erübrigen zu können. Seitdem schlief die Wächterin an Faradays Rücken geschmiegt, um mit ihr die Wärme zu teilen.

Jervois entpuppte sich als kleine Handelsstadt am großen Knie des Nordra, Tailem-Knie genannt. Von dem Ort aus bog der Strom nach Süden ab. In dieser Stadt verließen diejenigen von Bornhelds Truppen, die nicht die raschere Route über das Meer befuhren, ihre Flußkähne. Hier sammelten sie sich auch, um den langen Fußmarsch nach Gorken anzutreten. Der bis vor kurzem verschlafene Ort hatte sich in einen geschäftigen Großort verwandelt, und die Zeltstadt der Soldaten übertraf mittlerweile Jervois um das Sechsfache an Einwohnern. Ständig legten neue Flußschiffe an den Kais an, und aus ihren Bäuchen kamen Pferde, Männer und Vorräte hervor. Auf den Straßen wimmelte es von Soldaten, die ihre letzten freien Stunden den Vergnügungen widmen wollten, die hier geboten wurden. Die Kneipen- und Spelunkenwirte erzielten den Gewinn ihres Lebens.

Faraday und ihre Begleiter erreichten spät nachmittags das Ufer des Nordra und bestaunten die Szene, die sich ihnen hier verheißungsvoll bot.

»Ich kann schon ein sauberes Bett, Leinenlaken und ein heißes Bad riechen«, seufzte das Mädchen.

Timozel lächelte sie an. »Und das sollt Ihr auch bekommen, meine Herrin. Heute nacht werden wir äußerst komfortabel schlafen, und morgen früh kümmere ich mich um eine Beförderungsmöglichkeit für uns. Sicher werden wir bei einer der Abteilungen unterkommen, die nach Norden ziehen. Schon bald seid Ihr mit Eurem Verlobten, Herzog Bornheld, vereint.«

Schuldgefühle und Selbstekel überkamen den Jüngling immer dann, wenn er sich daran erinnerte, sich Gorgrael verpflichtet zu haben. Timozel konnte sich seine geistige Gesundheit nur mit dem Gedanken bewahren, daß der Zerstörer ihm nichts anhaben konnte, solange sein Treueid auf Faraday in Kraft blieb. So versah der junge Ritter seinen Dienst mit immer mehr Eifer. Er bemühte sich bei jeder sich bietenden Gelegenheit nach Kräften darum, daß es der Edlen an nichts mangelte und alle ihre Wünsche so rasch wie möglich erfüllt wurden. Dabei entging es Timozel nicht, wie merkwürdig Jack und Yr ihn ansahen. Folglich ging er den Wächtern nach Möglichkeit aus dem Weg. Faraday stellte seinen einzigen Schutz gegen Gorgrael dar. Wenn aus ihm wirklich der heroische Heerführer werden sollte, wie Artor es ihm in einer Vision gezeigt hatte, dann würde er das allein dieser jungen Frau zu verdanken haben.

»Aber wie sollte uns das gelingen?« fragte das Mädchen besorgt. »Wir haben kein Geld und auch sonst nichts mehr, was wir verkaufen können.« Timozel warf einen Blick auf die Schweine, der an Eindeutigkeit nichts zu wünschen übrig ließ, den ihr Hirt jedoch mit einer wütend finsteren Miene beantwortete. »Wie sollen wir da Pferde erstehen oder für einen Geleitschutz bezahlen können?« jammerte Faraday weiter. »Ach, ich glaube nicht, daß ich noch länger weitergehen könnte.«

Der Jüngling ergriff ihre Hand. »Seid unbesorgt, Herrin«, erklärte er ihr freundlich, »Euer Verlobter heißt Bornheld und ist der Herzog von Ichtar. Wir mögen uns hier an der äußersten Südspitze seines Herrschaftsgebiets aufhalten, aber wenn Ihr Euch als zukünftige Herzogin zu erkennen gebt, wird sich jeder Wirt und Offizier weit und breit überschlagen, um Euch angenehm zu sein. Oder glaubt Ihr, irgendwer hier würde es wagen, seine zukünftige Herrin auch nur warten zu lassen? Die Menschen hier würden alles für ein Lächeln von Euch tun, erhoffen sie sich davon doch Glück und Erfolg für ihr Geschäft oder ihren gesellschaftlichen Aufstieg.«

Die Edle lachte hell auf. »Wahrscheinlich habt Ihr gar nicht einmal unrecht. Aber sagt mir doch, wie kann ich ihnen denn mein Verlöbnis mit Bornheld beweisen?«

Der Jüngling hob ihre Linke. »Da braucht Ihr nur diesen Ring zu zeigen. Jeder Soldat, ja jeder Bürger von Ichtar wird ihn sofort erkennen. Mit diesem Reif erwerbt Ihr Euch augenblicklich Achtung. Und wenn einer zu stumpfsinnig sein sollte«, fügte Timozel mit Verschwörermiene hinzu, »werde ich seiner geistigen Trägheit persönlich auf die Sprünge helfen.«

»Der junge Mann spricht mir aus dem Herzen«, mischte sich die Katzenfrau ein. »Weniger Gerede und mehr Taten käme uns jetzt allen gelegen.«

»Yr«, entgegnete Faraday, »er weiß schon, was zu tun ist. Kein Grund, ihn aufzuziehen.«

»In der Flußbiegung befindet sich eine Anlegestelle für die Fähre«, fuhr Timozel fort, ohne auf die Katzenfrau einzugehen. »Wenn wir uns beeilen, können wir noch vor Einbruch der Nacht übersetzen.«

Jack runzelte die Stirn. »Einen Moment noch. Ich muß vorher noch etwas loswerden. Yr, ist dir aufgefallen, daß wir einer zu wenig sind? Laut Prophezeiung sollen fünf Wächter auftreten, aber erst vier von uns ziehen durch das Land. Wo bleibt der fünfte?« Der Schweinehirt wandte sich an die beiden jungen Leute, die sich gegenseitig vor dem Wind schützten. »Wie auch immer, Faraday, Timozel, ich werde Euch jetzt verlassen.« Er lächelte, als die Edle einen Schrei ausstieß. »Yr wird sich von nun an um Euch kümmern, und für einen wie mich ist in Gorken kein Platz. Timozel soll Euer Ritter sein, und meine Mitwächterin Eure Zofe. Yr kann Euch genauso gut wie ich alles sagen, was Ihr wissen müßt.« Faraday ahnte, daß er damit auf die geheimnisvollen Ereignisse am Farnbruchsee anspielte.

Der Wächter wandte sich an die Katzenfrau: »Yr, ich muß den fünften suchen. Die Weissagung erfüllt sich nicht, wenn ich ihn oder sie nicht finde. Wir sind weit genug miteinander gegangen, und du weißt, daß wir uns wiedersehen werden.«

Tränen traten in ihre Augen, aber sie nickte tapfer. Die beiden umarmten sich zum Abschied, und Yr flüsterte ihm ins Ohr: »Ich wünsche dir eine gute Reise, und gib auf dich acht, mein Lieber. Keine Sorge, ich kümmere mich schon um Faraday und wache über sie.«

»Bedenke immer«, flüsterte der Schweinehirt zurück, »daß die Geschehnisse in Gorken für das ganze Land die allergrößte Bedeutung haben. Sorge dafür, daß Axis, Faraday und du selbst nicht zu Schaden kommen. Timozel spielt dabei nur eine geringe Rolle. Mir selbst ist es gleich, ob er lebendig aus allem hinausfindet oder auf irgendeinem Schlachtfeld begraben wird.«

Die Wächterin nickte, ließ Jack los und wischte sich eine Träne aus dem Augenwinkel. Er trat vor die Edle, und sie umarmte ihn ebenso herzlich wie Yr. »Auf Wiedersehen, liebes Mädchen«, sagte der Schweinehirt mit heiserer Stimme. »Bleibt Euch selbst stets treu, und vergeßt nicht, daß wir immer zu Euch stehen. Unser Segen begleitet Eure Wege und möge Euch Trost und Halt sein.« Er verzog kurz nachdenklich das Gesicht, als wolle er noch etwas hinzufügen, besann sich dann aber eines anderen. So küßte Jack sie nur auf die Wange und sah sie mit freundlichen und väterlich liebevollen Augen an. »Findet Euren und unseren Frieden, Faraday.«

Das Mädchen schluckte und konnte kaum die Tränen zurückhalten. »Werde ich Euch jemals wiedersehen, Jack?«

»Aber natürlich, liebliche Edle.« Er küßte sie noch einmal und begab sich dann zu Timozel. Diesem hielt Jack die Rechte hin, und nach einem Moment des Zögerns ergriff der Jüngling sie. Schneeflocken fielen vom Himmel und wirbelten zwischen ihnen nieder. »Ich weiß, junger Mann, daß Ihr nur das Beste für Faraday im Sinn habt, und ich weiß auch, daß Ihr alles für sie tun würdet. Laßt Euch nicht davon abbringen, Timozel.«

Der Jüngling spürte eine Woge der Scham in sich. Wußte der Schweinehirt etwa von seinem Pakt mit dem Zerstörer? Timozel biß die Zähne zusammen. Nein, wie sollte er? »Ich habe der Edlen mein Leben gewidmet, Wächter, und nichts wird ihr zustoßen.«

Der Hirt nickte. Mehr konnte er von dem jungen Mann nicht verlangen. »Dann gehet hin in Frieden, Timozel. Die Feste Gorken birgt viele Gefahren. Schützt die Edle mit all Euren Kräften.«

»Darauf könnt Ihr Euch felsenfest verlassen.« Timozel ließ Jacks Hand los.

»Dann sammle ich jetzt meine Schweine ein und ziehe von hinnen. Möge die Sonne einmal wieder über uns allen scheinen.«

Faraday konnte nur nicken, sie brachte kein Wort über die Lippen. Yr aber hob die Hand zum Abschied. »Mögen wir alle gemeinsam eines schönen Tages Frieden finden, Wächter.«

Jack nickte allen noch einmal zu und trieb dann seine Tiere durch die tanzenden Schneeflocken fort.

Timozel starrte für einen Moment auf die Stelle, wo der Schweinehirt eben noch gestanden hatte, und klopfte dann dem Maultier aufs Hinterteil, das geduldig hinter ihm wartete. »Wir haben keine Zeit mehr zu verlieren«, erklärte er den Damen kurz und bündig, »wenn wir heute noch Kost und Logis finden wollen.«

Der Jüngling führte sie zur Fähre. Die beiden Frauen hielten sich an den Gepäckriemen des Maultiers fest, um nicht im Schneesturm verloren zu gehen. Faraday und Yr weinten unter dem Schutz ihrer Kapuze ein wenig vor sich hin. Die Wächter hatten sich seit zweitausend Jahren kaum noch zu Gesicht bekommen, und da sie sich nur als vollständige Wesen fühlten, wenn sie alle zusammen sein durften, empfand die Katzenfrau die Trennung von Jack als besonders schmerzlich. Die Edle dagegen hatte das Gefühl, einen teuren Gefährten verloren zu haben. In den vergangenen Wochen hatte der Schweinehirt sich immer wieder als wertvolle Stütze für sie erwiesen. Und seit dem Erlebnis am Farnbruchsee hatte sie auch den letzten Rest Mißtrauen gegen die Wächter verloren. Die Prophezeiung schien sie alle nach ihrem eigenem Gutdünken zu benutzen, und Jack war sicher ebenso ihr Opfer wie sie selbst. Faraday hatte ihre Mutter und den Mann verloren, den sie liebte. Für eine gewisse Zeit hatte der Wächter beide Lücken in ihrem Leben auszufüllen verstanden. Sie spürte schon jetzt, daß sie ihn in den kommenden Monaten noch sehr vermissen würde. Wie konnte Faraday hoffen, mit Bornheld zurechtzukommen, wenn sie Jack nicht an ihrer Seite hatte. Sie hob den Kopf und biß die Zähne zusammen: »Mutter, schützt und leitet mich«, flüsterte sie und spürte schon kurz darauf in ihrem tiefsten Innern eine leise Welle der Beruhigung. Wenn sie heute abend ein Zimmer bekommen sollten, schwor sich die Edle, würde sie sich mit der heiligen Schale beschäftigen.

Der Nordra strömte an seiner Biegung ebenso breit wie träge dahin. Reisende Händler und Bürger nutzten die Fähre, um von Ichtar nach Skarabost zu gelangen. Einige kamen auch hierher, um eines der Flußboote zu besteigen, die hier anlegten und bis nach Karlon fuhren.

Der Fährmann wollte gerade los, als er die drei Gestalten entdeckte, die durch den Hohlweg am Flußufer heranstolperten. Er fluchte leise vor sich hin, weil er gern die andere Seite erreicht und sich dann zu Hause ins Bett gelegt hätte, ehe der Sturm anfing, sich erst so richtig auszutoben. Er überlegte kurz, die drei nicht zu beachten und abzulegen. Aber dann bemerkte er den blitzenden Stahl an der Hüfte des Jünglings, der ein Maultier hinter sich herzog, und verzichtete darauf, mit der langen Stange abzustoßen. Er rief seinen drei Gehilfen zu, daß sie noch wenige Momente warten sollten. In diesen Zeiten empfahl es sich nicht, einen Offizier des Herzogs zu verärgern.

Der Jüngling führte das Tier auf die Fähre, und der Fährmann riß überrascht die Augen auf. Der Offizier trug die Uniform eines Axtschwingers, mitgenommen sah sie zwar aus, aber immer noch deutlich zu erkennen. Als frommer Mensch begrüßte er ihn mit dem Zeichen des Pflugs.

»Edler Herr, darf ich Euch eine Passage über den Fluß anbieten? Kaltes und windiges Wetter plagt das Land, und ich wette, Ihr möchtet nichts lieber, als Euer Lager erreichen.« Das Staunen des Fährmanns wuchs noch, als er die beiden Damen in der Begleitung des Eliteoffiziers gewahrte, die nun auf seinen Fährkahn stiegen. Beide waren von außerordentlicher Schönheit, und der Blick des Schiffers ruhte wohl etwas zu lange auf der Blonden. Yr bedankte sich dafür mit einem koketten Augenaufschlag. Sie wußte, daß es nie schaden konnte, die Lust eines Mannes ein wenig zu kitzeln und ihn darüber seine Geldforderungen vergessen zu lassen. Schließlich hatten sie keine Münzen mehr, und wie wollte Timozel den Fährmann auf der anderen Seite des Nordra bezahlen?

Allerdings pflegte dieser Fährmann nicht sehr lange warten zu wollen, bis er sein Gold zu sehen bekam.

»Herr«, sprach er den Jüngling an, kaum daß alle an Bord gekommen waren, und zeigte beim Lächeln seine verfärbten Zähne, »für Euch und die beiden wunderschönen Damen verlange ich nur vier Goldstücke, um Euch nach Jervois überzusetzen.« Nun blickte er bekümmert drein. »Vielleicht erscheint Euch dieser Preis zu hoch, aber bei solchem Unwetter findet man kaum Gehilfen, wenn man ihnen keinen Zuschlag zahlt. Aber ich bin mir gewiß, daß Ihr dafür vollstes Verständnis haben werdet.«

Der Schiffer strahlte schon, als er Timozels Lächeln sah, doch es verging ihm rasch wieder. Der Jüngling packte ihn mit der behandschuhten Rechten an der Kehle und hob ihn von den Planken.

»Mein lieber Mann«, entgegnete Timozel, ohne auch nur für einen Moment das Lächeln zu verlieren, »ich nehme zu Euren Gunsten an, daß Ihr bei diesem fürchterlichen Wetter die eine der beiden Damen noch nicht richtig anschauen konntet. Oder solltet Ihr tatsächlich die Herrin Faraday von Skarabost nicht kennen, die mit Herzog Bornheld verlobt ist? Möchtet Ihr gar, daß ich dem Herzog berichte, sein Fährmann in Jervois sei ein grober Kerl, der von seiner Zukünftigen Geld verlangte, als sie sich auf dem Weg zu ihrem Verlobten, Eurem Herrn, befand?«

Der Schiffer verdrehte die Augen. Gut, hübsch mochten die beiden Mädels ja sein, aber wer hätte je davon gehört, daß die Verlobte des Landesherrn mit einer so mickrigen Eskorte durch das Land zog? Und dazu trug die Frau auch noch einen groben Bauernkittel. »Mein Weib kleidet sich besser als dieses junge Ding da, Herr«, entgegnete der Mann und versuchte, vor seinen Gehilfen so mutig wie möglich zu erscheinen. »Da fällt es einem doch schwer zu glauben, daß sie die künftige Gemahlin unseres Herzogs sein sollte.«

Faraday trat nun vor, um dem Schiffer ihren Ring zu zeigen, aber bevor sie ihn erreichen konnte, verzerrten sich Timozels Züge, und seine Finger schlossen sich so fest um den Hals des Fährmanns, daß er einen erstickten Laut von sich gab. Die drei Gehilfen, allesamt junge Männer, wichen sofort zurück, als Timozel sie mit einem grimmigen Blick bedachte.

»Verzeiht bitte«, flüsterte der Jüngling so bedrohlich, daß der Schiffer keinen Pfifferling mehr für sein Leben gab, »aber mir kam es gerade so vor, als hätte ich aus Eurem Munde gehört, Ihr nenntet mich einen Lügner. Und solltet Ihr tatsächlich die Herrin beleidigt haben, indem Ihr sie mit Eurer Vettel von Weib verglichet? Ich muß Euch sagen, Fährmann, wenn Ihr das wirklich gesagt haben solltet, würde mir das gar nicht gefallen. Ganz und gar nicht.«

Faraday blieb erschrocken stehen und starrte ihren Ritter entsetzt an.

Dem Schiffer drohten die Augen aus den Höhlen zu treten, und er wimmerte vor Furcht. »Ein Mißverständnis, Herr, nur ein dummes Mißverständnis! Selbstverständlich ist die Überfahrt für Euch umsonst!«

Timozel ließ ihn los, und der Fährmann brach in die Knie. Er brauchte einen Moment, bevor er sich auf allen vieren von dem Offizier entfernen konnte. »Stoßt ab, Ihr hirnverbrannten Tölpel!« schrie er seine Gehilfen an. »Stakt endlich! Die Stangen ins Wasser!«

Die Fähre löste sich von der Anlegestelle, und Faraday wandte sich an den Jüngling: »War denn wirklich soviel Gewalt nötig, Timozel?«

Aber er sah sie nur an, und etwas in seinem Blick ließ sie zurückweichen. Der harte Ausdruck verschwand zwar fast sofort wieder aus seinen Augen, aber seine Stimme blieb unverändert: »In meiner Gegenwart soll niemand Euch beleidigen und ungestraft davonkommen. Der Elende kann von Glück sagen, noch am Leben zu sein!«

»Wenn Ihr schon so herangeht, um uns eine Passage über den Nordra zu besorgen«, murmelte Yr, »dann will ich lieber gar nicht erst wissen, was Ihr erst anstellt, damit wir ein Zimmer für die Nacht bekommen.«

Doch dann ließen sich Bett und Weiterfahrt so einfach bewerkstelligen, wie sie es nie erwartet hatten. Als der Fährmann in Jervois unmittelbar vor der Hauptstraße des Ortes anlegte, konnte er diese drei Passagiere nicht schnell genug loswerden. Er bedachte den Axtschwinger mit einer Verwünschung, als er an ihm vorbeikam, drehte dabei aber lieber den Kopf zur Seite.

Auf der Hauptstraße brodelte es auch nach Einbruch der Dunkelheit noch. Die drei waren gerade rechtzeitig eingetroffen, denn der letzte größere Verband von Bornhelds Streitkräften sollte in zwei Tagen in den Norden aufbrechen. Faraday und Yr hielten sich dicht an den Jüngling und hofften, auf diese Weise den lüsternen Bemerkungen zu entgehen, die rauhe Soldaten normalerweise jungen Frauen zuriefen. Dennoch ließen sich die Männer kaum davon abhalten, und mehrmals grollte Timozel, aber er konnte es schließlich nicht mit einer ganzen Straße voller

Soldaten aufnehmen. Schließlich blieb der Axtschwinger vor einem Zivilisten stehen, nach seiner Kleidung zu urteilen, ein Händler. »Guter Mann, könnt Ihr uns eine Herberge in der Nähe empfehlen, in der wir unsere Häupter zur Ruhe betten können?«

Sein Gegenüber lachte laut. »Junger Mann, nicht für Geld und gute Worte findet Ihr hier ein Zimmer für die Nacht. Habt Ihr denn keine Augen im Kopf? In dieser Stadt wimmelt es von Soldaten.« Er warf einen Blick auf Timozels Begleiterinnen und grinste. »Na ja, den Mädchen dort dürfte es sicher nicht schwerfallen, ein warmes Plätzchen zu finden, wenn sie sich entsprechend, äh, anschmiegsam zeigen, aber was Euch selbst betrifft, so werdet Ihr wohl mit der Kälte und Unbequemlichkeit einer Nacht auf der Straße vorlieb nehmen müssen.«

Faraday fiel dem Jüngling rasch in den Arm. »Nicht, Timozel. Er weiß doch nicht, wer wir sind. Ich bitte Euch, verliert nicht schon wieder die Beherrschung.«

Der Axtherr preßte die Lippen so fest zusammen, daß sie kaum noch zu erkennen waren. Dann wandte er dem Kaufmann den Rücken zu. »Herrin, jetzt weiß ich nicht mehr, was wir noch tun können.«

»Timozel?« rief ein Reiter und zügelte unmittelbar vor ihm sein Roß. »Seid Ihr es wirklich?«

Der Jüngling starrte den Soldaten an, bevor er ihn wiedererkannte.

»Gautier!« rief er dann erleichtert. Er hatte den Leutnant des Herzogs in Karlon kennengelernt, als die Axtschwinger sich für den Ritt nach Tare und den Wald der Schweigenden Frau reisefertig machten. Die beiden hatten so etwas wie Freundschaft geschlossen, obwohl Gautier beim Würfelspiel Timozels wertvollsten Umhang gewonnen hatte. Der Jüngling dankte dem Schicksal nun für diesen Glücksfall. Niemand außer Bornheld selbst konnte besser dafür sorgen, Faraday sicher und gut behütet nach Gorken zu bringen, als dieser Offizier.

Gautier ließ sich von seinem Pferd herab und hielt es fest am Zügel, um es im Strom der Soldaten nicht zu verlieren, die sich auf dem Weg zu ihrer Unterkunft befanden. Trotz der Winterkälte trug der Leutnant nur seine braune Lederuniform. Den Kopf mit dem kurzgeschnittenen braunen Haar setzte er unbedeckt Wind und Wetter aus. Seine hellgrauen Augen und das schmal geschnittene verschlossene Gesicht ließen ihn sehr verschwiegen wirken. Doch in Wahrheit vertrauten ihm nur wenige ihre tiefsten Geheimnisse an.

»Timozel! Man hat mir gesagt, Ihr wärt tot! In Karlon traf die Nachricht ein, Ihr hättet ... bei Artor!« Sein Blick war auf die Edle gefallen. »Herrin!« keuchte er, und vor Überraschung wurden seine Züge weicher. »Was ... wie ... wer?«

Faraday mußte lachen, auch wenn sie Gautier nicht sonderlich schätzte. Dann sah sie Timozel an und flehte schweigend, nun ihr das Reden zu überlassen. »Timozel hat mich und meine Zofe gerettet, als wir in einen Erdrutsch gerieten. Wir konnten uns befreien und sind seitdem nach Norden unterwegs. Seht Euch nur unsere Kleider an«, fügte sie leicht beschämt hinzu. »Wir mußten uns von einfachen Bauersleuten Kleidung geben lassen. Ach, Gautier«, klagte sie und dachte, jetzt erweist sich, ob ich mit meiner Geschichte durchkomme oder nicht, »nachdem ich so knapp dem Tode entronnen war, trieb mich der Gedanke in die Verzweiflung, noch länger von Bornheld getrennt sein zu müssen. Ich bat Timozel eindringlich, mich nach Gorken zu begleiten, statt nach Skarabost oder Karlon zurückzukehren.« Sie zuckte mit den Schultern, gab sich wie ein unverständiges junges Ding und sah dabei gleichzeitig den Leutnant voll Bewunderung an. »Sicher versteht Ihr doch, daß ich mit meinem Zukünftigen zusammensein möchte, nicht wahr? Vielleicht vermögt Ihr ja, mir zu helfen, schneller zu ihm zu gelangen?«

Gautier brauchte nicht lange, um zu erkennen, welche Möglichkeiten ihm diese Bitte eröffnen würde. Er stellte sich schon vor, wie er im Gefolge von Faraday in die Audienzhalle der Feste Gorken stolzieren und allen Dank und allen Ruhm dafür einheimsen würde, die Braut gefunden und zu ihrem Verlobten gebracht zu haben. Als der Leutnant die Zofe betrachtete, die artig hinter der Edlen stand, fielen ihm noch mehr Möglichkeiten ein.

Schließlich war die Schöne ihm zu Dank verpflichtet. Mit ihr würde es bedeutend mehr Spaß machen als mit den verbrauchten Weibern, die hier in der Stadt ihrem Gewerbe nachgingen.

Faraday konnte lesen, was sich hinter Gautiers Augen tat. Sie hoffte nur, daß Yr ihre Rolle als lebenslustige Zofe nicht übertrieb. »Wir wären Euch überaus dankbar, wenn Ihr uns für heute nacht ein Zimmer finden könntet. Und ich könnte mir vorstellen, daß auch Bornheld soviel Hilfsbereitschaft erfreuen würde.«

»Sorgt Euch nicht länger«, grinste der Leutnant, »ich bin schon unterwegs. Wenn Ihr mir die Ehre erweisen wollt?« Er warf Timozel die Zügel zu, und der Jüngling mußte mit schlecht verhohlener Empörung das Pferd übernehmen.

Faraday tat Gautier den Gefallen und hakte sich bei ihm ein. Bornhelds Stellvertreter führte seine zukünftige Herrin die Straße entlang und schrie immer wieder die Leute an, gefälligst Platz zu machen. Dem Jüngling und der Katzenfrau blieb nichts anderes übrig, als den beiden, mit Maultier und Roß so gut es ging zu folgen. Wenigstens würden sie ein Zimmer mit einem richtigen Bett darin haben, tröstete sich Yr und fragte sich dann, ob etwa von ihr verlangt würde, dafür eine Gegenleistung zu erbringen. Vorhin hatte sie schon für einen Moment geglaubt, Gautier würde sie auf die schlammige Straße werfen und an Ort und Stelle nehmen. Die Katzenfrau lächelte in sich hinein. Vielleicht hätte ihr das nicht einmal etwas ausgemacht. Nun, dachte sie, sie würde alles tun, damit Faraday möglichst rasch im Bett des Herzogs landete.

Der Leutnant führte sie zu einer Herberge mit dem Namen *Zur Müden Möwe* und brauchte dort nur lauthals auf seinen Rang hinzuweisen, um drei Zimmer zu bekommen. Die bisherigen Bewohner beschwerten sich zwar über ihren Hinauswurf, wurden aber von Gautiers Drohungen rasch eingeschüchtert und zum Schweigen gebracht. Schon eilten die Mägde hinauf, um die Betten frisch zu beziehen und das Gepäck der Vorgänger hinauszubefördern. Faraday zwang sich zu einem Lächeln.

»Herr Leutnant, wir reisen nun schon bald vier Wochen in diesen Lumpen. Glaubt Ihr, es wäre Euch möglich, den Wirt dazu zu überreden, uns etwas anderes zur Verfügung zu stellen? Und auch, vielleicht morgen früh eine Näherin zu mir zu schicken? Schließlich kann ich doch nicht so vor den Herzog treten.«

»Herrin, alles was Ihr wollt.« Er verbeugte sich tief vor ihr. Er würde gut daran tun, die Gemahlin Bornhelds genauso zu beeindrucken wie den Herzog selbst. »Ich lasse sofort Kleider und Wasser auf Eure Zimmer bringen. Vielleicht erweist Ihr mir die Ehre, mit mir im ruhigen Nebenzimmer das Abendessen einzunehmen. Natürlich erst, sobald Ihr Euch erfrischt und ausgeruht habt.«

Faraday lächelte mädchenhaft. »Das wäre mir ein besonderes Vergnügen, Gautier. Ich werde Bornheld gleich nach meiner Ankunft berichten, welch ausgezeichnete Hilfe Ihr mir gewesen seid.«

Viel später an diesem Abend half Yr der Edlen aus dem gelben Seidengewand, das der Leutnant irgendwo für sie aufgetrieben hatte. Der Mann hatte keine Mühen gescheut, sie alle mit neuen Sachen zu versorgen und eine ganze Schar von Näherinnen zusammenzutrommeln. Faraday würde mit einer kompletten neuen Ausstattung in zwei Tagen aufbrechen können. Welch ein Glück für sie, daß Jervois einer der bedeutendsten Handelsorte des Königreichs Archar war. Sobald die Kaufleute erfahren hatten, daß die Verlobte des Herzogs im Gasthaus *Zur Müden Möwe* abgestiegen war, trafen ganze Wagenladungen von Seiden-, Samt- und Satinballen in der Herberge ein – allesamt mit einem Gruß und der Versicherung, daß die ermüdenden Einzelheiten der Bezahlung durchaus nach den Flitterwochen geregelt werden könnten.

Das Mädchen atmete erleichtert auf, als die Katzenfrau das letzte Band ihres Gewandes löste. Obwohl die Bauernkutte selbstgewebt und aus grobem Stoff gewesen war, hatte sie sich dank des weiten Schnitts doch gut darin bewegen können. Darüber hatte sie fast vergessen, welche Qualen die Mode für hochstehende Damen bedeuten konnte.

»Ihr stellt Euch als Zofe recht geschickt an, Yr«, lächelte Faraday, als sie die Seide endlich von ihren Schultern rutschen lassen konnte.

»Mein Traumberuf ist das sicher nicht, junge Dame. Und man läßt seine Sachen auch nicht einfach so auf den Boden fallen. Wartet, ich werde das Gewand über einen Stuhl breiten.«

Die Edle löste ihr Haar. Das Mahl mit Gautier hatte sich als recht angenehm herausgestellt. Er schien entschlossen zu sein, ihr auf jede erdenkliche Weise zu gefallen, und selbst Timozel hatte wohl nichts dagegen einzuwenden, wenn Gautier ihr als zukünftiger Gattin seines Herrn jede Aufmerksamkeit erwies. Faraday zitterte jetzt in ihrem dünnen Leinennachthemd. In zwei Tagen spätestens würden sie aufbrechen. Der Leutnant hatte gesagt, daß sie bis Gorken anderthalb Wochen benötigen würden. Die Straße dorthin sei gut ausgebaut und gekennzeichnet. Schon in zwei Wochen könne sie Bornhelds Gemahlin sein.

»Setzt Euch aufs Bett, meine Liebe, damit ich Euer Haar kämmen kann. Keine Angst, ich werde Euch nicht verlassen.«

Faraday schloß ihre Augen und ergab sich in die sanfte, angenehme Behandlung. Nach einer Weile fragte sie: »Yr?«

»Ja?«

»Wenn ich heute nacht versuchen würde, den heiligen Hain zu erreichen, würdet Ihr mir dann dabei helfen?«

Die Hände der Katzenfrau erstarrten. »Seid Ihr Euch auch ganz sicher, Liebste?«

Faraday drehte sich zu der Wächterin um. »Ich habe die Verbindung zur Mutter schon fast ganz verloren. Wenn ich es heute nacht nicht versuche zu erneuern, verliere ich sie womöglich noch ganz und gar.«

Yr küßte sie sanft auf die Stirn. »Das wird niemals geschehen, mein Kind. Die Mutter ist immer in Euch und um Euch. Ihr müßt Euch nur in der Kunst üben, sie zu erreichen.«

Die Edle erhob sich und kramte in ihren Sachen, bis sie die Holzschale fand, die sie von den Gehörnten erhalten hatte. »Kennt Ihr die Bedeutung dieser Schale?«

Yr nickte und legte die Bürste beiseite. »Ich habe da eine gewisse Vorstellung. Kommt, wir brauchen Wasser.«

Die Wächterin stellte die Schale auf den kleinen Tisch und forderte Faraday auf, den irdenen Krug zu nehmen und sie bis fast zum Rand zu füllen.

»Nun, die Mutter verlangt Blut, ein kleines symbolisches Opfer, um ihr anzuzeigen, daß Ihr gewillt seid, etwas von Euch zu geben. Hier.« Sie reichte dem Mädchen ein kleines Messer.

Faraday starrte die Katzenfrau verwirrt an und nickte dann. Je länger sie darüber nachdachte, desto richtiger erschien es ihr, der Mutter ein Blutopfer zu bringen. Vorsichtig stach sich die Edle in den Daumen, bis Blut hervortrat. Dann legte sie das Messer neben die Schüssel.

»Ich glaube, jetzt kommt Ihr ganz gut allein zurecht, meine Liebe.« Yr trat einen Schritt zurück.

Lange blickte Faraday auf den Tropfen, der aus ihrem Daumen quoll. Dann fiel Faraday ein, was Ramu einmal gesagt hatte: Die Mutter verlange, daß man ihr nackt wie am Tag der Geburt gegenübertrete. Also befreite sie sich rasch von dem Nachthemd, achtete dabei darauf, daß das Leinen nicht mit dem Blut in Berührung kam, und trat dann das Nachtgewand achtlos zur Seite. Vorsichtig hielt sie nun die Hand über die Schüssel.

»Möge dieses Blut dazu dienen, meinen Bund mit der Mutter zu erneuern«, sprach die Edle. »Möge es mich auch an meinen Schwur erinnern, der Mutter treu zu dienen. Und möge das Blut bewirken, mich der Mutter näherzubringen.«

Faraday drehte die Hand um, und der Tropfen löste sich langsam vom Daumen. »Mutter, mit diesem meinem Blut möget Ihr heute nacht über mich wachen.« Das Rot fiel in das Wasser, und sofort erstrahlte die Schüssel in smaragdgrünem Licht. Das Mädchen holte ergriffen Luft. Stärke und Kraft durchströmten sie, und sie schloß die Augen und legte den Kopf in den Nacken, um die Berührung mit der Gottheit genießen zu können.

»Mutter«, flüsterte Faraday und schloß alle Gedanken aus ihrem Bewußtsein aus, um sich ganz der übermächtigen Kraft hingeben zu können, die durch ihren Körper und ihren Geist floß. Ihr inneres Wesen verband sich mit dieser Kraft, und diese führte sie in Sphären, die jenseits allen leiblichen Empfindens lagen. Die Edle fühlte sich viel lebendiger als je zuvor, so als stelle ihr vertrautes Lebensgefühl nur einen blassen Abklatsch der Wirklichkeit jenseits des wahrhaften Seins dar. Freude und Begeisterung breiteten sich in ihr aus, und sie erkannte, daß es ihr am Sternentor ganz genau so ergangen war. Mutter und Tor mußten eine Einheit bilden. Faraday bereitete sich darauf vor, hindurchzutreten.

Doch da klopfte es an der Tür. »Faraday?« rief Timozel.

Yr sprang auf und kippte das Wasser aus der Schale. Augenblicklich erlosch das smaragdgrüne Glühen. Die Edle öffnete erschrocken die Augen und empfand den Verlust des Kraftflusses wie einen körperlichen Schmerz. »Was ist denn?«

»Still!« zischte die Katzenfrau. »Euer Ritter ist an der Tür.«

Faraday saß benommen da und blinzelte nur, als Yr die Tür einen Spalt weit öffnete. »Wer ist da?« fragte die Wächterin ungehalten, weil sie sich über Timozels Störung ärgerte.

Der Jüngling spähte in die Kammer. »Ich wollte mich nur davon überzeugen, ob bei Euch alles in Ordnung ist, Faraday.«

Sie nickte knapp. »Ja, danke, Timozel.« Er hatte sie daran gehindert, durch das Tor zu treten.

»Dann ist ja gut«, murrte der Jüngling, weil er nicht mit einem solch unfreundlichen Empfang gerechnet hatte. »Schlaft wohl.«

Yr schloß die Tür schon wieder. »Verdammter Dummkopf!« schimpfte sie und wandte sich wieder an die Edle. »Heute habt Ihr eine wichtige Lektion gelernt, meine Liebe. Wenn Ihr wieder in Verbindung mit der Mutter treten wollt, stellt vorher lieber sicher, daß Euch niemand stören kann. Nicht auszudenken, wenn Timozel das hier gesehen hätte … oder Gautier. Dann wüßte auch Bornheld bald Bescheid.«

Faraday nickte betreten, obwohl sie sich immer noch darüber freute, daß es ihr gelungen war, wieder für eine kurze Zeitspanne ins Reich der Mutter einzutreten. Schon jetzt fühlte sie sich wie neugeboren. Welch wunderbares Geschenk sie doch mit der Schale erhalten hatte. In ihrem Herzen entschuldigte sie sich bei der Mutter, die Begegnung so jäh unterbrochen zu haben. »Yr, was werde ich durch die Versinnbildlichung dieses Gefäßes erfahren?«

Die Katzenfrau lächelte und strich über das Geschenk. »Ich weiß es nicht, liebste Herrin. Mit dieser Schale habt Ihr eine ungewöhnliche Gabe erhalten. Sie hat den Heiligen Hain der Gehörnten noch nie verlassen. Die Schale besteht aus heiligem Holz, und ich kann mir nicht einmal in meiner kühnsten Phantasie ausmalen, welche Zaubersprüche in sie verwoben wurden. Jetzt solltet Ihr Euch aber schlafen legen. Die Näherinnen kommen morgen früh, und dann findet Ihr erst einmal überhaupt keine Ruhe mehr.«

Faraday erwiderte das Lächeln der Wächterin und küßte sie auf die Wange. »Gute Nacht, Yr. Ich hoffe, Ihr schlaft heute nacht gut in Eurem Bett.«

Als die Katzenfrau die Tür zu ihrer Kammer öffnete, traf sie dort Gautier an, der nackt auf ihrem Bett lag. Yr lächelte und schloß die Tür hinter sich.

5
Sigholt

Axis stand allein auf dem Bergfried der Garnison von Sigholt und ließ sich den Wind durchs Haar wehen. Die Hände auf die uralten Zinnen der Burg gestützt, schaute er nach Norden und kniff die Augen gegen die heftigen Böen zusammen. Am Horizont konnte er einen kleinen dunklen Fleck ausmachen, die Eisdachalpen. So kalt die Luft auch sein mochte, so belebend wirkte sie doch auch, und der Axtherr schloß die Augen und atmete sie tief ein. Bei seinen früheren Unternehmungen war er nie weiter als bis nach Aldeni gekommen. Jayme hatte ihn wohlweislich von Ichtar ferngehalten. Der Anblick des fernen Hochgebirges erfüllte ihn nun mit Begeisterung.

»Die Fürstin hat hier immer gern gestanden, genau dort, wo Ihr Euch jetzt gerade aufhaltet«, sagte eine leise Stimme hinter ihm. Der Krieger öffnete die Augen und sah sich einem alten Mann gegenüber.

Reinald, der ehemalige Oberkoch der Garnison, lächelte Axis freundlich an. Seine müden alten Augen tränten im Wind, und auf seinem kahlen Schädel spiegelte sich das Herbstsonnenlicht, das kaum seinen Weg durch die Wolkendecke fand.

»Damals diente ich als Hilfskoch, Axtherr, und zu meinen Aufgaben gehörte es, die Zubereitung der Mahlzeiten für die Herrin zu beaufsichtigen. Im Sommer und auch in den ersten Herbstwochen kam sie gern hier herauf. Die Küchengehilfen und ich mußten dann all die Stufen hinaufsteigen. Mit heißen Töpfen, scharfen Messern und kostbarem Porzellan und Kristall. Jeden Tag drei Mal. Und wehe, wir haben etwas verschüttet oder zerbrochen.«

Der Krieger grinste. »Gewiß habt Ihr die Fürstin mehr als einmal verflucht.«

»Ach«, erinnerte sich Reinald, »Eurer Mutter konnte man eigentlich nie richtig böse sein.« Der alte Koch war nach Faraday der erste, dem es nichts auszumachen schien, daß Axis Rivkah zur Mutter hatte. »Sie konnte so hübsch lächeln, hat sich immer wieder für die Umstände entschuldigt, die sie uns mache, und uns oft genug eingeladen, neben sie an die Brüstung zu treten und die Aussicht zu bewundern, die sie so in Entzücken versetzte.«

»Und welche Aussicht war das?«

Reinald trat wie damals neben die Herrin jetzt neben deren Sohn. »Natürlich die Eisdachalpen, Axtherr. Rivkah hat gern mit uns gescherzt. Ralf, der jüngste von den Küchenjungen, litt an Höhenangst, und wenn er an den Zinnen stand und nach unten blickte, wurde er im Gesicht ganz grün. Darüber hat die Fürstin immer sehr gelacht und ihm gesagt, eines Tages würde sie von hier oben fortfliegen. Bis zu den Alpen, dann würde sie niemals wieder jemand zu Gesicht bekommen. Ich stelle mir gern vor, Herr, daß ihre Seele genau das tat, nachdem sie bei Eurer Geburt das Leben verloren hat. Mir verschafft seitdem die Vorstellung Trost, daß die Fürstin damit endlich die Freiheit hatte, die Berge zu besuchen, nach denen sie sich immer so sehr sehnte. Damals, als Ihr das Licht der Welt erblicktet, hielt sie sich noch näher am Gebirge auf.«

Axis fiel darauf nichts zu sagen ein. Er schwieg. Manchmal erfuhr man Freundlichkeit und Trost, wenn man sie am wenigsten erwartete. »Vielen Dank, Reinald«, murmelte er schließlich ergriffen und blickte wieder hinaus zu dem dunkelroten Fleck am Horizont. »Man kann die Alpen auf diese Entfernung nicht besonders gut erkennen.«

»Im Sommer sieht man sie an einem klaren Tag so deutlich, als seien sie nur wenige Meilen entfernt.«

»Meine Mutter muß in dieser Burg sehr unglücklich gewesen sein, wenn sie lieber davonfliegen wollte.«

Der Koch dachte nach. »Wenn Searlas zugegen war, fühlte sie

sich wirklich nicht besonders glücklich. Aber wenn er verreiste, konnte sie wieder lachen.«

»Wenn mein richtiger Vater eintraf?« fragte Axis.

Reinald schwieg sehr lange und starrte hinaus auf die Eisdachberge. Er erinnerte sich an die furchtbaren Wochen, nachdem Herzog Searlas von seinem einjährigen Aufenthalt in Gorken heimgekehrt war und feststellen mußte, daß seine Frau im achten Monat schwanger war. Unwillkürlich blickte der Koch hinab auf seine Hände. Die Fingernägel waren nie wieder so recht nachgewachsen, nachdem der Burgherr sie ihm einzeln mit einer alten Küchenzange gezogen hatte. Nicht nur aus dem Hilfskoch hatte Searlas herausbringen wollen, wer der Vater des ungeborenen Kindes sei.

Trotz der Schmerzen, oder vielleicht auch gerade ihretwegen, hatte Reinald die Herrin jedoch nie verraten. Auf seine Weise hatte er Rivkah geliebt, und da er ihr durch sein Schweigen helfen konnte, hatte er das mit Freuden getan.

Der Krieger schwieg, um Reinald Gelegenheit zu geben, seine Gefühle und Gedanken zu ordnen. Wenn er weiterzählen mochte, dann würde er das auch tun. Und wenn nicht, dann eben nicht. Wie auch immer, Axis war froh, dem ehemaligen Koch hier begegnet zu sein. Durch dessen Erinnerungen konnte er zu seiner Mutter vordringen, die er nie kennengelernt hatte.

»Searlas war so ... so hart. Rivkah kam als junge Frau hierher, kaum dem Mädchenalter entwachsen. Vor allem anderen suchte sie Liebe und Lachen, beides Dinge, die der Herzog ihr nicht geben konnte.« Reinald schwieg wieder. »Ich lernte zu warten ... vor der Tür zum Turm ... weil ich sie nicht stören wollte ... Erst wenn sie geruhte, mich zu rufen ... Manchmal mußte ich Stunden warten, bis das Essen nicht mehr genießbar war ... Meist habe ich die Küchenjungen dann fortgeschickt ...« Er drehte sich zu dem Krieger um. »Ich habe Euren Vater nie gesehen, Axtherr. Aber ich hörte ihn sprechen und singen. Er besaß eine so schöne Stimme, daß ich ihm endlos lange zuhören konnte.« Der Alte lächelte bei dieser Erinnerung. »Euer Vater konnte der Herrin Liebe und Lachen geben. Fast acht Monate lang kam er beinahe täglich und blieb für Stunden. Wer er war? Ich kann es Euch beim besten Willen nicht sagen. Ich weiß noch nicht einmal, wie er hier hinauf aufs Dach gelangte. Wenn ich unten wartete, ist niemals jemand an mir vorbeigekommen.«

Axis nickte langsam und war mit seinen Gedanken längst woanders. Dies hier mußte im Sommer ein wunderbarer Ort sein. Die Urqharthügel ganz in der Nähe und die Alpen im Hintergrund. Während der vergangenen Tage hatte Ogden ihm allerlei über die geflügelten Ikarier berichtet. War sein Vater, der ikarische Zauberer, etwa von dem Hochgebirge hierher geflogen? Oder hatte er ein Versteck in den Urqharthügeln gehabt? Dem Krieger gefiel die Vorstellung, daß seine Mutter bei dem Zauberer ihr Glück gefunden hatte. Eine fröhliche Melodie ging ihm durch den Kopf. Er summte sie leise vor sich hin und genoß die Art, wie sie ihm in den Mund floß. Als Axis seine Augen schloß, spürte er die Sonnenwärme auf seinen Wangen und roch den Duft der Kletterrosen, die in den warmen Monaten bis zum Dach des Bergfrieds hinaufrankten. Deshalb merkte er nicht, daß dem alten Koch vor Erstaunen der Mund offenstand.

»Sternenströmer!« rief eine junge Frau, und die Liebe ließ ihre Stimme dunkel klingen. Axis öffnete die Augen wieder. Sonnenlicht überflutete das Dach, und vor ihm stand eine wunderschöne junge Frau, die vor Vergnügen lachte und die Hände nach ihm ausstreckte. »Sternenströmer, Ihr sagtet doch, Ihr könntet heute nicht kommen.« Sie trug ein lavendelfarbenes loses Gewand aus Leinen und war barfuß. Axis erkannte, daß sie schon seit mehreren Monaten schwanger sein mußte. Das lange kastanienrote Haar floß über ihren Rücken und bewegte sich leise in der Brise. Die Frau trat einen Schritt auf ihn zu und streckte flehentlich die Hände aus. »Sternenströmer, seid Ihr es wirklich?« fragte sie mit gerunzelter Stirn. »Was tragt Ihr denn da für ein Gewand?« Sie wirkte nun völlig verwirrt.

Axis bewegte sich mit ausgestreckten Armen auf sie zu, und Tränen rannen über seine Wangen. »Mutter?«

Die Szene wurde undeutlich, und Rivkah fuhr vor ihm zurück. »Wer seid Ihr?« flüsterte sie und legte schützend eine Hand auf ihren hohen Leib. Das Bild zitterte heftiger, fiel in sich zusammen und löste sich auf.

»Mutter!« rief der Krieger und eilte auf die Stelle zu, wo sie eben noch gestanden hatte. Doch jetzt fegte nur noch kalter Wind über das Dach, und der Rosenduft war verschwunden. »Habt Ihr das auch gesehen?« fragte er verwirrt den Koch.

Aus Reinalds Gesicht war alle Farbe gewichen. »Ja, Axtherr, ich habe es gesehen. Das war Rivkah, Eure Mutter.«

Der Krieger drehte sich schnell um, weil er hoffte, sie wäre irgendwo anders hingetreten. Aber das Dach war leer, und ihm schossen die Tränen der Enttäuschung in die Augen. Reinald trat zu ihm und legte ihm die Hände auf die Arme. »Axis, Ihr seid wahrhaftig der Sohn Eures Vaters. Seht her.« Reinald griff in sein Gewand und zog eine Kette heraus, an der ein Ring hing. Er zog die Kette über seinen Kopf und hielt sie dem Krieger hin. Axis wischte sich die Tränen fort und betrachtete den Reif.

»Euer Vater hat der Herrin diesen Ring gegeben, junger Mann. Als Searlas zurückkehrte, fürchtete Rivkah, er würde ihn ihr abnehmen und durch ihn den Vater aufspüren. Also versteckte sie ihn in einer Schüssel mit einem Rest Nachtisch, damit ich ihn finden und an mich nehmen sollte. Vermutlich sagte sich die Fürstin, daß sie sich später jederzeit an mich wenden und ihn zurückverlangen könnte. Aber dazu sollte es nie kommen. Der Herzog ließ seine Frau nach Gorken schaffen, wo sie dann schließlich starb. Axtherr, ich habe mich in letzter Zeit oft gefragt, was aus dem Reif werden sollte, wenn ich sterben würde. Wem sollte ich ihn geben? Niemals hätte ich mir träumen lassen, je Rivkahs Sohn gegenüberzustehen, genauso wenig, wie der Herrin selbst wiederzubegegnen. Und doch sah ich sie eben lachend und voller Liebe und Freude hier auf ihrem Platz auf dem Dach. Herr, Ihr habt Staunen und Frohsinn in mein Leben zurückgebracht, und deshalb möchte ich Euch auch etwas geben.«

Axis' Hand schloß sich um den Ring. »Seid bedankt, Reinald«, flüsterte er und meinte damit nicht nur das Geschenk.

Nachdem der Koch sich zurückgezogen hatte, stand der Krieger noch lange auf dem Turmdach. »Sternenströmer«, flüsterte er dabei. »Ihr seid also mein Vater.«

Sein Name. Wenigstens kannte er jetzt seinen Namen. Und er besaß eine Erinnerung an das liebende Gesicht seiner Mutter, wie sie seinen Vater angesehen hatte. Axis öffnete seine Hand und betrachtete den schweren Ring. Der breite Reif glänzte leicht rötlich, und in unglaublich feiner Arbeit waren in ihn winzige Diamantensplitter zu Sternenmustern geformt in die Oberfläche eingelassen. Je schärfer der Krieger hinschaute, desto mehr Muster konnte er erkennen, und keines ähnelte dem anderen. Er öffnete den Verschluß der Kette, nahm den Ring und streifte ihn über den Mittelfinger seiner Rechten. Der Reif saß wie angegossen, wie eigens für ihn geschmiedet.

Belials Blick wanderte von den aufgesessen angetretenen Axtschwingern zur Garnison von Sigholt. Er wartete darauf, daß der Axtherr endlich aus der Burg kam. Die Truppe war nur lange genug hiergeblieben, um Proviant zu fassen und den Pferden etwas Rast zu gönnen. Der General hatte seine Männer fast vollzählig von Smyrdon hierher geführt. Den Ängsten der Dorfbewohner hatte er entgegengehalten, daß sie so gut wie nichts aus dem Schattenland zu befürchten hätten. Dann hatte Axis ihnen aber doch dreißig Soldaten dagelassen, und sei es nur zum Schutz gegen die Dämonen, die die Bauern in ihrer Furcht an jeder Ecke zu sehen glaubten. Der Leutnant lächelte, als er sich an die Mienen der Axtschwinger erinnerte, die zurückbleiben mußten. Aschgrau waren ihre Gesichter gewesen, weil sie einen Haufen abergläubischer Dörfler beschützten mußten, während ihre Kameraden weiterzogen, um in Gorken die Streitmacht des Gorgrael zu bezwingen.

Welch Glück, sagte sich Belial, daß die Geschichte von der Prophezeiung sich nicht nur in der Truppe rasch verbreitet hatte, sondern die Männer sie auch stets bereitwillig glaubten. Mit dem stillen Einverständnis des Kriegers hatten Ogden und Veremund viel Zeit mit den Axtschwingern verbracht und ihnen von den Ikariern und Awaren erzählt. Natürlich hatten die Mönche sich den Soldaten nicht offen als Wächter zu erkennen gegeben. Aber die Männer hatten auch so begriffen, daß es mit den beiden Mönchen mehr auf sich haben mußte, als auf den ersten Blick zu vermuten war. Während des Ritts von Smyrdon nach Sigholt hatten die Axtschwinger dann unzählige Fragen über die Völker der Unaussprechlichen gestellt. Und daraus folgte, daß sie sich zuerst jeder für sich ihre Gedanken machten und dann offen am Lagerfeuer die Einstellungen in Frage stellten, zu denen der Seneschall sie erzogen hatte. Die Kirche hatte während der letzten tausend Jahre nur Haß gegen diese Wesen gepredigt, aber davor hatten die Achariten, die Ikarier und die Awaren viele tausend Jahre in Eintracht und Frieden miteinander gelebt. Bis zu den Axtkriegen. Ogden und Veremund hatten ihre eigenen Fähigkeiten und die Kräfte der Prophezeiung dazu eingesetzt, in den Männern die uralten Erzählungen wieder zum Leben zu erwecken, die allen drei Völkern zu eigen waren.

Ob es nun an den Bemühungen der beiden Mönche lag, der wiedererwachten Erinnerung oder der Macht der Weissagung, als der Zug Sigholt erreichte, zweifelte keiner der Soldaten mehr daran, daß sie gegen Gorgrael und seine Geistkämpfer antreten mußten. Awaren und Ikarier – und kein Axtschwinger nannte sie mehr Unaussprechliche – befanden sich in ebenso großer Gefahr wie das Reich. Viele Axtschwinger ließen sich bereits offen über den geheimnisvollen Sternenmann aus, der sie gegen den Zerstörer zum Sieg führen sollte. Auch das gefiel Belial. Denn wenn der entscheidende Moment gekommen war, würden die Männer Axis willig in seiner neuen Rolle folgen. Und wenn der Leutnant es recht bedachte, hatte der General sich schon bei vielen Gelegenheiten als umsichtiger und kluger Stratege erwiesen.

Belial wandte den Blick von der Burg ab und betrachtete wieder die Truppe. Drei Tage hielten sie sich nun schon in Sigholt auf. Sie hatten ihr Lager in einer breiten Senke am Fuß der Garnison aufgeschlagen. Sigholt lag am Ausgang des Sperrpasses in den Urqharthügeln. Der Paß führte in die südliche Wildhundebene, und von dort erreichte man Smyrdon am Ufer des Nordra. Das Königreich Achar hatte die Garnison vor einigen Jahrhunderten eingerichtet, und manche behaupteten, sie sei die älteste in ganz Achar. Die Burg selbst schien noch viel früheren Datums zu sein. Sie saß auf den steil ansteigenden Hängen des Sperrpasses, gleich oberhalb der Senke, die sich nach Westen erstreckte. Nachdem dreitausend Soldaten und noch mehr Pferde drei Tage und Nächte im Schnee herumgetrampelt waren, war er nurmehr eine festgestampfte Schicht. Belial erschien die Senke wie der Grund eines ehemaligen Sees am Fuße der Burg. Vielleicht hatte ein inzwischen ausgetrockneter Nebenfluß des Nordra ihn einmal, aus den Urqharthügeln kommend, gespeist. Dem Leutnant war nicht entgangen, wie Ogden und Veremund die Senke ebenfalls nachdenklich angesehen und dabei dunkle und unverständliche Worte vor sich hin gemurmelt hatten. Er vermutete seitdem, daß sie sich über die Senke ebenso Gedanken machten wie er. Aber Belial dachte nicht weiter darüber nach. Denn wie Axis schenkte auch er dem Gemurmel der beiden keine große Beachtung mehr.

Sein Blick wanderte weiter, fort von den Reihen der Axtschwingern und hinüber nach Hsingard, der Hauptstadt von Ichtar und dem Sitz des Herzogs. Der General wollte die reichlich zwanzig Meilen bis dorthin so zügig wie möglich hinter sich bringen.

Auf dem Ritt von Smyrdon nach Sigholt waren sie gut vorangekommen, obwohl der Weg ihnen keine Mühen erspart hatte. Eis und Schnee bedeckten den Boden von Ichtar, und wenn man den Einheimischen zuhörte, dann versicherten sie, das sei schon seit dem Sommer so. Gorgrael schob tatsächlich seine Eiswolken immer weiter nach Süden. Bornheld verlegte schon seit Monaten Truppen in den Norden. Sobald die Axtschwinger die Hauptstraße erreichten, die von Jervois nach Gorken führte, würden sie besser vorankommen. Der Herzog hatte entlang der Strecke in regelmäßigen Abständen Vorratslager eingerichtet, damit die Elitetruppe nicht durch einen schwerfälligen Troß aufgehalten wurde und schneller ihr Ziel erreichen konnte.

Wenn nichts dazwischenkäme, würden sie in zwei Wochen dort eintreffen.

Belial rieb sich in der kalten Luft die Arme. Wo blieb Axis nur? Seine Männer waren längst zum Abmarsch bereit und warteten. Zum ersten Mal verspätete sich der General. Ogden und Veremund saßen geduldig neben ihm auf ihren weißen Eseln. Der engelhaften Miene des kleinen Dicken und den asketischen Zügen des langen Hageren ließ sich nicht entnehmen, wer sie in Wahrheit waren. Der Leutnant schnaufte leise. Hinter wie vielen Gesichtern mochten sich ebenfalls rätselhafte Geheimnisse verbergen, die man nicht einmal erahnen konnte? Aschure fiel ihm wieder ein, und er fragte sich, wo sie sich zur Zeit aufhalten mochte. Sie war auffallend hübsch gewesen und hatte große Entschlossenheit an den Tag gelegt. Belial lächelte bedauernd und rieb sich den Schädel. Selbst jetzt noch litt er manchmal unter großen Kopfschmerzen, vor allem, wenn er übermüdet war.

Aus den Augenwinkeln sah er plötzlich eine Bewegung, und er richtete den Blick wieder auf die Burg. Axis kam mit gelöster Miene von dort heranmarschiert. Er streifte sich die Handschuhe über, um sich gegen die Kälte zu schützen. Der Wind blähte seinen schwarzen Umhang.

»Sind alle angetreten und bereit, Leutnant?« fragte er frisch, wenn auch nicht im Befehlston, schwang sich auf Belaguez und nickte dem Stallburschen zu, der den Zügel des Hengstes so lange gehalten hatte.

Belial ließ sich nichts anmerken. »Alle Kohorten sind vollzählig angetreten, Herr. Die Packpferde sind beladen und tragen ausreichend Verpflegung. Die Rösser sind getränkt, die Waffen gereinigt, und alles ist aufbruchbereit.« Und etwas später fügte er hinzu: »Und das schon seit einer halben Stunde.«

Axis sah zu ihm hinunter. »Worauf wartet Ihr dann noch, Leutnant? Forsch aufgesessen!« Er drehte Belaguez herum, um sich an seine Männer zu wenden. »Axtschwinger, seid ihr bereit?« rief er mit seiner lauten und weithin vernehmbaren Stimme.

Aus der Senke erhob sich aus vielen tausend Kehlen die Antwort: »Wir vernehmen Eure Stimme, Axtherr, und sind bereit!«

»Dann laßt uns aufbrechen!« rief der Krieger, und die Soldaten antworteten ihm mit Gebrüll, während sie ihre Pferde wendeten und dem Schicksal entgegenritten, das in Gorken auf sie warten sollte.

6

Rivkah erwacht

Der Klan wanderte mehr als zehn Tage durch Awarinheim nach Norden und über die Waldpfade, die den Nordra säumten, der hier von den Eisdachalpen nach Süden floß. Grindel und sein Sohn hatten aus den abgestorbenen Ästen eines Zeitholzbaums, den sie aus dem Strom gefischt hatten, einen leichten, aber stabilen Schlitten gebaut. Jeden Morgen, wenn es weiterging, bezog Ramu mit ihrer Hilfe seinen Platz auf den zusammengepackten Lederzelten. Während des Marsches wechselten der Häuptling und Helm sich damit ab, den Schlitten zu ziehen. Trotz seiner Jugend besaß er schon große Körperkraft.

Die gut begehbaren Wege und das milde Wetter ließen den Zug gut vorankommen. Die Klans pflegten auf ihren Reisen die Wege von abgestorbenem Holz und alten Blättern zu reinigen, damit diejenigen, die nach ihnen kamen, mühelos vorwärtskamen. Als Aschure einmal fragte, warum die vorzeitige bittere Winterkälte und die eisigen Winde, die Achar umklammerten, sich nicht auch in Awarinheim auswirkten, lächelte Goldfeder rätselhaft und antwortete, daß der Wald die Awaren vor dem grimmigsten Winter beschützte. »Die Bäume haben ihre eigene Macht«, fügte sie hinzu, »auch wenn sie in diesen Zeiten meist ruht.«

Während der Reise lernte die Menschenfrau von Fleat und Pease einiges über das Leben der Pflanzen in Awarinheim. Aus der Rinde des Alefenbaums zum Beispiel ließ sich ein erfrischender und anregender Tee zubereiten. Die Borke des Bärfußbaumes konnte getrocknet und so bearbeitet werden, daß daraus Körbe, Matten und haltbare Sohlen für Schuhe hergestellt werden konnten. Im Schatten der Nadelbäume wuchsen die unterschiedlichsten Büsche und Kräuter, deren Blätter die Awaren für unzählige Bedürfnisse nutzten. Aschure, die nur das Leben auf der Seegrasebene kannte, wo nur Getreide und Gemüse wuchsen, kam kaum noch aus dem Staunen heraus. Sie erfreute sich an allen neuen Entdeckungen, die buchstäblich nach jeder Wegbiegung auf sie warteten. Die Awaren sammelten zum täglichen Nahrungsbedarf Beeren, Knollen, Früchte des Waldes, Nüsse und gelegentlich eine der Ranken, die sich von den Wipfeln im Laubdach herabschlängelten – aber nur, wenn sie tief genug hing, daß die gelenkigsten Kinder an sie heranreichen konnten. Die Blätter dieser Lianen wurden zu einem Brei zerkocht und dem Malfarimehl als Mittel zum Süßen beigegeben. Aschure wußte zwar, daß die Klankinder ausgezeichnet klettern konnten, aber ihr blieb trotzdem regelmäßig das Herz stehen, wenn sie zusah, wie Skali oder Hogni sechzig oder achtzig Ellen hoch an den Stämmen hinaufkletterten, um eine der köstlichen Ranken zu erreichen.

Die Awarenfrauen wiederum zeigten sich sehr angetan von Aschures hellblauem Kleid, das sie aus Schafwolle gewoben hatte. Das Waldvolk hielt zwar auch ein paar Ziegen und Schafe des Fleisches, der Milch und der Häute wegen und verstand sich auch darauf, aus Ziegenhaaren und Schafwolle Stoffe herzustellen. Aber die Achariten hatten viel aufwendigere Webtechniken, und deswegen fühlte sich Aschures Kleid viel weicher und auch ganz anders an. Als die Menschenfrau die Wünsche der beiden bemerkte, tauschte sie ihre Sachen gern gegen ein awarisches Hemd und eine Hose ein, weil man sich darin im Wald viel besser bewegen konnte. Als sie dann die dunkelrote Hose und das oberschenkellange graue Hemd anzog, dessen Saum mit dem Muster des Klans bestickt war, fühlte sie sich, als habe sie damit ihr altes Leben in Smyrdon abgelegt und ein neues begonnen. Fleat und Pease zeigten sich hocherfreut von dem Tausch. Aus dem blauen Kleid ließen sich leicht zwei lange Hemden und noch einige Sachen für die Kinder anfertigen. Sie selbst trugen keine langen Röcke. Das war in ihrem Klan nicht üblich. Nur Barsarbe und Goldfeder trugen solche Gewänder.

Goldfeder verbrachte jede freie Minute an der Seite von Aschure. Aber sie redete erst mit ihr, wenn Fleat und Pease fort mußten, um Grindel oder Helm zu helfen; oder wenn sie am Wegesrand Beeren entdeckten, die sie pflücken wollten. Dann erläuterte Goldfeder der Menschenfrau die Prophezeiung des Zerstörers oder weihte sie in die Sitten und Bräuche der Awaren ein. Schon vom ersten Tag beim Geistbaum-Klan an hatte Aschure Fragen zur Lebensweise der Waldbewohner gestellt und verstand immer noch vieles nicht. Die Weissagung beschäftigte sie zwar sehr, aber noch mehr wollte sie über das abenteuerliche Leben ihrer langjährigen Freundin erfahren. Seit Aschure Goldfeder kennengelernt hatte, rührte sie ihr Schicksal an, doch hatte sich bis jetzt nie eine Gelegenheit ergeben, mehr darüber zu erfahren.

Goldfeder sprach ihr auch jetzt nicht von ihrer Jugend in Achar, aber sie berichtete über ihr Leben unter Ikariern und Awaren. »Beide Völker sind mir sehr ans Herz gewachsen«, sagte Goldfeder eines Abends, als die Sippe ihr Lager auf einer kleinen Lichtung aufschlug. »Ursprünglich wanderte ich mit den Waldläufern, um mich mit ihrer Lebensweise vertrauter zu machen. Irgendwann wurde mir dann bewußt, daß ich ihnen auch von Nutzen sein könnte. Indem ich ihnen nämlich dabei half, ihre Kinder zum Bund mit der Mutter zu führen.« Sie zuckte die Achseln. »In manchen Jahren habe ich mehr Monate bei den Awaren verbracht als bei den Ikariern.«

»Zieht Ihr denn stets mit dem Geistbaum-Klan, wenn Ihr Euch in Awarinheim aufhaltet?«

»In den letzten Jahren ja, aber ich habe auch schon bei anderen Klans gelebt.«

Aschure wollte natürlich auch mehr über die geheimnisvollen Flugwesen erfahren. »Und wenn Ihr bei den Ikariern seid, wo lebt Ihr da?«

Goldfeder lächelte, weil Aschures Vorrat an Fragen einfach nicht zur Neige gehen wollte. Aber warum sollte sie darüber gekränkt sein? »Natürlich bei meiner Familie!«

»Ihr habt eine Familie?«

»Einen Ehemann und eine Tochter. Aber hört doch, hört Ihr den Vogel?«

Aschure hielt in ihrer Arbeit inne, Lederhäute über einen Zeltrahmen zu spannen, und hob den Kopf. Aus einiger Entfernung ließ sich ein fröhlich gezwitschertes Lied vernehmen. »Was ist das für ein Vogel?« fragte die Ebenenbewohnerin.

»Eine Abendliedlerche«, antwortete die Alte und schien mit ihren Gedanken weit, weit fort zu sein. »Einer der schönsten Singvögel in ganz Awarinheim.« Sie lächelte Aschure an: »Ich habe meine Tochter nach ihr benannt – Abendlied.«

Nun mußte auch die junge Frau lächeln. »Was für ein bezaubernder Name. Habt Ihr noch mehr Kinder?«

Ein Schatten huschte über Goldfeders Züge. »Ich habe noch zwei Söhne … aber beide verloren«, antwortete sie nur und wandte sich ab.

»Das tut mir leid«, sagte Aschure, doch Goldfeder befand sich schon auf dem Weg zu Fleat, um ihr bei der Zubereitung des Abendbrots zu helfen. Die Menschenfrau sah ihr eine Weile nach. Offenbar saß der Schmerz über den Verlust ihrer beiden Söhne immer noch tief.

Am Lagerfeuer drehte sich das Gespräch wieder um das rätselhafte Verhalten des Axtherrn.

»Aschure, was wißt Ihr eigentlich von diesem Mann?« fragte Ramu sie.

Der Zaubererpriester genas von Tag zu Tag mehr und hatte fast schon wieder seine gesunde Gesichtsfarbe. Er hatte auch schon durchgesetzt, wenigstens stundenweise nicht mehr auf dem Schlitten zu fahren und sich auf Krücken fortzubewegen. Schließlich wolle er Grindel und Helm nicht die ganze Zeit über belasten. Aber Barsarbe bestand darauf, daß er sein Bein weiterhin schonte.

»Ich weiß eigentlich sehr wenig über ihn«, antwortete die junge Frau. »Am Nachmittag vor meiner Flucht ritt er in Smyrdon ein, und eigentlich hatte ich nicht sehr viel mit ihm zu tun.«

»Ihr als Ebenenbewohnerin müßt doch auch etwas von dem gehört haben, was man sich über ihn erzählt«, bohrte Ramu.

Aschure zuckte die Achseln und trank einen Schluck Borkentee. »Nun, da gibt es im Grunde nur einen weit zurückliegenden Skandal, den einige Brüder des Seneschalls immer wieder aufwärmen.«

»Was denn für einen Skandal?« wollte Barsarbe gleich wissen, während sie vor dem Feuer Wachsblumenblätter zum Trocknen wendete. Diese Gewächse wurden zu einem Pulver zerstoßen, das anregend auf alte und gebrochene Herzen wirkte. Die Zaubererpriesterin wußte von einer Frau im Fußstark-Klan, die dafür gute Verwendung hatte.

»Nun, daß er von der Fürstin Rivkah in Schande empfangen und geboren wurde.«

»Wieso in Schande ...« begann Ramu, hielt aber sofort inne, als Goldfeder einen tiefen Klagelaut ausstieß.

Sie preßte die Hände an die aschfarbenen Wangen und starrte Aschure mit großen, erschrockenen Augen an. Goldfeder wurde so bleich, daß ihr dichtes Silberhaar lebendiger wirkte als ihr Gesicht. Sie bewegte lautlos die Lippen und es dauerte einige Zeit, bis sie ein Wort herausbrachte.

»Was?« krächzte die Frau. »Was ... habt Ihr da gesagt?«

Aschure sah die Zaubererpriester hilfesuchend an, aber Barsarbe blickte genauso ratlos drein wie sie selbst. Was mochte nur mit Goldfeder sein? Aschure beobachtete sie besorgt. Pease nahm die alte Frau in den Arm, um sie zu trösten, aber sie schien es gar nicht zu bemerken.

»Daß der Axtherr, daß Axis der Sohn von Rivkah ist, der verstorbenen Schwester von König Priam«, wiederholte Aschure ihre Erklärung. »Goldfeder, was ist mit Euch? Es sieht fast so aus, als hättet Ihr einen Geist gesehen.«

»Aber er ist tot«, ächzte die Frau verwirrt. »Er ist doch tot.«

Niemand in der Runde verstand, worüber Goldfeder so erschüttert war. Barsarbe konnte schließlich nicht mehr an sich halten und fragte sie. »Wollt Ihr es uns nicht sagen?«

Goldfeder blinzelte mehrmals, als nehme sie die Gruppe um sich herum erst jetzt wahr. Sie ließ die Hände sinken und verschränkte die Finger im Schoß. »Ich bin Rivkah«, fuhr es unvermittelt aus ihr heraus, »und mein Sohn starb bei seiner Geburt. Alle haben mir gesagt, er sei tot auf die Welt gekommen!«

Nun schüttelte Aschure verwirrt den Kopf. »Dabei heißt es doch im ganzen Reich, Ihr hättet seine Geburt nicht überlebt ...« Doch langsam wurde ihr einiges klar. Unter anderem die Vornehmheit Goldfeders und ihr Selbstbewußtsein.

»Sie haben versucht, mich umzubringen«, flüsterte Goldfeder rauh, »aber es ist ihnen nicht gelungen. Dann haben sie mir gesagt, mein Kind sei tot ...« Sie konnte nicht weitersprechen.

Ramu wandte sich wieder an Aschure: »Helft uns weiter, was hat es mit dieser Geschichte auf sich?«

Die Menschenfrau berichtete ihnen nun alles, was sie über den alten Skandal wußte. Von Searlas und seiner jungen Braut, die sich während seiner Abwesenheit von einem unbekannt gebliebenen Geliebten hatte schwängern lassen. Von der Geburt auf Burg Gorken, bei der die Mutter gestorben sei, angeblich ...

Ramu sprach nun leise mit Rivkah. »Goldfeder, ist Sternenströmer der Vater Eures Sohnes?«

Goldfeder nickte nur. Pease hielt sie noch fester und flüsterte ihr tröstliche Worte ins Ohr.

»So, so ...«, meinte Barsarbe. »Jetzt wissen wir also genau, daß ikarisches Blut in den Adern des Axtherrn fließt. Sternenströmer gehört zu einer der ältesten und mächtigsten Linien der ikarischen Zauberer, zu den Sonnenfliegern.«

»Aber er war doch tot, als sie ihn aus der Kammer trugen«, jammerte Rivkah. »Ganz blau angelaufen ... und er hat nicht geatmet ... Sie versicherten mir, er sei tot! Aschure, wer hat meinen Sohn aufgezogen? Wer hat sich um ihn gekümmert?«

Die Ebenenbewohnerin dachte nach und erinnerte sich an Geschichten von anderen Pflughütern, die ihren Vater besucht hatten. »Ich glaube, Bruder Jayme, der heutige Bruderführer.«

Goldfeder atmete scharf ein, und ihr Blick wurde hart. »Jayme und sein Spießgeselle Moryson waren diejenigen, die mich zum Sterben in den Eisdachalpen aussetzten ... Und jetzt muß ich erfahren, daß sie nicht nur versuchten, mich zu ermorden, sondern mir auch meinen Sohn gestohlen haben ...«

Ihre Züge schienen in sich zusammenzufallen. »Wie konnte ich nur vor meinem eigenen Sohn stehen und ihn nicht wiedererkennen?« murmelte sie gequält. »Wie konnte ich nur? Warum hatte ich die Hand schon erhoben, um ihn dann doch nicht zu berühren? Wie ist es nur möglich, daß ich ihn nicht erkannte?«

Sie senkte den Kopf, bis er fast die Hände in ihrem Schoß berührte, und fing bitterlich an zu weinen.

»Nun erscheint es mir noch wichtiger, zum Jultidenfest die Haine zu erreichen«, erklärte Ramu seinem Bruder. »Wir müssen diese Geschichte unbedingt allen erzählen.«

Trotz ihres Kummers hörte Rivkah Ramus Worte. »Und ich muß den Sternenströmer davon in Kenntnis setzen. Er soll wissen, daß unser Sohn lebt!« Wieder schluchzte sie zum Steinerweichen. »Wie konnte ich ihm nur ins Gesicht blicken und ihn nicht erkennen?«

7

Die Feste Gorken

Gautier trieb seine Abteilung immer wieder zur Eile an. Er wollte nach Monaten der Verzögerung endlich Gorken erreichen und Faraday persönlich und unversehrt Bornheld übergeben. Er ließ bei jeder Rast nur so lange halten, bis die Pferde ein wenig erholt waren und die Soldaten ihre Mahlzeit aus dünnem Haferschleim und hartem Brot hatten hinunterschlingen können. Und an den Proviantstationen entlang der Straße gönnte er seiner Truppe nicht mehr Pause, als nötig war, um die Rösser zu füttern und die Vorräte aufzufrischen. Als geborener Soldat und Krieger konnte Gautier, je näher sie der Festung kamen, die bevorstehende Schlacht immer deutlicher riechen.

Seine Züge waren noch verkniffener geworden und inzwischen bleich vor Kälte. Seine hellgrauen Augen blickten über den Rand des Schals, den er sich vor das Gesicht gebunden hatte. Den ganzen Tag jagte er sein erschöpftes Roß die Marschkolonne hinauf und hinunter. Unentwegt fluchte der Leutnant und trieb seine Soldaten an, ihre Pferde etwas härter ranzunehmen. Jedes Tier, das sich am Morgen als zu schwach für den Weiterritt erwies, wurde auf der Stelle getötet. Als seine Soldaten sahen, wie gnadenlos Gautier die Rösser behandelte, setzten viele von ihnen lieber eine halbwegs frische Miene auf, wenn er wieder einmal an ihnen vorbeipreschte.

Seit Skarabost hatten Kälte und Schnee eingesetzt, und mittlerweile zogen sie durch das schlimmste Wetter, das Faraday je erlebt hatte. Der Schmied, der sich in ihrer Truppe befand, mußte die Hufeisen schließlich mit Eisendornen beschlagen, damit die Pferde auf der vereisten Straße vorankommen konnten.

Wenn die Edle morgens nach einer weiteren zitternden und schlaflosen Nacht aufwachte, hörte sie beim Zurückschlagen der Decke das leise Splittern der dünnen Eisschicht, die sich nachts auf dem Stoff gebildet hatte. Während des Marsches wurde nur das Nötigste gesprochen. Alle hatten sich Tücher oder Schals vor Mund und Nase gebunden, damit die eisige Luft nicht zu sehr in der Lunge brannte. Und jeder schloß die Augen zu schmalen Schlitzen, wenn die Sonne einmal die dichte niedrige Wolkenschicht durchdrang und der funkelnde und glitzernde Schnee sie blendete. Aber ganz gleich, wie warm sie sich anzogen, dem Wind gelang es stets, durch die Schichten hindurchzukommen und bis ins Mark vorzudringen. Die Pferde ließen die Köpfe hängen, während sie automatisch einen Huf vor den anderen setzten. Eiszapfen hatten sich vor ihren Nüstern gebildet und an den langen Haaren ihrer Mähnen.

Immer neue Gruppen von Bürgern kamen ihnen entgegen, die aus der Stadt Gorken nach Süden flohen. Die Kriegsvorbereitungen und die sich häufenden Überfälle der Geister auf die Patrouillen hatten die Bevölkerung in Angst und Schrecken versetzt. Wem immer es möglich war, der packte seine Siebensachen und zog so weit wie möglich fort. Die hochbeladenen Wagen blockierten oft die ganze Straße. Gautier zwang sie mit ihrer Habe in den Schnee am Straßenrand, um Platz für seine Truppe zu schaffen. Nicht selten blieb ein solcher Wagen dann in den Schneewehen stecken. In ihrer Panik nahmen die Besitzer alles Eßbare und die Decken herunter und setzten ihre Flucht zu Fuß fort. Faraday fragte sich bei solchen Szenen ängstlich, wie viele von ihnen die Flucht wohl überleben würden.

Am merkwürdigsten erschienen ihr aber die gelegentlich auftauchenden Züge von Rabenbundern. Die Edle hatte schon so manche Geschichte über diese wilden und barbarischen Stämme gehört, die hoch im Norden im Packeis auf die Jagd gingen. Aber die Menschen, die hier auf ihren kleinen gelben Pferden herangeritten kamen, erschienen ihr noch ungezähmter, als Gautier sie ihr beschrieben hatte. Ein jeder von ihnen, gleich ob Mann oder Frau, hatte sich das Gesicht mit blauen und schwarzen Linien tätowiert und in ihr Haar und die Mähnen ihrer Rösser grüne und blaue Glassplitter und winzige Glöckchen hineingeflochten. Einer der Aufklärer meldete, daß noch größere Schwärme Rabenbunder abseits der Straße über die westliche Ebene Ichtars unterwegs seien. Faraday fragte sich, welche Macht ein ganzes Volk dazu bewegen konnte, die Heimat aufzugeben.

Timozel ritt unmittelbar vor ihr und versuchte so, sie ein wenig vor dem beißenden Wind zu schützen. Sein einziger Lebenszweck schien darin zu bestehen, die Edle sicher zum Herzog zu bringen. Allerdings fragte er sich manchmal, ob Faraday wirklich bei klarem Verstand ihre Entscheidung getroffen hatte, als sie zu dieser Jahreszeit ihren Verlobten erreichen wollte. Andererseits bestätigte sich der Jüngling immer wieder, wie richtig es von ihm gewesen war, ihr Ritter zu werden. Artor selbst mußte seine Hand im Spiel gehabt haben, als Timozel von Axis und den Axtschwingern getrennt worden war. Je weiter er sich von seinem General entfernte, desto deutlicher erkannte er, daß er seine Talente bei der Elitetruppe vergeudete, ja daß er dort daran gehindert worden war, sie zu entfalten. Und schlimmer noch, Axis, sein Befehlshaber, hatte seine Mutter entehrt und das Andenken an seinen Vater befleckt. Kein Wunder, daß dieser Mann dem Sohn seiner Buhle jede Gelegenheit verwehrt hatte, in der Truppe voranzukommen. Der Jüngling straffte sich, als er an all die Möglichkeiten dachte, die sein neues, sein freies Leben nun für ihn bereithielt. Erst der Ritter einer vornehmen Dame und später der Feldherr der mächtigsten Armee, die diese Welt jemals gesehen hatte. Ja, er würde seinem Obersten Kriegsherrn Bornheld ebenso getreulich dienen wie jetzt dessen Braut. Jawohl, schwor er sich und warf einen Blick zurück auf Faraday. Sie saß warm eingehüllt und zusammengeduckt gegen die Kälte auf ihrem Pferd. Timozel sagte sich immer wieder, daß seine neuen Aufgaben viel bedeutsamer und damit männlicher seien als alles, was ihn unter Axis erwartet haben würde.

Während er durch den Schnee ritt und sich an seinen Gedanken wärmte, schenkte Artor ihm die Gnade eines weiteren Ausblicks auf den Ruhm, der ihn eines Tages erwartete.

Eine gewaltige und entscheidende Schlacht war geschlagen und die Stellungen des Feindes überrannt. Feldherr Timozel hatte nicht einen einzigen Mann verloren.

Ein neuer Tag, ein neues Gefecht. Der Gegner setzte heute schurkischerweise Magie ein, und Timozels Truppen wurden davon empfindlich getroffen ... aber der jugendliche Feldherr ließ sich deswegen noch lange nicht den Sieg nehmen. Der Feind und sein verwundeter General floh in Scharen.

Und noch ein Tag, und das Kämpfen war vorüber. Timozel saß mit seinem Oberbefehlshaber vor dem Kamin. Faraday hatte sich zu ihnen gesellt. Alles war gut. Und Timozel hatte das Licht und seine Bestimmung gefunden.

Alles war gut ...

Bornheld würde ihm dabei helfen, Größe und Ruhm zu erlangen. Dessen war der Jüngling sich vollkommen sicher. Denn schließlich würde er für ihn all seine Siege erfechten.

Timozel fragte sich, ob er dem Herzog berichten sollte, was er über die Wächter und das Sternentor in Erfahrung gebracht hatte. Doch wenn er auch noch von den merkwürdigen Wesen und Orten erzählte, die er gesehen hatte, würde er damit vielleicht nur den Argwohn Bornhelds wecken. Und schlimmer noch, wenn Timozel einmal damit anfing, würde er vielleicht Gorgrael und den Pakt erwähnen müssen, den er mit ihm geschlossen hatte. Dann würde der Oberste Kriegsherr ihm niemals das Kommando über seine Armee übertragen. Da wäre es doch klüger und sicherer, die ganze Angelegenheit auf sich beruhen zu lassen. Schwärzeste Verzweiflung befiel den Jüngling immer noch, wenn er daran dachte, wie er sich dem Zerstörer verpflichtet hatte. Nur solange er Faradays Ritter blieb, konnte er ihm entgehen. Und seine großen Taten vollbringen, von denen noch in späteren Generationen an den Höfen gesungen würde.

Tag für Tag veränderte sich Timozel mehr. Die Vision, die ihn zum ersten Mal im Grab des neunten Klauenfürsten – einem so furchtbaren Zauberer, daß die Ikarier seinen Namen nicht auszusprechen wagten – überkommen hatte, hatte sein Innerstes verwirrt und verdunkelt. Hatte der Jüngling vorher Axis' Verhalten nur milde getadelt, so entstand nun langsam eine tiefe Ablehnung in ihm, die wie eine offene Wunde in ihm schwärte. Seine Fähigkeit, zwischen Gut und Böse, zwischen Wahrheit und Lüge zu unterscheiden, hatte er völlig eingebüßt.

Als sie schon glaubten, die ganze Welt sei unter dem sonnenlosen Himmel erfroren, erreichten sie endlich ihr Ziel. Stadt und Feste Gorken lagen beinahe vollständig unter Eis und Schnee begraben. Die Türme der Stadt und der Burg funkelten unter einer Frostschicht. Die Festung saß wehrhaft auf einer Anhöhe, während der Ort sich an den Fuß ihrer hohen Mauern schmiegte. Zwanzig Meter dick erhoben sich die schwarzen Steinmauern vor den Eisdachalpen. Die Fundamente waren tief in den Mutterfels eingelassen, damit kein Feind die Feste durch Tunnel erstürmen konnte. In regelmäßigen Abständen befanden sich auf den Laufgängen hinter den Zinnen Geschütze, um Tod und Vernichtung über den Gegner zu bringen. Nicht ein Fenster enthielt die Anlage, dafür aber unzählige Schießscharten, die sowohl vor feindlichen Pfeilen, als auch vor den bitterkalten Winden schützten, die unablässig von Norden heranbrausten. Nur an der Südmauer fand sich ein Tor, doch war dieses so stark befestigt, daß nur ein Narr versuchen würde, die Festung auf diesem Weg anzugreifen.

Bornheld wußte den ungewöhnlich frühen Wintereinbruch zu seinem Vorteil zu nutzen, indem er den Wächtern befohlen hatte, jede Nacht Wasser über die Zinnen zu gießen. Mittlerweile waren die Mauern mit einer solch dichten Eisschicht bedeckt, daß kein Feind sie ersteigen konnte – wenigstens keiner aus Fleisch und Blut.

Die ehrfurchtgebietenden Gipfel der Eisdachalpen bildeten einen dramatischen Hintergrund für die Stadt und die Burg. Nur wenig Schnee bedeckte die höchsten Spitzen, so daß sie schwarz und kahl über den schneeweißen niedrigeren Hängen und kleineren Erhebungen emporragten. Der First von Kummerkrak, dem höchsten Gipfel dieses Gebirges, ragte doppelt so hoch in den Himmel wie seine Nachbarn, und den Sagen Achars nach befand sich dort der Sitz der Dunkeln Herren der Unaussprechlichen. Von Gorken aus konnte man diesen Berg nur selten sehen, weil er meist hinter Nebel und Wolken verborgen war.

Gautier führte seine müde Truppe in die Stadt. Vor zehn Tagen waren sie aus Jervois abgezogen, und er hatte seinen Soldaten heute keine Rast gegönnt, da er nicht noch eine Nacht im Freien verbringen wollte. Den ganzen Ritt über hatte der Leutnant sich ausgemalt, wie überrascht und erfreut sich Bornheld zeigen würde, wenn er ihm so unerwartet seine bezaubernde Braut zuführte.

Dunkelheit lag über der Stadt. Bornheld hatte in diesem Ort über sechstausend Soldaten zusammengezogen und ihnen untersagt, Feuer oder Fackeln zu entzünden. Die Truppe ging bei Sonnenuntergang schlafen. Die Erfahrung hatte sie gelehrt, daß sich die Eiskreaturen zumindest teilweise mit Feuer abwehren ließen. Deswegen wurden alle Vorräte an kostbarem Öl und Torf für den bevorstehenden Großangriff der unheimlichen Feinde aufbewahrt.

Auch die Stadt war mit einer schwarzen Steinmauer umgeben, auch wenn sie lange nicht so hoch oder breit war wie die der Festung. Faraday zitterte vor Aufregung, als sie am ersten Posten vor der Schutzmauer anhielten. Sie begrüßte zwar durchaus die Aussicht, nach all dem verwünschten Eis und Wind endlich wieder in einem warmen Bett schlafen zu können. Aber das bedeutete auch, es mit Bornheld teilen zu müssen. Wieder kam ihr Axis in den Sinn. Dabei hatte sie es sich in den vergangenen Wochen verboten, noch einmal an den Krieger zu denken. Wie es ihm wohl inzwischen ergangen sein mochte? Ob die Axtschwinger am Ende vor ihr in der Festung eingetroffen waren? Dann wäre alles verloren, jede Mühsal umsonst gewesen. »Hoffentlich bin ich noch rechtzeitig gekommen«, flüsterte sie unhörbar vor sich hin.

Faraday warf einen Blick hoch und sah schattenhafte Wachen, die auf der hohen Stadtmauer Streife gingen. Der Ort Gorken breitete sich hinter den Mauern nach Süden und Westen aus. Die Edle versuchte, durch den Dämmerschein einen Blick auf die berühmte Festung zu erhaschen. Hier war Axis geboren worden und Rivkah gestorben. Und hier mußte sie versuchen, den Krieger vor dem Zorn seines Halbbruders zu bewahren.

»Weiter geht's!« rief Gautier seiner Truppe zu, und Faraday fuhr erschrocken zusammen. Der Leutnant drehte sich um zu ihr und ergriff die Zügel ihres Rosses. »Auf, Herrin, je eher wir die Festung erreichen, desto besser.«

Die Wächter traten zurück, und das Stadttor schwang langsam auf. Wenig später zog Gautier Faradays Reittier hinter sich her in das Straßengewirr von Gorken. Timozel gab seinem Pferd mit grimmiger Miene die Sporen und preschte, gefolgt von Yr, hinter den beiden her.

Außer Soldaten war anfangs buchstäblich niemand auf den Straßen zu sehen, ein untrügliches Anzeichen dafür, daß der Ort sich auf eine Belagerung einstellte. Manche Einmündung war unpassierbar, weil hier aus eingerissenen Mauern Barrikaden errichtet worden waren – Gorken rüstete sich auch für den Fall, daß es innerhalb des Ortes zu Straßenkämpfen kommen sollte. Gautier mußte immer wieder die Richtung ändern, um den Weg durch die Stadt zu finden. Die Edle sah sich nach allen Seiten um und schaute in Wohnzimmer und Ladenlokale – überall stapelten sich Vorräte. An vielen Stellen kamen ihnen Soldaten entgegen, die unmittelbar in Nähe der Barrikaden ihre Unterkunft bezogen hatten. Der große Marktplatz hatte sich in eine Zeltstadt verwandelt. Auch hier erschwerten Marschkolonnen und abgestelltes schweres Gerät ein rasches Vorankommen. Faraday hielt nervös nach hellgrauen Axtschwingeruniformen Ausschau, entdeckte aber zu ihrer Erleichterung keine. Zum ersten Mal erhielt die Edle auch Gelegenheit, sich um ihre persönliche Sicherheit Sorgen zu machen. Ein Soldat mit Vollbart, der sich auf etwas Heu am Straßenrand schlafengelegt hatte, mußte sich rasch zur Seite rollen, um nicht von den Hufen getroffen zu werden. Er schickte dem Mädchen einige Verwünschungen hinterher.

»He, Ihr da!« rief Gautier einen Soldaten an, der an einer Zeltstange lehnte. Der Mann spähte in das Halbdunkel, erkannte seinen Vorgesetzten und nahm sofort Haltung an. »Leutnant!« rief er zurück und salutierte, so gut es seine steifgefrorenen Glieder zuließen.

»Ich habe vierhundert Mann bei mir, die in dieser artorverfluchten Stadt Unterkunft benötigen. Dazu Verpflegung. Und ihre Pferde wollen auch versorgt sein. Wer führt den Befehl über dieses erbärmliche Lager hier?«

»Goddars, Herr Leutnant!«

»Dann findet mir den verwünschten Kerl, und sagt ihm, wenn ich morgen früh zurückkehre und auch nur einen meiner Soldaten oder eines meiner Pferde frierend und unversorgt vorfinde, darf Goddars bis ans Ende seines Lebens Heu fressen!« Gautier zog am Zügel von Faradays Roß. »Kommt nun, Herrin, wir wollen den Herzog nicht warten lassen.«

Er ritt im Galopp durch eine Gasse und achtete nicht darauf, ob Timozel und die Zofe mitkamen. Faraday hielt sich am Sattelknauf fest, weil sie in den dunklen Straßen die Hand vor Augen nicht sehen konnte. Smogartiger Nebel hatte sich über die Stadt gelegt. Menschen, Hunde und Pferde sprangen vor dem Trupp auf die Seite, und manch einer wollte einen Fluch ausstoßen, schwieg aber lieber, als er die Uniform Gautiers erkannte. Der Leutnant genoß hier fast so viel Achtung, und auch Furcht, wie sein Oberster Kriegsherr.

Gorken schmiegte sich an die Südflanke der Festung, und nach einigen Minuten ritten die vier an der massiven Mauer entlang, die sich in der Dunkelheit in unbestimmte Höhen verlor. Die Zinnen lagen so weit oben, daß Faraday dort keine patrouillierenden Wächter mehr erkennen konnte. Sie drehte sich im Sattel um, weil sie nach Timozel und Yr sehen wollte, und wäre dabei beinahe vom Pferd gefallen.

Timozel lenkte sein Roß sogleich neben seine Herrin und hielt sie am Arm fest. »Verdammt nochmal, Gautier, nicht so rasant!« rief er dem Leutnant zu. »Bornheld würde es wenig freuen, wenn Ihr ihm seine Braut in Stücken abliefert.«

Gautier drehte sich um, warf dem Jüngling einen abschätzigen Blick zu, zügelte aber sein Roß, als er Faradays blaß gewordenes Gesicht sah. Ihr Schal war auf den Hals hinuntergerutscht, und im Halbdunkel wirkte ihre Haut kränklich. Die Augen lagen tief in den Höhlen und zeigten den Grad der Erschöpfung, die sie litt. Ihre zitternden Finger konnten kaum noch den Sattelknauf umklammern. »Nur noch ein paar Minuten bis zum Tor«, raunzte Bornhelds Stellvertreter. »Haltet noch ein wenig durch, Herrin.«

Doch nun, da die Reise sich ihrem Ende näherte, fühlte Faraday, wie ihre Kräfte sie verließen. Formen, Gestalten und Stimmen huschten wie Schemen an ihr vorbei, und schließlich schwankte sie so sehr im Sattel, daß Timozel sie auf sein Roß hob. Gautier verfolgte das mit gerunzelter Stirn, hatte aber zu viel mit den komplizierten Parolen zu tun, die seiner Gruppe das gewaltige Eisenplattentor der Festung öffnen sollten. Er ließ die Zügel von Faradays reiterlosem Pferd mit einer Verwünschung fahren und setzte sich mit dem Torwächter auseinander.

»Timozel?« Yr trieb ihr Pferd neben das des Jünglings, auch wenn sie selbst ebenfalls vollkommen erschöpft war. »Ist mit ihr alles in Ordnung?«

Er drehte sich zu ihr und nickte. »Wir haben großes Glück, daß wir endlich angelangt sind. Einen weiteren Tag hätte die Herrin nicht durchgestanden.« Timozel sah die Wächterin mit leisem Tadel an. »Etwas von Eurer Magie hätte ihr sicher geholfen.«

»Ich habe alles getan, was mir möglich war, aber ich bin keine Heilerin«, gab sie gleich zurück und sah ihn anschließend aus blitzenden blauen Augen an. »Achtet Ihr besser auf das, was Ihr von Euch gebt. Sonst bringt Eure lose Zunge uns noch alle um Kopf und Kragen.«

Die Züge des Jünglings verhärteten sich, aber er kam nicht mehr dazu, mit einer scharfen Erwiderung zu kontern, denn in diesem Moment wurde das Tor geöffnet. Er preschte hinter Gautier her und ließ die Katzenfrau zurück. Yr konnte ihnen erst folgen, als sie genug Kraft gesammelt hatte, ihr Pferd anzutreiben.

In der Festung trafen sie überall auf Soldaten und Vorräte. Als der Leutnant mitten auf dem großen Burghof sein Roß zügelte, trat ein großer, muskulöser Mann aus dem Schatten des Eingangs zum Wohnturm.

»Was geht hier vor?« brüllte er zornig. »Ich habe befohlen, bei Einbruch der Dämmerung das Tor zu schließen und bis zum Morgen niemanden mehr hereinzulassen!«

Gautier sprang rasch von seinem Pferd und beugte vor dem Herzog ein Knie. »Herr!« rief er in gespielter Atemlosigkeit. »Ich bin es, Euer getreuer Leutnant. Und seht nur, wen ich Euch mitgebracht habe!« Er zeigte mit einer großen Geste hinter sich, und Bornheld spähte in den Schatten, wo Timozel noch auf seinem Roß saß und die Edle vor sich hielt.

Der Oberste Kriegsherr lief an seinem Stellvertreter vorbei auf den Reiter zu. »Was gibt es denn so Wichtiges, daß Ihr die Nacht nicht in der Stadt verbringen konntet? Ihr hättet der Wache damit einen Haufen Scherereien erspart und ...« Er hatte das Pferd fast erreicht und verharrte plötzlich mitten im Lauf. Zuerst erkannte der Herzog Timozel und dann die Frau vor ihm im Sattel.

»Herr«, brachte Faraday mit letzter Kraft hervor, »ich konnte einfach die Zeit nicht mehr abwarten, bis Ihr zu mir zurückgekehrt wärt. Und so habe ich mich auf den Weg zu Euch gemacht.« Dann wurde ihr schwarz vor Augen.

8

Die Herzogin von Ichtar

Faraday wachte am Mittag des nächsten Tages in einem nüchtern eingerichteten Zimmer auf. An Mobiliar fanden sich hier nur ein paar einfache Truhen, Stühle und das Bett, in dem sie lag. Die Wände waren aus blankem Stein, nicht einmal Teppiche waren davorgehängt, um dem Auge Abwechslung und Freude zu bieten. Ein einziges schmales Fenster ließ etwas Sonnenlicht durch die dunkel getönten Scheiben herein.

Gorken … Die Edle erinnerte sich allmählich an ihre Ankunft in der Burg in der Nacht zuvor. Und an die erstaunten Gesichter von Bornheld, Graf Jorge und Herzog Roland. Sie alle hatten geglaubt, Faraday und ihr Begleiter Timozel seien bei dem Erdrutsch zu Tode gekommen. Nur verschwommen fiel ihr wieder ein, wie ihr Bräutigam sie in den Wohnturm getragen und es ihr am Feuer bequem gemacht hatte. Kaum noch wach, hatte Faraday ihm dann die Geschichte erzählt, die sie auch schon Gautier in Jervois aufgetischt hatte. Timozel kam ihr zu Hilfe und ergriff das Wort, wenn sie nicht mehr weiterkonnte. Mit einiger Anstrengung hatte die Edle sich dann endlich besonnen, Bornheld liebevoll die Hand zu drücken, als er neben ihrem Stuhl kniete. Und als sie alles gesagt hatte, fiel sie schon wieder in Ohnmacht.

»Nun, mein liebes Kind, fühlt Ihr Euch wieder etwas besser?«

Yr saß am Fußende des Bettes. Faraday rollte sich herum und lächelte die Freundin an. Der Katzenfrau war es irgendwie gelungen, das Gepäck mit ihren neuen Kleidern in die Burg schaffen zu lassen; denn sie trug jetzt ein hellgraues Wollkleid, ein einfach geschnittenes Gewand, wie es sich für eine Zofe geziemte. Außerdem hatte Yr ihre Haare zu einem Zopf geflochten und um den Kopf gewunden. Die Hände lagen züchtig im Schoß, aber die wachen, alles wissenden Augen blickten alles andere als unterwürfig drein.

»Wo sind wir?« fragte das Mädchen und sah sich um. Ein kleines Feuer brannte im Kamin und verlieh der Kammer ein wenig Wärme und Freundlichkeit.

»An keinem geringeren Ort als im Gemach des Herzogs selbst, Teuerste. Ohne Zweifel mußte Euer Bräutigam die kalte Nacht in weniger behaglicher Umgebung verbringen.«

Faraday richtete sich auf. »Ach, Yr, ich erinnere mich kaum noch an etwas, das letzte Nacht geschehen ist. Wie hat Bornheld meine Geschichte aufgenommen. Hat er sie geglaubt?«

Die Katzenfrau lachte laut und herzhaft. »Mein Liebes, er war so überrascht darüber, Euch lebend zu sehen, daß er Euch alles geglaubt hätte. Selbst wenn Ihr behauptet hättet, auf einem Mondstrahl nach Gorken geritten zu sein! Nun solltet Ihr aber aufstehen und Euch herrichten, damit Ihr weiter Eure Rolle als liebeskranke Braut spielen könnt, die nur seinetwegen all die Strapazen auf sich genommen hat.« Übergangslos wurde das Gesicht der Wächterin ernst. »Faraday, wir haben keine Zeit zu verlieren. Unser Vorsprung vor Axis beträgt höchstens eine Woche. Ich habe gestern mit einem der Wächter gesprochen, und er sagte mir, Gorken habe Nachricht erhalten, die Axtschwinger hätten vor ein paar Tagen Sigholt verlassen und ritten geradewegs auf die Grenzfestung zu. Bis zu seiner Ankunft müßt Ihr unbedingt mit dem Herzog verheiratet sein. Nur so kann es Euch gelingen, Bornhelds Eifersucht auf seinen Halbbruder zu zügeln. Vergeßt nie, daß Tencendors Schicksal –«

»Davon abhängt, daß ich Bornheld zum Mann nehme und nicht Axis«, leierte die Edle herunter. »Ihr braucht mich wirklich nicht jeden Tag daran zu erinnern.«

Yr senkte den Blick und erhob sich, um einen Wasserkrug zu holen, der beim Feuer stand.

Bornheld kam in der Großen Halle der Burg mit Graf Jorge, Herzog Roland und Fürst Magariz zu einer Lagebesprechung zusammen. Obwohl die Halle für eine solch bedeutende Festung eher klein ausgefallen war, fror man hier dennoch, denn nur ein einzelnes Kohlefeuer am Kopfende des Raums sorgte für Wärme. Auf dem langen Eßtisch, der an den Kamin herangerückt worden war, lagen Karten und Berichte. Doch obwohl sie alle nicht weit vom Feuer entfernt standen, waren sie doch sehr warm angezogen. Timozel stand ein wenig abseits von den anderen am Kamin und konnte seine Freude darüber kaum fassen, zum Kriegsrat geladen zu sein, den Ausführungen der Befehlshaber beiwohnen und sogar hin und wieder seine Meinung sagen zu dürfen. Axis hatte ihn nie um Rat gefragt oder ihn zu solchen Besprechungen hinzugebeten. Gautier stand mit kaltem geduldigem Gesichtsausdruck neben ihm. Der Herzog hatte ihn bereits fürstlich dafür belohnt, seine Braut hierhergeführt zu haben, und der Leutnant rechnete sich bereits aus, in der Gunst seines Herrn noch höher zu steigen.

Der Kriegsrat tagte bereits seit einer Stunde, und der Oberbefehlshaber und seine drei wichtigsten Kommandanten debattierten darüber, ob es noch sinnvoll sei, weitere Streifen auszusenden, obwohl mit noch höheren Verlusten zu rechnen sei. Da betrat Faraday die Halle.

Bei ihrem Erscheinen verstummten die Kriegsherren sofort. Der Anblick der jungen Schönen in ihrem exquisiten jade- und elfenbeinfarbenen Seidengewand, das mehr offenbarte als verhüllte, ließ die Münder der Männer offenstehen, und sie betrachteten die zukünftige Herzogin mit unverhohlener Bewunderung.

Die Edle lächelte huldvoll, während sie vornehm auf die Herren zuschritt und ihre Röcke zu ihren Bewegungen raschelten. Der Mutter sei Dank, dachte sie, daß sie hinten am Feuer stehen. Sie behielt das Lächeln die ganze Zeit bei und legte den Kopf leicht schräg, damit auch ihr schöner Hals zur Geltung kam. Trotz der langen Ärmel und der dicken Röcke fror sie erbärmlich. Nur konnte sie darauf jetzt keine Rücksicht nehmen, denn es galt jetzt, Bornheld so rasch wie möglich zur Vermählung zu verlocken. Und dabei würde ihr ein offenherziges Gewand mehr nutzen, als sich dem Herzog der Witterung entsprechend völlig verhüllt zu präsentieren.

Faraday blieb drei Schritte vor ihrem Zukünftigen stehen und begrüßte ihn mit einem tiefen Hofknicks. »Mein edler Herzog«, sprach sie, »verzeiht mir bitte, wenn mein unangemeldetes Erscheinen Euch bei etwas Wichtigem gestört haben sollte. Sagt nur ein Wort, und ich ziehe mich sofort zurück.«

»Nein, nein«, stammelte Bornheld und beugte sich vor, um die Hand der Schönen zu ergreifen und ihr aufzuhelfen. »Ihr stört uns nicht im mindesten. So bleibt doch, ich bitte Euch.« Bei Artor, sagte er bei sich, sie ist noch schöner, als ich sie in Erinnerung hatte. Und man stelle sich einmal vor, daß diese junge Frau ihr Leben aufs Spiel gesetzt hat, um bis hierher nach Gorken zu reisen und an meiner Seite zu sein. Faraday ist ebenso mutig wie schön. Und sie gehört mir.

Die Edle schwieg für ein Weilchen und versuchte, Bornheld so nüchtern wie möglich zu betrachen. Er kam ihr größer und mächtiger als bei ihrer letzten Begegnung vor. Sein dunkelrotes Haar war noch kürzer geschnitten, jetzt lag es wie ein roter Kranz um sein Haupt. Seine grauen Augen, das Attraktivste an ihm, leuchteten vor Freude, und sie sah sich in ihren Tiefen gespiegelt. Bornheld war offenbar aufs höchste entzückt, sie hier zu sehen, schien aber nicht recht zu wissen, was er sagen sollte. Faraday erinnerte sich ihrer mädchenhaften Träume, ihren Gatten in einen sanften und wohlberedten Höfling zu verwandeln, und fragte sich jetzt, ob sie diesen groben und plump vertraulichen Kriegsmann wohl jemals ändern könnte. Sie lächelte ihm noch einmal zu und wandte sich dann an die anderen Anwesenden. Der Überraschungseffekt wollte genutzt werden, solange er noch anhielt.

»Graf Jorge, zu meiner allergrößten Freude sehe ich Euch hier wieder.« In der Vergangenheit hatte der grauhaarige Edle zweimal ihren Vater in Skarabost besucht, sie freundlich und höflich behandelt und ihr sogar Achtung entgegengebracht. Faraday verbeugte sich nicht vor ihm, sondern nickte ihm nur kurz zu. Als Verlobte des Herzogs von Ichtar stand sie nun über ihm.

Jorge trat vor und küßte ihre Hand. »Herrin Faraday, ich will gar nicht verhehlen, wie sehr es mich überrascht und gleichzeitig ein wenig besorgt, Euch hier zu begegnen.« Sein faltiges wettergegerbtes Gesicht verzog sich bei diesen Worten zu einem breiten Lächeln, und seine falkenscharfen Augen betrachteten sie nachdenklich. Faraday wandte sich rasch an Herzog Roland, damit die Augen des alten Mannes nicht zuviel entdecken konnten.

»Herr«, lächelte sie und bedachte ihn mit einem leichten Knicks, denn er trug ja schließlich ebenfalls den Titel eines Herzogs. Roland verbeugte sich so tief vor ihr, wie es sein mächtiger Oberköper zuließ, und schenkte ihr sein freundlichstes Lächeln. »Herrin Faraday, Ihr seht heute lieblicher aus, als wir alle uns erinnern können. Welch ein Glück, daß Ihr diesen furchtbaren Erdrutsch überlebt habt.«

Nun trat der letzte in der Runde vor. Das muß Fürst Magariz sein, dachte Faraday, als sie ihm zulächelte und ihm, als dem Rangniedrigsten, nur die Hand hinhielt. Sein schwarzes Haar war von grauen Strähnen durchzogen, und eine rote, wenig schön aussehende Narbe zog sich über seine linke Wange. Auf seine Weise wirkte er anziehend und ein wenig geheimnisvoll. Gewiß war er den Schönen an allen Höfen einen zweiten Blick wert. Faraday stellte mit einem Ruck die Betrachtung seiner Züge ein und erkannte nun, daß er nur eines seiner Beine beim Stehen wirklich belastete. Nun fiel ihr auch wieder ein, daß der Fürst beim Angriff auf die Feste Gorken im Totlaubmond schwer verwundet worden war. Auf den ersten Blick wirkte er wie ein Kriegsmann, der nur für die Schlacht lebte, aber auf den zweiten war zu erkennen, daß Glut und Leidenschaft in ihm brodelten. Und als der Fürst sie ansah, bemerkte sie in seinen dunklen Augen etwas, das in dieser Runde kaum jemals anzutreffen war – Humor.

»Herrin«, lächelte Magariz, nachdem seine Lippen ihre Hand kaum berührt hatten und er sich wieder aufrichtete. »Wir hatten gehofft, die Feste Gorken sei gegen jeden Überraschungsangriff gefeit, und jetzt seht Ihr hier die besten Strategen und Feldherren des ganzen Reiches um Fassung ringen, weil Euer Erscheinen sie so unerwartet getroffen hat. Seid uns auf Gorken herzlich willkommen, Herrin Faraday.«

Die Edle lächelte über Magariz' höfliche Begrüßungsworte, entzog ihm zögernd die Hand und wandte sich wieder ihrem Bräutigam zu, nachdem sie Timozel und Gautier nur mit einem knappen Nicken begrüßt hatte. »Herr, sagt mir jetzt bitte nicht, daß es falsch von mir gewesen sei, hierher zu kommen.«

»Nun ...« begann Bornheld umständlich, als Graf Jorge sich einschaltete. »Euer Durchlaucht, die Feste Gorken dürfte wohl kaum der geeignete Ort für eine solch zarte und hochwohlgeborene Dame wie Euch sein. Die Burg ist eine rein militärische Einrichtung, und wir rechnen jeden Tag mit einem Großangriff. Herr, ich bitte Euch inständig, die Edle sofort in die Sicherheit von Karlon zurückbringen zu lassen, solange uns noch Zeit dazu bleibt.«

»Oh nein!« wandte Faraday rasch ein, und tiefe Sorge umschattete ihre Augen. Sie legte ihre freie Hand auf Bornhelds Faust, die bereits ihre andere Hand wie eine Gefangene festhielt. »Mein geliebter Bräutigam, meine Mutter ist tot, und ich selbst konnte dem Tod nur mit knapper Not entrinnen. Ein einziger Gedanke beherrschte mich in meinem Kummer und meiner Einsamkeit, nämlich der, zu Euch zu gelangen. Ich flehe Euch an, schickt mich nicht wieder fort.« Faraday bezog Kraft aus dem Samen der Mutter, der tief in ihr eingepflanzt war, trat näher an den Herzog heran, lächelte ihm ins Gesicht und drückte mit ihren beiden kleinen Händen seine große Hand.

Bornheld holte tief Luft, wie auch alle anderen Männer am Tisch. Zu ihrer berückenden Schönheit waren jetzt so verführerische Reize dazugekommen, daß alle Anwesenden darauf mehr oder weniger heftig ansprachen. Dabei hatte ihr Bräutigam gar nicht die Absicht, ihrem Begehr Widerstand zu leisten. Wenn diese junge Frau ihn so sehr wollte, warum sollte er sich dann ihr versagen?

Faraday bemerkte, wie sich ein Schatten über seine Augen legte, und beschloß, ihren Vorteil bis zum letzten auszunutzen. »Herr«, sprach sie mit dunkler Stimme, »sollte ich denn alle Mühen umsonst auf mich genommen haben? Bitte, Bornheld, wir wollen unsere Vermählung nicht noch länger aufschieben. Wer weiß schon, was der morgige Tag uns bringt?«

Beim Pflug, dachte Jorge immer noch atemlos von ihrer Ausstrahlung, könnte ich denn einer jungen Schönen etwas abschlagen, die Schnee und Gefahren getrotzt hat, nur um an meiner Seite zu sein?

Bornheld sah nur diese wunderbare Frau vor sich, die vor allen seinen Kommandeuren erklärte, selbst um den Preis ihres Lebens die Seine werden zu wollen. Bis zu diesem Tag hatte er stets unter der Demütigung gelitten, daß Frauen ihm zwar Komplimente über seine kriegerischen Fähigkeiten machten, dabei aber nur Augen für seinen Stiefbruder hatten. Nun, das Schicksal hatte ihm nun eine Trophäe in die Hände gespielt, nach der selbst dieser vaterlose Emporkömmling vergebens streben mußte. Faraday war um seinetwillen gekommen, und nicht um Axis' willen!

»Natürlich mußtet Ihr in Eurer Not an mich denken, nachdem der Axtherr seine Pflichten gegen Euch so grob vernachlässigt hatte«, erklärte der Herzog. »Sobald er hier eintrifft, werde ich ihn für seine Unfähigkeit auspeitschen lassen!«

Faraday zuckte bei dieser Vorstellung zusammen. Aber sie wußte auch, daß sie jetzt nicht für Axis um Gnade bitten durfte. »Ich hätte mit Euch in Karlon bleiben sollen, mein Geliebter. Mein Vater tat unrecht, als er mich mit den Axtschwingern losschickte. Vielleicht«, fügte sie mit kokettem Lächeln hinzu, »sollten wir statt seiner lieber meinen Vater auspeitschen lassen.«

Bornheld brach in schallendes Gelächter aus. »Welch tückisches Mädchen Ihr doch seid, Faraday. Ihr verblüfft mich immer wieder. Nun, meine Herren«, erklärte er den drei Befehlshabern, »wer könnte soviel Schönheit denn schon widerstehen? Ich muß zugeben, daß mir das unmöglich ist. Gautier!«

Der Leutnant nahm sofort Haltung an. »Herr?«

»Hier auf der Burg treibt sich doch ein alter Bruder herum, der sich durch unsere Vorräte frißt, die wir doch besser für unsere Soldaten aufheben sollten. Findet ihn mir!«

»Sofort, Herr!« beeilte sich dieser zu antworten und fragte sich hilflos, wo er den Geistlichen in der übervollen Burg nur aufspüren sollte. Der strenge Blick des Herzogs ließ ihn jedoch auf der Stelle aufbrechen.

Bornheld wandte sich wieder an seine Braut. »Ich glaube, wir benötigen die Dienste des Mönches schon bald. Heute nachmittag soll hier nämlich eine Hochzeit stattfinden.«

Faraday spürte, wie sich ihr Herz zusammenzog, doch es gelang ihr, das Lächeln beizubehalten. »Herr«, hauchte sie, »ich kann es kaum erwarten.«

Gautier wurde auf dem Weg zur Tür von Magariz aufgehalten. »Hört, Mann«, flüsterte der Fürst ihm zu, »Ihr findet den Bruder am Küchenfeuer, wo er schlummert.«

Der Leutnant atmete erleichtert auf. »Danke, Herr.«

Timozel, der bislang geschwiegen hatte, trat nun vor. »Euer Durchlaucht«, versuchte er Bornhelds Aufmerksamkeit auf sich zu lenken. Dieser drehte sich mit leisem Unwillen zu ihm um. Was wollte der Axtschwinger? Er hatte sich große Meriten erworben, als er Faraday beim Erdrutsch gerettet und sie dann nach Norden begleitet hatte, aber nun wurden seine Dienste nicht mehr benötigt. Höchste Zeit, daß der Jüngling sich unauffällig zurückzog. Der Herzog betrachtete Timozel genauer und geriet ins Grübeln. Aus dem halben Kind war ein richtiger Mann geworden ... Ein häßlicher Verdacht stieg in Bornheld. Seine Braut und ihr Beschützer waren wochenlang zusammengewesen, wer wußte schon, wie nahe sie sich dabei gekommen waren? Sollte er etwa eine Ehefrau bekommen, die ihre Ehre verloren hatte?

»Edler Herr«, begann Timozel, »Ihr solltet von dem tiefen Band erfahren, daß zwischen der edlen Faraday und mir geschmiedet wurde.« Der Herzog erstarrte. Faraday spürte seine Faust sich fester um ihre Hand schließen. Bei der Mutter, dachte sie, während Bornheld ihre Finger zu zerquetschen drohte, hoffentlich macht Timozel jetzt nicht alles zunichte.

»Mein Herzog«, fuhr der Jüngling nun fort, »nachdem wir durch eine glückliche Fügung dem Erdrutsch entrinnen konnten, wurde mir bewußt, daß es nur eine Möglichkeit gab, die Herrin Faraday zu schützen und sie Euch unbeschadet zuzuführen. Deshalb habe ich ihr den Treueschwur geleistet und ihr angetragen, Ihr Ritter sein zu dürfen. Sie hat mir diese Gnade erwiesen.«

Bornheld konnte den jungen Mann nur anstarren und hätte am liebsten laut gelacht. Er war Faradays Ritter? Wer verfiel denn heute noch auf solch schwärmerischen Blödsinn? In Bornhelds Belustigung mischte sich Erleichterung. Vielleicht war ja alles in Ordnung und seine Braut eine reine Jungfrau geblieben. Hinter ihm tauschten Jorge und Roland verwundert Blicke aus. Zum letzten Mal hatte es in der Generation ihrer Großeltern einen Ritter gegeben, der sich und seine Dienste einer edlen Dame angetragen hatte. Doch anders als Bornheld fanden sie so etwas nicht zum Lachen. Welch eine Edle mußte sie sein, wenn sich ein junger Mann zu ihrem Ritter erklärte!

»Herr«, Timozel fiel vor dem Herzog auf die Knie, »mein Treueeid erstreckt sich natürlich auch auf den Gatten meiner Dame. So wisset, daß ich Euch mit der gleichen Treue und dem gleichen Eifer dienen werde wie Eurer zukünftigen Gemahlin. Ich gelobe hiermit, daß ich Eure Ehre und Eure Sache stets über mein eigenes Wohlergehen und auch über jeden Schwur stellen werde, den ich früher abgelegt habe. Mein Herr, wollt Ihr meine Dienste annehmen?«

Hatte Bornheld eben noch nicht gewußt, was er davon halten sollte, so breitete sich nun ein triumphierendes Lächeln auf seinem Gesicht aus. Zuerst war Faraday vor Axis geflohen, um sich in seine Arme zu werfen, und nun brach auch noch ein Offizier des Axtherrn seinen Diensteid, um in die Dienste des Herzogs von Ichtar zu treten. Bornheld ließ Faradays Hand los und lächelte Timozel huldvoll zu, der mit gesenktem Kopf vor ihm stand.

»Junger Mann«, erklärte er und gab sich gar nicht erst Mühe, die Begeisterung in seiner Stimme zu verbergen, »ergreift meine Hände.« Der Jüngling blickte auf und legte seine Hände in die des Obersten Kriegsherrn. »Ich, der Herzog von Ichtar, nehme Euren Dienst- und Treueschwur an. Seid mir willkommen.«

Faraday wußte nicht, was Timozels Tat zu bedeuten hatte, und ihr schwante nichts Gutes. Aber die Umstände zwangen sie dazu, auch jetzt freundlich zu lächeln. »Herr«, sprach die Edle, »Eure Großmut kennt keine Grenzen, und die Troubadoure werden Euren Ruhm über die Grenzen Eures Reiches hinaus verbreiten.« Sie bemerkte aus den Augenwinkeln, daß Graf Jorge sie eigentümlich ansah, und lächelte ihm freundlich zu. Hoffentlich hatte er nicht bemerkt, wie sehr Timozels Verrat an Axis sie schockiert hatte.

»Herr!« rief Gautier von der Tür und trat ein. An seiner Seite befand sich ein dürres Männlein, das sich vor Alter kaum noch aufrecht halten konnte. Aber es trug den Habit des Seneschalls. »Ich habe Bruder Franz gefunden.«

»Mein lieber Bruder«, begrüßte Bornheld ihn leutselig, als die beiden vor ihm standen, »ich hoffe doch, du kannst dich noch an den Hochzeitsritus erinnern. Denn ich wünsche, daß jetzt gleich eine Vermählung durchgeführt wird.«

Franz lächelte dem Herzog und Faraday zu und nickte. »Seit vielen Jahren habe ich keine Messe mehr gelesen, Herr, aber alle Mönche freuen sich darauf, eines Tages gerufen zu werden, um diesen Ritus durchzuführen. So fühle ich mich sehr geehrt, aufgefordert zu werden, durch das Sakrament der Ehe Herrin Faraday von Skarabost und Herzog Bornheld von Ichtar zu vereinen.« Gautier hatte den Mönch offensichtlich auf dem Weg von der Küche hierher über alles wesentliche unterrichtet.

Der Herzog wandte sich an seine Generäle: »Ihr edlen Herren, es wäre mir eine Ehre, wenn Ihr meine Trauung bezeugen würdet.«

Alle drei nickten sofort, obwohl ihnen eine gewisse Ungeduld anzumerken war. Sie sollten endlich wieder zu den wesentlichen Dingen zurückkehren.

»Faraday, seid Ihr bereit?« fragte Bornheld nun seine Braut.

»Ja«, antwortete die Edle nur, weil sie befürchtete, sich mit jedem weiteren Wort zu verraten. Axis, vergebt mir, flehte sie in Gedanken. Habt bitte Verständnis für das, was ich jetzt tun muß. Für einen kurzen Moment gab Faraday sich der Erinnerung daran hin, wie der Krieger sie in seinen Armen gehalten hatte. Dann riß sie sich wieder zusammen und verscheuchte diese Bilder und Empfindungen. *Nie wieder darfst du so etwas denken,* schwor sie sich. *Niemals!*

»Edle Dame und edle Herren«, begann der Mönch nun mit dem Ritus. Faraday kam sich so vor wie im Traum eines anderen, als würde alles weit von ihr entfernt stattfinden. *Ach,* dachte sie, *weder Axis noch ich sind länger Herren unseres eigenen Schicksals. Die Prophezeiung vom Zerstörer verlangt einen grausam hohen Preis von allen, die ihr dienen.*

Irgendwann wurde die Edle sich bewußt, daß der Mönch schwieg und ihr Bräutigam ihre Hand hielt und zu reden anhob.

»Ich, Bornheld, Herzog von Ichtar, stehe zu dem Eheversprechen, das ich Euch einst gab, Herrin Faraday von Skarabost, und vor diesen drei Zeugen gelobe ich, Euch zu ehren, Euch treu zu sein, Euch zu achten und Euch an all meinen Besitzungen und an meinem Leib teilhaben zu lassen, bis daß der Tod uns scheidet. Dies gelobe ich aus freiem Willen und im Vollbesitz meiner geistigen Kräfte. Ihr habt nun meinen Eheschwur vernommen, Herrin Faraday, und Artor möge mein heiliger Zeuge dafür sein.«

Damit schwieg er, und die Edle wurde sich zu ihrem Entsetzen bewußt, daß sie nun an der Reihe war. Faraday mußte sich erst räuspern, bevor sie ihre Stimme wiedergefunden hatte und tapfer den Hochzeitseid nachsprach.

Danach führte Bruder Franz den Ritus zu Ende durch, aber Bornheld hielt seine Braut bereits in seinen mächtigen Armen. So bekamen die beiden nicht mehr mit, wie der Mönch sie zu Mann und Frau erklärte und den Segen Artors über sie sprach.

Jorge betrachtete die Neuvermählten und dachte über die überraschenden Ereignisse nach, die die letzte Stunde ihnen beschert hatte. Ihm war es eben so vorgekommen, als sei sich Faraday ihres Wunsches längst nicht mehr so sicher gewesen wie noch vor kurzem bei ihrem Eintritt. Sie hatte deutlich gezögert, bevor sie das heilige Versprechen gab. Und jetzt erschien die Edle ihm etwas zu verkrampft in Bornhelds Umarmung. Benahm sich so eine junge Frau, die Tod und Gefahren getrotzt hatte, um zu ihrem Liebsten zu gelangen? Na ja, wenn ihr Zweifel gekommen sein sollten, dann war es jetzt zu spät. Faraday und Bornheld waren nun vor Artor und aller Welt verheiratet und hatten dies mit ihrem Schwur besiegelt. Nur der Tod konnte sie noch scheiden. So hatte er es bezeugt, und so würde er es immer bestätigen.

»Hört mir gut zu«, flüsterte Yr. »Ganz gleich, wie Bornheld von Eurem Körper Besitz ergreift, Eure Seele vermag er nie zu gewinnen, solange Ihr es nicht zulaßt. Habt Ihr verstanden?«

Faraday nickte, obwohl sich alles in ihr zusammengezogen hatte. Seit Wochen hatte sie alle Gedanken an das verdrängt, was nach der Hochzeit sein würde und wie ihre ehelichen Pflichten aussehen mochten.

Die Katzenfrau stand hinter ihr und löste die Bänder des bräutlichen Seidengewands. Armes Mädchen. Bornheld war wohl kaum der Geeignete, sie in die Freuden der Liebe einzuführen. Und dennoch gab es für die Edle keine andere Wahl. Yr und Jack hatten lange und hart genug darum gerungen, Faraday so weit zu bringen, daß sie Gorken vor Axis erreicht hatte.

»Bei Artor, Magd, seid Ihr denn noch immer nicht fertig mit meiner Gemahlin?« beschwerte sich Bornheld, der an der Feuerstelle des Schlafzimmers nervös auf und ab schritt.

»Nur noch einen Moment, Herr«, antwortete Yr und berührte sanft Faradays bloßen Rücken, um ihr etwas Zuversicht zu verleihen. Aber die Braut war viel zu verkrampft, um sich auch nur ein bißchen zu entspannen.

Als Bornheld sich ihnen näherte, löste die Zofe rasch das letzte Band und half Faraday, in eine Robe zu schlüpfen. Kurz traf sie ihr furchtsamer Blick, und sie versuchte, ihr mit den eigenen Augen etwas Mut einzuflößen. Dann mußte sie sich zurückziehen und verließ die Kammer.

Im ersten grauen Licht des Morgens schob Faraday ihren schmerzenden Körper so weit wie möglich von dem ihres Gemahls fort und hoffte, ihn mit ihrer Bewegung nicht zu wecken. Trotz all ihres Widerstands drangen jetzt doch einige Tränen durch ihre geschlossenen Lider. Die junge Frau wußte genau, daß Bornheld ihr nicht hatte wehtun wollen, aber sein grenzenloses Verlangen nach ihr hatten ihn unvorsichtig und rauh sein lassen. Faraday hatte ihr bestes versucht, ihm zu gefallen, aber sie wußte zu wenig Bescheid. Ihre Unerfahrenheit hatte den Herzog nervös gemacht, und so hatte er sich in der Hochzeitsnacht genauso unbeholfen und grob angestellt wie beim Reden.

Die Edle hatte versucht, sich Axis vorzustellen und die Erinnerung an seine Umarmung als Talismann gegen die Wirklichkeit mit Bornheld einzusetzen. Aber dessen Gegenwart hatte sich als übermächtig erwiesen, und das, was er von ihrem Körper verlangte, hatte sie so überfordert, daß Axis' Bild sich immer wieder verflüchtigte.

Aber ihrem Ehemann hatte es gefallen, und dafür war die Braut von Herzen dankbar. Aber jetzt kamen ihr neue Bedenken. Als alles endlich vorübergewesen war, hatte Bornheld ihr den Bauch getätschelt und keuchend gesagt: »Ich habe das Gefühl, heute nacht einen Sohn gezeugt zu haben.« Damit hatte er sich auf die Seite gerollt und war augenblicklich eingeschlafen.

Nein! dachte Faraday und preßte die Hände auf den Bauch. *Das darf nicht sein. Um der Prophezeiung zu dienen, habe ich ihn geheiratet, aber ich werde ihm nicht auch noch ein Kind gebären. Das kann und will ich ihm einfach nicht geben ...* »Mutter, hört mich«, flüsterte sie, »laßt mich unfruchtbar sein. Ich will von Bornheld kein Kind empfangen.« Sie merkte, wie sehr ihr der schwere Ehering mit dem dicken Rubin in den Finger schnitt. Der Reif war genauso plump und unbequem wie der Mann. »Gewährt mir diesen Wunsch!«

»Faraday«, murmelte Bornheld schläfrig neben ihr. »Habt Ihr etwas gesagt? Seid Ihr schon wach?«

Sie hörte, wie er sich zu ihr umdrehte, und biß sich auf die Lippen, als sie seine Hand auf ihrer Brust spürte.

»Kommt her, Täubchen, Euer Gemahl verlangt nach Euch!«

9
Wiederbegegnungen

Axis erschien erst nach einer guten Woche, und so blieb Faraday ausreichend Zeit, sich an ihre Ehe zu gewöhnen und Bornheld weiterhin glauben zu machen, daß sie ihn liebte und begehrte. Die Edle lernte, sein allnächtliches Verlangen zu ertragen, und sie brachte es auch über sich, ihn danach zu fragen, was sie tun könne, um sein Vergnügen zu steigern. Mählich und zögernd vermochte Faraday sich auch einzugestehen, daß sie sich durchaus an die Ehe mit dem Herzog hätte gewöhnen können, wenn sie nicht in Axis verliebt gewesen und unter den alten Grabhügeln die Sterne des Universums gesehen hätte. Auf seine Weise gab Bornheld sich durchaus Mühe, sich ihr angenehm zu machen und ihr zu gefallen. Auch wenn er sich bei der Liebe oft zu grob und zu wenig einfallsreich zeigte, kamen ihr diese Eigenschaften bei anderen Gelegenheiten durchaus gelegen. Bornheld war eben Soldat und kein Verführer, und er hatte auch nie etwas anderes vorgegeben.

Tagsüber hatte der Herzog oft keine Zeit für seine junge Frau, denn da saß er mit dem Kriegsrat zusammen, um Pläne zu schmieden und Strategien zu entwickeln; oder er führte persönlich Patrouillen in die Eisödnis des Nordens an. Aber es gefiel ihm, wenn sie erschien und ihm bei seinen morgendlichen Waffenübungen zusah. Faraday lobte ihn dann oder machte ihm Komplimente, wenn sie verfolgte, wie er mit nacktem Oberkörper das Schwert oder den Wehrstab zu komplizierten Finten und Ausfällen einzusetzen wußte. Auch bewunderte sie bei diesen Übungen das Spiel seiner Muskeln. Bornheld war durchaus kräftig gebaut, wie die Edle mittlerweile am eigenen Leib erfahren hatte. Manchmal jedoch, wenn sie ihn bei den Übungen betrachtete, mußte sie an einen anderen Mann denken, dem sie einmal an einem Morgen bei eisigem Frost auf der Ebene von Tare bei dessen Übungen zugesehen hatte.

Am vierten Tag der ersten Woche des Schneemonds lustwandelte Faraday auf den Zinnen der Burgmauern. Sie hatte einen schweren Umhang fest um ihr schwarzes Seidengewand gewickelt und die Kapuze tief ins Gesicht gezogen. Ihr Blick wanderte über die Stadt Gorken hinaus zu der Straße, die nach Süden führte. Weder einem anderen noch sich selbst hätte sie je eingestanden, nach wem sie hier oben auf den Mauern Ausschau hielt. Und wenn jemand die Herzogsgattin fragte, antwortete sie, daß sie sich schließlich in den vielen einsamen Stunden beschäftigen mußte, während derer ihr Gemahl mit anderen Dingen beschäftigt war. Heute begleiteten sie Timozel und Yr. Der Jüngling hatte nicht mehr soviel Zeit für sie, denn der Oberste Kriegsherr übertrug ihm immer neue Aufgaben in der Festung. Wie schade, dachte die Edle müßig, während sie einem Wächter zunickte, daß Timozels ritterliche Pflichten sich nicht auch darauf erstreckten, in der Nacht Bornhelds Platz im Ehebett einzunehmen. Ihr Mund verzog sich bei dieser Vorstellung zu einem flüchtigen Lächeln. Faraday warf der Katzenfrau einen kurzen Blick zu, um festzustellen, ob die ihre Gedanken erraten hatte. Offensichtlich; denn die Wächterin biß sich auf die Lippen, um nicht zu lachen und wich dem Blick der Edlen aus.

Der Himmel an diesem Tag war zwar wunderbar klar, aber es war furchtbar kalt. Seit zwei Tagen hatte es schon nicht mehr geschneit. Yr entdeckte den Zug als erste und trat neben Faraday.

»Schaut nur!« sagte sie leise und deutete auf einen dunklen Punkt am Ende der Straße nach Süden. »Könnt Ihr sie erkennen?«

Faraday schlug sofort das Herz bis zum Hals, und sie spähte dorthin. »Wo denn?« fragte sie atemlos. »Wo? Ich kann nichts erkennen! Ist er es?«

»Ja, mein liebes Kind, er kommt. Seid Ihr bereit?«

Die Frage konnte sich auf verschiedene Dinge beziehen, aber die Edle wußte gleich, was die Wächterin damit meinte. Würde es ihr möglich sein, Bornheld im entscheidenden Moment zurückzuhalten? »Wenn nicht, dann werden wir das schon bald erfahren«, antwortete sie nur.

»Was gibt es denn?« wollte Timozel ungeduldig wissen, weil er sich immer wieder darüber ärgerte, daß die beiden Frauen ständig tuschelten. »Habt Ihr irgend etwas gesehen?«

»Die Axtschwinger reiten auf Gorken zu, Timozel«, antwortete die Katzenfrau und sah ihn an. Seit ihrer Ankunft hatte sie ihr langes blondes Haar zu einem Knoten zusammengefaßt, dabei jedoch einige Löckchen freigelassen, die sie nun wie ein zarter goldener Heiligenschein umgaben. Die beiden hatten ihre Beziehung wiederaufgenommen, und der Jüngling freute sich sehr darüber, daß sie seine Gesellschaft der Gautiers vorzog. »Seid Ihr bereit, Eurem Axtherrn gegenüberzutreten?«

»Er ist nicht mehr mein Axtherr«, entgegnete Timozel. »Meiner Herrin hat es gefallen, den Herzog zu heiraten, den mächtigsten Kriegsherrn, den Achar je gesehen hat. Ich diene nun Bornheld.«

Die Edle senkte den Kopf. So wie sie Axis betrog, hinterging auch Timozel ihn. Durfte sie ihm also daraus einen Vorwurf machen?

Der Jüngling dachte kurz an seine Vision im Grabgewölbe des ikarischen Zauberers. »Davon abgesehen scheint mir eher Bornheld derjenige zu sein, der das Reich vor Gorgrael dem Zerstörer bewahren wird.«

Faraday mußte sich an der steinernen Brüstung festhalten. Ihr war eingefallen, wie ausweichend Jack und Yr geantwortet hatten, als Timozel wissen wollte, ob nicht vielleicht der Herzog derjenige sei, der Achar retten würde. In diesem Augenblick hatte niemanden ahnen können, daß der Jüngling kurz darauf vor Faraday auf die Knie fallen und sich ihr als Ritter darbieten würde. *In welche Grube graben wir uns doch mit der Schaufel unserer Lügen*, dachte sie bitter.

»Wer kann das jetzt schon wissen«, antwortete sie ihm und nahm seine Hand. »Kommt, laßt uns nach den Axtschwingern Ausschau halten.«

Eine Stunde später hatten die Elitesoldaten das Stadttor erreicht. Die meisten von ihnen blieben beim Marktplatz zurück, um sich dort Quartier und Verpflegung für sich und ihre Pferde zuweisen zu lassen. Etwas später ritten die wenigen, die zum Schutz der Festung zurückgelassen worden waren, aus der Stadt und kamen nahe genug, daß Faraday ihre Gesichtzüge erkennen konnte. Vorn ritt Belial. Er wirkte magerer, als sie ihn in Erinnerung hatte. Hinter ihm befand sich Arne, ein Offizier, den sie nur flüchtig kannte.

»Yr«, sagte sie und zeigte auf die Gruppe.

»Ja«, lächelte die Wächterin, »sie sind immer noch bei ihm.« Ogden und Veremund zeigten sich jetzt, und ihre langen Umhänge umwehten die kleinen Esel. Yr freute sich sehr, die beiden wiederzusehen, und konnte es kaum erwarten, sie mit Fragen zu bestürmen. Wie war es ihnen an der Seite Axis' ergangen? Waren sie unterwegs auf Jack gestoßen? Hatten sie den fünften Wächter gefunden? Hatte Gorgrael noch einmal zugeschlagen?

Und dann bog Axis selbst um die Ecke der gewundenen Straße. Er unterhielt sich gerade mit einem Axtschwinger, der hinter ihm ritt. Faraday preßte sich beide Hände auf die Brust, weil sie befürchtete, das Herz würde ihr zerspringen. *Ob er um mich getrauert hat?* »Bedenkt bitte, daß Ihr beiden Euch seit Eurer letzten Begegnung in unterschiedliche Richtungen entwickelt habt. Aber wenn er Euch damals sagte, daß er Euch liebe, dann dürft Ihr Euch immer noch darauf verlassen.«

Faraday verfolgte mit ihren Augen, wie die schwarzuniformierte Gestalt unter ihr auf das Burgtor zu ritt.

Mutter steht mir bei, ich liebe ihn wirklich.

»Ich weiß, mein Kind, ich weiß«, antwortete ihr die Katzenfrau, und die Edle wollte lieber nicht darüber nachdenken, wie es der Wächterin möglich war, in ihre Gedanken einzudringen.

Belial ließ die kleine Gruppe Axtschwinger vor dem Tor anhalten, damit der Axtherr zu ihnen aufschließen konnte. Axis zügelte Belaguez neben dem Hengst seines Leutnants und sah sehr angespannt aus. Die größte aller Demütigungen erwartete ihn:

Er mußte vor Bornheld treten und ihm eingestehen, Faraday verloren zu haben. Und damit nicht genug, denn er mußte auch noch das Versprechen einlösen, das er Jayme gegeben hatte, und dem Herzog das Kommando über seine Axtschwinger übertragen.

Der Krieger hatte diesen Tag gewiß nicht herbeigesehnt.

»Vergeßt nicht, Axis«, beschwor ihn Belial mit leiser Stimme, »ganz gleich, was in der Festung geschieht, die Axtschwinger bleiben in Wirklichkeit Euch und Euch allein ergeben. Wir folgen Euch, wohin Ihr uns führt, und kämpfen für jede Sache, für die Ihr Euch entscheidet.«

Der Krieger sah seinen Leutnant an. Während der vergangenen vierzehn Tage hatte er einen Halt in ihm gefunden. Belial hatte ihm stets mit Rat und guten Worten zur Seite gestanden, hatte ihn mit einem Lächeln oder einem Scherz aufgemuntert. Während des Ritts nach Norden hatte der Axtherr stundenlang mit Belial über seine Zweifel und Unsicherheiten gesprochen. Ohne den mutigen Leutnant hätte der Krieger nicht gewußt, wie er mit den Umwälzungen in seinem Leben hätte fertigwerden sollen.

Axis spürte, daß er seine Treue gegenüber Jayme nicht mehr sehr lange aufrechterhalten konnte. Sein Vertrauen in den Bruderführer stand nur noch auf tönernen Füßen. Zuerst hatte ihn Jaymes Beharren verdrossen, die Befehlsgewalt über die Axtschwinger ausgerechnet Bornheld zu übertragen. Und inzwischen hatte er soviel über seine Herkunft und die Ikarier und die Awaren erfahren, daß er den Glaubenssätzen des Seneschalls nicht mehr so recht zu folgen vermochte. Außerdem ging ihm die Frau nicht mehr aus dem Kopf, die vor dem Wald um Ramus Leben gefleht hatte. Was hatte sie ihm noch gesagt? Daß er nur das tun solle, was sein Herz ihm rate. Und nicht das, was die Kirche ihm beigebracht habe. Seine Pflicht bestehe darin, sich nur nach dem zu richten, was er für das Richtige halte ...

Der Krieger seufzte. Hatte die Frau damit recht gehabt? Ergaben ihre Worte überhaupt einen Sinn? Konnte er denn seinem Herzen einfach so vertrauen? Ganz gewiß hielt Axis es nicht für richtig, seine Truppe Bornheld zu übergeben. Aber hatte er überhaupt das Recht, sich darüber zu beklagen? Schließlich hatten seinetwegen so viele Axtschwinger sinnlos ihr Leben in Gorgraels Sturm lassen müssen.

»Axtschwinger! Wie schön, Euch hier zu sehen!«

Axis wandte sich nach dem Sprecher um. Herzog Roland lief so rasch auf ihn zu, wie es sein Leibesumfang eben noch zuließ. Der Krieger schwang sich von seinem Roß, legte ihm eine Hand auf den Arm und ergriff seine Rechte. Der Herzog mochte ja sehr beleibt sein, aber Axis hielt ihn für einen der besten Feldherren des Reiches. Außerdem gehörte er, Roland, wie auch Jorge zu den wenigen Edlen am Hof, die ihn als Bastard nicht verächtlich oder herablassend behandelt hatten. Der Herzog nickte Belial freundlich zu, warf einen neugierigen Blick auf die beiden alten Mönche und wandte sich dann wieder an den Krieger, um ihm ebenfalls eine Hand auf den Arm zu legen und seine Rechte zu drücken.

»Willkommen, Axtherr, Artor sei mit Euch.«

»Und mit Euch, Herzog Roland.« Axis lächelte ihn ebenso strahlend an. »Wie stehen die Dinge?«

Der Dicke zuckte die Achseln. »Wie Ihr seht, existiert Gorken noch. Aber die Überfälle haben einen hohen Preis gefordert ... Nein!« Roland ließ seine Rechte los und hob sie, um den Strom von Axis Fragen abzuwehren, die dem Krieger auf der Zunge lagen. »Nein, ich werde nicht mit Euch hier in Wind und Wetter herumstehen und Euch tausend und mehr Antworten geben. Kommt mit in den Turm. Bornheld und Jorge befinden sich gerade mit Magariz in einer Ratsbesprechung, und sicher werden sie begierig sein zu erfahren, was Ihr uns zu berichten habt. Habt Ihr im Wald der Schweigenden Frau etwas entdecken können?«

Axis ließ sich äußerlich nichts anmerken, was ihn große Anstrengung kostete, denn Dutzende Entgegnungen kamen ihm in den Sinn. Aber er beließ es dabei, auf Ogden und Veremund zu zeigen. »Diese beiden alten Mönche dort habe ich aus dem Wald mitgebracht, mein Freund. Vielleicht sind sie uns eine Hilfe, vielleicht aber auch nicht.«

Rolands Augen wurden groß. »Die zwei sind den ganzen Weg vom Wald bis nach Gorken auf diesen Eselchen geritten? Wo hattet Ihr nur Euren Verstand? Verfügt Eure berühmte Truppe über keine Ersatzpferde?«

»Ein Bruder und sein Esel lassen sich nur schwer voneinander trennen«, erwiderte der Krieger. »Kommt, führt mich zum Kriegsrat. Belial, bringt diese beiden ... ehrenwerten Herren mit. Wir wollen nun vor Bornheld treten.«

Roland legte ihm einen Arm um die Schultern und marschierte so mit ihm über den Burghof. Dabei verschaffte er dem Axtherrn einen Überblick über die Verteidigungseinrichtungen der Festung. Und so bemerkte keiner von ihnen die verhüllte Frau oben auf den Mauern, die sie beobachtete.

Der Oberste Kriegsherr blickte sofort von den Berichten auf, die vor ihm auf dem Tisch lagen, als Roland und Axis den Saal betraten, gefolgt vom Leutnant des Axtherrn und zwei alten Mönchen. Jetzt war er also da. Nun würden sie alle mit eigenen Augen sehen können, wer von ihnen der Stärkere, der brillantere Stratege und der bessere Truppenführer war. Heute würde ihm das Kommando über die Axtschwinger übertragen werden. Der Herzog fühlte sich seiner sehr sicher, sehr überlegen.

Jorge und Magariz, die einander am Tisch gegenüberstanden, tauschten besorgte Blicke aus. Gemeinsam mit Roland hatten sie schon seit längerem Gedanken darüber angestellt, wie sich die Rivalität zwischen Axis und Bornheld auf die Verteidigungsfähigkeit von Gorken auswirken würde. Alle drei hofften, daß der Axtherr den Herzog nicht gleich zum Kampf herausfordern würde. Und vor allem, daß Bornheld nicht die Beherrschung verlieren und über seinem Haß auf den Stiefbruder die Verteidigung der Festung vergessen würde. Axis und Bornheld im selben Raum, das brachte immer die Gefahr offener Gewalt mit sich. Wozu die beiden in ihrer Feindseligkeit hier in dieser Krisen situation imstande sein würden, wagte sich keiner der drei Befehlshaber vorzustellen.

»Axtherr«, grinste Bornheld hämisch, als Axis den Tisch erreichte. Auf diesen Moment freute er sich schon sehr lange. Endlich würde er seinen Halbbruder gedemütigt vor sich sehen.

»Oberster Kriegsherr«, entgegnete Axis mit ausdrucksloser Miene. Keiner von beiden streckte seine Hand aus.

»Ich habe Euren Bericht erhalten, nach dem Ihr die Damen Merlion und Faraday nordöstlich des Walds der Schweigenden Frau verloren habt. Ihr seht mich nun etwas verwundert, daß Ihr Euch immer noch für befähigt haltet, die Axtschwinger anzuführen.«

Magariz, Jorge und Roland starrten den Herzog an, mischten sich jedoch nicht in das Gespräch, da er sie mit einem grimmigen Blick bedachte.

Axis zögerte, weil es ihm erst einmal die Sprache verschlagen hatte. Dann erklärte er gepreßt: »Ich habe Euren Worten nichts hinzuzufügen.«

Bornheld stützte sich mit beiden Händen auf den Tisch und beugte sich vor. »Ich bin entsetzt. Ihr habt versagt. Durch Eure Nachlässigkeit haben zwei zarte Wesen ihr Leben verloren!«

Der Krieger runzelte die Augenbrauen. Daß der Herzog mit seinen Vorwürfen vollkommen recht hatte, verdroß ihn besonders. Sollte er ihm mitteilen, daß Faraday höchstwahrscheinlich noch lebte? Aber welche Beweise konnte er dafür schon vorlegen? Etwa das Wort eines Awaren? Nein, dafür kannte er seinen Halbbruder viel zu gut.

Roland ergriff rasch das Wort, weil Bornheld mit seinen Beschuldigungen nur wertvolle Zeit vergeutete. »Edler Herzog, vielleicht können wir diese Angelegenheit auf später verschieben, um sie dann um so gründlicher zu besprechen?«

Der Oberste Kriegsherr warf ihm einen finsteren Blick zu, wechselte aber tatsächlich das Thema: »Habt Ihr mir wenigstens meine Axtschwinger wohlbehalten mitgebracht?«

Axis stand wie versteinert. Und das war gut so, denn sonst hätte er über den Tisch gegriffen, seinen Gegner gepackt und ins Feuer geworfen. Die beiden Männer starrten sich an, keiner von beiden wollte zuerst den Blick senken.

Roland, Jorge und Magariz hielten gemeinsam den Atem an,

bis Belial hinter den Axtherrn trat und ihm stumm moralische Unterstützung anbot.

»Ich stehe hier für die Axtschwinger«, erklärte der Krieger schließlich, »und stelle mich unter Euren Befehl. Durch mich habt Ihr das Kommando über meine Truppe.«

Bornheld öffnete den Mund, wußte aber nichts Rechtes zu sagen. So hatte er das nicht gewollt. Seinem Wunsch nach hätte sein Halbbruder vollkommen von der Bildfläche verschwinden und er die uneingeschränkte Befehlsgewalt über die Elitesoldaten erhalten sollen. Noch lieber hätte der Herzog diese Einheit aufgelöst, die Männer auf seine eigenen Kohorten aufgeteilt und so dieser jetzt schon legendären Truppe mit einem Schlag ein Ende bereitet.

Bevor dem Herzog etwas einfiel, trat Jorge schon vor und ergriff das Wort. Er ahnte sehr wohl, was der Oberste Kriegsherr beabsichtigte, und wußte genau, daß Axis nicht tatenlos zusehen würde, wenn seine Einheit zugrunde gerichtet wurde.

»Wir alle sind sehr froh über Eure Unterstützung, Axtherr, und danken Euch dafür, Euch mit Euren Kohorten so bereitwillig Bornheld zu unterstellen. Durch Euch werden die Axtschwinger zu einer wertvollen Unterstützung für das Feldherrengenie unseres Obersten Kriegsherrn.«

Ein überaus geschickter Schachzug des Grafen. Er hatte Bornhelds Eitelkeit befriedigt und es ihm gleichzeitig unmöglich gemacht, weiterhin darauf zu bestehen, allein das Kommando über die Axtschwinger zu führen. Der Herzog schluckte einige Male und wußte nicht so recht, was er von diesem Einwurf halten sollte. Doch schon erhob Herzog Roland die Stimme.

»Wir alle haben uns und unsere Truppen dem Befehl des Obersten Kriegsherrn unterstellt«, begann er ohne zu zögern und ohne dabei jemand besonders anzusehen. »Durch uns kommandiert Bornheld zwar ein ganzes Heer, muß sich aber nicht mit dem täglichen Kleinkram abgeben, wie zum Beispiel die Männer zu verpflegen oder mit ihnen zu exerzieren. Wir alle hier sind sehr glücklich über die höhere Einsicht des Herzogs, uns als sein verlängerter Arm wirken zu lassen und dadurch dieses Riesenheer erfolgreich befehligen zu können. Und man stelle sich nur einmal vor«, fuhr Roland fort und strahlte Bornheld an, »zum ersten Mal in der Geschichte des Reichs kommandiert ein Oberster Kriegsherr die Axtschwinger!«

Bornheld schloß den Mund wieder. Das gefiel ihm, und er mußte Jorge und Roland zustimmen, daß sie recht hatten. Selbstredend hatte er keine Zeit, sich auch noch darum zu kümmern, welcher Trottel sich jeweils um die Pferdeversorgung zu kümmern hatte. Das sollten die Männer erledigen, die unter ihm standen, wie Axis. Und immerhin hatte Herzog Roland erklärt, er sei der erste Oberste Kriegsherr, der die Elitetruppe des Seneschalls befehligen solle.

»Gut«, erklärte Bornheld nun, »ich nehme Euren Wunsch an, die Axtschwinger unter mein Kommando zu stellen. Ihr werdet Euch weiterhin um deren alltägliche Belange kümmern, und durch Euch wird die Truppe in meine Gesamtstrategie einbezogen.«

Widersprecht jetzt bloß nicht, dachte Belial eindringlich, während er seine freundliche Miene beibehielt. *Wehrt Euch nicht gegen diese Regelung. Seid lieber diesen beiden Fürsten dort dankbar dafür, Euch so viel Befehlsgewalt über Eure Truppe verschafft zu haben.*

Doch Axis war gar nicht zornig. Im Gegenteil, es amüsierte ihn, wie Jorge und Roland dem Herzog geschmeichelt und ihn gleichzeitig geschickt gelenkt hatten. »Wie es Euch beliebt, Oberster Kriegsherr«, erklärte der Krieger und verbeugte sich leicht, wenn auch nur ungefähr in die Richtung seines Halbbruders. »Ich unterwerfe mich Euren Befehlen.«

Bornheld lächelte befriedigt. Zum ersten Mal hatte der Seneschall ihm Axis zur Verfügung gestellt, und damit fühlte er sich eindeutig als der Überlegene. »Gut, Axtherr. Nun berichtet uns, was Ihr im Wald der Schweigenden Frau in Erfahrung gebracht habt. Ich hoffe, es ist etwas dabei, das dazu taugt, diese Gespenster und Eiskreaturen zurückzuschlagen, die uns mit ihren Angriffen so sehr zu schaffen machen.« Der Herzog von Ichtar ließ sich auf seinem Stuhl nieder und bedeutete den anderen Anwesenden, ebenfalls Platz zu nehmen.

Ogden und Veremund, die bislang schweigend im Hintergrund gestanden hatten, traten nun an den Tisch. Axis streckte seine Beine aus und warf einen Blick auf die beiden, ehe er begann: »Ich habe diese Mönche hier aus dem Wald mitgebracht, die sehr lange Zeit die Quellen und Berichte in der Burg der Schweigenden Frau studiert haben. Ogden und Veremund, erklärt doch dem Kriegsrat, wer Eurer Meinung nach Gorken bedroht.«

Alle Augen richteten sich auf die beiden, die nun wieder perfekt ihre Rolle als Mönche des Seneschalls spielten.

»Artor möge Euch beschützen und ständig seine Hand über Euch halten«, sprachen sie gemeinsam und verbeugten sich vor Bornheld.

»Und Euch ebenso«, erwiderte der Herzog ungeduldig den Segensgruß und strich sich über sein kurzgeschnittenes dunkelrotes Haar. »Nun beginnt endlich.«

»Euer Durchlaucht«, sagte Ogden, »wir sind durch unsere Studien zu der Ansicht gelangt, daß die Antworten, nach denen Ihr sucht, in der uralten Prophezeiung zu finden sind. Diese stammt noch aus der Zeit, bevor die Achariten die Unaussprechlichen aus dem Land vertrieben.«

Nun hoben die beiden Wächter an und redeten eine halben Stunde lang. Sie zitierten die beiden ersten Strophen der Weissagung vom Zerstörer und legten alles dar, was sie über Gorgrael und seine Geistmänner in Erfahrung gebracht hatten. Während Axis ihnen zuhörte, konnte er kaum verstehen, wieso in ganz Achar noch nichts von all den Entdeckungen bekannt war, auf die er in den letzten Monaten mehr oder weniger zufällig gestoßen war. Für Bornheld und seinen Kriegsrat stand fest, daß es sich bei den unheimlichen Kreaturen, die ihnen das Leben so schwer machten, nur um Unaussprechliche handeln konnte. Eine andere Erklärung wäre ihnen nie in den Sinn gekommen. Doch jetzt mußten sie von Ogden und Veremund erfahren, daß ein ganz anderer Feind auf den Plan getreten war. Doch als die Wächter geendet hatten, verhielt sich Bornheld genau so, wie Axis es befürchtet hatte.

»Unfug!« schimpfte er. »Wir stehen hier den Unaussprechlichen gegenüber. Der Seneschall lehrt uns, daß sie unsere Feinde sind und nicht irgendwelche Monstren, von denen irgendeine verschimmelte alte Prophezeiung spricht.«

Doch jetzt beugte sich Magariz vor, und es war ihm anzumerken, daß er mit den Worten des Obersten Kriegsherrn nicht einverstanden war. Der Feuerschein ließ die Narbe auf seiner Wange wild hin und her zucken. »Euer Durchlaucht, ich bitte doch darum, hier zu differenzieren. Die Eiswesen, die in der Weissagung beschrieben werden, sind doch den Kreaturen verdammt ähnlich, die unsere Patrouillen und sogar die Zuflucht von Gorken angegriffen haben. Und einige von den Rabenbundleuten, die in endlosem Zug nach Süden fliehen, haben diesen Namen, Gorgrael, ebenfalls erwähnt. Sie behaupteten, die Gespenster, die ihre Häuser und Familien angreifen, hätten ihn im Wind geflüstert.«

Bornheld schien immer noch nicht überzeugt, aber Jorge und Roland nickten gedankenvoll. »Sagt uns doch, Brüder, wenn dies wirklich Gorgraels Kreaturen sind, die aus dem Norden kommen, wie vermögen wir sie dann zurückzuschlagen?«

Ogden und Veremund tauschten einen kurzen Blick aus, vermieden es aber, dabei Axis anzusehen. »Laut Prophezeiung, Graf, müssen sich die drei Völker Tencendors erst unter dem Sternenmann vereinen, bevor sie den Zerstörer besiegen können. Nichts anderes vermag ihn aufzuhalten.«

Der Herzog von Ichtar starrte die beiden erst ungläubig an, lehnte sich dann zurück und brach in lautes Gelächter aus. »Ihr wollt uns hier Altweibergeschwätz und Ammenmärchen als Neuigkeiten verkaufen! Aber ihr habt in Wahrheit nichts zu bieten, womit sich Gorken und Ichtar vor den Wesen schützen ließen, die sich draußen im Schnee herumtreiben.« Damit beugte Bornheld sich wieder vor. Seine grauen Augen glommen unheilvoll, und er erklärte mit deutlicher Verärgerung: »Euer Geschwätz von irgendeinem Erlöser erinnert doch sehr an das Gebrabbel seniler alter Männer. Und Euer Vorschlag, die Achariten müßten sich mit den Unaussprechlichen verbünden, stellt den Tatbestand der Gotteslästerung dar. Und davon will ich hier nichts hören! Unsere artorfürchtigen Männer werden die Angreifer schon zu besiegen wissen, und dafür brauchen wir keinen Firlefanz von wiedererweckten Seelen irgendwelcher Reichsfeinde! Ihr könnt von Glück sagen, wenn ich Euch nicht wegen Verbreitung häretischen Gedankenguts hinrichten lasse!« Zum Schluß hatte sich seine Stimme zu einem Brüllen gesteigert.

Die beiden Mönche wichen furchtsam zurück, fuchtelten abwehrend mit den Händen und richteten hilfesuchende Blicke auf den Axtherrn. Aber der Herzog war noch lange nicht fertig.

»Ich verlange, daß nichts von diesem Prophezeiungsgeschwätz hier verbreitet wird! Habt Ihr mich verstanden?«

Axis winkte die beiden noch weiter zurück, damit Bornhelds Bannstrahl sie nicht treffe. Belial überlegte derweil mit leiser Belustigung, daß wahrscheinlich in diesem Moment über dreitausend Axtschwinger an den Lagerfeuern der Reichstruppen Geschichten über Gorgrael und die Prophezeiung verbreiteten. Der Oberste Kriegsherr würde sicher alles andere als begeistert sein, wenn die Neuigkeiten von Zerstörer und Sternenmann bei seinen Soldaten genauso rasch Aufnahme fänden wie bei den Axtschwingern.

Jorge, Roland und Magariz betrachteten unterdessen ihre Fingernägel. Jeder von ihnen war der Ansicht, daß man sich etwas genauer mit der Weissagung auseinandersetzen müsse. Aber sicher sollte erst ein günstigerer Zeitpunkt gefunden werden, um Bornheld davon zu überzeugen.

Der Herzog von Ichtar verwies die Mönche schließlich mit einer knappen Handbewegung des Saals. Die beiden bewegten sich nicht gemessenen Schritts nach draußen, sondern flohen geradezu.

»Axis«, erklärte nun Magariz, »wir selbst haben bislang nicht allzu viel herausfinden können. Die Geistwesen, die von den Eiskreaturen angeführt werden, haben ihre Angriffe in den letzten Wochen verstärkt. Seit das Wetter noch schlechter geworden ist, nehmen ihre Überfälle auf unsere Posten zu, und mit ihrer immer größer gewordenen Anzahl machen sie das ganze Umland unsicher. Seit der Nacht, in der sie aus diesen unerklärlichen Gründen in die Zuflucht und die Burg eindrangen, sind sie aber dort noch nicht wieder erschienen.«

»Habt Ihr denn herausgefunden, wie es damals gelingen konnte, unsere Verteidigungslinien zu durchbrechen?« fragte Axis den Fürsten.

Magariz wirkte mit einem Mal um Jahre gealtert. »An diesem Tag war ich die ganze Zeit auf Streife, Axtherr, und am Abend schlief ich hier vor dem Feuer ein. Mitten in der Nacht wachte ich steifgefroren und krummgelegen auf und mußte im Schein des heruntergebrannten Feuers erkennen, daß die Ungeheuer über uns waren. Als ich laut schrie, stürmten die Wachen herbei, um mich zu verteidigen. Aber die Kreaturen haben sie in Stücke gehauen. Ich verlor in dem Kampf das Bewußtsein, und die Feinde ließen mich für tot liegen ... Aber wie sie einzudringen vermochten, kann ich mir bis heute nicht erklären. Vielleicht setzten sie schwarze Magie ein, um an den Wachen vorbeizukommen und über unsere Mauern zu gelangen.« Der Fürst schüttelte sich noch einmal in Erinnerung an diese Nacht. »Anderseits besaßen diese Monster Flügel. Wahrscheinlich sind sie vom Himmel herabgestoßen.« Magariz lächelte matt, als er Axis' bestürzte Miene sah. »Ja, Ihr habt recht gehört, sie konnten fliegen. Seit jenem Tag suchen die Wächter nicht nur den Boden, sondern auch den Himmel ab ...«

»Unsere Patrouillen sehen gelegentlich solche Wesen«, fügte Bornheld hinzu und schien seinen Ärger über die abtrünnigen Mönche bereits vergessen zu haben. »Meist führen sie dann Banden von Geistern an. Ich selbst habe sie schon erblickt, da ich regelmäßig Streifen anführe. Die Kreaturen nehmen ... nehmen an Gestalt und Festigkeit zu. Seit den ersten Angriffen haben zumindest ihre Anführer an Substanz gewonnen und wirken nicht mehr ganz so wie Geister. Bislang haben wir recht viele Männer verloren, und es ist uns noch nicht gelungen, auf die Wesen in irgendeiner Form Eindruck zu machen.«

Jorge betrachtete seinen obersten Feldherrn still. Zugegeben, der Mann hatte seine Wut oft schlecht im Griff, und seine Eifersucht auf den Axtherrn trübte ihm mitunter die Sinne. Aber niemand konnte seine Tapferkeit oder sein strategisches Denken in Abrede stellen. Bornheld hatte bei den Verteidigungseinrichtungen in Gorken hervorragende Arbeit geleistet. Allein dafür gebührte ihm schon der Rang des Oberbefehlshabers, und die Achtung und die Treue seiner Offiziere besaß er sowieso. Der Herzog von Ichtar galt als harter Kommandant. Seine Befehle mußten augenblicklich ausgeführt werden, und er verlangte von seinen Soldaten bedingungslosen Gehorsam. Aber bislang hatte Bornheld sich mangels Gelegenheit noch nicht in vielen Schlachten bewähren können. Seinen hohen Rang verdankte er daher vornehmlich dem Umstand, vom König zu seinem Nachfolger auserkoren zu sein. Besaß Bornheld genügend Ausdauer und Fähigkeit, um sein Heer und ganz Achar sicher durch diese Krise zu führen? Vermochte er im entscheidenden Moment seine Männer so mitzureißen und anzufeuern, wie man das vom Axtherrn kannte? Der Blick des Grafen wanderte dabei zu Axis.

»Haben die Rabenbunder denn in den letzten Wochen Nachrichten aus dem Norden mitgebracht?« fragte Belial. Auch ihn beeindruckte, daß Bornheld höchstpersönlich mit einigen Soldaten auf Patrouille gegangen war und damit sein Leben aufs Spiel gesetzt hatte.

Magariz trommelte mit den Fingern auf den Tisch. »Sie berichteten uns von Skrälingen – so bezeichnen sie die Geister –, die in immer größerer Anzahl in den Süden vordringen, sich aber noch nicht allzu weit vom Alpenrand entfernt haben. Den Andakilsa, den Grenzfluß zwischen Ichtar und dem Rabenbundland, können diese Kreaturen offenbar überhaupt nicht leiden. Einige der Flüchtlinge konnten beobachten, wie Geister in dessen Wasser gerieten und sich sofort darin auflösten.«

Bornheld runzelte die Stirn, schwieg aber. Seit kurzem war ihnen bekannt, daß die Geister kein fließendes Wasser vertragen konnten, und darüber zerbrach er sich seitdem den Kopf. Ob es möglich war, Stadt und Feste Gorken durch einem Burggraben zu schützen? Der Herzog seufzte leise. Zu dumm, daß der nächste Fluß zu weit entfernt lag und sein Wasser nicht hierher umgeleitet werden konnte.

»Aber leider werden wir von dieser Seite wohl nicht mehr allzu viel erfahren«, schloß der Fürst.

»Warum nicht?« wollte Axis wissen.

»Weil der Strom der Rabenbunder urplötzlich versiegt ist«, antwortete Roland an Magariz' Stelle. Er hatte größte Mühe gehabt, seine massige Gestalt auf der kleinen Sitzfläche des Stuhls im Gleichgewicht zu halten und stand mittlerweile wieder am Feuer. Hin und wieder trat der Herzog von einem Bein aufs andere und warf dabei riesige groteske Schatten an die gegenüberliegende Wand. »Wir vermuten, daß die Rabenbunder sich nicht eines besseren besonnen haben und in ihrer Heimat geblieben sind. Viel eher wird man ihnen den Weg nach Süden abgeschnitten haben.«

»Oder der Feind hat die Zurückgebliebenen inzwischen samt und sonders aufgefressen«, wandte Jorge ein. »Axis, wir haben eine Möglichkeit gefunden, wie man diese Kreaturen abwehren kann. Wenn sie nur in kleinen Gruppen auftauchen, vermag man sie mit Feuer abzuwehren. Aber wenn ganze Schwärme von ihnen auftauchen, überrennen sie die Fackeln einfach. Wir geben inzwischen allen Patrouillen einen Brand mit. Der gewährt ihnen wenigstens etwas Schutz.«

»Mehr habt Ihr bislang nicht?« fragte der Krieger. Eigentlich hatte das nur eine Feststellung sein sollen, aber die Frage klang, wie auch ihm jetzt bewußt wurde, eher wie eine Beleidigung.

»Glaubt Ihr etwa, Axtherr, Ihr könnt mehr herausfinden?« entgegnete sein Halbbruder wütend. »Haltet Ihr Euch für soviel besser als die vielen Soldaten, die in den vergangenen Monaten ihr Leben verloren haben?«

Axis wollte sich schon für die unbedachte Äußerung entschuldigen, aber Bornheld war noch nicht fertig.

»Möchtet Ihr dann vielleicht die Morgenpatrouille anführen, Axtherr? Dann werdet Ihr sicher im Handumdrehen herausfinden, was unseren Augen und Ohren so lange entgangen ist. Ganz gewiß wird ein Offizier, der bei einem Gewitter Hunderte seiner Männer, dazu noch zwei edle Damen und einen Jüngling namens Timozel verliert, auch in der Lage sein, mit einem halben Hundert Geisterwesen fertigzuwerden!«

Der Krieger sprang auf. Belial fuhr ebenfalls hoch und hielt ihn am Arm fest, um ihn vor einer Unbesonnenheit zurückzuhalten. Aber Axis schüttelte ihn einfach ab. »Niemand zieht meinen Mut in Zweifel, Bruder! Ich übernehme die Morgenpatrouille!«

»Das wird kaum notwendig sein, Axtherr«, versuchte Roland zu vermitteln, kam aber nicht zu mehr, weil eine Stimme vom Eingang ihn übertönte.

»Bornheld!« rief Faraday. »Ihr seid mir ja ein ganz Schlimmer. Laßt den Mann in dem Glauben, Timozel und ich seien tot.« Gemessen schritt sie auf den Tisch zu und mußte ihre ganze Willenskraft aufbieten, um ihren Blick nur auf ihren Gemahl gerichtet zu halten und nicht Axis anzusehen.

»Faraday?« ächzte der Krieger tonlos. Im ersten Moment konnte er seinen Augen kaum trauen. Die Edle lebte nicht nur, sie hatte es sogar bis nach Gorken geschafft! Was wollte sie denn hier? Unwillkürlich fuhr sein Blick zu Bornheld hinüber, und ... Artor der Gerechte, nur das nicht! Faraday würde doch nicht ... Wie hatte sie ihm das antun können?

»Oh«, strahlte der Herzog, und vermutlich freute er sich am allermeisten über die Bestürzung seines Stiefbruders. »Ihr kennt meine Gattin vielleicht noch, Axtherr. Dieselbe Dame, die Euch vor einigen Wochen verlorenging.« Faraday stellte sich an seine Seite, und Bornheld legte ihr besitzergreifend den Arm um die Hüfte. Sie lächelte ihrem Gemahl zu und wagte dann zum ersten Mal, Axis anzusehen. Welche Kraft es sie kostete, dabei eine gleichgültige Miene aufzusetzen!

Der Zorn des Kriegers darüber, Faraday in Bornhelds Armen zu sehen, machte sich in einem Wutschrei Luft: »Wie konntet Ihr nur?« fuhr er sie so heftig an, daß alle im Saal zusammenzuckten. »Wie konntet Ihr es wagen, einfach davonzulaufen, ohne jemanden davon zu benachrichtigen, daß Ihr noch unter den Lebenden weiltet? Habt Ihr auch nur eine Ahnung, wieviel

Kummer und Sorge Ihr ausgelöst habt? Nun, habt Ihr das?« Er schlug so fest mit der Faust auf den Tisch, daß die Berichte und Karten aufflogen und zu einem großen Teil auf den Boden segelten. Faraday erbleichte, und Bornhelds Arm bot ihr den einzigen Halt.

»Axtherr!« wollte ihr Gemahl eingreifen, aber Axis ließ ihn gar nicht erst zu Wort kommen. »Ich vermute, daß dieser junge Idiot Timozel ebenfalls mit Euch hierher gekommen ist«, wütete der Krieger, riß den Blick von Faraday los und suchte die Halle mit seinen Augen ab. Tatsächlich eilte der Jüngling schon herbei, um seiner Herrin gegen den Zornausbruch des Axtherrn beizustehen.

»Und wißt Ihr eigentlich, Timozel, wieviel Schmerz Ihr Eurer Mutter bereitet habt?« zischte Axis jetzt und kochte vor Wut. »Ist Euch auch nur einmal, seit Ihr auf so wundersame Weise von den Toten auferstanden seid, die Idee gekommen, ihr eine Nachricht zu schicken? Nein, vermutlich nicht. Ihr meldet Euch jetzt sofort bei Eurer Einheit, junger Mann. Morgen werde ich mich mit Euch befassen, sobald ich von meiner Streife zurück bin. Bis dahin schiebt Ihr Wache.«

Aber der Jüngling sah ihn nur ganz ruhig an. »Nein.«

Belial befürchtete schon, Axis wolle Timozel schlagen. Er selbst wunderte sich auch über das maßlose Selbstbewußtsein des jungen Mannes und trat rasch einen Schritt vor, um notfalls dazwischenzugehen.

»Axis«, wandte sich jedoch Faraday eindringlich an den Krieger, »nachdem Timozel mich aus dem Erdloch gerettet hatte, schwor er mir, mein Ritter zu sein und mich vor allem zu beschützen.«

»Und als er hier ankam«, fügte Bornheld triumphierend hinzu, »leistete er mir den Diensteid.«

Aller Zorn fiel von dem Krieger ab, und er lachte voller Spott. »Ritter der Dame«, rief er belustigt, was aber so kalt klang, daß die Edle innerlich zusammenzuckte. Nur mit Mühe konnte sie ihr freundliches Lächeln aufrechterhalten. »Nun das ist ja wirklich sehr erstaunlich. Wenigstens hat dieser stolze und kühne

Ritter sich inzwischen das Haar gekürzt. Und wie ich sehe, ist ihm seit unserer Trennung sogar ein Bart gewachsen.« Er wandte sich wieder an die Edle. »Verratet mir nur eins, Faraday, warum habt Ihr niemanden wissen lassen, daß Ihr wohlauf wart? Und warum habt Ihr … warum seid Ihr ausgerechnet hierher gezogen?«

Das Mädchen verstand sehr wohl, was Axis in Wahrheit wissen wollte. Wie gern wäre sie jetzt zu ihm gelaufen, um den Schmerz in seinen Augen zu lindern. Wenn sie ihm doch nur hätte versichern können, daß sie ihn immer noch mehr als alles andere liebte. Aber das war natürlich ausgeschlossen. »Ich bin hierher gekommen, weil mich nach nichts mehr verlangte, als endlich Bornhelds Gemahlin zu werden. Ich … mir kam dabei einfach nicht in den Sinn, daß Ihr Euch um mich sorgen könntet.« *Mutter bitte, laß ihn an meinen Augen ablesen, daß ich lüge,* flehte sie in Gedanken. *Laß ihn erkennen, daß ich das alles nur für ihn getan habe.*

Aber der Krieger starrte sie nur an, und jeder im Saal konnte erkennen, wie sehr ihn diese Worte getroffen hatten und wie elend er sich fühlte. Er sah, wie die junge Frau von Bornheld gehalten wurde und daß sie damit offensichtlich einverstanden war. Als Axis dann auch noch das höhnische Grinsen seines Stiefbruders bemerkte, wußte er, daß er nicht noch mehr ertragen konnte. Er drehte sich auf dem Absatz um, ging an Timozel vorbei und taumelte auf den Ausgang zu. Seine Bewegungen wirkten so eckig, als sei sein ganzer Körper erstarrt.

Bornhelds belustigtes Lachen folgte ihm, und er hörte es noch, als er schon längst den Saal verlassen hatte.

10
Der Skräbold spricht

Axis drehte mit Belaguez eine kleine Runde und suchte die schneebedeckten Felder vor sich ab. Er und seine Männer waren vor zwei Stunden in diesen wunderbar klaren Morgen hinausgeritten und befanden sich inzwischen etwa zehn Meilen von der Feste Gorken entfernt auf der weiten Ebene, die sich nordwärts von ihr erstreckte. Nur ein paar Meilen weiter strömte der Andakilsa, mittlerweile so angeschwollen, daß er kaum befahren, geschweige denn überquert werden konnte. Damit war Gorken vom Meer abgeschnitten. Im Nordosten erstreckten sich die Eisdachalpen. Von hier aus waren sie viel deutlicher zu erkennen als noch in Sigholt, auch wenn die meisten Gipfel unter der niedrigen Wolkendecke verborgen lagen. Der Krieger betrachtete sie und kniff die Augen zusammen, um trotz des Schneegeflimmers der Ebene etwas sehen zu können. Das Gebirge stieg übergangslos aus dem flachen Land auf. Felsklippen und tiefe Schluchten überzogen die breiten Hänge wie Narben.

»Es heißt«, bemerkte Magariz hinter ihm, »das Leben in den Bergen sei unvorstellbar öde. Selbst die Flüsse bestünden dort aus Eis. Als ich einmal nach Gorken beordert wurde, erzählte mir ein alter Schäfer, er sei mit seiner Herde eines Tages so nahe an die Berge herangekommen, daß er das Knirschen, Stöhnen und Reißen der Flüsse auf ihrem Weg durch die Schluchten deutlich hören konnte.«

Axis drehte sich zu ihm um. Der Fürst hatte darauf bestanden, mit ihm zu reiten. Als sowohl Bornheld als auch der Axtherr ihn davon abbringen wollten, entgegnete er, daß es verrückt sei, einen Offizier mit einer Patrouille zu betrauen, der sich draußen in den Schneefeldern noch nicht auskenne und auch den Geistern noch nicht begegnet sei. Da sei es doch klüger, ihm einen erfahrenen Mann an die Seite zu stellen. Die Verwundungen, die Magariz davongetragen hatte, behinderten ihn kaum, sobald er im Sattel saß. Axis war jedoch aufgefallen, daß er von Zeit zu Zeit die behandschuhte Linke an die Wange hob, um die Narbe zu bedecken.

Hinter dem Fürsten ritten Belial, Arne und fünfzehn Soldaten, sowohl Axtschwinger als auch Kavalleristen aus dem Reichsheer. Axis hatte es nicht gern gesehen, daß auch Belial sich ihm anschließen wollte, und ihm mit schneidender Stimme erklärt, als sein Stellvertreter habe er kein Recht, sein Leben ebenfalls bei dieser Unternehmung aufs Spiel zu setzen. Der Leutnant hatte ihm zugehört und war dann einfach auf sein Pferd gestiegen. Belial hatte deutlich erkannt, wie nahe ihm die Wiederbegegnung mit Faraday gegangen war, und er wußte auch, daß Axis in der Nacht kein Auge zugetan und sie, in eine Decke gehüllt, oben auf der Festungsmauer verbracht hatte. Stundenlang hatte der Krieger von dort die Eisdachalpen betrachtet. Belial wußte schon lange, daß Axis mehr für die junge Schöne empfand, aber bis gestern hatte er nicht geahnt, wie tief diese Gefühle waren. Deswegen dachte er gar nicht daran, im Lager zu bleiben und sich vor Sorge um seinen General um den Verstand zu bringen. Da wollte er doch lieber an seiner Seite bleiben.

Auch Arne hatte sich von Axis' Einwänden nicht beeindrucken lassen. Seine sauertöpfische Miene schien jetzt durch die Kälte unverrückbar festgefroren zu sein. Seit vielen Wochen schon, eigentlich seit sie den Wald der Schweigenden Frau verlassen hatten, fühlte Arne sich offensichtlich veranlaßt, seinen Axtherrn zu beschützen. Ständig hielt er ihm den Rücken frei und suchte unablässig in den Mienen der Männer Axis nach Anzeichen von Verrat. Viele betrachtete der Offizier mit Argwohn, und manchmal brach ihm sogar der Angstschweiß aus, wenn der Krieger sich in Gesellschaft zu vieler Fremder befand.

Bornheld hatte nichts dagegen, daß Belial und Arne den Axtherrn begleiten wollten, sondern es freute ihn sogar, daß sie dessen Einwände nicht weiter beachteten. Die Autorität seines Stiefbruders schien bereits zu wanken. Dabei begriff der Herzog einfach nicht, daß Arnes und Belials Verhalten nicht von Ungehorsam herrührte, sondern aus dem dringenden Wunsch, eher an seiner Seite zu sterben, als mit seiner Leiche heimzukehren. Bornheld hingegen hätte solche Hingabe von seinen Offizieren niemals erwarten können, erst recht nicht von Gautier.

Alle Soldaten auf Streife trugen weiße und hellgraue Uniformen. Selbst Axis hatte seine schwarze Uniform gegen das Grauweiß der Axtschwinger vertauscht. Schließlich wollte hier draußen niemand mehr als nötig auffallen. Unter den Umhängen trugen sie ihre Rüstung, obwohl sie gegen die Geister nicht sonderlich schützte. Trotz der Kälte hatten die Männer die Mäntel aufgeschlagen, um jederzeit an ihr Schwert oder ihre Axt gelangen zu können. Sie bewegen die Finger unablässig in den Handschuhen, damit sie nicht starr wurden. Jeder einzelne in dieser Gruppe war auf äußerste angespannt und wachsam.

Fünf Reiter führten brennende Fackeln mit. Magariz verteilte sie strategisch im Zug, während Axis darauf achtete, daß die Gruppen stets zusammenblieben. »Feuer schreckt die Geister manchmal ab«, erklärte der Fürst, »und sie überlegen sich einen Angriff dann zweimal. Aber wenn sie sich stark genug fühlen, schrecken auch ein paar Fackeln sie nicht ab. Wenn es zum Kampf kommen sollte, bedenkt dies: Die Geister besitzen nur wenig Fleisch und Blut. Aber an ihren artorverwünschten silbernen Augen kann man sie verwunden. Stecht ihnen mitten hinein, und dann sind sie erledigt. So bleich und substanzlos sie auch erscheinen mögen, wenn ihr Auge durchstoßen wird, fließt das Blut so reichlich wie bei einem Menschen, dem man den Bauch aufgeschlitzt hat.«

Magariz legte eine kurze Pause ein, damit die Axtschwinger sich das Gesagte vergegenwärtigen konnten. »Und vergeßt nicht, daß dieser Feind Euch zuerst an Gesicht und Kehle geht. Manchmal auch an Hände und Handgelenke. Das sind nämlich die Körperteile, die am wenigsten von unserer Rüstung geschützt werden. Die Feinde riechen Menschenfleisch und lechzen danach.

Sie besitzen sehr scharfe Reißzähne, so lang und so spitz wie die der menschenfressenden Fische, die den Schiffen im Andeismeer folgen. Sobald die Geister erst einmal ihre Zähne in Euer Fleisch geschlagen haben, kann Euch nichts mehr retten.«

Der Fürst bemerkte die Unruhe, die diese Worte bei den Axtschwingern auslösten – was nicht verwunderte, schließlich waren sie einem solchen Gegner noch nie begegnet. »Aber diese Kreaturen nähren sich auch von unserer Furcht. Wenn Ihr bei einem Angriff die Ruhe bewahrt, habt Ihr vielleicht Glück. Aber geratet ja nicht in Panik. Panik und unvernünftige Angst richten Euch schneller zugrunde als Flammen ein Wickelkind, das man zu nah an eine Feuerstelle gelegt hat.« Der Fürst lachte trocken. »Ruhe bewahren. Was für ein seltsamer Befehl, Kameraden, wenn man von Alptraumwesen angegriffen wird.«

Magariz blickte in die Runde. »Wir beobachten seit einiger Zeit, daß die Geister an Substanz gewinnen, und vermuten, daß das auf den reichlichen Verzehr von Fleisch und Blut der Getöteten zurückzuführen ist. «

Axis sah Magariz aufmerksam an. Diese Worte lösten etwas in seinem Hinterkopf aus, einen Gedanken, der sich jedoch hartnäckig seinem geistigen Zugriff verweigerte. Die Rechte des Fürsten ruhte nun auf seinem Schwertgriff. »In jüngster Zeit werden unsere Patrouillen immer öfter angegriffen.«

Magariz zögerte wieder, aber diesmal aus Furcht vor dem, was er zu sagen hatte. »Die Geister sind jedoch nicht unsere schlimmsten Feinde, meine Freunde. Es sind ihre Führer. Sie werden in zunehmendem Maß von den Kreaturen angeführt, die vor einiger Zeit die Zuflucht und die Burg überfallen haben.«

Nach dieser Ansprache zog die Gruppe weiter und ritt eine halbe Stunde lang schweigend dahin. Ein jeder war ganz mit seinen Gedanken beschäftigt. *Möge Artor den armen Rabenbundern helfen, die immer noch in den Eiswüsten ausharren,* dachte Axis. *Ich würde mich nicht weiter als einen halben Tagesritt von Gorken entfernen und nach Norden vorstoßen wollen ...* Er zog den Umhang etwas fester zusammen, sorgte aber dafür, daß der Schwertgriff frei blieb. Ein leichter Nebel kam vom Norden her, und der Wind fühlte sich nun ebenso feucht wie kalt an.

»Jetzt gebt gut acht, Axtherr!« flüsterte der Fürst plötzlich eindringlich, und Axis fuhr zu ihm herum. Magariz saß kerzengerade im Sattel und hatte sein Schwert gezogen. »Am liebsten greifen sie aus solchen Nebeln an.«

Alle griffen jetzt nach ihren Waffen, und die Männer mit den Fackeln hielten diese höher. Die Rösser tänzelten unsicher über den gefrorenen Boden, weil die Nervosität ihrer Reiter sich auf sie übertragen hatte. Axis faßte die Zügel kürzer.

Etwas kam wispernd mit dem Wind, und der Krieger spürte, wie sich seine Nackenhaare aufstellten.

»Skrälinge!« zischte Magariz.

»In Formation!« befahl der Axtherr ruhigen Blutes. »Bildet mit Euren Pferden einen Kreis.«

Die Soldaten verwendeten ihre Kraft aber noch mehr darauf, ihre Furcht niederzuhalten und nicht in Panik zu geraten. Bei den Pferden ließ sich das nicht so einfach durchführen, vor allem, weil die Reiter nun Waffe oder Fackel hielten und kaum eine Hand für ihre Tiere frei hatten.

»Magariz, womit habt Ihr bessere Erfahrungen gemacht?« fragte Axis, während er Belaguez neben den Hengst des Fürsten lenkte. »Wenden wir uns lieber gleich zur Flucht, oder stellen wir uns dem Feind?«

»Wir kämpfen«, entgegnete der Mann entschieden. »Die verwünschten Skrälinge wollen ja gerade, daß wir fliehen. Denn dann bricht Panik aus, und sie haben ein um so leichteres Spiel mit uns.«

»Dann wehren wir uns«, nickte der Krieger. Alle Furcht fiel von ihm ab. Sein aufgestauter Ärger über Faradays Verrat mußte sich endlich Luft machen. Er wollte um sich schlagen, und das Austeilen von ein paar tödlichen Schwerthieben kam ihm da gerade recht.

Geflüster umgab den Trupp nun. Worte, die von feuchtem Nebel so verzerrt wurden, daß man ihre Bedeutung nur erahnen konnte. Der Wind trug sie heran und pflanzte sie tief in die Seelen der Männer.

»Axtherr!« rief einer der Axtschwinger erregt, und man hörte seiner Stimme an, wie er gegen seine Angst ankämpfte. »Sie sind überall!«

Der Nebel verdichtete sich um sie herum und hüllte Soldaten wie Pferde in einen dicken grauen Dunst der Verzweiflung. Verborgen in diesen Schwaden näherten sich die Kreaturen, die nach warmem Fleisch und frischem Blut gierten.

Hinter Axis schrie Arne überrascht auf. Vor ihnen trieben jetzt erste Schemen. Große und vage menschenähnliche Gestalten, die so substanzlos wirkten, daß die Soldaten hinter den ersten Reihen die hinteren ausmachen konnten. Riesige silberne Augen schwammen tief in ihren Höhlen. Klauenbewehrte Hände und totenschädelähnliche Häupter mit überlangen Reißzähnen ließen sich noch am deutlichsten erkennen.

Der Krieger packte sein Schwert fester. »Seid Ihr bereit, meine Freunde?« rief er mit klarer und gefaßter Stimme. »Werdet Ihr an meiner Seite stehen und mir den Rücken freihalten?«

Sein Ruf verlieh den anderen Mut. Die Geister trieben durcheinander, als verunsichere sie die Selbstsicherheit des Anführers ihrer Beute. Sie waren furchtsame Opfer gewöhnt, nicht aber wagemutige und zu allem bereite. Etwas Ungewöhnliches ging von diesem Mann aus. Mit wem hatten sie es hier zu tun?

»Wir stehen mit Euch, Axis, Sohn der Rivkah!« antwortete Belial mit kräftiger und entschlossener Stimme. Und nun schloß sich ihm auch Magariz in gleicher Weise an: »Wir setzen unser ganzes Vertrauen in Euch, Axtherr!«

»Dann wollen wir nicht auf den Gegner warten, sondern selbst angreifen! Zu mir!« Der Krieger trieb sein Roß an, hörte und spürte die anderen hinter und neben sich und fand sich im nächsten Augenblick mitten zwischen den Kreaturen wieder.

Die völlig verblüfften Skrälinge wichen zurück. Sie griffen lieber aus dem Hinterhalt an, sich einem Gegner aber in offener Schlacht zu stellen, waren sie nicht gewöhnt. Axis ließ die Zügel los und steuerte seinen Belaguez nur noch mit Knien und

Stimme. Schon sauste seine Klinge auf den ersten Geist nieder. Er fühlte, wie der Stahl durch das silberne Auge des Wesens schnitt, und sah mit grimmiger Freude, wie dessen Blut auf ihn und den Hals seines Hengstes spritzte. »Der erste blutet!« brüllte Axis seinen Kameraden zu und griff mit der freien Hand nach dem strähnigen Haar seines Gegners, um die Klinge noch tiefer in sein Auge hineinzubohren. Der Krieger fühlte sich innerlich so hochgemut und gut gerüstet, daß er gar nicht auf die Idee kam, einen der ikarischen Zaubergesänge anzustimmen.

Die Kreatur heulte auf und griff kraftlos nach dem Schwert, das immer tiefer in sie eindrang. Als Axis seine Klinge herauszog, fiel das Wesen auseinander und verging unter Belaguez' stampfenden Hufen zu grauem Schleim.

Nun, da der Krieger zwischen sie fuhr, erkannten die Skrälinge ihn auch. Auch wenn dieser Mann seine besonderen Gaben nicht einsetzte, spürten sie doch dessen Macht und gerieten in Furcht. Diesen Gegner hatten sie hier nicht erwartet!

»Sie können sterben!« rief der Krieger den Soldaten voller Siegesfreude zu und suchte sich schon das nächste Opfer. Seine Männer hielten ihre enge Formation ein, und Axis' Blutrausch übertrug sich auf sie, verleitete sie aber nicht dazu, tollkühn aus dem Kreis auszubrechen. Fackeln und Schwerter fuhren wieder und wieder in die großen silbernen Augen. Magariz entdeckte, wie er selbst voller Angriffslust brüllte, während seine furchtbaren Hiebe Rache für seine vormals gefallenen Kameraden nahmen. Belial, der sonst nicht leicht in Erregung geriet, wütete gleichfalls mit seiner Klinge unter den Wesen. Er blieb stets in der Nähe des Axtherrn und behielt ihn für den Fall im Auge, daß dieser zu weit vorpreschte und inmitten des Gewimmels von kreischenden und sich windenden Geistern von der Truppe abgeschnitten würde.

Bornhelds Soldaten folgten Axis willig und waren begeistert darüber, daß sie endlich einmal jemand zum Angriff gegen die tödlichen Wesen führte. Waren sie es bislang gewesen, die vor diesem Feind die Flucht ergriffen hatten, so schien es ihnen nun zu gelingen, den Spieß umzudrehen. Sie scharten sich um den Axtherrn, dessen Wagemut sie anfeuerte und ungeahnte Kräfte in ihnen weckte. Die letzte Furcht fiel von den Soldaten ab, und der erfolgreiche Angriff verlieh ihnen Mut und Stärke. Zum ersten Mal mußten sie sich nicht schmählich vor diesem unheimlichen Feind zurückziehen.

»Für Axis, Rivkahs Sohn!« schrie einer der regulären Soldaten, und seine Kameraden nahmen den Schlachtruf bereitwillig auf, brüllten ihn wie ein Mantra wieder und wieder, während sie tiefer und tiefer in die Reihen der Geister vorstießen. Die Axtschwinger grinsten sich zu, als sie die Begeisterung der anderen spürten, und bald riefen alle den Namen des Kriegers, als um sie herum immer mehr Kreaturen zu Schleim zerliefen.

Und mit einem Mal verschwanden die tückischen Wesen genauso rasch, wie sie gekommen waren. Der Nebel löste sich auf. Belial packte Belaguez' Zügel und zog so heftig daran, daß das Roß beinahe seinen Halt verloren hätte. Der Leutnant hatte die Mordgier in den Augen seines Axtherrn gesehen und wollte ihn davon abbringen, hinter dem fliehenden Feind her zu reiten.

»Es reicht, Axis!« rief er laut. »Sie sind fort!«

Der Krieger drehte sich zu ihm um, und langsam verschwand die Besessenheit aus seinem Blick. »Bei Artor, das hat sich gut angefühlt. Genau das habe ich gebraucht!« Sein Leutnant grinste, und dann lachten beide. Belial ließ die Zügel los. »Erinnert mich daran, mein Freund, daß ich vielleicht das nächste Mal nicht dabei sein kann, wenn Ihr mal wieder Euren Mut kühlt. Vorhin befürchtete ich schon, Ihr wolltet sogar mich aufspießen!« Er musterte den Axtherrn besorgt. Als sein Blick auf seine Hände fiel, erstarrte Belial, blieb ihm das Lachen im Hals stecken.

»Axis!« keuchte er. »Schaut nur, was Ihr da haltet!«

Und der Krieger sah, daß sich die Finger seiner Linken um den Schädel eines der getöteten Geister gekrallt hatten. Ein erstaunlich solider Körperteil. Eins der Augen war durchbohrt und vollkommen ausgelaufen, und das andere blickte starr ins Nichts. Schlaff hing das Maul nach unten; nur seine riesigen Zähne glitzerten im Sonnenlicht. Die aschfarbene dünne Haut hing so lose über den Knochen, daß man glauben konnte, sie würden jeden Augenblick durch sie hindurchstechen.

Axis hob den Schädel hoch, damit ihn alle Soldaten sehen konnten. »Schaut her!« rief er ihnen zu, und seine Stimme schallte triumphierend über die eisige Weite. »Sie können sterben!« Der Krieger wandte sich an Magariz. »Ich glaube, das wäre das geeignete Geschenk für Bornheld.« Der Fürst zuckte unter der grimmigen Stimme und dem harten Blick des Axtherrn ein wenig zusammen.

Arne war der einzige in der Truppe, der seine Aufmerksamkeit nicht allein auf den Krieger richtete, sondern den Blick unablässig über die Weiten vor ihnen schweifen ließ. Jeden Moment schien er mit einem neuen Hinterhalt zu rechnen. »Axtherr!« zischte er schließlich. »Hinter Euch.«

Axis wendete Belaguez mit angespannter Miene. Ein Wesen, wie es nur einem Alptraum entsprungen sein konnte, kam furchtlos auf sie zu. Magariz zog scharf die Luft ein. »Ist das eine von den Kreaturen, die Euch angegriffen haben?« fragte der ihn Krieger. Der Fürst nickte. »Ja, aber seit dem Angriff auf Gorken sind sie gewachsen und haben sich deutlich verändert.«

Axis' Rechte wanderte zum Schwertgriff.

Etwa fünfzehn Schritte vor ihnen blieb das Geschöpf stehen, ein massiges Wesen, das sich gleichwohl graziös zu bewegen verstand. Einen gewöhnlichen Mann übertraf es eindeutig an Größe und Gewicht, bewegte sich jedoch, wie es den meisten in der Gruppe erschien, wie eine Katze. Den Anblick seines Kopfes vermochte man kaum zu ertragen: einesteils der eines Vogels, zum anderen der eines Menschen und zum dritten glich er einer Bestie. Anstelle eines Mundes hatte die Kreatur einen gebogenen Schnabel und war mit gefährlichen Hauern ausgerüstet. Augen und Stirn ähnelten denen der Menschen, aber sonst waren Gesicht und Schädel aufs Geratewohl mit Federn und Fell bedeckt. Der Rest des nackten Körpers war hingegen so schuppig wie der einer Echse. Aus Händen und Füßen wuchsen todbringende schwarze Klauen, und auf seinem Rücken befanden sich zwei schwarze ledrige Schwingen, deren Enden ebenfalls in schwarze Krallen ausliefen.

Der Krieger saß regungslos auf seinem Hengst und erweckte

rein äußerlich den Eindruck, nicht im mindesten von diesem Wesen beeindruckt zu sein. Doch in seinem Innern sah es anders aus, denn beim Anblick dieser Kreatur war ihm sofort die große Ähnlichkeit mit Gorgrael aufgefallen, der sich bei dem Angriff in den Wolken gezeigt hatte.

Das Geschöpf des Zerstörers betrachtete sie eine Weile und legte neugierig wie ein Vogel den Kopf schief. Nur in seinen Augen glitzerte die Wut eines gestellten Ebers. Der Wind fuhr durch das Fell und die Federn seines langgezogenen Schädels. Schließlich richtete es den Blick auf das abgeschlagene Haupt in Axis' Linker.

»Ssss«, zischte das Wesen und sah dann Axis an. »Ihr seid Rivkahsssohn?«

Seine Stimme bestand zur Hälfte aus Vogelkrächzen und zur Hälfte aus Zischlauten. Sie war schwer zu verstehen. Er sprach so langsam, als sei seine Zunge nicht für die menschliche Sprache geschaffen.

Der Krieger nickte und trieb Belaguez einen Schritt vor. »Und wer seid Ihr? Was wollt Ihr von uns?«

Die Kreatur lachte; es war ein häßliches, gurgelndes Geräusch. »Ich? Ich gehöre zu den fünf Favoriten, den Skräbold. Wir dienen Gorgrael. Und was wir wollen? Nun, Tencendor, Rivkahsssohn. Wir wollen die Felder und Wälder vom Blut Eures Volkes schwarzgefärbt sehen; denn wir sind es leid, nur das neblige Eisland zu bewohnen. Unsere Gier und unser Haß helfen uns, Substanz zu gewinnen.«

»Da sucht Euch jemand anderen!« erwiderte Magariz neben Axis. »Wir sorgen dafür, daß Ihr in Eurem Eisland bleibt.«

Der Skräbold legte wieder den Kopf auf die Seite, öffnete den Schnabel und krächzte seine Belustigung in den Himmel. Die Soldaten wurden beim Klang dieses entsetzlichen Lauts unruhig. Das Wesen klappte den Schnabel weithin hörbar zu, und das Lachen verstummte.

»Ihr könnt uns nicht aufhalten«, zischte es wütend, »denn Gorgrael gibt uns Kraft. Der Zerstörer erschafft uns aus dem Fleisch und Blut derer, die wir für ihn metzeln. Einst waren wir nicht mehr als Dunst, und jetzt haben wir schon richtige Gliedmaßen, um uns fortzubewegen.«

Ein aberwitziger Gedanke streifte Axis' Bewußtsein. Doch der Skräbold fuhr schon fort.

»Der Tag kommt schon bald, da Euer Blut meine Brüder nährt. Da Eure Töchter und Schwestern uns ihre Körper im Tausch für ihr Leben anbieten. Da Ihr, Rivkahsssohn, vor Gorgrael stehen und um Gnade winseln werdet.«

Der Krieger lächelte nur und beugte sich vor. »Ich habe eine Nachricht an Euren Gorgrael, Skräbold. Sagt ihm, daß mein Vater mich geliebt hat. Fragt ihn, ob er das von seinem Vater auch behaupten kann.«

Die Kreatur machte wütend einen Schritt vorwärts, und Magariz wie auch Belial hoben ihre Schwerter. Aber Axis tat nichts dergleichen und behielt nur sein Lächeln bei.

»Ich und meine vier Brüder lieben den Zerstörer!« kreischte das Wesen. »Er braucht keinen Vater, sondern nur uns. Wir waren bei seiner Geburt die Hebammen, die ihm auf die Welt halfen.«

Damit verschwand das Geschöpf. Eben noch hatte es noch vor dem Axtherrn gestanden, und im nächsten Moment war es nicht mehr zu sehen.

Axis wendete seinen Hengst und lachte seine Männer an. »Ich glaube, für heute haben wir genug geleistet, meine Freunde. Reiten wir zurück zur Festung!«

Bornheld war gerade auf dem Burghof mit Waffenübungen beschäftigt, als die Patrouille eintraf. Sein nackter Oberkörper glänzte in der frostigen Luft vor Schweiß, seine Haut dampfte, und seine Hände hielten das Schwert. An einer Seite des Hofes stand Faraday und hatte sich in ihren dunkelgrünen Umhang eingehüllt.

Neunzehn Männer waren am Morgen ausgeritten, und neunzehn kehrten jetzt zurück. Sie mußten Glück gehabt haben und nicht von den Geistern angegriffen worden sein, sagte sich der Herzog. Oder sie waren feige wie Weiber allem ausgewichen, was nach Gefahr roch. Dabei entging dem Obersten Kriegsherrn, daß alle neunzehn erhobenen und stolzen Hauptes in den Burghof einritten. Ebenso bemerkte Bornheld nicht, daß alle Dämonen, mit denen der Axtherr sich noch am Morgen gequält hatte, irgendwo unterwegs von ihm abgefallen waren. Und dem Herzog fiel auch nicht auf, daß Blut den Hals von Belaguez bedeckte und ein ganzer Zug jubelnder Menschen dem Trupp folgte. Auch hatte Bornheld wohl im Moment keinen Sinn dafür, seinen Blick auf das zu richten, was Axis halb verborgen unter seinem Umhang trug.

Wenn der Herzog etwas mehr auf all diese Dinge geachtet hätte, hätte er sicher seine Worte etwas sorfältiger gewählt – vor allem vor so vielen Zeugen, die sich in immer größerer Schar auf dem Burghof drängten. Jorge und Roland blickten neugierig von den Mauern hinunter, während die drei Wächter, unsichtbar für die anderen, hinter einem halb entladenen Wagen warteten; sie hatten seit dem Morgen große Angst um den Sternenmann ausgestanden.

Bornheld lehnte sich auf sein Schwert, und der Stolz auf die großartige Verfassung, in der sich sein Körper befand, war ihm deutlich anzumerken. Axis zügelte zehn Schritte vor ihm sein Pferd. »War Euer Belaguez zu schnell, als daß die Geister Euch etwas anhaben konnten, Axtherr?« höhnte der Herzog. »Kam Euch draußen die Einsicht, daß nur richtige Männer es mit diesen Kreaturen aufzunehmen vermögen? Wenn Ihr jetzt den Mut aufbringt, hier zu bekennen, daß Euch in der Eiswüste die Nerven durchgegangen sind, will ich mich großmütig erweisen und Euch eine Stelle in der Küche verschaffen. Dort mögt Ihr dann Töpfe schrubben.« Er lachte über seinen gelungenen Scherz.

Doch mit diesen Worten verspielte Bornheld die Achtung seiner neun eigenen Soldaten, die mit der Streife mitgeritten waren. Und später sollte der Herzog auch die Achtung all derjenigen verlieren, mit denen diese neun sprachen. Axis hingegen lächelte die ganze Zeit über. Plötzlich sah er Faraday und er bedachte sie im Sattel mit einer Verbeugung. »Seid mir gegrüßt, Herzogin. Ich hoffe, Ihr hattet eine angenehme Nacht.«

Sie erstarrte, weil diese Worte sie wie Giftpfeile verletzten.

Ihre Schuldgefühle gegenüber dem Mann, den sie hintergangen hatte, hatten sie die ganze Nacht hindurch kein Auge zutun lassen – auch viel später noch, als Bornheld sich längst von ihr abgewandt hatte und gleich darauf eingeschlafen war.

Axis betrachtete sie noch ein Weilchen und wandte dann seine Aufmerksamkeit dem Herzog zu. Lächelnd schob er die Kapuze zurück, damit die Nachmittagssonne das Gold seines Haars und seines Barts zum Leuchten bringen konnte. Seine stolze und auffällige Erscheinung zog die Blicke aller auf dem Burghof auf sich. Wenn ein Fremder in diesem Moment erschienen wäre, hätte er annehmen müssen, der Krieger auf dem grauen Hengst sei ein König und der Mann vor ihm mit dem freien Oberkörper nur einer seiner Untergebenen.

Gerade als Bornheld wieder etwas sagen wollte, hob Axis die Linke, die das abgeschlagene Haupt hielt, und zeigte sie allen im Rund. Ein jeder stieß einen Laut des Abscheus aus. Der Krieger ließ den Herzog nicht aus den Augen. »Gorgrael schickt Euch seine Grüße, Bruder, und ich überbringe Euch sein Hochzeitsgeschenk. Erfreut Euch daran!«

Axis schleuderte ihm den Schädel vor die Füße, und Bornheld sprang sofort zurück. Seine Miene verzog sich vor Grauen, als der Kopf über das Pflaster des Hofs rollte und erst kurz vor Faraday liegenblieb. Die Edle schloß die Augen und atmete tief durch. Aber sie wich nicht zurück und schaute schließlich den Krieger an. Ihre Miene wirkte unbewegt, aber in ihren Augen zeigte sich, was in ihrem Innern vor sich ging. Faraday hielt den Umhang so fest umschlossen, daß die Knöchel ihrer Hand weiß hervortraten.

»Ich danke Euch, Axis, Sohn der Rivkah«, erklärte die Edle mit aller Würde, die sie aufbieten konnte, »daß Ihr der Ansicht seid, ich hätte ein solches Geschenk verdient.«

Die Züge des Kriegers verhärteten sich und hielt ihren Blicken noch für einen Moment stand, ehe er seinen Hengst wendete und durch die Menge am Burgtor lenkte.

Bornheld verfärbte sich vor Wut, als er den Kopf zu Füßen seiner Gemahlin sah und hörte, daß die Menge Axis zujubelte.

11

Schwüre und Erinnerungen

Fünf Tage später wappnete sich Axis mit einem dicken Umhang gegen die Kälte, zog die Kapuze tief in sein Gesicht und verließ die Festung durch das Burgtor. Rasch eilte er durch die Straßen von Gorken. Trotz der vormittäglichen Stunde zeigten sich nur wenige Soldaten in den Gassen und auf den Plätzen. Die Temperaturen waren mittlerweile so tief gesunken, daß man sich nur noch zu dringenden Erledigungen nach draußen wagte. Der anhaltende Wind schien den Tod mit sich zu führen.

Der Krieger bemerkte die beiden vermummten Gestalten nicht, die ihm in einigem Abstand aus der Burg gefolgt waren.

Axis lief fünfzehn Minuten, bis er die fast verlassene Zuflucht des Seneschalls nahe der Außenstadtmauer erreichte. Die letzten beiden Brüder, die dort noch Dienst getan hatten, waren längst in die Festung umgezogen. Doch hatte der Axtherr den älteren der beiden Mönche gebeten, sich heute mit ihm dort zu treffen. Eine Reihe von Fragen harrten der Antwort. Gut möglich, daß Axis hier etwas mehr über seine Mutter erfuhr.

Die schwere Holztür des Gebäudes stand offen und hing nur noch halb in ihren Angeln. Der Krieger trat rasch ein. Auch wenn es in der Zuflucht fast so kalt war wie draußen, fühlte man sich hier doch wenigstens vor dem mörderischen Wind geschützt. Axis sah sich um. Das Innere der Räume trug immer noch die Spuren des Angriffs von Gorgraels Kreaturen, den Skräbolden und den Skrälingen, obwohl er schon einige Monate zurücklag. Die frühere Zuflucht für Mönche, die beschlossen hatten, ihr Leben in stiller Kontemplation im Norden Ichtars zu verbringen, bot nun ein Bild des Jammers: zerfetzte Bilder und zerrissene Wandteppiche bewegten sich in den Windstößen, die durch die offenen Türen hineindrangen, und zerbrochene Möbelstücke bedeckten den Boden. Der Krieger wickelte sich noch fester in seinen Mantel und wanderte durch die Räume im Erdgeschoß. Hier und da stieß er auf lose Buchseiten oder zerbrochene Keramik. Hinter einer Tür hingen noch zwei Kutten, eine weitere an einem Nagel an der Wand. Ihre Träger lebten längst nicht mehr.

Bruder Franz erwartete ihn in der Küche. Als Axis eintrat, beugte er sich gerade über einem umgedrehten Kessel und richtete sich jetzt langsam und unter Rückenschmerzen auf.

»Seid mir gegrüßt, Axtherr.« Der Mönch ließ den Blick durch den Raum schweifen. Die durchscheinende, von blauen Venen durchzogene Haut spannte sich straff über die zerbrechlichen Schädelknochen. »Hier fanden die meisten Brüder in der Nacht des Angriffs den Tod. Sie glaubten nämlich, hier Waffen zu finden.« Franz hob einen Schürhaken auf und hielt ihn mit trauriger Miene in der Hand. »Aber mit Eisenstangen und Pfannen konnte man sich kaum gegen die Kreaturen zur Wehr setzen, die in jener Nacht über uns herfielen.«

»Dennoch konntest du entkommen«, bemerkte der Krieger und stellte sich vor den alten Mann.

Der Mönch senkte den Blick, als fühle er sich schuldig. »Ja. Bruder Martin, ein junger Bursche, zog mich geistesgegenwärtig in einen Wäscheschrank. Dort verbargen wir uns und mußten mit anhören, wie um uns herum die Mitglieder unserer Gemeinschaft in Stücke gerissen wurden. Betet darum, Axtherr, daß Ihr von solcher Zeugenschaft verschont bleibt.«

Dann schwiegen sie beide. Axis hing seinen Gedanken nach, während Franz durch die Küche schlurfte, Töpfe und Pfannen vom Boden aufhob und diese ordentlich in die Regale zurückstellte.

»Bruder, weißt du, wer ich bin?« Der Krieger sah ihm geradewegs ins Gesicht. Franz sah die Sinnlosigkeit seiner Beschäftigung ein und blickte zurück.

»Ja, das ist mir bekannt«, nickte er. »Die Soldaten auf den

Straßen sprechen von kaum etwas anderem. Sie schwärmen von Euren Patrouillen, Eurem Mut und Euren Führungsqualitäten. Ihr heißt Axis, Sohn der Rivkah, und Ihr wolltet Euch mit mir treffen, um mehr über Eure Mutter zu erfahren.«

»Sie ist hier gestorben.«

Der Mönch war für einen Moment verblüfft, hatte sich aber rasch wieder in der Gewalt. »Die Edle hat Euch hier zur Welt gebracht, Axis, aber sie starb woanders, nicht hier.« Er lächelte bedauernd, als er bemerkte, daß seine Worte den Axtherrn aus der Fassung brachten. »Ich bin heute ein alter Mann, Axis, und mich schrecken die Drohungen von einst nicht mehr. So lange habe ich Schweigen bewahrt und Jahr für Jahr einen Bruder oder ... anderen beerdigt, der um das Geheimnis wußte. Ich fürchte, nun bin nur noch ich übrig, der die Wahrheit kennt ...« Franz zögerte, ehe er fortfuhr: »Wir alle fürchteten uns damals vor dem Zorn des Königs – zu jener Zeit saß Karel auf dem Thron – und den Bespitzelungen des Herzogs Searlas. Deswegen hat keiner von uns jemals ein Wort über die Umstände Eurer Geburt verloren. Aber inzwischen habe ich solches Grauen gesehen und erlebt, daß der Zorn der Sterblichen mich nicht länger schrecken kann. Und heute steht der Mann vor mir, der einst als Säugling seine Mutter verlor. Ich werde sprechen, wenn Ihr das wünscht.«

Der Krieger dachte kurz nach. »Nein, besser nicht, Bruder. Vielleicht ist die Gefahr für dich noch nicht vorüber. Der Herzog von Ichtar beherrscht die Stadt Gorken, und ich will nicht, daß dir etwas zustößt. Ich bitte dich nur darum, mir den Raum zu zeigen, in dem ich das Licht der Welt erblickte.«

»Mehr nicht? Also gut, dann folgt mir.«

Der Mönch führte ihn zurück zur Eingangshalle und stieg dann vor ihm die große, gewundene Treppe hinauf zu den oberen Geschossen der Zuflucht. Er geriet in Atemnot, weil die Stufen ihm doch große Mühe bereiteten. Axis trat zu ihm und nahm seinen Arm, um ihn zu stützen. »Danke«, keuchte Franz und blieb stehen, um zu Atem zu kommen. »Eure Mutter mußte ins Haus getragen werden«, berichtete er nun, ohne auf die

Mahnung des Axtherrn zu achten, lieber nicht zuviel zu sagen. Nachdem der Mönch so lange geschwiegen hatte, mußte die Wahrheit jetzt einfach aus ihm heraus. Wenigstens etwas wollte er von den Ereignissen am Ende des Wolfsmonds vor dreißig Jahren berichten. So sehr drängte es Franz danach, als wolle er vor seinem Ende sein Gewissen erleichtern. »Damals stand ich noch in der Blüte meiner Jahre, und ich gehörte zu denjenigen, die die Herrin trugen. Searlas hatte sie in einem alten Wagen nach Gorken schaffen lassen, und die Reise wurde ihr sehr hart. Fünfzehn Stunden vor der Stadt setzten Rivkahs Wehen ein, und die letzten Meilen auf der von Schlaglöchern durchsetzten Straße müssen für sie die reinste Tortur gewesen sein.«

Sie kamen oben an, und der Mönch bog in einen endlosen Flur ein, der sich über die gesamte Länge des Gebäudes erstreckte. »Einer unserer Brüder lief los, um eine Hebamme zu holen. Ein anderer und ich trugen sie in eine der Kammern, die wir für unsere Gäste bereithalten.«

Franz blieb endlich vor einem Raum am Ende des Gangs stehen. Seine gichtige Hand faßte nach der Klinke, aber Axis legte rasch die seine darüber. »Vielen Dank, Bruder. Aber wenn es dir nichts ausmacht, würde ich jetzt lieber allein sein.«

Der Mönch wandte sich um und betrachtete das Gesicht des Mannes, der ihn um zwei Haupteslängen überragte. Er mochte zwar der Axtherr sein und ein mächtiger Krieger, aber jetzt sah Franz in seinen Zügen nur die Miene eines Mannes, der auf der Suche nach sich selbst war.

»Geht mit Artor, junger Mann, Furche weit, Furche tief.«

Axis verbeugte sich und lächelte den Mönch freundlich an. Reinald hatte ihm den Turm gezeigt, in dem er empfangen worden war, und dieser Mönch hier hatte ihn zu seiner Geburtsstätte geführt. »Möge Artor auch über dich wachen, Bruder.«

Franz nickte und schlurfte durch den Flur zur Treppe zurück. Auf halbem Weg nach unten hielt er inne und starrte verwundert auf die Person, die ihm entgegenkam. Aber die Verblüffung währte nur einen Augenblick. So nickte er nur und setzte seinen Weg fort. Franz war ein sehr alter Mann, und die einzige Überraschung, die das Leben ihm noch zu bieten hatte, war die Tatsache, daß der Tod ihn nicht längst geholt hatte.

Axis' Rechte ruhte sehr lange auf der Klinke, bevor er den Mut aufbrachte, sie hinunterzudrücken. Leise klickte das Schloß, und für einen Moment glaubte er, den keuchenden Atem einer Frau in den Wehen zu hören. Aber dann öffnete sich die Tür, und der Krieger trat ein. Er gelangte in eine verhältnismäßig große Kammer, die von den Brüdern vermutlich für hochgestellte Gäste bereitgehalten wurde. Doch mußten diese Zeiten lange zurückliegen, denn heute erinnerte nichts mehr daran. Zwei hohe, schmale Fenster ließen etwas Licht herein, doch boten sie keine Fluchtmöglichkeit. Selbst wenn seine Mutter genug Kräfte für eine Flucht besessen hätte, wäre sie ihr unmöglich geworden, sobald die Tür hinter ihr verriegelt war. An einer Wand stand ein Bett, dessen klumpige Matratze halb von den gerissenen Bettriemen gerutscht war. Am Fuß des Bettes stand ein Hocker. An der gegenüberliegenden Seite war eine Feuerstelle eingelassen. Von der Türwand fielen tiefe Schatten, deren Spitzen die letzten Winkel erreichten. Unter die Fenster war eine Truhe geschoben worden, auf deren breitem Deckel ein gesprungener irdener Krug und eine Waschschüssel standen. Gedankenverloren trat der Krieger ein paar Schritte weit in den Raum hinein. Welch Ort für den Beginn eines Lebens!

Als er sich umdrehte, sah er Faraday in der Tür stehen. Unter dem dunkelgrünen Umhang trug sie ein hochgeschlossenes schwarzes Kleid. Der Anblick verblüffte ihn so sehr, daß er für ein paar Minuten keine Worte finden und sie nur anstarren konnte.

Die Edle stand mit über dem Bauch gefalteten Händen vor ihm und schien ihn nicht mehr aus den Augen lassen zu wollen. Endlich war sie mit ihm allein.

»Ich habe den eingestürzten Grabhügel mit bloßen Händen freigeschaufelt, um Euch zu finden«, sagte Axis plötzlich so leise, daß Faraday einen Schritt vortreten mußte, um ihn zu verstehen. Er kam seinerseits einen Schritt näher auf sie zu. »Und danach habe ich wochenlang um Euch getrauert ... nur um dann durch Zufall zu erfahren, daß Ihr überlebt und nichts Eiligeres zu tun hattet, als in Bornhelds Bett zu gelangen. Könnt Ihr mir einen Grund dafür nennen?«

»Axis, ich habe Euch so viel zu erklären.«

»Dann fangt endlich damit an!« schrie der Krieger, machte auf dem Absatz kehrt und ging mühsam beherrscht auf die Fenster zu. »Erklärt es mir!« forderte er sie leiser, aber um so nachdrücklicher. »Verratet mir, warum Ihr mir erst sagt, Ihr wolltet mich mehr als Euer Leben, und schon wenige Tage später wart Ihr auf und davon zu Bornheld, während ich Euch für tot hielt und vor Schmerz nicht ein noch aus wußte.«

»Axis«, entgegnete Faraday mit brüchiger Stimme und trat zögernd näher an ihn heran, bis seine funkelnden Augen ihr Einhalt geboten. »Ich lebe nur für Euch. Mit jedem Atemzug, den ich tue, liebe ich Euch, und mein Herz schlägt nur für Euch. Aber ich konnte Euch nicht heiraten. Nicht nachdem ich mich mit Bornheld verlobt hatte. Dann hätte er Euch nämlich erschlagen, und ein lebender Axis ist mir tausendmal lieber als ein toter.«

Diese Erklärung konnte den Krieger kaum zufriedenstellen. »Ich fürchte mich nicht vor meinem Bruder.«

»Aber das weiß ich doch!« stöhnte sie verzweifelt und fragte sich, ob es richtig von ihr gewesen war, hierher zu kommen. »Aber es ist so ungeheuer wichtig, daß Ihr weiterlebt. Und ich wollte nicht schuld daran sein, daß Bornheld nur noch von dem Gedanken verfolgt würde, an Euch Rache zu nehmen.«

Axis sah sie fragend an. »Was soll das heißen, ich müsse unbedingt weiterleben?«

»Ich glaube, Ihr seid der Sternenmann, den uns die Prophezeiung verheißt«, antwortete Faraday in ihrer Not. Damit war es heraus. Sollte er doch selbst sehen, wie er damit zurechtkam.

Der Krieger starrte sie an, als sei sie ihm vollkommen fremd. Dann entspannten sich seine Züge, und er lachte. »Das haben mir schon andere gesagt. Belial würde mich noch heute abend zum Sternenmann krönen, wenn nur die geringste Aussicht bestünde, daß ich diese Krone auch annehmen würde. Diese verwünschte Weissagung verbreitet sich ja wirklich wie ein Lauffeuer. Ich fürchte, ich stecke schon viel zu tief in der Geschichte drin, um einfach so aus ihr herauszukommen.«

»Dann glaubt Ihr also daran?«

Sein Lächeln erstarb. »Das muß ich wohl, wenn das Land überleben soll. Aber ach, Faraday, das alles ist so verwirrend und schwer zu verstehen. Und erst recht begreife ich nicht die Veränderungen, die in mir vorgehen.«

Die Edle erschrak über die Hilflosigkeit in seiner Stimme. »Axis, ich ...« begann sie, aber der Krieger war noch nicht fertig.

»Ihr kennt die Prophezeiung ebenfalls, Faraday. Also erklärt mir, was sie zu bedeuten hat ...« Er wandte den Kopf ab, ehe er schließlich flüsterte: »Sie bereitet mir Angst.«

Aber wie hätte sie das tun können? Für eine Weile schwiegen beide still.

Endlich sah Axis sie wieder an. »Ich habe häufig mit Ogden und Veremund über die Weissagung des Zerstörers gesprochen, aber die beiden täuschten weitgehend Unkenntnis vor. Und Belial ... nun, der ist von ihr genauso verwirrt wie ich. Die erste Strophe läßt sich ja noch gut verstehen, aber die zweite und die dritte sind so unverständlich, daß sie mir Angst machen. Also schön, dann bin ich eben der Sternenmann. Irgendwie kann ich mich dazu noch verstehen, zumindest versuche ich es. Aber in der zweiten Strophe heißt es, ich müsse warten, bis alle Rätsel gelöst seien. Erst dann könne ich meine Macht gegen Gorgrael einsetzen ... Andernfalls würde er mich niedermachen.« Er lachte freudlos. »Faraday, diese zweite Strophe ist so mysteriös, daß ich das meiste davon selbst dann nicht verstehen würde, wenn es sich vor meinen Augen enthüllte. Und was die dritte angeht ... Dort heißt es, in meinen Reihen gebe es einen Verräter, der mich hintergehen werde. Aber wer sollte das sein? Wer?«

»Die dritte Strophe kenne ich nicht.« *Ein Verräter?* erschrak sie. *Mutter, steh ihm bei!*

»Nein, natürlich nicht. Nur ich habe sie lesen können.« *Und welche Überraschungen mag dieser Text noch für mich bereithalten? »Verdränge den Schmerz der Liebsten, nur so entgehst du dem Tod« – seid Ihr meine Liebste, Faraday? Wird Euer Schmerz mich so ablenken, daß Gorgrael zum tödlichen Schlag ausholen kann?* Vor seinem geistigen Auge entstand das Bild der Edlen, wie sie zerschmettert und blutend dalag.

Axis verbannte die gräßliche Vision aus seinem Bewußtsein und betrachtete die Faraday, die vor ihm stand. Er erinnerte sich jetzt, daß sie seiner Abstammung stets mit Achtung begegnet war. Daß sie seine Würde geachtet hatte, wo andere nur Spott dafür übrighatten. »Aber mag die Prophezeiung mich auch verwirren, edle Herrin, so hat sich doch das Dunkel um meinen Vater gelichtet.« Er zog den Handschuh von der Rechten und zeigte ihr den funkelnden Ring am Finger. »Der gehörte meinem Vater. Er schenkte ihn Rivkah als Pfand seiner Liebe.«

Nun trat Faraday zu ihm und nahm seine Hand, um den Reif genauer betrachten zu können. Er war wunderbar gearbeitet. Axis' Augen verdunkelten sich, als ihre schlanken Finger über seine Hand strichen. »Was muß das für ein mächtiger Mann gewesen sein, der einen solchen Ring besaß?« sagte sie schließlich, als sie den Krieger wieder ansah.

»Mein Vater ist ein ikarischer Zauberer, meine Liebste, und er trägt den Namen Sternenströmer. Eines Tages werde ich ihn finden.« Er löste seine Hand aus der ihren und strich ihr über die Wange. Für einen Moment ruhte ihre Wange an seiner Rechten, und sie spürte den Ring kühl an ihrer Haut. »Meine Liebste«, hatte er sie genannt. Also liebte er sie immer noch! *Ach, Mutter, was braucht man noch, wenn man die Liebe eines solchen Mannes besitzt?*

»Der Sohn eines ikarischen Zauberers«, flüsterte Faraday. »Kein Wunder, daß Ihr meine Seele schon bei unserer ersten Begegnung mit Eurem Zauber an Euch zu binden vermochtet.«

Axis trat nahe zu ihr hin, hob ihr Kinn und beugte den Kopf hinab, doch bevor ihre Lippen sich berühren konnten, drehte sie das Gesicht weg. »Ich kann nicht, Axis, es geht nicht«, erklärte sie gepreßt. »Ich habe Bornheld die Treue geschworen, und diesen Eid darf ich nicht brechen.«

Verwünscht sei die Prophezeiung, dachte sie dabei, *die mir solche Schwüre auferlegt hat*. Die Edle senkte den Kopf, weil sie ihm nicht in die Augen sehen konnte.

Doch der Krieger ließ sie nicht los. »Zwingt Euch Euer verdammtes Pflichtgefühl, daß wir ein Leben lang voneinander getrennt sein müssen? Hat das, was wir füreinander empfinden, denn gar keine Bedeutung für Euch?«

»Ich habe das Ehegelöbnis abgelegt, Axis. Wenn ich ihm jetzt untreu werde und ihn verlasse, wird Bornheld mit allem, was in seiner Macht steht, hinter Euch her sein, bis er Euch zur Strecke gebracht hat. Wenn ich meinen Schwur breche, wird meine Strafe Euer Tod sein! Gleich welche Götter mittlerweile über dieses Land wandeln, ein Schwur bleibt ein Schwur, und ihre Rache wird furchtbar sein.«

Axis unterdrückte einen Fluch. Hier stand sie, so nahe vor ihm, und doch entschlossen, ihrem Gemahl die Treue zu halten. Sie zwischen den Grabhügeln zu verlieren war ihm schon als größte Folter erschienen, doch dies hier war noch weitaus schlimmer.

Er ließ ihr Kinn los und legte beide Hände auf ihre Hüften. Aber nur leicht, denn er wußte nicht, ob er der Versuchung widerstehen konnte, sie trotz ihres Sträubens an sich zu ziehen. Noch nie hatte der Krieger eine Frau so sehr begehrt wie jetzt Faraday. Er hätte sie bei den Grabhügeln niemals aus den Augen lassen dürfen – denn nun besaß Bornheld sie.

Er ballte seine Fäuste. Die Nächte waren das schlimmste. Da fand er vor Phantasien, Grübeleien, Verlangen und Fragen keinen Schlaf.

»Behandelt er Euch gut?«

Faraday zuckte die Achseln. »Er gibt sich Mühe. Sagt mir, daß er mich liebt, und will nur das Beste für mich. Manchmal kann er sehr ermüdend sein, und ich wünschte, er würde etwas mehr lachen ...« Sie schwieg für einen Moment, ehe sie hinzufügte: »Er will mir nichts Böses.«

Axis war bei ihren Worten erstarrt. Wie gern hätte er von Faraday gehört, daß Bornheld sie schlug, daß er sie auf alle möglichen Arten mißhandelte. Gleich welche, wenn es nur ausreichte, seinen Bruder auf der Stelle zum Zweikampf herauszufordern … Aber das konnte sie nicht.

Der Krieger atmete schwer. Faraday hatte gesagt, daß Bornheld sie liebte, aber kein Wort über ihre eigenen Gefühle verloren. Eifersucht ergriff ihn mit aller Macht. Genoß sie etwa die Berührungen ihres Gemahls?

Faraday ahnte, was in ihm vorging. »Er erzeugt in mir nicht die Gefühle, die Ihr in jener Nacht unter den Sternen in mir ausgelöst habt. Ihr seid der Sternenmann, er nur ein gewöhnlicher Mann, den ich geheiratet habe.«

»Und dennoch wollt Ihr das Ehegelöbnis halten?« Er schien noch immer nicht überzeugt zu sein.

»Ja, unbedingt«, antwortete sie und blickte ihm fest und beherrscht ins Gesicht.

Ärger verdrängte die Eifersucht. »Dann vernehmt nun meinen Eid, Faraday: Das, was zwischen mir und Bornheld steht, wird eines Tages dazu führen, daß einer von uns den anderen tötet. Das schwöre ich bei allem –«

»Nein!« schrie sie. »Nein!« Sie versuchte, sich von ihm loszumachen und seine Hände fortzustoßen, aber er hielt sie nur noch fester.

»Hört mich an«, fuhr er mit ungeheurem Grimm fort. »Diesen Schwur leiste ich vor Euch und rufe die Götter, zu denen die Ikarier beten, als Zeugen dafür an, wer immer sie auch sein mögen. An dem Tag, an dem Bornheld stirbt, an dem mein Schwert ihn durchbohrt hat, werde ich um Eure Hand anhalten, Faraday. Habt Ihr mich vernommen?«

Sie starrte ihn entsetzt an. Alles, woran sie denken konnte, war die Vision der Bäume, in der Axis' Blut durch seine Haare und über seinen Körper geströmt war. Axis würde statt Bornheld sterben, und sein Blut auf ihren Busen tropfen … Sein durchbohrter Leib zu ihren Füßen … seine Seele, die aus ihm aufstieg … »Nein!«

»Ihr habt Euren Schwur abgelegt, da könnt Ihr auch den meinen anhören!« schrie der Krieger und konnte seine Wut kaum noch zügeln. »Eines Tages, Faraday, wenn Bornheld tot vor mir liegt, werde ich Euch bitten, als meine Frau an meiner Seite zu stehen. Und was werdet Ihr dann antworten, mein Herz? Was werdet Ihr sagen?«

»Ihr dürft ihn nicht zum Zweikampf herausfordern, Axis! Nicht hier, nicht jetzt!« *O Mutter, ich war von Sinnen, hierher zu kommen!*

»Eines Tages wird sich das aber nicht mehr vermeiden lassen, Faraday. Nein, wendet Euch nicht ab. Ihr wißt sehr wohl, daß der Haß, den wir füreinander empfinden, nur zu einem Blutvergießen führen kann. Aber sagt die Prophezeiung nicht meinen Sieg voraus?«

»Was meint Ihr damit?«

Der Krieger lächelte grimmig: »›Ein Weib wird selig umfangen des Nachts / Den Mann, der den Gatten erschlug.‹ Wer sonst sollte damit gemeint sein als Ihr und ich? Unsere Vermählung wird von der Prophezeiung vorhergesagt, Faraday! Wenn Bornheld tot ist, werdet Ihr mich dann heiraten? Werdet Ihr mich mit Freuden zum Mann nehmen?«

Seine leidenschaftlich vorgebrachten Argumente erweckten Hoffnung in ihr. Aber sie wußte auch, daß Axis immer noch erst die Schlacht um Gorken überleben mußte. »Versprecht mir dies, ich bitte Euch, versprecht mir, Euch zurückzuhalten, bis die Festung entweder gesiegt hat oder untergegangen ist. Und versprecht mir auch, Bornheld nicht ohne jeden Grund herauszufordern. Ich will nicht, daß Ihr ihn ermordet.« *Und erst recht soll dieser Mord nicht mein Gewissen belasten!* dachte sie und klammerte sich beharrlich an den Gedanken, daß die Wächter ja nur von ihr verlangten, Axis bis nach der Entscheidung um Gorken von Bornheld fernzuhalten. Nur bis dann.

»Ich werde ihn nicht ermorden, Faraday, denn ich bin absolut überzeugt davon, daß Bornheld mir eines Tages von sich aus einen guten Grund dafür liefern wird, ihn zum Zweikampf herauszufordern. Ihr habt vollkommen recht, die Festung braucht jeden fähigen Befehlshaber, wenn sie Gorgraels unabwendbarem Angriff standhalten will.« *Und sollte die Burg fallen und ich dabei den Tod finden, dann braucht Ihr ihn um Eurer eigenen Sicherheit willen.*

Die Edle atmete erleichtert auf und strich ihm zärtlich über das Gesicht. Vielleicht war ja doch nicht alles verloren und sie konnte den Mann, den sie liebte, immer noch bekommen. »Wenn ich von meinem Eheversprechen, das ich Bornheld gegeben habe, befreit bin, will ich für immer bei Euch bleiben«, flüsterte Faraday. »Denn dann wird nichts Trennendes mehr zwischen uns sein. Das schwöre ich bei der Mutter und bei dem Zaubererring an Eurer Hand.« Sie tippte leicht mit der Fingerspitze auf den Reif. »Dieser Ring soll meine Worte bezeugen, und mein Schwur bindet mich an Euch. An dem Tag, an dem ich von meinem Ehegelöbnis entbunden bin, werde ich zu Euch kommen!«

Axis ließ sie rasch los, ehe er nicht mehr an sich halten konnte. »Ihr schwört bei der Mutter, Faraday? Wenn wir einmal nur noch uns gehören, werden wir einander berichten und erklären müssen, was wir in der Zeit, in der wir uns aus den Augen verloren hatten, gesehen und erlebt haben. Ich bin plötzlich der Sohn eines ikarischen Zauberers, und Ihr ...« Er lächelte. »Ihr seid mit einem awarischen Zauberer namens Ramu herumgezogen, oder etwa nicht?«

Faraday riß Mund und Augen auf. »Woher wißt Ihr davon?«

»Ich bin ihm in Smyrdon begegnet, aber das ist eine ganz andere Geschichte, und die gehört jetzt nicht hierher. Nein, fürchtet nichts, Ramu und das Mädchen sind wohlauf und längst wieder in ihrer Heimat.«

Die Edle trat zum Bett, rückte die Matratze gerade und ließ sich darauf nieder. »Ich schulde Euch wohl doch noch die eine oder andere Erklärung, Axis Ikarison«, begann sie mit einem leichten Lächeln. »Wenn Ihr bereits soviel über den Sternenmann wißt, daß Belial Euch so nennt, dann habt Ihr sicher auch von den Wächtern erfahren, nicht wahr?«

»Aber ja, Ogden und Veremund.«

Faraday lächelte schon in sich hinein, weil sie sich den Schock gut vorstellen konnte, den sie ihm jetzt bereiten würde. »Jack, der Schweinehirt, dem Ihr am Wald der Schweigenden Frau begegnet seid, gehört auch zu den Wächtern. Und ebenso die

Katze, die Euch überall hin folgte. Sie heißt Yr und tritt inzwischen in einer Verkleidung auf – als meine Zofe!«

Aber der Krieger schaute nicht verwundert drein oder lächelte verlegen. »Dann haben Euch also zwei Wächter an den Grabhügeln von mir fortgelockt?«

Faraday nickte. »Und mir bis hierher beigestanden.« Sie wagte sich nicht auszumalen, wie Axis es wohl aufnähme, wenn sie ihm gestand, daß die Wächter sie geradezu gezwungen hatten, Bornheld zu heiraten und unter allen Umständen bei ihm zu bleiben. Vor allem jetzt, da sie mit dem Gedanken spielte, ihren Schwur zu brechen und dem Mann zu folgen, den sie wirklich liebte. Doch wenn die Edle nüchtern nachdachte, wußte sie, daß sie richtig gehandelt hatte. Der Herzog ärgerte sich zur Zeit maßlos über Axis' wachsende Beliebtheit bei den regulären Truppen. Nur sie konnte ihn durch Schmeicheleien oder geflüsterte süße Worte davon abhalten, zur nächstbesten Waffe zu greifen und dem Halbbruder zwischen die Schultern zu stechen, sobald dieser ihm den Rücken zukehrte. Mochte die Ehe mit Bornheld Faraday auch ihres persönlichen Glücks berauben, so war ihr doch klar, daß sie Axis mit diesem Opfer jeden Tag von neuem das Leben rettete. Jetzt mußte sie ihn nur noch davon abhalten, seinerseits Bornheld das Leben nehmen zu wollen.

Der Krieger ahnte nichts von ihren Gedanken, weil er zu sehr mit seinen eigenen Überlegungen beschäftigt war. »Was meint die Prophezeiung damit, wenn sie in der zweiten Strophe sagt ›Die Wächter werden auf Erden wandeln, bis Macht ihre Herzen verdirbt‹? Werden sie mich verraten?« Nun, da ihr Gespräch auf die Wächter gekommen war, sorgte Axis sich wieder um die Worte der Weissagung und ihre geheime Bedeutung.

»Ach was, gewiß nicht! Die Wächter sind doch zur Zeit die einzigen, die uns leiten und zur Seite stehen.«

Und doch hüllten sie sich in ebenso viele Rätsel wie die Prophezeiung, dachte der Axtherr. Er trat wieder vor den Kamin und folgte mit seinen Augen dem Muster der Steine. »Die Prophezeiung ist über uns gekommen und hält uns fest im Griff,

Herrin. Beten wir darum, daß wir eines Tages wieder unser eigenes Leben führen dürfen.«

Faraday gefiel nicht, wie düster die Stimmung des Kriegers geworden war. »Warum seid Ihr in dieses Haus gekommen, Axis? Als ich Euch von der Burg hierher folgte, ahnte ich noch nicht, daß Ihr Euch an diesem Ort mit Bruder Franz treffen wolltet.«

Er hielt ihr die Hand hin. »Ich will Euch zeigen, was mich hergezogen hat.«

Sie erhob sich zögernd und ergriff seine Rechte. »Ihr braucht keine Angst zu haben«, lächelte Axis. »Im Moment habe ich nämlich eine andere Frau im Sinn.«

Faraday sah ihn verwirrt an, folgte ihm aber in die dunkle Ecke, wo die Feuerstelle tief im Schatten lag. »In diesem Raum wurde ich geboren, Herrin. Vielleicht enthält er ja noch Erinnerungen an diesen Tag. Kommt, stellt Euch dicht neben mich.« Er legte einen Arm um sie und zog sie so nah an sich heran, bis auch sie beide vom Schatten verschluckt waren. »Was immer auch jetzt geschieht, Faraday, gebt keinen Laut von Euch. Ich will Euch nämlich ein wenig ikarische Zauberei vorführen.«

Zunächst einmal aber tat er gar nichts, und Faraday sah ihn schon verwundert an. Sein Blick heftete sich auf das Bett, das an der Wand stand, bis ihm das Lied wieder einfiel, das er auf dem Dach der Garnison Sigholt gesungen hatte. Sehr leise und langsam sang Axis dann die Weise. Fremdartige Worte und eine sonderbare Melodie, so verschlungen ineinander, daß sich alles in Faradays Kopf drehte. Sie schloß die Augen, lehnte sich an ihn und lauschte seiner Musik, die er eigens für sie zu weben schien.

Als Faraday aber plötzlich eine Frau stöhnen hörte, machte sie die Augen wieder auf. Dunkle Nacht herrschte in der Kammer. Nur zwei Kerzen brannten, eine auf dem Kaminsims und die andere auf einem Hocker am Fußende des Bettes.

Eine Frau wand sich auf dem Lager. Sie griff mit ihren schlanken Armen hinter sich, um sich am Eisengitter am Kopfende des Bettes festzuklammern. Ihr lose geflochtenes, dunkelrotes langes Haar war dunkel und feucht vor Schweiß. Sie hatte das Gesicht von den beiden Beobachtern fort zur Wand gedreht. Aber die Edle wußte schon auf den ersten Blick, wen sie da vor sich hatte: Rivkah. Axis' Mutter trug ein dünnes Leinennachtgewand, das einmal blütenweiß gewesen sein mußte, mittlerweile aber von Blut und Schweiß getränkt war. Sie kämpfte mit aller Kraft darum, ein Kind zur Welt zu bringen. Das Nachthemd war über die Hüften gerutscht und hing nun um den deutlich gewölbten Bauch. Rivkah hatte die Knie angezogen und stieß jedesmal mit den Füßen gegen die Matratze, wenn neue Wehen sie überfielen. Zwei Frauen in mittleren Jahren und schwarzen Kleidern und Schürzen standen mit sorgenvoller Miene und ängstlichem Blick am Fußende.

Axis' Arm hielt Faraday fester. Sie lehnte sich noch mehr an ihn und umarmte ihn ebenfalls. Er brauchte jetzt, da er zusah, wie seine Mutter ihn zur Welt brachte, ihr Mitgefühl. Der Ikariersohn sang nicht mehr, sondern summte nur noch leise die fremde Melodie.

Die Tür neben ihnen flog auf, und die Edle konnte gerade noch einen überraschten Ausruf zurückhalten. Sie verstand nicht, wie es möglich war, daß keiner der anderen in diesem Raum sie zu sehen vermochte. Ein großer kräftiger Mann mit langem Bart trat herein und marschierte rücksichtslos auf das Bett zu. Dort betrachtete er für einen Moment die in den Wehen liegende Frau.

»Euer Durchlaucht«, keuchten die beiden Ammen wie aus einem Munde.

»Wie geht es voran?« fragte der Herzog. »Wird die verkommene Herrin, die einst mein Weib war, in dieser Nacht ihrem vaterlosen Sohn das Leben schenken?«

Die beiden Frauen sahen sich ängstlich an. Was wollte ihr Herr hören? Schließlich, als Searlas die Ammen streng ansah, faßte sich die ältere von beiden ein Herz: »Der Säugling liegt verkehrt herum in ihrem Leib, Euer Durchlaucht. Mit seiner Hüfte versperrt er den Geburtskanal. Wir können ihn nicht drehen. Eure Gemahlin kämpft nun schon seit zwei Tagen. Viel länger kann sie das nicht durchhalten.«

Erst als die Hebamme Searlas dies erklärte, fiel Faraday wieder ein, daß Rivkah früher einmal die Herzogin von Ichtar gewesen war. Und dieser schwere, strenge Mann dort wäre, würde er noch leben, ihr Schwiegervater. Wie schon in der Hochzeitsnacht spürte sie auch jetzt wieder den Rubinring an ihrem Finger. *Diese Familie verdient es, mit Bornheld auszusterben,* ging es ihr unvermittelt durch den Kopf, und sie zuckte zusammen. Wo war dieser Gedanke hergekommen? Warum sollte Bornhelds Linie aussterben? Und warum machte sich der Reif bemerkbar?

Rivkah sah ihren Gemahl an. Haß und Abscheu verzerrten ihr liebliches Gesicht. »Ich verfluche den Tag, an dem ich einwilligte, mich mit Euch zu verbinden, Searlas, und es erfüllt mich mit tiefster Genugtuung, Eurem Namen Schande bereitet zu haben!« Sie ächzte laut, als die nächste Woge sie überschwemmte.

»Hure!« entgegnete der Herzog unversöhnlich. »Ihr werdet nun den Tod einer verkommenen Dirne sterben, Rivkah. Während Ihr im Sterben liegt, mögt Ihr Euch fragen, ob Euer Buhle all diese Pein und auch Euer Leben wert war.«

»Ja und tausendmal ja!« preßte sie wütend zwischen den Zähnen hervor. »Ich würde freudig hundert Tode sterben, nur um noch einmal in seinen Armen liegen zu können.«

Searlas verwünschte seine untreue Gattin so sehr, daß die Hebammen erbleichten. Dann beugte er sich über sie, packte ihre Linke und riß ihr den Ring vom Finger. »Dann sollt Ihr mir auch zurückgeben, was mein ist und Ichtar gehört!« zischte er heiser. Faraday konnte einen Blick auf den Reif werfen, und erkannte zu ihrem Schrecken, daß es sich dabei um denselben handelte, der nun an ihrer Hand steckte. Der Herzog wandte sich an die Hebammen und steckte das Symbol seiner ruinierten Ehe ein. »Mir ist es gleich, wenn beide das Leben verlieren. Versucht nicht, sie um meinetwillen zu retten.«

Damit verließ Searlas den Raum. Die Tür fiel hinter ihm so schwer ins Schloß, daß sie erbebte.

Die ältere der beiden setzte sich zu Rivkah auf die Bettkante. Sie nahm ihre Hand und sprach leise, aber eindringlich auf sie ein: »Herrin, wir können immer noch Euer Leben retten. Gebt uns die Erlaubnis, den Säugling zu zerschneiden. Er ist gewiß nicht mehr am Leben. Wenn wir ihn aus Eurem Leib entfernen, seid Ihr gerettet ...« Fast flehentlich fügte sie hinzu: »Bitte, laßt uns das für Euch tun.«

Rivkah richtete sich mit erstaunlicher Entschiedenheit auf und griff der Hebamme mit der freien Hand ins Haar. »Wenn Ihr meinem Kind etwas antut, werde ich bis über das Grab hinaus Euch und die Euren heimsuchen. Habt Ihr mich verstanden? Ihr werdet dem Säugling nicht schaden!«

Die Frau nickte erschrocken. »Dann versucht jetzt, ihn richtig herum zu drehen!« stöhnte die Hochschwangere. »Gebt Euch Mühe, verdammt nochmal!« Die Hebamme kniete sich ans Bettende und holte tief Luft.

Was dann passierte, war ein Alptraum. Rivkahs Schreie hallten durch den Raum wider, bis er von ihnen vollständig ausgefüllt war. Faraday spürte, wie Axis unter ihren Armen zuckte. Das Leiden seiner Mutter bereitete ihm höchste Qualen. Die Edle hielt ihn so fest, wie sie nur konnte, und preßte gleichzeitig ihre Ohren zwischen seine Brust und seinen Arm, um die furchtbaren Schreie der Frau auszusperren.

Endlich war die Hebamme fertig, ihr rechter Arm war rot von Blut bis hinauf zum Ellenbogen. »Bei Artor, das wäre vollbracht«, erklärte sie heiser. Rivkah schluchzte noch vor Zerrissenheit. Ihre Helferin spülte sich die Arme ab, ließ sich dann wieder auf der Bettkante nieder und strich der werdenden Mutter über die Stirn, auch wenn das kaum beruhigen konnte. »Ich habe ihn gedreht, Herrin. Wie er solange überleben konnte, ist mir ein Rätsel. Wenn Ihr noch etwas Kraft in Euch habt, dann bringt ihn jetzt zur Welt. Aber eilt Euch, sonst überlebt Ihr beide diesen Tag nicht.«

Rivkah biß sich auf die Unterlippe und preßte so hart, wie sie nur konnte. Da schaute die andere Hebamme plötzlich hoch: »Er kommt, Marta!« Ein Blutfleck breitete sich immer rascher auf dem Laken rings um den Unterleib Rivkahs aus. Marta eilte ans Bettende zurück, und mit ihrer Hilfe glitt wenig später ein Säugling in die Hände der wartenden Frauen. »Die Nabelschnur hat sich ihm um den Hals gelegt!« mahnte sie. »Rasch, gebt mir das Messer.« Sie schnitt sie durch, damit das Neugeborene atmen konnte.

Mit letzter Kraft richtete die junge Mutter sich auf und stützte sich auf ihre Ellenbogen. »Bitte … lebt er?«

Die Tür öffnete sich geräuschlos, und die beiden Hebammen hoben den Kopf. Was sie dort sahen, konnte Faraday aus ihrem Blickwinkel nicht erkennen. Aber Marta nickte unmerklich, nahm ein Tuch und wickelte den blau angelaufenen und reglosen Säugling darin ein. Dann drückte sie sich das kleine Bündel an die Brust. »Es tut mir so leid, Herrin, aber die Nabelschnur hat ihn erstickt.«

Rivkah stöhnte laut und streckte die Hände aus. »Bitte, laßt ihn mich halten, nur einmal.«

Aber Marta erhob sich, ohne ihr das Bündel zu reichen. »Nein, Herrin, das wäre nicht gut für Euch. So kommt doch!« ermahnte sie die andere, und die beiden verließen rasch, und ohne einen Blick zurückzuwerfen, die Kammer.

»Neiiiin!« schrie die Mutter hinter ihnen her. »Gebt mir mein Kind! Bitte gebt mir doch mein Kind!« Kraftlos versuchte sie, die Hebammen aufzuhalten, und fiel dabei fast aus dem Bett. Sie war ein Bild des Jammers. Keuchend und schluchzend lag sie da und warf ihren Kopf besinnungslos hin und her.

Faraday machte Anstalten, ihr zu Hilfe zu eilen, aber Axis hielt sie fest. »Nein«, flüsterte er eindringlich, »ich will erfahren, was noch passiert ist.«

Endlich war es seiner Mutter gelungen, sich wieder auf ihr Bett hochzuziehen. »Hilfe!« krächzte sie, ohne jede Hoffnung, gehört zu werden. »Helft mir! Sie haben mir mein Kind gestohlen, mein kleines Kind!«

Die Tür öffnete sich ein weiteres Mal, und Rivkah hob den Kopf. »Ihr?« entfuhr es der Frau, und alle Hoffnung schwand aus ihrer Miene. »Das hätte ich mir denken können. Seid Ihr gekommen, mich zu ermorden?«

Zwei geistliche Brüder traten ein, stellten sich ans Bett und würdigten Rivkah kaum eines Blickes. Sie schwiegen, tauschten einige Blicke aus, und dann beugte sich der größere der beiden hinab, wickelte Rivkah in das verschmierte Laken, auf dem sie lag, und hob sie hoch. Als die Mönche sich umdrehten, um das Zimmer zu verlassen, hatte Faraday ihre Gesichter sehen können und wußte, wer sie waren: Jayme und Moryson.

»Du hast mich wohl beraten«, erklärte Jayme Moryson im Plauderton. »Wir bringen sie zum Rand der Eisdachalpen und lassen sie dort liegen. Sollen die Krähen ihr verderbtes Fleisch fressen.«

»Recht so«, bestätigte der andere, »wir brauchen sie nicht mehr.«

Die Edle ließ den Krieger los und trat einen Schritt zurück, um ihn anzusehen. Seine Züge wirkten gleichzeitig verhärtet und zerbrechlich. »Der Leichnam, der hier in der Krypta lag«, erklärte er grimmig, »war nicht der meiner Mutter. Die Krähen werden inzwischen ihre Knochen sauber abgenagt haben ...« Er wandte sich hilflos an Faraday: »Dreißig Jahre habe ich diesem Mann vertraut. Er war wie Vater und Mutter für mich. Und heute muß ich erfahren, daß er und Moryson meine Mutter ermordet haben.«

Faraday wollte etwas sagen, aber ihr Mund war so trocken, daß sie sich erst räuspern mußte. »Aber warum haben sie nicht auch Euch umgebracht? Wieso ließen Sie Euch am Leben?«

»Das weiß ich nicht. Aber bei allem, was mir heilig ist, eines Tages werde ich sie das selbst fragen ... und ihnen danach die Kehle durchschneiden.«

Faraday nahm ihn wieder in ihre Arme. Aber er erwiderte die Geste nicht und ließ seine Arme schlaff herabhängen. Seine Augen starrten vor sich hin. Alles war Lüge gewesen. Alles, was sein Leben zusammengehalten hatte, drohte nun, es völlig zu zerstören.

In der Gasse stand verborgen im Schatten Timozel. Voller Ungeduld und Wut wartete er darauf, daß Axis und Faraday endlich wieder aus der Zuflucht auftauchten. Vor einer guten Stunde war ein alter Mönch herausgegangen und die Straße zur Festung hochgegangen. Aber der Krieger und die Edle waren ihm nicht gefolgt. Was trieben sie in dem Haus? Nur der Umstand, daß die Herrin anscheinend aus freiem Willen die Zuflucht aufgesucht hatte, hinderte den Jüngling daran, sofort hineinzustürmen und nach dem Rechten zu sehen.

Er würde sie eindringlich ermahnen, daß ihr Schicksal mit dem Bornhelds verbunden war. Die Edle war so schwach und beeinflußbar, da brauchte sie eine starke Hand, die sie auf den rechten Weg führte.

Alle Schlachten waren geschlagen. Timozel saß zusammen mit seinem Herrn vor dem prasselnden Kaminfeuer, und die Herzogin ruhte an ihrer Seite. Alles hatte sich zum Guten gewendet. Timozel hatte das Licht und damit seine Bestimmung gefunden.

Sie tranken aus Kristallpokalen, genossen den besten Wein. Faraday hatte ihr Hochzeitskleid angelegt.

Alles war, wie es sein sollte.

Unsichtbar für Timozel stand der Dunkle hinter ihm. Hatte ihm eine Hand auf die Schulter gelegt. Und lachte stumm, bis ihm die Tränen kamen.

12

Die Haine

Zu Anfang der dritten Woche des Schneemonds und vier Tage vor dem höchsten Fest, dem Jultidenfest, traf der Geistbaum-Klan in den Hainen der nördlichen Ausläufer Awarinheims ein, dort wo der Wald an das Gebirge stieß. In der vergangenen Woche hatten sie die letzte der awarischen Sippen getroffen, die ebenfalls zum Fest zog. Und so kamen an diesem Tag gut achtzig Männer, Frauen und Kinder an der heiligen Stätte an. Barsarbe hatte Aschure dringend geraten, mit keinem der anderen Awaren zu sprechen, bis die Klans über ihren Fall beraten hatten. Der kalte Blick der Zaubererpriesterin verfolgte sie, und so ging die Menschenfrau den anderen Sippen tunlichst aus dem Weg. Meist saß sie abends allein an einem kleinen Feuer, während die Awaren Gerüchte und Neuigkeiten austauschten. Gelegentlich gesellte sich Goldfeder zu Aschure. Manchmal fanden auch Pease, Schra oder Ramu den Weg zu ihr. Immer noch sagte sich die junge Frau, daß ihr Weggang von Smyrdon das einzig Richtige gewesen sei. Aber inzwischen fragte sie sich, ob es nicht einen besseren Weg gegeben hätte, Ramu und das Mädchen zu befreien.

Manchmal machte sich Goldfeder Sorgen um Aschure, weil sie sich so ungewohnt still verhielt. Aber sie selbst übte sich ja auch schon seit Jahren in Schweigen und hatte deswegen Verständnis dafür, wenn jemand nicht reden wollte. Und seit die Menschenfrau ihr verraten hatte, daß es sich bei dem Axtherrn um ihren Sohn handelte, konnte sie ohnehin kaum noch an etwas anderes denken. Rivkah. Goldfeder hatte geglaubt, dieses Leben für immer unter den eisigen Hängen der Eisdachalpen zurückgelassen zu haben. Während der vergangenen dreißig

Jahre hatte sie sich kaum einmal gestattet, an die Zeit zurückzudenken, in der sie die Herzogin von Ichtar gewesen war. Nein, ihre alte Existenz hatte sie zusammen mit ihrem totgeborenen Sohn begraben. Seitdem hatte sie ein neues Leben als Goldfeder begonnen, neues Glück und neuen Sinn darin gefunden.

Aber nun mußte sie sich einfach wieder erinnern. Sie dachte zurück an den Tag, an dem der Sternenströmer auf dem Dach in Sigholt gelandet war. Rivkah hatte ihn sofort erkannt – ein ikarischer Zauberer. Obwohl sie wie alle anderen auch vom Seneschall dazu erzogen worden war, die Unaussprechlichen zu fürchten und zu hassen, hatten diese Wesen sie doch schon seit ihrer Mädchenzeit fasziniert. Ein Troubadour war damals in Karlon erschienen, ein gutaussehender Mann mit kupferfarbenem Haar, und viele Abende hatte er vor König Karel und seinem Hof aufgespielt. Aber er unterhielt auch die Jungfer und sang Lieder, die nur für ihre Ohren bestimmt waren. Geschichten über die verlorenen Ikarier und Awaren und ihr magisches Leben. Rivkah/Goldfeder konnte sich noch sehr gut an ihn erinnern. Ein ungewöhnlicher Mann, der selbst an wärmeren Tagen seinen dunklen Umhang nicht ablegte. Wie schön seine Lieder gewesen waren. Noch Jahre später, nachdem der Troubadour schon längst weitergezogen war, blieben sie weiterhin in ihrem Gedächtnis lebendig …

Deswegen hatte Rivkah sich nicht im geringsten gefürchtet, als der ikarische Zauberer eines Tages vor ihr auf dem Dach landete. Sie gab gerade ihrem Kind die Brust, sah zu ihm auf, schaute ihm in die Augen und war hingerissen von ihm. Noch am selben Tag hatte sie sein magisches Kind empfangen, und beide sehnten sich danach, es endlich in ihren Armen halten zu können.

Aber dann hatte Jayme sie getäuscht. Goldfeders Lippen preßten sich voll Zorn aufeinander, wenn sie daran dachte, wie der Mönch ihren Sohn gestohlen und ihr weisgemacht hatte, er sei tot. Der Blick ihrer grauen Augen verhärtete sich, als sie sich daran erinnerte, wie die beiden Hebammen mit ihrem immer noch atmenden Kind aus der Kammer gelaufen waren. Rivkah war damals überzeugt gewesen, in den Bergen sterben zu müssen. Aber von irgendwoher hatte sie genügend Stärke und Liebe erhalten, damit sie auch in diesem Land überleben konnte.

Zwei Stunden, nachdem Rotkamm neben ihr gelandet und sie mit der Ikariern eigenen tapferen Ironie gefragt hatte, ob sie tatsächlich beabsichtige, unter seinem Lieblingsschlafplatz zu sterben, hielt der Sternenströmer sie in den Armen. Tröstete sie, schenkte ihr seine Liebe, heilte sie und weinte mit ihr um den verlorenen Sohn. Danach trug er sie zum Krallenturm und kümmerte sich ganz allein um sie. Wochen sollten vergehen, bis Rivkah genesen war, und in dieser Zeit wich der Zauberer nicht von ihrer Seite. Er ließ nicht zu, daß sie sich dem Tod hingeben wollte, und duldete auch ihr Selbstmitleid nicht. »Wir haben noch so viel Zeit vor uns, um neue Söhne zu bekommen«, flüsterte er ihr immer wieder zu, und am Ende hatte Goldfeder sich von ihm überzeugen lassen.

Doch beide waren nie so recht über den Tod ihres Sohnes hinweggekommen, den sie im Glück einer neuen Liebe geschaffen hatten. Sternenströmer war so voller Freude gewesen, wie das Kind in ihrem Bauch heranwuchs. Stunden hatte er dagesessen und die Hand auf ihren Bauch gelegt und gespürt, wie sein Sohn in Rivkahs Leib heranreifte. Der Zauberer sang ihr seine Lieder vor, und an einem Tag während ihres sechsten Monats hob er plötzlich erstaunt den Kopf von ihrem Bauch: »Der Kleine singt zurück! Bei allem, was recht ist, Rivkah, Ihr habt ein Kind empfangen, das eines Tages ganz Tencendor mit seiner Stimme erwecken wird.« Die beiden hatten darüber fröhlich gelacht und waren auch sonst guter Dinge gewesen – bis Searlas zurückkehrte. Bevor Sternenströmer etwas unternehmen konnte, hatte der Herzog seine untreue Gemahlin bereits in die Zuflucht von Gorken schaffen lassen.

Goldfeder war im Krallenturm schließlich vollkommen gesund geworden, und alle äußeren Verletzungen hatten sich geschlossen. Den ikarischen Heilern war es sogar gelungen, den Blutkreislauf in den erfrorenen Gliedmaßen wieder in Gang zu bringen, so daß sie nicht einen Finger oder Zeh verlor. Nur ihre Haare veränderten sich. Als stete Erinnerung an die durchgemachte Pein färbten sie sich silbern. Nur dort, wo Sternenströmer ihr eine Hand auf den Kopf gelegt hatte, blieben die Haare golden.

Doch Goldfeder fand selbst hier, im Krallenturm und an der Seite Sternenströmers, nicht zu Ruhe und Glück zurück. Die Ikarier mit ihrem unglaublichen Stolz, ihrem Hochmut und ihrer Besessenheit für Zauberei und Mysterien irritierten sie beständig. Goldfeder verlor zwar bald ihr Mißtrauen gegen diese Flugwesen und versuchte auch, nett zu ihnen zu sein, aber oft genug spürte sie nur ihr selbstgefälliges Mitleid. Und auch Sternenströmers Wunsch, eine Bodenläuferin zur Frau zu nehmen, löste bei den Ikariern mehr als nur eine hochzogene Braue aus.

Die beiden mußten sich auch einer weiteren Schwierigkeit stellen. Zwar sprachen sie nie offen darüber, aber beiden bescherte diese bittere Wahrheit mit jedem vergehenden Jahr größeren Seelenschmerz. Die Ikarier erfreuten sich nämlich großer Langlebigkeit. Für sie war selbstverständlich, fünf- oder sechsmal so lange zu leben wie Menschen oder Awaren. Sternenströmer galt für die Seinen immer noch als junger Mann und würde durchaus noch einige Jahrhunderte vor sich haben, wenn seine Frau schon längst gestorben war. Das Wissen darum, daß sie vor seinen Augen altern und schließlich sterben würde, noch ehe er seine mittleren Jahre erreicht hätte, war beiden so furchtbar, daß sie nie ein Wort darüber verloren. Schon zeigten sich bei Goldfeder die ersten Fältchen, und sie konnte seine liebenden Blicke immer schwerer ertragen. Aus diesem Grund verbrachte sie auch zunehmend mehr Zeit fern vom Krallenturm und zog mit den Awaren umher; anders wußte sie nicht mit ihrer beider Verschiedenheit und dem sicher nicht beabsichtigten, aber unübersehbar vorhandenen Bedauern in seinem Blick fertigzuwerden. Wie schwer es doch für eine Menschenfrau war, dachte sie oft bei sich, einen Ikarier zu lieben. Eine solche Liebe konnte einfach keinen Bestand haben. Und schon beschlichen sie Zweifel darüber, ob er ihr noch lange treu und ergeben sein würde. Seufzend überlegte Goldfeder sich, was sie wohl tun sollte, wenn ihr das Mitleid in seinen schönen Augen eines Tages zuviel würde. Aber sie wußte keine Antwort darauf, und unglücklich verlegte sie ihr Denken immer mehr auf die gemeinsame Tochter.

Vier Jahre, nachdem Goldfeder zu Sternenströmer auf den Krallenturm gezogen war, hatte sie Abendlied zur Welt gebracht. Die Geburt erfüllte beide mit der größten Freude, und Abendlied entwickelte sich wirklich zu einem bildhübschen Mädchen. Ihre Stimme ähnelte sehr dem Zwitschern des Vogels, nach dem sie ihren Namen bekommen hatte. Die Tochter würde demnächst fünfundzwanzig, das Jahr, in dem Ikarier die Volljährigkeit erreichten. Bald würde sie in die Luftarmada eintreten und ihren obligatorischen fünfjährigen Wehrdienst ableisten. Die Sterne mochten ihr beistehen, sollte sie zu der Zeit, da die Prophezeiung sich erfüllen würde, immer noch bei den Streitkräften Dienst tun.

Abendlied hatte nur wenig von ihrer Mutter geerbt. Das ikarische Blut erwies sich als stärker als das menschliche. Ikarische Babies unterschieden sich kaum von denen der Ebenenbewohner. Erst im Alter von vier oder fünf Jahren entwickelten sich bei ihnen die ersten Flügelansätze. Mit sieben waren diese dann so ausgewachsen, daß die Kinder ihre ersten Flugversuche unternehmen konnten. Wegen ihres halb menschlichen Ursprungs dauerte dieser Prozeß bei Abendlied länger. Sternenströmer verbrachte deshalb manche Stunde mit ihr, sang ihr seine Lieder, streichelte ihr den Rücken und versuchte so, die ersten Schwingenknospen herauszulocken.

Ob ihr Sohn ebenfalls Flügel entwickelt hätte, wenn sein Vater genauso viel Zeit mit ihm verbracht hätte? Hatte er so wie seine Schwester die ikarische Langlebigkeit geerbt? Welche anderen ikarischen Eigenschaften mochten ihm im Blut liegen? Offenbar hatte der Axtherr die Weisen nicht vergessen, die Sternenströmer ihm vorgesungen hatte, als er noch im Mutterleib war. Denn schließlich hatte er ja Schra mit dem Genesungslied gerettet … Goldfeder atmete vernehmlich ein, als sie darüber nachdachte. Kein ikarischer Zauberer, nicht einmal Sternenströmer, der doch als der Mächtigste unter ihnen galt, verstand sich so gut auf die Kräfte dieses Liedes … Dabei hatte Axis doch überhaupt keine entsprechende Ausbildung erhalten. Er hatte sich weder jahrelang vorbereitet noch das Studium absolviert, das die ikarischen Zauberlehrlinge über sich ergehen lassen mußten. Was hatten sie und ihr Geliebter da bloß in die Welt gesetzt?

Axis.

Der harte Zug um Goldfeders Mund verlor sich. Welch ungewöhnlicher Name! Aus Achar stammte er sicher nicht. Hatte Jayme ihn ihm gegeben? Wie alle glücklichen Eltern hatten Sternenströmer und sie sich immer neue Namen für ihren Erstgeborenen überlegt. Aber dann waren sie doch nicht mehr dazu gekommen, sich auf einen festzulegen. Jetzt hieß ihr Sohn eben Axis, und dabei würde es wohl auch bleiben müssen. Und irgendwie paßte das ja auch zu ihm.

Goldfeder half Aschure und den beiden Frauen Grindels, die Zelte aufzubauen. Die Tätigkeit lenkte sie ab, denn die baldige Ankunft Sternenströmers versetzte sie in ziemliche Aufregung. Bereits vor drei Wochen hatte sie erfahren, daß ihr totgeglaubter Sohn noch lebte, und doch bisher keine Möglichkeit gefunden, ihrem Geliebten eine Nachricht zukommen zu lassen. So kreisten ihre Gedanken unablässig um Axis und Sternenströmer. Aschure hatte ihr alles berichtet, was sie über den Axtherrn wußte, und das war nicht eben viel. Goldfeder verlangte es dringend, mehr zu erfahren.

Wenn sie nicht so sehr mit ihren eigenen Gedanken und wechselnden Gefühlen beschäftigt gewesen wäre, wäre Goldfeder bestimmt aufgefallen, wie sehr Aschure litt. Genauso wie sie selbst, als sie noch ganz fremd bei den Ikariern war. Alle Völker, sowohl die hochmütigen Ikarier, die mißtrauischen Awaren oder die verblendeten Achariten, empfingen Neuankömmlinge mit Unduldsamkeit oder Überheblichkeit.

Aschure sah sich immer wieder neugierig um, während sie und die anderen Frauen dreißig Schritte tief im Wald, der die Haine umgab, das Lager aufschlugen. Pease und sie waren noch mit dem ersten Zelt beschäftigt. Fleat und Goldfeder richteten bereits das zweite auf. Sobald das Gestänge verankert war, wurden Lederhäute darüber gespannt. Rings herum beschäftigten sich andere awarische Klans mit der gleichen Tätigkeit.Und obgleich die Luft erfüllt war von Aufregung und Erwartung, wurde fast nicht gesprochen. Auch Grindels Frauen verhielten sich recht schweigsam, und sogar die Kinder bewegten sich leise durch das Lager des Geistbaum-Klans und halfen ihren Müttern dabei, eine Stelle für das Lagerfeuer herzurichten, um dort das einfache, kalte Abendessen zuzubereiten. Ramu und Barsarbe waren schon vor geraumer Zeit aufgebrochen, um sich mit den anderen Zauberern zu treffen. Und Grindel und Helm hatten sich unmittelbar nach den Ankunft in den Wald zurückgezogen.

Pease bemerkte, daß Aschure sich immer wieder umsah, und lächelte. »Ihr spürt es also auch, nicht wahr?«

Aschure nickte. »Alle sind so merkwürdig still. Eigentlich hätte ich erwartet, daß, na, ich weiß auch nicht. Daß sich überall alte Bekannte begrüßen, sich erzählen, wie es ihnen im letzten Jahr so ergangen ist. So was in der Art. Die einzelnen Klans sehen sich doch nicht so häufig, oder?«

Pease schüttelte den Kopf und saugte an ihrem Daumen, den sie sich beim Festknoten der Zeltplanen an die Stangen eingeklemmt hatte. »Nein, wir kommen zu so vielen nur zu Jultide und Beltide zusammen. Heute abend versammeln wir uns alle im Erdbaumhain, und dort frischen wir dann alte Bekanntschaften auf. Alle Neuigkeiten und Geschichten müssen bis dahin warten.«

Aschure dachte kurz nach und schlug die Augen nieder. »Und dabei wird dann auch über meinen Fall verhandelt, nicht wahr?«

Grindels Gemahlin trat zu ihr und sah sie mit ihren dunkeln Augen freundlich an. »Ach, haltet uns bitte nicht für grob oder unhöflich. Aber versteht auch, daß wir sehr vorsichtig sein müssen. Ihr gehört zu den Achariten, zu dem Volk also, das uns aus unseren Heimstätten vertrieben und die Wälder vernichtet hat, die sich einst über das ganze Land erstreckten …« Pease schwieg für einen Moment, weil sie das Thema nicht unbedingt noch einmal anschneiden wollte. Aber anscheinend hatte Aschure noch nicht so recht begriffen, wie streng die Awaren jeden behandelten, der einen anderen zu Tode gebracht hatte. »Und schließlich habt Ihr eine Gewalttat begangen. Ein Lebewesen zu ermorden, und dann auch noch den eigenen Vater, erfüllt uns mit tiefstem Abscheu. Ja, ich weiß, daß Ihr Schra verteidigen wolltet und sein Tod nur durch einen Unfall zustande kam. Aber hinzu kommt, daß Ihr auch noch den Axtschwinger niedergeschlagen habt. Zwei Gewaltverbrechen also. Mag das erste durch Eure Fahrlässigkeit geschehen sein, so habt Ihr doch das zweite mit voller Absicht begangen.« Sie zuckte die Achseln. »Die Awaren gestatten nur sehr selten jemandem, der sich so etwas gravierendes hat zu Schulden kommen lassen, in Awarinheim zu leben. Euer Volk hat mit seinen Beilen und Äxten einen Großteil des Waldes vernichtet. So wie es vorher schon die Ikarier und Awaren erschlagen hat. Und jetzt kommt Ihr daher, die Ihr Euren Vater auf dem Gewissen habt. Könnt Ihr verstehen, daß wir glauben, die Gewalttätigkeit sei den Achariten angeboren?«

»Pease, ich weiß doch nicht, wo ich sonst hingehen kann. Wenn Ihr mich ablehnt, wohin kann ich mich dann noch wenden? Niemand wartet auf mich oder wird mich aufnehmen.« *Und das ist der Hauptgrund meines Leidens.* Niemand außer ihrer Mutter hatte sie jemals geliebt. Und das konnte auch nicht übermäßig gewesen sein, sonst hätte sie sich wohl kaum dafür entschieden, ohne sie mit einem anderen Mann fortzugehen. Nach einem Leben voller Ablehnung und schlechter Behandlung sehnte sie sich danach, geliebt, gebraucht und geachtet zu werden.

»Ach, Aschure.« Ihre Mutlosigkeit ging Pease sehr nahe. »Wir danken Euch aus tiefster Seele dafür, so viel zur Rettung von Ramu und Schra gewagt zu haben. Aber wenn Ihr bei den Awaren aufgenommen werden und Euer Zelt bei unseren aufschlagen wollt, dann müßt Ihr darauf warten, von der gesamten Versammlung dazu aufgefordert und eingeladen zu werden.«

Die Menschenfrau nickte stumm.

In der Nacht kamen alle Klans der Awaren in Erdbaumhain zusammen. Die Ikarier würden erst in ein oder zwei Tagen zu ihnen stoßen, und so sollten an diesem Abend ausschließlich awarische Angelegenheiten besprochen werden. Hier im nördlichen Awarinheim fanden sich mehrere Haine, die von beiden Völkern zu unterschiedlichen religiösen Riten genutzt wurden. Der Erdbaumhain aber galt als der weihevollste und spielte folglich bei den Jultiden- und Beltidenfesten die bedeutendste Rolle.

Bei Einbruch der Dämmerung zogen die Awaren, nachdem sie in ihrem jeweiligen Lager eine leichte Mahlzeit zu sich genommen hatten, ehrfurchtsvoll in den Hain ein. Ihre Schritte waren auf dem weichen Untergrund von Gras und abgefallenen Nadeln kaum zu hören.

Alle Haine waren kreisförmig angelegt und öffneten sich dem Himmel. Die hohen Bäume von Awarinheim umschlossen sie dicht und hielten ihre Geheimnisse sicher vor allen neugierigen Blicken verborgen. Aschure kam mit dem Geistbaum-Klan und wagte nicht aufzuschauen. Ramu und Barsarbe gesellten sich jetzt wieder zu ihnen. Besonders die Zauberin starrte Aschure so kalt an, daß sie Scham und tiefe Reue fühlte. Goldfeder merkte schließlich, wie es um die Menschenfrau stand. Sie gesellte sich zu Aschure und ergriff ihre Hand.

»Ich war leider viel zusehr mit meinen Erinnerungen und der Nachricht beschäftigt, daß mein Sohn noch lebt. Sonst hätte ich mich bestimmt mehr um Euch und Eure Seelenpein gekümmert, mein Kind. Fürchtet Euch nicht zu sehr vor der Versammlung. Für Euch spricht doch schon, daß der Geistbaum-Klan Euch gestattet hat, mit ihm den Hain zu betreten. Seid auch versichert, Aschure, daß ich zu Euch stehe. Und Ramu wird sich sicher vor dem Rat so stark für Euch verwenden, wie er es bereits vor der Sippe getan hat.«

Aschure drückte ihre Hand und lächelte ein wenig. »Vielen Dank, Goldfeder. Eure Unterstützung bedeutet mir sehr viel.«

Armes Mädchen, dachte Axis' Mutter. *Ich hätte mich mehr um sie kümmern müssen, weiß ich doch aus eigener Erfahrung, wie sie sich fühlt. Aber was könnte ich ihr schon sagen? Daß selbst ich, die Liebste des Sternenströmers, manchmal immer noch nicht weiß, wo ich eigentlich zu Hause bin?* »Zuweilen glaube ich, Aschure, daß wir in dieser Welt, in der nur wenigen ein sicherer Hafen zu finden vergönnt ist, zusehr davon träumen. Wenn die Awaren sich heute nacht gegen Euch entscheiden sollten, dann laßt Euch das nicht das Herz verhärten. Nicht nach all dem, was Ihr bereits durchgemacht habt. Und wer weiß, meine Liebe, die Ikarier schätzen Wagemut und Aufregung sehr. Viel mehr jedenfalls als die Waldläufer hier.« Sie lächelte. »Und Schönheit wissen sie ebenfalls zu würdigen.«

Aschure lächelte leicht und freute sich, daß Goldfeder sich bemühte, sie aufzuheitern. Wie konnte sie sich beklagen, wenn diese Frau doch so viel Schlimmeres durchgemacht hatte? »Dann werde ich mir eben Flügel wachsen lassen, Goldfeder, und bei ihnen anklopfen. Nach Smyrdon kehre ich auf gar keinen Fall zurück!«

Barsarbe bedachte das Gespräch der beiden mit einem Stirnrunzeln und gebot ihnen zu schweigen. »Wir nähern uns dem Hain«, zischte sie ihnen zu. »Seid nun still und erweist dem Erdbaum die nötige Ehrfurcht.«

Aschure hatte hier in Awarinheim schon viel Schönes und Bewundernswertes gesehen, aber als sie den Hain erblickte, konnte sie nur noch staunen. Ein gewaltiges Rund, in dem leicht alle Awaren Platz fanden, tat sich vor ihr auf. Auf der einen Seite begrenzte es die halbkreisförmige Klippenwand der Ausläufer der Eisdachalpen und auf der anderen der mächtige Wald. Genau in der Mitte erhob sich ein Kreis aufrechtstehender Steine, von denen jeder zehn Schritte in der Höhe und drei in der Breite maß. Man hatte ähnliche Steine waagrecht darübergelegt, so daß das Gebilde aus mehreren Toren zu bestehen schien, die alle in ein Inneres führten.

Im Innenraum stand ein riesiger Baum, viel größer noch als alle, die Aschure in Awarinheim gesehen hatte. Er ragte weit über den Steinkreis hinaus und schien mit seinem Wipfel die Sterne zu berühren. Brennende Fackeln in den Nischen des Steinkreises verbreiteten genug Helligkeit, damit man die spitz zulaufenden, ovalen Blätter von olivgrüner Farbe und wächserner Oberfläche des Riesen erkennen konnte. Von den Astenden hingen üppige, trompetenförmige Blüten – golden, smaragdgrün, saphirblau oder rubinrot. Bei Tageslicht würde der Baum sicher in allen Regenbogenfarben leuchten.

Goldfeder ergriff Aschures Hand fester. »Der Erdbaum ist das größte Heiligtum der Awaren«, flüsterte sie und setzte sich über Barsarbes Schweigegebot hinweg. »Für sie stellt er die Harmonie zwischen Erde und Natur dar.«

Aschure nickte nur, denn angesichts der Erhabenheit dieses Ortes verschlug es ihr den Atem. Ihr Haß auf den Seneschall und die jahrelange Furcht vor ihrem Vater hatten sie allem Religiösen gegenüber gleichgültig gemacht. Aber die Atmosphäre dieses heiligen Ortes und die Schönheit des Baumes, der sich da aus dem Steinkreis erhob, erfüllten sie mit tiefer Ergriffenheit.

Die Awaren strömten herbei und ließen sich im Abstand von etwa zwanzig Schritten davor nieder. Die Zaubererpriesterinnen und -priester, deutlich erkennbar an ihren hellen Gewändern mit dem Hirschmuster am Saum, schritten schweigend durch die Steintore in das Innere und traten mit Schüsseln wieder heraus. Diese enthielten eine Flüssigkeit, von der jeder Anwesende ein wenig zu sich nahm. Barsarbe und Ramu begaben sich ebenfalls dorthin. Ramu humpelte immer noch auffallend. Der Menschenfrau fiel ein uralter und silberhaariger Zaubererpriester auf, der sich mit seiner Holzschüssel den Plätzen des Geistbaum-Klans näherte. Aschure konnte einen kurzen Blick auf den Inhalt werfen, eine dicke schwarze Brühe.

Der Greis blieb vor Grindel stehen und hielt ihm die Schüssel hin. »Labt Euch an diesem süßen Trunk, Bruder. Möge der Nektar des Erdbaums Eure Schritte über die Pfade zum Heiligen Hain lenken, wenn Eure Zeit einmal gekommen sein wird.« Der Klanhäuptling nahm einen Schluck, und der Zaubererpriester bewegte sich weiter zu Pease und Fleat, nannte sie Schwester und reichte ihnen ebenfalls die Schüssel. Auch die Kinder kamen an die Reihe. Er grüßte jedes einzelne und ließ es einen kleinen Schluck nehmen.

Goldfeder strahlte, als der Mann vor ihr stand. »Seid mir gegrüßt, Zauberergattin«, lächelte er. »Labt Euch an dem süßen Nektar des Erdbaumes. Möge er Euch helfen, Euch des Sternenlieds zu erinnern, wenn Eure Zeit einmal gekommen sein wird.« Goldfeder trank einen großen Schluck, und Aschure verfolgte fasziniert, wie Friede und Freude sich auf dem Gesicht ihrer Freundin ausbreiteten. Goldfeder ließ die Schüssel nur zögernd wieder los. Der Greis schritt weiter und erreichte Aschure. Stirnrunzelnd erklärte er: »Seid gegrüßt, Schwester ... Ich fürchte, ich kann Euch keinen Nektar anbieten, solange die Versammlung Euch nicht in die Reihen der Awaren aufgenommen hat.«

Aschure war betrübt, verstand aber das Verhalten und die Bedenken des Zauberers.

Auch schien er mit ihr zu fühlen. Erst nach kurzem Zögern wandte er sich der nächsten Awarengruppe zu.

Goldfeder ergriff wieder Aschures Hand und wollte gerade etwas Tröstliches sagen, als plötzlich eine klare weibliche Stimme aus dem Steinkreis erscholl. Aschure konnte die Sprecherin kaum erkennen, eine Sprecherin im Herbst ihres Lebens mit dichtem silbernem Haar wie dem ihrer Freundin.

»Zaubererpriesterin Mitbolt«, murmelte Goldfeder zur Erklärung. »Die Oberpriesterin der Awaren.«

»Willkommen im Erdbaumhain!« rief Mitbolt und bewegte sich dabei entlang der Innenseite des Steinrunds. Obwohl sie sich ständig bewegte, konnte Aschure sie doch laut und deutlich verstehen. »Seid willkommen, Klans der Awaren, die Ihr seit unserer letzten Zusammenkunft auf den Pfaden Awarinheims gewandert seid. In vier kurzen Tagen werden wir das Jultidenfest zusammen mit unseren ikarischen Brüdern und Schwestern begehen. Mit ihnen singen, tanzen und unsere heiligen Riten durchführen. Doch heute abend, meine Brüder und Schwestern, soll es um andere Dinge gehen. Ramu ist von der Reise zur Mutter zurückgekehrt und bringt wichtige Neuigkeiten mit. Die Zeit der Prophezeiung des Zerstörers ist angebrochen, und schon wandeln die Wächter über die Erde.«

Aus den Reihen der Awaren erhob sich erregtes Gemurmel.

Schon vor Monaten waren Gerüchte aufgekommen, und nun erhielten sie hier die Bestätigung dafür. Als die Oberpriesterin fortfuhr, stellte sich sofort wieder Ruhe ein.

»Die Baumfreundin ist gefunden und sie wurde der Mutter und den Geheiligten Gehörnten vorgestellt!«

Rufe und Schreie ertönten nun aus dem Rund. Die Baumfreundin gefunden! Die Awaren ergriffen vor Freude die Hände ihrer Nachbarn. Die Baumfreundin war gefunden!

»All diese Dinge müssen wir natürlich mit unseren ikarischen Brüdern besprechen, denn das alles betrifft sie ebenso sehr wie uns. Das diesjährige Jultidenfest, mein Volk, wird außergewöhnlich sein!«

Mirbolt ging eine Weile schweigend jenseits der Steintore weiter, und das Licht der Fackeln bestrahlte ihr immer noch schönes Gesicht, während sie darauf wartete, daß die Erregung der Awaren abklang, die untereinander die Neuigkeiten besprachen. Die Oberpriesterin hatte immer gehofft, die Nachricht vom Auftauchen des Zerstörers zu ihren Lebzeiten niemals verkünden zu müssen. Und was sie ihrem Volk nun zu sagen hatte, gefiel ihr ebenso wenig wie es den Klans gefallen würde. Als Mirbolt dann wieder die Stimme erhob, sprach sie leise, doch mit solcher Macht, daß vollkommene Stille im Hain eintrat.

»Mein Volk. Gorgrael lebt und atmet. Schon bald wird er ohne Erbarmen über die Lande kommen, die einst als Tencendor vereint waren. Erinnert Euch der Worte der Prophezeiung: Der Zerstörer ist von unserem Blut, von unserem und dem der Ikarier. Eine unserer oder auch eine der Ikarierfrauen hat das Kind ausgetragen, das sie aller Wahrscheinlichkeit nach während der ausgelassenen Feier zu Beltide hier im Hain im Schatten des Erdbaums empfing. Uns alle trifft daher die Schuld, daß es Gorgrael gibt. Trauert mit mir, daß ob unserer Unachtsamkeit Zerstörung und Vernichtung über uns kommen wird.«

Nun ließen viele Awaren die Köpfe hängen, und einige weinten sogar. Daß Gorgrael von ihrem Blut war, beschämte sie über alle Maßen. Die Weissagung hatte dies zwar angekündigt, aber dennoch traf sie das nun Unumstößliche wie ein schwerer

Schlag. Einer aus ihrem Blut würde Gewalt und Vernichtung über sie bringen, eine bittere Erkenntnis, die sich nur schwer bewältigen ließ.

»Und doch gibt es trotz allem Leid vielleicht auch Gutes zu verkünden«, fuhr Mirbolt lauter fort. »Der Sternenmann ist vom selben Blut wie Gorgrael, und die Hoffnung besteht, daß ebenfalls awarisches Blut in ihm fließt, ein Trost bei aller Schmach.« Mirbolt hatte natürlich von der Herkunft des Axtherrn und seinen Fähigkeiten erfahren, aber sie und die anderen Zauberer hielten es für besser, dies noch nicht allen kund zu tun. Bis mehr über ihn bekannt geworden war, sollte die Beziehung zwischen Goldfeder und Sternenströmer deren eigene Angelegenheit bleiben. Wenn der Axtherr allerdings tatsächlich Bedeutung für die Prophezeiung besitzen sollte, empfahl es sich, mit äußerster Umsicht vorzugehen. Bei den Gehörnten! Die Waldläufer würden die Nachricht nicht unbedingt mit Jubel aufnehmen, daß der Sternenmann einen ikarischen Mann und eine Menschenfrau zu Eltern hatte.

Die erste Zaubererpriesterin erzählte den Klans nun von Faraday, der Baumfreundin. Viele Awaren meldeten sich zu Wort, verbeugten sich vor dem Erdbaum und verliehen dann ihrem Unverständnis darüber Ausdruck, daß nicht einer aus ihren Reihen in der Stunde der Not für diese Aufgabe ausgewählt worden war, besaßen die Awaren doch die stärkste Verbindung zu den Bäumen. Darauf jedoch wußten die Zaubererpriester nichts zu entgegnen.

Ramu trat vor und berichtete ausführlich darüber, wie er das Menschenmädchen vor die Mutter geführt, von der starken Bindung, die sich zwischen beiden gleich entwickelt, und von dem kostbaren Geschenk, der Holzschale, das die Gemeinschaft der Gehörnten ihr gemacht habe. Eines Tages würde Faraday vor dem Erdbaum stehen und die Awaren in die Sicherheit ihres gelobten Landes führen. Und danach würde sie ihnen den Sternenmann präsentieren. Aber bis dahin verginge wohl noch einige Zeit. Und in der Zwischzeit nähre Gorgrael hoch oben im Norden seinen gefährlichen Haß.

Doch alles werde gut ausgehen, schloß Ramu seine Ansprache, und jeder Fuß werde seinen Pfad zum Heiligen Hain finden. Diese Worte stimmten die Awaren sehr nachdenklich, und für eine längere Weile erkühnte sich niemand, seine Stimme zu erheben.

Schließlich trat die Führerin wieder in den Innenkreis. »Mein Volk, laßt uns gemeinsam beraten über einen besonderen Fall, der heute nacht entschieden werden muß. Ein Gast weilt unter uns, Aschure, die Tochter des Pflughüters von Smyrdon, dem Dorf gleich jenseits von Awarinheim.« Als sich nun alle Blicke zu ihr wandten, verkrampfte sich ihr Magen. »Kommt bitte zu mir, Aschure.«

Goldfeder gab ihr einen leichten Stoß, und die junge Frau erhob sich und schritt mit größerer Ruhe als der, die sie innerlich empfand, durch die Reihen der Awaren. Sie bemühte sich, sich nichts von ihrer Furcht anmerken zu lassen, und ging tapfer zu Mirbolt, die aus dem Steinrund getreten war und ihr entgegenkam. Die Oberpriesterin besaß ein freundliches Gesicht. Aber wer ihr in die Augen sah, hatte das Gefühl, in einen See zu fallen. Und keiner wußte, was sich unter seiner Oberfläche verbarg – harter Fels oder Wasser, weich wie ein Kissen. Sie nahm Aschures Hand und führte sie außen um den Steinkreis herum, damit alle Awaren sie sehen konnten.

»Diese junge Frau kommt mit Hoffnung und Schmerz im Herzen zu uns«, erklärte Mirbolt. »Als Ramu und Schra sich schon verloren glaubten, hat sie die beiden vor den Ebenenbewohnern gerettet.« Viele der Waldläufer lächelten Aschure nun zu. »Doch um dies zu können, hat sie zu Gewalt gegriffen. Zu solch einer Gewalt, wie wir sie eigentlich nicht dulden können.«

Die Zauberin berichtete weiter, wie Aschure ihren Vater zu Tode gebracht und einen Axtschwinger niedergestreckt hatte. Jetzt wandten sich die Blicke vieler Awaren von der jungen Frau ab.

Nun trat Ramu vor und ergriff Aschures andere Hand. Er lächelte ihr ermutigend zu und wandte sich dann an sein Volk. Und er berichtete ihm, wie er und Schra zugrunde gegangen wären, wenn die Menschenfrau ihnen nicht beigestanden hätte. Er kündete davon, wie Aschure sie versorgt hatte, auch wenn sie fürchten mußte, von ihrem Vater verprügelt zu werden. Dann verwies er darauf, wie schlecht sie von dem Pflughüter behandelt worden sei und ihr Rücken noch die Narben davon trage. Mitgefühl strömte der Frau nun von den Waldläufern entgegen, und sie wagte zum ersten Mal, auf einen glücklichen Ausgang zu hoffen. Ramu verschwieg auch nicht, wie Schra wunderbarerweise Hagens Blut als Gabe an die Mutter angesehen habe. (Die Zauberer hatten gerade diese Frage sehr lange erörtert, das Zeichen aber nicht so recht zu deuten gewußt.) Am Ende wandte er sich direkt an seine Retterin und forderte sie auf: »Nun sprecht Ihr, Aschure. Sagt uns, wie es in Euch aussieht, was Ihr denkt und fühlt.«

Die Acharitin blinzelte. Darauf war sie nicht gefaßt gewesen, und angesichts all dieser Awaren und dieses heiligen Ortes befiel sie große Scheu. Aber an Mut hatte es ihr noch nie gemangelt, und so richtete sie sich gerade auf und sprach.

»Ich danke Euch, heute abend hier bei Euch sein zu dürfen. Und auch dafür, Gelegenheit zu erhalten, mich an Euch zu wenden. Ich möchte Euch nun bitten, von Euch aufgenommen zu werden. Natürlich weiß ich, daß mein Volk Euch immer schlecht behandelt hat und ich selbst Gewalttaten begangen habe. Deswegen will ich hier und heute vor dem Erdbaum schwören, niemals Euch oder den Euren gegenüber Gewalt anzuwenden. Bitte, laßt mich bei Euch bleiben, denn ich habe kein Volk und kein Heim mehr. Seit Wochen lebe ich nun schon beim Geistbaum-Klan und empfinde mittlerweile die größte Hochachtung vor Euch und Eurer Art. Und was ich heute nacht hier sehen und erleben durfte, hat mir nur noch größere Achtung vor Euch eingeflößt. Als ich noch in Smyrdon lebte, empfand ich nichts als Leere und Schmerz. Awarinheim aber hat mir den tiefsten Frieden geschenkt, den ich bislang kennenlernen durfte. Und so wiederhole ich noch einmal meine innigste Bitte: Nehmt mich bei Euch auf.«

Mirbolt nickte ihr zu. »Danke für Eure Worte, Aschure. Ramu, führt unseren Gast nun in den Steinkreis, während wir mit den Klans beraten wollen, wie unsere Entscheidung aussehen soll.«

Der Zaubererpriester führte die Acharitin durch den nächsten Steinbogen, und Mirbolt schritt nun die Reihen der Awaren ab und unterhielt sich leise mit jedem, der etwas zu der Angelegenheit zu sagen hatte. Aschure sah Ramu voller Hoffnung und Verzagtheit an. »Was glaubt Ihr? Werden sie mich annehmen?«

Er antwortete nicht darauf, sondern führte sie näher an das Heiligtum heran. »Kommt, laßt mich Euch unterdessen dem Erdbaum vorstellen.«

»Dürft Ihr das denn?«

Ramu grinste, und seine weißen Zähne hoben sich deutlich von der dunklen Haut ab. »Ich glaube kaum, daß der Erdbaum seine Wurzeln herausziehen und davonrennen wird. Er hat in seinem langen Leben schon bedeutend Schlimmeres gesehen.«

Beide schritten Hand in Hand auf das Heiligtum zu. Allein schon der Stamm wirkte gewaltig. Wohl fünfzehn Männer hätten nicht ausgereicht, ihn mit ausgestreckten Armen zu umfassen. Zögernd streckte Aschure eine Hand aus und berührte die Rinde, die sich glatt wie Seide und angenehm kühl anfühlte. Sie lächelte und strich sanft darüber. Der Stamm fühlte sich so lebendig an, als atme er. Und dabei behauptete der Seneschall, Bäume und Wälder seien böse und von Übel. Welch Unsinn! Kein Bruder hatte wohl jemals Gelegenheit gehabt, dieses Heiligtum zu berühren. Aschure sah Ramu fragend an.

»Der Erdbaum steht schon so lange hier, wie die Awaren sich um ihn kümmern«, erklärte der Zauberer. »Wir glauben fest daran, daß die Gesundheit des Erdbaums ursächlich vom Wohlergehen Awarinheims abhängt. Als vor vielen, vielen Jahren Euer Volk«, er wandte sich von ihr ab, »ganz Awarinheim bis zur heutigen Grenze vernichtete, soll der Erdbaum todkrank geworden sein. Viele Generationen waren nötig, ehe er sich wieder erholte. Selbst heute steht er noch nicht wieder so grün und gesund da wie ehedem. Wir glauben, wenn der Erdbaum stirbt, wird auch das Volk der Awaren untergehen.« Nun berührte auch Ramu den Stamm. »Ohne ihn könnten wir nicht leben …«

Dann aber lächelte er. »Ach, Aschure, seit dem furchtbaren Massaker an Awarinheim sucht der Erdbaum den Schmerzen durch Schlaf zu entkommen und träumt seine großen Träume. Könnt Ihr Euch seine Macht und Herrlichkeit vorstellen, wenn er erst einmal wieder erwacht ist? Wir alle freuen uns schon unsagbar auf diesen Tag.«

»Aschure.« Die Stimme hinter ihr ließ die Frau zusammenfahren. Mirbolt war in den Steinkreis getreten.

»Meine Liebe«, begann sie mit traurigem Gesicht, und der Acharitin sank das Herz. »Unser Volk hat zu einer Entscheidung gefunden. Eure Not rührt ihr Mitgefühl, und sie sind Euch überaus dankbar dafür, Ramu und Schra gerettet zu haben. Aber ... Eure Gewalttaten haben die Klans zu sehr aufgebracht. Doch könnten sie Euch nach einiger Zeit auch das vergeben. Deshalb dürft Ihr die Pfade Awarinheims ungehindert beschreiten und auch mit dem Geistbaum-Klan umherwandern, so lange Euch das gefällt. Doch ins Volk der Awaren werdet Ihr nicht aufgenommen. Es tut mir sehr leid.«

Aschure wurde in den Knie weich, und sie schwankte. Ramu umfing sie, damit sie nicht zusammenbrach. Die Dorfbewohner von Smyrdon hatten die junge Frau geduldet, aber nicht wirklich in ihre Gemeinschaft aufgenommen. Und genau dasselbe stand ihr nun bei den Awaren bevor.

»Ich verstehe«, sagte Aschure schließlich. »Vielen Dank, daß ich wenigstens bei Euch bleiben darf.«

13

In der Hand Artors

»Gorgrael!« flüsterte der Geist in höchster Erregung und stürzte sich mit seinen langen Klauen begehrlich auf den Reiter.

Bornheld versetzte der Kreatur den tödlichen Stich ins Auge und verfluchte dabei den Schweiß, der ihm von der Stirn rann und seine Sicht behinderte. Rings herum schlugen sich seine Soldaten mit großem Mut. Vor etwa einer Stunde war die Patrouille von den Skrälingen überfallen worden, und lange hatte es so ausgesehen, als würden der Herzog und seine Streiter unterliegen.

Aber die Männer wehrten sich nach Kräften, und nach einer weiteren halben Stunde wendete Bornheld auf der Suche nach weiteren Gegnern sein Roß. Aber der Nebel lichtete sich schon. Er konnte jetzt etwas ruhiger atmen und wischte sich den Schweiß aus dem Gesicht. Sein Blick flog über die tapfere Schar. Wie viele waren übriggeblieben?

»Sie fliehen, Herr!« schrie Gautier an seiner Seite. »Wir haben sie besiegt!«

Bornheld sah ihn streng an und deutete auf den geröteten Schnee unter den Hufen ihrer Pferde. »Und wie viele Männer habe ich verloren, Gautier?«

Die Geister hatten nicht in großer Zahl angegriffen, aber dennoch Tod und Vernichtung über die Patrouille gebracht. Zu viele Soldaten waren gefallen, weil sie ihre Fackeln oder Schwerter nicht auf die rechte Weise gegen die Kreaturen eingesetzt hatten. *Wir haben überlebt, aber keinesfalls einen großen Sieg errungen,* dachte der Herzog grimmig. Sein Pferd wich einem kopflosen Körper aus. *Wie kommt es, daß Axis' Patrouillen im-*

mer vollständig zurückkehren, während ich bei meinen Soldat um Soldat verliere? Mit jeder neuen Streife vergrößerte der Axtherr seinen Ruhm und seinen Ruf, während bei den Patrouillen Bornhelds regelmäßig deutliche Verluste zu verzeichnen waren.

»Acht sind gefallen, zwei verwundet«, meldete Timozel, der gerade sein Roß neben dem des Herzogs zügelte.

Neben Gautiers vor Anstrengung gerötetem Gesicht wirkte der Jüngling ruhig und beherrscht. Bornheld betrachtete ihn prüfend. Sein Respekt vor Timozel war deutlich gestiegen, seit er in die Burg gekommen war. Heute begleitete er ihn zum zweiten Mal auf eine Streife und hatte erneut seine hervorragende Kampferprobtheit unter Beweis gestellt. Wieder ging Bornheld durch den Sinn, daß dieser junge Mann trotz seiner zwanzig Jahre die Ausstrahlung und Selbstsicherheit eines erfahrenen Soldaten besaß. Aber im Augenblick zählte vor allem, daß sich auf einen Kämpfer wie ihn nicht verzichten ließ. Der Herzog beschloß, Timozel in der Festung einen Posten mit mehr Verantwortung zu übertragen.

So sehr Bornheld den tapferen Streiter schätzte, noch mehr gefielen ihm die zuverlässige Treue des Jünglings und die Art, wie er seinen Herrn bewunderte. Er hatte ihm Faraday gebracht, ritt am liebsten mit dem Herzog auf Patrouille und mochte den Axtherrn überhaupt nicht. Alles zusammengenommen ein Mann nach seinem Herzen, sagte sich Bornheld.

»Herr?« unterbrach Gautier seine Gedanken. »Sollen wir die Toten hier liegenlassen?«

»Natürlich«, erwiderte der Herzog barsch. »Sollen wir uns etwa mit ihrem Transport belasten? Wir haben die Patrouille eben erst begonnen und müssen noch viel weiter. Laßt sie hier liegen, und verteilt ihre Fackeln an die anderen Männer.«

Bornheld trieb sein Pferd an, brachte die Soldaten mit einigen knappen Befehlen wieder in Formation und führte sie dann tiefer ins nördliche Ödland hinein.

Obwohl der Herzog wachsam nach weiteren Skrälingen Ausschau hielt, drifteten seine Gedanken doch immer wieder ab zu Faraday. Sie beschäftigte ihn tags und nachts, selbst mitten im

Getümmel der Schlacht. Bornheld erinnerte sich auch gern an den Schmerz in Axis' Blick, als er die Schöne vor ihm in die Arme nahm. Das brachte ihn immer wieder zum Schmunzeln. Der Herzog war felsenfest überzeugt davon, daß seine Gattin ihn aus tiefstem Herzen liebte. Wenn die drei sich zufällig im selben Raum aufhielten, wanderten Faradays Augen nie zum Axtherrn hinüber, nicht ein einziges Mal. Nein, sie stand an der Seite ihres Gatten, wo sie auch hingehörte. Dann lehnte die Edle sich an ihn und flüsterte ihm süße Sachen ins Ohr. Oh ja, Bornheld spürte sehr deutlich, daß er es zumindest auf diesem Gebiet geschafft hatte.

Wenn doch seine Patrouillen genauso triumphal ausfallen würden wie die seines Halbbruders!

Der Herzog fragte sich, ob er nicht besser Jorges Vorschlag gefolgt wäre und seine Frau in den sichereren Süden geschickt hätte. Würde Faraday nicht hier oben in Gorken vielleicht doch etwas zustoßen? Bornheld rief sich die Verteidigungseinrichtungen der Stadt und der Festung ins Gedächtnis. Beide befanden sich in ausgezeichnetem Zustand. Dennoch würde ihnen ein verzweifelter Abwehrkampf bevorstehen, wenn die Kreaturen mit aller Macht angreifen sollten. Die Stadtmauern bildeten den Schwachpunkt in der Verteidigungsanlage: die Mauern waren zu niedrig und nicht so schwer befestigt wie die der Feste. Gorken brauchte also einen besonders fähigen Befehlshaber, der die Verteidigung organisieren konnte.

Axis.

Bornheld gestattete sich ein Lächeln. Axis war ein besonders fähiger Befehlshaber, das konnte wirklich niemand abstreiten. Der Herzog kannte keinen Fähigeren, dem die Verteidigung der Stadt übertragen werden konnte.

Und wenn Gorken fiel, würde der Axtherr bestimmt bis zum letzten Atemzug kämpfen und mit der Stadt untergehen.

Unruhe entstand unter seinen Leuten, und der Herzog riß sein Roß herum.

»Skrälinge!« rief ein Soldat, und die ganze Schar hielt wieder Fackel und Schwert bereit.

Aber der Soldat hatte sich nur vor dem Schnee erschreckt, den die Pferdehufe aufwirbelten. Er erhielt einen scharfen Verweis vom Herzog.

Skrälinge. Bornheld mußte sich endlich, wenn auch immer noch zögernd, eingestehen, daß es sich bei diesen Bestien nicht um Unaussprechliche handeln konnte. Immer häufiger wisperten die Wesen den Namen »Gorgrael«, anscheinend ihr Schlachtruf, und ihr Aussehen glich viel zu sehr der Beschreibung der Geistmenschen in der Prophezeiung. Aber konnte damit auch der Rest der Weissagung zutreffen?

Bei Artor, nein! Niemals wollte er so etwas glauben, schwor sich Bornheld und machte unter dem Umhang das Pflugzeichen. Zugegeben, mitunter gingen auch ihm die Brüder des Seneschalls gehörig auf die Nerven, aber der Herzog war ein frommer Mensch und glaubte fest an das Wort Artors, wie es im Buch von Feld und Furche verzeichnet war. Nein, die Unaussprechlichen standen immer noch für das Böse. Sie betrieben Zauberei und gingen verderbten Plänen nach. Bornheld gelangte immer mehr zu der Überzeugung, daß es sich bei der Prophezeiung um ihr Werk handelte, um alle artorfürchtigen Achariter zu verwirren. Aber so leicht ließ der Herzog sich nicht täuschen. Die Unaussprechlichen hatten ein paar wenige Tatsachen herausgegriffen – wie zum Beispiel die Invasion des Zerstörers – und darum ein dichtes Lügengewebe gesponnen; denn in Wahrheit bereiteten sie selbst die Eroberung des Königreichs Achar vor.

Gleichgültig, was geschehen mochte und gleich welche Wendung der Kampf nehmen sollte, er würde sich, wie er sich innerlich schwor, niemals auf ein Bündnis mit diesem elenden und feigen Gesindel einlassen. Ja, nicht einmal einen Gedanken daran verschwenden. Immerhin war er der Oberste Kriegsherr und Nachfolger auf dem Thron. Ihm allein war bestimmt, Achar zu retten.

Ja, ihm. Und nicht etwa Axis. Bornheld argwöhnte schon seit einiger Zeit, der Axtherr könne sich das Gedankengut der Prophezeiung zu eigen gemacht haben … Warum sonst ließ er sich von den Brüdern daraus vortragen?

»Vor Artor schwöre ich«, murmelte der Herzog, »daß ich das Reich sowohl vor Gorgraels Geistmenschen wie auch vor den Unaussprechlichen beschützen werde. Ich will der Retter Achars sein!«

»Das werdet Ihr auch«, bestätigte ihm Timozel, lenkte sein Pferd noch näher an das des Herzogs heran und sah ihn mit hingebungsvoller Verehrung an.

Bornheld runzelte die Stirn, aber das schien der Jüngling nicht zu bemerken. »Ich hatte eine Vision von Artor«, vertraute er dem Herzog mit leiser, aber fanatischer Stimme an. »Darin sah ich große Siege. Ich selbst habe ein riesiges Heer in Eurem Namen geführt. Wir werden den endgültigen Sieg erringen und die Feinde vollständig vernichten. Sie werden vor uns im Staub kriechen. Dann sitzen wir an einem Kaminfeuer, trinken den besten Wein, und Faraday befindet sich an Eurer Seite.«

Bei Artor! dachte der Herzog. Dieser Mann schien von einer heiligen Mission erfüllt zu sein. Aber zugleich spürte auch er die Gegenwart einer fast greifbaren Macht, und es lief ihm heiß und kalt den Rücken hinunter. War tatsächlich Artors Geist in Timozel gefahren? Der Jüngling war just in dem Moment an seiner Seite aufgetaucht, als er dem Gott seinen Schwur geleistet hatte. Sprach Timozel etwa mit der Stimme des Allmächtigen? Bornheld fühlte sich verwirrt.

Der Jüngling legte ihm eine Hand auf den Arm.

»Artor gewährte mir diese Vision wieder und wieder«, erklärte Timozel voll innerem Feuer, und ein Blick in sein Gesicht bestärkte Bornheld, ihm Glauben zu schenken. »Ihr werdet derjenige sein, der das Reich vor Gorgrael und den Unaussprechlichen rettet! Mein Wort darauf!«

»Ja«, flüsterte der Herzog, denn genau solcher Ermunterung bedurfte er. »Ja, ich glaube Euch. Ich werde Achar retten, und dazu brauche ich kein Bündnis mit den nichtswürdigen Unaussprechlichen!«

Der Jüngling ließ Bornhelds Arm los und richtete sich wieder gerade im Sattel auf. »Ihr werdet den Sieg erringen. Und nicht Axis. Den benötigen wir gar nicht dazu.«

Die Miene des Herzogs zeigte an, wie gern er sich davon überzeugen ließ. Ja, Timozel mußte einfach die Wahrheit sprechen. »Richtig, wir brauchen den Axtherrn nicht. Ich werde auch ohne ihn siegen!«

»Ja, das werden *wir*«, bestätigte Timozel, und der Fanatismus stand ihm wieder im Gesicht geschrieben, »denn wir kämpfen unter dem Schutz Artors!«

An diesem Tag wagten sich keine Skrälinge mehr an sie heran.

14
In den Händen der Mutter

Da sowohl ihr Gemahl als auch ihr Ritter sich auf Patrouille befanden, wollte Faraday die freien Stunden nach bestem Vermögen nutzen. Seit sie sich mit Axis in der Zuflucht getroffen hatte, fühlte sie sich viel ruhiger und im Frieden mit sich selbst. Die Edle spürte aber auch die wachsende Anspannung unter den Soldaten und ihren Offizieren. Jeder rechnete täglich mit dem Großangriff der Kreaturen auf Gorken. Doch das berührte die Schöne nur am Rande. Axis liebte sie, sie liebte ihn, und mehr brauchte sie nicht für ihr Seelenheil.

Yr und Faraday hatten sich in ihr Schlafgemach zurückgezogen. Faraday sammelte alles zusammen, was daran erinnerte, daß Bornheld nachts hier auftauchte. Ein altes Paar bequemer Stiefel, ein Unterhemd, das dringend geflickt werden mußte, Bornhelds zweitbestes Langhemd und sein Rasierzeug, das alles wanderte in eine der Truhen.

»Fertig«, erklärte sie schließlich zufrieden und wandte sich an ihre Freundin. »Er ist fort, und wir sind endlich allein, der Mutter sei Dank.« Faraday trat an ihre eigene Truhe, kramte darin herum und holte die Zauberschale aus ihrem Versteck. »Endlich haben wir beide Zeit füreinander«, sagte sie leise und strich zärtlich über den Holzrand.

Seit Jervois hatte die Edle keine Gelegenheit mehr gefunden, sich mit der Schale zu befassen. Entweder hielt ihr Gemahl sich gerade in der Nähe auf, oder sie hatte sich mit Axis treffen müssen, oder sie hatte sich einfach nicht danach gefühlt, mit der Mutter in Verbindung zu treten. Inzwischen spürte Faradays es geradezu in den Knochen, daß sie bald wieder die Schale benutzen mußte, weil sie sonst nie wieder Gelegenheit dazu finden würde.

Sie winkte der Katzenfrau zu, sich aufs Bett zu setzen. »Dazu brauche ich Eure Hilfe nicht.« Faraday hatte sich ein loses Gewand übergestreift, das sie rasch ausziehen konnte. Und ein Krug Wasser stand ebenfalls bereit. Die Edle löste ihr Haar, befreite sich aus dem Kleid und warf es Yr zu. Faraday wirkte schmaler und blasser als vor ihrer Vermählung. Die Sorge um Axis dämpfte ihren Appetit, und Bornheld hielt sie oft genug nächtens zu lange wach.

Faraday warf einen Blick auf die Wächterin. Heute konnte sie weder den Ausdruck ihrer Augen noch ihre Miene deuten. Sehr zu Yrs Unbehagen hatte Faraday es in letzter Zeit gelernt, die Gedanken der Katzenfrau fast ebenso sicher zu erraten, wie sie die ihren lesen konnte. Manchmal, wenn Yr ihren Gedanken freien Lauf ließ, erfuhr das Mädchen einige wirklich kurzweilige Dinge. Faraday lächelte leise. Die Vorlieben und Talente der Katzenfrau hatten Zeit bis später. Jetzt galt es, Wichtigeres zu erledigen.

Die Edle kniete sich hin, stellte die Schüssel vor sich und goß Wasser hinein. Dann schnitt sie sich in den Daumen, bis ein Blutstropfen hervortrat.

»Möge dieses Blut meinen Bund mit der Mutter erneuern«, sprach Faraday leise und vertiefte sich so sehr in ihr Bemühen die Verbindung herzustellen, daß ihr Blick ins Leere starrte, »möge er mich an meinen Treu- und Diensteid der Mutter gegenüber erinnern. Und möge er mich ihr näherbringen.«

Sie senkte ihr Haupt und ließ den Tropfen in das Naß fallen. »Mutter, mit diesem Blut sollt Ihr heute für mich erwachen«, sprach sie, und das Wasser in der Schüssel flammte smaragdgrün auf. Stärke und Macht strömten durch die junge Frau. Sie nahm die Schüssel mit beiden Händen auf und erhob sich. Als Faraday gerade dastand, streckte sie die Arme nach oben. Das grüne Licht erfüllte den ganzen Raum.

»Mutter«, sprach die Edle voller Freude und schloß die Augen. Die Urkraft strömte mit Macht in ihren Körper, und sie trat durch das Tor.

Von einem Moment auf den anderen war sie verschwunden. Nur die Schale hing noch in der Luft und verbreitete mit dem Rhythmus und der Stärke eines Riesenherzens ihr grünes Licht. Yrs Erstaunen war grenzenlos, und sie wäre beinahe aufgesprungen. So war das doch nicht vorgesehen! Bei der Prophezeiung, was passierte hier? Vorsichtig näherte sich die Wächterin der Schale und achtete darauf, sie nicht zu berühren. So lange das grüne Licht pulsierte, bestand die Verbindung und durfte nicht unterbrochen werden.

Faraday lief durch das Licht, spürte seine Macht in ihrem Innern und fühlte die Liebe, die sie von allen Seiten umgab. Sie lachte und hüpfte, weil sie sich so frei und lebendig fühlte. Aber schließlich besann sie sich auf die Erhabenheit dieses Wunders, und sie schritt würdiger aus. Vielleicht gefielen der Mutter solche Auftritte nicht. Aber wer vermochte in ihrer Nähe keine unbändige Freude zu verspüren?

Das Licht veränderte sich vor ihr. In ihm bildeten sich Formen und Schatten. Ihre Füße wandelten nun über Gras, über den Pfad, der zum Heiligen Hain führte. Faraday fühlte sich so glücklich, daß sie ein kleines Liedchen vor sich hin summte, das ihr gerade in den Sinn gekommen war. Bäume entstanden vor ihr, und über ihr wirbelten die Sterne in ihrem gottgefälligen Tanz. Die Edle hätte vor schierer Freude die ganze Welt umarmen können und wollte diesen Ort nie wieder verlassen. Wie im Rausch schritt sie weiter.

Dann erreichte Faraday den Heiligen Hain. Das sanfte Wispern des Winds streichelte sie beim Gehen. Macht erfüllte sie, und Schemen huschten durch die dunklen Schatten hinter den Bäumen. Dieser Ort kannte weder Furcht noch Abscheu, nur Frieden und Glück. Am anderen Ende des Hains tauchte einer der Gesegneten Gehörnten auf. Der mit dem silbernen Fell, der sie damals schon begrüßt und ihr die Holzschale überreicht hatte. Auch heute hieß er sie willkommen, legte ihr die Hände auf die Schultern und strich ihr mit seiner pelzigen Wange über das Gesicht.

»Baumfreundin. Wir haben lange gewartet, daß Ihr zu uns zurückkehren würdet.«

Faraday traten sofort Tränen in die Augen. »Verzeiht mir, Gesegneter, aber alles war so schwierig für mich.«

Der Gehörnte fuhr mit seiner feuchten Nase durch ihr Haar. »Das weiß ich doch, mein Kind. Wir waren nie fern von Euch und wissen daher, was Ihr für die Mutter und damit für die Prophezeiung getan habt.«

Er drehte sie leicht zur Seite. »Baumfreundin, bei diesem Besuch möchte die Mutter Euch auch begrüßen. Seht Ihr? Dort wartet sie schon. Geht in Frieden und Liebe zu ihr.« Und damit zog der Gehörnte sich zurück.

Das Mädchen schaute in die angegebene Richtung. Dort führte ein Pfad aus dem Wäldchen hinaus. Wie eigenartig, wo war er bloß so plötzlich hergekommen? Er zog sich hin bis in den nachfolgenden Wald, und an seinem Ende angekommen, empfingen Faraday Wärme und Liebe, Licht und Geborgenheit. Und hier wartete auch eine Frau, die auf den ersten Blick unbestimmbar wirkte. »Mutter«, flüsterte die Edle ehrfürchtig.

Das Licht wurde zunehmend strahlender, und Faraday mußte schließlich vor dem grellen Schein die Augen schließen. Hitze brannte auf ihrer Haut, als stünde sie in einem südlichen Land unter der Mittagssonne.

»Tochter«, sagte eine Frauenstimme, und feste, warme Hände ergriffen die ihren. »Kommt in meinen Garten.« Der Eindruck von sengender Hitze und stechendem Licht verging mit einem Mal, und das Mädchen konnte die Augen wieder öffnen.

Vor ihr stand eine Frau von mittleren Jahren mit einem freundlichem Gesicht. Ihr leicht angegrautes Haar fiel lockig herab. Sie hatte fröhliche blaue Augen, und als sie lächelte, wurden ihre elfenbeinweißen Zähne sichtbar. Die Mutter trug ein weich fallendes hellblaues Gewand, das sie in der Mitte mit einem regenbogenfarbenen Band gegürtet hatte. Hinter ihr breitete sich der schönste Garten aus, den Faraday je zu Gesicht bekommen hatte. Gepflegte Wege führten durch Blumenbeete mit Blüten in allen erdenklichen Formen und Farben. Hohe Bäume schützten diese Pflanzen mit ihren Ästen vor der Sonne. Unsichtbare Bäche plätscherten, Vögel und Insekten tschilpten und summten. Bänke standen einladend unter Bäumen und auf Wiesen, und der ganze Garten strömte Güte und Freundlichkeit aus.

»Mutter«, lächelte das Mädchen.

»Der Gehörnte mag Euch Baumfreundin nennen, andere sagen Gemahlin oder Geliebte zu Euch, ich aber werde Euch mit Tochter anreden.«

»Herzlichen Dank, Mutter«, entgegnete Faraday mit Tränen in den Augen.

»Kommt, meine Tochter.« Die Mutter nahm ihren Arm und führte sie gemächlich einen der Fußwege entlang. »Ich möchte mich gern mit Euch unterhalten.« Doch trotz dieser Ankündigung schritten sie zunächst schweigend dahin. Die Edle genoß es sehr, weil sie sich an der Schönheit und Friedlichkeit des Gartens nicht sattsehen konnte. Immer wieder drehte sie sich froh zur Mutter um, und diese drückte ihr dann voller Zuneigung den Arm.

»Seht, Tochter, ein Teich. Wollen wir darin baden?« Faraday schaute auf das wunderbare Gewässer, das halb verborgen hinter Steinen und Farnen lag, und lächelte selig. Sie war wie willenlos und verzaubert. Nackt wie sie war, stieg sie in das Naß, während die Mutter sich erst ihres Gewands entledigte und auf einen Stein legte. Als die Göttin sich zu dem Mädchen gesellte, brachte sie ein duftendes Öl mit. Langsam salbte sie Faraday damit von Kopf bis Fuß, und ihre Finger fühlten sich sanft und beruhigend auf ihrer Haut an. Die Tochter schloß die Augen, lehnte sich im Wasser gegen die Mutter, ließ sich von ihr halten und trieb so im Teich.

»Mutter«, flüsterte sie schließlich vor Ergriffenheit über die zarten Berührungen, »das fühlt sich unbeschreiblich an.«

Die Göttin lächelte und massierte nun sanft ihr Haupt, badete ihr Haar und strich ihr wohltuend über die Schläfen. »Ihr kennt nur die rauhen und groben Berührungen Eures Gemahls, Tochter. Von mir sollt Ihr die Hände der Zärtlichkeit kennenlernen.«

Lange Zeit trieb Faraday so auf dem Wasser, ließ sich von der

Mutter verwöhnen und alle Liebe in sich hineinströmen. »Mutter«, flüsterte sie, »darf ich einen Gefallen von Euch erbitten?«

»Sprich, meine Tochter.«

»Ich möchte Bornheld kein Kind schenken. Seinen Nachwuchs auf die Welt bringen zu müssen, könnte ich einfach nicht ertragen.«

Die Mutter beugte sich vor und küßte Faraday auf die Stirn. »Ihr werdet nur die Kinder bekommen, die in Liebe gezeugt werden, meine Tochter.«

Noch lange schwebte sie so im Wasser und ließ sich von der Göttin halten. »Danke, Mutter.«

Die Göttin lächelte. »Habe ich Euch dazu verholfen, Euch etwas besser zu fühlen?«

»O ja, sehr«, lächelte Faraday selig zurück.

»Dann wollen wir unseren Spaziergang fortsetzen.« Als die Tochter aus dem Wasser stieg, entdeckte sie ein weiteres Gewand, sorgsam zusammengefaltet neben dem hellblauen der Mutter. Dies bestand aus einem wunderbar weichen Stoff und wechselte je nach Lichteinfall die Farbe von Grün zu Blau, zu Purpur und Braun. Es erinnerte sie an die Formen und Schatten des smaragdgrünen Lichts, wie es wogte, sich verdunkelte und die Form der Bäume auf dem Pfad zum Hailigen Hain annahm. »Wie schön«, seufzte sie, während sie das Gewand anlegte. Die Schultern blieben unbedeckt, und der Stoff schenkte ihr am ganzen Körper angenehme Kühle.

»Ja, das ist es«, bestätigte die Mutter. »Ihr sollt es zu besonderen Gelegenheiten tragen. Wann diese sind, werdet Ihr rechtzeitig erfahren. Bewahrt es bis dahin gut und sicher auf. Und nun folgt mir.«

Wieder schritten sie Arm in Arm über den Pfad und plauderten über dieses und jenes – den Garten, die Vögel und die Reinheit des Wassers, das neben ihnen in einem kleinen Bach gurgelte. Aber nach einer Weile wurde die Miene der Mutter ernster, und sie blieb neben einer silbernen Birke stehen.

»Tochter, ich will Euch noch etwas mit auf den Weg geben, bevor Ihr gleich zu Eurem Gemahl zurückkehrt.«

»So rasch soll ich den Garten schon wieder verlassen?«

Die Mutter lächelte sie gütig an und strich ihr über die Wange. »Ihr haltet Euch hier schon drei Stunden auf. Eure Zofe sorgt sich bestimmt. Ja, Ihr müßt jetzt zurück. Doch zuvor sollt Ihr Euer Geschenk erhalten.«

Die Mutter legte beide Hände an Faradays Kopf, und sie spürte, wie ihre Liebe in sie hineinfloß. Mit ihr strömte die Macht heran, die sie schon von dem Moment an gespürt hatte, als das smaragdfarbene Licht in der Holzschale erschienen war. Diese Macht fuhr mit einer Wucht in sie, daß Faraday laut schrie, sich nicht mehr auf den Beinen halten konnte und gegen die Göttin fiel. »Ganz ruhig«, sagte die Mutter, ließ den Kopf des Mädchens los und hielt sie in den Armen. »Jetzt geht es wieder besser, nicht wahr?«

Noch während sie schluchzte, erkannte die Edle, daß der Schmerz verging. Sie nickte und richtete sich wieder auf. »Was habt Ihr mit mir angestellt?«

»Euch die Macht gegeben, die meine Tochter benötigen wird. Eine ebenso große wie ungewöhnliche Macht, nämlich die zu lieben und zu trösten, zu nähren und zu stärken, zu schützen und zu ertragen. Dies ist mein ganz besonderes Geschenk an Euch. Ihr werdet erst lernen müssen, damit umzugehen. Folgt dabei einfach Eurem Herzen …« Sie hielt inne und schien etwas Fernem zu lauschen. »Obacht! Euer Gemahl kehrt von der Streife zurück. Nein, nein, ängstigt Euch nicht, sondern hört mir zu. Mein liebes Kind, einige Zeit wird wohl vergehen, ehe Ihr wieder zu mir finden werdet. Dabei habe ich Euch noch so viel zu sagen. Kommt hierher, wann immer Ihr den Wunsch dazu verspürt. In meinem Garten braucht Ihr Euch nie zu fürchten. Und jetzt gebt acht.« Die Mutter nahm den Kopf der Tochter wieder zwischen ihre Hände, sah sie mit flammenden Augen an und brannte ihr ihre Worte ins Gedächtnis. Und das war gut so, denn Faradays ewiges Glück würde davon abhängen.

»Vergeßt nie, daß ich immer für Euch da bin. Deshalb prägt Euch meinen Rat gut ein. Wenn Euer Leben mit dem Blut Eures Herzens aus Euch rinnt, ruft meinen Namen, und ich werde zur

Stelle sein. Wenn der Schmerz an Eurem Verstand zerrt und Ihr um Eure Seele fürchten müßt, ruft meinen Namen, und ich komme. Denn Ihr seid wahrlich meine Tochter.«

Die Mutter sah die Edle wieder ernst an und sang ihr dann mit leiser Stimme ein kurzes Lied:

»Scheint alles dunkel, tot, verloren,
dann sei getrost, verzage nicht!
Die Mutter, die dich einst geboren,
geleitet dich ins ferne Licht.«

Dann verlangte die Göttin: »Wiederholt die Worte.« Faraday gehorchte. »Niemals dürft Ihr dieses Lied vergessen, Tochter, *niemals!* Und denkt immer daran, daß Ihr nur meinen Namen zu rufen braucht. Nur meinen Namen.« Nun hatte auch sie Tränen in den Augen und küßte Faraday auf den Mund. »Vergeßt das nicht!«

Und alles um Faraday verging.

Yrs Arme schlossen sich um sie und drückten sie an sich. »Der Prophezeiung sei Dank, Faraday. Ich fürchtete schon, Euch für immer verloren zu haben!«

Die Edle öffnete die Augen und blinzelte verwirrt. Sie befand sich wieder in ihrem Gemach in der Festung und hielt noch die Holzschüssel in Händen, deren Zauberlicht aber erlosch. Doch, o Wunder, sie trug das Gewand, das die Mutter ihr geschenkt hatte.

»Rasch!« drängte die Katzenfrau. »Bornheld ist eben in den Burghof eingeritten und ruft schon nach Euch. Zieht dieses Kleid aus. Wo habt Ihr das bloß her? Und steigt in Eure Robe. Macht schon, ich lasse die Schale verschwinden. Wo steckt denn bloß der Krug. Ins Kleid, Mädchen, hurtig. Ja, so ist es recht. Oh, ich spüre schon, wie er den Flur entlangschreitet! Rasch, Euch bleibt keine Zeit mehr. Ins Bett, ich habe die Laken schon durcheinandergebracht. Stellt Euch schläfrig ... Na gut, meinetwegen, ein etwas törichter Gesichtsausdruck tut's auch. Jetzt noch rasch das Gewand über die Holzschale gebreitet, und ... oh!«

Die Tür flog auf, und der Herzog polterte herein. Ein seltsames Leuchten ging von seinem Gesicht aus. Faraday saß auf dem Bett, als erhebe sie sich gerade nach einem Schlummer. Sie schaute ihn verwirrt an und rieb sich den Schlaf aus den Augen.

Was will die denn schon wieder hier? fragte sich der Burgherr und warf einen bösen Blick auf die Zofe, die gerade in der Nähe stand und irgendwelche alten Sachen in einer Truhe verstaute.

»Hinaus!« fuhr er Yr an.

15

Der Morgen des Jultidenfestes

Es war früh am Morgen des siebten Tages in der dritten Woche des Schneemonds, und wenn die Verteidiger von Stadt und Feste Gorken demselben Festtagskalender wie die Awaren und Ikarier gefolgt wären, hätten sie gewußt, daß heute Jultidenfest war, die längste Nacht des Jahres. Für diese beiden Völker bildete die Wintersonnenwende die entscheidende Nacht des Jahres. Wenn ihre Riten der Sonne nicht halfen, diese Nacht zu überleben und am nächsten Tag wieder aufzugehen, würde der Winter nicht mehr aufhören.

Während der beiden vergangenen Tage waren schlimme Schneestürme über den Gorkenpaß gefegt. So fürchterliche Unwetter, daß niemand es gewagt hatte, sich außerhalb der Schutzmauern aufzuhalten. In den Regentonnen fror das Wasser, und das Fleisch mußte mit Äxten in Scheiben geteilt werden. Alle Zeltplanen, die nicht richtig befestigt waren, gefroren, je nachdem wie der Wind wehte, zu den absonderlichsten Gebilden. Nicht einmal Bruder Franz konnte sich daran erinnern, daß jemals ein so furchtbarer Sturm Gorken getroffen hatte. Und das ausgerechnet in einer Zeit, da die Kohlen für die Feuer streng rationiert waren. Vierzehntausend Soldaten drängten sich in Burg und Stadt, und das vorhandene Heizmaterial konnte einfach nicht für sie alle reichen. Die Versorgungslage verschlechterte sich von Tag zu Tag, und der Oberste Kriegsherr fürchtete schon, seine Verteidigung bräche zusammen, wenn die Skrälinge ihren lange befürchteten Angriff im Schutz der Schneestürme durchführten. Angesichts dieser drohenden Gefahr fanden die Männer auch in der Nacht keine Ruhe.

Die Abwehr des Geisteransturms drohte zu einem Alptraum zu werden. Die Stadtmauern vermochten einem feindlichen Ansturm nicht lange standzuhalten, da nicht die ganze Armee innerhalb der Festungsmauern untergebracht werden konnte. Also mußten größere Teile in die Stadt verlegt werden. Wenn der Ort unterging, wären damit achttausend Mann verloren. Die Burg selbst mochte dank ihrer dreimal so starken Befestigungen Angriff und Belagerung widerstehen, aber für alle, die in der Stadt lagen, standen die Aussichten denkbar ungünstig.

Auf Befehl Bornhelds hatte Axis die Verantwortung für die Verteidigung der Stadt übernommen. Dieser wehrte sich nicht gegen das Kommando, befürchtete aber wie sein Oberster Kriegsherr, daß der Ort nicht lange würde standhalten können. Die Angriffe der Skrälinge auf die Patrouillen waren nur ein leises Lüftchen gegen den Sturm, den Gorgrael gegen die Stadt schicken würde.

Bei einer herkömlichen Belagerung hätten die dreieckigen Vorsprünge in den Mauern hervorragend als Schützenstellungen genutzt werden können, um die Angreifer mit einem Pfeilregen zurückzuschlagen. Und wenn diese direkt auf die Mauern zustürmten, würden sie mit kochendem Öl überschüttet. Aber niemand in Gorken wußte, auf welche Art und Weise der Angriff des Zerstörers erfolgen würde.

Der Axtherr, Magariz und Jorge standen auf einem der Bollwerke mit dem Rücken zum Wind. Sie hatten sich fest in ihre Umhänge gehüllt und spähten in den Schneesturm, um feindliche Bewegungen auszumachen. Die Sichtverhältnisse waren miserabel. Sie standen erst seit kurzem dort, doch mittlerweile waren unter den Kapuzen ihre Bärte und Augenbrauen bereits mit Frost überzogen. Der Fürst zog an Axis' Ärmel und nickte in Richtung der Falltür, die hinunter in den Turm führte. Der Stadtbefehlshaber nickte, und die drei Männer huschten, so rasch es ging, über die vereisten Steinplatten und die Leiter hinunter in den Raum, wo der Kriegsrat tagte.

Die drei atmeten freier, als sie das Unwetter hinter sich gelassen hatten. Bedienstete halfen ihnen aus den steifgefrorenen

Mänteln. Ein kleines Feuer brannte im Kamin, und die Männer stellten sich davor und versuchten, sich an den schwachen Flammen aufzuwärmen. Sie pflücken sich mit klammen Fingern, die so kalt waren, daß sie unter der Wärme brannten, das Eis aus den Haaren. Außer ein paar Schränken an der Wand, die Speere, Bögen und Köcher enthielten, befanden sich keine Möbel in der Wachstube. Ein einzelnes Fenster wies normalerweise zum Vorland der Stadt hinunter; aber bei diesem Sturm hatte man es fest mit einem Laden verriegelt.

»Nun?« fragte Bornheld. »Wie sieht's draußen aus?«

Magariz sah Axis an, ehe er sich an seinen Herrn wandte. Alle Anwesenden trugen Kriegskleidung und Kettenhemden unter den dicken Fell- und Lederhosen. Metallplatten schützten ihre Arme, Oberschenkel und Schienbeine. Bei diesem Sturm hatten die Soldaten gelernt, ihre Rüstung nicht mit bloßen Fingern anzufassen. So mancher hatte schon eine Fingerkuppe an das frostkalte Metall verloren. Neben dem Herzog und Roland hielten sich hier noch die Leutnants der Kommandeure auf, darunter auch Belial und Gautier.

»Die Wucht des Sturms hat nicht nachgelassen, Oberster Kriegsherr«, beantwortete der Fürst Bornhelds Frage. »Der Zerstörer selbst scheint ihn uns geschickt zu haben. Die Kälte frißt sich ins Fleisch und in die Gelenke unserer Männer, und das Böse, das mit dem Unwetter kommt, zersetzt ihnen Seele und Mut.« Jeder im Raum wußte, was er damit sagen wollte. Die besondere Gefährlichkeit dieses Sturms lag auch in seiner Boshaftigkeit. Fast schien es, als seien die Schneewirbel lebendig und dürsteten nach dem Tod aller, über die sie herfielen.

»Bei solchem Wetter können wir keine Operationen durchführen«, erklärte der Herzog von Ichtar und stampfte mit den Füßen auf, damit die Zehen nicht erfroren. »Wenn wir jetzt eine Patrouille aussenden, werden die Männer keine fünf Minuten da draußen überleben. Wahrscheinlich erfrieren sie in ihren Sätteln.«

»Ich glaube, Gorgrael kann seinen Großangriff auch nicht bei diesem Sturm wagen«, bemerkte der Axtherr. Er stand mit dem

Rücken zum Kamin. »Seine Geistwesen überfielen uns doch immer bei einigermaßen ruhigem Wetter, oder?«

Bornheld warf ihm einen finsteren Blick zu, aber Magariz und Jorge nickten sofort. »Wir haben auch bei Wind und Sturm Patrouillen ausgesandt, allerdings nie bei einem solchen Unwetter, und sie blieben immer unbehelligt. Ihr könntet recht haben, Axtherr. Womöglich bleibt der Großangriff bei diesem Schneesturm aus.«

»Aber warum schickt er ihn uns dann?« fragte Roland. In seiner Rüstung und Winterkleidung wirkte er noch massiger und bulliger als sonst. »Warum hat Gorgrael diesen Sturm zusammengebraut, wenn nicht, um in seinem Schutz seine Heerscharen gegen uns zu schicken?«

»Um unsere Kräfte und unseren Mut zu schwächen«, antwortete Jorge leise. »Oder einfach nur, uns seine Macht vor Augen zu führen. Damit wir spüren, mit wem wir es zu tun haben.«

»Vielleicht genießt er es auch nur, so etwas zu erschaffen«, meinte Axis leise. »Womöglich liebt er es, Haß auszusenden.«

Bornheld fluchte. »Wenn er noch lange mit seinem Angriff wartet, können wir ihm nur noch Berge von erfrorenen Körpern entgegenwerfen. Gautier, wenn die Kohlevorräte zur Neige gehen, sollen die Offiziere die Türen und Fensterläden von unbewohnten Häusern reißen und verfeuern. Wollen wir hoffen, daß dieser vermaledeite Sturm nicht mehr allzu lange anhält.«

Gerade hatte der Herzog mehr oder weniger zugegeben, daß sie es mit dem Gorgrael der Prophezeiung zu tun hatten. Aber er ärgerte sich immer noch ungeheuer darüber, wie rasch sich die Weissagung in seiner eigenen Truppe verbreitet hatte. Die Männer sprachen ja von nichts anderem mehr. Bornheld befahl ihnen wiederholt, ihre Aufmerksamkeit lieber auf die bevorstehende Schlacht zu richten und nicht darauf, die Rätsel dieser artorverfluchten Prophezeiung zu lösen. Aber seine Bemühungen blieben ohne Erfolg, die Soldaten ereiferten sich immer noch hitzig an den Lagerfeuern darüber, oder unter ihren Decken, wenn der Brennstoff knapp wurde. Wer mochte der Sternenmann sein? lautete die meistgestellte Frage. Würde er Achar von der Bedrohung aus dem Norden befreien, oder sollten sie ihr Vertrauen weiter in Bornheld setzen? Man munkelte auch viel über die Unaussprechlichen; wohl keinen ließ es kalt, daß die Weissagung unmißverständlich davon sprach, daß alle drei Völker sich zusammentun müßten, um den Zerstörer zu besiegen. Die Meinungen darüber gingen weit auseinander, ob es ein kluger Entschluß wäre, die Unaussprechlichen wieder ins Reich zu lassen. Die religiöse Erziehung des Seneschalls und die alten Vorurteile ließen sich eben nicht leicht überwinden. Aber einige Soldaten waren durchaus bereit, sich mit den neuen Erkenntnissen auseinanderzusetzen. Die Axtschwinger hielten sich meist zurück, wenn die Meinungen hin und her flogen. Und wenn einer von ihnen nach seinen Ansichten gefragt wurde, entgegnete er nur, daß er sein Vertrauen ganz in den Axtherrn setze. Er habe sie schon einmal vor dem Zerstörer gerettet und würde das auch wieder tun. Deswegen folgten sie ihm, wohin er sie auch führe.

Über eines waren sich aber alle einig: Zur Zeit stand nur Bornhelds Armee zwischen Gorgrael und Ichtar. Wenn sie die Kreaturen nicht abwehren konnte, war das Reich verloren. Und ob die Unaussprechlichen geneigt waren, Achar beizustehen, oder nicht, niemand wußte, wo sie sich aufhielten oder wie man sie erreichen konnte. Mit anderen Worten, die Soldaten und die Axtschwinger würden den großen Abwehrkampf allein führen müssen. Und sie konnten noch nicht einmal vor die Stadt ziehen, denn allem Anschein nach würden die Scharen des Zerstörers Gorken belagern und sich nicht einer Entscheidungsschlacht stellen. Gorgrael mußte die Stadt und die Festung einnehmen, ehe er sich mit seinen Kreaturen über Achar ergießen konnte.

Goldfeder fröstelte und legte sich einen Schal aus weichem Ziegenhaar um. »Normalerweise wird es in Awarinheim nie so kalt, Aschure, nicht einmal so hoch im Norden. In früheren Jahren konnten wir selbst am Jultidenfest ohne übertrieben warme Kleidung herumlaufen. Aber heute …« Sie bibberte wieder und sah sich in dem kleinen Wäldchen um, in dem der Geistbaum-Klan lagerte. »So etwas hat es noch nie gegeben.«

Die Acharitin nickte geistesabwesend. Goldfeder hatte sich große Mühe gegeben, sie seit der Entscheidung der Awarenversammlung aufzuheitern. Aber Aschure blieb auch ihr gegenüber unzugänglich, und alles Leuchten war aus ihren Augen entschwunden.

Während Goldfeder sich die Stiefelriemen zuband, drehten sich ihre Gedanken, wie so oft in diesen Tagen, um ihren Sohn und die bevorstehende Ankunft ihres Mannes und ihrer Tochter. Ein Drittel des Ikariervolks würde eintreffen, um zusammen mit den Awaren das Jultidenfest zu feiern. Zur Sommersonnenwende, Beltide, erschienen gewöhnlich mehr. Goldfeder konnte das Wiedersehen kaum erwarten.

Aber die Ikarier ließen auf sich warten, und nicht nur Goldfeder sorgte sich um ihr Ausbleiben. Viele Awaren standen in Gruppen herum und redeten darüber. Der Jultidentag war angebrochen, in acht oder neun Stunden sollten die Riten beginnen, und die Flugwesen ließen sich immer noch nicht blicken. Ohne die Ikarier und vor allem ihre Zauberer würde es den Riten deutlich an der nötigen Kraft fehlen. Was ging nur am Krallenturm vor, daß von dort noch niemand aufgebrochen war?

Goldfeder und Aschure setzten ihren Gang durch die Lichtungen fort, hingen beide ihren Gedanken nach und warfen immer wieder einmal einen Blick nach oben. Alle hielten es – wie die Tradition es vorsah – für günstiger, das Fest unter klarem Himmel zu feiern. Die Acharitin hatte gerade wieder hinaufgeschaut und blieb jetzt nachdenklich stehen. Ein seltsames Geräusch erfüllte die Luft, das mit jeder Minute lauter wurde. So ähnlich wie der Fluß Nordra, dort wo er im Verbotenen Tal in die Schlucht stürzte. Sie drehte sich zu ihrer Freundin um, aber ihr verschlug es gleich die Sprache, als sie ihr Gesicht sah. Die normalerweise ruhige und gelassene Goldfeder schien in höchste Erregung zu geraten. Ihre Augen leuchteten, sie lachte vor Freude und Erleichterung, und sie klatschte wie ein kleines Kind in die Hände. »Sie kommen!« Goldfeder zog Aschure am Ärmel mit zur nächsten Lichtung. »Sternenströmer!« schrie sie. »Wo seid Ihr?«

»Hinter Euch«, antwortete eine belustigt klingende, tiefe und musikalische Stimme. Aschure verlor fast ihr Gleichgewicht, als ihre Freundin herumfuhr. Vor ihnen landete das allererstaunlichste Wesen, und über ihnen rauschte es von Schwingen, die so dicht nebeneinander flogen, daß der Himmel vollkommen bedeckt war. Goldfeder stieß einen halb erstickten Schrei aus, raffte ihre Röcke und rannte auf den Vogelmenschen zu. Lachend warf sie sich ihm in die Arme. »Goldfeder«, sagte er sanft, umarmte sie mit Armen und Schwingen und küßte sie auf den Mund.

Aschure blieb stehen und atmete tief ein. Sternenströmer. Ihre Freundin würde bei niemandem sonst in solche Verzückung geraten. Der Acharitin fiel nach einer Weile auf, daß sie den Ikarier anstarrte. Vermutlich galt so etwas auch hier als sehr unhöflich, aber sie konnte nicht anders, als die beiden anzuschauen. Davon abgesehen waren sie so miteinander beschäftigt, daß ihnen gar nicht auffiel, wer sich noch in der Nähe aufhielt. Rings um sie herum stiegen weitere Ikarier vom Himmel herab, und noch viel mehr stießen sich von der Klippenwand der Eisdachalpen ab und flogen zu den Hainen.

Sternenströmer zog immer noch Aschures gesamte Aufmerksamkeit auf sich. Ein großer, schlanker und muskulöser Mann mit freiem Oberkörper, der eine engsitzende goldfarbene Hose und ebensolche Stiefel trug. Sein schimmerndes goldenes Haar fiel ihm in Locken bis auf die Schultern hinunter. Je nachdem, wie das Licht darauf fiel, glänzte es mal golden und mal silbern, bis es in Gefieder überging, aus dem am Rücken auf der Höhe der Schulterblätter zwei leuchtend weiße Flügel wuchsen. Zwar hatte er diese nun um Goldfeder geschlungen, aber bei seiner Landung hatte Aschure einen Blick auf sie werfen können. Die Schwingen hatten eine Spannbreite von mehr als drei ausgewachsenen Männern. Die Acharitin blinzelte und sah sich um. Überall standen nun aufgeregte Awaren und Ikarier zusammen. Flügelschlagend landete Schar um Schar der Vogelmenschen und legte dann die Schwingen zusammen. Daunenweiche Federn regneten vom Himmel, und die Luft war erfüllt von freudigen Begrüßungsrufen.

Goldfeder legte den Kopf in den Nacken, um ihrem Liebsten ins Gesicht sehen zu können. Angefüllt von Liebe und Freude wirkte sie deutlich jünger, fast wieder wie das junge Mädchen, in das sich der Sternenströmer vor so vielen Jahren verliebt hatte. Der Ikarier lachte und strich ihr zärtlich über das Gesicht. Seine Schwingen hielten sie so fest, als sollte deren Wärme und sanfte Kraft einen Kokon um die beiden Liebenden sein.

»Ich habe Euch vermißt, Frau meines Horstes. Mein Herz und mein Bett sind während der vergangenen Monate kalt geworden.« Der Zauberer war von außerordentlicher Schönheit. Eine feine helle Haut spannte sich leicht über hohe, schmale Wangenknochen und eine schmale, ebene Nase. Blaue Augen, die jeden in ihren Bann zogen, blickten Goldfeder voll inniger Zuneigung an. Gesicht und Kopf waren schmal und ein wenig langgezogen. In seiner ganzen Erscheinung lag etwas Edles und Geheimnisvolles. Seine Aura drückte nicht so sehr Fremdartigkeit als vielmehr Überlegenheit aus.

Goldfeder jedenfalls hatte ihm nicht widerstehen können. Als sie diesem Mann zum ersten Mal begegnet war, hatte er nur die Hand ausgestreckt, kein Wort sagen müssen oder lächeln, und schon hatte sie sich wie jetzt in seine Arme geworfen.

Jetzt spähte die wieder jung gewordene Goldfeder über seine Schulter. »Abendlied?« fragte sie noch ganz atemlos voller sehnsuchtsvoller Zuneigung.

»Die folgt später, mein Liebes«, lächelte Sternenströmer. »Sie wollte lieber mit Freierfall fliegen.«

Goldfeder legte ihm die Hände auf ihre Brust und sah ihm in die Augen. »Sternenströmer, es ist etwas passiert, von dem ich Euch unbedingt –«

»Nicht jetzt, mein Herz, jetzt noch nicht«, entgegnete er flüsternd und brachte sie mit einem Kuß zum Schweigen. Aschure wandte sich nun von den beiden ab, zog sich zurück bis an den Rand der Lichtung und ließ sich unter einem Baum nieder. Wie vollkommen einsam sie sich jetzt fühlte – eine Fremde mitten in der Wiedersehensfreude der beiden unaussprechlichen Völker. Der Jubel der Ikarier und Awaren, die Liebe zwischen ihrer

Freundin und Sternenströmer, all das traf sie wie ein Hieb und machte ihr wieder einmal klar, daß sie niemanden hatte, um den sie sich sorgen konnte oder der sie in die Arme nehmen würde, wenn sie nach Hause kam.

Goldfeder konnte sich endlich von ihrem Liebsten trennen. »Sternenströmer«, begann sie noch einmal und diesmal dringlicher, »ich muß mit Euch reden. Unser Sohn ist nicht tot! Jayme hat mich hinters Licht geführt. Möge seine Seele dafür in alle Ewigkeit keine Ruhe finden! Unser Sohn lebt!«

Sternenströmer löste seine Schwingen etwas und lehnte sich zurück, um seine Frau genau anzusehen. So lange lag die schwere Stunde schon zurück, daß er im ersten Moment keinen Sinn in Goldfeders Worten erkennen konnte. Dann schüttelte der Ikarier heftig den Kopf, als könne er die Neuigkeit nicht glauben. »Nein, nein ... was soll das heißen? Unser Sohn ... er ist doch bei der Geburt gestorben ... Ihr wart selbst dabei ... habt das mit eigenen Augen gesehen ...« Seine Stimme erstarb.

Goldfeder schluchzte, und ihre Brust hob und senkte sich. »Jayme hat ihn mir damals gestohlen und an Sohnes statt aufgezogen! Und mittlerweile ist aus ihm der Axtherr des Seneschalls geworden!«

»Wer? Jayme?«

»Nein, nein, unser Sohn!«

Sternenströmer ließ sie jetzt endgültig los und trat fast fluchtartig einen Schritt zurück. »Niemals, das kann nicht sein! Unser Sohn ist der Axtherr?«

Ramu, der die Szene aufmerksam aus gebührendem Abstand verfolgt hatte, humpelte nun auf die beiden zu. Er war sich nicht ganz sicher gewesen, ob der Zauberer diese Nachricht wohlwollend aufnehmen würde. So konnte ihn jetzt auch der entsetzte Gesichtsausdruck des Ikariers kaum überraschen.

»Zauberer, das entspricht der Wahrheit«, erklärte der Aware jetzt leise, aber bestimmt. Sternenströmer fuhr zu ihm herum, und Ramu hob abwehrend eine Hand. »Friede, Zauberer. Hört mich an. Ich bin dem Axtherrn begegnet. Er nennt sich selbst Axis, Rivkahs Sohn, und ...«

»Ein Betrüger! Ein Schwindler!« Zorn verdunkelte das Antlitz des Ikariers. Dies konnte nur ein hinterhältiger Trick des Seneschalls sein, um ihn in eine Falle zu locken.

Aber Ramu ließ sich davon nicht abschrecken. »Nein, Zauberer, das ist Axis ganz und gar nicht. Er hat Eure Augen und auch Eure Gesichtszüge. Nein, wartet! Da gibt es noch mehr zu berichten. In der schwarzen Uniform des Axtherrn wohnt die Seele eines ikarischen Zauberers.« Der Aware trat nun dicht an den Sternenströmer heran und faßte ihn am Arm. Die Muskeln waren vor Anspannung ganz hart. Ramu zwang sich, dem wütenden Blick seines Gegenübers nicht auszuweichen. »Vor meinen Ohren hat Euer Sohn das Lied der Genesung gesungen und damit das Kind gerettet, das sich in meiner Obhut befand. Sternenströmer, die Kleine war schon halb tot, und er hat sie geheilt! Glaubt Ihr, der Seneschall könne einen Schwindler mit solchen Fähigkeiten erschaffen?«

Der Ikarier starrte ihn noch einen Moment an und wandte sich dann an seine Frau, aber kein Laut wollte ihm über die Lippen kommen.

Goldfeder schlang die Arme um ihn und drückte ihre Wange an seine Brust. »Es ist wahr, mein Liebster, es stimmt. Ich stand so nahe vor ihm wie Ramu jetzt vor Euch, *aber ich habe ihn nicht als unseren Sohn wiedererkannt!*« Wieder fing sie an zu weinen, bis der Zauberer seinen Arm aus Ramus Griff befreite und ihn um sie legte. »Was sollen wir nur tun?« flüsterte er. »Wie können wir ihn zurückbekommen? Wie können wir ihn weiter in den Händen des Seneschalls lassen?«

Mein Sohn, dachte er. *Ich habe einen Sohn. Und dazu noch einen mit Zauberergaben.* Dieses Wissen würde sein ganzes Leben verändern.

Geschwaderführer Weitsicht Stechdorn schritt durch die Lichtungen, die vor Menschen nur so wimmelten. Er hatte die Rabenflügel angelegt, und als Offizier, dem militärische Organisation und Disziplin über alles gingen, ärgerte er sich über das Durcheinander der versammelten Awaren und Ikarier. Seine schwarzen Brauen wölbten sich, während er nach Sternenströmer Sonnenflieger Ausschau hielt. Dessen Bruder Rabenhorst Sonnenflieger hatte nach ihm geschickt, und wenn er sich etwas in den Kopf gesetzt hatte, bekam er es für gewöhnlich auch, meist mit der Unterstützung von Weitsicht. Rabenhorst Sonnenflieger war der Krallenfürst der Ikarier und oberster Befehlshaber ihrer Luftarmada. Damit gebot er über die zwölf Geschwaderführer, deren dienstältester Weitsicht war. Jedes Geschwader wiederum setzte sich aus zwölf Staffeln zusammen, den Grundeinheiten der Luftarmada, und in ihr dienten jeweils zwölf Ikarier, Männer wie Frauen. Die Ikarier waren nicht ohne Grund als Militärverband zum Jultidenfest geflogen. Sonst hätten sie als Privatpersonen daran teilgenommen, doch diesmal hatten sie den Awaren schwerwiegende Neuigkeiten zu überbringen. Der Krallenfürst bestand nun darauf, daß sein Bruder Sternenströmer an der Sitzung des Vereinten Ältestenrats der Geschwaderführer und der Zauberer beider Völker teilnahm. Dieser Rat trat eben im Steinkreis um den Erdbaum zusammen. Weitsicht blieb also nicht mehr viel Zeit. Forsch marschierte er durch die Menschenmengen auf den verschiedenen Lichtungen und achtete weder auf freundliche Zurufe noch auf die peinlich berührten Blicke der Waldläufer, als sie entdeckten, daß er zur Schlacht gerüstet war. Der Geschwaderführer hatte den Bogen geschultert, und der Köcher voller Pfeile hing zwischen seinen Flügeln auf dem Rücken.

Noch nie war jemand in Waffen in einem der Awarenlager erschienen, und erst recht nicht im heiligen Hain.

Endlich fand er Sternenströmer, natürlich auf der letzten Lichtung, auf der er nachsah. Goldfeder stand dicht neben ihm, und ein awarischer Zauberer redete auf ihn ein. Weitsicht erkannte gleich an der Miene des Ikariers, daß es sich um eine ernste Angelegenheit handeln mußte. Tja, in diesen Tagen häuften sich die schlimmen Nachrichten, dachte Weitsicht.

»Sternenströmer!« rief er mehrere Male, mußte aber fast unmittelbar vor ihn hintreten, damit dieser auf ihn aufmerksam wurde. »Sternenströmer, der Fürst will Euch sehen. Er hat im

Geheiligten Kreis eine gemeinsame Ratssitzung einberufen, und Ihr sollt auch daran teilnehmen.«

Dem Zauberer schienen in diesem Moment ganz andere Dinge durch den Kopf zu gehen, und Goldfeder setzte eine betrübte Miene auf, aber darauf konnte Weitsicht jetzt keine Rücksicht nehmen. Wenn es bei den beiden Beziehungs- oder Familienfragen zu klären gab, mußten sie eben warten. »Sofort«, unterstrich Weitsicht die Dringlichkeit der Aufforderung und wandte sich an den Awaren. »Ihr müßt auch dort erscheinen, Ramu. Dringende Angelegenheit bedürfen der Beratung, und zwar noch vor Beginn der Riten an diesem Abend. *Falls wir heute überhaupt dazu kommen, die Riten durchzuführen!*«

Damit hatte er zumindest schon einmal den Waldläufer überzeugt. Ramu setzte eine besorgte Miene auf und sagte: »Weitsicht, der Sternenströmer hat gerade eine unglaubliche Neuigkeit erfahren, und ich glaube, der Vereinte Rat sollte sie auch hören. Kommt, Sternenströmer, wir müssen uns unverzüglich auf den Weg machen. Begleitet uns bitte, Goldfeder. Ihr solltet dort ebenfalls sprechen.«

Die vier erreichten die Ratssitzung als letzte. Rabenhorst Sonnenflieger, der Krallenfürst, wartete bereits ungeduldig darauf, mit den Beratungen zu beginnen. Der gutaussehende Vogelmann besaß lebendige violette Augen und trug das dunkle Haar so lang wie sein Bruder. Die Unterseite seiner Flügel war aus leuchtendem Blau. Ikarier pflegten ihr Haupthaar und die Oberseite ihrer Schwingen nicht zu färben, hingegen aber sehr gern, und das je nach Laune, die Unterseite. Rabenhorst hatte eine passende blaue Hose an, und an beiden Oberarmen prangten zwei silberne Armreife, die auf seinen Rang hinwiesen. Der Fürst führte die Ikarier schon seit über fünfzig Jahren, unmittelbar nachdem sein und Sternenstörmers Vaters Geschwindwolke gestorben war. Die letzten Tage hatten sich als die härtesten seiner gesamten Regierungszeit erwiesen.

Sobald sein Bruder und Goldfeder zwischen den hundertzwanzig versammelten Awaren und Ikariern einen Platz gefunden hatten, begann Rabenhorst mit seiner Ansprache. Beim Reden schritt er unter dem Erdbaum auf und ab. Unter dem Heiligtum selbst stand sein Sohn Freierfall Sonnenflieger, der vom Onkel die goldenen Haare und vom Vater die violetten Augen geerbt hatte.

»Meine Freunde und Nachbarn«, sagte der Fürst. »Die Luftarmada bringt beunruhigende Nachrichten mit. Unsere Fernaufklärer melden, daß große Scharen von Skrälingen und anderen, uns unbekannten Kreaturen im Süden des Rabenbund-Landes am Fluß Andakilsa zusammengezogen werden. Offensichtlich bereiten sie sich auf einen Angriff auf die Acharitenfestung am Gorkenpaß vor. Dies ist der Grund für unser spätes Erscheinen. Wir wollten den Norden Ichtars so lange wie möglich observieren. Zur Zeit fegt dort ein schlimmer Schneesturm. Zauberkräfte, die wir noch nicht kennen, scheinen ihn ausgelöst zu haben.«

Rabenhorst hob eine Hand, um das Geraune und Getuschel zum Schweigen zu bringen, das an einigen Stellen entstanden war. »Und das ist leider noch nicht alles. Nördlich der Heiligen Haine ballen sich ähnliche Sturmwolken zusammen, und die Skrälinge sammeln sich auch an den Grenzen von Awarinheim. Meine awarischen Vettern, ich fürchte, Awarinheim steht bald das gleiche Schicksal bevor wie Gorken!«

»Unmöglich! Die Skrälinge haben immer davor zurückgescheut, den Wald zu betreten. Sie können die Bäume nicht ertragen. Genauso wenig wie die Haine im Norden Awarinheims.«

»Gorgrael verleiht diesen Kreaturen seine Macht, Mirbolt«, wandte Ramu ein. Er hatte sich erhoben, damit alle seine Worte verstehen konnten. »Wer weiß, wozu sie jetzt in der Lage sind? Doch bevor Ihr fortfahrt, Rabenhorst Sonnenflieger, müßt Ihr unbedingt etwas erfahren: Die Zeit der Prophezeiung ist angebrochen, und ihre Wächter wandeln bereits über die Erde.«

Der Fürst schwankte, als habe er einen Schlag erhalten, und Entsetzen breitete sich auf seinen schönen Zügen aus. Die anwesenden Ikarier wirkten gleichermaßen beklommen. »Oh nein!« stöhnte Sternenströmer und bedeckte sein Gesicht mit beiden Händen.

Ramu berichtete dem Rat nun, was er von den Wächtern am Farnbruchsee erfahren und wie er die Baumfreundin gefunden hatte. Mit einem Seitenblick auf den Sternenströmer, der auf den Boden starrte, fuhr der Aware dann damit fort, wie er dem Axtherrn des Seneschalls begegnet war und um wen es sich bei ihm in Wahrheit handelte. Um einen unglaublich starken ikarischen Zauberer, der soviel Macht besitze, daß er das Lied der Genesung singen könne, als handele es sich um ein einfaches Volkslied. Danach legte Ramu eine Pause ein, um diese Nachrichten in die Herzen der Zuhörer einsinken zu lassen. Die ikarischen Zauberer und Ältesten murmelten aufgeregt miteinander. »Vielleicht sollte Sternenströmer jetzt eine Erklärung abgeben«, meinte Ramu dann.

Langsam hob der Angesprochene den Kopf und sah sich in der Runde um, bis sein Blick am Bruder hängenblieb. »Rabenhorst, der Axtherr ist mein Sohn, Goldfeders Kind, das ihr bei der Geburt der Mann gestohlen hat, der mittlerweile zum Bruderführer des Seneschalls aufgestiegen ist. Ich habe das selbst gerade erst erfahren.«

»Was geht hier vor?« rief der Fürst, dessen erste Überraschung sich in Ärger verwandelt hatte. »Wie kann ein ikarischer Zauberer von den Schurken des Seneschalls großgezogen werden?«

Ramu trat vor und hob beide Hände, um den Aufruhr in den Reihen zu beschwichtigen. »Noch eines muß ich vorbringen. Die Zeit der Prophezeiung ist gekommen, und Gorgrael sammelt seine Truppen zum Großangriff auf den Süden. Die Wächter ziehen übers Land, ebenso wie die Baumfreundin. Ein ikarischer Zauberer trägt die widerwärtige Uniform eines Axtherrn des Seneschalls. Meine Freund, warum sonst sollten vier der Wächter und die Baumfreundin, wenn auch zu unterschiedlichen Zeiten, den Weg des Axtherrn gekreuzt haben? Um wen sonst könnte es sich bei dem mächtigsten ikarischen Zauberer handeln, der je gelebt hat? Wir alle kennen die Weissagung. In Gorgraels Adern fließen awarisches und ikarisches Blut, und der Sternenmann ist sein Halbbruder, gezeugt vom selben Vater.«

»Nein!« stöhnte Sternenströmer leise und ballte die Fäuste, als ihm langsam bewußt wurde, was Ramu mit diesen Worten zum Ausdruck brachte. »Nein, nein und nochmals nein!«

»Meine Freunde«, fuhr der Aware schon fort und ließ Sternenströmer nicht aus den Augen, »die entsprechende Stelle dürfte jedem hier bekannt sein. Wer sonst sollte der Sternenmann sein, wenn nicht der Axtherr? Der ikarische Zauberer, den die Lügen des Seneschalls immer noch fesseln? Und wenn dem tatsächlich so sein sollte, woran ich keinen Moment zweifle, dann müßt Ihr, Sternenströmer, auch der Vater Gorgraels sein!«

Der Ikarier warf den Kopf in den Nacken, schrie seine ganze ohnmächtige Wut hinaus und sprang auf. Er starrte Ramu wie einen Feind an und breitete die Flügel aus, als wolle er sich gleich in die Lüfte erheben. Weitsicht packte ihn und rang ihn zu Boden. Wütend krachten beim Kampf ihre Schwingen gegeneinander, und die Versammelten wichen vor den Kämpfenden zurück. Rabenhorst schlug nur einmal machtvoll mit den Flügeln und landete schon neben seinem Bruder. Er packte ihn so fest an den langen goldenen Haaren, bis dieser gar nicht anders konnte, als ihn anzusehen. »Wir müssen es wissen«, knurrte der Fürst. »Wäre das möglich?«

»Bevor ich Goldfeder getroffen habe, war alles möglich«, flüsterte Sternenströmer, und aller Widerstand in ihm erlahmte. »Ihr wißt genauso gut wie ich, wie es mitunter bei den Beltidenvereinigungen zwischen Awaren und Ikariern zugegangen ist.«

Rabenhorst wandte sich an die Awaren, ließ den Haarschopf seines Bruders aber noch nicht los. »Weiß jemand von Euch von einer Eurer Frauen, die nach dem Beltidentreffen ein Kind zur Welt gebracht hat?« fragte er grimmig. Nun war es an den Waldläufern, beschämt dreinzublicken und sich dem Unvorstellbaren zu stellen. Hatten vielleicht nicht alle Frauen, die nach dem Beltide schwanger geworden waren, sich ihrer Leibesfrucht entledigt?

»Sternenströmer«, sagte Ramu leise, weil sein Volk ihn dauerte, »sagt es uns. Welche Awarin könnte Gorgrael ausgetragen haben?«

Der Ikarier ließ die Flügel hängen. Er besaß nicht mehr die Kraft, sich gegen das Offensichtliche zu wehren. »In der Beltidennacht, bevor ich nach Sigholt flog«, antwortete er fast unhörbar, »lernte ich eine sehr schöne Awarin kennen.«

»Sternenströmer!« zischte sein Bruder ungeduldig und riß ihm wieder am Haar. »Wir brauchen den Namen! Wer?«

»Ameld«, entgegnete der Vogelmann so leise, daß nur die Nächststehenden ihn hören konnten. Er sank auf einem Sessel zusammen.

Die awarische Oberpriesterin schrie entsetzt auf, und Rabenhorst richtete seinen durchdringenden Blick auf sie: »Was wißt Ihr darüber, Mirbolt?«

»Meine Schwester Ameld verschwand vor vielen Jahren fünf Monate nach dem Beltidenfest!« antwortete sie entsetzt und schlug die Hände vors Gesicht. Sollte ihre Schwester tatsächlich den Zerstörer in die Welt gebracht haben? »Meine Schwester! Die arme, süße Ameld! Was muß sie nur durchgemacht haben?«

Ramu wartete, ob jemand noch etwas dazu zu sagen hatte, ging dann neben Sternenströmer in die Hocke, verzog das Gesicht schmerzhaft, als dabei sein Knöchel knackte, und legte dem Zauberer freundschaftlich eine Hand auf die Schulter.

»Mein Freund, kein Grund, vor Scham zu vergehen. Die Prophezeiung hat den Zeitpunkt ihres Erwachens selbst gewählt, und Ihr seid nur eines ihrer Werkzeuge gewesen. Denkt nicht mehr daran, daß Ihr den Zerstörer gezeugt habt. Freut Euch lieber darüber, wie durch ein Wunder der Vater des Sternenmanns zu sein. Und teilt dieses Wunder und diese Freude mit Goldfeder. Bedenkt, daß der Sternenmann die drei Völker Tencendors vereinen muß. Euer Sohn trägt das königliche Blut sowohl der Ikarier als auch der Achariter in sich. Eine bessere Abstammung läßt sich wohl kaum vorstellen, oder?«

Der Aware erhob sich und wandte sich an die Versammlung. »Wir wollen all das, was wir heute erfahren haben, zu unserem

Vorteil nutzen. Wir wissen nun einiges über Gorgrael und können vermuten, daß seine Kräfte denen eines ikarischen Zauberers ähneln, auch wenn er sie an Stärke übertreffen mag. Wir wissen aber auch, wer der Sternenmann ist. Und wir wissen, wo er sich aufhält.«

Sternenströmer hob den Kopf und blickte jetzt weniger entsetzt, als vielmehr neugierig drein. »Wo denn?«

»In der Feste Gorken. Zusammen mit der Baumfreundin.«

16
Jultide

Axis und Belial liefen in ihren schweren Umhängen durch die engen Gassen, die die Stadtmauern von den ersten Häusern trennten. Über ihnen tobte immer noch der Sturm, doch zwischen der Mauer und den Hauswänden fanden sie etwas Schutz vor Gorgraels Wüten. In regelmäßigen Abständen waren Wächter aufgestellt. Sie hoben sich in diesem unheimlichen Zwielicht nur als Schatten ab. Der Stadtbefehlshaber trat auf einen dieser Männer zu.

»Higginson«, erkannte er ihn gleich als einen der regulären Soldaten wieder, die zum Wachdienst der Axtschwinger abkommandiert waren. »Was für ein kalter Nachmittag. Wie lange steht Ihr hier schon?«

Der Mann salutierte, stolz darüber, daß der Axtherr sich seinen Namen gemerkt hatte. »Schon einige Stunden, Stadtbefehlshaber. Aber hier im Hauseingang können mir Gorgraels Wetterkapriolen nicht viel anhaben.«

»Braver Mann«, sagte Axis, als er in den Augen seines Gegenübers Furcht entdeckte, und klopfte ihm auf die Schulter. »Sorgt dafür, daß Ihr etwas Warmes zu essen bekommt, sobald Eure Schicht vorüber ist.«

Die beiden Offiziere gingen weiter, und Axis drehte sich zu Belial um. Er mußte schreien unter seiner Kapuze, um sich verständlich zu machen. »Dieser Sturm saugt einem das Mark aus den Knochen, und doch fürchte ich ihn nicht so sehr wie seinen Schöpfer.«

Belial konnte die Worte durch das Heulen des Windes gerade so eben verstehen. Er nickte und zeigte auf einen weiteren Hauseingang ein Stück die Gasse hinunter. Bei diesem Unwetter hatte es wenig Sinn, weiterhin die Verteidigungsanlagen inspizieren zu wollen.

Nach dem Kriegsrat hatten sich Bornheld und seine Kommandeure im Schutz von Hauswänden und engen Gassen in die Burg zurückgeflüchtet. Axis und sein Leutnant hatten sich hingegen zu einem Inspektionsgang aufgemacht. Sie sprachen mit den Männern, die sie auf der Mauer antrafen, mit den Wachtposten und den Soldaten, die sofort die Zinnen bemannen würden, sobald der Sturm nachließ. Weitere Männer befanden sich in den Häusern nahe bei den Mauern in Bereitschaft, damit sie im Notfall sofort eingreifen konnten. Der Axtherr riet allen, sich nach bestem Vermögen warm zu halten. Aber alle Ratschläge und aufmunternden Worte konnten die Furcht nicht bezwingen, die mit jeder Stunde zunahm.

Axis und Belial flohen in das angegebene Haus und waren froh, dem kalten Wind entkommen zu sein. Rasch warfen sie die Tür hinter sich ins Schloß. Sie befanden sich in der ehemaligen Werkstatt eines Schusters, die in eine Feldküche umgewandelt worden war. In einer Ecke brannte ein Feuer, und darüber stand ein Dreifuß mit einem Topf. Der Stadtbefehlshaber legte Mantel und Handschuhe ab, ließ sich vor den Flammen auf einem Hocker nieder und bedeutete seinem Leutnant, es ihm gleichzutun. Der Koch warf den beiden nur einen Blick zu, füllte ihnen dann zwei Schüsseln mit dicker Suppe und zog sich wieder in den Vorratsraum im hinteren Teil des Gebäudes zurück.

»Ich habe Angst«, gestand Axis leise, nachdem er sich gestärkt hatte.

»Dafür muß man sich nicht schämen.« Belial warf ein paar herumliegende Kohlestücke ins Feuer, lehnte sich an die Wand und rieb sich die Hände. »Hier haben doch alle Angst.«

»Niemand kann dem unsichtbaren Gift dieses Sturms entkommen.« Axis lauschte dem Heulen des Windes. »Selbst Belle würde ihren Mann bei diesem Wetter nicht hinausschicken, um die Kuh Spuckbacke zu retten. Außer sie wünschte sich nichts sehnlicher, als Witwe zu werden.«

Belial versuchte, ihn mit einem Lächeln aufzumuntern, scheiterte aber kläglich.

Der Axtherr seufzte: »Was wird Gorgrael uns entgegenschleudern? Welche Schliche und bösen Überraschungen hält er vor der Stadt für uns bereit?«

Vorhin hatten beide durch eine der Schießscharten nach draußen gespäht, aber im Schneetreiben natürlich nichts erkennen können.

»Ich fürchte, wir werden nicht mehr lange warten müssen, um das herauszufinden«, bemerkte eine Stimme hinter ihnen. Beide drehten sich um und sahen zu ihrer Überraschung Veremund und Ogden durch die Tür kommen.

Der Leutnant runzelte die Stirn. »Was habt Ihr denn hier verloren. Rasch zurück mit Euch in die Festung.«

Aber Axis schob schon seinen Hocker zur Seite, damit die Wächter ebenfalls Platz vor dem Feuer fanden. »Seid Ihr gekommen, meine Herren, um mir aufzuzeigen, wie ich meine Kräfte einsetzen soll? Wißt Ihr einen Rat, wie ich diese Mauern und meine Männer schützen kann?«

Belial gefiel der Tonfall in Axis' Stimme nicht. »Ihr werdet so handeln, Axtherr, wie Ihr immer gehandelt habt, nämlich nach Eurem besten Vermögen kämpfen und Eure Soldaten führen. Mehr könnt Ihr ohnehin nicht tun.«

»Verdammt!« fluchte Axis und starrte in die Flammen. »Ich bin der Sternenmann und sollte jetzt mehr zu leisten imstande sein als vorher.« Er hob den Kopf und sah die Wächter an. »Könnt Ihr mir helfen?«

Ogden breitete entschuldigend die Arme aus. »Wir sind nur Diener der Prophezeiung und vermögen nicht mehr, als ihr zu dienen und dem zuzusehen, was sie bewirkt. Leider besitzen wir nicht die Macht, diese Stadt und ihre Feste zu schützen. Und erst recht können wir Euch nicht im Gebrauch Eurer Kräfte unterweisen.«

»Warum seid Ihr dann gekommen?« fragte Axis barsch. »Was wollt Ihr hier?« Er konnte seiner Hilflosigkeit und der Furcht vor dem, was sich hinter dem Sturm zusammenbraute, nur durch Grobheit Luft machen.

»Wir müssen die Ereignisse bezeugen, mein Freund«, entgegnete Veremund sanft. »Und uns mit allen Kräften dafür einsetzen, daß Ihr heil aus dieser Geschichte herauskommt. Die Prophezeiung muß Schritt für Schritt in Erfüllung gehen, in der ihr eigenen Zeit. Wenn sie gewollt hätte, daß Ihr schon hier in Gorken im Vollbesitz Eurer Kräfte gewesen wärt, hätte sie das auch bewirkt.«

Der Axtherr starrte den Hageren an und zeigte dann ärgerlich auf die Tür. »Dann sagt mir doch, Wächter, werdet Ihr und Eure Prophezeiung auch dafür sorgen, daß alle vierzehntausend Soldaten heil aus dieser Geschichte herauskommen?«

Veremund ließ sich von Axis' Blick nicht einschüchtern. »Wer stirbt und wer überlebt, das zu entscheiden fällt nicht in meinen Machtbereich. Ich habe nur den Auftrag, Euer Weiterleben sicherzustellen.«

Axis starrte wieder zu Boden. »Hält sich mein Vater in der Nähe auf, Wächter? Kann er mich wirklich lehren, welches Lied ich singen muß, um diese Horden zurückzuschlagen?«

»Das vermag ich Euch nicht zu sagen«, antwortete der Hagere. »Solche Dinge wissen wir nicht.«

Geraume Zeit starrte der General wieder in die Flammen. Reichte es aus, der Axtherr zu sein, um Gorken zu retten? Oder mußte er dazu die Kräfte des Sternenmanns einsetzen? *Sternenströmer*, dachte er, *wo seid Ihr? Wo bleibt Ihr?*

Belial legte ihm eine Hand auf den Arm. »Ihr werdet Euer Bestes geben, mein Freund, denn so habt Ihr es immer gehalten.«

Axis holte tief Luft und wandte sich noch einmal an die Wächter: »Vielleicht wäre es wirklich besser, Ihr würdet in die Burg zurückkehren. Wenn Ihr noch länger bleibt, könnte es Euch blühen, die Totenmesse öfter zu lesen, als Euch lieb sein dürfte.«

»Und wir müssen ohnehin –« begann der Leutnant, sprang dann aber auf. »Was ist das?«

Der Axtherr starrte zur Tür, und die Wächter sahen sich an. Es war so weit.

»Der Sturm hat aufgehört«, flüsterte Axis. Alle Farbe war aus seinem Gesicht gewichen. »Gorgraels Angriff steht bevor.«

Ohne ein weiteres Wort griffen sich die beiden Offiziere Umhang und Handschuhe und eilten nach draußen.

Die heiligen und uralten Rituale von Jultide begannen, als die ersten Sterne durch die Lücken in der Wolkendecke am Himmel funkelten. Der Vereinte Rat hatte lange und heftig darüber gestritten, ob mit dem Wissen um diese Neuigkeiten die Riten überhaupt durchgeführt werden sollten. Doch am Ende hatte Einigkeit darüber geherrscht, daß dieses Ritual zu wichtig sei, um es nicht durchzuführen. Wenn aufgrund Gorgraels Erscheinen die Sonne nicht wiederbelebt würde, nähme der Winter vielleicht kein Ende mehr. Dann würden die Eis- und Nebelkreaturen des Zerstörers ungehindert ganz Tencendor beherrschen können.

Doch das Jultidenfest wäre für Gorgrael die ideale Gelegenheit, über sie herzufallen, da so viele Awaren und Ikarier sich mit ihren Zauberern und Zauberpriestern an einem Ort versammelt hatten. Angesichts dieser Gefahr traf der Rat alle Vorsichtsmaßnahmen. Die Geschwaderführer stellten rings um den Wald und auf den Klippen Posten auf, die nach Anzeichen für einen Angriff Ausschau halten sollten. Alle awarischen Kinder unter zwölf Jahren wurden sofort in den Süden Awarinheims geführt – die Ikarier brachten zu solchen Fest nie ihren Nachwuchs mit. Kein Volk konnte überleben, wenn seine Kinder umgebracht wurden.

Mit Einbruch der Nacht wurde dann mit den Riten begonnen. Aschure hielt sich am äußeren Rand der Versammlung vor dem Erdbaum auf. Bei ihr befanden sich Goldfeder, ihre Tochter Abendlied und Pease. Sie spürte, wie die Awaren und Ikarier etwas ruhiger wurden, sobald die ersten Worte des vertrauten Rituals gesprochen waren. Die ikarischen Zauberer, allen voran Sternenströmer, stellten sich mit der awarischen Priesterin in einem Kreis um das Steinrund vor dem Erdbaum auf. Sie trugen zu diesem Anlaß Dunkelrot, die Flugwesen nur lange Röcke – sogar ihre Frauen zeigten sich barbusig –, während die Awaren sich in lange Roben geworfen hatten, die bis zum Boden reichten. Eine flammende Sonne zierte die Brust Sternenströmers. Er verließ jetzt den Kreis und nahm eine nicht entzündete Fackel von einer der Säulen. Einen Augenblick lang blieb er so stehen und hielt den Kopf in Gedanken oder im Gebet verloren gesenkt – dann schossen Flammen aus ihr. Er zeigte der Versammlung das Feuer und umschritt das Steinrund, damit alle es sehen konnten. Schließlich blieb er vor einer awarischen Magierin stehen, die eine Harfe bereithielt. Als sie die ersten Töne anschlug, öffnete er den Mund und sang.

Seine Worte gehörten einer uralten Sprache an, die Aschure noch nie vernommen hatte. Doch nach ihrer ersten Verwirrung stellte sie fest, daß sie viele Worte verstand. Sternenströmer besang die Glorie der Sonne und das Leben, das sie denen schenkte, die in ihrem Licht wohnten. Er beklagte ihren alljährlichen Tod und bejubelte ihre Wiedergeburt in der Nacht der Wintersonnenwende. Nach einer kleinen Pause kündete der Zauberer von der Abhängigkeit des Erdbaums, von der Erde selbst und von allem Leben, das sie trug, von der Gesundheit und dem Wohlergehen des Himmelssterns. Er sang von den Mysterien der Sonne und von der Weise, die sie vor sich hin summte, wenn sie über die Himmel zog. Von den Sternen und von den unzählige anderen Sonnen, die sich alle zu den Klängen des Sternentanzes wiegten, der selbst eines der Sieben Großen Mysterien war. Die Stimmen der anderen Zauberer fielen ein und begleiteten ihn. Sternenströmers Gesang drang klar und deutlich daraus hervor und pflanzte sich in die Herzen aller im heiligen Hain, flog über sie davon und schwebte hinauf zum Firmament.

Aschure weinte. Die Stimme des Zauberers brachte alle Saiten ihrer Seele zum Klingen, und sie spürte, wie ihr Blut zu seiner Musik vibrierte.

Schließlich erstarb sein Lied, und er wandte sich an die Zauberer und Zaubererpriester. »Was können wir der Sonne bieten, auf daß sie ermutigt werde, morgen erneut zu leben?«

Die Führer der beiden Völker antworteten wie aus einem Mund: »Wir vermögen der Sonne die Stärke zu geben, sich am Morgen wieder in den Himmel zu erheben.«

»Ja, das können wir«, flüsterte Sternenströmer nur, und doch erreichte seine Stimme die Ohren aller. »Wir vermögen der Sonne die Stärke zu geben, sich am Morgen wieder in den Himmel zu erheben. Indem wir ihr unser Blut schenken.«

Aschure fiel eine Bewegung am Rand des Hains auf, dort wo sich Awarinheim und Eisdachalpen vereinten. Langsam und mit unvergleichlicher Würde näherte sich von dort ein Hirsch. Er stand in der Blüte seines Lebens. Sein Fell glänzte dunkel rotbraun auf dem Rücken, wurde an den Seiten immer heller und zeigte sich am Bauch in gelblichem Weiß. Ein mächtiges zwölfendiges Geweih schwankte beim Gehen auf seinem Haupt. Der Bock blieb kurz am Rand der Versammlung stehen und schaute wissend in die Runde. Dann suchte er sich seinen Weg durch die Waldläufer und Vogelmenschen auf den Steinkreis zu.

Als der Hirsch auf die Zauberer zuschritt, sangen sie für ihn ein Lied der Liebe und der Unterstützung, der Zuneigung und Dankbarkeit – einen Gesang der Verneigung vor dem Opfer, das dieses Tier ihnen darbrachte.

Der Bock lief durch die Reihe der Magier und blieb dann vor Sternenströmer stehen. Der Ikarier streckte eine Hand aus und berührte kurz seine Stirn, um ihn zu segnen. Dann nickte er Ramu zu, der sich mit einem langen Messer näherte. Der Hirsch fiel auf die Knie und bot ihm seine Kehle. Er schloß die wunderschönen Augen. Er wollte nicht mitansehen, wie der Aware ausholte, um zuzustechen.

Sternenströmer stimmte ein neues Lied an und drückte darin sein Staunen über den Großmut des Hirsches aus, der sein Leben gab, damit die Sonne wieder an Stärke gewönne. Als das Lied verklungen war, legte Ramu dem Bock eine Hand auf die Stirn und die andere auf seinen zuckenden Hals.

»Dank Euch für dieses Opfer, das Ihr aus freien Sinnen für uns bringt. Noch in dieser Nacht werdet Ihr mit der Mutter vereint sein«, sprach der Aware langsam, hob dann den Kopf und rief der Menge zu: »Seid Zeuge dieses Opfers, das unser Freund, der Hirsch, aus freien Stücken der Sonne gibt. Damit sie am Ende dieser langen Nacht erwache und genug Kraft finde, um sich für den Frühling zu stärken. Freund Sonne, nehmt diese Gabe an!«

Als er die Klinge mit aller Kraft in den Hals des Tiers stieß, spritzte Blut in hohem Bogen heraus, und der Hirsch stöhnte und brach zusammen. Während sein Lebenssaft hinausrann, sang Sternenströmer wieder mit Beglückung in der Stimme, und er warf die brennende Fackel, die er die ganze Zeit gehalten hatte, hoch in die Luft.

Im selben Moment entflammte der gesamte Steinkreis rund um den Erdbaum.

Axis schritt mit angespannter Miene die Mauer entlang. Nachdem der Wind sich gelegt hatte, war auch der Schnee ausgeblieben. Dafür schob sich der furchterregende Nebel an die Mauern, der für gewöhnlich die Skrälinge ankündigte. Die Nacht war hereingebrochen, und ihre Dunkelheit verstärkte die Undurchdringlichkeit des Dunstes. Belial beobachtete, wie sein Freund bei den Zinnen auf und ab lief und nur gelegentlich anhielt, um wieder vergeblich in die Finsternis zu spähen. Die Wächter in der Stadt und in der Festung hatten überall entlang der Mauern Fackeln angezündet. Doch selbst diese Lichterperlenkette vermochte die wachsende Angst nicht zu verstecken. Alle Soldaten standen mit wachen Sinnen bereit. Einige bestiegen gerade Leitern, um auf die Wehrgänge zu gelangen, andere legten ihre Waffen an. Wieder andere reckten in den Barrikaden die Köpfe, die man für den Fall errichtet hatte, daß die Mauern durchbrochen oder überwunden würden und die Überlebenden gezwungen sein sollten, sich durch die gewundenen Gassen zur Festung zurückzuziehen.

Axis schlug mit der Faust gegen den Stein. Was ging dort draußen vor? Er erinnerte sich an die Nacht, in der der Zerstörer dem Zug der Axtschwinger die Furchtwolke entgegengeschickt hatte. Und er glaubte, schon wieder im Nebel das Schlagen mächtiger Schwingen zu hören. Rasch suchte der Stadtbefehlshaber den Himmel ab. Ob Gorgrael seine Kreaturen auch noch mit Flügeln ausstattete? Bei der Vorstellung von Skrälingen, die vom Himmel herabstießen, überkam ihn eine Gänsehaut.

Was trieb der Zerstörer gerade? Worauf wartete er noch?

Enttäuscht von der Unmöglichkeit, etwas erkennen zu können, gab Axis einem plötzlichen Impuls nach, riß eine der brennenden Fackeln aus ihrer Halterung und schleuderte sie mit aller Kraft hinaus in den dichten Dunst. Tausende von Geistern wurden nun sichtbar, die vor dem Feuer flohen, das wirbelnd auf die Erde fiel. Ihre silbernen Augen rollten vor Panik in den Höhlen, und ihre wispernden Stimmen heulten und kreischten jetzt.

Und als die Flammen auf dem gefrorenen Schneeboden ausgingen, stoben Gorgraels Kreaturen zum Angriff herbei.

Aschures Aufmerksamkeit war ganz auf die wirbelnde Fackel und das entflammte Steinrund gerichtet. Und so merkte sie zuerst gar nicht, daß der Erdbaumhain angegriffen wurde. Schreie und Rufe drangen unvermittelt an ihr Ohr, aber erst als Pease sie am Arm zog und sie mit sonderbar erstickter Stimme zu etwas aufforderte, begriff Aschure, daß irgend etwas anders als geplant verlief. Zwei Geisterwesen, Skrälinge, hatten ihre Klauen in den Oberkörper der Awarin gebohrt, und entsetzlich lange Reißzähne gruben sich in ihren Hals und ihre Schultern. Peases Hand zuckte an Aschures Arm, während ihr ganzer Körper sich aufbäumte. Während sie mit den Augen um Hilfe flehte, drang ihr Blut aus Mund und Nase.

Die Acharitin riß sich von der Awarin los und war viel zu entsetzt, um schreien zu können. Wie in Trance wich sie vor der Szene zurück, nicht in der Lage, den Blick von Peases Todeskampf zu wenden. Die Alptraumgestalten rissen wie von Sinnen an ihrem Fleisch. Pease verdrehte die Augen und kippte nach hinten. Einer der Skrälinge hob den Kopf, rülpste und entdeckte das neue Opfer.

In diesem Moment brach Aschures Bann. Sie drehte sich um und rannte, was ihre Beine hergaben.

Sie lief über Lichtungen voller Chaos und Entsetzen, voller Blut und fressenden Ungeheuern. Als der Steinkreis entflammt war, hatten die drei Skrābolde, die den Angriff gegen das Jultidenfest leiteten, Tausende Geister in den Erdbaumhain geschickt.

Erst der unfaßbare Anblick von Wächterleibern, die über die Klippen geworfen wurden, hatte Awaren und Ikarier auf sie aufmerksam werden lassen. Die herabfallenden Leichen verletzten die Lebenden, und ein unheimliches Knacken von Knochen und Flügeln erfüllte die Luft. Die Waldläufer und Vogelmenschen schrien und liefen in ihrer Panik durcheinander, während die Skrälinge sich in wahren Horden aus dem Wald und von den Klippen auf sie stürzten.

Die Geschwaderführer verloren lebenswichtige Minuten damit, ihre Soldaten zu sammeln. Diese Zeit nutzten die Angreifer, sich durch die Menge zu fressen, denn sie wollten die Zauberer und Magier am Steinkreis und dann den Erdbaum selbst erreichen.

Weitsicht brüllte vor Wut und Enttäuschung, während sein Geschwader sich in kleinen Grüppchen nach und nach in die Lüfte erhob. Er legte einen Pfeil auf die Sehne und schrie jetzt erst recht seine Hilflosigkeit hinaus. Wie sollte er in diesem Gewimmel eine freie Schußlinie auf einen Angreifer erhalten? Zu leicht hätte er einen der Seinen treffen können. Die Szene unter ihm verwandelte sich mehr und mehr in ein vollkommenes Chaos. Überall sahen sich Awaren und Ikarier Gruppen von Geisterwesen gegenüber. Einige Vogelmenschen kämpften sich mit letzter Kraft nach oben, die meisten von ihnen hatten furchtbare Wunden am Körper oder an den Flügeln. Die Awaren konnten nicht fliegen, und sie wurden erbarmungslos niedergemacht.

Die drei Skräbolde heulten vor Begeisterung. Immer wieder sprangen sie einen Ikarier an, dem es irgendwie fast gelungen war, sich aus dem Gewimmel zu befreien und sich in die Lüfte zu erheben. Mit ihren langen Klauen zerfetzten sie im Nu seine Schwingen. Aber das betrieben die Skräbolde nur zum Zeitvertreib. Denn sie hatten heute nacht eine wichtige Aufgabe zu erfüllen, und die bestand nicht allein darin, das Jultidenfest zu stören. Aufreizend langsam näherte das Trio sich dem Steinkreis. Dabei waren sie klug genug, die Flammen zu meiden. Verdrossenheit stand in ihren großen silbernen Augen. Sie waren zu spät gekommen, hatten gehofft, die Feier zu etwas früherer Zeit stören zu können, als die Fackeln am Steinrund noch nicht in Brand gesetzt gewesen waren. Aber der Sternenströmer hatte das Feuer schon in die Luft geworfen, ehe sie eingreifen konnten.

Die Zauberer und Priester standen diesem Angriff ebenso hilflos gegenüber wie die Geschwaderführer und die jämmerlichen Reste ihrer Luftarmada, die ohnmächtig am Himmel kreiste. Selbst Schutzzauber vermochten wenig gegen die Skrälinge auszurichten. Lange stand Sternenströmer mit den anderen da, umgeben von sterbenden Ikariern und Awaren, und verfolgte, wie der graue Nebel näher und näher an ihn heranwaberte. Und bevor die Zauberer sich noch in irgendeiner Weise wappnen konnten, schlugen die Skräbolde zu.

Die Geister berannten in hellen Scharen die Mauern, hakten sich mit ihren Krallen auch noch in die kleinsten Ritzen im Mauerwerk und arbeiteten sich langsam zu den Zinnen vor. Ihre silbernen Augen glitzerten blutdürstig im matten Schein, den die Fackeln warfen. Axis warf immer wieder einen Blick nach unten und verfolgte mit grimmiger Miene das Heulen und Wispern der Kreaturen auf ihrem Weg nach oben. Seit seiner letzten Begegnung mit diesen Wesen hatten sie noch mehr an Gestalt gewonnen. Fleisch bedeckte nun ihre Schultern und einen Großteil ihrer dürren Arme und Beine. Nur ihr Oberkörper blieb weiterhin neblig und substanzlos. Die langen Reißzähne hingegen wirkten sehr echt und fest, gefährlich real.

Der Stadtbefehlshaber schritt seine Reihen ab. »Bereitmachen!« befahl er mit lauter Stimme. »Sie werden leicht zum Opfer unserer Waffen, meine Freunde. Die Skrälinge vermögen nicht, in großer Zahl über die Mauern zu schwärmen, und wir stechen ihnen in die Augen, bevor sie sich über die Zinnen gezogen haben. Waffen bereithalten!«

Jeder machte sich fertig und nahm seinen Platz an der Mauerbrüstung ein.

»Seid Ihr bereit?« rief Axis laut genug, um das anschwellende Wispern des Feindes zu übertönen.

»Wir hören Eure Stimme und sind bereit, Axtherr!« brüllten die Männer in seiner Nähe, und der Ruf breitete sich über die Mauern der Stadt fort. »Axtherr, wir sind bereit und hören Eure Stimme!«

Dann begann der Kampf. Welle um Welle schoben sich die Skrälinge die Mauern hoch und drohten schon durch ihre schiere Übermacht die immerhin mehr als tausend Soldaten an den Zinnen zu überrollen. Doch die Männer waren auf diese Schlacht vorbereitet, und ihr Anführer war in ihrer Mitte. Die Männer hatten in den letzten Wochen immer wieder geübt, wie die Geistwesen sich ausschalten ließen und welche ihre empfindlichsten Stellen waren. Ihre Hände griffen ins Haar der Kreaturen, ehe diese sie mit ihren Krallen packen konnten, und dann fuhren Schwert, Dolch oder Lanze in die silbernen Augen. Die Geister kreischten, verloren in dem Moment, in denen ihre Augen zerplatzten, den Halt und stürzten sich auflösend nach unten in den Schnee, wo sie in einer Pfütze vergingen.

Doch auch aus den Reihen der Soldaten ertönten Schreie. Dutzende von ihnen fielen. So mancher kippte mit einem Skräling auf der Brust nach hinten, dessen lange Zähne sich in Gesicht und Hals gruben. Die Geistwesen gerieten wie so oft in einen Rausch, wenn sie Menschenfleisch zu schmecken bekamen. Axis und Belial schienen überall zugleich zu sein und feuerten ihre Männer immer wieder an. Wo immer ein ganzer Abschnitt dem Ansturm zu erliegen drohte, sprangen die beiden herbei, stürzten sich ins Getümmel, rissen ihre Soldaten mit und drängten die Skrälinge über die Zinnen zurück.

»Setzt Feuer ein!« brüllte der Axtherr. »Die Brandsätze!«

Die in Bereitschaft stehenden Soldaten kamen nun mit Ölbehältern nach oben, und sie gossen die Flüssigkeit über die Zinnen der Brustwehr auf die Skrälinge. Dann schleuderten sie Fackeln hinterher und setzten ganze Scharen von Geistern in Brand. Deren Fleisch entzündete sich auf der Stelle, und die Kreaturen stürzten kreischend in den Schnee. Kaum trafen sie auf, vergingen sie schon in grauem Matsch.

Aber das Öl stand den Verteidigern nur begrenzt zur Verfügung, und so mußten die Soldaten sich eher auf ihre Waffen verlassen, um die Geister daran zu hindern, über die Zinnen zu steigen. Und immer weitere Schwärme von Gorgraels Kreaturen tauchten aus dem Nebel auf. Axis lief die gesamte Verteidigungsanlage ab und kam zu dem Schluß, daß die Abwehr noch hielt und Gorken womöglich standhalten würde. Den Skrälingen war noch kein einziger größerer Durchbruch gelungen. Vielleicht durften sie ja hoffen.

Dann erspähte er zwei Skräbolde, die aus dem Nebel erschienen, und die Masse der Geister teilte sich vor ihnen wie ein See. Die Anführer schritten auf das Tor zu und blieben zwanzig Schritte davor stehen. Sie wirkten völlig gelassen, und Belustigung zeigte sich auf ihren gräßlich entstellten Gesichtern. Der eine fing an, sich in aller Ruhe den Bauch zu kratzen, und der andere tat es ihm nach.

Der Axtherr eilte über die Wehrgänge zum Tor, bis er sie aus der Nähe in Augenschein nehmen konnte.

»Seid uns gegrüßt, Axis Rivkahssohn!« rief der erste Skräbold, und wieder zischte seine Stimme durch den langen Schnabel verzerrt. »Wir sind Euretwegen gekommen. Schaut nur!« Er wies mit seiner Krallenhand auf etwas, das noch im Nebel verborgen lag.

Die Skräbolde gingen rasch und zuverlässig vor. Gorgrael wußte um das Verwandtschaftsverhältnis zwischen dem ikarischen Zauberer und dem Axtherrn. Deswegen hatte er seinen Offizieren klare Anweisungen gegeben, wie sie mit Sternenströmer verfahren sollten.

Der älteste unter ihnen, Skräfurcht, gab den beiden anderen den Befehl, das Gemetzel unter den Zauberern und Magiern voranzutreiben. Mit Sternenströmer werde er schon allein fertig, zischte er ihnen zu. In Wahrheit verbot es ihm sein Stolz, zu dritt über den Ikarier herzufallen, wie der Zerstörer es eigentlich strikt angeordnet hatte. Skräfurcht wollte selbst derjenige sein, der Gorgrael den niedergemachten, aber noch lebenden Sternenströmer überreichte. Der Zerstörer sollte ihn damit endlich als obersten Anführer der Skrälinge anerkennen. Schließlich war er es vor so vielen Jahren gewesen, der Gorgrael aus dem zerfetzten Leib seiner Mutter gerettet hatte.

Sternenströmer sah die Unholde vor sich auftauchen. All seine Zaubererausbildung hatte ihn nicht auf eine solche Begegnung vorbereitet. Auch war ihm nie in den Sinn gekommen, daß sich die Prophezeiung zu seinen Lebzeiten erfüllen könnte. Deswegen wußte der Ikarier jetzt auch nicht, wie er den Angriff zurückschlagen sollte. Doch trotz seiner Furcht und des Gefühls, gescheitert zu sein, kam ihm nicht einmal der Gedanke, die Flügel auszubreiten und sich von dem Schlachtfeld zu entfernen. Nein, niemals würde Sternenströmer seine sterbenden Gefährten im Stich lassen, selbst wenn er dabei sein eigenes Leben lassen mußte.

Der Zauberer hörte hinter sich ein leises Zischen und drehte sich um.

Fünf Schritte vor ihm stand eine Kreatur, die eigentlich gar nicht existieren durfte.

»Sternenströmer«, zischte sie, »ich bin Euretwegen hier.« Das Wesen spreizte langsam die Klauen seiner Hände.

Der Ikarier hob den Kopf und sah ihm gefaßt entgegen.

Skräfurcht kam einen Schritt näher und legte dabei den gräßlichen Kopf schief, als studiere er sein Gegenüber. *Dies war also der Vater seines Herrn. Eine überaus häßliche Kreatur, so weiß und schrecklich golden.*

»Liebt Ihr Euren Sohn, Sternenströmer?« fragte er mit kalter, berechnender Miene. Die lange Zunge rollte ihm aus dem Schnabel.

Der Zauberer zögerte einen Moment. »Ja«, antwortete er dann mit fester Stimme. »Ja, ich habe Axis in all diesen Jahren geliebt, auch wenn ich davon ausgehen mußte, daß er tot ist. Und nun, da ich erfahren durfte, daß er lebt, findet meine Liebe neue Kraft und Zuversicht.«

Der Skräbold zischte ärgerlich und hob die krallenbewehrten Hände. »Nein! Nein! Ich spreche von Eurem ältesten Sohn. Eurem Erstgeborenen. Eurem Erben. Demjenigen, der solchen

Ruhm und so gewaltige Macht gewinnen wird, daß Ihr durch ihn im Gedächtnis von Generationen bleiben werdet, Sternenströmer. Ich spreche von Gorgrael. Liebt Ihr Euren Sohn Gorgrael?«

Der Blick des Zauberers verwandelte sich in Stein. »Ich habe nur Bedauern für ihn übrig, aber keine Liebe. Ich ehre ihn nicht, sondern kehre ihm den Rücken zu. Gorgrael ist nicht mein Erbe!«

Skräfurcht kreischte vor Wut und griff ihn trotz seiner gegenteiligen Befehle an.

Axis hörte, wie Belial entsetzt keuchte, wandte sich seinem Leutnant zu und sah ihn für einen Moment durchdringend an. Dann schaute er wieder nach unten in den Schnee, wo eine Alptraumgestalt sich auf die Westseite der Stadt zuarbeitete. Sie besaß die aufs abscheulichste verzerrten Gesichtszüge eines Pferdes und die riesigen silbernen Augen, die alle Kreaturen Gorgraels hatten. Auch wies ihr Maul ebenso viele Reißzähne wie die Skrälinge auf – nur daß sie die Länge eines ausgewachsenen Mannes besaßen. Schuppenhafte Haut bedeckte ihren Rücken vom Nacken an, und ihr Leib war wie der eines Wurms. Der fette Körper wand sich und zuckte auf die widerlichste Weise. Er besaß keine Gliedmaßen, sondern schob und schlängelte sich auf die Mauer zu und walzte alle Geister nieder, die ihm nicht rasch genug auswichen.

»Axis, seht!« schrie Belial, und der Axtherr schaute in die angegebene Richtung. Vier weitere Eiswürmer krochen aus dem Nebel.

»Die Götter mögen uns beistehen, wenn sie die Mauern auf breiter Front angreifen!« rief der Stadtbefehlshaber. »Folgt mir!«

Sie liefen zu der Stelle, auf die sich der erste Wurm zuwand. Axis griff nach einem Bogen und einer handvoll Pfeile. »Hier, mein Freund«, sagte er und schob beides seinem Stellvertreter in die Hände. »Ihr seid von uns beiden der bessere Schütze. Zielt auf seine Augen.«

Belial lockerte die Finger und legte einen Pfeil auf die Sehne.

»Möge das Glück mir hold sein«, flüsterte er, konzentrierte sich auf sein Ziel und wartete, bis die Kreatur sich zehn Schritte vor der Mauer aufrichtete. Im selben Moment atmete er aus und ließ den Pfeil von der Sehne schnellen. Das Geschoß traf den Wurm jedoch unterhalb des Auges und prallte, ohne Schaden anzurichten, von der schuppenbewehrten Haut ab. Der Axtherr legte Belial sofort einen neuen Pfeil in die ausgestreckte Hand. Wieder schoß der Leutnant, und diesmal drang das Geschoß tief ins Auge des Wesens. Sein Blut spritzte bis auf die Mauer hoch. Der Wurm kippte nach hinten und schrie vor Wut und Schmerz. Axis und Belial beugten sich über die Zinnen und verfolgten, wie die Kreatur in den Schnee krachte. Sie brach an mehreren Stellen auseinander, und aus diesen Stellen krochen neue Skrälinge hervor.

Furcht befiel den Axtherrn, und er packte Belials Arm. »Rasch, die Bogenschützen sollen sich die Würmer vornehmen. Wir müssen diese Kreaturen aufhalten, ehe sie ihre Schädel über die Brüstung schieben und sich ihrer furchtbare Fracht entledigen!«

Der Leutnant nickte knapp, rannte an den Verteidigungslinien entlang und rief die Bogenschützen zusammen.

Axis blickte hinunter auf den sich auflösenden Leib des Wurms. Dann schaute er sich um, um festzustellen, wie weit die anderen vier schon herangekommen waren. Endlich suchte er nach den beiden Skräbolden. Zu seinem Schrecken schien er sie aus den Augen verloren zu haben. Doch dann entdeckte er eine Bewegung am Tor.

Aschure stieß immer wieder mit jemandem zusammen, meist einem Awaren oder Ikarier, gelegentlich aber auch mit einem der Angreifer. So manche blutgefärbte Hand streckte sich flehentlich nach ihr aus, manche griff aber auch voller Freßgier nach ihr. Die Acharitin stolperte blindlings weiter. Sie hatte die Hände vor Entsetzen vors Gesicht geschlagen und überließ es ganz ihren Beinen, wohin sie sich wandte. Die ganze Zeit über hatte sie die Augen der sterbenden Pease vor Augen. Wieder schnellte eine Skrälinghand auf sie zu, bekam sie an der Schulter zu fassen und wirbelte sie herum. Als Aschure spürte, wie die Krallen sich tief in ihr Fleisch bohrten, packte sie maßlose Wut und weckte sie aus ihrer geistigen Lähmung. Eine ihrer Hände streifte die Flügel eines ikarischen Kriegers, der tödlich verwundet vor ihr zusammenbrach, und ihre Finger bekamen die Pfeilschäfte im Köcher an seinem Rücken zu fassen. Ohne nachzudenken, riß sie einen der Pfeile heraus, fuhr herum und stach ihn mit aller Kraft der Kreatur ins Auge.

Das Auge zerplatzte wie eine riesige Eiterbeule, und Blut spritzte ihr ins Gesicht und an den Hals.

»Die Augen!« schrie Aschure, und der Triumph in ihrer Stimme zog die meiste Aufmerksamkeit auf sich. »Stecht ihnen in die Augen! In die Augen! Dann sterben sie!«

Sie riß den Pfeil aus der Augenhöhle des sich auflösenden Geists und wandte sich damit gegen die Kreatur, die gerade neben ihr einen Awaren bedrängte. Mit ihrer freien Hand packte sie das Haar des Wesens und zog seinen Kopf weit zurück, um ihm dann mit der anderen Hand den Pfeil ins Auge zu rammen. Danach drehte sie sich um, schrie unentwegt ihren Triumph hinaus und streckte mit ihrer Waffe Gegner um Gegner nieder. Diejenigen, die ihr Tun verfolgten, fanden langsam ihren Mut wieder, faßten sich ein Herz und folgten ihrem Beispiel. Bald schlugen die Awaren und Ikarier in immer größer werdender Anzahl zurück. Jeder hielt ein Messer oder einen Pfeil in der Hand, und die Geister ließen in Scharen ihr Leben. Die Geschwaderführer konnten endlich ihre Truppen sammeln und in die Schlacht werfen. Sie fielen von hinten über die Angreifer her, drangen in ihre Flanken und schossen zielsicher ihre Pfeile in die silbernen Augen. Das Blatt wendete sich, und Panik befiel die Kreaturen.

Die Skräbolde rückten gegen das eisenverstärkte Holztor von Gorken vor. Breitbeinig und mit ausgebreiteten Armen lehnten sie sich dagegen und sangen ein gräßliches Lied, das menschlichen Ohren wehtat. Ihre düstere und zerstörerische Musik zerriß die Luft ringsum.

Axis stöhnte. Die Melodie zerrte an seinem Innersten, und nur indem er die ikarischen Schutzzauber sang, konnte er sich vor Schaden bewahren. Die Männer, die am Tor stationiert waren, ließen auf einer Breite von zwanzig Schritten ihre Waffen fallen und hielten sich die Ohren zu. Einige schrien vor Schmerz, andere wälzten sich am Boden. Blut lief ihnen aus Augen und Ohren. Und hier drangen nun auch immer mehr Skrälinge über die Zinnen und fielen gierig über die wehrlosen Soldaten her.

Der Axtherr fühlte sich machtlos. Der Schutzzauber konnte ihn zwar vor den Auswirkungen des dunklen Liedes bewahren, aber nicht seine Männer, die in immer größerer Zahl rings um ihn zusammenbrachen, um dann von den Geistern getötet zu werden.

Axis schaute wieder zum Tor hinunter. Die Skräbolde standen immer noch so da, aber nun strömte Frost aus ihren Händen ins Holz. Das Tor krachte und knarrte, eine furchtbare Begleitmusik zum Gesang des Kreaturenlieds. Binnen Minuten würden die Holzbohlen bersten. Der Axtherr rannte zu der Stelle über der Barrikade am Innentor. Das Skräboldlied reichte nicht ganz bis hierher. Aber einige Soldaten rieben sich bereits die Ohren, während sie entsetzt verfolgten, wie das Außentor nachgab.

Der Krieger beugte sich so weit vor, wie er es nur wagte, und brüllte den Männern durch das Schlachtgetümmel seine Befehle zu. »Zurück zur nächsten Stellung!« Die Soldaten verließen sofort ihren Posten und liefen zu den Straßenbarrikaden.

Axis trat wieder an die Zinnen und verschaffte sich einen Überblick über den Stand der Schlacht. Mehrere Eiswürmer lagen auseinandergebrochen im Schnee, aber hundert Schritte weiter westlich erhob eine andere der Kreaturen gerade ihr gräßliches Haupt. Ein Pfeilregen ging darauf nieder. Der Wurm schwankte, hob den Schädel noch einmal, ein zweites Mal und endlich ein drittes Mal. Dann ruhte der Kopf auf den Zinnen und spie Hunderte Skrälinge in die Stadt. Dem Krieger drehte sich der Magen um. Er konnte nur darum beten, daß die Männer hinter den Barrikaden in der Lage sein würden, die Feinde abzuwehren. Doch noch während Axis diesen Wunsch in Gedanken äußerte, mußte er mit ansehen, wie ein zweiter Wurmschädel, ein dritter und ein vierter die Zinnen erreichten und ihre tödliche Fracht ausspuckten.

Unter ihm zersprang das Tor und fiel in sich zusammen. Kreischend lösten sich die Scharniere aus der Mauer.

»Verdammt sollt Ihr sein, Sternenströmer!« schrie Axis in die Nacht hinaus. »Warum seid Ihr nicht hier, um uns zu zeigen, was wir tun können? Ich verfluche Euch!«

Die Verteidigungsanlagen der Stadt Gorken waren durchbrochen.

Skräfurcht griff Sternenströmer mit der ganzen todbringenden Wut seiner Krallen und seines Schnabels an. Wenn der Zauberer nicht unwillkürlich den Kopf zurückgerissen hätte, wäre er ihm gleich von dem scharfen Schnabel abgetrennt worden. Seine Schutzzauber vermochten nichts gegen die Kreatur auszurichten. Der Angriff schleuderte ihn zu Boden, und schon bohrten sich die tödlichen Krallen in seine Haut.

»Glaubt Ihr etwa, Zauberer, Eure jämmerliche Magie könnte mir etwas anhaben?« zischte der Srkäbold ihm ins Ohr. »Haltet Ihr Euch etwa für stärker als Euer eigener Sohn, Ihr Narr?«

Höllische Schmerzen durchzuckten Sternenströmer, als die Klauen immer tiefer in ihn eindrangen, sich zusammenzogen und an seinem Fleisch zerrten. Der Ikarier rang darum, die Macht des Sternentanzes zu erreichen, aber die schrecklichen Schmerzen behinderten immer wieder die Verdichtung seines Geistes. Alles verschwamm vor seinen Augen, als der Skräbold nun mit dem Schnabel seine Schwingen zerfetzte. Gegen einen solchen Angreifer konnte er sich nicht zur Wehr setzen. Grauer Nebel senkte sich über ihn.

Dann zischte die Kreatur plötzlich wütend, wand sich vor Schrecken und löste den Griff seiner Krallen. Unter Aufbietung aller verbliebenen Kräfte konnte der Sternenströmer sich schließlich von dem Wesen befreien und sich auf die Seite rollen. Eine

Frau beugte sich gerade über den Skräbold und bohrte ihm einen Pfeil immer tiefer in den Hals.

Schon hatten Skräfurchts Hände den Schaft gepackt und zerrten daran, um ihn herauszuziehen. Die Kreatur achtete dabei nicht auf die Frau. Der Sternenströmer erhob sich, um ihr Beistand zu leisten, und schrie verstört, als seine Flügel nutzlos und zerrissen flatterten. Dennoch packte er seine Retterin an den Hüften und stieß sie weit fort von dem Feind. Jeden Moment würde er sich von dem Pfeil befreit haben und über sie herfallen. Gegen diese Krallen hätte sie nicht die geringste Chance.

Auch wenn der Zauberer gerade knapp dem Tod entronnen war, arbeitete sein Verstand doch schon wieder so klar, daß er plötzlich erkannte, wie er seiner Retterin helfen könnte. Er mußte nur lange genug am Leben bleiben. Halb zog er sie mit sich, halb stützte er sich an ihr, und gemeinsam stolperten sie zu dem immer noch brennenden Steinkreis. Erleichtert wurde ihm bewußt, daß die Skrälinge erst angegriffen hatten, nachdem die Flammen entzündet worden waren. Nur dieser verzauberte Feuerring hielt die Geistwesen davon zurück, den Erdbaum selbst zu überfallen.

»Nicht atmen!« ächzte Sternenströmer, als er die Frau immer näher an die Flammen führte. »Nicht atmen, wenn wir hindurchgehen.« Zur Sicherheit legte er ihr seine Hand über Nase und Mund, als sie die Stelle erreichten. Die Flammen züngelten an seiner Haut und an seinen Federn. Er zog die Flügel an, damit sie nicht Feuer fingen und ihn als lebende Fackel enden ließen.

Ohne Aschure loszulassen, taumelte er auf den Erdbaum zu. Ramu kam herbeigelaufen, so rasch sein verletztes Bein es zuließ, und stützte den Ikarier an den Schultern. Ihm waren nur wenige Verletzungen anzusehen, aber er betrachtete voller Entsetzen den Zustand, in dem der Vogelmensch sich befand.

»Laßt mich Euch helfen, Sternenströmer.«

»Keine Zeit«, ächzte der Ikarier, der sich kaum noch auf den Beinen halten konnte. Er ließ seine Retterin los und lehnte sich an Ramu. »Rasch, wir müssen zum Erdbaum. Eine Chance bleibt uns noch ... eine letzte Chance ... wenn Ihr wirklich die Baumfreundin gefunden habt ... Nur so können wir dieses Gemetzel beenden ... und unsere beiden Völker und Awarinheim retten ...«

Der Aware tauschte einen besorgten Blick mit Aschure. »Helft mir!« rief Sternenströmer in höchster Not. Ramu und die Acharitin nahmen ihn zwischen sich und schleppten ihn zu dem bedrohten Heiligtum.

»Ramu, Ihr müßt mir helfen, das Mädchen zu erreichen. Wie, sagtet Ihr noch, lautet ihr Name?«

»Faraday.«

Der Zauberer nickte, und der graue Nebel legte sich wieder auf sein Bewußtsein.

Ramu wandte sich voller Verzweiflung an die Menschenfrau. »Haltet ihn, aber vorsichtig. Seine Flügel sind furchtbar zugerichtet!«

Aschure kniete sich neben den Sternenströmer und half ihm, sich hinzusetzen. Dann zog sie die blutigen Flügel zu sich heran. Schon der erste Blick zeigte ihr, daß an manchen Stellen das Fleisch bis auf die Knochen abgerissen war.

Der Schmerz ließ den Zauberer wieder aus seiner Bewußtlosigkeit erwachen. Er lehnte sich an seine Retterin und war dankbar für den Halt, den sie ihm gab. »Seid bedankt«, flüsterte er und sah sie an. »Wie heißt Ihr?«

Ramu wollte etwas sagen, aber Sternenströmer legte ihm eine Hand auf den Arm und zwang ihn so zu schweigen. Der Zauberer versuchte, sich mit dem Blick in ihr Gesicht zu versenken. Er hatte soviel Blut verloren, daß ihm immer wieder schwindlig wurde. Von dieser Menschenfrau ging etwas aus, das tief in ihm eine Saite zum Klingen brachte. Kannte er sie vielleicht?

»Ich bin Aschure.«

Sternenströmer wiederholte den Namen, nickte und wandte sich wieder an den awarischen Magier. Sanft ergriff er die Rechte Ramus und legte seine freie Hand an den Baumstamm. »Gebt mir nun Eure ganze Unterstützung, Zauberer, und helft mir, Faraday zu finden. Ihr kennt sie schließlich, ich aber nicht. Mit ihrer Hilfe können wir den Erdbaum dazu bewegen, so zu singen, wie er das seit tausend Jahren nicht mehr getan hat.«

Durch die verschränkten Finger spürte Ramu, wie der Ikarier seine ganze Willenskraft auf den Baum richtete, ihn seine Liebe spüren ließ, ihn immer wieder rief und ihn um Hilfe bat. Er legte nun ebenfalls seine freie Hand auf den Stamm und rief den Erdbaum, die Gehörnten und die Mutter selbst. Gemeinsam suchten sie nach Faraday.

Der Erdbaum, dem schon lange nicht mehr bewußt war, was in der Welt der Lebenden vor sich ging, wandte seine Aufmerksamkeit für einen Moment von den Mysterien ab, die unter seinen Wurzeln tief in der Erde verborgen lagen, und auch von denen hoch über ihm, wo seine Blätter die Schwingungen des Sternentanzes empfingen. Das Heiligtum lauschte dem, was der Ikarier und der Aware zu sagen hatten. Die Baumfreundin? Die Baumfreundin wandelte durch die Welt? Für eine Weile dachte der Erdbaum über dieses unergründliche Geheimnis nach und fiel dann in seinen uralten Schlaf zurück.

Faraday saß verängstigt in ihrer Kammer und hielt sich an Yr fest. Timozel hielt draußen vor der Tür Wache. Er hatte sein Schwert gezogen und ließ keinen Zweifel daran aufkommen, daß er hundert oder mehr Geister zurückschlagen könnte, sollten sie es wagen, die Treppe heraufzukommen. Der Angriff schien schon eine halbe Ewigkeit zu währen, aber Faraday wußte mit dem Rest Verstand, der ihr geblieben war, daß die Skrälinge sich erst vor einer Stunde gegen die Stadtmauern geworfen hatten. Das Kreischen und Heulen der Kreaturen und die Schreie und Rufe der Soldaten zerrten an ihrem Gemüt, und sie barg den Kopf an der Schulter der Katzenfrau. Die Wächterin war ebenfalls erbleicht. Ihre Lippen bewegten sich unentwegt, während sie zu der Prophezeiung betete, daß sie alle mit dem Leben davonkämen. Yr wiegte Faraday sanft, um damit nicht nur sie, sondern auch sich selbst zu beruhigen.

Plötzlich ging ein Ruck durch die Edle, und sie stieß einen Schrei aus, als erleide sie große Schmerzen.

»Faraday?«

Das Mädchen murmelte etwas vor sich hin, und die Katzenfrau spürte, wie die Edle die Fingernägel in ihren Rücken krallte. »Faraday? Was ist mit Euch?«

Timozel, von Yrs erregter Stimme aufgeschreckt, stürmte sofort herein. »Was gibt es?«

»Ramu?« flüsterte die Edle.

Die Katzenfrau zwang sich zu einem Lächeln. »Alles in Ordnung, Timozel. Faraday leidet nur große Angst, ebenso wie ich.«

Der Jüngling runzelte die Stirn und zog sich wieder auf seinen Posten zurück.

Yr wandte sich wieder dem Mädchen zu und legte ihr den Kopf sanft in den Nacken, so daß sie ihre Augen sehen konnte. Die blickten so leer drein, als habe sich ihre Seele auf Reisen begeben.

Faraday kämpfte sich durch einen See aus pulsierendem smaragdfarbenem Licht. Ein starkes Gefühl der Not zog sie mit solcher Macht an, daß sie sich nicht dagegen wehren konnte. Das grüne Leuchten hatte ihr noch nie Angst bereitet, aber jetzt erwies es sich als so stark und zornig, daß die Edle davor zurückschreckte. Bis sie erkannte, daß das Licht nicht auf sie böse war. Faraday geriet ins Nachdenken. Was mochte geschehen sein? Das Leuchten zürnte irgendwem oder irgendwas, wußte aber nicht, wohin oder worauf es seine Wut richten sollte.

Plötzlich sprach eine Stimme zu ihr. Eine leise und angenehme Stimme voller magisch gefärbter Kadenzen: »Faraday?«

»Ja?« flüsterte sie und drehte sich langsam um sich selbst, um festzustellen, wer da redete.

Jetzt meldete sich eine zweite Stimme, und sie erkannte sie als die Ramus.

»Faraday, wir brauchen Eure Hilfe.«

»Ramu!« rief sie erfreut.

»Hört bitte dem zu, was Sternenströmer Euch zu sagen hat.«

»Faraday«, sprach die erste Stimme wieder und klang jetzt sehr nahe. Und richtig, ein geflügeltes Wesen tauchte vor ihr auf.

Seine helle Haut glänzte in dem grünen Licht fast silbern. Der Vogelmensch lächelte und reichte ihr seine Hand. Seine blauen Augen baten sie, ihm zu vertrauen. Faraday konnte nicht widerstehen und ergriff seine Hand.

»Baumfreundin, werdet Ihr Euren ikarischen und awarischen Nachbarn in der Stunde ihrer größten Not beistehen? Wollt Ihr zu den Bäumen singen und sie bitten zu leben?«

»Gern«, antwortete sie. Faraday hätte alles für dieses Wesen getan, selbst wenn es sie gebeten hätte, sich vor die Skrälinge zu legen, um sich die Kehle zerreißen zu lassen.

Sternenströmers Flügel schlugen leicht, und er flog mit ihr einen langen, spiralförmigen Tunnel hinunter, in dem es grün und silbern um sie herum wirbelte. Tiefer und tiefer drangen sie in ihn ein, bis sie über einer großen Lichtung schwebten. Ein gewaltiger Baum erhob sich in ihrer Mitte und war von einem brennenden Steinkreis umgeben. Jenseits des Runds fand offenbar eine furchtbare Schlacht statt, von der die Edle aber nichts Rechtes erkennen konnte. Alles außer dem Baum und dem Kreis verschwamm vor ihren Augen.

»Faraday«, wandte sich der Zauberer an sie, »vor Euch seht Ihr den Erdbaum. Ein sehr mächtiges und lebensstarkes Heiligtum. Alles Leben in Awarinheim steht mit ihm in Verbindung. Wenn der Erdbaum stirbt oder in seinem Schlummer befangen bleibt, wird der Wald sterben. Singt bitte für ihn, Baumfreundin. Erweckt ihn aus dem Schlaf des Vergessens. Bittet ihn, alle zu beschützen, die ihn lieben und von ihm abhängig sind. Denn Gorgrael will ins Herz Awarinheims vorstoßen und bedroht den Erdbaum. Versucht bitte, ihn zu retten.«

»Das will ich tun«, erklärte Faraday bereitwillig. Wie hätte sie diesem Mann etwas abschlagen können?

Die beiden landeten vor dem gewaltigen Stamm. Dort stand Sternenströmer zusammen mit Ramu und einer Frau, die den Ikarier stützte. Die beiden Männer hielten sich an der Hand und hatten die freie Hand an den Stamm gelegt. Sie leiteten ihre Kräfte so stark auf den Erdbaum, daß sie gar nicht auf das Mädchen achteten. Nur die Menschenfrau blickte erstaunt auf. Faraday lächelte ihr zuversichtlich zu und schloß sie sogleich in ihr Herz.

»Kommt mit mir«, forderte die Seele des Sternenströmers sie auf. »Kommt mit mir, und berührt den Baum.«

Faraday legte eine Hand an die Rinde, und der Zauberer schob seine darüber. »Singt. Wenn Ihr ihn mit Eurem Lied nicht erwecken könnt, werden wir alle zugrundegehen.«

Das Mädchen gehorchte. Sie wußte nicht, woher ihr die Melodie und der Text ins Gedächtnis kamen, hatte aber das Gefühl, die Macht sei dafür verantwortlich, welche sie von der Mutter erhalten hatte. Der Sternenströmer stellte sich neben sie und begleitete sie. Sein Gesang wob sich um ihr Lied herum, und gemeinsam schufen sie wundersame Muster, die die Luft erfüllten und tief in den Erdbaum eindrangen.

Das Heiligtum hatte Jahrtausende gewartet, doch niemals hatte ihm jemand dieses Lied vorgesungen. Dies war seine Weise, die er in seiner Jugend selbst komponiert und dann der Mutter zur Aufbewahrung gegeben hatte. Der Erdbaum seufzte und gab sich den Erinnerungen hin, die diese Melodie weckte – an die Zeit, als Awarinheim noch sehr jung gewesen war und überall Hoffnung und Freude regierten. Langsam und nur halb willig ließ er dann von den Mysterien ab, mit denen er sich schon so lange beschäftigte, und sein Bewußtsein kehrte allmählich zurück. Je weiter es nach oben stieg und sich von den großen Höhlen im Erdinnern entfernte, in denen seine Wurzeln ausliefen, desto deutlicher spürte es, daß oben auf der Erde etwas nicht stimmte. Awarinheim wurde von einem grausamen Feind überfallen, noch schlimmer als damals vor zehnmal hundert Jahren. Widerliche Kreaturen schwärmten über die Lichtung, die der Baum sein Heim nannte.

Der Erdbaum schrie vor Wut.

Faraday verlor darüber fast die Verbindung mit dem Stamm, und ihr versagte die Stimme. Aber Sternenströmer drückte ihre Hand weiter an die Rinde, sang weiter wie bisher und verlieh ihr damit die Kraft, ihr Lied fortzusetzen, während rings um sie herum der Schrei des Heiligtums widerhallte. Die Edle erkannte, daß der Erdbaum nicht die Beherrschung über seinen Zorn verlieren durfte, denn dann hätte er nicht nur seine Feinde, sondern auch seine Freunde vernichtet. Nur Faraday konnte ihn mit ihrem Lied und ihrer verzauberten Musik davon abhalten. Sie sang mit neuer Inbrunst.

Das Lied von Sternenströmer veränderte sich. Zunächst nur um ein paar Noten, dann um ganze Passagen. Faraday paßte ihr Lied dem seinen an, und einen Herzschlag später fiel der Erdbaum ein. Seine gewaltige Stimme erhob sich über den ganzen Norden von Awarinheim, und der Zauberer und die Baumfreundin schwiegen voller Ehrfurcht vor der Majestät des Heiligtums.

Das Lied seiner Schöpfung erfüllte die ganze Lichtung und hüllte sie ein. Alle Kämpfer und Fliehenden hielten inne, und wie ein Mann brachen alle Skrälinge auseinander. Ihre Schädel spalteten sich, ihre Augen zerplatzten, die Arme fielen vom Rumpf und die Oberkörper krachten zu Boden, als die Beine darunter wegknickten. Die beiden Skräbolde, die den Angriff geleitet hatten, zogen aus dem Getümmel den Gefährten, dem immer noch der Pfeil aus dem Hals ragte. Sie heulten dem Baum ihren Trotz entgegen, besaßen aber keine Möglichkeit mehr, ihn aufzuhalten. Diese Macht hatte der Zerstörer ihnen nicht verliehen. Mit einem letzten Wutschrei verschwanden sie von der Lichtung.

Die Ikarier und Awaren, die das Gemetzel überlebt hatten, erhoben sich und wandten sich dem Heiligtum zu. Ehrfurcht und Staunen erfüllte ihre Mienen.

»Er singt, schöne Frau«, flüsterte Sternenströmer Faraday zu. »Dank Eurer Unterstützung. Vereint haben wir den Erdbaum mit der Musik der Sterne und der der Mutter geweckt. Jetzt singt er und wird Awarinheim mit all seiner Macht beschützen. Gorgrael wird der Einfall in den Süden wohl doch nicht so leicht fallen, wie er sich das vorgestellt hat.«

Sie berührte ihn sachte. »Ihr seid Sternenströmer, der Vater von Axis. Er sucht nach Euch, Zauberer, denn er braucht Euch. Werdet Ihr ihm beistehen?«

»Ihr kennt ihn?«

Faradays Lächeln war wunderschön und unschuldig; noch wußte sie nicht, welche Macht es über einen Mann haben konnte. »Ich liebe ihn, Zauberer. Ihr habt einen wunderschönen Sohn.« Doch jetzt spürte sie, wie die Kraft der Mutter sich zurückzog und die Hand des Ikariers sie nicht mehr halten konnte. Schon trieb sie durch den Tunnel wieder nach oben. »Helft ihm, Sternenströmer!« rief sie ihm zu. »Kommt Eurem Sohn zu Hilfe!«

»Helft ihm, Sternenströmer«, murmelte das Mädchen und wehrte sich gegen Yrs Griff. »Kommt Eurem Sohn zu Hilfe.« Dann schluckte sie, riß die Augen auf, erkannte die Katzenfrau und fiel in Ohnmacht.

17

Die Strassen von Gorken

Axis verbrachte verzweifelt eine Nacht damit, seine Truppen hinter den insgesamt fünf Verteidigungslinien zu sammeln, die sich halbkreisförmig um das Burgtor zogen. Tapfer hatte er sich mit seinen Soldaten so lange auf den Mauern gehalten, wie ihnen das nur möglich war. Aber dann mußte der Axtherr erkennen, daß sie sich schleunigst zurückziehen sollten, wenn sie nicht von den rückwärtigen Verteidigungslinien abgeschnitten werden wollten. Die wachsende Anzahl von Geistern, die von den Eiswürmern ausgespuckt wurde, drohte sich zwischen den Barrikaden und den Mauern auszubreiten. Aber der Rückzug von den Zinnen verlief nicht geordnet, sondern glich eher einer Flucht. Der Stadtbefehlshaber verlor einen Großteil seiner Männer. Ganze Einheiten gingen zugrunde, als die Skrälinge sie auf ihrer Flucht von hinten ansprangen. An einigen Stellen brach Panik unter den Verteidigern aus, und so mancher stürzte in seiner Hast, wegzukommen, von der Leiter. Axis, Belial und die noch lebenden Offiziere unternahmen alles, um die Ordnung wenigstens halbwegs aufrechtzuhalten und ihre Befehle durchzusetzen.

Natürlich nutzten die Angreifer diese Gelegenheit. Während die Soldaten sich von den Mauern zurückzogen, kletterten sie mit neuem Mut über die Zinnen. Der Anführer der Menschen hatte ihnen große Angst eingeflößt, aber jetzt schienen sie ihn nicht mehr fürchten zu müssen. Die Geister wähnten sich schon als Sieger, denn nichts mehr konnte sie jetzt noch aufhalten.

Der Axtherr blieb so lange auf der Mauer, bis sich außer ihm niemand mehr dort aufhielt und Belial ihn zu einer der noch stehenden Leitern zog.

»Axis, hier könnt Ihr doch nichts mehr ausrichten. Und Ihr nutzt uns überhaupt nichts mehr, wenn Ihr Euch hier oben von der Übermacht überwältigen laßt. Steigt endlich hinunter!« Der Leutnant stieß ihn geradezu zur Leiter. Als sie dort angekommen waren, warf der Krieger einen letzten Blick auf das Gemetzel, das die Kreaturen unter den Soldaten anrichteten, die nicht rechtzeitig fortgekommen waren. Ihnen war nicht mehr zu helfen, sie gingen in dem grauen und roten Gewimmel der Geister unter.

Der Befehlshaber legte seinem Freund eine Hand auf die Schulter und sah ihn grimmig an. »Ich hätte Mittel und Wege finden müssen, diesen Wahnsinn aufzuhalten!« rief er laut genug, um das Schreien der Sterbenden und das Heulen der Skrälinge zu übertönen.

Belial wäre fast von der Leiter gefallen, als Axis' Finger sich in seine Schulter bohrten. »Verdammt! Ihr dürft jetzt nicht in Schuldgefühlen versinken! Reißt Euch zusammen, und sammelt Eure Männer. Hört nur, sie rufen Euren Namen.« Tatsächlich hallte der Name »Axtherr« wie ein Kampfruf dort aus den Gassen, wo die Soldaten sich damit abmühten, die Geister abzuwehren.

Der Leutnant schüttelte die Hand ab und glitt geradezu die Leiter hinunter.

Axis folgte ihm noch schneller und wäre beinahe auf dem blutdurchweichten Schnee ausgeglitten. »Zu mir, Männer! Zu mir!«

Und damit begann die verzweifelte Abwehrschlacht in den Straßen von Gorken.

Die schmalen und kurvenreichen Gassen der Stadt erwiesen sich für die Verteidiger als Vorteil wie als Nachteil. Auf der einen Seite konnten die Geister dort ihre zahlenmäßige Überlegenheit nicht ausspielen, auf der anderen Seite brauchten die Angreifer nur über die Dächer zu krabbeln, um den Soldaten in den Rücken zu fallen. Aber die Männer schlugen sich wacker, und

Axis tauchte überall dort auf, wo eine Barrikade überrannt zu werden drohte. Schulter an Schulter stand er dann mit seinen Soldaten da und wehrte die Skrälinge ab. Der Axtherr ließ an einigen Stellen die Häuser aus Verteidigungsgründen in Brand stecken, aber zu oft breiteten die Flammen sich aus, und brennende Wände krachten funkenstiebend auf die Verteidiger. So blieb ihnen nicht viel mehr übrig, als Gorken mit dem Schwert in der Hand bis zum letzten Atemzug zu verteidigen.

Auf der anderen Seite der Barrikaden sammelten die beiden Skräbolde ihre Truppen, um die Angriffe vornehmlich auf die verwundbarsten Stellen in den Verteidigungslinien zu richten. Zischend und spuckend trieben die Offiziere ihre Geisterarmee an, bis ausreichend Verstärkung eingetroffen wäre, um einen erneuten Großangriff zu starten. Die Skrälinge erwiesen sich als mörderische Gegner. Barrikaden, die gegen einen herkömmlichen Angriff tagelang standgehalten hätten, fielen binnen Minuten. Die Geister verstanden sich aufs Klettern, und ihre langen Krallen fanden in den kleinsten Ritzen Halt. Noch besser vermochten sie durch Löcher zu kriechen, die selbst einer Katze zu eng gewesen wären. Dann verzerrten ihre zahnbewehrten Gesichter sich vor Gier, und ihre Herzen schlugen schneller. Sie nährten sich von der Furcht, die die Männer befiel, wenn unvermittelt an den unerwartetsten Stellen Geister auftauchten.

Die Skrälinge bekamen an diesem Tag mehr als genug zu fressen. Eine Barrikade nach der anderen wurde überwunden, und zurück blieben Berge von zerfetzten Leibern. Fünf Verteidigungslinien hatten versucht, ihr Vordringen in Gorken aufzuhalten. Doch als die Sonne am nächsten Morgen den östlichen Himmel rot zu färben begann, versammelte sich Axis mit seinen letzten Getreuen hinter der letzten Stellung, die unmittelbar vor dem Burgtor errichtet war.

Natürlich beließen es die Skrälinge nicht dabei, nur dieses Häuflein Verteidiger anzugreifen. Die wochenlange Vereisung der Festungsmauern, die immer wieder mit Wasser übergossen worden waren, erschwerte den Geistern deutlich den Aufstieg. Nur wenige erreichten die Mauerkronen und wurden von den

Soldaten leicht überwältigt. Und die Eiswürmer, die mit ihrer tödlichen Fracht soviel Verheerung unter den Stadtverteidigern angerichtet hatten, erwiesen sich als zu klein, um die Mauern zu überwinden. Hilflos schwenkten sie ihre Schädel zwanzig Schritte unterhalb der Zinnen hin und her. Aber auch Bornhelds Männer mußten Opfer bringen, und der Oberste Kriegsherr schritt wütend seine Linien ab, beschimpfte seine Offiziere und verwünschte Axis, weil Stadtmauern und Barrikaden nicht standgehalten hatten.

Jorge und Magariz verfolgten oben von der Mauer den verzweifelten Abwehrkampf in den Gassen von Gorken. Mit steinernen Mienen mußten sie erleben, wie eine Linie nach der anderen überrannt wurde. Am liebsten hätten die beiden Fürsten zu den Waffen gegriffen und wären dem Axtherrn zu Hilfe geeilt. Doch das war natürlich ausgeschlossen. Bornheld hatte strikt befohlen, daß die Burgtore verschlossen blieben, komme, was da wolle. Mochte das auch hart erscheinen, der Herzog hatte dennoch die einzig richtige Entscheidung getroffen. Gleich in welcher verzweifelten Lage sich die Stadtverteidiger befanden, kein verantwortlich denkender Befehlshaber hätte ihretwegen die Sicherheit seiner Festung aufs Spiel gesetzt.

Der Axtherr und seine zusammengeschrumpfte Streitmacht befanden sich am Rande der völligen Erschöpfung. Seit vierundzwanzig Stunden waren sie auf den Beinen, die erste Hälfte davon in Bereitschaft, die zweite in der Schlacht. Jeder hatte eine oder mehrere Wunden davongetragen, und viele hatte der Blutverlust nach einer Krallenattacke zusätzlich geschwächt. Wer nicht gerade kämpfen mußte, lehnte müde an der Mauer. Und wem die Beine nachzugeben drohten, hielt sich nur noch mit der Gewißheit aufrecht, daß er sich im Liegen nicht gegen die Geister wehren konnte und sterben mußte. Einigen war das aber in ihrer Ermattung gleich, und sie ließen sich zu Boden sinken. Alle Einheiten besaßen nur noch den Bruchteil ihrer einstigen Kampfstärke, und in diesem zusammengewürfelten Haufen standen Fremde Seite an Seite, grauuniformierte Axtschwinger neben braunen regulären Soldaten.

Während der Straßenkämpfe hatte der Krieger verzweifelt versucht, bis in sein Innerstes vorzudringen, zu der Kraft, die in ihm wohnte, wie er wußte. Wenn er früher die Macht erhalten hatte, das Lied der Genesung zu singen, warum weckte der massenhafte Tod seiner Männer in ihm nicht das Wissen um ein Vernichtungslied, das er gegen die Geister einsetzen konnte? Inmitten der Erschöpfung, die seinen Verstand lähmte, erkannte Axis, wie sehr er den Beistand seines Vaters benötigte. Er fühlte sich wie ein Fünfjähriger, dem zum ersten Mal ein Männerschwert in die Hand gedrückt worden war – obwohl er wußte, daß es sich dabei um eine tödliche Waffe handelte, konnte er es doch nur nutzlos hinter sich herziehen. Wieder und wieder schrie Axis den Namen seines Vaters, bei jedem Stoß in das Auge einer Kreatur, als würde der Ruf auf wunderbare Weise Sternenströmer an seine Seite führen.

Aber das geschah natürlich nicht, und so blieb dem Axtherrn nichts anderes übrig, als sich der Waffen zu bedienen, mit denen er sich auskannte, und darüber hinaus zu hoffen, diesen Alptraum zu überleben. Von den ursprünglich achttausend Verteidigern der Stadt hielten sich noch dreitausend vor der Mauer. Und der Krieger fühlte sich mittlerweile zu erschöpft, um seinen ikarischen Schutzzauber aufrechtzuerhalten. Vielleicht bedeutete der Tod ja doch eine Erlösung von aller Pein und wäre deutlich besser als das, was er in der vergangenen Nacht gesehen und durchgemacht hatte. Axis lehnte sich an die Mauer und rutschte leise an ihr nach unten.

Belial sank neben ihm auf den Boden. Blutverklebtes Haar hing ihm in die Stirn, und die Erschöpfung hatte tiefe Furchen in sein Gesicht gegraben.

Der Axtherr schloß seine Augen, riß sie aber sofort wieder auf, als ein Mann neben ihm aufschrie.

»Sie kommen schon wieder«, meinte der Leutnant nur und half Axis hoch. »Haben sie die Bäuche denn noch immer nicht voll?«

Der Krieger schwankte, und Belial mußte ihn stützen. »Freund, ich fürchte, die Skrälinge sind hinter mir her. Ihr Hunger ist erst gestillt, wenn sie mein Blut zu schmecken kriegen. Denn dann liegt Achar wehrlos vor ihnen, und Ihr tätet gut daran, Euch in Euer eigenes Schwert zu stürzen.« Eine neue entsetzliche Vorstellung befiel ihn, und er riß die Augen weit auf. »Belial, was wird aus der Herrin Faraday, wenn ich hier ums Leben komme?«

»Bornheld wird sich um sie kümmern«, meinte sein Leutnant nur. »Nun aber auf, Eure Männer brauchen Euch.«

Der Krieger folgte ihm. »Bei den Göttern, sie wäre besser dran, sich den Geistern zum Fraß vorzuwerfen, als bis ans Ende ihrer Tage an der Seite meines Bruders leben zu müssen.«

Die Skrälinge schienen tatsächlich zum entscheidenden Angriff anzusetzen, und die ersten von ihnen überstiegen bereits die hastig errichtete Barrikade aus Wagen und Kisten. Als Axis darauf zuging – Belial war schon längst vorausgeeilt – landete plötzlich etwas Großes vor ihm aus dem Himmel. Der Krieger blieb erschrocken stehen und schaute es überrascht an.

»Eure Männer sterben, Axis, Rivkahs Sohn«, zischte einer der Skräbolde, »und Ihr wandelt selbst am Rande des Todes.« Die Kreatur trat näher und streckte bereits die Krallenhände aus. Verblüfft entdeckte der Krieger, daß diese Wesen Flügel besaßen. Hatte Gorgrael sie erst im Nachhinein damit ausgestattet? Beim Angriff auf die Stadt war ihm das bisher noch nicht aufgefallen.

Axis zwang seine Gedanken, sich auf die Verteidigung zu konzentrieren. Seine Truppe verließ sich auf ihn, und er durfte noch nicht sterben, jetzt noch nicht. So einfach konnte doch nicht alles zu Ende gehen. Langsam hob der Krieger sein Schwert.

Der Skräbold gurgelte begeistert, als er sah, wie die Klinge in der Hand des müden Mannes schwankte. Unendlicher Ruhm stand ihm bevor. Er schrie seinen Triumph hinaus, senkte den Kopf und stürmte vor.

Aber Axis war noch nicht so sehr am Ende, wie die Kreatur gehofft hatte. Er schwang sein Schwert hoch durch die Luft und traf den Skräbold an der Schulter. Eine tiefe Wunde entstand, und Blut spritzte. Sein Feind heulte auf und warf sich zur Seite. Doch schon griff er von neuem an, und diesmal unterlief er den Schwung der Klinge. Die Krallenhände packten den Axtherrn an der Brust und an der Hüfte und warfen ihn zu Boden. Hauer und Schnabel zerrissen Axis' Kettenhemd und Kleidung und näherten sich rasch dem Fleisch.

Die Kreatur besaß unfaßbare Körperkräfte, und trotz seiner eigenen nicht unerheblichen Stärke gelang es dem Krieger nicht, sich aus ihrem Griff zu befreien. Der Atem des Skrābolds, der Axis jetzt ins Gesicht fuhr, stank nach fauligem Aas. Der Axtherr würgte, was ihn zusätzlich daran hinderte, sich gegen die scharfen Waffen zu wehren. Er versuchte, das Schwert zu heben, um es dem Wesen in den Rücken zu stoßen. Doch gerade, als es ihm gelungen war, zerriß der Skräbold die letzten Stoffschichten und stieß ihm seine Krallen tief in die Brust und die Seite. Die Schmerzen waren so furchtbar, daß Axis die Luft wegblieb. Die Klinge fiel ihm aus der kraftlosen Hand, und er wußte, daß sein Ende bevorstand. Wenigstens würde er hier sterben, wo er so viele aus seiner Truppe verloren hatte. Besser mit ihnen zugrunde zu gehen, als einsam zu überleben.

Der Skräbold geriet geradezu in einen Rausch, als er das Fleisch des Axtherrn so bloß vor sich sah. Er bohrte die Klauen noch tiefer hinein, spürte, wie sie Muskeln und Gewebe zerfetzten, und heulte vor Begeisterung. Gorgrael würde ihn für diese Tat fürstlich belohnen. Das Wesen grölte und rülpste noch begeistert, als Belial sein Schwert mit beiden Händen hochriß und es ihm genau zwischen den Schwingen tief in den Rücken rammte. Der Hieb war so mächtig, daß er den Leutnant fast von den Füßen gerissen hätte. Aber er behielt sein Gleichgewicht und ließ die Klinge nicht los, während die Kreatur sich kreischend unter ihm wand. *Hoffentlich bin ich nicht zu spät gekommen,* murmelte Belial wieder und wieder und wieder. Als sein Blick auf das Gesicht des Axtherrn fiel, erschrak er, und noch mehr entsetzte es ihn, daß er Blut aus seinen Seiten fließen sah.

»Sterbt endlich, Ihr unmenschliche Bestie!« schrie der Leutnant und drehte den Stahl in der Wunde, bis das Fleisch von den Knochen riß. Er ließ das Schwert los, das tief im Leib des Skräbolds steckte, packte einen der ledrigen Flügel und schob die Kreatur von Axis. Als sie auf ihren Rücken fiel, drang die Klinge noch tiefer ein, bis die Spitze mit einem gräßlich schmatzenden Geräusch aus der Brust fuhr. Der Skräbold gab noch einen Rülpser von sich, und Blut rann aus seinem Schnabel. Dann löste er sich auf.

Belial legte den Kopf in den Nacken und sah zu weißen Gesichtern oben auf den Burgmauern hinauf. »Verdammt, öffnet endlich das Tor! Der Axtherr liegt im Sterben, während Ihr Maulaffen feilhaltet!«

Er bückte sich, hob Axis' schlaffen Körper hoch und warf ihn sich über die Schulter. Als er sich in Bewegung setzte, zwang ihn das zusätzliche Gewicht beinahe in die Knie. Er drehte sich um und warf einen langen Blick auf die aussichtslose Endschlacht. Höchste Zeit, sich ins Unvermeidliche zu fügen. »Arne!« rief er den ranghöchsten Offizier der Axtschwinger an, der noch am Leben war. »Zurück! Fallt zum Tor zurück!« Ohne darauf zu warten, ob der Mann ihn gehört hatte, stolperte der Leutnant zur Burgmauer durch einen Matsch aus zertrampeltem Schnee und Blut.

Hoch oben auf den Zinnen erklärte Jorge Magariz: »Ich übernehme hiermit die Verantwortung und lasse das Tor öffnen. Ihr habt mit dieser Entscheidung nichts zu tun, denn ich stehe im Rang höher als Ihr. Keine Bange, ich nehme das alles auf meine Kappe.«

»Da kommt Ihr leider etwas zu spät, Herzog, denn ich habe vor wenigen Minuten den Befehl erteilt, den Männern dort unten das Tor aufzutun.«

Die beiden starrten sich wortlos an und stiegen dann die Leiter hinunter, die auf den Burghof führte.

Bornheld hielt sich gerade vor dem Bergfried auf, als er mit ansehen mußte, wie sich das Tor öffnete. Er brüllte vor Wut, stieg zum Wehrgang hinauf und lief in Richtung Tor. Doch auch ihn hatten die letzten Stunden ermattet, und der Boden erwies sich als trügerisch. Als der Oberste Kriegsherr ein Drittel der Strecke hinter sich gebracht hatte, glitt er aus und stürzte schwer. Er verdrehte sich seinen Knöchel so sehr, daß er sich vor Schmerzen mehrere Minuten lang nicht bewegen konnte. Hilflos lag Bornheld da, das Gesicht zorngerötet, und schrie unverständliche Befehle.

Belial stolperte schon mit seiner Last auf den Hof, dicht gefolgt von einem ganzen Schwarm Soldaten. Viele von ihnen schleppten verwundete Kameraden mit. Der Tod eines ihrer Skräbolde hatte die Geister so verwirrt, daß sie die Chance verpaßten, den Fliehenden hinterherzujagen. Und der verbliebene Skräbold konnte das Ende seines Bruders nicht begreifen und versäumte so, seine Armee erneut zu sammeln und in die Schlacht zu schicken.

Dank Magariz' unvernünftiger Entscheidung, die aber menschlich gewesen war, aufgrund von Bornhelds Sturz und der Konfusion unter den Kreaturen fielen den Geistern nur wenige Stadtverteidiger zum Opfer. Alle Überlebenden gelangten rechtzeitig durch das Tor, das sich gleich hinter ihnen wieder schloß und die ersten Angreifer aussperrte, die sich gerade wieder gefaßt hatten.

Damit begann die Belagerung der Feste Gorken.

Sie wanderte durch einen verzauberten Wald, einen Ort der Nacht, der Schönheit, des Friedens, der Ruhe und seltsamer Vögel mit Diamantenaugen.

Doch Ruhe und Frieden hielten nicht an, und die Vögel flohen.

Das Getöse einer Schlacht drang in ihren Traum ein, und kurz darauf flackerte die Vision der Bäume vor ihr.

Axis fiel das Schwert aus der Hand. Überall Rot und Hitze. Ein dunkler Mann, der sich vor Lachen den Bauch hielt. Eine Frau flehte schreiend darum, befreit zu werden. Eine blutrote Sonne über einem goldenen Feld. Blut und noch mehr Blut. Warum war hier alles voller Blut? Und wo war Axis abgeblieben? Sie wich immer weiter zurück und würgte vor Entsetzen. Da lag der Krieger in seinem Blut. An unzähligen Stellen strömte es aus seinem Körper über Haar und Bart. Er streckte eine Hand aus, und eine Blutfontäne schoß in die Luft und traf sie. Sie spürte, wie die Tropfen zwischen ihren Brüsten hinabrannen. Als sie noch einmal nach Axis sah, lag er wie tot vor ihr. Zerstückelt und tief verwundet. Eine goldene und weiße Gestalt stieg wie ein Geist langsam hinter ihm auf.

Ein Herz, das nutzlos schlug ...

Eine blutende Sonne ...

Ein Herz ...

Blut ...

Eine Kreatur zerriß ihm mit Krallen und Schnabel das Herz.

»*Axis!*« schrie Faraday verzweifelt und riß sich von Yr los. »Axis!«

Die Wächterin versuchte, sie zurückzuhalten, aber sie hatte sich bereits einen Umhang übergeworfen und stürmte an Timozel vorbei. Auch er wollte ihr den Weg verstellen, aber sie sah ihn nur wütend an. »Wagt es ja nicht, mich anzufassen!« fuhr sie ihn an, worüber der Jüngling sich so entsetzt zeigte, daß er ihr bereitwillig Platz machte.

Faraday knüpfte den Umhang unter ihrem Kinn zu und lief mit wehendem Haar den Flur entlang. Timozel und die Katzenfrau folgten ihr dichtauf. Unterwegs tauschten sie einen fragenden Blick: *Was mag bloß in sie gefahren sein?*

Faraday erreichte den Burghof, als Belial gerade mit Axis auf der Schulter hereinwankte. Selbst aus dieser Entfernung konnte die Edle erkennen, daß der Krieger voller Blut war.

»Mutter!« flüsterte sie, und sie wurde in den Knien weich, weil sie annehmen mußte, daß der Axtherr tot war. Doch dann raffte sie ihre Röcke und lief zu dem Leutnant.

Yr erschien als nächste und rannte hinter Faraday her. Was sie am Burgtor erkennen konnte, ließ sie erbleichen.

Faraday kam rutschend neben Belial zu stehen, als dieser gerade seinen Freund unter den Dachrinnen der Ställe auf den Boden legte. Seiner letzten Kräfte beraubt, sank er neben Axis nieder. Unter der blutigen Stirn war alle Farbe aus seinem Gesicht gewichen.

Die Edle schob die Männer beiseite, die sich über den Axtherrn beugen wollten, und kniete sich neben ihn. Er atmete unregelmäßig und hatte soviel Blut verloren, daß seine Züge aschgrau wirkten. Tiefe Wunden zeigten sich an seinem Oberkörper. Der Skräbold hatte ihm zwar nicht das Herz herausgerissen, aber seine Lunge rasselte so, als sei sie verletzt.

»Faraday ...« Mehr konnte der Leutnant nicht hervorbringen.

Die Edle hob den besorgten Blick von Axis' wundem Körper. »Ich werde ihn nicht aufgeben, Belial, solange noch ein Funke Leben in ihm ist. Gebt mir Euer Messer!«

Der Offizier starrte sie verständnislos an, und Faraday schnippte ungeduldig mit den Fingern. »Euren Dolch, Mann! Los, ich muß ihm die Kleider aufschneiden!«

Yr fiel nun neben ihr auf die Knie und hielt mit besorgter Miene den Kopf des Kriegers. Seit sie in Katzengestalt herumgelaufen war, war sie ihm nicht mehr so nahe gekommen. Und jetzt hatte es den Anschein, als wäre es bald vorbei mit ihm. Wenn Axis nicht durchkam, wäre alles verloren. Unter Gorgraels Herrschaft würde die Welt zerfallen und die Prophezeiung zu Staub werden.

Faraday schnitt und riß dem Axtherrn die Kleider vom Leib und erstarrte, als die vielen Wunden offen vor ihr lagen. Der Feind hatte ihm die Krallen tief in die Brust und die linke Seite geschlagen. An sieben oder acht Stellen war das Fleisch bis auf die Knochen aufgerissen, und an einer Stelle lag schwammige Lungenmasse bloß. Daneben fanden sich ein Dutzend Schnitte an Brust und Bauch.

»Laßt sein Haupt«, erklärte die Edle ganz ruhig der Katzenfrau. »Helft mir lieber dabei, die Blutungen zu stillen.« Ihre Hände klebten bereits von seinem Lebenssaft.

Der Krieger lag wirklich im Sterben. »Verdammt!« murmelte Faraday und atmete tief ein. »Mutter, helft mir, ihn zu retten!« Damit versenkte sie ihre Gedanken in das Innerste ihrer Seele, um an die Kraft zu gelangen, die die Mutter ihr verliehen hatte.

Wenig später strömte die Urkraft mit solcher Macht durch ihren Körper, daß sie Mühe hatte, sie zu bändigen und ihren Zwecken dienlich zu machen. Belial, der neben die Wand gelehnt dasaß, war der einzige, der in diesen Momenten ihr Gesicht sehen konnte. Und er bemerkte den Wandel deutlich, der in ihr vorging. Der Leutnant preßte sich gegen die Wand, als er das Licht entdeckte, das aus ihren grünen Augen strömte, und noch mehr erschreckte ihn die schiere Macht, die sich auf ihren Zügen ausbreitete.

Faraday schob die Finger tief in Axis Wunden, bis ihre ganze Hand in seinem Körper verschwunden war. Der Rubin an ihrer Linken brannte, als er mit dem Blut des Axtherrn in Berührung kam. Alle Umstehenden hielten den Atem an. Was trieb die Herzogsgattin da?

Die Finger der Edlen suchten, und wo sie lebendes Gewebe fanden, überredeten sie es, sich mit anderem zusammenzutun. Blutbahnen verlockte und verleitete sie, sich wieder zusammenzufügen und anzufüllen. Die ganze Zeit über murmelte Faraday Laute vor sich hin, die der Ermutigung und Anregung dienten. Yr spürte, was dort vor sich ging, lehnte sich zurück, sah ihr ins Gesicht und tauschte dann mit Belial einen erstaunten Blick. Nach einer Weile verfolgte sie wieder den Heilvorgang. Faraday hatte bereits alle großen Wunden behandelt und wandte sich jetzt den kleineren Verletzungen zu. Schließlich zitterte sie am ganzen Körper. Die Augen verloren ihr grünes Leuchten, die Macht fiel von den Zügen ab, und sie sah wieder so aus wie vorher.

Faraday hob den Kopf und sah den Leutnant an. Sie warf das kastanienrote Haar über ihre Schultern, und nunmehr sah sie völlig verwirrt aus.

»Was habe ich getan?« flüsterte die Edle. Belial beugte sich über Axis und nahm Faradays blutige Hand. »Ihr habt ihm das Leben gerettet«, erklärte er feierlich, »und dafür bin ich Euch zu tiefstem Dank verpflichtet.«

Der Axtherr atmete tief ein und schüttelte sich. Obwohl er die Augen noch geschlossen hatte, bekam sein Gesicht langsam wieder Farbe.

»Was geht hier vor? Welches verblödete Spatzenhirn hat befohlen, das Tor zu öffnen?« Bornheld war es endlich gelungen, sich wieder aufzurichten und von den Zinnen herunterzusteigen. Er humpelte deutlich und ärgerte sich immer noch maßlos.

Besaß denn hier niemand genug Verstand, um zu begreifen, daß die Skrälinge in Massen durch das offene Tor hätten stürmen können?

Ungefähr zehn Personen hatten sich vor dem Stall versammelt, und der Herzog schob sich mit Schultern und Ellenbogen hindurch. Sein Halbbruder lag bewußtlos auf dem Boden, neben seinen zerfetzten und blutgetränkten Kleidern. Faraday kniete an seiner Seite, riß sich Streifen aus dem Umhang und verband Axis damit die Wunden. Ihre Zofe saß ebenfalls da und hielt seinen Kopf in ihrem Schoß.

»Wenn das die einzigen Wunden sind, die dieser Axtherr bei der Verteidigung von Gorken davongetragen hat«, erklärte Bornheld gereizt, »sollte man annehmen, daß er mehr die Beine bewegt als das Schwert geschwungen hat. Kommt, Faraday. Die Bediensteten können ihn versorgen. Ihr solltet Euch nicht hier draußen in Matsch und Schnee zu so etwas herablassen.«

Seine Gemahlin erhob sich, und ihren Zügen war deutlich anzumerken, welche Anstrengung sie gerade hinter sich hatte. »Als Burgherrin von Gorken gehört es zu meinen Pflichten, mich um die Verwundeten zu kümmern. Und hier liegen noch viel mehr, nach denen ich zu sehen habe.« Sie kehrte ihm den Rücken und schritt zu den Männern, die von ihren Kameraden hereingetragen worden waren.

Bornheld platzte fast vor Wut. »Wer hat befohlen, das Tor zu öffnen?« brüllte er über den ganzen Burgplatz.

Magariz straffte sich und wollte gerade vortreten, als Faraday ihm zuvorkam: »Das war ich, mein Gemahl. Mir ging es furchtbar nahe, als ich zusehen mußte, wie unten in der Stadt Männer starben, nur weil wir sie nicht einlassen wollten.« Sie bedachte den Fürsten mit einem raschen Blick, der besagte, daß er ja nicht widersprechen solle. Magariz stand der Mund offen, weil er nicht fassen konnte, daß die Edle sich auf ein solch gefährliches Spiel einließ. Auch wenn Faraday die Gattin des Obersten Kriegsherrn war, ließ sich nicht sagen, wie er in seiner momentanen Verfassung mit ihr verfahren würde.

Der Herzog starrte sie fassunglos an. Wie konnte diese Frau es wagen, seinen Befehlen zuwiderzuhandeln? »Ihr verblödete ...« begann er, konnte sich dann aber gerade rechtzeitig unterbrechen. Es kostete ihn deutlich sichtbare Anstrengungen. Die Adern traten ihm auf die Stirn, während er schwer atmend versuchte, seinen Zorn zu bändigen. Wenn ein anderer als sie das Tor geöffnet hätte, hätte Bornheld sofort auf ihn eingeprügelt. Aber Faraday war nun einmal seine Gemahlin. Als Frau verstand sie natürlich nichts von militärischen Dingen und ahnte auch nichts von der Gefahr, die mit dem Öffnen des Tors über die Festung hätte hereinbrechen können. Und natürlich erregten die Kämpfe vor der Burg ihr Mitleid, und ... Und mit ihrem unbesonnenen Eingreifen hatte sie dem Axtherrn das Leben gerettet. »Haltet Euch gefälligst aus Angelegenheiten heraus, die Euch nichts angehen!« grollte er schließlich. »Von mir aus wischt das Blut auf, aber dann kehrt gefälligst an den Kamin zurück, wo Ihr hingehört. Ich dulde nicht, daß Gefühlsduseleien noch einmal meine Festung gefährden!«

Nachdem er sie noch eine Weile grimmig angestarrt hatte, machte er auf dem Absatz kehrt und marschierte in den Wohnturm. Die Erleichterung war ihr deutlich anzumerken, als sie Magariz ansah.

»Ihr habt die Hochachtung aller gewonnen«, erklärte der Fürst, »die Zeuge dessen wurden, was Ihr für den Axtherrn und auch für mich getan habt. Euer Mut beschämt mich, und ich verneige mich vor Eurer Kraft und Stärke. Verfügt von nun an über mich als Euren Diener.« Er verbeugte sich vor ihr und folgte dann rasch seinem obersten Herrn in das Burginnere.

Faraday sah ihm noch ein Weilchen hinterher und beugte sich dann über Belial, fühlte ihm die Stirn und tastete seinen Oberkörper ab. »Kommt, ich helfe Euch.«

18

Der See des Lebens

Jack stand regungslos in der kühlen Morgenluft. Der Wind zerzauste sein glattes blondes Haar, und er starrte nach Norden, von wo das Lied des Erdbaums zu hören war. Gemeine Menschen hätten es nicht hören können, aber für die Ohren eines Wächters vibrierte diese Musik in der frischen Luft und erfüllte seine Seele mit Ruhe. Der Erdbaum war erwacht, und Gorgrael würde seine Hände für geraume Zeit nicht nach Awarinheim ausstrecken können. Dieser Weg blieb ihm einstweilen versperrt, und er konnte seine Heerscharen nur noch über den Gorkenpaß nach Achar führen.

Der Hirt hatte seine Schweine in einem geschützten Tal in den südlichen Urqharthügeln zurückgelassen und die vergangene Woche damit zugebracht, nach dem fünften Wächter zu suchen.

Die Prophezeiung hatte nur fünf von ihnen auserwählt: Jack, den Wanderer und auch denjenigen, der den Großteil der Verantwortung für eine erfolgreiche Durchführung ihrer Aufgabe trug; Ogden und Veremund; Yr – und Zecherach. Seit über zweitausend Jahren hatten die anderen vier nichts mehr von Zecherach gehört oder gespürt. Das bereitete Jack Sorgen. Seit ihrer Erwählung hatten die Wächter meistens Abstand voneinander gehalten, da sie befürchteten, die Prophezeiung auszulösen, wenn sie zu lange zusammenblieben. Aber ihr Geist hatte ständig mit den anderen in Verbindung gestanden, auch wenn ihre Körper viele hundert Meilen voneinander getrennt waren. Nur mit Zecherach war es anders. Sie war verschwunden. Wenn Jack sie nicht aufspüren konnte, damit sie ihre Rolle bei der Erfüllung der Weissagung übernähme, wäre alles verloren. Spätestens als

Axis in das Leben der Wächter getreten war, hätte die Fünfte erwachen und sich zeigen sollen.

Der Hirt wußte, daß Gorgrael gestern nacht mörderisch zugeschlagen hatte. Natürlich in der Jultidennacht. Wie in früheren Jahren hätte Jack heute morgen die Freude der Sonne über ihre Wiederbelebung spüren müssen. Aber sie war nur halbherzig aufgegangen, und so behielt der Winter alles Land nördlich des Nordra weiter in seinem eisigen Griff. Der Wächter befürchtete also nicht ohne Grund, daß die Jultidenriten nicht zum Abschluß gekommen waren. Ihm blieb nur die Hoffnung, daß der vollzogene Teil ausreichte, die Sonne irgendwie bis zum Frühling in Bewegung zu halten.

Tränen traten in seine Augen, wenn er an das Gemetzel dachte, das er im Erdbaumhain gespürt hatte. Jeder Todesschrei hatte an seiner Seele gezerrt. Und dennoch war es in der Stadt Gorken noch weitaus schlimmer zugegangen. Lebten Axis und Faraday überhaupt noch? Er wußte, daß Yr, Ogden und Veremund nichts Ernstliches zugestoßen war, weil er sie immer noch spürte. Hoffentlich hatte den Axtherrn beim Abwehrkampf nicht der Tod ereilt, wie so viele andere, deren Seelen Jack in der letzten Nacht begegnet war.

Schier endlos waren sie durch den Strom der Nacht an ihm vorbeigezogen. Ikarier mit zerfetzten oder abgerissenen Flügeln. Awaren, die ihr Schicksal immer noch nicht begreifen konnten. Scharenweise Soldaten aus Gorken. Bar jeden Trostes waren sie am Fluß des Todes entlanggewandert, hin zum Großen Tor des Nachlebens. Als der letzte Soldat aus der Stadt an ihm vorbei war, hatte Jack sich wieder etwas beruhigt. Axis war nicht unter den Toten gewesen. Er durfte also weiter hoffen.

Jack stand jetzt am Südausläufer des Sperrpasses in den Urqharthügeln. Die Garnison von Sigholt lag auf der anderen Seite, ein gutes halbes Dutzend Meilen entfernt. Von den Kämpfen in Gorken war dort bislang wenig zu spüren gewesen. Aber wenn Gorgrael erst einmal der Durchbruch gelungen war, würde diese Festung auch überrannt werden. Es sei denn, die uralte Magie des Ortes könnte etwas bewirken. Aber dem Hirten ging es in diesem Moment gar nicht so sehr um Sigholt, eine der drei verbliebenen Festen aus der Zeit Tencendors. Sein Blick richtete sich vielmehr auf die große Senke zu Füßen der Garnison und suchte nach ihren uralten Ufern. Eigentlich hätte sich dort ein See ausbreiten müssen. Eines der vier magischen Gewässer Tencendors. Doch davon war heute nichts zu erkennen. Der See war verschwunden. Und mit ihm Zecherach.

Alle Wächter standen in der einen oder anderen Weise mit diesen Gewässern in Verbindung. Yr mit dem Gralssee. Ogden und Veremund, die beiden Unzertrennlichen, mit dem Kesselsee. Jack mit dem Farnbruchsee und der Mutter. Und Zecherach mit dem See des Lebens, dem magischsten von allen, wie es hieß. Jahrtausendelang hatte Sigholt sich an seinem Ufer erhoben. Nun bewachte die Festung nur eine verschneite Senke. Und im Sommer nicht einmal das.

Jemand hatte das ganze Wasser abgelassen. Vielleicht hatte einer der fürchterlichen Herzöge von Ichtar das angeordnet, irgendwann in den letzten zweitausend Jahren. Und nun war der See tot.

Mit ihm war die Liebe zum Leben erloschen, fortgeweht wie der Staub, der seitdem das Becken bedeckte. Zecherach. Jack senkte den Kopf und weinte. Nicht um die Prophezeiung, sondern um einen Verlust, der ihn selber betraf. Zu einer anderen Zeit war Zecherach einmal seine Frau gewesen.

Alle Wächter hatten einst dem verlorenen vierten Volk von Tencendor angehört – den Charoniten. Den Fährleuten, die ihre Boote durch die Wasser der Unterwelt steuerten.

19
Der Erdbaumhain

»Er wird durchkommen, Goldfeder, aber für eine Weile kann er wohl nicht mehr fliegen. Seht diese beiden Wunden, sie haben die Flugmuskeln an seiner Brust zerrissen. Bis sie verheilt sind, vergeht einige Zeit.« Barsarbe seufzte. Die Nachwirkungen der furchtbaren Nacht, die hinter ihnen lag, waren ihr deutlich anzusehen. Die Zauberer und Zaubererpriester, die überlebt hatten, kümmerten sich jetzt um die Verwundeten. »Sobald er zum Krallenturm und seinen heißen Quellen zurückgekehrt ist, wird der Heilungsprozeß schneller vonstatten gehen.«

»Ich danke Euch, Magierin Barsarbe. Ihr habt Euch selbst übertroffen.« Die Awarin versorgte schon seit Stunden Sternenströmers Verletzungen, nähte die Schnitte zusammen und legte Kräuter auf die tieferen Wunden, um sie vor Entzündungen zu schützen und die Heilung voranzubringen.

Eine kleine Gruppe hatte sich um den Ikarier unter dem Erdbaum versammelt. Rabenhorst, sein Sohn Freierfall, Abendlied und Aschure. Goldfeder saß neben ihrem Mann, und Sorge malte sich deutlich auf ihrem Gesicht. Ein paar Schritte entfernt hielten fünf Ikarier von der Luftarmada Wache, um den Krallenfürsten und seinen Erben zu schützen. Stechdorn hatte Rabenhorst und Freierfall beim Angriff der Skrälinge geradezu gezwungen, sich aus dem Hain in die Nachtluft zu erheben, und Flugsoldaten hatten die beiden vor aller Gefahr abgeschirmt, bis das Schlimmste vorüber gewesen war.

Abendlied hatte Goldfeder gerettet. Als die Geister Pease gepackt hatten, hatte die Tochter ihre Mutter umschlungen und unter Aufbietung aller Kräfte hinauf in die Baumwipfel getragen. Obwohl Ikarier über eine beträchtliche Stärke verfügten, reichte sie doch nur selten aus, einen Menschen mit in die Lüfte zu erheben.

Nun saß sie nahe beim Vater und sah zu, wie Barsarbe sich um ihn kümmerte. Abendlied war eine sehr anziehende Frau, die vom Onkel die violetten Augen und vom Vater das goldene Haar mitbekommen hatte. Wie alle Ikarierinnen trug sie ihre Lockenpracht sehr kurz geschnitten. Die Oberseite ihrer Schwingen wies die gleiche Goldfärbung auf wie ihr Haar, während sie sich die Unterseite passend zu ihren Augen bemalt hatte. Wenn Abendlied durch die Luft flog, bekam man ein Wunder in Gold und Violett zu sehen. Aber jetzt hatte sie die Flügel eingezogen und zusammengelegt. Die Muskeln an Rücken und Brust brannten ihr noch von der gestrigen Anstrengung. Goldfeder und sie hatten sich im Wipfel ängstlich aneinander festgehalten und das Massaker unter ihnen verfolgt. Vor Furcht wagten sie nicht einmal zu schreien, als der Skräbold Sternenströmer angegriffen hatte. Und wie hätten sie ihm helfen können?

Abendlied hatte den Angriff auf die Versammlung und ihren Vater immer noch nicht verwunden, genauso wenig wie die Nachricht, unvermittelt einen älteren Bruder bekommen zu haben. Sie wußte nur, daß ihre Eltern am Anfang ihrer Beziehung ein Kind verloren hatten und der Schmerz darüber bei ihnen immer noch anhielt. Und jetzt erfuhren sie plötzlich, daß dieses Kind noch lebte. Abendlied war als Einzelkind aufgewachsen und mußte sich erst daran gewöhnen, daß irgendwo ein Bruder lebte, der auch noch die besonderen Fähigkeiten Sternenströmers geerbt haben sollte. Schon als Mädchen hatte sie immer gespürt, wie sehr ihr Vater sich wünschte, sie würde einmal seinen Zauberermantel erben. Aber er hatte seine Enttäuschung gut zu verbergen gewußt, als sich herausstellte, daß seine Tochter genauso wenig zaubern konnte wie eine ganz normale Frau. Seiner Liebe zu ihr hatte das nicht im geringsten geschadet. Aber nun hatte er einen Sohn dazubekommen, und noch dazu einen, aus dem einmal ein großer Zauberer werden würde. Sternenströmer mußte ihn nur finden. Abendlied, die sich immer schon leicht von Gefühlen mitreißen ließ, war nun eifersüchtig.

Sie hatte große Achtung vor Aschure bekommen und bewunderte sie grenzenlos. Während sie und Goldfeder zitternd im Baum gehockt hatten, war die Menschenfrau aufgestanden, hatte sich gegen die Angreifer zur Wehr gesetzt und so das Blatt der Schlacht gewendet. Und ebenfalls Sternenströmers Leben gerettet. Kein Aware oder Ikarier hatte soviel Mut und Entschlossenheit aufgebracht. Abendlied wußte auch, daß viele Kämpfer der Luftarmada sich deswegen schämten. Während sie in die Luft aufgestiegen waren und ohnmächtig das Gemetzel verfolgt hatten, war es der Acharitin gelungen, den anderen zu zeigen, wie Skrälinge sich besiegen ließen. Während der nächsten Tage würden die Geschwaderführer etliche Gewissensbefragungen durchzuführen haben.

Rabenhorst ärgerte sich maßlos, sowohl über seine eigene mißliche Lage während des Angriffs, die es ihm nicht erlaubt hatte einzugreifen, als auch über die Unfähigkeit seiner Befehlshaber. Wem nütze schon eine Luftarmada, hatte er heute morgen gebrüllt, als er die Reihen der angetretenen Luftkrieger abgeschritten hatte, wenn diejenigen, die sie schützen sollten, einfach abgeschlachtet würden? Seien die Soldaten nicht gerade für einen Angriff wie den in der letzten Nacht ausgebildet worden? Aber der Oberbefehlshaber hatte rechtzeitig innegehalten, um seine Soldaten und Offiziere nicht in Grund und Boden zu verdammen. Die Ikarier lebten ebenso wie die Awaren schon so lange in Frieden, daß sie vollkommen vergessen hatte, wie man einen Gegner erst aufhält und dann in einem Gegenangriff zurückwirft. Rabenhorst wußte auch, daß er die Hauptverantwortung dafür trug, daß so viele Waldläufer und Vogelmenschen ihr Leben verloren hatten.

Der Ikarier liebte seinen Bruder zwar sehr, aber es beschämte ihn, daß es Sternenströmer gewesen war, der die Ehre des Hauses Sonnenflieger gerettet hatte. Gemeinsam mit dem Awaren Ramu war es ihm gelungen, den Erdbaum zu erwecken, der seitdem ununterbrochen für den Hain und das gesamte nördliche

Awarinheim sang. Sein Lied hatte den Überfall der Skrälinge zunichte gemacht und die Angreifer geschlagen. Doch bis seine Stimme erklungen war, hatten die versammelten Awaren und Ikarier bereits einen sehr hohen Preis zahlen müssen.

Viele Hundert hatten den Tod gefunden. Vor allem die Awaren, zum einen, weil sie sich nicht vom Boden erheben konnten und zum anderen aufgrund ihrer Verachtung von Gewalt. Heute abend würden die beiden Völker einen großen Scheiterhaufen errichten und die Gefallenen dem Fluß des Todes übergeben. Die Awaren würden darum beten, daß die ihren die Pfade des Geheiligten Hains erreichten, die Ikarier darum, daß ihre Toten sich des Sternenlieds erinnerten, damit ihre Seelen einmal zwischen den Sternen wiedergeboren würden.

Aschure bemerkte, daß Abendlied sie beobachtete. Die junge Ikarierin beeindruckte sie, und sie hoffte, bald die Gelegenheit zu erhalten, sie besser kennenzulernen. Doch zur Zeit ging das nicht. Die allgemeine Trauer verbot, neue Freundschaften zu schließen. Fleats Tochter Hogni war von den Geistern ebenso getötet worden wie Pease. Fleat hatte mehr Glück gehabt, da sie den Kinderzug in den Süden des Waldes begleitet hatte. Hoffentlich waren sie nicht in einen Hinterhalt geraten. Obwohl Awaren wie Ikarier sich überschwenglich bei ihr bedankt hatten, fühlte Aschure sich jetzt noch ausgeschlossener als vorher. Sie senkte den Blick auf ihre Hände.

Die Acharitin wußte nicht, was sie nun anfangen sollte. Pease war ihre stärkste Verbindung zu der Sippe gewesen, aber Pease weilte nun nicht mehr unter ihnen. Die Erinnerung an ihre schmerzerfüllten Augen, als sie hilfesuchend die Hand nach ihr ausgestreckt hatte, würde Aschure wohl nie mehr verlassen. Da saß sie nun unter dem Erdbaum, sah lieber nur auf ihre Hände, und während sie versuchte, das getrocknete Blut unter ihren Fingernägeln zu entfernen, dachte sie über ihre Zukunft nach.

Rabenhorst ließ sich neben seinem Bruder nieder. »Sternenströmer, könnt Ihr sprechen?«

Die Zauberer streckte eine Hand aus, und der Krallenfürst half ihm auf. Barsarbe hatte alle seine Wunden versorgt, aber sein Oberkörper sah immer noch furchtbar aus. Aschure zuckte mitfühlend zusammen, als der Ikarier sich stöhnend hinsetzte. Sein Gesicht war eingefallen, und die Wunden fühlten sich jetzt noch schlimmer an als vorher, im offenen Zustand. Die Zauberin hatte ihm viele Federn aus den Flügeln reißen müssen, um an die dortigen Wunden heranzukommen. Sternenströmer war in seiner Eitelkeit deshalb mindestens ebenso schwer verletzt wie sein Oberkörper.

»Ja«, sagte der Zauberer und hoffte, nicht zu sehr zu krächzen, »wir müssen miteinander reden.«

Rabenhorst aber schwieg für einen Moment, schaute nachdenklich zu Boden und wandte sich dann ohne Umschweife an seinen Bruder: »Wieviel Schaden haben die Kreaturen wirklich angerichtet?«

Sternenströmer wußte, daß der Befehlshaber sich nicht nach der Zahl der Toten erkundigte. Er holte tief Luft und zuckte zusammen, weil sein verletztes Fleisch dabei noch sehr schmerzte. »Großen Schaden, Rabenhorst, aber es hätte schlimmer sein können. Wir konnten die Jultidenriten nicht zu Ende durchführen, aber die Skrabolde gaben erst den Befehl zum Angriff, nachdem wir den Feuerkreis entzündet hatten. Die Sonne wurde also wiedergeboren und ist ja heute auch schon aufgegangen. Aber sie ist schwach und wird bis zum Frühjahrstauwetter nur langsam an Kraft gewinnen. Vielleicht reicht sie dann nicht aus. Die Erde muß sich gewaltig anstrengen, ihre Decke aus Eis und Schnee zu durchbrechen. Doch laßt Euch gesagt sein, Bruder, daß es noch viel furchtbarer hätte kommen können. Wenn es uns nicht gelungen wäre, den Feuerkreis zu entfachen, würde uns womöglich ewiger Winter bevorstehen.«

Rabenhorst nickte düster. »Gorgrael hat also einen Erfolg errungen.«

»Aber nicht unbedingt den, den er sich erhoffte«, bemerkte Freierfall, der neben seinem Vater stand. Der junge Prinz bereitete sich schon darauf vor, eines Tages sein Erbe anzutreten. Schon seit ein paar Jahren nahm er an allen Ratssitzungen seines Vaters teil, und gelegentlich wurden ihm einige der Aufgaben übertragen, die einmal zu seinen Herrscherpflichten gehören würden. Viele sahen in Freierfall jemanden, der das Zeug zu einem großen Krallenfürsten in sich hatte. Anders als sein Vater ließ er es nicht zu, daß seine angeborene Überheblichkeit ihn daran hinderte, die richtige Entscheidung zu treffen.

Der Sternenströmer nickte beiden zu, Bruder und Neffen. »Ihr habt beide recht. Gorgrael hat sich sicher einen größeren Erfolg gewünscht. Wenn die Skrälinge seine Befehle strikt befolgt hätten, würde der Winter nun ganz Awarinheim mit seinem Eispanzer überziehen und ich befände mich in der Gewalt des Zerstörers.«

Goldfeder, die bis jetzt geschwiegen hatte, fragte erschrocken: »Was soll das heißen?«

»Ich fürchte, ich bin der Grund dafür, daß die Geisterwesen uns angegriffen haben. Grograel wollte mich gefangennehmen, vorzugsweise lebend.«

»Warum?« fragte Rabenhorst und warf einen kurzen Blick auf Weitsicht, der sich gerade zu ihnen gesellte. »Warum will der Zerstörer Euch lebend haben?«

Goldfeder spürte das Schaudern, das durch Sternenströmer fuhr, als sie seine Schultern stützte. »Weil jeder Zauberer von seinen Eltern ausgebildet werden muß«, antwortete er mit gepreßter Stimme. »Und ob uns das nun gefällt oder nicht, Gorgrael ist genauso ein ikarischer Zauberer wie der Sternenmann.«

»Das verstehe ich nicht ganz«, sagte Freierfall. »Wenn der Zerstörer von Euch ausgebildet werden will, woher hat er dann all die Fähigkeiten und die Macht, über die er bereits verfügt?«

»Als Barsarbe mir die Wunden zusammennähte, habe ich mich das auch gefragt. Wenigstens konnte ich auf diese Weise meine Gedanken von den Schmerzen ablenken. Alle Zauberer beziehen ihre Macht aus der Musik des Sternentanzes, aus der Musik, die die Sterne spielen, wenn sie über den Himmel ziehen.« Rabenhorst und Freierfall nickten.

»Aber ich glaube«, fuhr der Zauberer fort und betrachtete dabei die Runde, die sich um ihn versammelt hatte. Sein Blick blieb kurz an Aschure hängen, die kummervoll am Rand saß,

»daß Grograel seine Stärke auch aus einer anderen Quelle bezieht. Vermutlich aus dem Mißklang, der ebenfalls zwischen den Sternen vorhanden ist. Disharmonien entstehen, wenn die Sterne aus dem Takt geraten, wenn sie aufeinanderprallen oder wenn sie den Tanz vergessen und dann zu roten Riesen anschwellen und explodieren. Am Himmel existieren zwei Arten von Musik. Der Sternentanz, der lauteste und auch derjenige, dem zu lauschen man den Zauberern beibringt, auf daß sie aus ihm ihre Stärke beziehen. Doch darin verborgen ist auch ein subtiler Strang von Mißklängen und Disharmonie, der Tanz, der die Sterne an ihr Ende führt … mit anderen Worten, der Tanz des Todes. Seit vielen Generationen befürchten die Zauberer, daß einer aus ihren Reihen lernen könnte, sich dieser Musik zu bedienen. Und ich fürchte, dazu ist es nun gekommen.«

»Aber wer hat Gorgrael gelehrt –« fragte Freierfall mit verwirrt gerunzelter Stirn.

Sternenströmer ließ ihn nicht ausreden, weil er nicht wollte, daß der Prinz die Frage stellte, vor der er sich am meisten fürchtete. »Der Zerstörer braucht mich nun sicher, damit ich ihm beibringe, wie man auch den Sternentanz nutzen kann, die Musik des Lebens und der Harmonie. Wenn Gorgrael erst Harmonie und Disharmonie beherrscht, kann ihn niemand mehr aufhalten. Nicht einmal der Sternenmann. Und sobald er diese Welt erobert hätte, würde er danach trachten, sich ins Universum auszudehnen. Der Zerstörer könnte durch das Sternentor gehen.«

Diese Worte erschreckten seine Zuhörer so sehr, daß für kurze Zeit niemand etwas zu sagen wußte. Der Sternenströmer sah seine Gefährten der Reihe nach an. Das Schlimmste hatte er ihnen noch gar nicht mitgeteilt. Gorgrael konnte sich die Beherrschung der Disharmonien unmöglich selbst beigebracht haben. Also hatte ihm jemand Unterricht erteilt. Aber wer? Der Zauberer wollte lange und gründlich über diese Frage nachdenken. Und natürlich mußte er sich mit seinem anderen Sohn unterhalten, um zu erfahren, über welche Fähigkeiten Axis verfügte.

Rabenhorst rutschte nervös auf seinem Platz hin und her,

warf Weitsicht einen Blick zu und wandte sich dann wieder an seinen Bruder: »Ihr sollt ab sofort eine Leibwache erhalten, die mindestens so groß ist wie die meine oder die Freierfalls. Eure Sicherheit muß nun oberstes Gebot sein.«

»Und was ist mit Axis?« fragte der Prinz.

»Natürlich müssen wir ihm helfen«, erklärte Sternenströmer ruhig. »Der Weg nach Süden über Awarinheim ist dem Zerstörer versperrt, solange der Erdbaum singt. Das Lied hat einen so mächtigen Zauber über den Nordwald gelegt, daß nicht einmal Gorgrael ihn brechen kann. Wenn er also immer noch nach Süden vorstoßen will, muß er über den Gorkenpaß. Und die dortige Festung bezwingen.«

»Wie könnt Ihr nur daran denken, daß wir den Ebenenbewohnern helfen?« rief Weitsicht entgeistert. Wie so viele Ikarier konnten auch die Achariten nicht vergessen, daß sie es gewesen waren, die unter der Führung des Seneschalls die Vogelmenschen und die Waldläufer vertrieben hatten.

»Weil uns keine andere Wahl bleibt, Prinz«, entgegnete Sternenströmer immer noch ruhig. »Erinnert Euch an die Prophezeiung. Alle Völker müssen zusammenstehen, um den Zerstörer zu besiegen. Und ich muß wohl nicht besonders betonen, daß Axis kaum als normaler Ebenenbewohner bezeichnet werden kann.«

»Wenn er schon so viel ikarisches Blut in sich hat, kann er doch sicher auch allein die nötigen Zauber singen«, erwiderte Weitsicht, dem die ganze Richtung nicht paßte, in die sich das Gespräch entwickelte.

Rabenhorst war der Debatte bislang schweigend gefolgt. Auch er hatte seine Bedenken, den Menschen in Gorken zu Hilfe zu eilen.

»Sternenströmer«, begann er vorsichtig. »Ich weiß, Ihr wollt uns dazu bewegen, Eurem Sohn beizustehen. Aber den Achariten Waffenhilfe zu leisten, dürfte wohl keinem von uns leichtfallen. Eine solche Entscheidung will wohlüberlegt sein.« Er sah sich in der Runde um, und sein Blick fiel auf die beiden Kontrahenten seines Bruders. »Wir werden also im Großen Saal des

Krallenturms eine Ratssitzung abhalten, auf der diese Angelegenheit ausführlich besprochen wird.«

In den meisten Belangen galt das Wort des Krallenfürsten als Gesetz, aber bei größeren Entscheidungen mußte er den Beschluß einer Ratsversammlung abwarten, an der jeder Ikarier teilnehmen durfte, der das fünfundzwanzigste Lebensjahr vollendet hatte. Solche Beratungen verliefen meist langwierig und lautstark, aber Rabenhorst konnte in dieser Frage nicht anders handeln. Wenn er eigenmächtig die Luftarmada nach Gorken schickte, ohne eine Ratssitzung abgehalten zu haben, würden die Gemüter der Ikarier sich über die Maßen erhitzen.

»Bei den Sternen, Bruder! Wenn die Skrälinge Gorken mit ebensolcher Macht angegriffen haben wie uns, wie sollen die Achariten sie dann länger zurückhalten können? Schließlich haben sie keinen Erdbaum, der für sie singt!« Sternenströmer schaute ihn beschwörend an. »Die Luftarmada muß sofort hinfliegen, sonst könnte alles zu spät sein!«

»So einfach kann und darf ich mir das nicht machen!« entgegnete Rabenhorst ebenso aufgebracht.

»Dann sollen die Flieger nur meinen Sohn retten! Ich bitte Euch, Bruder, bedenkt doch, was auf dem Spiel steht!«

»Vater, das ist wirklich nicht von der Hand zu weisen«, wandte Freierfall ein. Wenn Axis sich laut Prophezeiung dem Zerstörer zum Kampf stellen sollte, dann bedurfte er dringend der Ausbildung durch seinen Vater, mochten seine natürlichen Anlagen auch noch so groß sein.

Rabenhorst starrte seinen Sohn mit funkelnden violetten Augen an. »Ich kann keine Entscheidung treffen, die den tausendjährigen Haß zwischen unseren Völkern nicht berücksichtigt. Mag es hier auch um Axis gehen, ich bin jedenfalls nicht gewillt, Wesen zu helfen, die uns lieber gleich erschlagen, als uns erst einmal zuzuhören!«

Freierfall sprang auf, trat einen Schritt zurück und sah Abendlied an: »Wir Ihr wünscht, Vater, wie Ihr wünscht!« Raschen Schritts verließ er den Steinkreis, und Abendlied folgte ihm.

Als die Versammlung sich auflöste, wandte Barsarbe sich an Aschure: »Ich habe mich noch nicht persönlich bei Euch für das bedankt, was Ihr letzte Nacht getan habt.«

Die junge Frau erhob sich und strich ihr Kleid gerade. »Ich weiß, daß Ihr Gewalt nicht gutheißen könnt, und –« begann sie, wurde aber von der Zauberin unterbrochen.

»Richtig, wir mögen keine Gewalt, aber Eure Tat hat vielen von uns das Leben gerettet. Ich kann natürlich der Entscheidung nicht vorweggreifen, aber ich könnte mir gut vorstellen, daß die Sippen auf der Beltidenversammlung Eurem Wunsch, eine der Unseren zu werden, sehr wohlwollend gegenüberstehen werden.«

Aschure starrte Barsarbe an und fragte sich, ob die Ikarier sie dazu gedrängt hatten, ihr dies zu sagen. Die Acharitin schluckte und wußte nicht, was sie sagen sollte.

»Aschure«, riß Sternenströmer sie aus ihren Gedanken. Er stützte sich auf Goldfeder und lächelte sie an. »Kommt mit mir und meiner Frau. Ich verdanke Euch mein Leben. Ich werde stets in Eurer Schuld stehen. Vielleicht kann ich mich auf diese Weise ein wenig erkenntlich zeigen.«

Goldfeder unterstützte ihn gleich darin: »Ach ja, bitte, Aschure. Ich würde Euch wirklich gern bei mir haben. Der Krallenturm ist ein wunderbarer Ort.«

Die junge Frau konnte Sternenströmers Lächeln nicht widerstehen und freute sich sehr über die Einladung der beiden.

»Vielen Dank«, sagte sie. »Ja, ich glaube, ich würde diesen Ort gern kennenlernen.«

20
Abschied

Knapp achtundvierzig Stunden nach der Jultiden-Tragödie versammelten sich die Ikarier, um ihren langen Rückflug anzutreten. Bis zuletzt hatten die Awaren und Vogelmenschen über ihre weiteren Schritte beraten; Rabenhorst hatte sich aber nicht davon abbringen lassen, erst die Entscheidung aller erwachsenen Ikarier abzuwarten, ob eine Streitmacht nach Gorken gesendet werden solle. Die Luftarmada konnte jetzt bedenkenlos abgezogen werden. Schließlich sang der Erdbaum auch weiterhin und schützte Awarinheim vor allen Anschlägen Gorgraels. Kein Skräbold oder Skräling könnte es wagen, die Kreise des Liedes zu stören.

Ein anstrengender Flug erwartete die Ikarier. Sie mußten die Eisdachalpen überfliegen, um zum Krallenturm zu gelangen. Die immerwährenden Winde zwischen den hohen Gipfeln erzeugten heftige Böen, die einen unachtsamen Flieger gegen die schwarzen Klippenwände schleudern und so zu Tode kommen lassen konnten. Also hieß es, so hoch wie möglich über den Bergen hinwegzugleiten, auch wenn sie damit in die dünneren Atmosphärenschichten gelangten, wo die Luft sie nicht mehr so gut trug. Außerdem konnten sie unterwegs kaum landen – die Vogelmenschen mußten die ganze Strecke also in einem einzigen, vierundzwanzig Stunden währenden Flug zurücklegen. Zwei Fernaufklärer waren bereits aufgebrochen, um den Ikarier im Krallenturm vom Gemetzel im Hain des Erdbaums zu berichten.

Rabenhorst schaute zu, wie die Vogelmenschen zusammenkamen. Die meisten von ihnen hatten es eilig, nach Hause zu gelangen. Er aber fragte sich, ob es nicht besser gewesen wäre, noch ein oder zwei Tage mit dem Heimflug zu warten. Auf der einen Seite hatten sich die Flugmuskeln der Ikarier noch nicht ausreichend erholen können. Auf der anderen Seite kamen ihnen die jetzt vorherrschenden Winde entgegen und würden ihr Vorankommen beschleunigen. Nein, entschied der ikarische Befehlshaber schließlich, sie würden heute Abschied nehmen. Der Großteil der Luftarmada hielt sich hier in Awarinheim auf, und der Krallenturm wurde nur von einer schwachen Streitmacht geschützt. Außerdem wollte Rabenhorst dringend die Berichte der Fernaufklärer von Gorken hören. Und schließlich verlangte es keinen danach, noch länger an diesem Ort zu bleiben, dem so schwer der Geruch des Todes lastete. Die Ikarier und die Waldläufer hatten am Vorabend ihre Toten den Flammen übergeben. Es waren so erschreckend viele gewesen, Kameraden, Freunde oder Familienmitglieder, die in den Kämpfen gefallen waren. Heute morgen war von den Scheiterhaufen nicht viel mehr als Asche übriggeblieben.

Rings um den Erdbaum lagen achtzehn Ikarier, darunter auch Sternenströmer, die für den Heimflug einfach zu geschwächt oder schwer verwundet waren. Sie würden Tage, wenn nicht gar Wochen brauchen, um zum Turm zurückkehren zu können. Rabenhorst machte sich jetzt auf den Weg zu seinem Bruder, um mit ihm noch einmal zu besprechen, wann und wie er nach Hause kommen wolle.

Sternenströmer lehnte gerade an einer der Säulen des Steinrunds, und wie üblich stand Goldfeder an seiner Seite. Gestern abend hatte der Zauberer sich nicht davon abbringen lassen, persönlich die Feier zu Ehren der Toten zu veranstalten. Rabenhorst sah ihm jetzt an, wie sehr ihn das angegriffen hatte. Abendlied hielt sich bei den beiden auf. Als Flugkämpferin mußte sie jetzt auch aufbrechen und küßte gerade ihre Eltern zum Abschied. Freierfall stand ganz in der Nähe. Rabenhorst betrachtete die beiden jungen Leute. Schon seit Jahren schienen sie sich sehr zu mögen, und er fragte sich, ob sie nach dem Militärdienst eine engere Beziehung eingehen würden. Ehen zwischen Cousins galten bei den Ikariern nicht als ungewöhnlich, und die beiden sahen ganz so aus, als wären sie füreinander geschaffen. Der Befehlshaber spreizte die Schwingen ein wenig, als sein Sohn und seine Nichte aufstiegen und aus der Luft winkten. Ja, er war durchaus für diese Verbindung. Vielleicht gelang es Abendlied ja, mäßigend auf das Ungestüm des Jünglings einzuwirken.

Jetzt begab er sich zu Sternenströmer und legte ihm behutsam eine Hand auf die Schulter, um ihn nicht aus Versehen an einer Wunde zu berühren. »Bruder, wie lange werdet Ihr brauchen, um folgen zu können?«

Der Zauberer sah erst seine Frau an, ehe er antwortete: »So bald wie möglich. Einige hier werden noch Wochen bis zu ihrer vollständigen Genesung brauchen, und eine so lange Zeit möchte ich nicht untätig herumsitzen. Jeder von uns wird im Krallenturm gebraucht. Und natürlich möchte ich vor der großen Ratsversammlung sprechen.«

Rabenhorst runzelte die Stirn und hoffte, daß seine Deutung des Blicks, den die beiden eben ausgetauscht hatten, nicht zutraf. Wenn Goldfeder den Turm verließ, um mit den Awaren herumzuwandern, folgte sie dem Nordra von seiner Quelle am Fuß des Ikariersitzes durch die Alpen bis nach Awarinheim. Die vereisten Pfade in den Bergen stellten schon einen sehr vorsichtigen Wanderer vor Schwierigkeiten, um so mehr dann Verwundete, die sich dort zu Tode stürzen würden. Und Sternenströmer befand sich noch lange nicht in der Verfassung, sie zu beschreiten. Davon abgesehen, dauerte die Reise auf diesem Weg viele, viele Tage. Da wäre es vernünftiger, hier abzuwarten, bis sein Bruder den Heimflug wagen konnte.

Aber leider war Sternenströmer nicht immer vernünftig. Wie die Wahl seiner Ehepartnerin zeigte.

Der Zauberer kannte seinen Bruder sehr gut und ahnte wohl, was hinter seiner Stirn vor sich ging. »Ich habe nicht vor, die rutschigen Eispfade zu beschreiten, Rabenhorst. Denn es gibt einen viel einfacheren, rascheren und angenehmeren Weg zurück zum Krallenturm.«

Die Sorgenfalten auf dem Gesicht seines Bruders vertieften sich merklich.

»Wir werden die Charoniten um Hilfe bitten«, erklärte der Sternenströmer und hielt dem Blick Rabenhorsts stand.

Dem Befehlshaber verschlug es die Sprache. Seit vielen tausend Jahren hatte niemand mehr von diesem Volk gehört. Er kannte es auch nur aus den Erzählungen seiner Mutter und seines Bruders. Als Zauberer wußten sie über dieses Volk Bescheid. Aber andere Ikarier hätten in diesem Moment wohl kaum verstanden, wovon der Sternenströmer redete.

»Höchste Zeit für die Charoniten zu erfahren, daß die Zeit der Prophezeiung gekommen ist. Sie haben schließlich auch ein Recht zu erfahren, was geschieht. Und sie können uns zum Krallenturm bringen.«

»Glaubt Ihr denn wirklich, daß es sie überhaupt noch gibt? Bei den Sternen, wir können es uns wirklich nicht erlauben, daß Ihr auf Nimmerwiedersehen in irgendeiner Alpenhöhle verschwindet. Und wenn die Charoniten Euch die Hilfe verweigern?«

Der Zauberer war bereits auf die Einwände seines Bruders vorbereitet und hatte alles vorher mit Ramu besprochen. »Laßt uns eine Staffel Eurer Flugkrieger da. Wenn wir bei den Charoniten keinen Erfolg haben sollten, kann sie uns zum Hain zurückgeleiten und dann nach Hause fliegen. Aber ich bin recht zuversichtlich, dieses Volk mit Ramus Hilfe zu finden.«

Der Aware trat nun hinter einer Steinsäule hervor und sprach sich für Sternenströmers Vorhaben aus: »Unsere Priester glauben immer noch, daß die Charoniten in heißen Sommernächten aus ihren Wohnstätten herauskommen und über den Nordra fahren. Einer Sage nach sollen sie auch einmal alle hundert Jahre ihre Höhlen verlassen, um sich das Funkeln der Sterne auf nächtlichen Gewässern anzuschauen. Vielleicht haben sie ja wirklich ihre Liebe zur Oberwelt noch nicht ganz verloren. Wir vermuten auch, daß sich hier ganz in der Nähe ein Eingang zu ihrer Welt befinden muß.«

Rabenhorst fand diese Argumente zwar eigentlich nicht überzeugend genug, um eine Suche nach diesen legendären Wesen gutzuheißen, aber er erkannte auch, daß sein Bruder fest dazu entschlossen war. »Ihr wollt also Sternenströmer auf dieser Reise begleiten?« fragte er Ramu. Als er nickte, fuhr der ikarische Fürst fort: »Aber Ihr werdet doch hier gebraucht. Nach dem Tod Mirbolts seid Ihr der oberste Magier. Sollte Euer Platz da nicht bei Eurem Volk sein?«

»Mein Volk wird sich wieder in seine Klans auflösen und getrennt durch Awarinheim wandern. Und Barsarbe kann während meiner Abwesenheit durchaus meinen Platz einnehmen. Davon abgesehen könnte es vonnöten sein, daß auch ich vor Eurer Versammlung spreche. Schließlich gehöre ich zu den wenigen, die Axis begegnet sind und mit ihm gesprochen haben.«

Für Rabenhorst kam das alles ein wenig zu schnell, aber was sollte er tun? So nickte er schließlich widerstrebend. »Ich schicke Euch eine Staffel Flugkrieger, Bruder, denn ich will Euch nicht verlieren. Wir haben sonst keinen Zauberer, der es mit Euren Kräften aufnehmen könnte.«

»Und Ihr wartet mit der Einberufung des Großen Rats, bis ich zurückgekehrt bin?«

Rabenhorst schwieg zunächst. »Ich lasse Euch eine Woche Zeit. Keinen Tag länger. Und wenn Ihr bis dahin nicht bei uns eingetroffen seid, weiß ich nicht, wie die versammelten Ikarier abstimmen werden.« Von fern sahen sie Weitsicht auf sich zukommen. »Und jetzt muß ich fort. Wann macht Ihr Euch auf den Weg?«

»Morgen früh.«

Eine Stunde vor Sonnenaufgang waren sie zum Aufbruch bereit: Sternenströmer, Goldfeder, Ramu, verletzte Ikarier, die sich von Flugkriegern stützen ließen, und Aschure. Die Acharitin hatte in der vergangenen Nacht so gut geschlafen wie schon seit Monaten nicht mehr. Sie fühlte sich jetzt sehr aufgeregt und freute sich darauf, den Krallenturm kennenzulernen. Der Zauberer betrachtete ihre Erregung mit einigem Amüsement und gratulierte sich im Stillen dazu, sie zu sich eingeladen zu haben. Seine Frau, Ramu und sie gehörten zu den wenigen, die Axis kennengelernt hatten. Aschure stellte ein wichtiges Verbindungsglied zu seinem Sohn dar.

Barsarbe war ebenfalls früh aufgestanden, um sich von der Reisegesellschaft zu verabschieden. Obwohl sie gestern Aschure für ihren weiteren Aufenthalt bei den Awaren Mut zugesprochen hatte, sah sie sie nicht ungern ziehen. Die Magierin mußte an sich halten, um sich nicht zu schütteln. Aschure machte für ihren Geschmack zu rasch von der Gewalt Gebrauch. Aber da war noch mehr, das sie ihr seltsam erscheinen ließ. Barsarbe verspürte Eifersucht auf die Acharitin, auch wenn sie sie sich nicht so recht erklären konnte. Wie dem auch sei, tief in ihrem Herzen lehnte sie die Menschenfrau ab.

Für den Augenblick war es die Magierin jedoch zufrieden, daß Aschure von ihnen fortzog. Die Awaren hatten sie nicht gewollt, und wer weiß, vielleicht fanden die Ikarier ja ein Plätzchen für die Pflughütertochter aus Smyrdon. Nachdem Barsarbe sich von allen verabschiedet hatte, überreichte sie Aschure einige Kräutersäckchen und erklärte ihr, wie sie die Heilkräuter auf die Wunden der Ikarier auflegen solle. Denn die Acharitin hatte die Aufgabe übernommen, sich während der Reise um die Verletzten zu kümmern. In Gedanken betete die Magierin darum, die Menschenfrau nie wiedersehen zu müssen.

Sternenströmer versammelte die Gruppe um sich und setzte sich in Bewegung. Gestern hatte er bei der Enthüllung seines Plans Rabenhorst gegenüber mehr Zuversicht an den Tag gelegt, als er verspürte. So ganz war er nämlich nicht vom Erfolg seines Unternehmens überzeugt. Wenn sie nun den richtigen Eingang zur Unterwelt nicht fanden? Oder wenn die Charoniten ihnen die Hilfe verweigerten? Schon lange bevor die Verbindung zu den Charoniten verlorengegangen war, hatten die beiden Völker nur selten etwas miteinander zu tun gehabt. *Bei den Sternen, ich hoffe nur, daß das Ganze keine Torheit ist,* dachte der Zauberer, als er die Gesellschaft in Richtung Norden zum Nordra führte.

Alle trugen warme Kleidung. Nur Ramu und Aschure hatten noch zusätzliche Bündel bei sich. Die Flugkrieger liefen zu beiden Seiten neben ihnen her, hatten Pfeile auf ihre Bögen gelegt und suchten unentwegt den Himmel ab. Als die Reisenden die Wege erreichten, die unmittelbar am Ufer verliefen, tauschten

Sternenströmer und Ramu besorgte Blicke. Der Nordra führte das niedrigste Wasser seit vielen Jahren. Es hatte im letzten Frühjahr im Norden nur wenig getaut, und jetzt strömte nur wenig Schmelzwasser von den Gletschern in den Fluß. Und in diesem harten Winter gefror das Wasser auf den Schneefeldern nördlich von Awarinheim, ehe es den Nordra erreichte. Für die Awaren stellte der Strom eine wichtige Lebensgrundlage dar. Wenn der Wasserstand noch tiefer sank, würden es nicht genügend Fische geben.

Aber der Zauberer konnte sich nicht lange solchen Überlegungen hingeben, denn seine Schmerzen waren zu groß. Ein Dutzend Wunden bedeckte seinen Körper, und die größeren jagten glühende Speere durch seine Brust, wann immer er einatmete. Die kalte Luft am Fluß half da keineswegs. Goldfeder hielt sich die meiste Zeit an der Seite ihres Mannes auf. Sie stützte ihn, wenn es nötig war, und litt mit ihm, wenn sie ihn fester halten mußte und er vor Schmerzen stöhnte.

So wanderten sie bis zur Mittagsstunde, ein trauriges Häuflein, das viel zu oft eine Ruhepause einlegen mußte, damit die Verwundeten sich von der Anstrengung erholen konnten. Aschure und Ramu liefen die Reihe auf und ab, ermutigten hier und stützten dort. Als der Sternenströmer schließlich mittags eine Rast verkündete, atmete die junge Frau erleichtert auf. Endlich konnte sie jetzt den Tee aufbrühen, der den Verletzten so gut tun sollte.

Nachdem Aschure und Ramu alle mit dem Getränk versorgt hatten, nahm die Acharitin sich auch einen Becher und ließ sich am Rand der Gruppe nieder. Dornenfeder, der Führer der Staffel, gesellte sich zu ihr, nachdem er noch einmal den Himmel und den Wald abgesucht hatte.

Aschure lächelte ihm schüchtern zu. Er war ein gutaussehender Vogelmensch, zwar nicht der Schönste von ihnen, aber er besaß hübsche dunkelrote Federn und dunkle, freundliche Augen.

»Ich habe gesehen, was Ihr im Hain vollbracht habt«, begann Dornenfeder. »Ihr besitzt großen Mut und einen schnellen Verstand.«

»Ach, ich hätte viel früher eingreifen sollen.«

»Das hätten wir eigentlich alle«, gab der Staffelführer zurück, »aber Ihr seid zuerst zur Tat geschritten. Aschure, habt Ihr jemals eine militärische Ausbildung genossen?«

Ihre Finger krampften sich um den Becher. »Nein.«

»Würde es Euch denn gefallen, nach unserem Eintreffen im Turm zusammen mit meinen Soldaten zu trainieren?«

Aschure wurde bei der Vorstellung schlecht. »Oh nein, niemals, ich kann doch nicht –«

»Hört«, unterbrach Dornenfeder sie, »ich weiß zufällig, daß die Awaren Euch mit sehr gemischten Gefühlen gegenüberstehen. Manchmal können diese Waldläufer ganz schön eigenartig sein. Aber von mir und vielen anderen Ikariern werdet Ihr mit Bewunderung angesehen. Denkt bitte über meinen Vorschlag nach. Die Awaren wollen mit Euren Gaben nichts zu tun haben, wir wissen sie jedoch zu schätzen.« Lachfältchen hatten sich um seine Augen gebildet. »Ich verstehe mich aufs Bogenschießen, Aschure, und es würde mir größtes Vergnügen bereiten, Euch an dieser Waffe auszubilden.«

Als die Acharitin zögerte, erhob sich der Vogelmann. »Denkt bitte in Ruhe darüber nach«, sagte er noch einmal und zog sich zurück.

Während er verschwand, bemerkte Aschure Goldfeder, die ihr zuzwinkerte. Sie wurde ein wenig rot und drehte rasch den Kopf zur Seite. Aber die Worte Dornenfeders gingen ihr nicht mehr aus dem Sinn.

Die meisten Ikarier saßen oder lagen schweigend da und lauschten dem Gesang der Vögel und dem Rauschen des Nordras. Sternenströmer trank seinen Tee aus und überprüfte den Stand der Sonne. Nicht weit von hier wurde der Weg gefährlich, und er konnte den Verwundeten und auch sich selbst nicht allzu viel zumuten.

Er reichte Goldfeder seine Tasse und rief dann Dornenfeder zu sich. Der Ikarier war sofort zur Stelle.

»Staffelführer«, begann der Zauberer und hoffte, bald die heilende Wirkung des Tees zu spüren. »Von hier an bedeckt

Dickicht die Böschung des Nordras. Wenn wir zu Fuß weitersuchen, könnten wir deshalb leicht den Höhleneingang verpassen. Schickt also ein paar Eurer Soldaten in die Lüfte, damit sie von oben Ausschau halten können.«

Der Offizier nickte. »Zauberer, wonach suchen wir denn nun genau?«

Sternenströmer verzog das Gesicht, als wieder eine Welle des Schmerzes ihn ergriff. Er mußte ein wenig warten, bis er wieder freier atmen konnte. Goldfeder warf dem Staffelführer einen strengen Blick zu.

»Nach einem Zufluß, einem Bach«, antwortete der Zauberer schließlich. »Er kommt aus einer Höhle und fließt von dort bald in den Strom. Ich vermute, der Eingang zur Unterwelt dürfte nicht weit von hier entfernt liegen. Ein paar Meilen von hier stößt der Nordra auf ein Hindernis, die steilen Klippenwände der Alpen. Goldfeder, ist Euch bei Euren Wanderungen kein Fluß aufgefallen, der in den Nordra fließt, bevor er ins Hochgebirge strömt?«

Seine Frau schüttelte den Kopf. »Nein. In den Alpen selbst finden sich keine Zuflüsse, und diesen Abschnitt des Stroms kenne ich nicht so gut. Für gewöhnlich biege ich nach Osten ab, sobald ich die Berge hinter mir gelassen habe.«

»Dann steigt auf, Staffelführer. Sucht von oben. Der Eingang kann nicht weit sein.«

Als der Ikarier in die Lüfte flog, lehnte sich Sternenströmer schwer an Goldfeder und schloß die Augen. Wenigstens für kurze Zeit ausruhen.

Doch die Entspannung währte nicht lange. Schon zehn Minuten später landete wieder Dornenfeder neben ihm.

»Wir haben einen kleinen Fluß entdeckt, der von einem Höhleneingang in den Nordra fließt. Er befindet sich glücklicherweise auf dieser Seite des Flusses. Ihr hattet recht, Zauberer, vom Boden aus hätten wir ihn wohl kaum gesehen. Altbeerenbüsche haben einen Großteil des Baches überwuchert und bedecken auch den Höhleneingang.«

»Ist es weit bis dorthin?«

Der Offizier schüttelte den Kopf. »Höchstens eine halbe Stunde, Sternenströmer.«

»Gut«, brummte der Zauberer, und seine Frau half ihm beim Aufstehen.

Ziemlich genau eine halbe Stunde später standen sie in der Höhle, aus der der Bach herausfloß. Obwohl sie nicht weit vom Nordra entfernt lag, hatten die Krieger doch den Weg dorthin freischlagen müssen, damit auch die anderen durch das Gestrüpp fanden. Dornenfeder hatte recht behalten. Vom Flußufer aus konnte man die Höhle leicht übersehen.

Der Kanal entpuppte sich als sehr ungewöhnlich, denn seine Ufer waren mit Steinplatten begrenzt, so daß er durchgehend eine Breite von fünf Schritten aufwies. In der Höhle selbst weitete er sich zu einem großen rechteckigen Becken. Auch hier gab es die Randbegrenzung durch mächtige Steinplatten, die aus der nahen Klippenwand zu stammen schienen. Der Eingang maß nur fünfzehn Schritte, aber die Höhle selbst vergrößerte sich zu einem riesigen Raum, dessen jenseitiges Ende sich in der Dunkelheit verlor.

»Ja«, meinte der Sternenströmer, während er sich in der Höhle umschaute, »wir scheinen tatsächlich einen der Eingänge zur Unterwelt gefunden zu haben ... Seht nur!« rief er aufgeregt und zeigte auf ein Steinbord an einer Seite. Darauf lagen zwei flache Kähne.

Goldfeder lief etwas weiter in die Höhle hinein und drehte sich dann mit verwirrter Miene zu ihrem Gatten um: »Sternenströmer, das Becken endet hier, und das Wasser hat keinen Abfluß. Wie könnte dieser Ort ein Eingang zur Unterwelt sein?«

Der Zauberer lächelte und humpelte, so rasch es seine Verletzungen zuließen, zu ihr. »Mein Herz, die Unterwelt befindet sich, wie der Name schon sagt, unter uns. Nicht einmal die Charoniten können mit all ihrer Magie bewirken, daß Wasser nach oben fließt. Sie benutzen Treppen, die von ihren Höhlen bis zur Oberwelt führen, wenn sie das Bedürfnis haben, ihre Welt zu verlassen. Nach diesen Stufen wollen wir nun suchen.«

Dornenfeder entdeckte auf der Erhebung mit den Booten mehrere Fackeln. Er entzündete sie mit dem mitgeführten Zunder und verteilte sie an seine Soldaten. Die Gruppe drang in die Dunkelheit vor. Fünfzig Schritte weit erstreckte sich der Boden glatt und erstaunlich staubfrei – dann endete er abrupt vor einer Steinwand. Aschure sah Ramu, der neben ihr stand, besorgt an. Aber der Aware lächelte nur. »Nicht ohne Grund nennt man Sternenströmer einen der stärksten Zauberer, den die Ikarier seit vielen Generationen hervorgebracht haben. Schaut zu.«

Axis' Vater bedeutete seinen Begleitern, sich etwas entfernt hinter ihn zu stellen. Dann trat er vor die Wand und hielt eine Fackel hoch. Langsam ging der Zauberer in die Hocke und strich mit gespannter Aufmerksamkeit über den Stein. Er breitete seine Schwingen aus und bog sie nach vorn, um mit den Flügelspitzen die Wand zu berühren. Ein Rascheln wie von feinster Seide war zu hören.

Auf einmal hielt Sternenströmer inne, klopfte einen Stein etwas nachdrücklicher ab und drehte sich dann mit einem Lächeln zu der Gruppe um. Im Schein der Fackel wirkte seine Miene wie die eines Lausbuben, der gerade jemandem auf die Schliche gekommen war.

»Ich glaube, ich habe es gefunden. Die Charoniten verbergen ihre Mechanismen wohl, aber nicht gut genug, um einen ikarischen Zauberer zu täuschen.«

Leise summend trat er von der Wand zurück und tippte im Takt dazu auf den Stein. »Ja, ja, ja« flüsterte er plötzlich aufgeregt, »hier ist es!« Sein Singsang wurde lauter und eindringlicher, und es waren nun auch einzelne Worte zu verstehen. Eine sonderbare, aber betörende Melodie, die langsam die ganze Höhle ausfüllte.

Unvermittelt hörte Sternenströmer damit auf, ballte eine Hand zur Faust und schlug damit hart gegen den Stein.

»*Ecrez dontai Charon!*« rief er, und die ganze Wand brach unter seiner Faust zusammen. Der Zauberer sprang rasch zurück und versuchte sich mit seinen Schwingen gegen den auf ihn niedergehenden Steinregen zu schützen.

Goldfeder und Dornenfeder eilten ihm zu Hilfe. Der Zauberer war von Kopf bis Fuß in Staub gehüllt. Nur noch seine glänzenden Augen und kleine leuchtende Blutstropfen waren zu erkennen. Steinsplitter hatten seine Haut leicht geritzt. Aber Sternenströmer wollte sich nicht helfen lassen. Er schüttelte die beiden ab, grinste immer noch übers ganze Gesicht, deutete auf das, was die Wand bislang verborgen hatte, und rief: »Seht!«

Die Reisenden erblickten Wandbilder aus schimmerndem weißen Marmor. Außerordentlich kunstvoll waren dort Frauen und Kinder in langen Gewändern dargestellt, die tanzten. Die Figuren wirkten so lebendig, daß Aschure beinahe glaubte, sie sich bewegen zu sehen. Unterbrochen waren die einzelnen Szenen von Säulen, die bis zur Decke emporwuchsen. In der Mitte der Wand war ein spitz zulaufender Marmorbogen eingelassen, der eine geschlossene Bronzetür umrahmte.

Sternenströmer schüttelte sich, bis seine Flügel und sein Leib vom Staub befreit waren. Die Zauberei schien ihn zur Verwunderung aller nicht erschöpft, sondern im Gegenteil belebt zu haben. Er nahm Goldfeders Hand und lächelte sie an: »Ich erinnere mich, Euch einmal Wunder versprochen zu haben. Schließt Euch mir nun an, und werdet die Erste Eures Volkes, die durch ein Tor zur Unterwelt schreitet.«

Der Ikarier stellte sich vor die Bronzetür und stieß sie mit einer leichten Bewegung seiner Hand auf. Sie öffnete sich ohne Widerstand, und die beiden traten ein. Dornenfeder scheuchte seine Krieger hinterher, und Aschure und Ramu halfen den Verletzten, ihnen zu folgen.

21

Die Charoniten

Jenseits der Tür fanden die Reisenden sich in einem großen und runden Brunnen mit einer herrlich gearbeiteten Treppe aus durchscheinendem rosafarbenem Marmor wieder. Die Stufen führten so tief in den Brunnen hinab, daß die letzten nicht mehr zu sehen waren. Ein hüfthohes Geländer führte sicher nach unten. Aschure war stehengeblieben und sah sich noch immer in dem Vorraum um, während Sternenströmer und seine Frau sich bereits auf den Weg in die Unterwelt aufmachen wollten. Der Zauberer bemerkte, daß die Acharitin sich nicht von den Wandgemälden losreißen konnte. »Kommt, Aschure, vor uns liegt noch ein langer Weg.«

Langsam kam die Gruppe voran. Jetzt halfen auch die Flugkrieger mit, die Verletzten auf den Stufen zu stützen. Zu ihrem Glück waren die Stufen ziemlich breit und nicht sehr hoch, so daß zwei Personen bequem nebeneinander gehen konnten und die Verletzten nicht zu schnell ihre Kraft einbüßten. Während ihres Abstiegs hob Sternenströmer an zu sprechen. Er erzählte mit klarer Stimme, daß alles ihn hören konnten, was er über die Bewohner der Unterwelt wußte.

»Die Charoniten und die Ikarier sind miteinander verwandt. Beide Völker wurden von der Zauberin geboren.«

»Was denn für eine Zauberin?« wollte Aschure wissen.

»Die Ur-Zauberin, meine Liebe, die die Macht des Sternentanzes entdeckte. Beide Völker verehren sie als ihre Urahnin. Andere Kulturen sollten es uns darin gleich tun.«

Aschure verstand überhaupt nichts mehr. Was meinte der Ikarier mit diesen geheimnisvollen Andeutungen? Sie nahm sich fest vor, Goldfeder später danach zu befragen.

»Die Charoniten haben stets zurückgezogen gelebt«, fuhr der Sternenströmer jedoch schon fort. »Sie richten den Blick lieber nach unten als nach oben. Die Tiefen ziehen sie mehr an als die Höhen. Diese Geschöpfe sagen von sich, daß sie vor langer Zeit ihre Flügel aufgegeben hätten, weil es sie nicht mehr nach dem Gefühl gedürstet habe, Aufwinde unter den Schwingen zu spüren.« Der Zauberer schwieg verblüfft über das, was er gerade gesagt hatte. Wie konnte jemand freiwillig auf die Erregung des Fliegens verzichten wollen? »Ich weiß, daß einige behaupten, die Ikarier seien zu rätselhaft und auch ein wenig anmaßend.« Er warf einen raschen Blick auf seine Frau. Sie behielt ihre unbewegte Miene zwar bei, aber das Funkeln in ihren Augen verriet sie doch. »Aber gegen die Charoniten sind wir verbindlich und liebenswürdig. Vor über dreizehntausend Jahren zogen sie sich in das Erdinnere zurück und erklärten, sie würden lieber die Unterwelt erforschen als die Weiten der Oberwelt. Im Lauf der Zeiten haben sie sich in der Unterwelt ausgesiedelt und dort ein Kanalsystem geschaffen. Man sagt, ihre Wasserstraßen erstrecken sich nicht nur unter ganz Tencendor, sondern auch unter den Ozeanen.« Sternenströmer zuckte die Achseln. »Wer weiß, vielleicht kann man darüber sogar andere Welten erreichen.«

Die anderen schwiegen, und ein jeder dachte für sich über die Charoniten und ihr weitverzweigtes Wasserstraßennetz nach. Welche unglaublichen Geheimnisse mußte dieses Volk entdeckt haben?

»Nur wenige wissen heute von der Existenz dieser Wesen«, setzte der Zauberer seinen Bericht fort. »Gut möglich, daß nicht einmal Gorgrael sie kennt.« Wieder legte er eine Pause ein, diesmal, um seine Gedanken zu sammeln. »Der Sage nach soll sich im Zentrum der Unterwelt eine Höhle mit einer Kuppel aus Kristall befinden, die sich über einen Spiegelsee wölbt. Dieses Gewässer soll die Quelle aller magischen Seen in Tencendor sein. Von diesem See gehen auch die Wasserwege der Charoniten strahlenförmig aus, die sie mit ihren Kähnen befahren, um die Mysterien der Welt zu ergründen. Ich hoffe nun, daß eine Wasserstraße von hier bis unter den Krallenturm führt – und daß die

Charoniten sich bereiterklären, uns dorthin zu befördern. Allerdings habe ich keine Ahnung, welchen Preis sie dafür verlangen werden.«

»Sie verlangen etwas dafür?« fragte Putzfein, einer der verletzten Ikarier.

»Die Überlieferung lehrt, daß sie niemanden umsonst mitfahren lassen. Vor allem nicht die Ikarier, da sie sie immer etwas von oben herab behandelt haben, weil sie sich für die Unterwelt entschlossen und dafür die grenzenlose Freiheit des Himmels aufgegeben haben.«

Damit schienen Sternenströmers Erklärungen ihr Ende gefunden zu haben. Danach hörte man nur noch das Scharren der Stiefelabsätze auf den rosafarbenen Stufen. Schließlich hielt der Zauberer zu einer kurzen Rast an. Während alle sich einen Platz suchten, näherte Dornenfeder sich dem Sternenströmer. Die Sage von den verlorenen Vettern der Ikarier faszinierte ihn sehr.

»Warum haben denn die beiden Völker die Verbindung zueinander verloren, Zauberer? Man sollten doch meinen, ein jedes wisse genug, was es dem anderen beibringen könnte. Schließlich sind wir doch verwandt.«

»Nun ja, die Beziehungen sind wohl etwas abgekühlt«, antwortete Sternenströmer.

»Und warum?«

Der Zauberer wünschte, der Staffelführer wäre nicht so neugierig, denn jetzt sahen ihn auch die anderen Vogelmenschen an. Wenn er ihnen keine Antwort gab, würde diese Frage sich in ihren Köpfen festsetzen, und bald würden sie ihm überhaupt keine Ruhe mehr lassen.

»Die Charoniten behaupteten, einer unserer Zaubererfürsten habe sie grausam behandelt.«

»Welcher denn?« fragte Dornenfeder voll Wißbegier. Sternenströmer verwünschte ihn in Gedanken dafür.

»Der neunte«, antwortete er nur knapp und sah den Luftkrieger sehr streng an.

Aschure, die gerade einen der Verletzten neu verband, blickte von ihrer Arbeit auf, als sie eine plötzliche Stille verspürte. Alle

Ikarier saßen wie erstarrt und mit steinernen Mienen da. Was war nur geschehen? Sogar Goldfeder hielt den Blick gesenkt.

»Wir haben genug gerastet«, erklärte der Offizier, »und sollten weiter. Einverstanden?«

Alle erhoben sich, aber noch immer fiel kein Wort. Auch der Zauberer erzählte nichts mehr über die Charoniten. Als sie noch tiefer in die Erde eingedrungen waren, wehte ihnen ein sanfter Wind entgegen. Aschure beugte sich über das Geländer, um hinunter zu sehen. Eine warme Brise strömte ihr entgegen, die immerhin so stark war, daß sich ihre Haarnadeln lösten.

»Sternenströmer!« rief sie erstaunt und genoß die Luft, die ihr übers Gesicht strich. »Wo kommt das denn her?«

»Das ist der Atem der Welt, Aschure. An einem Tag atmet die Erde ein und am anderen aus.« Zu dumm, dachte er, daß der Atem ihnen nicht den Rücken stärkte, sondern von vorne kam. »Alle diese Brunnen – und von ihnen soll es im ehemaligen Land Tencendor sehr viele geben – dienen der Welt als Atmungsventile. Ich weiß nicht, ob die Charoniten sie angelegt oder lediglich die Treppen in sie hineingebaut haben.«

Nicht lange darauf spürte jeder den warmen Wind. Es roch köstlich nach frischen Kräutern, die ihren Duft in der Sonne verströmten. Je tiefer sie hinunterstiegen, desto stärker wurde der Geruch.

»Wie weit unten sind wir denn hier schon?« fragte Goldfeder, als sie die letzten Stufe hinter sich gebracht hatten und auf flachen grauen Steinboden gestoßen waren.

»Wer weiß das schon? Aber anscheinend haben wir einen der äußeren Wasserwege erreicht.«

Aschure sah sich um. Sie befanden sich in einer großen Höhle, deren Wände aus dem gleichen glatten grauen Stein waren wie der Boden. Die junge Frau hörte Wasser plätschern und lief ein paar Schritte voraus. »Oh!« rief sie voller Entzücken. Sie stand vor einem ruhig dahinströmenden Fluß, der durch einen Torbogen trat und ihn auf der anderen Seite durch eine ähnliche Öffnung verließ. Er maß in seiner Breite zehn Schritte und war an den Rändern mit durchscheinendem weißen Stein eingefaßt, wohl um zu verhindern, daß jemand aus Versehen hineinfiel.

Das Wasser war leuchtend dunkelgrün, und in seinen Tiefen machte Aschure helle Punkte aus, die sie aber nicht näher bestimmen konnte. Die junge Frau beugte sich vor, um genauer hinzuschauen, und spürte sogleich eine sanfte Hand auf ihrer Schulter. Der Sternenströmer war zu ihr getreten und blickte voller Ehrfurcht auf das Wasser.

»Die Charoniten haben also doch nicht die Sterne aufgegeben«, sprach er leise. »Seht nur, sie funkeln tief unten im Wasser.«

Der Zauberer hatte recht. Bei den Punkten, die Aschure entdeckt hatte, schien es sich tatsächlich um so etwas wie Sterne zu handeln. Aus einem Impuls heraus wollte sie danach greifen.

»Nicht!« warnte Sternenströmer und hielt ihre Hand fest. »Berührt das Naß nicht. Wir wissen nicht, ob es uns Schaden bringt.«

Dornenfeder gesellte sich nun zu ihnen. »Und wie geht es nun weiter?«

»Wir rufen einen Fährmann«, antwortete der Zauberer und deutete mit dem Kopf zur Seite. Dort hing in Schulterhöhe eine goldene Glocke auf einem Dreifuß aus demselben Material. Sternenströmer begab sich dorthin, zögerte einen Moment und setzte die Glocke dann in Bewegung.

Ein heller Ton erklang. Es läutete dreimal, und dann schwieg die Glocke wieder.

»Und jetzt müssen wir warten, bis sich jemand zeigt«, erklärte er den anderen.

Der Fährmann schien es nicht sonderlich eilig zu haben, nach einiger Zeit machten die meisten es sich auf dem Boden bequem. Die Verletzten schliefen, um wieder zu Kräften zu kommen. Aschure und Ramu sahen nach ihnen, und der Aware konnte endlich Sternenströmer dazu bewegen, sich ebenfalls hinzusetzen und sich den Verband wechseln zu lassen. Die beiden wuschen die Wunden des Vogelmenschen mit Wasser aus ihren

Schläuchen aus und rieben sie dann mit einer Paste ein. Diese betäubte den Zauberer in einer Weise, daß er kaum noch wußte, wer er war, und ganz vergaß, worauf er wartete. In diesem Zustand konnten die Acharitin und Ramu zwei seiner Wunden neu behandeln. Er fluchte leise, als sie zu nähen begannen, schien aber keine Schmerzen zu empfinden. Schließlich versorgten die beiden alle Verletzungen mit den Kräutern und Arzneien, die Barsarbe ihnen mitgegeben hatte.

»Bitte sehr«, lächete Aschure ihn danach an. »Jetzt seht Ihr fast wie neu aus.«

»Vielen Dank«, entgegnete der Zauberer mit schwerer Zunge. Die Wirkung des Betäubungsmittels ließ nach, aber in der gleichen Weise vergingen auch die Schmerzen der Nähnadel.

»Sternenströmer!« Dornenfeder eilte herbei. »Aus der Ferne kommt jemand.«

Ramu half dem Zauberer auf, und langsam schritten sie zum Fluß. Weit entfernt in einem der Tunnel, die in die Höhle führten, war ein hüpfendes Licht zu sehen.

»Der Fährmann«, flüsterte Sternenströmer. »Endlich, nach mehreren tausend Jahren, treffen wir unsere verlorenen Vettern wieder.«

Aschure sah der Begegnung mit gemischten Gefühlen entgegen. Als sie die frohe Miene des Zauberers bemerkte, hoffte sie, daß die Charoniten sich über die Wiederbegegnung ebenso freuten wie er. Wieder spähte die jungen Frau in den Tunnel hinein.

Ein langer, flacher Kahn schob sich langsam in die Höhle und näherte sich der Gruppe ohne erkennbaren Antrieb. Achtern saß eine Gestalt, die sich die Kapuze tief ins Gesicht gezogen und die Hände im Schoß gefaltet hatte. Als das Boot die Wartenden erreicht hatte, hielt es an.

»Wer ruft den Fährmann?« rief eine tiefe Stimme aus der rubinroten Kapuze. »Wer hat die Glocke geläutet?«

Der Zauberer trat vor, verbeugte sich vor dem Kahnlenker und versuchte dabei vergeblich, einen Blick unter die Kapuze zu erhaschen. »Ich, Sternenströmer Sonnenflieger, ikarischer Zauberer, habe Euch gerufen, Fährmann. Mögen die Wächter eines Tages sicher nach Hause gelangen.«

Die Gestalt blieb völlig stumm und regungslos sitzen, und jetzt kamen dem Vogelmenschen wohl die ersten Bedenken. Er blieb dennoch großmächtig und erhaben vor ihm stehen, auch wenn er nicht recht wußte, wohin mit seinen Händen. Die Flügel hatte er ausgebreitet, aber nicht angehoben – der traditionelle ikarische Gruß. Vielleicht hatten die Charoniten diese Gesten vergessen, dachte Sternenströmer. Ob er noch mehr sagen sollte?

Da endlich erhob der Fährmann die Stimme: »Die Wächter haben ihr Heim für immer aufgegeben, Sternenströmer. Oder sollte Euch die Prophezeiung unbekannt sein?«

Bei den Sternen, ich habe doch nur versucht, höflich zu sein! »Die Wächter wandeln über die Erde, nun, da die Zeit der Prophezeiung gekommen ist«, entgegnete er und fragte sich seinerseits, ob die Charoniten überhaupt noch wußten, was in der Weissagung stand. »Wer weiß, welche Wendung sie nehmen wird? Vielleicht kehren die Wächter ja doch nach Hause zurück, sobald sich die Prophezeiung erfüllt hat.«

»Ihr habt eine flinke Zunge, Zauberer. Vielleicht nicht gerade das geeignete Mittel, um Gorgrael zu fassen.«

Sternenströmer legte die Stirn in Falten. Die Charoniten schienen bestens unterrichtet zu sein. »Das laßt mal meine Sorge sein, sie hat mir schon in manch brenzliger Situation gute Dienste geleistet.«

Der Fährmann erhob sich, und jetzt erkannten alle, wie unfaßbar groß er war. Er verbeugte sich vor Goldfeder, die neben ihren Gemahl getreten war. »Seid mir gegrüßt, Rivkah. Ich hoffe nur, daß Eure Menschlichkeit die Überheblichkeit Sternenströmers in Eurem Sohn gemäßigt hat.«

Sie lächelte und neigte das Haupt zum Gruß. »Seid auch Ihr mir gegrüßt, Fährmann. Zu meiner Schande muß ich gestehen, bis zum heutigen Tag nicht gewußt zu haben, welche Geheimnisse unter meinen Füßen liegen. Ich will mir Mühe geben, mehr zu lernen, damit meine Unwissenheit mich nicht noch einmal beschämt.«

Dem Charoniten gefielen ihr Lächeln und ihre Bescheidenheit sichtlich. Sein Volk hatte sich immer schon über die Anmaßung der Ikarier geärgert. Jetzt hob er eine bleiche Hand und zog die Kapuze vom Kopf zurück. Sein kahles, totenschädelartiges Haupt kündete von sehr hohem Alter, doch am Schnitt der Augen, den hohen Wangenknochen und der schmalen Nase war trotzdem noch deutlich die Verwandtschaft seines Volkes mit den Vogelmenschen zu erkennen. Das Leuchten in seinen violetten Augen stand jedoch in deutlichem Gegensatz zu seinem greisenhaften Äußeren. Sie blickten so hell und klar drein wie die eines Kindes.

»Wohl gesprochen, Rivkah«, entgegnete der Fährmann, »und das von einer Tochter des Volkes, das alle Freude an Mysterien verloren zu haben scheint.« Zur Überraschung aller verbeugte er sich nun auch vor Aschure und legte dabei eine Hand an sein Herz. »Seid mir willkommen, Geheiligte Tochter und Mutter der Völker. Möget Ihr immer Frieden finden.« Wie ein Diener verharrte er untertänig in dieser Haltung. Der Sternenströmer sah die Acharitin halb belustigt und halb verwundert an.

Aschure konnte den Charoniten nur anstarren und wußte nicht, was sie jetzt tun sollte. Dann fiel ihr ein, wie freundlich er auf Goldfeders höfliche und bescheidene Worte reagiert hatte. »Meine Schande ist nicht minder groß als die Rivkahs, weil ich früher nichts von Euch wußte«, bekannte die junge Frau mit einer Würde, die die anderen ihr nie zugetraut hätten. »Möget auch Ihr immerdar Frieden finden, Fährmann.« Was hatte er noch gesagt? Geheiligte Tochter? Mutter der Völker? Was sollte sie denn davon halten?

Ich spreche von der Zeit vor der Prophezeiung und von der Zeit nach der Prophezeiung, ertönte die Stimme des Fremden in ihrem Kopf, der sich jetzt langsam wieder aufrichtete. Aschure konnte nur mit größter Anstrengung ihren Schreck verbergen.

Der Charonite wandte sich an den Zauberer. »Dieser beiden Frauen wegen, die Euch begleiten, verlange ich von Euch keinen Fährlohn. Wohin wollt Ihr gebracht werden?«

»Zum Krallenturm«, antwortete Sternenströmer und konnte

dann seine Neugier nicht länger im Zaum halten. »Wie hoch würde denn normalerweise Euer Preis sein?«

Der Fährmann bedeutete Goldfeder und Aschure, als erste einzusteigen, ehe er sich wieder zu dem Ikarier umdrehte. »Der normale Preis ist ein Leben, Zauberer, das größte Geheimnis von allen.« Ein grausames Lächeln erschien auf dem Gesicht des Charoniten. »Wen hättet Ihr ausgesucht, um die Überfahrt zu bezahlen?«

Sternenströmer erbleichte. Wen hätte er aussuchen können?

Nacheinander gingen die Reisenden an Bord, und der geräumige Kahn bot für alle Platz. Sie ließen sich auf weichen Kissen nieder, und der Fährmann wies Aschure und Goldfeder Sitze neben sich im Heck an. Auch hier entdeckten die beiden Frauen keinen Antrieb für das Gefährt. Als der Charonite die Kapuze wieder über den Kopf gezogen und die Hände in den Schoß gelegt hatte, setzte sich der Kahn sanft und leise in Bewegung.

Lange Zeit wagte niemand, ein Wort zu sagen. Der Preis, der üblicherweise für eine Überfahrt gefordert wurde, hatte sie alle entsetzt, und sie konnten sich auch nicht erklären, warum der Fährmann die beiden Menschenfrauen mit solcher Ehrerbietung behandelte. Das traf die Ikarier natürlich an ihrer empfindlichsten Stelle, der des Stolzes. In ihrer Mitte befand sich schließlich einer der größten Zauberer ihres Volkes, eine Persönlichkeit also, vor der der Charonite am ehesten seine Achtung hätte bezeugen müssen. Dornenfeder betrachtete Aschure verstohlen. Er wurde immer begieriger, mehr über die Ebenenbewohnerin zu erfahren.

Sie fuhren durch Tunnel, deren Gewölbe sich nur eine Handbreit über dem Haupt des Fährmanns erhob und die aus dem gleichen Stein wie der Brunnen bestanden. Das grüne Leuchten des Wassers sorgte für ausreichend Licht. Nach einiger Zeit konnte Aschure nicht mehr auf ihrem Platz stillsitzen und faßte sich ein Herz: »Darf ich mit Euch reden, Fährmann?«

»Aber natürlich«, lächelte er und neigte den Kopf in ihre Richtung. »Aber wenn Ihr mir Fragen stellen wollt, dann verzeiht bitte, wenn ich Euch auf einige die Antwort verweigern muß. Wir dürfen nicht über alle Geheimnisse sprechen.«

»Ja, das verstehe ich.« Sie schwieg, um sich zu sammeln. »Könnt Ihr denn über die Wasserstraßen sprechen?«

Der Charonite nickte. »Über einiges davon. Die meisten Kanäle stellen Verbindungen zwischen Orten, zwischen realen Orten dar. Aber es gibt auch Kanäle, welche die Mysterien von Raum und Zeit, von Vergangenheit und Zukunft verknüpfen. Also von Welten, die einmal waren, und solchen, die einmal sein werden. Ebenso auch von Welten, die niemals waren, und anderen, die vielleicht einmal sein können. Sie stellen beides dar: Geheimnis und Antwort zugleich. Aber wie auch immer, ein Wasserweg besitzt stets ein Ziel, einen Endpunkt.«

Die junge Frau blickte verwirrt drein. Der Sternenströmer aber, der zu ihren Füßen saß, nickte nachdenklich.

»Seid Ihr die einzigen, die die Kanäle befahren können?« fragte Aschure nun.

»Nein«, antwortete der Fährmann und preßte die Lippen aufeinander, um anzuzeigen, daß er dazu nicht mehr sagen würde.

»Und wie bewegt sich Euer Boot?«

»Aus eigenem freien Willen«, erklärte der Charonite jetzt wieder deutlich bereitwilliger. »Und weil ich ihm ein Ziel gegeben habe.«

»Im Wasser scheinen sich Sterne zu befinden.«

»Die Kanäle spiegeln die Straßen der Sterne wider, Herrin, so wie die Sterne sich im Wasser spiegeln.«

Der Zauberer lächelte. Ein Mysterium gewann in seinen Gedanken Klarheit. Er drehte sich leicht herum, um die schmerzenden Flügel zu entspannen. »Und warum als Preis ein Leben? Warum soviel dafür, dem Weg der Sterne zu folgen?«

»Ihr seid zu neugierig, Sternenströmer«, erwiderte der Fährmann gereizt. »Deswegen gebe ich Euch darauf keine Antwort.« Die Ikarier nickte und schwieg fortan.

Goldfeder sah ihren Gemahl kurz an und wandte sich dann ihrerseits an den Charoniten. »Ihr kennt Euch sehr gut mit der Prophezeiung aus, und auch mit der Vergangenheit. Dennoch lebt Ihr hier unten an unterirdischen Kanälen. Euer Wissen ist wirklich erstaunlich, und wiederum stehe ich beschämt vor Euch. Könnt Ihr uns etwas über die Charoniten und ihre Lebensweise auf den Wasserstraßen erzählen?«

»Wir bereisen die Wasserwege«, antwortete er nur, »und versuchen, die Mysterien des Universums zu ergründen.«

Der Sternenströmer nickte vor sich hin. Die Sieben Großen Mysterien.

Der Fährmann verzog den Mund, weil dieser Vogelmensch einfach nicht zu begreifen schien. Ikarier glaubten immer, alles zu wissen, und ihre Zauberer waren die eingebildetsten von allen. »Die Mysterien sind weder groß noch klein, Sternenströmer, und zählen kann man sie auch nicht.« Er wandte sich wieder an Goldfeder: »Unendlich viele Geheimnisse breiten sich vor uns aus, und es fällt mir schwer, zu Euch von unserem Leben zu sprechen, das wir immerzu auf dem Wasser verbringen. Nicht, weil ich nicht darf oder möchte, sondern weil ich nicht die richtigen Worte finde, Euch unsere Art verständlich zu machen. Wir waren immer schon ... anders ... Das geht zurück bis auf die Zeit vor vielen tausend Jahren, als wir anfingen, die Wasserwege zu erforschen. Damals waren wir noch eng mit den Ikariern verwandt. Ob das heute noch zutrifft, ist wirklich sehr schwer zu sagen. Die Kanäle haben ihre eigenen Geheimnisse, und sie haben uns mitunter an Orte geführt, an die wir nicht unbedingt wollten.«

Ramu, der ein Stück entfernt saß, meldete sich nun zu Wort. »Möget Ihr Frieden finden, Fährmann.« Der Charonite verbeugte sich, erwiderte den Gruß, und der Aware fuhr fort: »Habt Ihr die Wasserstraßen verzeichnet, eine Karte von ihnen angelegt? Und vermag man sich leicht auf ihnen zurechtzufinden?«

Der Fährmann wog seine Antwort sorgfältig ab: »Magier, Ihr seid mir auf meinem Kahn willkommen. Jemanden von Eurem Volk hatten wir immer nur selten an Bord. Aber warum fragt Ihr nach einer Karte? Liegen die Wasserwege nicht für jeden offen da, der Augen hat, sie zu sehen?« Die Frage Ramus schien ihn wirklich zu verwirren, und wieder lächelte Sternenströmer in sich hinein. Aber diesmal sorgte er dafür, daß seine Gedanken nicht gelesen werden konnten.

Der Charonite war noch nicht fertig mit Ramu: »Habt Ihr die Wächter gesehen, Priester?«

»Ja, zwei von ihnen, Jack und Yr. Und die Mutter.«

»Ah«, lächelte der Mann breit. »Yr ist meine Tochter. Ging es ihr gut?«

»Ja«, antwortete der Aware überrascht. Auch die anderen an Bord zeigten sich verblüfft. »Es schien ihr an nichts zu mangeln.«

»Sehr schön«, lächelte er immer noch, aber schon im nächsten Moment zeigte sich so etwas wie Verlegenheit auf seiner Miene. »Herrin«, erklärte er Goldfeder, »ich war vielleicht etwas voreilig damit, keinen Preis von Euch zu verlangen. Aber da es nun zu spät sein dürfte, die Passage mit Euch auszuhandeln, dürfte ich Euch dafür um eine Gunst bitten?«

»Und was sollte das sein?« fragte sie vorsichtig.

»Herrin, ich möchte Euch bitten, Goldfeder abzulegen und Euch wieder als Rivkah zu erkennen zu geben. Rivkah muß es sein, die über das Land Tencendor wandelt, um ihren Sohn zu helfen. Goldfeder nützt ihm nichts. Ich weiß, ich verlange einen hohen Preis von Euch, aber ich fürchte, es ist unumgänglich.«

Goldfeder dachte nach. Als sie zu den Ikariern geflohen war, hatte sie neben anderem auch ihren alten Namen zurückgelassen und einen neuen nach Art der Vogelmenschen angenommen. Er sollte ihr helfen, ihr altes Leben zu vergessen und ganz von vorn anzufangen. Seit dreißig Jahren hatte sie von sich nicht mehr als Rivkah gedacht. Rivkah war eine unerfahrene junge Frau gewesen, die zwischen die Machtspiele der Oberen des Königreichs Achar geraten war und Betrug und Mord hatte erdulden müssen.

Ihr Blick fiel auf ihren Gemahl, der sie aufmerksam beobachtete. Aber seine Miene ließ sich nicht deuten. Goldfeder sah ihn fragend an, und er zuckte nur unmerklich die Achseln. Das bedeutete wohl, daß es allein ihre Entscheidung war. Gleichgültig ob sie fortan bei Goldfeder bleiben oder sich wieder Rivkah nennen wollte, er würde sie auch weiterhin lieben.

Sie wandte sich wieder an den Fährmann: »Ich werde Euch Euren Wunsch erfüllen.« Aber Rivkah hatte nicht beinahe fünfzig Jahre unter den Acharitern und den Ikariern zugebracht, um nicht wenigstens eins gelernt zu haben: Wer etwas wollte, mußte auch etwas geben. Wenn der Charonite schon selbst sagte, daß er damit einen hohen Preis von ihr verlange, dann durfte sie etwas ähnlich Großes auch von ihm fordern. »Da ich Euch aus freiem Willen diese Gunst erwiesen habe, darf ich auch eine von Euch erbitten. Versprecht mir, meinem Sohn Eure Hilfe zu gewähren, wenn er Euch darum bittet. Gleich unter welchen Umständen. Tut dies für Rivkah.«

Der Fährmann blähte die Nasenflügel und lachte schallend. »Ihr habt gut gelernt, Rivkah. Blut für Blut. Eure Bitte sei erfüllt. Doch nun genug der Worte. So vieles gilt es zu überlegen, bevor wir am Krallenturm eintreffen.«

Der Charonite fiel in Schweigen und beantwortete fortan keine Fragen mehr.

22

Die Ratsversammlung der Ikarier

Um seine schmerzenden Muskeln zu schonen, stieg Sternenströmer langsam ins dampfende Wasser, hielt den Atem an, bis sein Körper sich an die Temperatur gewöhnt hatte, und konnte sich dann so weit entspannen, um sich vom Rand des Beckens zu lösen. Er hatte die Flügel ausgebreitet und ins Naß geschoben, damit er bequem an der Wasseroberfläche treiben konnte. Während der vergangenen Woche hatten sich die meisten seiner Wunden geschlossen und heilten gut. Nur die tiefsten an der Brust hielten ihn nachts noch wach. Bis zum Überfall der Skrälinge hatte der Zauberer sich stets bester Gesundheit und ungebrochener Vitalität erfreut und nie ans Altern gedacht. Aber seit jener Nacht, in der er dem Tode so nahe gekommen war, spürte er, daß es damit wohl vorbei war.

Der Tod kam den Ikariern nur selten in den Sinn. Sie lebten sehr lange, und ihre gute körperliche Verfassung blieb ihnen für gewöhnlich bis zum Ende erhalten. Dann schwanden sie meist innerhalb weniger Wochen dahin, so als habe die helle Sonne in ihrem Innern mit einem Mal ihren gesamte Leuchtkraft verloren, als sei ihre Wärmequelle versiegt. Die Toten wurden leidenschaftlich, aber kurz betrauert. Dann kehrten die Vogelmenschen wieder dazu zurück, ihr Leben zu genießen. Bis zum Angriff von Gorgraels Geistern hatten Ikarier nur selten ein gewaltsames Ende genommen. Und von denen, die die Axtkriege noch mitgemacht hatten, lebte niemand mehr, um die jüngeren Generationen daran zu erinnern, was es hieß, einen Freund oder einen Verwandten durch die tödliche Waffe eines Gegners zu verlieren.

Doch nach der Rückkehr aus dem Erdbaumhain blieb es kaum einer ikarischen Familie erspart, sich auf Seelensuche zu begeben. Zu viele Tote mußten beklagt werden. Kinder, Lebensgefährten und Eltern waren gestorben. Andere hatten furchtbare Verwundungen erlitten und würden bis an ihr Ende von Narben gekennzeichnet sein. Fast jeder, der vom Jultidenritus zurückgekehrt war, hatte mitansehen müssen, wie neben ihm ein Vogelmensch in Stücke gerissen worden war. Und wie waren sie denn dem mörderischen Überfall begegnet? Im Grunde überhaupt nicht. In blinder Panik waren sie davongelaufen oder in die Lüfte aufgestiegen. Die ruhmreiche Luftarmada hatte sich als stumpfes Schwert erwiesen, und so suchten die Ikarier nun nach Erklärungen. Geschwaderführer beschimpften Staffelführer, und diese wiederum die ihnen untergebenen Luftkrieger. Rabenhorst wütete gegen jeden, der ihm über den Weg lief. Sitzungen wurden überall und zu jeder Stunde einberufen, um herauszufinden, was in Zukunft besser gemacht werden könnte. Oft genug ging der Rat jedoch schließlich auseinander, ohne daß er zu irgendwelchen Ergebnissen gekommen war.

Auch die Zauberer kamen zusammen, beklagten die Toten, die in Awarinheim verbrannt worden waren, und fragten sich dann, was sie ihrerseits tun konnten. Sternenströmer stand voller Schuldgefühle vor ihnen und bestrafte sich mit Worten dafür, nicht früher darauf gekommen zu sein, daß der Erdbaum, erst einmal erwacht, sie alle schützen konnte. Die Zauberer aber, die größtenteils ebenfalls anwesend gewesen waren, ließen nicht zu, daß Sternenströmer alle Schuld auf sich nahm. Immerhin sei er es doch gewesen, der trotz schwerster Verwundungen zusammen mit Aschure schließlich das Heiligtum geweckt und somit die Überlebenden gerettet habe.

Der Zauberer schwebte nun völlig gelöst auf dem Wasser. Träge sah er sich in der Kammer des Dampfenden Wassers um. Heiß und mineralreich blubberte es durch Spalten im Krallenturm und speiste dieses Becken tief im Bauch des Bergs. Die Ikarier liebten Wasser und suchten diesen Ort gewöhnlich mehrmals in der Woche auf, um sich selbst die kleinsten Schmerzen damit zu behandeln. Sternenströmer hielt Ausschau nach Aschure und Abendlied. Sie waren beide mit ihm hierhergekommen. Die Acharitin hatte hier zum ersten Mal heißes Wasser erlebt und die Kammer seitdem täglich besucht.

Der Fährmann hatte tatsächlich bis zum Ende der Fahrt geschwiegen, nachdem Rivkah-Goldfeder ihm das Versprechen abgerungen hatte, ihrem Sohn beizustehen. Der Zauberer lächelte, als er seine Tochter und Aschure unter den Ikariern suchte, die sich auf den Treppenstufen ihrer Kleider entledigten. Seine Gattin hatte rasch und klug gehandelt. Sternenströmer konnte sich nicht erinnern, daß jemand in den letzten Jahrtausenden einen Charoniten zu einem solchen Zugeständis bewegt hätte. Nach einer Weile hatte der Fährmann sie in einer Kammer hinausgelassen, die sich in nichts von der unterschied, in der sie ihn gerufen hatten. Dann hatte er ihnen eine Treppe in einem Brunnenschacht gezeigt und wieder abgelegt.

Der Zauberer erinnerte sich mit einem Mal wieder an die Schmerzen, die ihm der Aufstieg verursacht hatte. Wie hatten ihn diese Stufen angestrengt! Einen halben Tag war die Gruppe in dem Schacht unterwegs gewesen, und am Ende hatte er das Gefühl gehabt, seine Beine wären abgestorben. Der Treppe folgte ein endloser Tunnel, den wohl niemand mehr benutzte, und nach einem mühsamen, endgültig erschöpfenden Marsch gelangten sie schließlich in einen Vorratsraum im tiefsten Keller des Krallenturms. Stundenlang irrten sie umher, bis sie endlich auf jemanden stießen und sich helfen lassen konnten. Schließlich befanden sie sich oben im Wohnturm und konnten stolz auf sich sein: Die letzten Ikarier, die sich auf den Weg durch die Lüfte gemacht hatten, waren erst vor wenigen Stunden hier gelandet. Rabenhorst konnte es nicht fassen, seinen Bruder so rasch wiederzusehen, und wollte unbedingt alles über seine Reise durch die Unterwelt erfahren. Aber dazu fühlte Sternenströmer sich nun wirklich nicht mehr in der Lage. Er versprach dem Krallenfürsten, ihm an einem anderen Tag alles zu berichten. Aber eigentlich verspürte der keine so rechte Lust dazu. Irgend etwas sagte ihm nämlich, daß es besser sei, die Geheimnisse der Charoniten und ihrer unterirdischen Welt noch ein Weilchen für sich zu behalten. Vielleicht würde er Freierfall in die Geschichte einweihen. Der Prinz besaß einen scharfen Verstand und mochte selbst in Kleinigkeiten, die Sternenströmer als unwesentlich abgetan hätte, noch etwas Bedeutsames erkennen.

Der Zauberer entdeckte endlich seine Tochter und Aschure. Die beiden hatten ihre Gewänder und Handtücher auf eine Stufe gelegt und stiegen gerade ins Wasser. Abendlied und die Acharitin waren ungefähr gleich alt und hatten sich inzwischen angefreundet. Zusammen mit Ramu war die junge Frau in den Wohntrakt gezogen, in dem auch Abendlied, Rivkah und Sternenströmer lebten. Der Zauberer lächelte wohlgefällig, als die Menschenfrau die Arme hob, um sich die Haare hochzustecken. Sie war wirklich auffallend hübsch und noch einnehmender als einst Rivkah. Sternenströmer hatte schon immer ein Auge für schöne und sinnliche Frauen gehabt. Seit der Fährmann der Acharitin mit so viel Ehrerbietung begegnet war, erschien sie ihm nicht nur begehrenswert, sondern auch geheimnisvoll. Zu schade, daß ihr Rücken so von Narben verunstaltet war. Vielleicht konnten die Heilzauberer ja etwas für sie tun. Aschure stieg nun rasch vollends ins Wasser, und Sternenströmer lächelte betrübt. Die Menschenfrau hatte sich noch nicht an die Sitten der Ikarier gewöhnt. Männer und Frauen badeten hier gern zusammen, aber Aschure fühlte sich anscheinend nicht wohl dabei, ihre Nacktheit allen Blicken auszusetzen. Diese Schüchternheit ließ sie in Sternenströmers Augen noch begehrenswerter erscheinen. Wieder fragte er sich, warum der Charonite sie so zuvorkommend behandelt hatte. Doch wohl nicht nur wegen ihrer Schönheit. Nein, der Fährmann hatte auf ihn eher den Eindruck gemacht, als könne er eine betörende Frau nicht von einem Sack Getreide unterscheiden.

Der Zauberer wandte endlich seinen Blick ab und schloß die Augen. Wie konnte er an die Freuden der Liebe denken, wenn ihm schon das bloße Strecken der Flügel Schmerzen bereitete? Als Sternenströmer sich wieder der heilenden Wirkung des Quellwassers hingab, kehrten seine Gedanken folgsam zu Rivkah zurück. Er hatte sie schon in dem Moment begehrt, als er sie zum ersten Mal sah. Damals war er noch sehr jung gewesen, hatte erst vor wenigen Jahren seinen Militärdienst beendet, und befand sich mitten in den entscheidenden Phasen seiner Ausbildung zum Zauberer. Seine Mutter Morgenstern hatte ihm alles beigebracht. Er lernte schnell und machte so große Fortschritte, daß er schon zwei Jahre lang die Beltidenriten durchführen durfte. Sternenströmer dachte gern an diese Feiern zurück. Bei einer dieser Zusammenkünfte hatte er mit der Awarin Ameld geschlafen. Die Erinnerung daran ließ den Ikarier nervös werden. Nach diesem Beltidenfest war er nicht nach Norden zurückgeflogen, sondern hatte sich nach Süden gewandt, um etwas Abstand und Zeit für sich selbst zu gewinnen. Als Sternenströmer dort eines Morgens auf einem Aufwind über Sigholt geritten war, hatte er sie gesehen. Rivkah, die gerade oben auf dem Turm ihrem Baby die Brust gab.

Der Zauberer lächelte beglückt, als ihm dieser Tag wieder ins Gedächtnis kam. Er hatte immer schon spontan gehandelt und sich nie über mögliche Gefahren Gedanken gemacht. An diesem Morgen jedenfalls war Sternenströmer ohne zu zögern auf dem Turm gelandet und hatte die junge Schöne binnen fünfzehn Minuten verführt. Der Säugling, den sie abgelegt hatte, schrie wütend, während die beiden Erwachsenen sich in ihrem eigenen Rhythmus bewegten. Jeden Tag kehrte der junge Zauberer zum Turm zurück. Die Menschenfrau beherrschte so sehr seine Gedanken und Empfindungen, daß ihm gar nicht in den Sinn kam, zum Krallenturm heimzukehren.

Sternenströmer erinnerte sich auch noch gut an den Tag, an dem Rivkah ihm strahlend verkündete, sie sei schwanger. Als fast fertig ausgebildeter Zauberer spürte er deutlich, daß aus ihrem gemeinsamen Sohn etwas ganz Besonderes werden würde. Doch als seine Geliebte dann mit knapper Not den Verfolgungen ihres betrogenen Gatten entkommen war und Sternenströmer mitteilte, daß ihr Sohn tot zur Welt gekommen sei, war der junge Vogelmensch außer sich vor Schmerz gewesen.

Sternenströmer hatte Rivkah seine ganze Liebe und Zuneigung geschenkt und sich mit tiefen Schuldgefühlen geplagt, weil sie so viel Schmerz und Verlust hatte erleiden müssen, während er selbst bei der Rückkehr ihres Gemahls Searlas einfach fortgegangen war. Seitdem hatte Sternenströmer keinen Moment bereut, Goldfeder, wie sie sich inzwischen nannte, zu seiner Frau, seiner Nestgefährtin genommen zu haben – auch gegen die heftigen Einwände der anderen Ikarier.

Er hatte sie immer geliebt. Goldfeder war jung und schön und besaß einen lebhaften Verstand. Aber sie hatte sich im Krallenturm nie wirklich heimisch gefühlt. Goldfeder hatte sich alle Mühe gegeben, und viele Vogelmenschen hatten versucht, es ihr leichter zu machen, aber eine richtige Eingewöhnung hatte nie stattgefunden. Nach der Geburt von Abendlied hatte die Acharitin mit ihren Wanderungen begonnen und war monatelang mit den Awaren herumgezogen. Sternenströmer blieb nichts weiter übrig, als sich um seine Arbeit im Berg der Ikarier zu kümmern. Nur die kleine Tochter erinnerte ihn in diesen Wochen an seine Frau. In all diesen Jahren war er Goldfeder immer treu geblieben ... aber in der letzten Zeit ... Nun, er war ein Ikarier im besten Mannesalter, und manche Verlockungen erschienen ihm einfach zu groß. Hin und wieder war er ihnen erlegen. Wenn Goldfeder dahinterkommen sollte, stand es ihr frei, ihn zu verlassen ... Der Zauberer fühlte sich trotz der heilenden Wirkung des Wassers wieder unbehaglich, als ihm die schmerzliche, aber unübersehbare Wahrheit wieder vor Augen geführt wurde, daß seine Frau deutlich gealtert war. Sternenströmer galt durchaus als jung und würde es auch noch viele Jahre sein. Als junger Mann hatte er seine eigenen Bedürfnisse. Selbstverständlich liebte er Goldfeder weiterhin wie am ersten Tag und fand sie auch immer noch begehrenswert. Aber wenn er sie manchmal ansah, fragte er sich, wie es wohl mit ihnen weitergehen würde. Sternenströmer ließ sich im Wasser treiben, öffnete die Augen und hielt wieder nach Aschure Ausschau – denn wie alle Ikarier war er eitel und sehr auf sein Vergnügen bedacht.

Rabenhorst rief die Große Ratsversammlung für den Nachmittag ein, und nach dem Mittagessen begaben sich die Ikarier in den großen Saal im Zentrum des Krallenturms. Er war nicht nur die Heimstätte der Ikarier, sondern auch der massive Berg, der alle seine Brüder und Schwestern in den Eisdachalpen deutlich überragte. Seit tausend Jahren lebten die Vogelmenschen nun schon hier. Doch auch bevor die Axtschwinger sie aus ihren warmen, sonnigen Gefilden in Tencendor vertrieben hatten, waren sie schon gern zu diesem Berg gekommen und hatten hier auch manchmal Versammlungen abgehalten. Als die Alpenvulkane noch tätig gewesen waren, waren ganze Irrgärten von Gängen und Höhlen entstanden. Das traf in besonderem Maße auf den Krallenturm zu. Die Ikarier hatten sich diese Anlage zunutze gemacht und sie im Lauf von Generationen ausgebaut, bis für sie eine neue Heimstatt daraus entstanden war. Mochte es draußen bitterkalt sein und dort eine lebensfeindliche Welt vorherrschen, so sorgten die heißen Quellen im Berg für eine warme und behagliche Atmosphäre. Die ikarischen Zauberer konnten vielleicht nicht für sich in Anspruch nehmen, große Feldherren zu sein, aber sie hatten mit ihren magischen Liedern dafür gesorgt, daß es sich im Krallenturm aushalten ließ und die Ihren immer ausreichend mit Mahlzeiten und Kleidung versorgt waren. Vertrieben aus ihren Ländern im Süden, wandten die Ikarier sich hier verstärkt ihren besonderen Begabungen zu: der Mystik, der Magie, der Verführungskunst und der Verfeinerung ihres Talents für Ästhetik und Architektur.

Der große Saal stellte eines der beeindruckendsten Beispiele dafür dar, wie sehr sich die Ikarier auf Architektur verstanden. Aus dem kreisrunden Innern des Raums stiegen Bankreihen auf, und wenn eine Ratsversammlung stattfinden sollte, trafen sich hier alle Erwachsenen. Gewöhnlich ging es dann recht laut und ungezügelt zu. Die Älteren unter ihnen stimmten allerdings darin überein, daß die Ästhetik des Saals am besten zur Geltung käme, wenn hier keine Versammlung abgehalten würde – was auch politisch wünschenswerter sei. Wände und Bänke waren mit goldgeädertem weißen Marmor eingefaßt, der Boden in der

Mitte des Raums hingegen bestand aus sehr seltenem goldenen Marmor, durch den sich violette Adern zogen. Hellgoldene und blaue Kissen auf den Bänken dienten der Bequemlichkeit. Doch schien es nie genug für alle zu geben. Oft flogen Federn durch die Luft, wenn zwei von ihnen sich um ein Kissen stritten.

Die untersten drei Reihen waren für die Ältesten, die Zauberer und die Familie des Fürsten reserviert. Diese Sitzgelegenheiten waren ausreichend mit Kissen ausgestattet: karmesinrote für die Ältesten, türkisblaue für die Zauberer und königsviolette für die Herrscherfamilie. Auf den obersten sechs Rängen fanden die Angehörigen der Luftarmada Platz. Hier gab es überhaupt keine Kissen, weil die Krieger nicht verweichlichen sollten.

Den prächtigsten Teil des Saals bildeten jedoch nicht die marmornen Sitzreihen, die fast bis an die Decke hoch reichten, sondern ein Kreis von gigantischen Säulen, die weit über die Sitzgelegenheiten aufragten und das gewölbte Dach des Raums trugen. Sie waren den in Stein gehauenen Ikarierfiguren am Sternentor nachgebildet, nur übertrafen die hiesigen Säulen sie um das Fünffache und waren auch viel kunstvoller und in ihren Darstellungen vielfältiger. In der Kammer des Sternentors hatten die steinernen Vogelmenschen die Arme gefaltet, die Flügel angelegt, die Köpfe gesenkt und die Augen geschlossen. Im Berg aber fanden sich neben den männlichen auch weibliche Figuren, und hier streckten sie in großer Freude Arme und Schwingen aus und schienen wie ein Jubelchor zu singen. Die Bildhauer hatten sie vergoldet und mit Farben glasiert, die wie Juwelen glänzten. Echte Steine, die aus der Tiefe des Berges stammten, waren ihre Augen und waren auch die Zier der goldenen Ketten an ihrem Hals. Jedes einzelne ihrer Haare und Federn war vergoldet oder versilbert, und die Muskeln an ihren nackten Körpern waren in Elfenbeintönen bemalt, um die helle Haut der Ikarier wiederzugeben. Diese von Freude erfüllten Figuren trugen das Kuppeldach, welches mit hochpolierten Bronzespiegeln bedeckt war. Dank der Zaubersprüche, die in ihnen steckten, gaben sie ein goldfarbenes Licht ab, das ausreichte, die gesamte Halle zu beleuchten.

Die Vogelmenschen betraten den Saal durch Gänge zwischen den ausgebreiteten Steinflügeln der Säulen. Je nach Laune schwebten die Erwachsenen dann sanft auf ihren Platz oder schritten würdevoll nach unten, bis sie einen – möglichst mit einem Kissen – erspäht hatten. An diesem Nachmittag in der ersten Woche des Wolfsmonds, nur wenige Tage vor Neujahr, setzten sich die Ikarier auf die Bänke, ohne jedoch – wie sonst üblich – gleich Neuigkeiten miteinander auszutauschen. Sie wußten, daß heute eine besonders schwerwiegende Entscheidung von ihnen verlangt wurde. Womöglich ging es um Krieg. Ihre Ahnungen schienen sich zu bestätigen, als die Offiziere und Krieger der Luftarmada in voller Montur erschienen. Die Soldaten hatten sich die Ober- und Unterseite der Flügel schwarz bemalt – die Farbe des Krieges.

Aschure verfolgte das Treiben von einem der Bogentore am oberen Rand der Halle aus. Ramu stand bei ihr. Beide trugen bodenlange Roben, sie eine graue, er eine dunkelgrüne.

Die Ältesten und Zauberer traten nun ein, die Mitglieder des Herrscherhauses zeigten sich als letzte. Schweigend traten sie durch eine Tür in den unteren Sitzreihen, die allein ihnen vorbehalten war. Rabenhorst und sein Sohn Freierfall erschienen in Violett und Elfenbein. Der Befehlshaber trug dazu eine goldene, edelsteinbesetzte Halskette. Hellefeder, seine Gattin, folgte ihm in einem blaßvioletten Gewand. Hinter ihr kam Morgenstern, die Mutter von Rabenhorst und Sternenströmer. Als letzter trat Sternenströmer selbst durch die Tür. Er hatte zu diesem Anlaß eine dunkelrote Toga gewählt, auf deren Brust eine gleißende goldene Sonne gestickt war. Alle erschienen barfuß.

Als Mitglied des Hauses Sonnenflieger und als mächtigster Zauberer war es Sternenströmers Aufgabe, die Versammlung offiziell zu eröffnen. Schweigen senkte sich über die Bankreihen, als er in die Mitte des Kreises trat und dort stehenblieb. Sein Blick ruhte kurz auf den Anwesenden, ehe er sich mit gesenkten Lidern und ausgebreiteten Armen und Schwingen vor ihnen verbeugte. Dabei drehte er sich langsam um die eigene Achse, um niemanden bei seiner Begrüßung zu übersehen. Die Federn seiner fast verheilten Flügel schleiften hinter ihm am Boden, und alle konnten die Narben auf seinem Rücken erkennen.

Aschure atmete vor Überraschung schneller. Eine solche graziöse und höfisch vornehme Verbeugung hatte sie noch niemals zuvor gesehen.

Als der Zauberer sich wieder aufgerichtet hatte, hob er an zu singen. Zuerst leise, obwohl die Worte auch noch in der obersten Reihe zu verstehen waren, dann anschwellend immer kräftiger und schließlich mit einer Inbrunst, daß die Bronzeplatten an der Decke vibrierten.

Der Text schien wieder der uralten Sprache zu entstammen, in der ihn Aschure schon einmal singen gehört hatte und die sie auch jetzt wieder gut verstehen konnte. Und mehr noch, die exotische Betonung der einzelnen Worte und ihr Wohlklang ließen ihr Blut in Wallung geraten.

Sternenströmer sang von den Anfängen der Ikarier; von der Zeit, als die Vogelmenschen die Kunst des Fliegens erlernten, und von dem Tag, an dem sie die Sonne und die Sterne entdeckten. Das Lied kündete von ihrer stolzen Herkunft, davon, wie ihre Fürsten über ganz Tencendor geherrscht hatten, und von den Tänzen und Liedern, wenn sie im Sommer über die magischen Seen und Wälder ihrer alten Heimat geflogen waren. Sternenströmer erinnerte an die Zeit, in der die Ikarier noch von den Eisdachalpen bis zum Meer von Tyrre ungehindert fliegen und sich von den Aufwinden treiben lassen konnten, von der Zeit, in der ihre Kinder den Weg des Flügels erlernten, ohne daß sie vor den tödlichen Pfeilen beschützt werden mußten, die von unten, vom Boden abgeschossen wurden. Und schließlich sang Sternenströmer von ihrem Niedergang, von ihrer Unfähigkeit zu begreifen, daß die Bodenläufer ihre schönen Vettern fürchteten und haßten, und von ihrem Unvermögen zu erkennen, daß diese Furcht und dieser Haß irgendwann einmal den Lehren des Seneschalls den Boden bereiten würden.

So manchem Vogelmenschen rannen die Tränen über die Wangen, als er sich bewußt machte, was sie alles verloren hatten. Aschure ertappte sich verblüfft dabei, wie sie mit ihnen weinte.

Der Zauberer sang ihnen nun von den Axtkriegen, jenen fürchterlichen Dekaden, als ihre Vorfahren alles verloren. Mit der Axt waren die Bodenläufer auf Wald und Gefieder losgegangen. In der Nacht mußten die Ikarier mit den Awaren fliehen und sich verstecken. Der Kummer raubte ihnen fast die Sinne, und erst hinter den Grenzbergen fanden sie Ruhe.

Sternenströmer schilderte diese Ereignisse ausführlicher und eindringlicher als die Geschehnisse in den vorangegangenen Strophen. Er beschrieb, was die Vogelmenschen alles verloren hatten, wie sie den Lügen des Seneschalls nichts hatten entgegensetzen können, und wie sie hilflos dem Wüten der Äxte zugesehen hatten, während die Bodenläufer sich in Massen um die Bruderschaft scharten.

Der Zauberer sang mit betörend schöner Stimme, und doch klang sein Lied so traurig und ergreifend. Man spürte den Tod der Ikarier und ihre Ängste förmlich. Aschure vergoß nun nicht mehr Tränen der Trauer, sondern die der Scham und Schande. Wie hatte ihr Volk nur diese unbeschreiblich schönen und begabten Wesen so grausam verfolgen und aus Tencendor vertreiben können?

Nun berichtete der Sternenströmer vom neuen Heim der Vogelmenschen, das sie sich in der abgeschiedenen, aber ersehnten Geborgenheit des Krallenturms errichtet hatten. Er beschrieb die Klugheit und Raffinesse, mit der sie ihre Stadt im Berg mit Schönheit und Lebensart gefüllt hatten.

Dann sang der Zauberer von den vielen Jahrhunderten, die sie hier in Frieden verbracht hatten; von den Geheimnissen, denen sie dabei auf die Spur gekommen waren; und von der unerreicht wunderbaren Sicht auf die Sterne, die sie von der höchsten Spitze des Krallenturms genießen konnten.

Doch durften die Ikarier darüber nicht vergessen, was alles sie in Tencendor hatten aufgeben müssen. Und so beschwor Sternenströmer die Stätten und Wunder, die sie in der Hand der Ebenenbewohner zurückgelassen hatten. Den Großteil Awarinheims mit seinen zauberischen Lichtungen, nun alle Opfer des Pflugs; die Geheiligten Seen, die nun verkümmerten, weil niemand mehr ihnen seine Liebe schenkte; den magischen Burgen, von denen die meisten geschleift waren, während die verbliebenen von der Hand des Seneschalls befleckt waren; dem rätselhaften Spitzturm, der Insel des Nebels und der Erinnerung, wo die Götter festsaßen, gefangen von schmutzigen und verlausten Piraten; den Neun Hohepriesterinnen vom Orden der Sterne, die gewiß vergewaltigt wurden und dazu gezwungen, die Kinder ihrer Peiniger auszutragen; die Gruft des Mondes, die aufgebrochen wurde und in der jetzt nur noch Finsternis herrschte; die alten Grabhügel, die nun zerfielen, und das verlorene Sternentor …

Die Ikarier rangen die Hände und stöhnten. Ramu drehte sich verblüfft um, als sogar Aschure stöhnte. Warum weinte sie denn nur? Hatte sie denn die Worte des Sternenströmers verstanden? Der Aware hatte viele Jahre des Studiums benötigt, um die Bedeutung der heiligen Geheimsprache der Ikarier wenigstens halbwegs zu erfassen. Und jetzt weinte diese Ebenenbewohnerin, als seien ihr nicht nur die Worte, sondern auch deren Nuancen verständlich. Kopfschüttelnd sah Ramu wieder zu dem Zauberer hinunter.

»Und nun ergibt sich für uns die Möglichkeit«, erklärte der Sternenströmer mit normaler Stimme, »das alles zurückzuerhalten.« Er schloß die Augen, faltete die Hände vor der Brust und sang wieder.

Sein neues Lied drehte sich um die Prophezeiung des Zerstörers. Aber nur die beiden ersten Strophen, denn wie alle wußten, gehörte die dritte allein dem Sternenmann. Aber was war das? Der Sternenströmer hörte nach den beiden ersten nicht auf, sondern intonierte auch noch die dritte. Seine Stimme klang voll und reich an Untertönen, die ihn klingen ließen, als stünde dort ein ganzer Chor. Ramu nahm ergriffen von dieser kunstvollen Darbietung Aschures Hand. Weder der Magier noch die junge Frau hatten von Sternenströmers großer Virtuosität gewußt und ahnten nicht einmal, daß er ihnen hier nur kleine Kostproben seines erstaunlichen Könnens zum besten gab.

Nachdem der letzte Ton verklungen war, herrschte erst einmal absolute Stille im Saal. Der Zauberer hatte den Vogelmenschen noch eindringlicher als je zuvor ins Gedächtnis zurückgerufen, daß sie als Volk heute nur noch ein Schatten ihrer selbst waren. Mochte der Krallenturm auch noch so wohnlich und angenehm sein, er konnte niemals das ersetzen, was sie verloren hatten. Und dann hatte Sternenströmer ihnen aufgezeigt, wie sie vielleicht ihre frühere Größe zurückzuerlangen vermöchten. Die Prophezeiung des Zerstörers sollte und durfte in ihnen auch Hoffnung erwecken.

Mit gesenktem Haupt stand der Zauberer da, hielt die Arme immer noch vor der Brust verschränkt und lauschte der Stille. Rivkah starrte ihn an, und Tränen rollten ihr über die Wangen. Sie hatte ihn nie mehr geliebt als in diesem Moment.

Nach einer Weile atmete Sternenströmer tief ein und hob den Kopf. Diese kleine Bewegung brach den Bann, der über der Versammlung lag, und schon fingen die Ikarier an zu tuscheln. Der Zauberer ließ die Hände sinken und schritt schweigend zu seiner Bank, um zwischen Goldfeder und Abendlied Platz zu nehmen. Er lächelte beiden zu und faltete seine Hände im Schoß. Wie sehr wünschte sich Rivkah, daß er sie jetzt berührt hätte.

Nun erhob sich Rabenhorst und trat in die Mitte. Den weiten Stoff seiner Toga hielt er über dem Arm, und seine Halskette leuchtete hell von den Bronzespiegeln der Deckenkuppel. »Meine lieben Ikarier«, begann er mit kräftiger, klarer Stimme, »Ihr alle habt von den Ereignissen der letzten zehn Tage vernommen. Deshalb will ich nicht alles noch einmal aufzuzählen. Ihr wißt nun, daß die Zeit der Prophezeiung gekommen ist und ihre Wächter über die Erde wandeln. Und so will ich auch nicht Eure Geduld strapazieren und auf die Gerüchte eingehen, die im Krallenturm im Umlauf sind. Ihr habt gehört, daß die Baumfreundin gefunden ist und der Erdbaum singt. Euch ist auch bekannt, daß wir Gorgrael gegenüberstehen und dieser der Sohn von Sternenströmer und der Awarin Ameld vom Weitlaufklan ist.« Sein Bruder senkte schuldbewußt den Kopf, aber Rabenhorst ging nicht weiter auf diese Angelegenheit ein. »Ihr habt des weiteren erfahren, daß der Sternenmann als Axtherr für den Seneschall tätig ist. Daß dieser Mann Axis heißt und der Sohn von Sternenströmer und Rivkah ist, der ehemaligen Herzogin von Ichtar. Heute müssen wir darüber entscheiden, ob wir nach Gorken ziehen und diesem Axis mit unseren Kräften beistehen. Und wir müssen eine Antwort auf die Frage finden, ob wir den Axtherrn als den wahren Sternenmann anerkennen und in unsere Reihen aufnehmen.«

Pfiffe und Zischen antworteten ihm von den Rängen. Nachdem Sternenströmer ihnen so nachdrücklich ins Gedächtnis zurückgerufen hatte, was sie alles durch die Axt verloren hatten – wie konnte Rabenhorst dann jetzt von ihnen verlangen, dem Axtherrn zu helfen?

Aber der Krallenfürst ließ sich von diesen Unmutsäußerungen nicht verunsichern. »Doch als erstes wollen wir erfahren, was es Neues von der Feste Gorken gibt. Geschwaderführer Weitsicht, Eure Fernaufklärer dürften mittlerweile zurückgekehrt sein. Welche Nachrichten bringen sie von ihrem Erkundungsflug mit?«

Der Offizier erhob sich von seinem Platz in der obersten Reihe. Er bot einen unheimlichen Anblick. Seine düstere Ausstrahlung wurde von den schwarz gefärbten Flügeln noch unterstrichen.

»Fürst, sie haben wenig Erfreuliches zu vermelden. Die Feste Gorken wird von einer Armee von Skrälingen belagert, die mindestens zwanzigmal so stark ist wie die, die uns am Heiligen Hain überfiel. Gorgraels Truppen haben die Stadt Gorken bereits erobert und verwüstet. Alle Bodenläufer, die die Kämpfe überlebten, konnten sich in die Burg flüchten. Um die Stadt muß ein grimmiger Kampf getobt haben. Wir hatten beim Erdbaum einige Hundert Tote zu beklagen, aber die Achariten verloren Tausende. In den Straßen türmen sich immer noch die Leichen, und die Skrälinge haben sich so vollgefressen, daß ihr Appetit für eine Weile gestillt sein dürfte. Vier Skräbolde führen nun das Heer an, und in dem grauen Nebel, der die Festung umgibt, stecken Zehntausende von Gorgraels Kreaturen. Meine lieben Ikarier, mir fehlen die Worte, um das Grauen zu beschreiben, das die Bodenläufer befallen muß, wenn sie über die Zinnen blicken.«

»Wird die Burg dem Ansturm standhalten?« rief jemand.

Weitsicht dachte nach. »Nein, ganz sicher nicht. Am Ende werden die Kälte und die zur Neige gehenden Vorräte die Verteidiger bezwingen. Ich fürchte, die Festung hat zu viele Menschen in ihren Mauern aufgenommen. Vielleicht wird aber auch die Furcht der Verteidiger größter Feind sein. Gorgraels Armee ist einfach zu groß. Die Menschen in Gorken können sie nicht nachhaltig daran hindern, nach Süden durchzubrechen. Und der Zerstörer braucht die besten Truppen des Reiches im Grunde nicht zu fürchten, da sie doch in der Burg eingeschlossen sind und ihm nicht weiter gefährlich werden können.«

»Und mein Sohn ist ebenfalls dort eingeschlossen«, bemerkte der Sternenströmer.

»Ja, richtig«, bestätigte der Offizier, »Euer Sohn gehört ebenfalls zu den Belagerten. Meine Fernaufklärer haben ihn gesehen, Sternenströmer. Er überwacht die Festungsmauern und trägt das Schwarz des Axtherrn. Bei den Kämpfen um die Stadt wurde er verwundet. Die Aufklärer melden, daß sie selbst aus großer Höhe die Blässe seiner Haut erkennen konnten, die darauf schließen läßt, daß er viel Blut verloren hat. Er scheint noch sehr krank zu sein.«

Der Zauberer stöhnte und diesmal nahm er Rivkahs Hand. Beide wirkten zutiefst erschüttert.

»Die Frage erhebt sich nun«, rief Freierfall und trat zu seinem Vater in die Mitte des Raumes, »ob wir den Eingeschlossenen in Gorken zu Hilfe eilen oder nicht. Ich sage, wir fliegen hin! Dürfen wir denn zulassen, daß der Sternenmann, der einzige, der uns zu einem Sieg über Gorgrael verhelfen kann, zusammen mit der Festung untergeht, nur weil wir ihm unsere Hilfe versagen?«

»Ruhe«, gebot sein Vater, der sich darüber ärgerte, daß der Jüngling so bar jeden Zeremoniells das Wort ergriffen hatte. Aber Freierfall ließ sich von dem Fürsten nicht den Mund verbieten. Er strotzte vor Tatendrang, und er starrte die Versammlung mit flammenden Augen an. Wehe dem, der sich gegen seinen Vorschlag aussprechen sollte.

»Ich sage, uns bleibt keine andere Wahl!«

Aber seine Worte lösten bei den Ikariern nur Tumult aus. Bis jetzt hatten sie sich ja noch alles halbwegs ruhig angehört, aber nun debattierte jeder aufgebracht mit jedem. Mit seinem Nachbarn, dem in der Reihe unter ihm, dem in der Reihe über ihm oder auch einem ein paar Reihen weiter. Und es blieb nicht bei einem gesitteten Meinungsaustausch. Schon stoben Federn, schon herrschte allgemeines Gebrüll.

»Wir müssen abstimmen, sonst brauchten wir ja gar nicht zur Großen Ratsversammlung zu kommen!«

»Diese Angelegenheit darf nichts übers Knie gebrochen werden. Dazu brauchen wir erst ein paar Tage Bedenkzeit.«

»Was soll unsere kleine Luftarmada denn schon gegen zehntausende Skrälinge ausrichten?«

»Genau, wir sollten lieber die Verteidigung von Krallenturm verstärken!«

»Vielleicht will Gorgrael ja nur Achar haben. Dann sollten wir es ihm eigentlich überlassen.«

»Den Ebenenbewohnern helfen? Ihr seid wohl von Sinnen, Knabe!«

»Haben die Ikarier denn keinen Stolz mehr?«

»Der ist mit unseren Toten im Erdbaumhain verbrannt!« schrie Freierfall den Vogelmenschen entgegen, ballte die Hände zu Fäusten und breitete die Flügel aus, als wolle er sich gleich in die Luft erheben.

Rabenhorst zog seinen Sohn mit einer Hand zurück und hob die andere, um für Ruhe zu sorgen. Aber dafür hatten sich die Gemüter bereits viel zu sehr erhitzt. Das Gesicht des Fürsten verzog sich vor Ärger, und schließlich brüllte er: »Schweigt!«

Der Ruf brachte die Bronzespiegel zum Erzittern und wurde mehrmals als Echo durch die Halle hin und her geworfen. Alles Lärmen erstarb sofort.

»Glaubt Ihr etwa, ich trete mit einer so schwerwiegenden Sache vor Euch, weil ich gerade nichts Besseres zu tun habe«, donnerte er den Ikariern entgegen. »Wißt Ihr überhaupt, daß ich mehrere Nächte lang keinen Schlaf fand, weil ich immerzu an das Grauen denken mußte, das uns unweigerlich befällt, wenn wir den Ebenenbewohnern nicht helfen? Und ebenso an den Schrekken, der über uns kommen wird, wenn wir nach Gorken fliegen? Meint Ihr denn, ich hätte den tiefsitzenden Haß zwischen uns und den Achariten vergessen? Jetzt zwingt Euch zu Ruhe und Sachlichkeit. Ich möchte nur noch vernünftige Beiträge hören. Und wenn alles gesagt ist, wünsche ich eine rasche Entscheidung. Sternenströmer, Ihr seid von uns allen hier am meisten persönlich von der Angelegenheit betroffen und habt auch mehr als wir alle damit zu tun gehabt. Sprecht Ihr darum als erster.«

Rabenhorst verließ die Kreisfläche und zog auch seinen Sohn mit sich.

Sternenströmer ließ Rivkahs Hand los, trat in die Mitte und wandte sich an die Versammlung. »Ich spreche zu Euch als Vater und Zauberer. Gorgrael hat zu kämpfen begonnen, und deswegen müssen wir das auch. Untätigkeit führt nur zu unserem endgültigen Untergang. Nur einer vermag uns zu retten: Axis, der Axtherr des Seneschalls. Dies verkündet die Prophezeiung, und wir haben uns an sie zu halten. Er ist ohne meine Unterstützung zum Mann herangewachsen, und er hat seine Sicht der Welt nicht von mir bekommen. Wer weiß, wozu das gut ist, und ändern können wir es ohnehin nicht mehr. Aber ich habe meinen Sohn kennengelernt, als er noch im Mutterleib steckte. Ikarische Väter, Ihr alle singt Euren Kindern etwas vor, solange sie noch in der Mutter heranwachsen. Aber wie viele von Euren Kindern antworten Euch darauf?«

Die letzten Worte zeigten Wirkung bei den Vogelmenschen. Der Zauberer wartete, bis das Gemurmel sich wieder gelegt hatte. »Mein Sohn sang sein eigenes Lied der Genesung. Er hat sich aus eigener Kraft entwickelt. Mein Samen hat ihn gezeugt und Rivkavs Leib ihn genährt, aber im Endeffekt hat mein Sohn selbst das bewirkt, was aus ihm geworden ist.«

Für eine Weile sprach niemand. Sich selbst zum Zauberer zu entwickeln, das war einfach unmöglich!

»Denkt an die Kraft, die in diesem jungen Mann steckt und nur darauf wartet, herausgelassen zu werden. Ich bitte Euch, laßt ihn nicht in Gorken zugrundegehen. Denn er ist alles, was uns noch bleibt!«

Wieder redeten die Ikarier erregt miteinander, und so mancher von ihnen zeigte sich noch lange nicht überzeugt. Vielleicht besaß dieser Axis ja tatsächlich die Fähigkeiten, zu einem solch gewaltigen Zauberer zu werden, wie man ihn nur in der Sage antraf. Aber wie konnten sie einem Menschen trauen, der nur halb Ikarier war und zur anderen Hälfte Ebenenbewohner? Und dann noch einem, der vom Seneschall zum Axtherrn erzogen worden war!

Auf dem letzten Rang erhob sich Ramu, zog Aschure zu sich heran und rief ins Rund: »Hört mich an!« Köpfe fuhren herum, um zu sehen, wer da sprach.

»Ich habe Euch zwei Dinge zu sagen. Erstens dürfen wir nicht vergessen, daß sich neben Axis auch noch andere in der Festung aufhalten. Mindestens drei Wächter sitzen mit Axis in der Burg fest. Euch alle, die Ihr die Weissagung kennt, muß ich wohl nicht erst daran erinnern, daß schon der Verlust eines Wächters unweigerlich zu einer Katastrophe führt. Da mag man sich gar nicht ausmalen, was uns blüht, wenn alle drei sterben. Und schließlich hält sich auch noch die Baumfreundin in Gorken auf, Faraday, mittlerweile wohl die neue Herzogin von Ichtar.«

Weiter unten in der ersten Reihe fuhr sich Rivkah mit der Hand an den Hals. Wieder war ihr eingefallen, daß Ramu draußen vor dem Wald ihrem Sohn irgend etwas über Faraday zugerufen hatte. Was hatte er ihm nur gesagt? Die Erinnerung daran entglitt ihr immer wieder.

»Dürfen wir zulassen, daß wir die Baumfreundin verlieren? Der Sternenströmer bedurfte ihrer, um den Erdbaum zu wecken, und ohne sie wird Awarinheim nie gegen Gorgrael marschieren. Meine Freunde, in Gorken erfüllt sich in diesem Moment die Prophezeiung, denn wohl an keinem anderen Ort sind mehr ihrer Getreuen vereint. Allein schon aus diesem Grund sollten wir den Eingeschlossenen mit allem zu Hilfe eilen, was uns zur Verfügung steht. Aber noch etwas anderes sollte Euch zu denken geben und Euch überzeugen, wie wichtig es für uns ist, den Ebenenbewohnern zu helfen. Versteht mich jetzt bitte nicht falsch, ich spreche hier ebenso für mein Volk wie für das Eure.« Er legte eine kurze Pause ein, ehe er eindringlich fortfuhr: »Sowohl die Awaren als auch die Ikarier sind auf einen Kriegsführer angewiesen. Wir brauchen den Sternenmann, damit er uns gegen den Zerstörer anführt. Ich habe Axis gesehen, wenn auch nur kurz. Ich habe ihn als General erlebt und dabei feststellen können, daß seine Männer blindlings seinen Befehlen gehorchen. Und er befehligt die beste Elitetruppe von ganz Tencendor. Auch habe ich erleben dürfen, zu welcher Menschlichkeit er fähig ist – andernfalls stünde ich nicht hier vor Euch, sondern wäre längst tot. In den kurzen fünf Jahren, seit denen Axis die Axtschwinger befehligt, hat er sich bereits einen legendären Ruf erworben.« Er wandte sich an die Frau, die neben ihm stand: »Aschure, berichtet Ihr, was Ihr über den Axtherrn wißt.«

Die junge Frau holte tief Luft, warf einen Blick auf die versammelten Ikarier und erklärte dann mit fester Stimme: »Unsere jungen Männer strömen zu den Axtschwingern, weil sie sich nichts mehr wünschen, als unter Axis zu dienen. Knaben basteln sich Schwerter aus Holz und spielen Axis. Die Männer in den Wirtshäusern sprechen seinen Namen voller Ehrfurcht aus und wünschen sich, so zu sein wie er. Und die Frauen«, sie lächelte bei diesen Worten, »träumen davon, nachts in seinen Armen zu liegen.« Das brachte auch den Sternenströmer zum Grinsen. Sein Sohn hatte offensichtlich nicht nur die Kunst der Magie von ihm geerbt. Aber hatte Aschure auch schon so von Axis geträumt? Die Frage brachte ihn ins Grübeln.

»Hinter seiner Fahne versammeln sich die Achariten bereitwillig«, fuhr die Menschenfrau fort. »Und in seiner Truppe finden sich fähige Offiziere. Ich kann mir keinen anderen Kriegsführer vorstellen, der in meinem Land die Herzen von so vielen zu bewegen verstünde.«

Sie trat zurück, und Ramu sprach wieder zu den Ikariern, bevor die Versammlung sich erneut in Debattiergrüppchen auflösen konnte. »Aus all diesen Gründen unterstütze ich den Vorschlag Sternenströmers. Wenn Ihr Gorken helft, helft Ihr Euch. Laßt zu, daß Gorgrael alle tötet, die in der Festung eingeschlossen sind, dann geht auch die Prophezeiung nicht in Erfüllung. Da wäre es doch besser, wenn Axis auch unser Anführer würde. Wir haben schließlich niemand anderen, der uns den Sieg bringen kann!«

Noch bevor der Aware geendet hatte, waren schon alle Luftkrieger von ihren Plätzen aufgesprungen und stießen wütend ihre Einwände hervor: *Wir treten dem Zerstörer entgegen! – Wir können den Sieg erringen! – Unsere Geschwaderführer und allen voran Weitsicht reichen vollkommen aus, um in diesem heiligen Krieg Gorgrael zu bezwingen. – Krallenfürst Rabenhorst soll die vereinten Streitkräfte der Awaren und Ikarier zum Sieg über die Skräglinge führen!*

Unten trat Freierfall wieder ins Rund: »Ja, es soll ein Sonnenflieger sein, der uns den Triumph bringt!« rief er laut genug, daß alle ihn verstehen konnten. »Aber bei diesem wird es sich nicht um Rabenhorst oder um den Sternenströmer handeln. Und auch ich werde nicht dieser Anführer sein, sondern Axis! Denkt doch einmal nach, meine Freunde! Habt Ihr etwa vergessen, was sich im Erdbaumhain getan hat? Hat Euer Stolz Euch so verblendet, daß Ihr lieber die Ikarier in den Tod gehen laßt, als Euch der Vernunft zu beugen? Wir sind ganz einfach auf die Kampferfahrung und die Feldherrenbegabung Axis' angewiesen!« Er hielt für einen Moment inne und warf seinen feurigen Blick auf die Menge. »Und wer sollte unsere Truppen eher in eine mächtige Waffe verwandeln als der Axtherr? Hat jemand einen besseren Vorschlag? Dann nur heraus damit! Nur Axis kann uns wirklich ausbilden. Schließlich waren es doch die Axtherren, die uns so viele Jahrhunderte lang die Rückkehr nach Tencendor verwehrten. Deswegen soll der Axtherr uns heute in das Land unserer Ahnen zurückführen!«

Freierfall kehrte auf seinen Platz zurück. Er hatte seiner Erregung Luft gemacht, und seine Worte verfehlten ihre Wirkung nicht. Sternenströmer nickte ihm anerkennend zu.

Nun erhob sich Astsitzer, einer der Ältesten. »Aber hat dieser Axtherr nicht die Schlacht um die Stadt Gorken verloren? Wenn sein Feldherrentalent dort so versagt hat, dann dürfte es mit ihm doch auch sonst nicht weit her sein.«

Sternenströmer antwortete sofort auf diesen Einwand: »Astsitzer, Axis weiß noch nicht, über welche Kräfte er verfügt oder wie sie einzusetzen sind. Dies muß ich ihn erst lehren. Zur Zeit kann er höchstens als halber Zauberer bezeichnet werden. Womöglich bringt ihn das, was sich ihm bereits offenbarte, bald um den Verstand, weil er es sich nicht erklären kann.«

»Entscheidet jetzt!« rief Rabenhorst, der eben in die Mitte getreten war. »Sollen wir der Feste Gorken beistehen oder nicht?«

»Wie sollen wir das tun?« rief jemand. »Wie könnten wir den Eingeschlossenen denn überhaupt helfen, wenn wir nicht einmal dazu in der Lage waren, dem Gemetzel im Erdbaumhain Einhalt zu gebieten?«

Freierfall eilte seinem Vater zu Hilfe. »Wir schicken einen Unterhändler nach Gorken zu Verhandlungen mit den Achariten ... mit dem Axtherrn. Seid Ihr dafür, daß wir uns während der kommenden Kämpfe seinem Befehl unterstellen?«

Wieder gaben die Flugkrieger ihren Unwillen kund, aber Weitsicht sorgte in seiner Truppe für Ruhe. »Nächtelang habe ich wach gelegen und darüber nachgegrübelt, wie furchtbar wir im Hain versagt haben.« Die Scham, die er immer noch darüber empfand, war ihm deutlich anzumerken. »Da mußte erst eine Bodenläuferin kommen, um uns zu zeigen, wie man sich gegen die Geisterkreaturen zur Wehr setzt. Ob ich gern von einem Axtherrn Befehle entgegennehmen würde?« Er lachte bitter. »Ganz gewiß nicht, aber uns bleibt keine andere Wahl. Wenn der Mann nur halb so gut ist, wie ihm nachgesagt wird, dann will ich mich gern seinem Kommando beugen. Aber ich verlange, daß einer meiner Geschwaderführer zu denen gehört, die wir nach Gorken schicken.«

Rabenhorst hob beide Arme und verlangte von der Versammlung eine rasche Entscheidung: »Seid Ihr damit einverstanden, eine kleine Delegation zur Burg zu schicken, die dort mit Axis verhandeln soll? Und seid Ihr dafür, daß wir den Achariten unsere Hilfe anbieten?«

Einer nach dem anderen erhoben sich die Ikarier, obwohl so manchem nicht wohl bei der Vorstellung war, daß sie auf Gedeih und Verderb auf den Axtherrn angewiesen sein sollten. Die meisten aber dachten an die Prophezeiung und waren sich sicher, daß nur Axis den Zerstörer vernichten und sie selbst zurück nach Tencendor führen könnte.

»Ja!« riefen die ersten, und immer mehr fielen ein, bis die ganze Halle erbebte.

Sternenströmer schämte sich nicht seiner Tränen, und Freierfall umarmte seinen Onkel.

23

Freierfall

Axis, Belial und Magariz standen dick eingemummt im kalten Licht der Morgendämmerung hoch oben auf dem Wohnturm. Immer wieder schauten sie hinab auf die Scharen der Skrälinge, die sich rings um die Festung drängten. Zwei Wochen waren seit dem Fall der Stadt vergangen, und für die Verteidiger hatte sich die Lage zunehmend verschlechtert. Der Axtherr fühlte sich immer noch matt, aber daß er überhaupt noch lebte, hatte er nach den Worten all seiner Freunde vor allem Faraday zu verdanken. Unter dem Umhang kratze er sich jetzt an der Brust, wo die frisch vernarbten Wunden wieder einmal juckten. Doch von den Freunden hatte ihm keiner erklären können, was Faraday genau zu seiner Rettung unternommen hatte; und bislang war Axis noch nicht dazu gekommen, die Edle persönlich zu fragen. Nachdem sie die Verantwortung dafür übernommen hatte, den Überlebenden aus der Stadt die Tore zu öffnen, hatte sie alles getan, um Bornheld nicht weiter zu erzürnen. Sie blieb meist in ihrem Gemach, und wann immer ihr Gemahl zu ihr kam, flüsterte sie ihm liebevolle Worte und süße Entschuldigungen zu. Aber der Herzog blieb ihr gegenüber kühl. Faraday hatte seinem Befehl zuwidergehandelt, die Tore unter gar keinen Umständen zu öffnen, aber sie spürte auch, daß sie in seinen Augen ein viel schlimmeres Verbrechen begangen hatte, indem sie Axis gerettet hatte. Die Edle wußte, daß Bornheld nicht einmal ahnen durfte, was sie in Wahrheit für den Axtherrn empfand, denn dann hätte er seinen Rivalen in rasender Eifersucht erschlagen.

Als die drei sich oben auf dem Turm einen Eindruck von der Lage verschafften und sich gegen den beißenden Wind so klein wie möglich machten, gewann Magariz den Eindruck, daß ein Gutteil der Kälte, die ihn umgab, quasi vom Axtherrn selbst ausging. Axis war furchtbar aufgebracht gewesen, daß die hohen Herren Faraday nicht daran gehindert hatten, sich als diejenige hinzustellen, auf deren Veranlassung hin die Tore geöffnet worden waren. Seitdem hatte er mit dem Fürsten kein Wort mehr gewechselt. Aber Magariz konnte ihm daraus keinen Vorwurf machen. Er streckte jetzt sein verletztes Bein und beobachtete den Mann immer wieder aus den Augenwinkeln. Die wenigen Wochen an der Seite des Axtherrn hatten bereits ausgereicht, seine Loyalität ins Wanken zu bringen. Jahrelang war der Fürst Bornhelds rechte Hand gewesen, und dieser hatte sein Vertrauen damit belohnt, ihm den Befehl über die Feste Gorken zu geben. Doch mittlerweile fragte sich Magariz, wie viele andere übrigens auch, ob Axis nicht geeigneter für den Posten eines Obersten Kriegsherrn wäre.

Belial hörte, wie der Fürst seufzte, und warf ihm einen kurzen Blick zu. *Bei Artor,* dachte er dann, *der Kummer, den Axis und Faraday leiden, berührt uns alle auf die eine oder andere Weise. Ist Liebe denn soviel Leid überhaupt wert? Warum kamen die beiden nicht zu Verstand, vergaßen einander und fügten sich der Tatsache, daß ihr Leben nun einmal in verschiedenen Bahnen verlief? Hoffentlich passiert mir nicht einmal so etwas. Hoffentlich verliebe ich mich nicht einmal so sehr, daß mein Herz nur noch Schmerzen leidet.* Belial war mit Leib und Seele Soldat, und die Vorstellung, eine Liebste zu finden und Kinder zu haben, hatte ihn noch nie locken können. Frauen kamen und gingen in seinem Leben wie Schatten, blieben selten länger als eine Woche, meist nur eine Nacht bei ihm, und hinterließen in seinem Gedächtnis keine größeren Spuren. Wenn er aber jetzt an Axis und Faraday dachte, mußte auch er seufzen. Warum ließen manche Männer es zu, sich so sehr zu verlieben und darunter so furchtbar zu leiden?

Der Krieger hörte die beiden Männer seufzen und wandte sich verdrossen ab. In diesen Tagen hing jeder in der Feste düsteren Gedanken nach und hatte ständig sein eigenes Ende vor Augen.

Aber wenn man auf die Ruinen der Stadt hinunterblickte und zusehen mußte, wie die Geister Straße um Straße, Haus um Haus zerstörten, konnte man den Männern solche Überlegungen nicht verübeln. Die Skrälinge rissen geradezu planmäßig alle Gebäude nieder, schoben die Trümmer zu großen Haufen zusammen und gruben sich darunter in den Boden ein. Axis wagte nicht sich vorzustellen, welchen unterirdischen Wühlarbeiten die Feinde nachgingen.

Die eisernen Tore der Stadt hielten selbst den Versuchen der Skräbolde stand, sie mit ihren eisigen Krallen zu Fall zu bringen. Aber die Zahl der Geister wuchs mit jedem Tag, und unter den Wällen wimmelte es mittlerweile von grauen Gestalten mit großen silbernen Augen und hauerbewehrten Mäulern. Immer wieder starrten sie hinauf zu den Zinnen und freuten sich wohl schon auf das Futter, das auf sie da oben wartete.

Mit den Vorräten in der Burg stand es nicht zum besten, und viele Soldaten rechneten sogar damit, daß die Festung über kurz oder lang fallen würde. Aber niemand rechnete ernsthaft damit, daß Gorgrael sich die Zeit nehmen würde, seine Gegner auszuhungern. Er wollte rasch nach Süden und große Gebiete erobern, solange im Reich noch Verwirrung über den Untergang der stärksten Burg herrschte. Solange Gorken aber standhielt, würde er es nicht wagen, mit einer so großen Anzahl feindlicher Soldaten im Rücken in den Süden einzufallen. Zu leicht konnten die Verteidiger einen Ausfall wagen und seine magischen Verbindungswege unterbrechen.

Aber was hatte Gorgrael wirklich vor? Wann würde er angreifen und auf welche Weise? Das Warten drückte auf das Gemüt der Eingeschlossenen. Seit dem Untergang der Stadt war es nur noch schlimmer geworden.

Seit Axis sein Krankenlager verlassen hatte, um sich wieder seinen Pflichten als Axtherr zu widmen, konnte man es in seiner Nähe kaum noch aushalten. Belial zum Beispiel ging er so lange auf die Nerven, daß er ihn schließlich, als sie sich allein im Quartier aufhielten, anschrie, jeder andere hätte Gorken sicher auch aufgeben müssen und dabei vermutlich noch viel mehr, wenn nicht sogar alle Soldaten verloren. Doch der Krieger hatte nur bitter erwidert, daß sich so etwas im nachhinein immer leicht behaupten lasse. Und sei es außerdem nicht er, Belial, gewesen, dem es nicht nur gelungen sei, ihm, dem Axtherrn, das Leben zu retten, sondern auch den Männern, die durch die Straßen geirrt waren? Der Offizier hatte deutlich an sich halten müssen, um seinen kommandierenden Axtherrn nicht zu schlagen. In seiner Not hatte er schließlich wütend den Raum verlassen.

Die drei standen immer noch oben auf dem Turm, der höchsten Erhebung der Festung. Alle Wächter hielten sich ein ganzes Stück tiefer unter ihnen auf. Sie sprachen kein Wort miteinander, denn jeder war in seine eigenen Gedanken versunken ...

... bis sie glaubten, leisen Flügelschlag zu hören. Magariz kamen sofort die Skräbolde in den Sinn, und er zückte seine Klinge. In Kampfstellung suchte er die niedrigen Wolken ab. Mit der Linken schob er den Umhang beiseite, damit der Schwertarm sich frei bewegen konnte.

Drei Wesen fielen aus dem Himmel und landeten in einigem Abstand zu den Männern, die mittlerweile alle zu ihrer Waffe gegriffen hatten. Axis betrachtete die geflügelten Fremden mißtrauisch, die abwartend am anderen Ende der Plattform standen, zwei mit pechschwarzen Schwingen, der dritte mit schneeweißen Flügeln, goldenem Haar und violetten Augen. Offensichtlich waren sie unbewaffnet und hielten auch noch die Handflächen nach außen, um ihre friedlichen Absichten anzuzeigen. Sie zogen die Flügel ein, bis deren tiefste Federspitzen über das Holz schabten.

Einer der Schwarzen trat schließlich vor und verbeugte sich tief vor den dreien. »Seid mir gegrüßt, Axtherr Axis, Sternenmann«, sagte er mit tiefer melodischer Stimme.

Die drei Menschen starrten den Sprecher an, und Magariz glaubte, seinen Ohren nicht zu trauen. Hatte der Fremde den Krieger tatsächlich mit »Sternenmann« angeredet? Er sah Axis von der Seite an.

»Ich bin Geschwaderführer Suchauge und Offizier der ikarischen Luftarmada.« Der Krieger hätte fast sein Schwert fallenlassen. Ikarier? Sein Herz schlug schneller. »Bei meinen Gefährten hier«, fuhr Suchauge fort, »handelt es sich um Freierfall, Erbe des Krallenthrons, und Staffelführer Dornenfeder.« Freierfall hatte drei Stunden erregt mit seinem Vater debattieren müssen, bis er ihm endlich die Erlaubnis zum Mitfliegen erteilt hatte. Rabenhorst hatte es die Kehle zugeschnürt, als er seinem einzigen Sohn zum Abschied hinterher winkte.

Suchauge schwieg jetzt und sah den Krieger erwartungsvoll an, bis dieser begriff, daß es nun an ihm war, seine beiden Begleiter vorzustellen. »Äh, dies ist Befehlshaber Magariz, der Kommandant der Feste Gorken.« Der Fürst verbeugte sich höflich, behielt die drei Ikarier aber vorsichtig im Auge, »und bei diesem Mann handelt es sich um meinen Leutnant Belial.«

Der Angesprochene verbeugte sich tief. Dies war also das Volk von Axis' Vater. Er lächelte sie freundlich an. »Wie eigenartig, daß ich schon bei meiner ersten Begegnung mit den Unaussprechlichen feststellen muß, daß sie überhaupt nichts Unaussprechliches an sich haben.«

Magariz vergaß für einen Moment, den Mund zu schließen. Das sollten Unaussprechliche sein? Dabei hatten sie doch nichts von all dem Widerwärtigen an sich, das der Seneschall ihnen zuschrieb.

Freierfall kam noch ein Stück näher und blieb kurz vor den dreien stehen. Axis ließ sein Schwert sinken und erklärte seinen Gefährten: »Wir haben von diesen Ikariern nichts zu befürchten. Steckt die Waffen weg.« Er schob die Klinge in die Scheide zurück, und Belial folgte seinem Beispiel. Der Fürst hörte etwas zögerlicher auf Axis, auch wenn ihm mittlerweile klargeworden war, wie wenig Bedrohliches von diesen Vogelmenschen ausging. Die Narbe auf seiner Wange zuckte und erinnerte ihn daran, welche Wunden geflügelte Feinde schlagen konnten.

Der Krieger betrachtete Freierfall und konnte kaum fassen, wie schön diese Wesen waren. Kein Wunder, daß seine Mutter sich in eines von ihnen verliebt hatte.

Magariz packte den Leutnant am Arm, und sein Blick wanderte zwischen dem Axtherrn und den Ikariern hin und her. »Artor steh mir bei, ein solches Wesen hat Axis gezeugt!«

»Das habt Ihr richtig erkannt, Fürst«, entgegnete dieser. »Axis ist genauso sehr Ikarier wie Acharite.«

Magariz ließ den Arm des Leutnants los, als habe er sich in eine Schlange verwandelt, und starrte die beiden Männer an. Belial wußte also bereits um die Herkunft des Axtherrn ... und auch, daß es sich bei ihm um den Sternenmann handelte.

Die drei Vogelmenschen starrten ihrerseits unverblümt Axis an. Dies war also der Mann, der ganz Tencendor retten sollte? Suchauge glaubte, in seinem Gesicht Spuren vergangener Anstrengung und Zweifel zu entdecken. Sah denn so der Sternenmann aus? Sollte ihr Held nicht mehr Selbstvertrauen und Siegesgewißheit ausstrahlen?

Freierfall lächelte seinen Vetter an und streckte die Rechte aus. Langsam trat Axis vor und ergriff sie. »Seid mir nochmals gegrüßt, Vetter. Sternenströmer und Rivkah senden Euch ihre Liebe. Wenn die Umstände anders gewesen wären, hätten sie sich diese Gelegenheit nicht entgehen lassen, Euch persönlich gegenüberzutreten. Aber leider besitzt Rivkah nicht die Fähigkeit zu fliegen, und Euer Vater muß sich erst noch von den Verletzungen erholen, die ihm die Skrälinge bei ihrem Überfall auf die Jultiden-Versammlung beibrachten.«

Axis schwankte unter dieser Nachricht, und Freierfall drückte seine Hand fester.

Der Fürst war fassungslos.

»Rivkah lebt?« flüsterte der Krieger. Sein Leben lang war er davon ausgegangen, daß seine Mutter bei seiner Geburt gestorben war, und hatte sich entsprechend zurechtzufinden versucht. Und jetzt erklärte ihm dieser Ikarier – sein Vetter? – lächelnd, daß Rivkah noch lebte. Wie hatte sie Jayme und Moryson entkommen können?

Freierfall zeigte sich jetzt ebenfalls etwas verwirrt, bis ihm einfiel, daß er den Axtherrn mit diesen Worten vollkommen überrascht haben mußte. »Aber natürlich, Vetter. Ich sehe schon, daß es hier einige Mißverständnisse auszuräumen gilt. Nun,

Sternenströmer und Rivkah mußten bis vor kurzem glauben, Ihr wärt tot. Seit sie aber wissen, daß Ihr in Wahrheit nicht gestorben seid, wollen sie Euch unbedingt kennenlernen.«

Nach all den grausamen Lügen und nachdem er sein Leben lang hatte glauben müssen, niemand auf der Welt sei für ihn da, durfte er nun auf einmal erfahren, daß seine beiden Eltern noch lebten und ihn liebten. Seine Eltern ... eine merkwürdige Vorstellung. Daran mußte er sich erst gewöhnen. »Und Ihr nennt mich Vetter?«

Freierfall lächelte sanft und freundlich, konnte er doch nur ahnen, wie es in seinem Gegenüber jetzt aussehen mußte. »Aber ja, der Sternenströmer ist mein Onkel, der Bruder von Rabenhorst, dem Krallenfürsten. Ihr habt übrigens auch noch eine Schwester, Abendlied. Ihr seht also, da gibt es eine ganze Familie, von der Ihr bis vor wenigen Minuten noch nichts wußtet. Willkommen im Haus Sonnenflieger.« Er trat noch ein Stück vor und umarmte das neue Familienmitglied.

Axis war so überwältigt, daß er erst einen Moment brauchte, ehe er diese Geste erwidern konnte. »Freierfall«, lachte er dann laut, und die inneren Spannungen der letzten Tage fielen von ihm ab, »wo habt Ihr denn diesen absonderlichen Namen her?«

»Und wie steht es mit Axis? Nie zuvor hatten wir in der Familie Sonnenflieger jemanden mit einem solchen Namen. Aber er hört sich gut an, Vetter, sehr gut sogar. Und ich bin glücklich, Euch gefunden zu haben.«

Alle auf dem Turm bewegte die Szene zwischen dem Ikarier und dem Axtherrn. Belial trat grinsend zu seinen Freund und umarmte ihn ebenfalls. »Axis Sonnenflieger, das gefällt mir. Und eine Schwester habt Ihr jetzt auch. Die würde ich zu gern einmal kennenlernen. Ich hoffe nur, sie hat nichts von Euren Unarten.«

Freierfall lächelte, weil Belial ihm auf Anhieb gefiel. Aber er hielt es für besser, von vornherein klare Verhältnisse zu schaffen. »In ihr vereinigen sich die schlechtesten Eigenheiten aller Sonnenflieger, mein Freund. Man sollte ihr tunlichst aus dem

Weg gehen. Auf mich hat sie es besonders abgesehen. Täglich foltert sie mich mit der Drohung, meine Frau werden zu wollen.«

Der Leutnant verbeugte sich leicht. »Dann möchte ich mich entschuldigen, Freierfall, und seid meines Beileids gewiß. Schon viele Jahre muß ich Axis' Eigenheiten über mich ergehen lassen. Kaum auszuhalten die Vorstellung, mit so jemandem auch noch verheiratet zu sein.«

Axis aber dachte weniger an seine Schwester als an Sternenströmer. »Freierfall, ich muß mit meinem Vater sprechen.«

»Ja, das verstehe ich gut. Unter anderem sind wir genau aus diesem Grund auch hierher gekommen.« Er winkte seine beiden Gefährten zu sich.

»Axis Sonnenflieger«, begann Suchauge feierlich, »wir kennen die Prophezeiung, und da sich hier so viele Wächter aufhalten, dürfen wir wohl annehmen, daß Ihr ebenfalls mit der Weissagung vertraut seid.«

Als Axis nickte, fuhr der Ikarier fort: »Demnach seid Ihr der Sternenmann, derjenige, der Gorgrael bezwingen wird. Doch hier könnt Ihr nichts tun.« Suchauge zeigte auf die Stadt und die Festung, und der Krieger zuckte zusammen. »Nein, Axis, macht Euch keine Vorwürfe. Ihr könnt nichts dafür, daß es so weit kommen mußte. Niemand hätte diesen Angriff verhindern können. Vielleicht tröstet es Euch ja zu erfahren, daß die Awaren und Ikarier genauso hilflos dem Überfall der Skrälinge ausgeliefert waren.« Er verzog bei der Erinnerung das Gesicht. »Da mußte erst eine Ebenenläuferin, Aschure, kommen, um uns zu zeigen, wie man sich gegen diese Kreaturen wehrt und sie besiegen kann.«

»Aschure?« fragten der Krieger und sein Leutnant wie aus einem Mund. Es überraschte sie sehr zu erfahren, daß die junge Frau nun unter den Ikariern lebte. Und wie hatte der Vogelmensch sie genannt? Ebenenläuferin? »Sie scheint also immer noch kräftig zulangen zu können«, murmelte Belial.

Freierfall konnte darauf nicht mehr eingehen, er mußte endlich seine wichtige Botschaft überbringen: »Axis, die Völker können sich nur vereint Gorgrael stellen, um ihn zu besiegen.

Die Achariten, die Awaren oder die Ikarier allein vermögen nichts gegen ihn auszurichten. Unsere stolze Luftarmada hat gegen die Skrälinge schmählich versagt. So sehr sich mein Volk auch dagegen sträubt, wir sind zu der Überzeugung gelangt, daß wir unter Eurem Befehl kämpfen müssen. Ihr habt die Erfahrung und auch sonst alle Fähigkeiten, die ein großer Feldherr braucht. Axtherr, wir bitten Euch, die vereinten Streitkräfte anzuführen. Im Gegenzug werden wir der Feste Gorken zu Hilfe eilen.«

Der Ikarier sah ihn jetzt eindringlich an und legte ihm eine Hand auf die Schulter: »Axis, Ihr müßt zu Eurem Vater, um Eure ganze Macht entwickeln zu können.«

»Ich weiß, das ist mir längst klar geworden«, entgegnete der Krieger. »Aber sagt mir bitte, Vetter, wer bin ich eigentlich?«

Der Ikarier sah ihn verwundert an und zog ihm dann aus einem Impuls heraus den Handschuh von der Rechten. Dann hob er seine Hand, damit alle das Funkeln des Goldes und der Edelsteine auf dem Ring des Zauberers erkennen konnten. »Ich glaube, Ihr wißt bereits sehr gut, wer Ihr seid, Axtherr, tragt Ihr doch bereits diesen Reif. Aber nur Sternenströmer kann Euch stark genug machen, um den Zerstörer zu besiegen. Erkennet, wer Ihr seid, Axis, sonst sind wir alle zum Untergang verurteilt.«

Der Krieger sah seinen Vetter ebenso ernst an und nickte: »Ich bin Axis Sonnenflieger, der Sohn von Sternenströmer Sonnenflieger, und wenn aus mir ein ikarischer Zauberer werden soll, der die Völker von Tencendor zum Sieg gegen Gorgrael führt, brauche ich die Unterweisung meines Vaters.«

»Ja!« begeisterte sich Freierfall. »Willkommen daheim, Axis!«

Und der Krieger hatte jetzt tatsächlich das Gefühl, endlich zu Hause zu sein. Er besaß nun eine Familie und auch das Wissen, um das Lügengespinst zerreißen zu können, das der Seneschall um ihn gewoben hatte.

»Was geht denn hier vor?« brüllte eine wütende Stimme unten aus dem Turm. »Habe ich Euch endlich bei Euren Verrätereien erwischt, Axtherr?«

Beim Klang von Bornhelds Stimme riß Axis seine Hand aus

der des Ikariers und zog sein Schwert. Belial ließ seine Waffe stecken, und Magariz, der noch immer nicht glauben konnte, was er eben alles gehört hatte, trat vorsichtshalber einen Schritt zurück. Der Herzog stürmte schon die Treppe herauf, gefolgt von Jorge, Roland, Gautier und einer Schar schwerbewaffneter Soldaten. Faraday und Timozel eilten der Truppe hinterher.

Bornheld war, wie es seine Gewohnheit war, schon früh am Morgen mit Waffenübungen beschäftigt, als ihm plötzlich die merkwürdige Versammlung auf dem Turmdach aufgefallen war. Mit gezückter Klinge trat er nun auf seinen Stiefbruder und die sonderbaren Vogelmenschen zu. Gautier war wie stets an seiner Seite. Timozel legte Faraday einen Arm um die Hüfte und hielt sie zurück. Aber er bedachte die Gruppe mit einem kalten Blick.

Die Ikarier breiteten die Flügel aus, um sofort die Flucht ergreifen zu können. Sie hatten die Festung drei Tage lang beobachtet und einen passenden Moment abgewartet, um den Axtherrn mehr oder weniger allein anzutreffen. Bornheld wollten sie dabei lieber nicht begegnen, wußten sie doch von den Berichten der Aufklärer, daß mit diesem Mann nicht zu spaßen war. Sie erkannten jetzt, daß einige der Soldaten mit Bogen bewaffnet waren und bereits einen Pfeil angelegt hatten. Die Situation wurde immer brenzliger.

Doch unerwartet trat nun Magariz vor und erklärte: »Euer Durchlaucht, dies sind Abgesandte der Ikarier, die uns ihre Hilfe gegen die Skrälinge anbieten.« Er hielt es für klüger, gewisse Dinge vorerst zu verschweigen – wie den Umstand, daß einer der Vogelmenschen Axis' Vetter war, oder daß es eines dieser Wesen gewesen war, das Bornhelds Mutter geschwängert hatte.

Der Herzog lachte freudlos. »Dann hätten wir also Unaussprechliche vor uns, was? Vor solchen Wesen sollen wir uns so viele Jahre lang gefürchtet haben? Haben unsere Bauern sich vor solchen Kreaturen unter ihre Betten verkrochen? Mir kommen sie eher hübsch als gefährlich vor. Am liebsten würde ich sie in einen großen Vogelkäfig sperren. Und wenn ich alt bin und genug habe von Schlachten und Frauen sollen sie mich mit ihrem Gesang erfreuen. Nein, was für hübsche Burschen.«

Suchauge fuhr empört auf. Niemals war er so beleidigt worden. Wie konnte jemand, der sich für zivilisiert hielt, sie nur so unwürdig behandeln?

»Wir benötigen alle Hilfe, die wir bekommen können, Bornheld«, entgegnete Axis gepreßt und konnte sich kaum noch beherrschen. Seine Hand schloß sich fester um den Griff seines Schwerts. Eine Bewegung, die Freierfall nicht entging. »Gorken wird fallen, wenn wir keine Unterstützung von außen bekommen. Deshalb brauchen wir die Ikarier!«

Der Oberste Kriegsherr starrte seinen Bruder mit funkelnden Augen an und schien ebenfalls kaum noch an sich halten zu können. »Ich werde Gorken retten!« platzte es dann aus ihm heraus. »Dazu brauche ich keine Hilfe! Schon gar nicht von diesem Auswurf, der sich hier auf meinem Turm eingefunden hat!«

Hinter ihm nickte Timozel. Richtig. Genau das hatte ihm die Vision vorhergesagt. Bornheld würde Achar retten.

Herzog Roland tauschte einen kurzen Blick mit Jorge und sprach dann in beruhigendem Tonfall: »Edler Herr, es kann doch nicht schaden, wenn wir uns wenigstens anhören, was diese Ikarier zu sagen haben. Vielleicht bringen sie wichtige Nachrichten, etwa über Schwachstellen in Gorgraels Armee.«

Freierfall schluckte seine Empörung über Bornhelds Beleidigungen hinunter. Wie hatte die sanftmütige Rivkah nur einen solchen Sohn zur Welt bringen können? Er stellte sich zwischen Axis und den Herzog. »Euer Durchlaucht«, sagte er höflich, »ich bringe Euch die Grüße des Krallenfürsten und will Euch unseren Beistand anbieten. Die ikarische Luftarmada könnte die Skrälinge aus dem nördlichen Ichtar vertreiben. Unsere Kämpfer stehen bereit, auf Euren Befehl hin zuzuschlagen.«

»Ich brauche keine Hilfe von den Unaussprechlichen!« erwiderte Bornheld grimmig. »Ihr seid nichts als verwünschte Kreaturen, denen man niemals hätte erlauben dürfen, sich hinter die Grenzberge zurückzuziehen und dort weiterzuleben. Meine Meinung nach war es ein schwerer Fehler von uns, Euch während der Axtkriege nicht mitsamt Euren dämonenverwünschten Wäldern verbrannt zu haben. Sobald ich mit den Skrälingen aufgeräumt habe, werden ich und meine Armee in Eure Berge ziehen und Eure Nester ausräuchern, bis von Euch nur noch Asche und Erinnerung übrig sind.«

Freierfall wußte vor Entsetzen nichts zu sagen. Er starrte den Mann aus seinen violetten Augen ungläubig an. Wie konnte sein Volk sich mit den Menschen verbünden, die solch unvorstellbaren Haß empfanden?

Roland versuchte noch einmal, den Herzog zur Vernunft zu bringen. »Bornheld, Ihr wißt, welcher Feind vor unseren Mauern steht. Und was die Prophezeiung sagt. Daß wir uns nämlich mit den, äh, Unaussprechlichen zusammentun müssen. Wir können jetzt nicht ergründen, ob die Weissagung der Wahrheit entspricht, aber wenigstens sollten wir uns anhören, was diese drei Männer zu sagen haben.«

Freierfall spürte, wie der Krieger hinter ihm sich bewegte, und erinnerte sich, daß er sein Schwert gezogen hatte. Er drehte sich zu ihm um, weil er ihn vor einer Unbesonnenheit bewahren wollte. »Axis«, sagte der Ikarier leise, »Ihr dürft nicht –«

In diesem Moment schnellte Bornheld wie eine Viper auf ihn zu. »Nehmt dies für Eure verwünschte Prophezeiung!« schrie er und stieß dem Prinzen die Klinge tief in den Rücken. Der Stahl fuhr durch Knochen und Muskeln und zerriß dem Erben des ikarischen Throns das Herz. Faraday schrie laut, als sie mit ansehen mußte, wie das Schwert Freierfall hinterrücks durchbohrte. Sie wollte schon zu ihm, aber Timozel hielt sie immer noch fest und verstärkte den Griff seiner Arme um ihren Leib. In diesem Moment, in dem die Edle hilflos verfolgte, wie die Klinge tiefer und tiefer in den wehrlosen ikarischen Boten eindrang, erloschen in ihr die letzten freundschaftlichen Gefühle für Bornheld. Sie konnte ihn nur noch verabscheuen und hassen.

Grinsend riß der Oberste Befehlshaber sein Schwert aus dem Vogelmenschen. Er stemmte ihm seinen Stiefel ins Kreuz, um es ganz herausziehen zu können. Als der Stahl sich endgültig aus Freierfall löste, hörte es sich an wie zerreißender alter Stoff.

Axis bekam von dem allen nicht mehr mit als eine rasche Bewegung hinter dem Ikarier, dessen entsetzten Blick und schließlich eine Schwertspitze, die sich sonderbarerweise aus der Brust seines Vetters schob. Rot von Blut drang sie immer weiter heraus, bis sie kurz darauf wieder zurückgezogen wurde.

Freierfall brach in den Armen des Kriegers zusammen. Unwillkürlich fing dieser ihn auf, konnte aber noch immer nicht verstehen, was überhaupt vorgefallen war. Dann entdeckte er, wie Bornheld ihn anstarrte. »Ihr seid der nächste, Bruder«, erklärte ihm der Herzog ebenso leise wie bedrohlich.

Axis starrte auf den Prinzen, der im Sterben lag. Seine Arme und Flügel hingen schlaff herab und seine violetten Augen überzogen sich langsam mit einem grauen Schleier. Als Freierfall den Mund öffnete, um noch etwas zu sagen, schoß ein Schwall Blut heraus. Der Axtherr beugte sich über ihn: »Findet den Sternenströmer, Vetter ...« Und bevor das Leben ganz aus ihm wich, fügte er noch etwas Merkwürdiges hinzu: »Der Fährmann ist Euch etwas schuldig ...« Axis konnte ihn kaum noch verstehen. »Erlernt die Geheimnisse ... und Mysterien der Wasserwege ... und bringt mich heim ... Ich warte am Tor ... Führt mich heim ... zu Abendlied ... versprecht es mir ...«

Der Krieger nickte. »Das gelobe ich Euch.« Er schwankte unter dem plötzlichen Gewicht, als Freierfall in seinen Armen starb. Selbst wenn Axis die Zeit gefunden hätte, ihm das Lied der Genesung zu singen, hätte das nichts mehr genützt. Der Prinz war tödlich verwundet worden.

Nach dem Meuchelmord an seinem Vetter wurde der Wunsch nach Rache so übermächtig in Axis, daß er sogar an einen Bruderkrieg dachte. Dem Krieger war zwar noch nie zuvor die Idee gekommen, daß er aufgrund seiner Herkunft die Macht im Reich an sich reißen könnte. Doch nun, da Freierfall tot in seinen Armen lag, und angesichts Bornhelds entsetzlichem Mord begann diese Vorstellung plötzlich in ihm Gestalt anzunehmen. Wenn Priam und der Oberste Kriegsherr sich weigerten, sich mit den Ikariern und Awaren zu verbünden, um Gorgrael zu schlagen, dann fühlte der Axtherr sich jetzt um so mehr bereit dazu, auch gegen diese beiden zu kämpfen; wenn nötig, das ganze Land in einen Bürgerkrieg zu stürzen.

Er ließ den Toten sanft zu Boden gleiten, berührte kurz zum Segen dessen Stirn und wünschte, er hätte diesen Mann Jahre gekannt und nicht nur ein paar Minuten. Danach erhob sich Axis und blickte seinen Bruder an. In diesem Moment wußten beide, daß nur der Tod des anderen ihnen Frieden bringen würde. Während sie sich solcherart anstarrten, entging ihnen, was sich hinter ihnen tat.

In dem Moment, in dem Bornheld zugestoßen hatte, hatte Belial Suchauge am Arm gepackt und ihn aus der Gefahrenzone gerissen. »Hört mich an!« flüsterte er dem Ikarier eindringlich zu. »Hört, was ich sage: Ich bringe den Axtherrn zum Fuß der Alpen, damit Ihr ihn dort mitnehmen könnt. Habt Ihr verstanden?«

Der Vogelmensch, der vor Entsetzen erstarrt verfolgt hatte, wie der Herzog die Klinge aus dem Rücken des Prinzen zog, nickte leise, und so fuhr der Leutnant fort: »Könnt Ihr Euch dort mit ihm treffen? Könnt Ihr, Luftkrieger? Oder soll Freierfall ganz umsonst gestorben sein?«

Jetzt endlich sah Suchauge ihn an. Wieder nickte er, und man merkte ihm an, daß er nun begriff, was Belial von ihm wollte. »Dann fliegt fort, verdammt nochmal. Flieht, ehe der Herzog auch Euch ermorden kann!« Der Leutnant versetzte ihm einen Stoß. »Fort von hier!« Aber der Ikarier konnte den Blick nicht von seinem Prinzen losreißen. Belial schüttelte ihn heftig: »Ihr könnt nichts mehr für ihn tun! Freierfall ist tot! Nun fliegt doch endlich, und behaltet den Fuß der Berge im Auge, bis Axis dort auftaucht!«

Nun wandte Axis' Stellvertreter sich an den dritten, der ebenfalls wie erstarrt dastand. »Ihr müßt auch fort!« drängte Belial. »Hier kann ich nichts mehr für Euch tun!«

Die beiden Vogelmenschen spreizten ihre Flügel und stießen sich vom Turmdach ab. Die Soldaten hinter Bornheld bemerkten die Flucht und hoben ihre Bögen. »Halt!« befahl Magariz, der jetzt aus seiner Erstarrung erwachte. »Die Pfeile herunter. Laßt sie fliegen.« Zögernd gehorchten die Männer und sahen zu, wie die beiden Ikarier sich in Richtung der Eisdachalpen entfernten.

Axis und der Herzog starrten sich immer noch an. Irgendwann fing Bornheld an zu lachen, beugte sich über Freierfall und wischte die blutige Klinge an seinem Gefieder ab.

»Ihr werdet Euch bis später gedulden müssen, Bruder«, erklärte er dem Axtherrn. »Nun, da ich einen dieser elenden Unaussprechlichen erledigt habe, bin ich in viel zu guter Laune.«

Der Krieger hatte große Lust, Bornheld jetzt gleich zu erschlagen. Mit einem Schwertstreich könnte er Erde und Menschen für immer von diesem Unhold befreien. *Aber ach, Freierfall, wenn ich zu den Ikariern und Sternenströmer fliehe, muß Bornheld am Leben bleiben; denn wer sonst sollte Faraday beschützen? Mir sind die Hände gebunden ... aber eines Tages ...*

»Eines Tages werdet Ihr für das bezahlen, Herzog, was Ihr hier angerichtet habt. Ich schwöre, Euch im Zweikampf für den Mord an meinem Vetter Freierfall zu töten. An diesem Tag wird Eure Leiche auf den Abfallhaufen des Königreichs Achar landen. Nur die Krähen werden dann noch – und nur des Fleisches wegen – dem Herzog von Ichtar huldigen, und kein Troubadour soll Euch mehr mit süßen Worten und einschmeichelnden Balladen preisen. Priam hat zwei Erben, Bruder, Euch und mich, aber Ihr sollt nicht mehr lange genug leben, um einmal den Thron zu besteigen. Und irgendwann werde ich die Völker gegen Gorgrael führen.« Axis sprach ganz gelassen und kalt, und gerade aus diesem Grund wirkte er noch überzeugender. Gelassen stand der Krieger da und ließ sein Schwert sinken, und dennoch jagte er dem Herzog mit seinen Worten große Angst ein.

»Ergreift ihn!« schrie Bornheld, während er über die Worte seines Bruders nachdachte. Vetter? Der tote Unaussprechliche sollte mit ihm verwandt gewesen sein? »Ergreift ihn! Er gehört selbst zu den Unaussprechlichen!«

Eine dieser Kreaturen hatte seine Mutter vergewaltigt?

Gautier und drei Soldaten stürmten vor und packten Axis, der überhaupt nicht an Widerstand dachte. Bornhelds Leutnant riß ihm das Schwert aus der Hand und die Axt aus dem Gürtel und schleuderte beides über die Zinnen. Seit Wochen schon war er eifersüchtig auf die Begeisterung, mit der die Soldaten in der

Burg und der Stadt über den Axtherrn sprachen. Und nun konnte er dafür sorgen, daß dieser Mann das bekam, was er verdiente. Gautier empfand große Freude an seinem Tun.

Der Oberste Kriegsherr wandte sich von der Szene ab und befahl seinem Leutnant: »Werft ihn in den Kerker. Morgen wird er wie ein ganz gewöhnlicher Verbrecher sein Leben am Galgen beenden.« Er wandte sich an die anderen auf dem Turm. »Ihr da sorgt dafür, daß dieses Aas hier über die Mauer geworfen wird. Sollen die Skrälinge sich an dem Unaussprechlichen gütlich tun. Ich will nicht, daß dieser Kadaver noch länger meinen Turm besudelt.«

Der Herzog warf noch einen Blick in die Runde und begab sich dann zur Treppe. Timozel folgte ihm mit den anderen Soldaten und zerrte die immer noch schreckgelähmte Faraday hinter sich her. Gautier und seine Männer nahmen Axis in die Mitte, um ihn nach unten zu bringen.

Jorge und Roland sahen Magariz und Belial ratlos an. Was sollten sie jetzt tun? Gehörte der Krieger wirklich zu den Unaussprechlichen? Und wenn ja, wie sollten sie ihn fortan behandeln? Sie konnten keine Antwort auf diese Fragen finden.

Roland und Jorge begaben sich schließlich ebenfalls nach unten. Der Mord, dessen Zeuge sie eben geworden waren, hatte sie innerlich aufgewühlt, aber noch fühlte sich keiner von ihnen bereit, sich gegen Bornheld zu stellen. Alle vier hatten der Krone ihre Treue geschworen, und der Herzog vertrat hier in Gorken König und Reich. Priam würde Achar nicht retten können, aber Bornheld mochte das vielleicht gelingen. Von Axis hatten sie nichts mehr zu erwarten, denn er würde morgen sterben. Diesen Männern mangelte es nicht an Mut, aber vor allem Roland und Jorge waren alt und hingen zu sehr ihrem Glauben und ihren Überzeugungen an, um alles zugunsten einer neuen Weltordnung über Bord zu werfen.

So waren nur noch Magariz und Belial oben auf dem Turm. Und zwischen ihnen lag die blutbeschmierte Leiche des Ikariers. Zwei Soldaten kehrten zurück, um den Vogelmenschen über die Zinnen zu werfen. Aber der Fürst schickte sie mit einem barschen Befehl fort.

Magariz betrachtete den Toten und fragte dann den Leutnant: »Steht Ihr immer noch auf der Seite des Axtherrn?«

Belial ahnte, was der Fürst damit meinte. »Ja, zusammen mit allen Axtschwingern, die noch am Leben sind. Wenn Axis es von uns verlangte, würden wir ihm bis in die Gruben des Nachlebens folgen. Wir glauben auch, wie die Ikarier, daß er derjenige ist, von dem die Prophezeiung kündet.«

Sein Gegenüber wirkte sehr nachdenklich. »Dann will ich mich Euch anschließen, Belial …« Er schwieg, und Unsicherheit verdüsterte seine Miene. Niemals zuvor hatte Magariz einen Verrat begangen, und doch fühlte er sich jetzt nicht so schlecht, wie er befürchtet hatte. Nein, es erschien dem Fürsten als eigentlicher Verrat, wenn er jetzt Axis im Stich ließe. Vor allem, nachdem er durch die Vogelmenschen vom Schicksal Rivkahs erfahren hatte. »Aber was sollen wir jetzt unternehmen?«

Belial beugte sich über Freierfall und strich ihm das goldene Haar aus der Stirn. »Jetzt, Magariz? Wir geben diesem Prinzen hier die Art von Bestattung, die ihm seinem Rang nach zukommt. Niemals soll er in solcher Schande enden, wie der Herzog es für ihn vorgesehen hat. Holt die Brüder Ogden und Veremund, sie wissen sicher, was zu tun ist. Wenn Freierfall nicht von seinem Volk den letzten Gruß erhält, dann wollen wir für ihn sein Volk sein.«

24
Flucht aus Gorken

Freierfalls Tod hatte in Axis soviel Zorn hervorgerufen, daß er davon erfüllt war wie von neuem Leben. Als er so allein in der dunklen und feuchten Kerkerzelle saß, gab er sich nicht noch einmal wie nach dem Fall der Stadt dem Selbstmitleid hin. Nein, er mußte freikommen und Erfolg haben, das war er schon seinem ermordeten Vetter schuldig. Die Haft hier in der Burg und Bornhelds Drohungen kümmerten ihn nicht weiter. Er würde sein Leben nun dem Andenken an Freierfall weihen, dem ersten Mitglied seiner Familie, das ihn willkommen geheißen hatte. Außerdem hatte er noch seine Freunde, vor allem Belial und Faraday, und einem von beiden würde es schon gelingen, ihn hier herauszuholen.

Sein Leutnant befand sich gerade in einer erregten Debatte mit dem Herzog. Er beugte sich mit von der Hitze des Wortgefechts gerötetem Gesicht vor und wußte nicht nur, daß er recht hatte, sondern auch, daß Bornheld ihm letztendlich zustimmen mußte. Hatte der Oberste Kriegsherr denn nur noch den einen Gedanken, seinen verhaßten Stiefbruder morgen hinrichten zu lassen?

»Herr«, sprach Belial jetzt, »ich muß es Euch jetzt einfach sagen, auch wenn diese Worte Euch beleidigen sollten: Gorken wird untergehen. Nicht der beste Feldherr könnte die Festung halten, nicht einmal Ihr, Euer Durchlaucht. Zu viele Menschen halten sich in der Burg auf, und uns stehen zu wenige Vorräte zur Verfügung. Täglich strömen für den Feind neue Verstärkungen heran. Seine Eiswürmer wachsen, und der Tag steht kurz bevor, an dem sie ihre Schädel über die Festungsmauern schieben und ihre tödliche Last in die Burg hineinspucken können. Gorgraels Angriff steht bevor, und Artor allein mag wissen, welche Waffen er sich diesmal ausgedacht hat. Wir sollten hier und heute Pläne für einen Rückzug nach Ichtar schmieden und versuchen, zwischen den Flüssen Azle und Nordra eine Verteidigungslinie gegen die Skrälinge zu errichten.«

Der Oberste Kriegsherr starrte ihn eisig an. Auch ihm war natürlich nicht verborgen geblieben, in welch prekärer Lage sie sich befanden. Sein Herzogtum war nicht mehr zu halten. Aber lieber wollte er Ichtar aufgeben und dafür seine Armee schützen, um mit ihr an einer anderen Stelle den Kampf wieder aufzunehmen. Die Skrälinge mochten kein fließendes Wasser, und womöglich konnte man sie tatsächlich zwischen den beiden Flüssen aufhalten. Vorausgesetzt natürlich, er und sein Heer würden heil und vor den Kreaturen dort eintreffen …

»Fahrt fort«, forderte er Belial auf.

»Edler Herr, um Eure Streitmacht von hier fort in den Süden führen zu können, muß eine andere Truppe die Skrälinge von Gorken fortlocken. Dies könnten die Axtschwinger übernehmen – aber nur, wenn Axis sie anführt, denn einem anderen folgen sie nicht in den Kampf. Unsere Einheit umfaßt immer noch fünfzehnhundert Mann, und ihre Pferde stehen hier in Euren Stallungen. Wenn wir einen Ausfall wagen, die Reihen der Geister durchbrechen und uns nach Nordosten wenden, werden sie uns gewiß verfolgen. Ihr hättet dann die Gelegenheit …« Belial wäre fast ein »Hals über Kopf nach Süden zu laufen« herausgerutscht, aber so durfte er nun wirklich nicht mit Bornheld reden, »Eure Soldaten in die entgegengesetzte Richtung zu führen und in Jervois eine neue Stellung zu errichten.«

Der Kriegsrat tagte in der Burghalle, und daran nahmen auch Jorge, Roland und Gautier teil. Faraday stand hinter dem Sessel ihres Gemahls, ihre Hände ruhten auf der Kopflehne und sie beobachtete unentwegt Belial.

Jorge klopfte mit den Fingern auf dem Tisch. »Jedes Ablenkungsmanöver, auch eines mit Elitesoldaten, würde unweigerlich zu einem Selbstmordunternehmen, Belial.«

Der Offizier nickte.

Bornheld warf Jorge einen kurzen Blick zu und wandte sich dann wieder an den Leutnant des Axtherrn: »Gehört Selbstaufopferung zu Euren Glaubenssätzen?«

Belial überlegte sich seine Antwort gut, kam es jetzt doch darauf an, den Obersten Kriegsherrn zu überzeugen: »In der Festung zu bleiben wäre der sichere Tod, Euer Durchlaucht. Da ziehe ich es ebenso wie meine Männer vor, kämpfend unterzugehen, wenn dadurch wenigstens ein paar andere durchkommen. Und wer weiß«, er klang jetzt etwas bitter, so als würde er selbst nicht an seine Worte glauben, »vielleicht überleben ja einige von uns und können später ihren Enkeln von dieser Heldentat erzählen. Sollten die Skrälinge uns nicht bis auf den letzten Mann niedermachen, folgen wir Euch nach Jervois, um uns wieder Eurem Befehl zu unterstellen.«

Der Herzog grinste höhnisch. Für ihn galt es jetzt nur noch eine Frage zu klären: »Eure Heldentat wird uns wenig nutzen, wenn ihr schon fünf Schritte vor der Burg fallt. Nach Eurem Plan wollt Ihr die Belagerungsreihen der Skrälinge durchbrechen und nach Nordosten vorstoßen, damit wir nach Süden können. Aber haltet Ihr es denn für möglich, die feindlichen Reihen zu überwinden? Werdet Ihr Euch überhaupt in ausreichender Stärke den Weg freikämpfen können?«

»Ja, das halte ich für durchführbar. Wir können schließlich das Überraschungsmoment für uns nutzen. Die Skrälinge rechnen gewiß nicht mit einem Ausfall aus der Burg. Natürlich will ich dafür alle Axtschwinger mit brennenden Fackeln ausstatten. Mit dem Feuer können wir genug Furcht und Verwirrung unter den Feinden stiften, damit unser Vorhaben gelingt.« Er begegnete kurz Faradays Blick. Belial schaute sie voller Vertrauen an. Die Edle hatte den Einfall mit den Fackeln gehabt, und sie glaubte, genug Feuerzauber veranstalten zu können, um den Skrälingen Angst und Schrecken einzujagen. Vielleicht reichte es ja aus, um mit den meisten Axtschwingern durchzukommen.

Der Leutnant hatte dem Herzog eben erklärt, daß nur die Axtschwinger den Ausbruch wagen würden. Aber er und Faraday hatten sich bei ihrer Beratung überlegt, daß sich Axis wohl auch etliche Soldaten aus Bornhelds Armee anschließen würden und der Axtherr dann über eine doppelt so große Streitmacht verfügte. Unter den regulären Truppen fanden sich genügend Unzufriedene, die sich sofort um Magariz scharen würden, wenn der sie aufforderte, Axis' Sache zu folgen.

Der Herzog warf einen Blick auf Timozel. Während der letzten Tage war sein Vertrauen in das Urteil des Jünglings immer mehr gewachsen, und er hörte mittlerweile lieber auf seinen Rat als auf den seiner altgedienten Kommandeure. Außerdem gefiel es Bornheld nicht, daß Jorge und Roland immer wieder besorgte Blicke tauschten. Und was Magariz anging, nun, der schien sich sehr verändert zu haben, seitdem ihm die Skrābolde die Wunde geschlagen hatten. Gautier schließlich ging ihm doch zu sehr um den Bart, und nur, um sich Vorteile zu verschaffen. Aber dieser Timozel sprach offen und mit Verstand. Bornheld vertraute ihm. Der Jüngling hatte ihm zum Beispiel glaubhaft versichert, daß Verrat dafür verantwortlich sei, daß die Festung sich auf Dauer nicht halten ließe – und auch das nahm ihm der Herzog ab. Axis' Treffen mit den Unaussprechlichen oben auf dem Turm hatte diesen Verdacht nur bestätigt. Der Oberste Kriegsherr hatte einen sorgfältigen Plan für die Verteidigung von Stadt und Feste Gorken ausgearbeitet und seine Truppen gut eingesetzt. Nur Verrat konnte seine Bemühungen zum Scheitern gebracht haben. Und wenn nun das Reich selbst von der Katastrophe bedroht wurde, konnte man ihm das nicht vorwerfen.

Der Jüngling nickte lächelnd, und Bornheld faßte seinen Entschluß. Wenn die Axtschwinger sich unbedingt in den Tod stürzen wollten, dann sollte sie niemand daran hindern. Und wenn ihm und seiner Armee dadurch vielleicht auch noch Gelegenheit gegeben würde, sich nach Süden zurückzuziehen, umso besser. Außerdem wäre er damit endgültig diesen Axis los. Trotz seiner Ankündigung auf dem Turm vor zwei Tagen hatte er den Axtherrn noch nicht hinrichten lassen. Bornheld durfte die Unruhe unter seinen Soldaten nicht durch eine öffentliche Hinrichtung weiter schüren – nicht einmal durch eine heimliche.

»Dann ist die Sache abgemacht«, verkündete der Oberste Kriegsherr. »Wann wollt Ihr die Sache durchführen?«

Belial lehnte sich erleichtert zurück. »Morgen.«

Bornheld starrte ihn weiterhin kalt an. »Der Axtherr soll an der Spitze Eurer Truppe reiten, wenn Ihr durch das Tor zieht.«

»Gut. Dann brechen wir morgen in aller Frühe auf. Gewährt mir die Bitte, alles noch vorhandene Öl in der Burg zu beschlagnahmen. Wir brauchen dieses Brennmaterial für unsere Fackeln. Ich möchte, daß möglichst viele meiner Männer damit ausgerüstet sind.«

»Von mir aus könnt Ihr auch diesen Tisch hier zu Feuerholz zerhacken. Ich will den Skrälingen bestimmt nichts zurücklassen, was sie brauchen können. Und nun erhebt Euch, Ihr Herren, wir haben noch eine Menge zu erledigen, wenn wir morgen die Festung verlassen wollen.«

Faraday, Yr, Belial, Magariz und einige Axtschwinger hatten sich in einem der Ställe zusammengefunden. Die Pferde waren auf den Hof geführt worden, damit in ihren Unterkünften das Brennholz gelagert werden konnte. Am Ende des Stalls tauchten jeweils vier Soldaten Hölzer für Fackeln in ein spezielles Öl, das heller und länger brennen sollte als das herkömmliche. Die Edle hielt zusammengefalteten grünen Stoff in den Händen und lächelte leise, als sie die Zweifel auf Belials und Magariz' Gesichtern sah. Gleichzeitig schätzte sie diese Männer wegen ihrer unerschütterlichen Treue und Liebe zu Axis.

»Vertraut mir«, sagte Faraday mit ruhiger Stimme. »Ich kann Euch mit genügend Schutz ausstatten, damit Ihr durch die Reihen der Geisterkreaturen kommt. Und auch das eine oder andere Mittel mitgeben, um eine große Anzahl von ihnen zu erledigen, sobald Ihr sie von Gorken fortgelockt habt.« Sie wandte sich an die Katzenfrau: »Ist Timozel beschäftigt?«

Yr nickte. »Ja, Bornheld hat ihn zu sich in die Halle gerufen, um die Pläne für den Rückzug nach Süden auszuarbeiten.«

»Gut.« Faraday faltete den Stoff auseinander. Vor den Augen der Männer entstand ein eigenartiges Muster, in dem sich die

Farben Grün, Blau, Lila und Braun lebendig miteinander vermischten. Das Tuch schimmerte, und die Edle strich darüber.

»Mutter, bitte schützt sie«, sprach sie leise, schloß die Augen und suchte in der Tiefe ihres Inneren nach der Macht der Mutter. Und schon begann die Urkraft wieder durch sie hindurchzuströmen, diesmal noch stärker als früher. Faraday stöhnte unter dem Kräftestrom, und die Wächterin hielt sie an den Schultern. Mit geschlossenen Augen schwankte die Edle vor den Männern, bis der Stoff plötzlich hellgrün aufflammte und alle erschrocken zurückfuhren. *Artor, steh mir bei,* dachte Magariz, *wer ist diese Frau? Zuerst heilt sie den Axtherrn, und jetzt das!*

Faraday atmete tief durch und preßte das Tuch an sich. Es war ein besonderes Tuch, nämlich das Gewand, das sie im Hain von der Mutter erhalten hatte. Sie erinnerte sich an die Wut des Smaragdlichts, als sie durch die Nacht des Skrälingangriffs geschritten war, um Ramu und den Sternenströmer zu erreichen. Die Lichtkraft hatte unbedingt zurückschlagen wollen, aber nicht gewußt, wohin sie ihren Zorn lenken sollte.

»Mutter, vergebt mir, wenn ich Eure Macht so über die Maßen in Anspruch nehme, aber der Schutz, den ich von Euch erflehe, wird diesmal besonders stark sein müssen.« Sie kämpfte darum, die Gewalt über das Licht nicht zu verlieren. Faraday redete auf die pochende Strahlung ein, erklärte ihr, was sie von ihr verlangte, nannte ihr ein Ziel für ihren Ausbruch und bat schließlich darum, daß ihr dieser Wunsch erfüllt werden sollte.

Wie eine Antwort flammte das Licht dreimal hintereinander so hell auf, daß der ganze Stall erleuchtet war. Einen kurzen Moment später erlosch es, und Faraday stand wieder wie vorher mit einem Stück Stoff in den Händen da. Die changierenden Farbmuster setzten sich strahlend auf ihren Armen fort.

Sie wandte den Kopf, um nach der Katzenfrau zu sehen, die den Griff an ihren Schultern verstärkte. Faraday wirkte vollkommen erschöpft. Aber dann setzte sie ein glückliches Lächeln auf: »Es ist vollbracht, Yr.«

Die Edle wandte sich an Belial und Magariz. »Ihr seid nun geschützt, wenn Ihr Euch durch die Reihen der Skrälinge kämpft, und Eure Schwerter werden noch tödlicher treffen als je zuvor. Doch nun ans Werk, wir haben bis zum Morgengrauen noch einiges zu erledigen.«

Faraday breitete den Stoff auf dem Boden aus und zerriß ihn. »Trennt ihn auf«, befahl sie den Männern. »Reißt das Tuch auseinander, bis nur noch Fäden übrig sind. Davon gebt Ihr jedem Mann, der mit Euch reitet, einen. Sie sollen sich den Faden um den Arm binden. Und sagt ihnen, während sie das tun, sollen sie der Mutter für ihren Schutz und ihre Liebe danken – sonst wirkt der Zauber nicht. Ihr müßt ihnen das unbedingt sagen.«

Magariz ging als erster in die Hocke und fing an, den Stoff auseinanderzutrennen. »Das werde ich, Herzogin, und ich will mich gleich hier und jetzt bei der Mutter dafür bedanken, daß Ihr bei uns seid, um uns zu leiten und zu helfen.«

Faraday seufzte erleichtert. »Artor kann die Männer da draußen nicht beschützen, Fürst. Nur die Mutter ist dazu in der Lage. Deswegen müssen die Soldaten unbedingt ihr danken.« Yr gesellte sich nun zu ihnen, und in diesem Moment faßte die Edle einen Entschluß: »Ich begleite Euch zu den Soldaten, Magariz.«

Der Fürst sah sie besorgt an. Er wollte nicht, daß sie sich noch mehr aufbürdete. »Aber Herrin, Euer Gemahl –«

»Der hat jetzt genug anderes im Kopf und wird mich nicht vermissen. Kommt, wir wollen zu Euren Männern.«

Eine Stunde vor Anbruch der Dämmerung kamen sie, um ihn zu holen. Die ganze Nacht über hatte Axis vom Burghof Schritte und Hufgetrappel gehört. Wie ein Raubtier lief er in seiner Zelle auf und ab. Was ging da draußen vor? Bornheld hatte niemanden zu ihm gelassen. Selbst der Wächter, der ihm eine Decke und die Mahlzeiten gebracht hatte, durfte kein Wort mehr mit ihm wechseln. Der Axtherr legte sich jetzt die Decke um die Schultern und setzte seinen Marsch durch die Zelle fort. Jahre war es her, seit er als einfacher Soldat gedient und den Befehlen seiner Vorgesetzten gehorcht hatte. *Wie habe ich das damals nur ausgehalten? Wie konnte ich es ertragen, mich den Befehlen anderer zu beugen?*

Als immer noch nichts geschah, hätte Axis vor Ungeduld und Enttäuschung schreien mögen. Doch da hörte er, wie die Tür zum Verlies aufgestoßen wurde und mehrere Männer die Treppe herunterkamen. Licht fiel in seine Zelle und breitete sich zunehmend stärker darin aus.

Er blinzelte und schirmte die Augen mit einer Hand ab.

»Bruder.«

Bornheld? Axis ließ die Hand sinken und blinzelte noch mehr, bis sich seine Augen an das Licht gewöhnt hatten und er seine Umgebung wahrnahm. Der Herzog stand am Gitter seiner Zelle, begleitet von Gautier, Belial und Magariz. Der Oberste Kriegsherr hielt ein Schlüsselbund in der Hand und schenkte ihm ein verächtliches Lächeln.

»Belial hat Euer Schicksal entschieden, ob Euch das nun gefällt oder nicht. Euer Leutnant scheint sich nach dem Tod zu sehnen und will Euch und Eure Truppe mitnehmen. Wollt Ihr Euch seinem Vorhaben anschließen?«

Der Axtherr sah an ihm vorbei zu Belial hinüber. Der Leutnant zwinkerte ihm kurz zu, und Magariz nickte unmerklich. Da mußte Axis nicht lange überlegen, wie seine Antwort wohl ausfallen sollte.

»Ich würde Belial mein Leben anvertrauen«, erklärte er, schüttelte die Decke von den Schultern und richtete sich gerade und stolz auf.

Der Herzog warf den Kopf in den Nacken und lachte schallend. Doch hörte sich das Lachen in den Ohren des Kriegers etwas bemüht an. »Ihr wollt also tatsächlich?« rief Bornheld und warf dem Leutnant die Schlüssel zu. »Dann nur zu. Ihr brecht in fünfzehn Minuten auf, Ihr Narr. Sorgt dafür, daß mein Bruder dann einsatzbereit ist. Denn er soll Euch doch anführen. Gautier, Magariz, zu mir!«

Der Herzog verließ den Kerker wieder. Gautier folgte ihm sofort, der Fürst erst nach einem Moment des Zögerns. Belial aber sperrte die Zelle auf und umarmte seinen Freund. »Mit der Hilfe der Mutter reiten wir heute morgen durch die Reihen der Skrälinge und darüber hinaus der Prophezeiung entgegen!«

Dem Axtherr war nach dieser Ankündigung nicht ganz wohl in seiner Haut. »Die Mutter? Hat Faraday Euch etwa verhext?«

Der Leutnant sah ihn mit verlegenem Lächeln an. »Offensichtlich will die Mutter, wer immer das auch sein mag, uns heute beschützen, während Artor noch in tiefem Schlummer liegt.« Er zog einen Stoffaden aus der Tasche und band ihn dem Axtherrn um den Oberarm. Dieser erkannte, daß sich Belial ebenfalls einen solchen Faden umgeschlungen hatte. »Die Edle sagt, dieser Faden schützt Euch. Wir alle tragen ihn. Doch zuerst müßt Ihr der Mutter für ihren Schutz und ihre Liebe danken. Und all Euer Vertrauen in sie setzen.«

Der Krieger betastete den Faden. »Nach allem, was Ihr mir erzählt habt, Freund, hat die Mutter mir schon einmal durch Faraday das Leben zurückgegeben. Deswegen fällt es mir nicht schwer, ihr heute wieder vollkommen zu vertrauen und mein Leben in ihre Hände zu legen ...« Nach einem Moment hob er den Kopf und sah den Leutnant ernst an: »Was genau haben wir heute vor?«

»Die Axtschwinger reiten in wenigen Minuten durch das Burgtor, um die Skrälinge abzulenken, damit Bornheld mit dem Hauptheer aus Gorken abziehen kann. Wir locken die Skrälinge hinter uns her nach Norden, während der Herzog sich mit seiner Streitmacht nach Süden bis Jervois zurückzieht, um dort das Reich zu verteidigen.«

»Beten wir darum, Belial, daß die Mutter auch Faraday schützt. Wir reiten also zu den Eisdachalpen?«

»Ja, Freund, denn es wird höchste Zeit, daß Ihr Euch zu Eurem Vater begebt. Wir brauchen Euch, und erst wenn all Eure Kräfte geweckt sind, könnt Ihr uns gegen den Zerstörer führen!«

Axis schnallte sich den Waffengurt um, den Belial mitgebracht hatte, und steckte Schwert und Axt hinein. »Ich bin mir gar nicht so sicher, Freund, ob es mir gefällt, wenn ich alle meine verborgenen Kräfte kenne. Die könnten sich als erschreckender erweisen als alles, was Gorgrael uns entgegenzuschleudern hat.« Er lächelte versonnen. »Und wie viele Männer kommen mit uns, Belial? Wie viele wollen mir noch folgen?«

»Mehr als Ihr glaubt, Axtherr. Laßt Euch überraschen. Und nun sollten wir uns von Eurem Bruder verabschieden. Gewiß sehen wir ihn eines Tages wieder.«

Als Axis und sein Leutnant aus dem Kerker hinaustraten, kam Arne auf sie zu und reichte seinem General Umhang und Handschuhe. Auf dem Burghof war fast kein Durchkommen. Der Krieger und Belial mußten sich zwischen den Einheiten hindurchschieben, die hier Aufstellung genommen hatten. Alle hatten Befehl, keinen Laut von sich zu geben, um die Geister nicht vorzeitig auf den Ausfall aufmerksam zu machen. Aber als der Axtherr durch die Reihen schritt, hörte er immer wieder, daß sein Name gemurmelt wurde. Viele streckten die Hand aus, um ihn im Vorübergehen zu berühren.

Näher am Tor hatten sich die Reste der stolzen Axtschwingertruppe aufgebaut. Alle saßen zu Pferd und hielten eine brennende Fackel in der Hand. Belaguez, Axis' Apfelschimmel, stand fertig gesattelt an ihrer Spitze und wartete ungeduldig auf seinen Herrn und darauf, mit ihm hinauszureiten.

Bornheld hatte sich ebenfalls zum Tor bemüht. An seiner Seite befand sich Faraday, natürlich mit ihrem ständigen Beschützer Timozel. Sie standen, und ihre Pferde warteten hinter ihnen. Yr hielt sich etwas abseits auf, ließ die Edle aber nicht aus den Augen. Als Axis auf das Tor zuschritt, entdeckte er Ogden und Veremund, die ihre weißen Esel bestiegen hatten.

»Nun, meine Herren Wächter, wohin soll die Reise denn diesmal gehen? Kämpft Ihr mit uns auf dem Weg nach Norden, oder flieht Ihr mit dem Herzog nach Süden?«

Der kleine Dicke verzog bedauernd das Gesicht. »Für eine Weile werden wir unseren eigenen Pfaden folgen. Aber Ihr werdet nicht allzu lange auf uns verzichten müssen.«

Der Axtherr betrachtete die beiden. So viele Monate waren sie ihm auf die Nerven gegangen. Doch inzwischen vertraute er ihnen voll und ganz, trotz der verstörenden Rätsel um die Prophezeiung. »Dann paßt auf Euch auf, Wächter. Und auch auf Eure bedauernswerten Esel.« Er zupfte dem nächststehenden

Tier am weichen Schlappohr. »Ich gehe jede Wette ein, daß Ihr, noch ehe ich mich versehe, schon wieder bei mir seid, um mich erneut zu plagen.«

Veremund beugte sich vor und legte ihm eine Hand auf die Schulter: »Findet Frieden, Axis Sonnenflieger.«

»Ihr auch, Ihr Herren«, entgegnete der Krieger und machte sich dann auf den Weg zu Bornheld. Einen Augenblick lang sahen die beiden Brüder sich nur an.

»Ich hoffe, Ihr findet heute da draußen den Tod«, sagte der Herzog dann. »Nur aus diesem Grund habe ich Euch aus der Haft entlassen.« Zum wiederholten Mal wünschte sich der Oberste Kriegsherr, er wäre seinem ursprünglichen Plan gefolgt und hätte Axis so rasch wie möglich dem Henker überantwortet.

»In Wahrheit laßt Ihr mich nur ziehen, Bornheld, weil Ihr genau wußtet, daß die ganze Garnison in Aufruhr geraten wäre, wenn Ihr nur den Versuch gemacht hättet, mich aufzuknüpfen. Aber ich will Euch den Gefallen nicht tun, Bruder, und vor den Mauern sterben. Eines Tages werden wir uns wiedersehen, darauf könnt Ihr Euch verlassen!« Soviel kalte und erbarmungslose Kälte sprach aus Axis' Worten und Blick, daß der Herzog fast einen Schritt vor ihm zurückgewichen wäre. Er zwang sich zu einem spöttischen Lächeln, wußte aber, daß es nicht allzu überzeugend aussah. Der Krieger preßte die Lippen voll Verachtung zusammen und ließ den Obersten Kriegsherrn stehen. Er hoffte, wenn er Bornheld tatsächlich noch einmal gegenübertreten sollte, dann mit dem Schwert in der Hand.

Axis begab sich nun zu Timozel und betrachtete seinen ehemaligen Offizier sehr lange. »Ihr habt Euch sehr verändert, junger Mann, und ich weiß nicht, ob mir gefällt, was aus Euch geworden ist. Hoffen wir, daß Eure Treue zu Faraday sich nicht ebenso rasch verflüchtigt wie die zu mir.« Seine Rechte schnellte vor, packte den Jüngling am Hemd und zog ihn so nah zu sich heran, daß ihre Gesichter sich beinahe berührten. »Paßt gut auf die Herrin auf, Timozel. Führt sie sicher aus dieser Todesfalle hinaus. Wenn Euch der Ritterschwur, den Ihr Faraday geleistet habt, nur das geringste wert ist, dann sorgt immerdar für ihre Sicherheit!«

Timozels Züge verhärteten sich, und er riß sich vom Axtherrn los. »Ich habe der Edlen mein Leben geweiht«, erwiderte er trotzig, »und ich muß mir von niemandem sagen lassen, wie ich sie zu beschützen habe!«

Axis wandte sich wortlos von ihm ab und näherte sich lächelnd der Herzogin.

»Achtet auf Euch, Faraday. Ich könnte es nicht ertragen, wenn Euch etwas zustieße.«

Ihre Augen füllten sich mit Tränen, und sie berührte kurz den Faden an seinem Arm. »Die Mutter sei mit Euch«, flüsterte sie, »und auch mit mir. Ich will alles tun, um am Leben zu bleiben. Und ich hoffe, daß Ihr ebenfalls überleben werdet, für mich.« In diesem Moment war es Faraday egal, ob ihrem Gemahl klar wurde, was sie in Wahrheit für den Krieger empfand. Das spielte jetzt keine Rolle mehr. Sie hatte ihre Aufgabe erfüllt und Bornheld erfolgreich davor bewahrt, mit der Waffe auf Axis loszugehen.

Der Herzog runzelte beim Abschied dieser beiden die Stirn.

»Bornheld«, sprach der Axtherr ihn nun mit einem überfreundlichen Lächeln an, »ich habe noch gar nicht die Gelegenheit wahrgenommen, mir den brüderlichen Kuß von Eurer Braut geben zu lassen. Verzeiht mir bitte meine Saumseligkeit. Ich weiß nicht, was über mich gekommen ist, daß ich meine gute Erziehung so vergessen konnte.« Ohne dem Herzog Zeit für eine Erwiderung zu lassen, beugte er sich vor, legte Faraday die Hände auf die Schultern und küßte sie auf den Mund. Und gleich noch einmal.

Dann ließ Axis die Edle los und sprach: »Eure Durchlaucht Faraday, Herzogin von Ichtar, nehmt meinen Abschiedsgruß als Axtherr der Axtschwinger entgegen, es könnte mein letzter sein.« Er schlug sich mit der Faust an die Brust und verbeugte sich tief vor ihr. »Und gedenkt Eurer Schwüre, jedes einzelnen von ihnen.« Damit wandte Axis sich von ihr ab, ging an seinem Bruder vorbei, der immer noch mit offenem Mund dastand, und bestieg seinen Hengst.

»Axtschwinger, seid Ihr bereit?« rief er mit lauter Stimme.

»Wartet!« Ein dunkelgekleideter Mann ritt mit einer brennenden Fackel in der Hand auf einem Rappen heran. »Ich reite mit dem Sternenmann!« verkündete Magariz den angetretenen Soldaten, und als Bornheld wütend aufbrauste, fügte der Fürst noch lauter hinzu: »Wer schließt sich mir an?«

»Wir!« antworteten ihm viele Stimmen, und eine nicht enden wollende Kolonne Soldaten, die im Hintergrund auf diese Zeichen gewartet hatte, ritt zu Magariz. Weit über fünfzehnhundert Männer kamen da heran, jeder mit einer Fackel in der Hand und einem Faden am Arm.

»Für diesen Verrat werdet Ihr sterben!« brüllte der Herzog in höchster Wut. »Wenn Ihr jetzt mit meinem Bastardbruder auszieht, braucht Ihr nie wieder zu mir zurückzukehren. Erwartet keine Gnade von mir, wenn Ihr auf allen vieren angekrochen kommt! Von nun an werde ich Euch jagen und nicht eher ruhen, bis ich gerächt bin!«

Magariz zügelte sein Roß vor seinem früheren Dienstherrn. »Und bedenkt Ihr, Bornheld«, entgegnete er leise, »daß man für den Mord an Freierfall Euren Kopf verlangen wird. Da die Schlinge schon fast um Euren Hals liegt, entbindet mich das von allen Treueiden Euch gegenüber. Meine Ehre gebietet mir, mich dem Mann anzuschließen, der meine Achtung verdient, und mich von dem abzuwenden, der sie verloren hat.« Er wendete seinen Rappen und ritt neben den Krieger. »Nehmt Ihr mich in Eure Dienste auf, Axis Sonnenflieger, so will ich Euch den Treueid schwören.«

Der Axtherr ergriff die Hand des Mannes. »Mit Freuden, Fürst. Ihr seid mir stets an meiner Seite willkommen.« Er bewunderte Magariz für seinen Mut. Der Fürst und die Soldaten, die seinem Aufruf gefolgt waren, forderten damit Ächtung und Verbannung heraus, vermutlich sogar die Todesstrafe. Der Krieger warf einen Blick zurück auf seinen Leutnant und dankte allen Göttern, die ihm zuzuhören bereit waren, dafür, solche Männer wie Belial und Magariz an seiner Seite zu haben.

Axis wollte die Axtschwinger nun aufrufen, ihm nach draußen zu folgen, wußte aber, daß er sie nicht mehr mit diesem Titel ansprechen durfte. »Meine Freunde«, rief er daher, »seid Ihr zum Ausfall bereit?«

»Wir folgen Eurer Stimme und sind bereit, Sonnenflieger!« entgegneten sie und verzichteten ebenfalls auf seinen alten Titel. Das berührte Axis tief.

Er sah noch einmal Bornheld an, der noch immer Magariz' Verrat nicht fassen konnte. »Ich reite nun los, Bruder, mein Erbe anzutreten, und wenn ich zurückkehre, solltet Ihr hübsch auf der Hut sein.«

Der Krieger drehte Belaguez in Richtung der Tore, die sich in diesem Moment öffneten. Schon ließ sich das Wispern der Skrälinge vernehmen. »Dann folgt mir, Männer!« rief Axis und riß einem Torhüter die brennende Fackel aus der Hand. »Laßt uns reiten!« Er hielt die Fackel hoch, daß alle sie sehen konnten, und gab seinem Hengst die Sporen.

Die Streitmacht des Sternenmannes fuhr wie eine Horde Furien zwischen die Geister und kämpfte mit einer Leidenschaft, als gelte es, den Ruhm der Mutter zu vermehren. Belial und Magariz hatten ihre Soldaten sorgfältig auf diesen Ausbruch vorbereitet. Daß nun auch noch der von der Prophezeiung Geweissagte an ihrer Spitze ritt, erfüllte die Männer mit doppeltem Mut. Wie sollten sie nicht gewinnen?

Die Dreitausend ritten in dichter Keilformation und mit hoch erhobenen Fackeln aus der Festung und mitten in die endlosen Reihen der Skrälinge hinein. Die grauen Scharen stoben auseinander, heulten und flohen vor dem Fackelmeer. Jaulend und kreischend erlagen sie den Bränden, die die Menschen zwischen sie schleuderten. Wütend stießen die Skräbolde Verwünschungen aus und trieben ihre Truppen an, zusammenzustehen. Wie oft hatten sie den Skrälingen schon erklärt, daß sie sich vor Feuer nicht zu fürchten brauchten? Doch dies hier waren keine gewöhnlichen Flammen. Sie loderten in hellem Smaragdgrün. Jeder Skräling, der ihnen nicht rasch genug auswich, verwandelte sich augenblicklich in eine Feuersäule, um kurz darauf als grauer Schleim in den Schnee zu sickern.

Die Menschensoldaten schrien Axis' neuen Namen als Schlachtruf; denn Belial und Magariz hatten ihnen berichtet, von wem er abstammte und welchen neuen Titel er trug. Er war der Sternenmann, der, der sie zum Sieg gegen Gorgrael führen würde. Die Axtschwinger wußten, daß die beiden Offiziere die Wahrheit sprachen, denn sie kannten den Axtherrn gut genug, um zu wissen, daß es sich bei ihm um einen besonderen Mann handelte, für den sie sogar in den Tod gehen würden. Und die meisten regulären Soldaten, die lieber Magariz folgten, als weiter unter Bornheld zu dienen, gehörten zu denen, die während der Belagerung nachdenklich geworden waren. Etliche von ihnen hatten Axis auf Patrouille begleitet und mit eigenen Augen erlebt, wie er dabei wieder und wieder die angreifenden Skrälinge zurückschlug. Ihre Bewunderung für den Krieger war ins Grenzenlose gestiegen.

Als die Streitmacht durch die Stadt stürmte und die Geister vor ihnen durch die Gassen flohen, stand Axis in den Steigbügeln, hielt die Fackel immer noch hoch erhoben und rief: »Skräbolde, könnt Ihr mich hören? Wollt Ihr mich so leicht entkommen lassen? Gebt Ihr so rasch auf? Soll ich Gorgrael etwa berichten, wie unzuverlässig und feige seine Offiziere sind? Wollt Ihr denn nicht die Gelegenheit beim Schopf ergreifen, dem Zerstörer mein Haupt vor die Füße zu legen?«

Die Skräbolde vernahmen natürlich seine Worte, und seine Schmähungen versetzten sie in Wut. Sie verdoppelten ihre Anstrengungen und trieben die Geister noch mehr an, nicht zu weichen und die Menschen nicht davonkommen zu lassen. Die Soldaten oben auf den Zinnen sahen aufgeregt zu, wie der Reiterkeil immer weiter vorankam und die Skrälinge hinter ihnen die Reihen wieder schlossen, um den Gegner zu verfolgen.

Jorge, der sich ebenfalls oben auf den Mauern befand, umklammerte erregt die steinerne Brüstung. »Bei Artor!« brüllte er, ohne damit jemanden besonderen zu meinen. »Sie jagen ihm hinterher! Schaut nur, schon wendet Axis sich nach Norden!« Von der Streitmacht konnte man mittlerweile nicht mehr erkennen als einen hellen Fleck. »Wir sind gerettet!« Er wandte sich an Roland, der atemlos neben ihm stand. »Der Axtherr hat es geschafft!«

Die Männer ritten, bis sie spürten, daß ihre Pferde nicht mehr lange durchhalten würden. Dann hielten sie an und wendeten, um sich dem Geisterheer zu stellen, daß ihnen aus der Stadt entgegenflutete.

»Sollen wir Bornheld und Achar noch eine Atempause gönnen, meine Freunde?« rief Axis Belial und Magariz grinsend zu, und die Freude über seinen bisherigen Erfolg leuchtete ihm aus den Augen. »Sollen wir hier unsere Reihen schließen und kämpfen?«

Die Keilformation hatte sich während des Gewaltritts aufgelöst, und die Offiziere schrien ihre Befehle, um die siegestrunkenen Soldaten wieder neu aufzustellen. Jeder Mann wollte jetzt gegen die Skrälinge kämpfen. Zu lange waren sie schon vor den Kreaturen davongelaufen. Die Reiter stellten sich zu mehreren Reihen in breiter Front auf, die der Sternenmann abritt. Niemand zweifelte daran, daß er auch jetzt einen Triumph erringen würde.

Angetrieben von den Skräbolden, waren die Geister ihnen schon auf den Fersen. Zwei Stunden waren die Menschen geritten, und nun sollte ihre Erschöpfung ausgenutzt werden. Außerdem brannten etliche der Fackeln nicht mehr, und zahlreiche Pferde konnten sich kaum noch aufrecht halten. Mit der Gewißheit, den Menschen an Zahl um das Fünfzigfache überlegen zu sein, wogte die graue nach Menschenfleisch lüsternde Masse heran.

Axis wartete, bis der Feind ganz nah herangekommen war und die silbern glitzernden Augen und die geifernden Kiefer erkennbar wurden. Bis ihr furchtbares Wispern deutlich zu hören war. Dann richtete der Krieger sich in den Steigbügeln auf und hielt sich erstaunlich gerade, auch wenn Belaguez unter ihm vor Erregung zitterte.

»Im Namen der Mutter!« Seine Stimme hallte weithin über das Land. »Ihr Sterne am Himmel, die Ihr uns von oben zuschaut, verleiht mir und den Meinen Eure Macht!«

Dann holte er mit der Fackel weit aus, um sie in die herandrängende Schar zu schleudern. Und als sie den Skrälingen entgegenflog, verwandelte sie sich in einen smaragdgrünen Feuerball, der immer größer wurde. Bis er explodierte und kleinere, zischende Brandkugeln sich von ihm abspalteten.

Die Skrabolde flogen hinter ihrer Armee her und trieben sie voll Furcht und Zorn an. Als sie sahen, daß der Sternenmann seine Fackel schleuderte, wollten sie ihre Geister warnen. Doch da sauste der Feuerball schon herab, und von den Offizieren ward nichts mehr gesehen.

Das Smaragdleuchten verstärkte sich noch und breitete sich unter den Skrälingen aus. Mit jedem fallenden Brandball schien das Flammenmeer zu wachsen. Tausende Kreaturen verbrannten vor den Ausläufern des Gorkenpasses. Heulend und kreischend fielen sie der Rache der Mutter zum Opfer. Und noch viel mehr starben, als die Reiter reihenweise in die in Auflösung befindliche und von Verwirrung befallene Skrälingwelle hineinpreschten. Die Männer packten die Feinde an ihrem langen Haar und löschten ihnen mit einem Schwertstoß das Leuchten in den Augen aus. Das grüne Feuer wütete immer noch, schoß hierhin und dorthin und ließ nur die unberührt, die einen Faden am Arm trugen.

Als die Geister zu keinem geordneten Widerstand mehr in der Lage waren, verwandelte sich das Kampf- in ein Schlachtfeld. Die Reiter schlugen alle nieder, die nicht rasch genug die Flucht ergriffen. Endlich war der Feind besiegt. Sie zügelten die Pferde und schauten den Skrälingen hinterher, die, so rasch sie konnten, sich nach Gorken zurückzogen.

»Hoffen wir, daß wir den anderen genug Zeit verschafft haben«, flüsterte Belial erschöpft.

»Ja, hoffen wir, daß Bornheld seine Armee in Bewegung gesetzt hat, bevor diese Skrälinge wieder vor der Festung anlangen«, brummte Axis. »Beten wir darum, daß er weitere Verstärkungen aus dem Reich bezieht, um Gorgrael bei Jervois aufzuhalten ... So lange, bis ich zu ihm zurückkehre.«

25
Der Axtherr

Sie hielten ihre Pferde am Fuß der Eisdachalpen an. Die Abendluft war frisch.

»Dort hinein folgen wir Euch nicht«, erklärte der Leutnant angesichts der schwarzen Klippenwände, die steil und massiv aus den schneebeckten Ebenen aufragten. »Diesen Weg müßt Ihr allein gehen.«

Axis sah ihn an. Die Erregung des frühen Morgens war längst abgeklungen, und alle spürten nur noch große Müdigkeit. »Und was werdet Ihr nun tun?«

Belial schwieg für einen Moment, und sein Blick wanderte an den Bergen entlang, bis er wieder zu Axis zurückkehrte. »Ich will mit Eurer Streitmacht durch Ost-Ichtar in den Süden reiten und die Wildhundebenen erreichen. Vielleicht finden wir dort ein sicheres Plätzchen. Kaum anzunehmen, daß die Skrälinge uns bis dorthin folgen. Da Bornheld die Festung aufgegeben hat, steht ihnen nun der Weg in den Süden frei. Da werden sie sich kaum mit dem unwirtlichen Landstrich aufhalten wollen, in den wir uns zurückziehen. Freund, wir warten in den Wildhundebenen auf Eure Rückkehr. Vielleicht ziehen wir auch nach Sigholt, wenn die Skrälinge nicht vor uns dort eintreffen. Wartet nicht zu lange, bis Ihr wieder zu uns stoßt.«

In Axis' Augen standen Tränen. Er ergriff die Rechte seines Leutnants und legte ihm eine Hand auf den Arm. »Ich danke Euch für Eure Freundschaft, und daß Ihr immer zu mir gehalten habt«, erklärte er. »Ich will zu Euch zurückkehren, sobald ich Gelegenheit dazu finde.« Nun stieg er von seinem Hengst und übergab Belial Belaguez' Zügel. Zum Abschied klopfte er seinem treuen Tier auf den Hals. »Paßt gut auf mein Roß auf. Nach meiner Rückkehr werde ich ein gutes Pferd brauchen.«

Nun reichte der Axtherr Magariz die Hand. »Und Euch danke ich ebenfalls für Eure Unterstützung, Fürst. Ich bete darum, daß daraus nicht so viel Übel für Euch erwächst.«

»Dann kehrt möglichst rasch zurück«, lächelte der narbengesichtige Mann. »Ich weiß nicht, wer uns als erster erwischt, Gorgrael oder Bornheld – oder wer von beiden für uns gefährlicher ist.«

Der Krieger lachte, salutierte vor seinen Männern und winkte ihnen zu, als sie ihn hochleben ließen. Damit kehrte er allen den Rücken, marschierte zu den Klippenwänden, ohne zu wissen, was ihn dahinter erwarten würde.

Seine Streitmacht schaute ihm nach.

Axis' schwere Schritte knirschten im Schnee. Er legte sich einen Umhang über die Schultern. Zehn Minuten war er nun schon unterwegs, und die schwarzen Felsen lagen nur noch fünfzig Schritte entfernt, als fünf Ikarier, die sein Kommen beobachtet hatten, sanft vor ihm landeten.

Der Krieger blieb stehen. Zwei von ihnen erkannte er wieder, Suchauge und Dornenfeder, die anderen drei hatte er noch nie gesehen. Alle hatten ihre Flügel schwarz gefärbt. Der fünfte zeichnete sich durch weißes und goldenes Haar aus ... und blaue Augen. Sein bloßer Oberkörper zeigte deutlich kaum verheilte Narben von einer noch nicht lange zurückliegenden Verletzung.

Als Axis diesem Wesen ins Gesicht sah, entdeckte er dort viel Ähnlichkeit mit seinen eigenen Zügen. Er öffnete den Mund, um etwas zu sagen, fand aber nicht die rechten Worte. Der Krieger konnte nur stumm den Mann anschauen, der sein Vater war.

Sternenströmer trat langsam vor und ließ den Jüngeren ebenfalls nicht aus den Augen. Der Zauberer zweifelte nicht daran, daß es sich um seinen Sohn handelte. Die Stimme des Blutes hatte zu ihm gesprochen.

Beim Näherkommen jedoch bemerkte der Ikarier die schwarze Uniform des Mannes, und ein gefährliches Glitzern trat in seinen Blick. Einen Schritt vor dem Krieger blieb er stehen, und die beiden schauten sich wortlos an. Axis' Augen waren voller Tränen, die seines Vaters hingegen zornig.

Zögernd hob Sternenströmer eine Hand, legte sie Axis flach auf die Brust und spürte dessen Herz wie rasend schlagen. Dann schlossen sich die Finger des Zauberers über den verhaßten Insignien, rissen sie ab und schleuderten sie weit weg. Der Wind fing das Stück Stoff auf und trieb es bald hierhin und bald dorthin über die eisigen Weiten am Fuß der Eisdachalpen.

Und damit war sein Zorn verflogen. Sternenströmer trat noch einen Schritt vor, umarmte seinen Sohn und sprach die rituellen Begrüßungsworte, mit denen die Ikarier ein Neugeborenes in ihrer Welt willkommen hießen.

»Willkommen, Axis, im Haus der Sonnenflieger und in meinem Herzen. Ich bin Sternenströmer, Euer Vater. Singt wohl, und fliegt hoch. Und möge nie wieder jemand Eure Füße vom Pfad des Sternentanzes lenken.«

Der Krieger schlang die Arme um seinen Vater, hielt ihn lange fest und ließ seinen Tränen freien Lauf.

Personen- und Sachregister

– ABENDLIED: Tochter Sternenströmers und seiner acharitischen Gemahlin Rivkah und Axis' Schwester.

– ACHAR: Königreich, das sich über den Großteil des Kontinents erstreckt und das im Norden von den Eisdachalpen, im Osten vom Schattenland (Awarinheim) und vom Witwenmachermeer, im Süden vom Meer von Tyrre und dem Kaiserreich Koroleas und im Westen vom Andeismeer begrenzt wird.

– ACHARITEN: Die Bevölkerung Achars.

– ADAMON: Ein ikarischer Sternengott. Adamon ist der Gott des Himmels und präsidiert zusammen mit seiner Gemahlin Xanon über die Götterschar.

– ALAUNT: Sagenumwobenes Rudel von riesigen Jagdhunden, die einst Wolfstern Sonnenflieger gehörten.

– ALAYNE: Ein Schmied aus Skarabost.

– ALDENI: Kleineres Herzogtum im Westen Achars, in dem vorwiegend Getreide angebaut wird. Es wird zum Zeitpunkt der Geschichte von Herzog Roland verwaltet.

– ALTE GRABHÜGEL: Die Begräbnisstätten der alten zauberischen ikarischen Krallenfürsten. Sie erheben sich im südlichen Arkness.

– ANDAKILSA: Nördlicher Grenzfluß, der das Herzogtum Ichtar von der Provinz Rabenbund trennt. Ganzjährig eisfrei, ergießt er sich ins Andeismeer.

– ANDEISMEER: Unberechenbare See, die an die Westküste Achars spült.

– ANNWIN: Älteste Tochter von Graf Isend von Skarabost, Faradays Schwester, verheiratet mit Osmary.

– ARKEN: Hauptstadt von Arkness.

– ARKNESS: Größere Provinz im Osten Achars, in der hauptsächlich Schweinezucht betrieben wird. Zur Zeit der Geschichte von Graf Burdel verwaltet.

– ARHAT: Krieger der Rabenbunder.

– ARNE: Kohortenführer bei den Axtschwingern.

– ARTOR DER PFLÜGER: Der einzig wahre Gott, wie es die Bruderschaft Seneschalls lehrt. Nach dem Buch von Feld und Furche, der heiligen Textsammlung des Seneschalls, machte Artor einst der Menschheit das Geschenk des Pflugs, dem Werkzeug, das es den Menschen erst ermöglichte, das Leben von Jägern und Sammlern aufzugeben und sich dauerhaft niederzulassen, um den Boden zu bebauen und so die Grundlagen der Zivilisation zu schaffen.

– ASCHURE: Tochter des Bruders Hagen in Smyrdon. Ihre Mutter stammt aus der Provinz Nor.

– AVONSTAL: Provinz im Westen Achars, in der hauptsächlich Gemüse, Obst und Blumen angebaut werden. Zur Zeit der Geschichte regiert hier Graf Jorge.

– Awaren: Eines der Völker der Unaussprechlichen, die in den Wäldern des Schattenlands leben, das von ihnen Awarinheim genannt wird. Die Awaren werden auch Volk des Horns, Waldläufer oder Ebenenläufer genannt.

– Awarinheim: Die Heimat der Awaren, die von den Achariten Schattenland genannt wird.

– Axis: Sohn der Herzogin Rivkah und des ikarischen Zauberers Sternenströmer Sonnenflieger. In früheren Jahren Axtherr, General der Axtschwinger, hat er nun seine Rolle in der Prophezeiung angenommen und ist der Sternenmann geworden.

– Axtherr: Anführer der Axtschwinger. Untersteht direkt dem Bruderführer des Seneschalls und wird von diesem aufgrund seiner Treue zum Seneschall, seiner Hingabe an Artor den Pflüger wie auch seiner strategischen und organisatorischen Fähigkeiten ernannt. Axis war der letzte Axtherr.

– Axtkriege: Die jahrzehntelang dauernden sehr grausamen und blutigen Kriege vor tausend Jahren, in deren Verlauf die Achariten unter der Führerschaft des Seneschalls und dessen Axtschwingern Awaren und Ikarier aus Tencendor vertrieben und sie hinter die Grenzberge zurückdrängten.

– Axtschwinger: Militärischer Arm des Seneschalls. Seine Soldaten haben zwar kein Gelübde abgelegt, kämpfen aber dennoch zur Verbreitung des rechten Glaubens des Seneschalls. Die überwiegende Mehrheit der Axtschwinger hat sich in der Zwischenzeit jedoch dem Rebellenführer Axis angeschlossen, um Axis und die mit ihm verbündeten Ikarier zu unterstützen.

– Azle: Einer der Hauptströme Achars, der die Provinzen Ichtar und Aldeni voneinander trennt und ins Andeismeer mündet.

– Barsarbe: Zaubererpriesterin der Awaren.

– Baumfreundin: Nach der awarischen Sage diejenige, die die Awaren in ihre alten Gebiete südlich der Grenzberge führen wird. Baumfreundin wird außerdem Awarinheim an die Seite des Sternenmanns stellen.

– Baumlied: Der Gesang der Bäume, der manchmal die Zukunft, manchmal aber auch den Tod zeigt. Der Gesang der Bäume kann aber auch Liebe und Schutz gewähren.

– Bedwyr Fort: Altes Fort am Unterlauf des Nordra, das den Zugang zum Gralsee vom Meer aus bewacht.

– Belaguez: Streitroß von Axis.

– Belial: Leutnant und damit Stellvertreter des Axtherrn. Langjähriger Freund Axis' aus seiner Zeit als Axtherr und nun als Sternenmann.

– Beltide: Siehe Feste.

– Bethalle: Gebetshaus in jedem Ort des Reiches, in dem sich die Bewohner an jedem siebten Tag der Woche zur Anhörung der Worte Artors des Pflügers versammeln. Auch Hochzeiten, Beerdigungen und Taufen werden hier abgehalten. Es ist für gewöhnlich das am solidesten gebaute Haus eines Ortes.

– Bornheld: Herzog von Ichtar und damit der mächtigste Fürst Achars. Sohn der Herzogin Rivkah und ihres Gemahls, des Herzogs Searlas.

– Boroleas: Älterer Bruder des Seneschalls, einst Axis' Lehrer.

– Bracken: Fluß, der in den Farnbergen entspringt und die Grenze zwischen Skarabost und Arkness bildet, bis er in das Witwenmachermeer mündet.

– Bradoke: Acharitischer hoher Offizier in Bornhelds Streitkräften.

– Brode: Ein Aware, Häuptling des Klans der Sanftgeher.

– Bruderführer: Oberster Führer der Bruderschaft des Seneschalls. Der Bruderführer wird von den obersten Brüdern auf Lebenszeit gewählt. Nach dem König der mächtigste Mann, kontrolliert er nicht nur die Bruderschaft mit all ihren Besitzungen, sondern auch die Elitetruppe der Axtschwinger. Zur Zeit der Geschichte hat Jayme dieses Amt inne.

– Bruderschaft: Siehe Seneschall.

– Buch von Feld und Furche: Die heilige Textsammlung des Seneschalls, in der geschrieben steht, daß Artor selbst sie verfaßt und der Menschheit übergeben habe.

– Burdel: Graf von Arkness und Verbündeter Bornhelds, dem Herzog von Ichtar.

– Burg der Schweigenden Frau: Diese Burg liegt inmitten des Waldes der Schweigenden Frau. Sie ist eine der magischen Burgen Tencendors.

– Burgen: Drei große magische Burgen haben die Axtkriege überlebt und stehen in Achar. Sie wurden vor vielen tausend Jahren von den Ikariern erbaut: Narrenturm, Sigholt und Burg der Schweigenden Frau.

– Caelum: Name eines kleinen Kindes. Er bedeutet »Die Himmel« oder »Sterne am Himmel«.

– Charoniten: Ein Volk, das in der Unterwelt lebt und mit den Ikariern verwandt ist.

– Devera: Tochter des Herzogs Roland von Aldeni.

– Dobo: Krieger der Rabenbunder.

– Dornfeder: Ein ikarischer Geschwaderführer.

– Dunkler Mann: Der Name, den Gorgrael seinem Lehrer und Meister gibt; er nennt ihn auch Lieber Mann. Gorgrael hat trotz aller Bemühungen das Geheimnis um die Identität dieses Mannes noch nicht lüften können.

– Ebenen von Tare: Die weiten Ebenen, die sich zwischen Tare und dem Gralsee erstrecken.

– Dreibrüder Seen: Drei kleine Seen im südlichen Aldeni.

– Edowes: Soldat aus Arnes Einheit in Axis' Truppe.

– Egerley: Ein junger Mann aus Smyrdon.

– Eilwolke Sonnenflieger: Vater von Rabenhorst und Sternenströmer. Ehemaliger Herrscher der Ikarier.

– Eisdachalpen: Hochgebirge, das sich über fast den ganzen Norden Achars hinzieht.

– Eisdach-Ödnis: Trostloser Landstrich im Norden Ichtars zwischen den Eisdachalpen und den Urqharthügeln.

– Eiswürmer: Mächtige Waffe Gorgraels, geschaffen, um Stadt und Feste Gorken zu bezwingen. Der Zerstörer setzt sie aus Eis und Schnee zusammen und versieht sie mit seinen Zaubersprüchen. Die Kreaturen sehen aus wie Riesenwürmer und tragen in ihren Leibern viele Skrälinge. Sie können sich an einer Festungsmauer aufrichten und diese sogar überragen, um ihre Soldatenfracht über die Zinnen zu spucken.

– Embeth: Herrin der Provinz Tare, Witwe des Ganelon, gute Freundin und einstige Geliebte von Axis.

– Erdbaum: Uralter Baum und Heiligtum der Awaren und Ikarier.

– Fährmann: Der Charonite, der die Fähre der Unterwelt steuert.

– Faraday: Tochter des Grafen Isend von Skarabost und seiner Gemahlin Merlion. Gemahlin Bornhelds.

– Farnberge: Niedriges Gebirge, das Arkness von Skarabost trennt.

– Farnbruchsee: Großer See inmitten der Farnberge.

– Fenwicke, Kulperich: Bürgermeister der Stadt Arken in Arkness.

– Fenwicke, Igren: Gemahlin des Bürgermeisters der Stadt Arken, Kulperich Fenwicke.

– Feste: der Awaren und Ikarier:
  – Jultide: Wintersonnenwende, in der letzten Woche des Schneemonds.
  – Beltide: Frühlingserwachen, am ersten Tag des Blumenmonds.
  – Feuernacht: Sommersonnenwende, in der letzten Woche des Rosenmonds.

– Feuernacht: Obwohl das Fest der Feuernacht in Awarinheim heutzutage keine große Rolle mehr spielt, berichten die ikarischen und awarischen Legenden von ihr als der großen Nacht, in der vor zehntausenden von Jahren die uralten Sterngöttinnen und -götter, ältere und viel mächtigere als die heutigen, als Feuersturm über das Land kamen und viele Tage und Nächte wüteten. Und dass diese alten Götter bis zum heutigen Tage noch in den Tiefen der heiligen oder Zauberseen schlafen, den Seen von Tencendor, die der Feuersturm erschaffen hat. Die Zaubermacht dieser Seen stammt von den uralten Sternengöttinnen und -göttern.

– Fingus: Ein verstorbener Axtherr.

– Fleat: Eine Awarin.

– Fleurian: Baronin von Tarantaise, Gemahlin von Greville. Sie ist seine zweite Frau und viel jünger als er.

– Flulia: Eine ikarische Sternengöttin. Sie ist die Göttin des Wassers.

– Fluria: Kleiner Fluß, der durch Aldeni fließt und in den Strom Nordra mündet.

– Franz: Älterer Bruder in der Zuflucht von Gorken.

– Freierfall Sonnenflieger: Männlicher Ikarier, Geliebter Abendlieds, Sohn des Rabenhorst und damit Thronfolger. Doch er wird von Bornheld auf der Feste Gorken erstochen.

– Fulbright: Ein acharitischer Ingenieur in Axis' Streitkräften.

– Fulke: Baron der Provinz Romstal.

– Funado: Krieger der Rabenbunder.

– »Furche weit, Furche tief«: Weitverbreiteter acharitischer Gruß oder Segen, der auch zur Abwehr des Bösen dient.

– Ganelon: Fürst von Tare, einst Gemahl von Herrin Embeth, lebt nicht mehr.

– GARLAND: Mann aus Smyrdon.

– GARTEN: Der Garten der Mutter.

– GAUTIER: Leutnant Bornhelds, des Herzogs von Ichtar.

– GEHEIMER RAT: Ratgeber des Königs von Achar, meist die Herrscher der Hauptprovinzen Achars.

– GEHÖRNTE: Die Gottgleichsten und Heiligsten unter den Awaren, die im Heiligen Hain leben.

– GEISTBAUM-KLAN: Einer der awarischen Klans, der von Häuptling Grindel geführt wird.

– GEISTER, GEISTMENSCHEN: Andere Bezeichnungen für die Skrälinge.

– GENESUNGSLIED: Eines der am stärksten wirkenden Zauberlieder der Ikarier, das Leben im Sterben zurückholen kann – doch Tote kann es nicht wieder lebendig machen. Nur die allermächtigsten Zauberer beherrschen dieses Lied.

– GESCHWADER: Einheit der ikarischen Luftarmada, die zwölf Staffeln umfaßt.

– GESCHWADERFÜHRER: Befehlshaber eines ikarischen Geschwaders.

– GILBERT: Bruder des Seneschalls und Berater und Gehilfe des Bruderführers.

– GOLDFEDER: Rivkahs Name aus der Zeit, als sie bei den Ikariern lebte. Sie legte jedoch auf Wunsch des charonitischen Fährmanns den angenommenen Namen Goldfeder wieder ab und kehrte zurück zu ihrem früheren Namen.

– GORGRAEL: Der Zerstörer der Prophezeiung, der teuflische Herr des Nordens, der ganz Achar bedroht. Wie sich herausstellt, hat er ebenfalls Sternenströmer zum Vater und ist folglich Axis' Halbbruder.

– GORKEN: Bedeutende Festung am Gorkenpaß in Nord-Ichtar. Angeschmiegt an die Festung liegt die gleichnamige Stadt.

GORKENPASS: Schmaler Paß zwischen Eisdachgebirge und dem Fluß Andakilsa und einzige Verbindung von Ichtar nach Rabenbund.

– GRALSEE: Großes Gewässer am unteren Lauf des Nordra. An seinem Ufer liegt die Hauptstadt Karlon und der Turm des Seneschalls.

– GREIF: Sagenhaftes Flugungeheuer, intelligent, boshaft und mutig. Früher sahen sie die Ikarier als ihre Todfeinde an. Diese schufen zu deren Vernichtung die Luftarmada und brauchten hundert Jahre, um die Greife auszurotten. Doch seit kurzem tauchen diese Bestien wieder auf.

– GRENZBERGE: Gebirge, das sich im Osten Achars von den Eisdachalpen bis zum Witwenmachermeer erstreckt. Die Unaussprechlichen sind seit den Axtkriegen hinter die Grenzberge verbannt.

– GREVILLE, BARON: Herr von Tarantaise.

– GRINDEL: Aware, Häuptling des Geistbaum-Klans.

– GUNDEALGAFURT: Breite, seichte Furt durch den Nordra.

– HAGEN: Pflughüter von Smyrdon.

– HANORI: Älterer Rabenbunder.

– Heiliger Hain: Heiligster Ort der Awaren, der nur von den Zaubererpriestern aufgesucht werden kann.

– Hellefeder: Gemahlin von Rabenhorst, Krallenfürst der Ikarier.

– Helm: Awarischer Jugendlicher.

– Hesketh: Hauptmann der Palastwache von Karlon und Geliebter der Yr.

– Ho'Demi: Häuptling der Rabenbunder.

– Hogni: Awarische Jugendliche.

– Hordley: Einwohner von Smyrdon.

– Hsingard: Große Stadt in Mittelichtar und Residenz der Herzöge von Ichtar.

– Ichtar: (1) Größtes und reichstes Herzogtum Achars. Die Provinz bezieht ihren Reichtum aus riesigen Viehherden und Bergbau (Erze und Edelsteinminen). (2) Kleinerer Fluß, der durch Ichtar fließt und in den Azle mündet. (3) Herrscher von, zur Zeit der Geschichte Bornheld.

– Ikarier: Eines der beiden alten Völker von Tencendor, auch bekannt als Volk des Flügels oder Vogelmenschen.

– Ilfracombe: Herrenhaus des Herzogs von Skarabost, hier wuchs Faraday auf.

– Imibe: Rabenbunderin, Caelums Kindermädchen

– Inari: Ein Krieger der Rabenbunder.

– Insel des Nebels und der Erinnerung: Eine der heiligen Stätten der Ikarier, ging ihnen jedoch im Verlauf der Axtkriege verloren. Siehe auch Tempel der Sterne und Tempelberg.

– Isbadd: Hauptstadt der Provinz Nor.

– Isend: Graf von Skarabost, ein gutaussehender, doch ein wenig stutzerhafter Herr. Vater von Faraday.

– Isgriff: Baron: Herr von Nor, ein wilder, impulsiver Mann wie alle Männer von Nor.

– Izanagi: Krieger der Rabenbunder.

– Jack der Schweinehirt: Ältester der Wächter.

– Jayme: Zur Zeit der Geschichte Bruderführer des Seneschalls.

– Jervois: Stadt am Tailem-Knie des Flußes Nordra. Tor nach Ichtar.

– Jorge: Graf von Avonstal und einer der erfahrendsten Kämpen Achars.

– Judith: Königin von Achar und Gemahlin Priams.

– Jultide: Siehe Feste.

– Karel: Vorgänger von König Priam, Vater von Priam und Rivkah. Lebt nicht mehr.

– Karlon: Hauptstadt von Achar und Regierungssitz seiner Könige, gelegen am Gralsee.

– Kassna: Tochter von Baron Isgriff von Nor.

– Kastaleon: Große Burg aus neuerer Zeit in Achar, gelegen in Mittelachar am Nordra.

– Kenricke: Befehlshaber der letzten im Dienst des Seneschalls stehenden Kohorte von Axtschwingern, der von Axis zur Bewachung des Turms des Seneschalls zurückgelassen wurde.

– Kesselsee: Gewässer in der Mitte des Waldes der Schweigenden Frau. Siehe auch: Magische Seen.

– Klan: Die Awaren leben in Klans zusammen, ungefähr vergleichbar mit Familienverbänden.

– Kohorte: Siehe militärische Fachausdrücke.

– Koroleas: Großes Kaiserreich südlich von Achar, das zu diesem traditionell freundschaftliche Kontakte pflegt.

– Krallenfürsten: Die in Erbfolge regierenden Herrscher der Ikarier (einst ganz Tencendors). Seit den letzten sechstausend Jahren haben die Mitglieder des Hauses Sonnenflieger dieses Amt inne.

– Krallenturm: Höchster Berg der Eisdachalpen und Heimstatt der Ikarier. Siehe auch Kummerkrak.

– Kronrat: Rat des Königs, der sich aus den herrschenden Fürsten des Reiches und/oder deren obersten Beratern zusammensetzt.

– Kummerkrak: Höchster Gipfel der Eisdachalpen (auch Krallenturm genannt), laut acharitischer Sage der Sitz des Königs der Unaussprechlichen, dem Herrn des Kummers.

– Länder der Unaussprechlichen: Hauptsächlich Schattenland (Awaren) und die Eisdachalpen (Ikarier).

– Lieber Mann: Siehe Dunkler Mann.

– Luftarmada: Streitmacht der Ikarier, bestehend aus zwölf Geschwadern zu je zwölf Staffeln.

– Magariz, Fürst: Einstmals Festungskommandant von Gorken, ist er inzwischen einer von Axis' ranghöchsten Befehlshabern. Er entstammt einem alten acharitischen Adelsgeschlecht.

– Magische Seen: Das alte Tencendor hatte viele Seen, deren zauberische Kräfte mittlerweile jedoch in Vergessenheit geraten sind. Bekannt als Heilige oder Magische Seen sind heute noch der Gralsee, Farnsee, Kesselsee und der Lebenssee. Siehe auch unter »Feuernacht« zu ihrer Entstehungsgeschichte.

– Malfari: Knollenfrucht, die die Awaren zur Brotherstellung verwenden.

– Maschken: Baron: Herrscher von Rhätien.

– Merlion: Gemahlin des Grafen Isend von Skarabost und Mutter von Faraday. Lebt nicht mehr.

– Militärische Fachausdrücke: Vornehmlich Achars, sowohl für die regulären Truppen als auch für die Axtschwinger im Gebrauch:

- Peloton: kleinste Einheit, sechsunddreißig Bogenschützen.
- Abteilung: Einheit von einhundert Fußsoldaten, Spießträgern oder Reitern.
- Kohorte: Fünf Abteilungen oder fünfhundert Mann.

– Mirbolt: Zaubererpriester der Awaren.

– Monate:

– Januar	=	Wolfmond
– Februar	=	Rabenmond

– März	=	Hungermond
– April	=	Taumond
– Mai	=	Blumenmond
– Juni	=	Rosenmond
– Juli	=	Erntemond
– August	=	Heumond
– September	=	Totlaubmond
– Oktober	=	Knochenmond
– November	=	Frostmond
– Dezember	=	Schneemond

– MONDSAAL ODER MONDKAMMER: Audienz- und Bankettraum im königlichen Palast zu Karlon.

– MORGENSTERN SONNENFLIEGER: Sternenströmers Mutter, Witwe des ehemaligen Krallenfürsten und selbst eine mächtige Zauberin. Morgenstern ist die Witwe von Eilwolke, dem ehemaligen Herrscher des Hauses Sonnenflieger.

– MOOR: Großes und unwirtliches Sumpfgebiet im Osten von Arkness; hier sollen eigenartige Wesen zu leben.

– MORYSON: Bruder des Seneschalls; oberster Berater und Freund des Bruderführers.

– MUTTER: (1) awarischer Name für den Farnbruchsee.
(2) Bezeichnung für die Natur, die als eine unsterbliche Frau personifiziert wird.

– NACHLEBEN: Alle drei Völker, die Achariten, die Ikarier und die Awaren glauben an ein Leben nach dem Tod, dem sogenannten Nachleben. Was sie jedoch darunter verstehen, hängt von ihren jeweiligen religiös-kulturellen Überlieferungen ab.

– NARKIS: Ein ikarischer Sternengott. Narkis ist der Gott der Sonne.

– Narrenturm: Eine der magischen Burgen Tencendors.

– Nevelon: Leutnant des Herzog Roland von Aldeni.

– Niah: Eine Frau aus Nor.

– Nor: Südlichste Provinz Achars; ihre Bewohner haben eine dunklere Haut als die übrigen Achariten und unterscheiden sich von ihnen außerdem durch ein exotisches Äußeres. Regent von Nor ist zur Zeit der Geschichte Baron Isgriff.

– Nordmuth: Hafen an der Mündung des Nordra.

– Nordra: Größter Strom und Hauptlebensader des Reichs. Entspringt in den Eisdachalpen, fließt durch Awarinheim/Schattenland, durchquert schließlich Nord- und Mittelachar und mündet in das Meer von Tyrre. Der Fluß wird zur Bewässerung, zum Transport und zum Fischfang genutzt.

– Oberster Heerführer oder Oberster Kriegsherr: Titel, der Bornheld, Herzog von Ichtar, von König Priam verliehen wurde und der ihn zum Oberbefehlshaber aller regulären Streitkräfte Achars macht.

– Ogden: Einer der Wächter. Ein »Mitbruder« Veremunds.

– Orden der Sterne: Priesterinnenorden, die Hüterinnen des Tempels der Sterne. Wenn eine solche Priesterin ihren Ordenseid leistet, legt sie damit ihren Namen ab.

– Orr: der Fährmann der Charoniten.

– Osmary: Gemahl Annwins, der Schwester Faradays.

– Pease: Eine awarische Frau, die im Erdbaumhain während des Angriffs beim Jultidenfest starb.

– Pflug: Jede Ortschaft in Achar verfügt über einen Pflug, der nicht nur der Feldarbeit dient, sondern auch den Mittelpunkt der religiösen Verehrung der Ortsansässigen darstellt. Artor der Pflüger soll den Menschen den Pflug geschenkt haben, damit diese aus der Barbarei in die Zivilisation aufsteigen konnten. Der Gebrauch des Pflugs unterscheidet die Achariten von den Unaussprechlichen; denn weder Awaren noch Ikarier betreiben Ackerbau.

– Pflughüter: Der Seneschall weist jedem Ort in Achar aus den Reihen seiner Bruderschaft einen Priester zu, den sogenannten Pflughüter. Ihrem Namen entsprechend, hüten sie den Pflug des entsprechenden Ortes, unterweisen aber auch die Bewohner in den Schriften Artors des Pflügers, dem Weg des Pflugs, und sorgen für ihr Seelenheil.

– Piratennest: Große Insel vor Nor und Unterschlupf von Piraten, die angeblich heimlich von Baron Isgriff unterstützt werden.

– Pors: Ein ikarischer Sternengott. Pors ist der Gott der Luft.

– Priam: Zur Zeit der Geschichte König von Achar und Onkel von Bornheld, Bruder Rivkahs.

– Prophezeiung des Zerstörers: Uralte Weissagung, die von der Erhebung des Gorgrael im Norden und dem Auftauchen des Sternenmanns kündet, der ihn als einziger aufhalten kann. Entstehung und Ursprung der Prophezeiung sind unbekannt.

Die Prophezeiung beginnt wirksam zu werden oder zu erwachen mit der Geburt des Zerstörers und des Sternenmanns und ist erfüllt, wenn einer den anderen zerstört.

– Rabenbund: Nördlichste Provinz von Achar, die diesem aber nur dem Namen nach untersteht. Die sich selbst regierenden Stämme der Rabenbunder oder Rabenbundmenschen werden von den Achariten als barbarisch und grausam angesehen.

– Rabenhorst Sonnenflieger: Zur Zeit der Geschichte der Krallenfürst der Ikarier.

– Ramu: Zaubererpriester der Awaren.

– Ratssaal: Der große Saal im königlichen Palast in Karlon, in dem des Königs Geheimer Rat zusammentritt.

– Reinald: Chefkoch der Garnison Sigholt im Ruhestand. Als Rivkah sich dort aufhielt, war er Hilfskoch.

– Rhätien: Kleine Provinz an den westlichen Ausläufern der Farnberge. Zur Zeit der Geschichte herrscht hier Baron Maschken.

– Renkin: Bauersleute aus dem Norden Achars.

– Ring der Zauberin: Die erste Zauberin bediente sich eines uralten Rings als Symbol ihrer Zaubermacht und begründete damit die erste Generation der ikarischen Zauberer. Der Ring war ihr jedoch nur auf Lebenszeit verliehen und ging dann auf die nächste Generation über. Der Ring hat nur geringe Zauberkräfte, doch ist er ein machtvolles Symbol.

– Ritter: Edler, der sich einer vornehmen Dame verpflichtet, ihr als Ritter zu dienen und sie zu beschützen. Dieser Dienst ist rein platonisch und endet mit dem Tod des Ritters oder auf ausdrücklichen Wunsch seiner Dame.

– Rivkah: Prinzessin von Achar, Schwester König Priams und Mutter von Bornheld, Axis und Abendlied. Siehe auch Goldfeder.

– Roland: Herzog von Aldeni und einer der herausragenden militärischen Führer Achars. Trägt den Beinamen »Der Geher«, weil er aufgrund seiner Leibesfülle kein Pferd besteigen kann.

– ROMSTAL: Provinz südwestlich von Karlon; berühmt für ihren Weinanbau. Zur Zeit der Geschichte herrscht hier Baron Fulke.

– ROTKAMM: Männlicher Ikarier.

– SA'KUJA: Gemahlin von Ho'Demi.

– SCHATTENLAND: Der acharitische Name für Awarinheim.

– SCHÖPFUNGSLIED ODER ERWECKUNGSLIED: Ein Lied, das ikarischen und awarischen Legenden zufolge tatsächlich selbst Leben erschaffen kann. Als er sich um Unterstützung für Axis in der Schlacht um Gorken an die Große Versammlung der Ikarier gewandt hatte, hatte Sternenströmer behauptet, daß er Axis das Lied habe im Mutterleib singen hören.

– SCHARFAUGE: Staffelführer der Luftarmada der Ikarier.

– SCHRA: Ein kleines awarisches Kind. Die Tochter von Pease und Grindel.

– SCHWEBSTERN SONNENFLIEGER: Zauberin und Gemahlin des Krallenfürsten, die Mutter von Morgenstern und Großmutter von Sternenströmer, starb dreihundert Jahre vor Beginn des Buches.

– SEARLAS: Früherer Herzog von Ichtar und Gemahl Rivkahs; Vater Bornhelds. Lebt nicht mehr.

– SEEGRASEBENE: Riesige Ebene, die nahezu die gesamte Fläche der Provinz Skarabost ausmacht.

– SENESCHALL: Religiöse Institution Achars; eigentlich: Die Heilige Bruderschaft des Seneschalls. Die Brüder organisieren und leiten das religiöse Leben der Achariten. Der Seneschall hat in Achar eine außerordentliche Machtposition inne und spielt nicht nur im alltäglichen Leben der Menschen, sondern auch in allen politischen Belangen eine bedeutende Rolle. Er lehrt vor allem Gehorsam gegenüber dem einen Gott, Artor dem Pflüger, und den heiligen Worten, dem Buch von Feld und Furche.

– SICARIUS: Rudelführer der Alaunt. Sein Name bedeutet »Mörder«.

– SIGHOLT: Eine der bedeutenden acharitischen Festungen in den südlichen Urqharthügeln Ichtars. Eine der Residenzen der Herzöge von Ichtar.

– SILTON: Ein ikarischer Sternengott. Silton ist der Gott des Feuers.

– SKALI: Junge Awarin, Tochter von Fleat und Grindel. Sie starb beim Angriff der Skrälinge während des Jultidenfestes im Erdbaumhain.

– SKARABOST: Große Provinz im Osten Achars; Hauptgetreidelieferantin Achars. Zur Zeit der Geschichte herrscht hier Graf Isend.

– SKRÄBOLDE: Anführer der Skrälinge.

– SKRÄFURCHT: Oberster der Skräbolde.

– SKRÄLINGE: Auch Geister, Geistmenschen o. ä. genannt; substanzlose Kreaturen in den nördlichen Ödlanden, die sich von Furcht und Fleisch nähren.

– SMYRDON: Großes Dorf im Norden von Skarabost, dem Verbotenen Tal vorgelagert.

– SONNENFLIEGER: Herrscherhaus der Ikarier seit vielen tausend Jahren.

– SPREIZSCHWINGE: Staffelführer der ikarischen Luftarmada.

– STAFFEL: Kleinste Einheit der ikarischen Luftarmada. Sie setzt sich aus zwölf weiblichen und männlichen Ikarieren zusammen; zwölf Staffeln bilden ein Geschwader.

– STERNENGÖTTINNEN UND STERNENGÖTTER: Neun an der Zahl, doch sind den Ikariern erst sieben offenbart worden. Siehe auch Adamon, Flulia, Narkis, Pors, Silton, Xanon und Zest.

– STERNENMANN: Derjenige, der der Prophezeiung des Zerstörers gemäß als einziger Gorgrael zu besiegen vermag – Axis Sonnenflieger.

– STERNENSTRÖMER SONNENFLIEGER: Ein ikarischer Zauberer, Vater von Gorgrael, Axis und Abendlied.

– STERNENTANZ: Die mystische Quelle, aus der die ikarischen Zauberer ihre Kräfte beziehen.

– STERNENTOR: Eine der heiligen Stätten der Ikarier.

– STRAUM: Große Insel vor Ichtar, vornehmlich von Robbenfängern bewohnt.

– SUCHAUGE: Ikarischer Geschwaderführer.

– TAILEM-KNIE: Die große Biegung des Stroms Nordra, wo er aus dem Westen kommend nach Süden abbiegt und schließlich bei Nordmuth ins Meer von Tyrre einmündet.

– TANABATA: einer der Ältesten der Rabenbunder.

– TARANTAISE: Eine ziemlich arme Provinz im Süden Achars, die vom Handel lebt. Sie wird von Baron Greville verwaltet.

– Tare: Kleine Handelsstadt im Norden von Tarantaise. Heimstatt von Embeth, Herrin von Tare.

– Tekawai: Der bevorzugte Tee der Rabenbunder. Er wird stets mit großer Feierlichkeit aufgegossen und serviert und wird aus kleinen Keramiktassen getrunken, die das Wappen mit der blutroten Sonne tragen.

– Tempelberg: Hochplateau, auf dessen höchster Erhebung sich einst die Tempelanlage befand, die die Insel des Nebels und der Erinnerung beherrschte.

– Tempel der Sterne: Eine der verschwundenen heiligen Stätten der Ikarier. Er stand auf dem Tempelberg der Insel des Nebels und der Erinnerung.

– Tencendor: Der alte Name des geeinten Achar vor den Axtkriegen.

– Timozel: Sohn von Embeth und Ganelon von Tare und Axtschwinger. Ritter Faradays.

– Torwächterin: Die Wächterin am Tor des Todes, dem Zugang zur Unterwelt. Sie führt Buch über die eintretenden Seelen.

– Turm des Seneschalls: Hauptsitz der Bruderschaft; ein siebenseitiger Turm mit massiven Mauern in reinem Weiß, der sich gegenüber der Hauptstadt Karlon am Gralsee erhebt.

– Tyrre, Meer von: Der Ozean an der Südwestküste Achars.

– Unaussprechliche: Die beiden Völker der Awaren und Ikarier. Der Seneschall lehrt, daß die Unaussprechlichen grausame Wesen seien, die sich der Magie bedienten, um die Menschen zu versklaven. Während der Axtkriege vor tausend Jahren drängten die Achariten die Awaren und Ikarier hinter die Grenzberge ins Schattenland (Awarinheim) und die Eisdachalpen zurück.

– Ur: Eine sehr alte Frau, die im Zauberwald lebt.

– Urqharthügel: Halbkreisförmige niedrige Bergkette in Mittelachar.

– Venator: Ein Schlachtroß, dessen Name so viel wie »Jäger« bedeutet.

– Verbotenes Tal: Einzig bekannter Zugang von Achar nach Schattenland (Awarinheim); die Stelle, an der der Nordra Schattenland verläßt.

– Veremund: Einer der Wächter, ein »Mitbruder« Ogdens.

– Wächterinnen und Wächter: Mystische Geschöpfe der Prophezeiung des Zerstörers.

– Wald: Der Seneschall lehrt, daß alle Wälder von Übel seien, weil in ihnen finstere Dämonen hausen, die die Menschen unterwerfen wollen. Deshalb fürchten sich die meisten Achariten vor dem Wald und dem Dunkel, das in ihm lauert, und es wurden nahezu alle alten Wälder abgeholzt, die einst weite Flächen Achars bedeckten. Die einzigen Bäume, die in Achar angepflanzt werden, sind Obstbäume und Bäume in Schonungen, die für die Holzverarbeitung benötigt werden.

– Wald der Schweigenden Frau: Dunkler und undurchdringlicher Wald im südlichen Arkness und Sitz der Burg der Schweigenden Frau.

– Weg des Flügels: Allgemeiner Ausdruck, der zur Beschreibung der Kultur der Ikarier benutzt wird.

– Weg des Horns: Allgemeiner Ausdruck, der manchmal zur Beschreibung der Kultur der Awaren benutzt wird.

– Weg des Pflugs: Religiöse Pflicht, Sitten und Gebräuche, wie sie vom Seneschall gemäß den Glaubenssätzen des Buches von Feld und Furche gelehrt werden. Im Zentrum der Lehre steht die Urbarmachung des Landes durch den Pflug. Und wie die Furchen frisch und geradlinig gepflügt, so sind Herz und Verstand gleichermaßen von allem Unglauben und Bösen befreit und das Wahre, Gute kann gesät werden. Natur und unbezwungenes Land sind wie das Böse selbst; Wälder und Berge sind daher von übel, sie stellen die unbezähmte Natur dar und entziehen sich der menschlichen Kontrolle. Gemäß dem Weg des Pflugs müssen Berge und Wälder entweder zerstört oder den Menschen untertan gemacht werden, und wenn das nicht möglich ist, müssen sie gemieden werden, denn sie sind der Lebensraum böser Wesen/des Bösen. Nur Land, das durch den Pflug in Menschenhand gebracht wurde, bestelltes und bebautes Land, ist gut. Der Weg des Pflugs lehrt alles über die Ordnung, der ein jeder Mensch und ein jedes Ding auf der Welt unterworfen ist.

– Weitsicht Stechdorn: Dienstältester Geschwaderführer der ikarischen Luftarmada.

– Weitwallbucht: Große Meeresbucht zwischen Achar und Koroleas. Ihre geschützte Lage und ihr ruhiges Gewässer sind ausgezeichnet zum Fischfang geeignet.

– Westberge: Zentrales acharitisches Bergmassiv, das sich vom Nordra bis zum Andeismeer erstreckt.

– Wildhundebene: Ebene, die sich vom nördlichen Ichtar bis zum Fluß Nordra erstreckt und von den Grenzbergen und Urqharthügeln begrenzt wird. Ihren Namen erhielt diese Ebene von den Wildhundrudeln, die sie durchstreifen.

– Witwenmachermeer: Riesiger Ozean im Osten von Achar. Von den vielen unerforschten Inseln und Ländern jenseits dieses Meeres kommen Seeräuber, die Koroleas und manchmal auch Achar heimsuchen.

– Wolfstern Sonnenflieger: neunter und mächtigster aller Krallenfürsten, der in den Alten Grabhügeln beigesetzt wurde. Er wurde schon bald nach Regierungsantritt ermordet.

– Wolkenbruch Sonnenflieger: Jüngerer Bruder und Mörder von Wolfstern Sonnenflieger.

– Wolfen: Bogen, der einst Wolfstern gehörte.

– Xanon: Eine ikarische Sternengöttin. Xanon ist die Göttin des Himmels und teilt ihre hohe Stellung mit ihrem Gemahl Adamon.

– Yr: Eine Wächterin.

– Zauberei: Der Seneschall lehrt, daß alle Magie, alle Zauberei und alle sonstigen Schwarzkünste von Übel seien. Die Unaussprechlichen bedienten sich sämtlicher Zauberkünste, um die Achariten zu versklaven. Deswegen fürchten alle artorfürchtigen Achariten die Zauberei und verabscheuen sie.

– Zauberer: Die Zauberer der Ikarier, von denen die meisten mächtige magische Fähigkeiten besitzen. Alle ikarischen Zauberer führen das Wort »Stern« in ihrem Namen.

– Zaubererpriester: Die religiösen Führer der Awaren. Sie verstehen sich auf Magie, wenn auch nur in bescheidenem Maße.

– Zauberin, Die: Die erste aller ikarischen Zauberinnen und Zauberer und gleichzeitig die erste, die den Weg zur Beherrschung der Energie des Sternentanzes entdeckte. Von ihr stammen die Ikarier und die Charoniten ab.

– ZAUBERWALD: Der mystische Wald um den Heiligen Hain.

– ZECHERACH: Die fünfte und verschwundene Wächterin.

– ZEPTER DES REGENBOGENS: Das Zepter aus der Prophezeiung des Zerstörers.

– ZERSTÖRER: Ein anderer Name für Gorgrael.

– ZEST: Eine ikarische Sternengöttin. Sie ist die Göttin der Erde.

– ZUFLUCHT: Viele Brüder des Seneschalls ziehen dem aktiven Bruderdienst ein kontemplatives Leben vor, das sie dem Studiums der Mysterien Artors widmen. Für sie hat der Seneschall an mehreren Orten Achars Zufluchten eingerichtet.

Inhalt

PIPER FANTASY

Monika Felten

Die Macht des Elfenfeuers

Roman. 479 Seiten. Gebunden

Fünf Generationen nachdem die Auserwählte Sunnivah ihr Land aus der Knechtschaft des finsteren Herrschers befreite, stürmt erneut Unheil auf Menschen und Elfen zu. Asco-Bahrran, einst Meistermagier des finsteren Herrschers, hat den Tod durch Magie überwunden und sich das Volk der gefürchteten Cha-Gurrline unterworfen. In den Gefilden der Finstermark verborgen, versammelt er ein Heer der schwarzen Krieger, schmiedet Pläne für seine Rache und trifft heimlich Vorbereitungen für die Rückkehr seines Herrn. Nur die Nebelelfe Naemy, die schon an Sunnivahs Seite gegen den finsteren Herrscher kämpfte, spürt die drohende Gefahr und reist nach Nimrod, um die Menschen zu warnen. Erst stößt sie auf taube Ohren, doch dann überstürzen sich die Ereignisse, und aus der Vermutung wird schreckliche Gewißheit ...

06/1002/01/L

PIPER FANTASY

Hope Mirrlees
Flucht ins Feenland

Roman. Mit einer Einleitung von Neil Gaiman und einem Nachwort von Michael Swanwick. Aus dem Englischen von Hannes Riffel. 413 Seiten. Gebunden

Skandalös finden die Bürger von Dorimare den Umstand, daß ihr Reich an das verrufene Feenland grenzt. Von dort nämlich werden die geheimnisumwitterten Feenfrüchte eingeschmuggelt. Wer davon kostet, zeigt sich empfänglich für die Wunder der Welt und stellt eine Bedrohung der öffentlichen Ordnung dar. Und nun soll ausgerechnet der Sohn eines angesehenen Kaufmanns von den Früchten genascht haben. Ist dies der Grund für sein Verschwinden? Als auch noch ein koboldähnlicher Fremder die jungen Damen der Schule für höhere Töchter ins Feenland lockt, macht sich Meister Nathaniel Hahnenkamm, Bürgermeister und Groß-Seneschall der Hauptstadt Lud-in-den-Nebeln, auf die gefährliche Reise in das Reich jenseits der Hügel. In dieser flirrenden Welt, in der die Realität ständig aus den Fugen gerät, entscheidet sich das Schicksal Dorimares.

»Von überirdischer Schönheit – ein wundervoller Roman.«
Neil Gaiman

06/1008/01/R

PIPER FANTASY

Hans Bemmann

Die beschädigte Göttin

Roman. 286 Seiten. Gebunden

Ein junger Märchenforscher entdeckt zufällig die erst kürzlich ausgegrabene Statue einer antiken Liebesgöttin. Auf rätselhafte Weise schlägt sie ihn in ihren Bann. Um so verblüffter ist er, als ihm kurz darauf eine Frau begegnet, die dem steinernen Bildwerk auf unerklärliche Weise gleicht und ihn mit ihren dunklen Augen verzaubert. Wie von unsichtbarer Hand geführt, gerät der Mann in eine phantastische, fremde Welt, in der er bedrohliche Abenteuer und lebensgefährliche Prüfungen bestehen muß. Auf der Suche nach dem Schlüssel zum Herzen der geheimnisvollen Fremden verschmelzen Phantasie und Wirklichkeit zu einer magischen Welt.

»Ein märchenhaftes, doppelbödiges, ein wahres Vergnügen.«
General-Anzeiger

06/1009/01/R

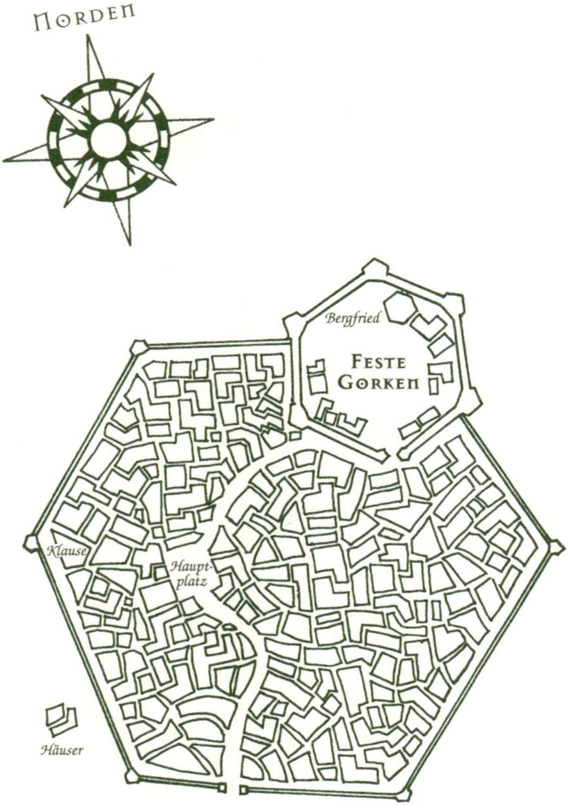

Gorken

Sara Douglass

Unter dem Weltenbaum